UNE NUIT, RIEN QU'UNE SEULE

SIMONA AHRNSTEDT

UNE NUIT, RIEN QU'UNE SEULE

roman

traduit du suédois par Anna Postel

NiL

Titre original : EN ENDA NATT
© Simona Ahrnstedt, 2014.
Publié avec l'accord de Nordin Agency AB, Suède
Traduction française : NiL Éditions, Paris, 2017

ISBN 978-2-84111-930-1
(édition originale : ISBN 978-91-37-14561-7, Bokförlaget Forum, Stockholm)

1

Mercredi 25 juin

David Hammar scrute l'horizon à travers la vitre bombée de l'hélicoptère. À cette altitude de trois cents mètres, ils peuvent voir à des dizaines de kilomètres à la ronde. David ajuste le casque qui lui permet de communiquer avec les autres passagers.

— Là-bas, dit-il en se tournant vers Michel Chamoun.

Assis à l'arrière, Michel regarde lui aussi par le hublot.

David lui montre du doigt le château de Gyllgarn, une grande bâtisse jaune qui se détache au loin dans la campagne.

Le pilote corrige le cap.

— Tu veux qu'on s'approche encore un peu ? demande-t-il, les yeux rivés sur la demeure.

David ne la quitte pas non plus des yeux.

— Pas trop près, Tom, je ne veux pas attirer l'attention inutilement, mais j'aimerais voir un tout petit peu mieux.

Des prairies verdoyantes, de l'eau étincelante et des arbres au feuillage épais s'étendent à perte de vue, comme une peinture bucolique. Le château lui-même est érigé sur un îlot au milieu d'une rivière extra-ordinairement large. Des deux côtés de l'édifice, les rapides forment des douves qui, autrefois, constituaient une protection naturelle contre les ennemis.

Tom fait décrire un grand cercle à l'hélicoptère.

Des chevaux et des moutons paissent dans les herbages en contrebas. D'immenses chênes centenaires bordent l'allée qui relie la route nationale à la propriété. Même à cette altitude, on aperçoit le verger et les parterres multicolores parfaitement entretenus qui entourent le château.

Mais c'est le paradis !

— Ça vaut plus de trente millions de couronnes, d'après l'estimation de l'agent immobilier, indique David.

— Une sacrée somme ! répond Michel.

— Et c'est sans compter la forêt, les terres et l'eau. Il y a plusieurs milliers d'hectares qui valent à eux seuls plus de deux cents millions.

David continue à énumérer les actifs.

— Il y a du gibier dans les bois et tout un tas de plus petites propriétés rattachées au domaine. Sans oublier les biens meubles évidemment. Des trésors de guerre du xviie siècle. De l'argenterie, des ouvrages russes, et une collection d'œuvres d'art avec des objets datant des trois derniers siècles. Les hôtels des ventes vont se les arracher.

David se redresse sur son siège. Michel observe le château aux reflets mordorés au-dessus duquel s'attarde l'hélicoptère.

— Et c'est l'entreprise qui détient tout ça ? s'étonne Michel. Pas la famille ?

David acquiesce.

— Exact. Je ne comprends pas qu'ils aient choisi cette solution. C'est ce qui arrive quand on se croit invincible.

— Personne n'est invincible...

— Non, personne.

Michel regarde toujours par la vitre. David patiente tandis que les yeux noirs de l'homme balaient la propriété.

— C'est un véritable trésor national, reprend Michel, ça va faire un tollé si on vend tout ça !

— Pas *si*, rétorque David d'un ton sec, *quand*.

La réplique de David arrache un léger sourire à Michel.

Car c'est exactement ce qu'ils ont prévu de faire, il en a l'intime conviction. Ils vont disséquer ces terres fertiles pour les vendre au plus offrant. Les gens crieront haut et fort, certes, et les actuels propriétaires seront les premiers à se lamenter. Il lance à Michel un regard interrogateur.

— Tu as vu ce que tu voulais ?

Michel hoche la tête.

— Tu peux nous reconduire en ville, Tom ? poursuit David. Nous avons ce qu'il nous faut.

Le pilote obtempère. L'hélicoptère prend de l'altitude, décrit une courbe élégante. Ils laissent derrière eux la campagne idyllique et mettent le cap sur Stockholm. En contrebas se dessinent maintenant des autoroutes, des bois et des usines.

Un quart d'heure plus tard, ils atteignent la zone de contrôle de la capitale et Tom entre en contact avec la tour de Bromma. David écoute d'une oreille distraite l'échange de phrases standard.

— … *1 500 feet, request full stop landing, three persons on board.*

— *Approved, straight in landing, runway three zero…*

Tom Lexington est un pilote aguerri. Ses gestes sont calmes, son regard affûté. Il travaille d'ordinaire pour une entreprise de sécurité privée mais, connaissant David depuis longtemps, il lui fait profiter de ses compétences de pilote lorsqu'il a un peu de temps et que son ami a besoin d'inspecter le château depuis le ciel.

— Merci beaucoup pour le vol, je t'en suis très reconnaissant, dit David.

Tom ne répond pas, il se contente d'esquisser un signe de tête presque imperceptible pour montrer qu'il a entendu.

David se tourne de nouveau vers Michel.

— On a encore pas mal de temps avant la réunion du Comex, constate-t-il en jetant un coup d'œil à sa montre. Malin a appelé, tout est en ordre.

La femme dont il parle, Malin Theselius, est la directrice du service de communication.

Sur le siège arrière, Michel redresse son corps imposant. Il porte un costume et ses doigts sont ornés de bagues qui scintillent lorsqu'il gratte son crâne rasé.

— Ils vont te massacrer, dit-il alors que Stockholm défile trois cents mètres plus bas, tu es au courant, n'est-ce pas ?

— *Nous* massacrer, rectifie David.

Michel lui adresse un sourire oblique.

— Non, *toi*. Tu es le visage de l'entreprise, l'investisseur. Moi, je ne suis que le jeune immigré qui se contente d'exécuter les ordres.

Michel est l'homme le plus intelligent que David connaisse. Il est directeur associé dans le fonds de capital-risque de David, Hammar Capital. Ensemble, ils sont en train de redessiner les contours de la finance suédoise. Michel a néanmoins raison : c'est David, le fondateur, connu pour sa dureté et son arrogance, qui se retrouvera dans le collimateur de la presse financière. Et pour être honnête, il est impatient de voir ça.

Michel bâille et lance :

— J'ai hâte d'en avoir terminé, je pourrai enfin prendre des vacances et dormir pendant au moins une semaine.

David pivote sur son siège et observe les banlieues qui apparaissent au loin. Lui n'est pas fatigué, bien au contraire. Ce combat, il s'y est préparé pendant la moitié de sa vie. Il ne veut pas de vacances. Ce qu'il veut, c'est la guerre.

Cela fait près d'un an qu'ils échafaudent leur plan. C'est l'affaire la plus importante de l'histoire de Hammar Capital, une OPA hostile sur un gigantesque conglomérat. Les prochaines semaines seront décisives, personne n'a jamais accompli une chose pareille.

— À quoi tu penses ? demande David dans son casque.

Il connaît son ami par cœur, il sait que son silence est lourd de sens et que l'esprit aiguisé de Michel est en train de se concentrer sur un problème juridique ou financier.

— Je me disais, commence Michel, qu'il serait difficile de garder le secret encore longtemps. Les gens doivent déjà se poser des questions sur les mouvements boursiers. Je suis sûr que quelqu'un – un trader peut-être – alertera la presse un jour ou l'autre.

— Tu as raison, reconnaît David – en effet, tout finit toujours par se savoir. Restons discrets le plus longtemps possible.

Ce n'est pas leur première discussion à ce sujet. Ils ont maintes fois peaufiné l'argumentaire, cherché les failles logiques. Ce qui les a renforcés, rendus plus malins.

— Continuons à acheter, reprend-il, mais en petites quantités. Moins qu'avant. Je vais en parler à mes contacts.

— Le cours de l'action grimpe vite.

— Oui, j'ai vu ça, répond David.

En effet, le prix des actions dessine une courbe ascendante.

— On verra bien combien de temps ça reste économiquement viable.

David sait pertinemment que la prudence est de mise dans ce genre de situation : une gestion agressive des actions pourrait doper leur cours. Si, en plus, les gens soupçonnent que c'est Hammar Capital qui achète, les prix risquent de flamber. Jusqu'à maintenant, David et

Michel ont fait preuve de la plus grande circonspection. Ils ont acquis des actions par l'intermédiaire de prête-noms, et seulement en petites quantités, jour après jour. De petits mouvements qui ne sont que des rides sur l'immense océan boursier. Mais ils ont tous les deux conscience que le moment critique approche.

— On sait depuis longtemps qu'il faudra tôt ou tard rendre notre affaire publique, reprend David. Malin planche sur le communiqué de presse depuis plusieurs semaines.

— Ça va les rendre fous !

David esquisse un sourire.

— Je sais. J'espère que la Bourse nous laissera encore quelques jours de répit.

Michel opine du chef. Après tout, c'est le pain quotidien de Hammar Capital. Son équipe d'analystes déniche les entreprises qui sont en difficulté sans raison apparente. David et Michel identifient les problèmes – souvent des dirigeants incompétents – avant de s'approprier les actions pour devenir actionnaires majoritaires.

Puis, c'est le coup de théâtre : ils reprennent la société et la restructurent ; la mettent en pièces et font le ménage ; la revendent et s'en mettent plein les poches au passage. C'est ce qu'ils savent faire mieux que quiconque – acquérir et améliorer. Parfois tout se passe comme sur des roulettes : les gens collaborent et Hammar Capital fait accepter sa vision des choses. Mais il arrive que ce soit un véritable combat.

— J'aimerais avoir quelqu'un de la famille des propriétaires de notre côté, reprend David tandis qu'ils survolent le sud de Stockholm.

Pour réussir une OPA d'une telle envergure, il est essentiel d'avoir dans son camp un gros actionnaire, par exemple l'un des gigantesques gestionnaires de fonds de pension. David et Michel ont passé des heures à essayer de les convaincre. Ils ont multiplié les réunions et proposé d'innombrables exemples chiffrés. Il est également très utile d'avoir avec soi un membre de la famille propriétaire. C'est d'une part une question de prestige, en particulier dans le cas de cette entreprise, Investum, l'une des plus anciennes et importantes du pays. D'autre part, s'ils peuvent démontrer que la garde rapprochée de l'entreprise est acquise à leur cause, cela poussera automatiquement d'autres actionnaires à suivre le mouvement et à voter en faveur de Hammar Capital.

— Ça nous faciliterait la tâche, continue-t-il.

— Et tu as un nom en tête ?

— Oui, je pense à un membre de la famille qui fait cavalier seul depuis longtemps, répond David au moment où l'aéroport de Bromma se dessine à l'horizon.

Michel garde le silence pendant quelques instants.

— La fille, c'est ça ? s'enquiert-il.

— Oui. Elle est plutôt réservée mais il paraît qu'elle est brillante. Qui sait, elle en a peut-être ras le bol de se faire piétiner par les hommes...

En effet, Investum n'est pas seulement le fleuron de l'industrie suédoise, c'est aussi une entreprise on ne peut plus patriarcale. À côté, la société des années cinquante paraît moderne et éclairée.

— Tu crois vraiment que tu peux convaincre quelqu'un de cette famille ? demande Michel, la voix empreinte de scepticisme. On ne peut pas dire qu'ils t'apprécient.

Cet euphémisme arrache un sourire à David.

Investum, un établissement qui génère un revenu de plusieurs milliards de couronnes au quotidien, est contrôlé par les De la Grip. L'entreprise – et par conséquent la famille – détient indirectement quelque dix pour cent du PIB suédois et a la mainmise sur la plus grande banque du pays. Par ailleurs, elle est représentée dans presque toutes les principales entreprises de Suède. Les De la Grip ont le sang bleu, une renommée, et une immense fortune. Entre la famille royale et eux, il n'y a qu'un pas. Ils sont d'ailleurs bien plus nobles que les Bernadotte. Il est peu probable que David Hammar – l'arriviste, l'investisseur à la réputation sulfureuse, le pirate du monde de l'entreprise – parvienne à faire changer de camp l'un des membres de la famille nucléaire, justement connus pour leur loyauté, et à l'entraîner dans son projet.

Pourtant, il y est déjà arrivé par le passé. Il a réussi à convaincre individuellement des membres d'une famille de s'allier avec lui. Il laissait souvent dans son sillage des foyers brisés, ce qu'il déplorait en général. Dans le cas présent, ce serait plutôt un bonus appréciable.

— Qui ne tente rien n'a rien, lance-t-il.

— C'est de la pure folie, répond Michel – pour la énième fois depuis un an.

David hoche la tête.

— Je l'ai déjà appelée pour lui proposer un déjeuner d'affaires.

— J'aurais dû m'en douter…

Après moins de trente minutes de vol, l'hélicoptère entame sa descente.

— Et qu'est-ce qu'elle a répondu ? continue Michel.

David repense à la voix un peu froide au bout du fil. Pas celle d'une secrétaire, mais celle de Natalia De la Grip elle-même. Elle a semblé étonnée mais n'a pas dit grand-chose, l'a simplement remercié de l'invitation. Puis elle a laissé son assistante confirmer le rendez-vous par e-mail.

— Elle a dit qu'elle avait hâte de me rencontrer.

— Ce n'est pas vrai ?

David émet un petit rire sans joie. Au téléphone, la jeune fille avait cette voix distinguée, caractéristique des nantis, le genre de voix qui chaque fois réveille sa haine des élites. Natalia De la Grip est l'une des quelque cent

Suédoises nées avec un titre de comtesse – la crème de la crème de l'aristocratie. David éprouve pour ces individus une aversion inexprimable.

— Bien sûr que non.

Ce n'est pas comme s'il s'attendait à ce genre de politesse.

2

Jeudi 26 juin

Natalia retourne les montagnes de papiers qui jonchent son bureau et en extrait un document noirci de chiffres et de tableaux.

— Ah ! fait-elle en agitant la feuille.

Elle regarde avec un air triomphant la femme blond platine installée sur la petite chaise réservée aux visiteurs. Il n'y a en réalité pas de place pour ce siège dans le cagibi qui sert de bureau à Natalia.

Åsa Bjelke, l'amie de la jeune femme, lui lance un regard indifférent avant de continuer l'examen de ses ongles au vernis beige.

Natalia observe le fouillis sur sa table. Elle a horreur du désordre, mais impossible de maintenir ne serait-ce qu'un semblant d'organisation sur une surface aussi minuscule !

— Allô, allô, Natalia, tout va bien ? lance Åsa.

Elle trempe les lèvres dans son café en suivant des yeux son amie qui a recommencé à fureter dans les tas de papiers.

— Tu as l'air dans la lune, poursuit-elle, c'est pour ça que je te pose la question. C'est vrai que tu as beaucoup de défauts mais tu as toujours été attentive. Je ne t'ai jamais vue dans un tel état.

Natalia fronce les sourcils. Un document important a disparu sans laisser de traces. Elle va être obligée de demander de l'aide à l'un de ses assistants. Dieu sait qu'eux aussi sont noyés sous les dossiers.

— J-O a appelé du Danemark, répond Natalia en faisant référence à son chef. Il veut que je présente un rapport. Seulement, impossible de mettre la main dessus.

Elle aperçoit une autre feuille, s'en empare et la parcourt de ses yeux fatigués. Elle a à peine fermé l'œil de la nuit. Elle a trimé jusqu'au petit matin : cette affaire imminente, d'une importance capitale, accapare presque tout son temps. Et par-dessus le marché il y a eu ce client qui a téléphoné aux aurores. Ses doléances auraient bien pu attendre une heure ou deux. Elle se tourne vers Åsa.

— *Des défauts*, qu'est-ce que tu entends par là ?

Åsa aspire une gorgée de café dans le gobelet en carton.

— Dis-moi ce qui ne va pas, lui enjoint-elle sans répondre à la question.

— Rien ne va, réplique Natalia, le travail, papa, maman…

— Voyons, ma chérie, tu es sûre qu'entamer des fouilles archéologiques sur ton bureau est vraiment une solution ? L'ère du numérique, ça te dit quelque chose ?

Natalia lève les yeux. Son amie a l'air en pleine forme, parfaitement reposée, bien habillée et manucurée. Elle sent une vague irritation l'envahir.

— Je n'ai rien contre tes visites-surprises, dit-elle dans un élan de sincérité, mais mon père se plaint sans cesse des salaires extravagants de ses juristes. Tu ne devrais pas être à Investum en train de bosser ? Je veux dire, au lieu de venir me harceler dans mon minuscule bureau et de te pavaner en tailleur Prada ?

Åsa balaie la remarque d'un geste de la main.

— Ma rémunération est tout à fait méritée. Et tu sais très bien que ton père me laisse tranquille, dit-elle en jetant un regard vers Natalia. Pas vrai ?

Natalia acquiesce d'un signe de la tête. Elle est au courant, en effet.

— C'est juste que j'étais dans le quartier, continue Åsa, et je voulais te proposer qu'on aille manger ensemble. Je te jure que je vais me pendre si je dois encore me coltiner un déjeuner avec les autres juristes d'Investum. Ils sont barbants comme la pluie. Si j'avais su, j'aurais choisi une autre filière que le droit. (Elle ébouriffe ses cheveux clairs pour leur donner du volume.) Je me vois bien gourou d'une secte par exemple.

— Malheureusement j'ai déjà quelque chose, répond Natalia un peu vite – *trop* vite, comprend-elle trop tard.

Elle s'éclaircit la gorge.

— Désolée, ajoute-t-elle tout à fait inutilement, comme je viens de te le dire, j'ai déjà un truc prévu.

Elle penche la tête et se met à feuilleter quelques documents qu'elle a déjà passés en revue, dans la seule intention d'éviter le regard perçant d'Åsa.

— Vraiment ?

— Oui, ça t'étonne ?

Åsa fronce les sourcils.

— Pour quelqu'un qui a le cerveau aussi rapide qu'un ordinateur, tu es une mauvaise menteuse. Hier tu m'as dit toi-même que tu étais libre. Et tu n'as pas d'autres amis… Tu cherches à m'éviter ?

— Non, j'ai *vraiment* quelque chose de prévu. Et je ne cherche pas le moins du monde à t'éviter ! Tu es ma meilleure amie, même si j'en ai d'autres, contrairement à ce que tu dis. Demain peut-être ? C'est moi qui régale.

— Quoi de prévu, si je puis me permettre ? questionne Åsa, sans se laisser dérouter par des promesses d'invitations à venir.

Natalia ne répond pas. Elle baisse les yeux sur son bureau qui croule sous la paperasse. Ce serait le moment idéal pour qu'un téléphone se mette à sonner ou

– pourquoi pas – que l'alarme incendie se déclenche, se dit-elle.

Åsa ouvre soudain ses yeux turquoise en grand, comme si elle venait d'avoir une révélation.

— Ah ! C'est un rendez-vous galant ? Avec qui ?

— N'importe quoi, Åsa ! Je vais juste déjeuner.

— Tu n'es pas toi-même aujourd'hui – tu es encore plus bizarre que d'habitude. Avec *qui* tu vas déjeuner ?

Natalia pince les lèvres.

— Natalia, avec qui ?

Elle abandonne la lutte.

— Avec quelqu'un de… hum… HC.

Åsa fronce ses sourcils blonds.

— Mais *qui* ? insiste-t-elle.

Elle aurait peut-être fait un bon gourou. Ce qui est sûr, c'est qu'elle aurait été une enquêtrice hors pair, capable de mener un interrogatoire avec brio, songe Natalia. Ses cheveux platine et son look de bimbo sont sacrément trompeurs.

— C'est juste un déjeuner d'affaires. Un rendez-vous professionnel, explique-t-elle sur la défensive, ça n'engage à rien… Il connaît J-O, s'empresse-t-elle d'ajouter, comme si le fait que l'homme en question connaisse son chef allait expliquer quoi que ce soit.

— *Qui* ?

Ça y est, elle capitule :

— David Hammar.

Åsa se recule contre le dossier de la chaise, le visage éclairé par un immense sourire.

— Ah, voyez-vous cela, le boss lui-même ! Monsieur Capital-risque en personne. Le pire bad boy du monde de la finance.

Elle penche la tête sur le côté.

— Rassure-moi, tu as prévu de coucher avec lui ?

— Mais ça va pas la tête ? s'écrie Natalia. Tu ne penses qu'à ça ! Pour tout te dire, j'ai envie d'annuler, je suis trop stressée. Mais dans ce bordel, impossible de retrouver le portable où j'ai enregistré son numéro.

Comment peut-on égarer un téléphone dans une pièce de moins de quatre mètres carrés ?

— Nom de Dieu, Natalia, pourquoi tu n'as pas d'assistante ?

— *J'ai* une assistante qui, contrairement à moi, a une vie. Ses enfants sont malades, elle a dû rentrer… c'était hier, dit Natalia en regardant sa montre.

Avec un profond soupir, elle s'effondre sur son fauteuil de bureau et ferme les yeux. Elle n'a plus le courage de chercher. Elle est au bout du rouleau, elle a l'impression que ça fait une éternité qu'elle travaille non-stop. Elle a pris du retard sur plusieurs dossiers, elle a un rapport à préparer et au moins cinq réunions à planifier. En fait elle n'a vraiment pas…

— Natalia ?

La voix d'Åsa la fait sursauter et elle prend conscience qu'elle était en train de s'assoupir sur sa chaise inconfortable.

— Quoi ?

Åsa la regarde, le visage sérieux. Son expression moqueuse a totalement disparu.

— Hammar Capital n'est *pas* l'incarnation du mal, quoi qu'en disent ton père et ton frère. Ces types ont du cran, ça oui, mais David Hammar n'est quand même pas le diable. D'ailleurs, il est plutôt beau gosse ! Il n'y a pas de honte à vouloir le rencontrer.

— Je sais.

Il n'empêche que Natalia s'est bien demandé ce que le chef mythique de Hammar Capital lui voulait. Ce n'est peut-être pas Satan en personne, mais sa réputation le précède. On le dit inflexible, impitoyable, même comparé à ses collègues du monde de la finance. Et on ne peut pas dire que ce soient des agneaux.

— Je vais simplement déjeuner avec lui... Tâter le terrain, reprend-elle d'une voix ferme. Si ça concerne la banque, il devra de toute façon en parler avec J-O, pas avec moi.

— Le problème, c'est qu'on ne sait jamais avec Hammar Capital, répond Åsa en se levant d'un geste élégant. En plus, tu te sous-estimes. Tu connais quelqu'un d'aussi intelligent que toi ? Non. Voilà.

Åsa passe la main sur sa jupe immaculée et parfaitement repassée. Malgré son tailleur sage – un ensemble Prada cousu sur mesure, selon les informations de Natalia –, son chemisier simple en soie et ses ballerines beige clair, elle ressemble à s'y méprendre à une pulpeuse star de cinéma.

Åsa se penche au-dessus du bureau.

— Tu sais très bien que tu devrais faire abstraction de l'opinion de ton père.

Comme d'habitude, elle a touché un point névralgique. Elle appuie là où ça fait mal.

— Natalia, tu es brillante. Tu peux aller aussi loin que tu le veux. Tu peux faire carrière ici, lance-t-elle avec un geste vers le bureau d'en face, qui appartient à la filiale suédoise d'une des plus grandes banques du monde, la Bank of London. Tu n'as pas besoin de travailler dans l'entreprise familiale pour prouver ta valeur. Leur vision des femmes est à vomir, je ne t'apprends rien. Ton père est un cas désespéré, ton frangin est un imbécile et le reste du conseil d'administration est composé de misogynes répugnants. Je suis bien placée pour le savoir, je bosse avec eux. Tu es plus intelligente que tous ces mecs réunis, conclut-elle en inclinant la tête sur le côté.

— Oui, tu as peut-être raison...

— Alors explique-moi pourquoi tu n'es pas membre du conseil d'administration ?

— Toi, tu travailles dans la boîte, tu es contente, non ? demande Natalia.

21

Elle élude la question de sa présence ou non au conseil d'administration d'Investum. C'est une question *très* sensible.

— Ton père a besoin de son contingent de femmes, même s'il déteste les quotas autant que les immigrés, les féministes et les ouvriers. Je suis son alibi. Il peut m'utiliser pour dire qu'il n'emploie pas que des hommes.

— Papa ne déteste pas…, commence Natalia avant de s'interrompre.

Åsa a raison.

— En plus, ton père a pitié de la pauvre petite orpheline que je suis, continue Åsa. De toute façon, je n'ai pas l'ambition de devenir chef et de diriger tout ce bordel. Mon seul but dans la vie, c'est d'éviter de mourir d'ennui. Mais toi, tu peux grimper aussi haut que tu le veux.

Åsa attrape son sac à cinquante mille couronnes et se met à farfouiller dedans. Elle en sort un rouge à lèvres clair qu'elle applique par petites touches.

— Il m'a demandé d'être discrète, reprend Natalia. Je n'aurais pas dû t'en parler. Tu tiens ta langue, hein ?

— Motus et bouche cousue. Évidemment que je garde ça pour moi. Mais à ton avis, qu'est-ce qu'il te veut ?

— Je n'en sais rien, il veut sans doute me voir à propos d'une question de financement. Peut-être une affaire avec l'un de nos clients ? Ou bien c'est juste du réseautage… J'ai passé la moitié de la nuit à y réfléchir, comme si j'avais besoin de ça.

Il n'est pas rare qu'on veuille rencontrer Natalia, pour tout ce qu'elle représente : une De la Grip, une femme bien sous tous rapports, issue du bon milieu, avec les bonnes connexions. Elle a horreur de cela. Mais David Hammar attise sa curiosité. Au téléphone, son ton n'était ni obséquieux ni mielleux, simplement poli. Et il faut bien qu'elle déjeune, alors…

Åsa lui lance un regard songeur.

— En fait, je devrais t'accompagner. Qui sait de quelles gaffes tu es capable quand personne ne te surveille.

Natalia se retient de mentionner qu'elle est considérée comme l'un des talents les plus prometteurs de la finance d'entreprise – un domaine parmi les plus complexes du monde de la finance. Qu'elle a fait partie des meilleurs étudiants de l'histoire de la prestigieuse école de commerce de Stockholm, Handelshögskolan. Que, pour son travail dans le conseil, le financement et l'achat d'entreprises, elle jongle littéralement avec des centaines de millions de couronnes, et qu'elle est sur le point de sceller l'une des affaires les plus compliquées jamais menées en Suède. Åsa a pourtant raison, qui sait quelles bêtises elle pourrait débiter aujourd'hui, écervelée comme elle est.

— Je t'appellerai pour te raconter, se contente-t-elle de répondre.

Åsa la fixe longtemps des yeux avant de reprendre la parole.

— Écoute au moins ce qu'il veut, ça ne peut pas faire de mal. Beaucoup de gens tueraient pour collaborer avec David Hammar. Ou pour le mettre dans leur lit.

— Tu ne crois pas que c'est risqué pour moi d'être vue avec lui ? l'interroge Natalia de cette voix incertaine qu'elle déteste.

— Évidemment que c'est risqué, répond Åsa, il est riche comme Crésus, dangereux, et ton père ne peut pas le sentir. Que demande le peuple ?

— Je décommande ?

Åsa fait claquer sa langue d'un air mécontent et secoue la tête.

— Une vie sans risque ne vaut pas la peine d'être vécue.

— C'est le proverbe du jour ? Tu parles d'une maxime !

23

Åsa sourit, se lève et lui tend son gobelet de café vide. Il porte une inscription noire qui serpente sur un fond blanc.

— Non, c'est écrit là-dessus, répond-elle. Eh bien, je vais retourner à mon bureau passer quelques coups de fil. Peut-être que je peux trouver quelqu'un à mettre à la porte. Les juristes ne sont vraiment pas des joyeux drilles. Vous allez déjeuner où ?

— À Djurgården. Au restaurant Ulla Winbladh.

— Il y a pire ! commente Åsa avec la mine de celle qui cherche quelque chose à critiquer sans y parvenir.

Elle caresse son foulard du bout des doigts. La dernière fois que Natalia a vu un tel carré en soie, c'était au rayon Hermès du grand magasin NK et son prix était à quatre chiffres.

— Ce que tu peux être snob !

— Ce n'est pas du snobisme, je privilégie la qualité, corrige Åsa en replaçant sa bretelle de sac à main sur son épaule. Tout le monde ne peut pas acheter du prêt-à-porter, ça va sans dire.

Elle frissonne et pose sur Natalia ses yeux turquoise.

— Une seule chose, n'oublie pas de te protéger. Qui sait avec qui il a couché…

— Surtout avec des princesses si l'on en croit les rumeurs…, répond Natalia avec un petit rictus.

Elle n'a pas pu s'empêcher de lire tous les ragots qu'elle a trouvés sur Internet.

— Bah, de la noblesse de pacotille, rétorque Åsa dont la famille a le sang bleu depuis le XIIIe siècle. Ne fais rien que je ne ferais pas.

Ce qui laisse déjà pas mal de libertés, songe Natalia, mais elle préfère garder le silence.

— Tu vas porter *ça* ? fait Åsa en regardant le tailleur de son amie avec un air écœuré. Mais sérieusement, où est-ce que tu as dégoté ce truc ?

Apparemment, il existe des choses encore pires que le prêt-à-porter.

— C'est juste un repas d'affaires, répond Natalia sur la défensive, et c'est du sur-mesure.

Åsa pose les yeux sur le tissu gris.

— Du sur-mesure, oui, mais de quelle décennie ?

— Tu es *vraiment* snob, dit Natalia en se levant.

Elle se dirige vers la porte et l'ouvre pour son amie.

— Peut-être bien, répond Åsa, mais tu sais que j'ai raison.

— À propos de quoi ?

Åsa lui décoche le genre de sourire qui provoque une réaction instantanée chez les hommes : ils roulent des mécaniques, se mettent à lui offrir des verres, lui vantent leur maison de campagne.

— À propos de tout, ma chérie, de tout.

3

David se rend à pied du siège de Hammar Capital situé à Blasieholmen jusqu'au restaurant Ulla Winbladh à Djurgården.

Un maître d'hôtel lui indique sa table et, levant les yeux, David s'aperçoit que Natalia De la Grip est déjà là. Il jette un rapide coup d'œil à sa montre. Il est en avance, treize heures n'ont pas sonné, mais Natalia est arrivée encore plus tôt que lui. Bien que la clientèle du restaurant soit surtout constituée de touristes, elle a choisi de s'installer tout au fond, de manière à ne pas être remarquée. De toute évidence, elle ne souhaite pas qu'on les voie ensemble. Guère surprenant. À vrai dire, c'est lui qui a choisi de réserver une table ici plutôt que dans un restaurant près de la place Stureplan, justement pour que personne ne les reconnaisse.

Lorsqu'elle l'aperçoit, elle esquisse un petit signe de la main puis se ravise aussitôt, comme si elle regrettait son geste. David se dirige vers elle.

Elle a le teint pâle et un physique plutôt insignifiant, un visage grave et une tenue grise ajustée. David a peine à croire qu'elle travaille comme conseillère dans l'une des plus grandes banques du monde et, qui plus est, sous les ordres de J-O, l'un des chefs les plus excentriques et exigeants qu'il lui ait été donné de rencontrer. Pourtant, J-O a porté aux nues cette jeune femme ordinaire, vantant son potentiel exceptionnel, laissant entendre qu'elle pouvait devenir la meilleure collaboratrice de tous les temps. Selon lui, elle est « brillante, consciencieuse et audacieuse ». « Elle ira loin, très loin », a-t-il insisté.

Il faudra veiller à ne pas la sous-estimer.

Lorsque David arrive au niveau de la table, Natalia De la Grip s'est déjà levée. Elle est plus grande qu'il ne le pensait. Elle lui tend une main délicate aux ongles courts. La poignée de main est ferme et professionnelle et David ne peut s'empêcher de lorgner vers sa main gauche. Pas d'alliance, c'est bien ce qu'il pensait.

— Merci d'avoir accepté de me rencontrer à la dernière minute, dit-il. Je n'étais pas sûr que vous viendriez.

— Vraiment ? répond-elle, sceptique.

David lui lâche la main. La chaleur qui s'en dégage subsiste quelques instants dans sa paume et il hume une odeur chaude et épicée, vaguement érotique. Pour l'instant, Natalia ne correspond en rien à l'image qu'il s'est faite d'elle, ce qui le rend plus vigilant.

Curieusement, il a eu du mal à trouver des renseignements précis sur la sœur cadette de la fratrie De la Grip. Il a fureté sur Internet, dans la presse et dans les quelques biographies consacrées à sa famille, mais les informations sont assez sporadiques. Il est surtout question du père et des deux frères, presque jamais d'elle, pas même sur Wikipédia, encore moins sur Flashback. Certes, par tradition, les femmes de cette lignée sont invisibles, bien que les hommes choisissent souvent des épouses très fortunées. Les aïeules de Natalia sont toutes issues de familles nanties. Sa mère est la fière héritière de grandes-duchesses de Russie et de barons de la haute finance suédois. Pour autant, ce sont les hommes qui détiennent le pouvoir absolu – le père Gustaf, le grand-père paternel Gustaf l'ancien, et ainsi de suite depuis des générations. À la différence de ses deux frères, MM. les comtes Peter De la Grip, « prince héritier », et Alexander De la Grip, « prince de la jet-set », Natalia est presque absente du discours média-tique, aussi bien de la presse économique que des maga-zines people. Rien de très étonnant. Or, si Natalia fuit les journalistes, ce n'est pas uniquement à cause de son nom et de ses origines, c'est aussi par obligation profes-sionnelle. Personne ne manie l'art de la discrétion aussi bien que ces mystérieux conseillers – les collaborateurs – qui tirent les ficelles depuis les coulisses mais ne s'expriment que très peu dans les médias.

Natalia a les cheveux bruns tirés en arrière dans un chignon sévère et porte un collier de perles – ce signe distinctif de la classe supérieure que David abhorre tant. Finalement, songe-t-il lorsqu'ils s'installent, Natalia est *exactement* comme il se l'imaginait : une jeune femme célibataire de bientôt trente ans, focalisée sur sa carrière, aisée mais plutôt banale.

Hormis ses yeux, bien sûr. Il n'a jamais vu pareil regard.

— Pour tout vous dire, votre invitation a attisé ma curiosité.

Lorsqu'elle pose sur lui son regard d'or, David sent un frisson lui parcourir l'échine.

Il saisit le menu que lui tend le serveur avant de le survoler rapidement.

— Vous devez tout de même avoir l'habitude qu'on vous courtise, dit-il avec un sourire professionnel qu'il sait chaleureux.

Après tout, la vie d'un financier repose en grande partie sur le réseautage. Il a du mal à se souvenir du dernier déjeuner qui n'ait pas été également une réunion. Il en faudrait un peu plus que des yeux d'une rare beauté pour le déstabiliser.

— Oui, bien sûr, les milliardaires font la queue pour m'inviter à dîner.

Sa froide autodérision lui arrache un sourire.

Elle referme le menu et, d'un signe de la tête, indique qu'elle est prête à passer commande.

— J'ai entendu dire que vous aviez mené l'affaire Schibsted d'une main de maître, ose-t-il, pour tâter le terrain.

— Vous avez d'excellentes sources, constate-t-elle en inclinant la tête sur le côté, je ne sais pas si ça doit me flatter ou m'inquiéter.

— Pas d'inquiétude, j'ai simplement fait quelques lectures. Il paraît que vous êtes une étoile montante.

En effet, on la décrit comme une femme déterminée, cosmopolite et honnête. Aucune raison d'en douter.

— Oui, j'ai lu aussi cet article. On verra bien, ajoute-t-elle avec un petit rire. Vous connaissez la chanson. On est jugé sur sa dernière opération, non ? Soit on est en phase ascendante, soit on se dirige vers la sortie.

— Vous ?

— Ah, moi, clairement en phase ascendante ! dit-elle sans fausse modestie.

Il peut compter sur les doigts d'une seule main les personnes issues de la noblesse capables de s'exprimer sans enrober leur discours dans un simulacre de timidité et une humilité factice.

Elle commande du poisson. David l'imite, presque par réflexe. Toujours choisir le même plat que la personne que l'on courtise, c'est le b.a.-ba de la psychologie.

— Est-ce que vous avez toujours voulu travailler dans la banque ? s'enquiert-il une fois le serveur reparti. Vous n'avez jamais songé à essayer autre chose ?

Elle est dans le secteur bancaire depuis déjà un certain temps et a fait ses armes à la Bank of London. Or, les jeunes loups de la finance ont en général les dents longues et sont, pour la plupart, toujours à l'affût de nouveaux défis. Pourquoi pas elle ? Le regard de David se pose à nouveau sur ses doigts longs et fins, dépourvus de bagues et de vernis. Elle se consacre sans doute corps et âme à son travail. Tout comme lui.

— Je me plais dans la banque.

— Vous êtes la seule femme dans l'équipe de J-O, non ?

— C'est vrai.

— Je suis convaincu que vous êtes un atout formidable, réplique-t-il, d'un ton neutre.

— Merci.

Natalia esquisse un sourire en coin et avale une gorgée d'eau.

— Je m'y plais, oui, répète-t-elle. Mais pour tout vous dire, à long terme, j'espère occuper un poste dans l'entreprise familiale. J'imagine que vous savez de quelle famille je viens ?

Il acquiesce, sentant monter en lui cette haine si coutumière, mais il sourit poliment et prend une profonde inspiration. D'un petit geste du menton, il l'invite à poursuivre comme s'il était sincèrement intéressé par son histoire et pas le moins du monde assoiffé de sang.

— Dans mon milieu, on ne voit pas votre activité d'un très bon œil, continue-t-elle.

Ce franc-parler pourrait poser problème.

— Ce n'est pas un secret, répond-il.

Sa voix est dégagée de tout jugement de valeur, comme s'ils étaient en train de discuter de concepts abstraits, et non pas du fait que les De la Grip haïssent tout ce que représente Hammar Capital. Évidemment, chez eux, on ne prononce jamais le mot « haine » – trop vulgaire. Non, on parle plutôt de défendre la grande tradition familiale.

Elle a dû distinguer quelque chose dans son regard, car elle esquisse un bref sourire, comme pour s'excuser.

— Je sais que c'est un jugement conservateur et totalement biaisé. Je ne dis pas que je suis d'accord.

Il lève un sourcil, car la question se résume à cela : à quel point les positions de Natalia divergent-elles de celles des autres membres de sa famille ?

— Comment ça ?

— On ne peut pas mettre dans le même sac tous ceux qui travaillent dans le capital investissement, ou plutôt, le capital-risque. Cela dit, en ce qui me concerne, je reste fidèle à ma famille.

Elle hausse les épaules d'un air navré et laisse glisser une main sur la table.

— Parfois il faut savoir se sacrifier pour sa famille.

David la regarde. *Parfois il faut savoir se sacrifier pour sa famille.* Elle ne peut pas imaginer ce que cette phrase provoque en lui.

Mais il a au moins obtenu la réponse qu'il cherchait – et c'est d'ailleurs ce qu'il soupçonne depuis l'instant où il a aperçu la jeune femme : Natalia De la Grip n'ira jamais à l'encontre des intérêts de sa famille. La loyauté et l'intégrité l'enveloppent comme une pelisse invisible. Heureusement pour lui, elle a mal interprété l'objet de ce déjeuner. Elle pense qu'il noue de nouveaux contacts, qu'il sonde le terrain à la recherche d'opportunités commerciales et non qu'il veut la pousser à trahir ses plus proches parents.

— Je comprends, dit-il, tout en se demandant comment cette femme, à l'évidence intelligente, parvient à expliquer de manière rationnelle qu'elle n'ait pas encore sa place au conseil d'administration d'Investum. Qu'à peu de chose près les femmes soient absentes de tous les postes à responsabilité dans les entreprises dirigées par son père, Gustaf De la Grip. Et que ce dernier se soit fait connaître pour ses déclarations discriminatoires à l'égard des femmes en général et sur la parité en particulier.

Natalia est tout simplement aveuglée par son amour pour les siens.

— Dites-moi, qu'est-ce qui fait de vous l'une des protégées de J-O ? demande-t-il au moment où le serveur leur apporte les plats.

Il s'empresse d'ajouter :

— Ce sont ses mots, je ne fais que le citer.

— Vous le connaissez bien ?

Elle pose sa serviette sur les genoux, saisit ses couverts et se met à manger avec de petits gestes silencieux. Entre chaque bouchée, elle repose son couteau et sa fourchette – des bonnes manières probablement apprises à l'internat.

— Assez pour me fier à son jugement, répond-il.

J-O est l'un des banquiers les plus influents du monde. David a collaboré avec lui plus d'une fois.

— Dites-m'en plus, Natalia.

— La finance des entreprises est un secteur qui s'appuie énormément sur les relations interpersonnelles, comme vous le savez sans doute, et sur la confiance, ajoute-t-elle avec un petit mouvement d'épaule.

Elle repose ses couverts et reste immobile, le dos bien droit, sans rien toucher – ni ses couverts ni son verre.

— Beaucoup de gens me font confiance.

— Ça ne m'étonne pas du tout.

Il s'aperçoit avec surprise qu'il est sincère. Il y a chez elle en effet quelque chose de profondément honnête, quelque chose qui inspire confiance. S'il n'était pas trop cynique pour y croire, il aurait même dit que Natalia a l'air de quelqu'un de bien.

— Et ce n'est pas seulement grâce à mon nom, ajoute-t-elle. (Ses pommettes se colorent, comme sous l'effet d'un petit coup de pinceau.) Je suis compétente dans mon domaine.

— Je n'en doute pas.

Natalia l'observe, les yeux plissés.

— Pourquoi ai-je l'impression que vous êtes en train de me couvrir d'éloges ?

— Pas du tout, je suis naturellement charmeur, répond-il avec un sourire.

Il ne s'attendait pas à ce qu'elle soit aussi sympathique. Il en vient même à oublier son nom et ses origines.

Elle sourit aussi. Même si c'est une perte de temps, il faut bien admettre que ce déjeuner n'est pas déplaisant. Natalia est agréable et son milieu social ne transparaît pas tellement. S'il doit être franc, la jeune femme suscite sa curiosité et exerce sur lui une attirance imprévue. Le contraste entre cette pâleur, cette froideur et cette intensité est saisissant – et sensuel.

— Vous savez, dit-elle avec un geste à nouveau très précis, je *sais* que je devrais être reconnaissante. Quant à mes origines, mon nom… Et je le suis, prétendre l'inverse serait pure arrogance de ma part. Mais parfois j'aurais voulu ne pas être « quelqu'un », avoir réussi sans l'aide de personne. J'imagine que ça doit procurer une certaine satisfaction de percer par ses propres moyens.

— Oui, en effet, dit David lentement.

Il l'observe, dans l'expectative. Il n'a jamais entendu une chose pareille de la bouche d'une personne de la classe supérieure, quel que soit son sexe.

— Heureusement que vous êtes une femme alors, vous avez au moins un handicap.

— Hum…

Elle garde le silence, plongée dans ses pensées.

Peu de secteurs sont aussi inégalitaires que la haute finance. Les femmes ont d'excellentes qualifications mais sont évacuées au fur et à mesure. S'accrocher, comme l'a fait Natalia, témoigne d'une intelligence hors pair. Et d'une véritable ténacité.

Elle lève la tête et le défie du regard.

— Si je puis me permettre, quelle est la position de Hammar Capital sur la question de la parité ? Vous êtes deux hommes à la tête de l'entreprise, non ? Le secteur du capital-risque n'est pas non plus connu pour sa grande proportion de femmes. Qu'est-ce que vous en dites ?

— Je n'en dis pas grand-chose.

Il plante sa fourchette dans une pomme de terre, la saupoudre de sel et l'enfourne dans sa bouche.

— Mais enfin, que pensez-vous du fait qu'il y ait si peu de femmes dans nos conseils d'administration ?

À en croire son ton, ce n'est pas un sujet qu'elle prend à la légère.

— Sans parler des comités exécutifs. Quelle est votre politique en la matière ?

— Hammar Capital choisit ses collaborateurs en fonction de leurs compétences et non de leur sexe.

Natalia pouffe avec dédain et David s'efforce de dissimuler un petit sourire – c'est plus fort que lui. Tout à coup, cette femme quelconque est devenue exaltée, passionnée. Quand quelque chose lui tient à cœur, il n'y a de toute évidence pas de demi-mesure.

— Avec les quotas, on risque d'embaucher des gens moins qualifiés, continue-t-il, conscient qu'invoquer cet argument revient à agiter le chiffon rouge. En tout cas pour une personne ayant un minimum de sens critique. Nous choisissons de laisser les compétences trancher.

Effectivement, il a jeté de l'huile sur le feu.

— Ça, c'est des bêtises. (Les joues de Natalia rosissent un peu plus.) De nos jours, les compétences n'entrent pas du tout en ligne de compte, affirme-t-elle d'un air résolu. On cherche là où on a toujours cherché – dans les mêmes réseaux depuis la nuit des temps. Et on trouve ce qu'on veut : les mêmes hommes avec les mêmes idées. Ce n'est pas ce que j'appelle « laisser les compétences trancher », c'est complètement ridicule.

— Je ne dis pas que nous ne voulons pas de femmes compétentes, rétorque-t-il, mais elles sont parfois difficiles à trouver.

— Avec des idées pareilles je ne serais pas étonnée que vous fassiez bientôt faillite ! répond-elle d'un ton glacial.

Elle baisse les yeux sur son assiette en marmonnant :

— Je vous le souhaite.

— Ça marche très bien pour nous, merci. Nous avons...

— Mais vous ne vous rendez pas compte... ?

Elle a relevé les yeux et commencé à parler avec les mains. Elle doit vraiment être hors d'elle. Une femme à l'évidence capable de dîner avec le roi sans commettre une seule infraction à l'étiquette n'agite pas ainsi ses couverts sans une bonne raison.

— Natalia, l'interrompt-il avant qu'elle n'en vienne aux mains, vous ne comprenez pas que je vous fais marcher ?

Elle se tait.

— Au cours des dix-huit derniers mois, j'ai participé à la constitution de plus de vingt conseils d'administration, poursuit-il d'une voix apaisante. Cinquante pour cent de leurs membres sont des femmes. Idem pour leurs présidents.

Il se penche en arrière et s'appuie contre le dossier de sa chaise, observant la poitrine de la jeune femme se lever et s'abaisser sous son chemisier. Sa respiration est en train de se calmer. Il laisse courir son regard sur le décolleté, les perles, et la peau claire de Natalia. Il lui décoche un petit sourire, peut-être le premier vrai sourire de la soirée. Ce n'est pas sa personnalité qui le rebute, mais ce qu'elle représente.

— Si mon entreprise est aussi performante, c'est en partie parce que mes salariés sont plus que compétents, reprend-il lentement. Hammar Capital a survécu à l'éclatement de la bulle Internet et à la crise financière. Je suis convaincu que c'est grâce à la composition du personnel.

Elle garde le silence mais le fixe des yeux, attentivement. Que peut-il bien se passer sous cette surface lisse et froide ? Il continue sur sa lancée :

— Comme vous le savez, les groupes hétérogènes adoptent des approches différentes. Leurs membres n'ont pas peur d'aller à contre-courant et de défendre des positions innovantes. À la différence de bien d'autres entreprises, nous avons résisté à la crise parce nous travaillons avec les plus grands talents du pays – des hommes et des femmes, des immigrés et des Suédois.

Natalia cligne des paupières. Ses longs cils noirs dissimulent un instant ses yeux avant qu'ils ne se posent de nouveau sur lui.

— D'accord, dit-elle, rassérénée.

Un léger voile rose s'attarde encore sur ses hautes pommettes.

— Vous êtes sûre ?

Elle hoche la tête.

— Oui. Je me suis laissé emporter, ce qui n'arrive presque jamais. (Elle se penche au-dessus de la table, les yeux rieurs.) En plus, j'ai l'impression d'être hypocrite.

— Pourquoi ?

Elle joue la séductrice, peut-être même sans s'en rendre compte. Il mettrait sa main à couper qu'elle n'est pas du genre aguicheur. Il s'autorise un instant à rentrer dans son jeu, se laissant transporter par son regard. Après tout, ils vont bientôt se séparer, il peut faire montre de galanterie.

— Je vous parle d'égalité, de parité, répond-elle en laissant planer sa main au-dessus de la table, mais j'ai conscience de tous les avantages que me procurent mon nom et mon origine sociale. Ça me gêne beaucoup.

Elle s'avance un peu plus vers lui et baisse la voix, comme si elle lui révélait un secret.

— Pour tout vous dire, l'autre jour je me suis servie de mon patronyme. Alors que je déteste quand les gens le font.

— Pourtant vous l'avez fait ?

Elle acquiesce avec un air si coupable que David doit se retenir de sourire.

— Comment ça s'est passé ?

Elle pose sur lui un regard plein de malice.

— Terriblement mal, dit-elle après un long moment.

— Mais qu'est-ce que vous vouliez ? s'enquiert-il, curieux malgré lui.

— Ce n'était même pas quelque chose d'important… J'imagine que vous avez entendu parler de Sarah Harvey ?

David hoche la tête. Sarah Harvey est l'une des meilleures sopranos du monde, avec une voix unique, ample et pure. Elle a une renommée internationale. Non seulement la connaît-il de nom, mais il sait aussi quels cercles elle fréquente.

— Qu'a-t-elle à voir dans cette affaire ?

— Sarah Harvey ne fait *jamais* de tournées internationales, mais là elle est en Europe et donne un concert à Stockholm – le seul dans toute la Scandinavie. Je lui voue un culte depuis ma plus tendre enfance. J'avais tellement envie d'y aller !

— Vous voulez dire que même si vous êtes une De la Grip, vous n'avez pas réussi à obtenir une place ?

— Merci d'enfoncer le couteau dans la plaie ! Mais non, je n'ai pas eu de place. Je l'ai encore en travers de la gorge. Les organisateurs savaient à peine qui j'étais.

— Vous avez essayé un dessous-de-table ?

Elle hausse le menton d'un air de défi.

— Peut-être.

— Les Suédois ne se laissent pas facilement corrompre, si ça peut vous rassurer, répond David.

C'est un demi-mensonge : personne n'est incorruptible, il suffit de se mettre au bon niveau.

— Oui, j'imagine. J'ai un quart de sang russe. Vous parlez d'un peuple facile à soudoyer !

— Oh que oui !

David étend les jambes et se recule contre le dossier de sa chaise. Le déjeuner lui a fourni les informations nécessaires. À présent, le plus sage serait de laisser tomber Natalia De la Grip et de continuer son chemin. Après tout, elle n'est pas indispensable à la conclusion de l'affaire. Il n'a pas besoin de la revoir. Son objectif est d'anéantir sa famille. Il devrait se concentrer sur l'étape suivante, voilà ce qui serait raisonnable. Il observe les longs doigts de la jeune femme se promener distraitement sur son verre. Sous la veste qu'elle a ôtée, elle porte un chemisier simple sans manches. Elle a de beaux traits bien dessinés. Sur les photographies qu'il a trouvées, son physique est plutôt insignifiant, à l'exception d'un cliché qui lui revient à présent en mémoire. Il a sans doute été pris lors d'une soirée – un dîner ou un bal – à la Villa Pauli. Elle y arbore le même chignon strict mais porte une longue robe rouge. Elle est absolument sublime. Ce corps athlétique, plein d'énergie. Il réussit à se persuader qu'il n'a pas besoin d'être toujours aussi pressé et qu'il peut bien s'octroyer dix minutes de plus avec cette femme qui n'est pas tout à fait celle qu'il croyait.

Les yeux de Natalia croisent le regard pénétrant de David. Elle tente de deviner ce qu'il pense lorsqu'il la dévisage de ses yeux gris-bleu. Elle n'est pas censée le remarquer, bien sûr, mais elle a le don de cerner les gens et elle voit bien qu'il essaie de se constituer une image d'elle en l'observant. Il est très habile. Pendant qu'ils discutaient, tout à l'heure, il était tout à elle, ce qui l'a troublée. Il est séduisant, attirant d'une façon très adulte, virile. Il ne reste aucun reliquat de l'adolescence dans ce grand corps aux larges épaules. Les cheveux bruns sont bien coiffés, les yeux oscillent entre le gris et le bleu, et les traits sont anguleux. Beau comme un dieu. Et, pour couronner le tout, il est avenant, poli et parfois drôle. En résumé : le rendez-vous parfait.

Et pourtant…

À certains moments, de manière fugace, elle a aperçu quelque chose dans ses yeux, quelque chose qu'elle n'était sans doute pas censée voir, quelque chose de dur, d'implacable, ce qui l'a déstabilisée et mise sur la défensive. David Hammar est connu pour anéantir les hommes et les entreprises. C'est un personnage impitoyable. « Il se caractérise par une extrême froideur et le prestige le laisse indifférent », a-t-elle lu dans un portrait publié dans la presse économique. Quelque chose lui dit de ne pas se laisser séduire par son charme décontracté et son regard vif. Elle est convaincue qu'il joue une sorte de jeu, mais lequel ?

Que de mystères…

— Qu'est-ce qu'il y a ? demande-t-il, la voix rieuse.

Cette fois, nulle trace de froideur, de dureté, juste une extrême attention. Comme si elle était la personne la plus intéressante au monde. C'est sans doute son secret, ce qui explique son succès presque invraisemblable. David Hammar *voit* les gens. Il leur donne l'impression d'être choisis, d'être spéciaux. Il leur inspire confiance. *Pour ensuite les manger tout crus…*

— Vous avez prévu de faire main basse sur une pauvre entreprise sans défense dans un avenir proche ?

— Évidemment, c'est mon quotidien. Un investisseur en capital-risque ne dort jamais, répond-il, les yeux pétillants.

Natalia s'immobilise. Mon Dieu, ce rire !

La plupart des hommes avec qui Natalia travaille, y compris son père, son frère et son chef, respectent les

39

règles implicites et les structures invisibles qui régissent l'élite financière. Des hommes coulés dans un même moule. Conformistes, souvent physiologiquement incapables d'humour et trop occupés à détruire les autres pour se comporter de manière détendue, en particulier avec les femmes. David, lui, est aux antipodes de cela. Pionnier visionnaire pour ses admirateurs, pilleur machiavélique pour ses détracteurs. Son succès est incontestable. L'histoire d'une ascension, une fable des temps modernes avec un héros en costume sur mesure.

Et pourtant...

David Hammar n'a pas une seule fois tenté de l'impressionner. Il ne se vante pas, n'essaie pas de s'imposer. Lorsqu'ils se sont salués, sa poignée de main était ferme mais pas inutilement puissante, comme s'il était sûr de sa force et qu'il n'avait pas besoin de la prouver. Ce n'est qu'en lui parlant qu'elle a pris conscience des caractéristiques de la plupart des hommes qu'elle côtoie : manque de confiance en soi, obsession de domination, désir de démontrer leur force, et parfois, manque de respect envers les femmes, pour l'exprimer de façon diplomatique.

— Qu'est-ce qui vous a fait choisir ce secteur ? demande-t-elle avec intérêt.

Il aurait probablement pu réussir dans n'importe quel domaine.

— Si on veut gagner beaucoup très vite, c'est la meilleure recette, comme vous le savez sans doute.

Natalia acquiesce. Nul ne peut s'enrichir aussi vite qu'un bon investisseur en capital-risque.

— C'était votre objectif, faire fortune ?

— Oui.

— Et ça a bien marché ?

Elle connaît évidemment la réponse, mais elle est curieuse d'entendre ce qu'il dit lorsqu'on lui donne l'occasion de se jeter des fleurs.

Il la contemple un long moment.

— On n'est jamais satisfait, dit-il d'une voix lente, comme s'ils débattaient d'une question importante et pas simplement de la pluie et du beau temps. Vous ne trouvez pas ça bizarre ?

Elle secoue la tête.

— Non, c'est le moteur le plus important chez l'être humain. Pour le meilleur et pour le pire.

— Chez vous aussi ?

— J'imagine que oui, répond-elle, car elle se reconnaît dans cette motivation. Toujours se surpasser. Vouloir réussir.

— Qu'est-ce qu'il y a ?

Il se penche en avant et l'examine avec attention. Il lit en elle si rapidement que c'en est effrayant.

— Rien. Ce déjeuner a été très agréable. Je pensais que vous seriez plus…

Elle s'interrompt.

— Menaçant ? Sans scrupules ?

Elle laisse échapper un petit rire.

— Peut-être.

— Ce que j'aime, c'est voir des résultats, reprend David. Beaucoup d'entreprises suédoises pâtissent d'une gestion lamentable. Leurs dirigeants et leur conseil d'administration s'engraissent sur le dos des actionnaires.

Il croise ses longues jambes devant lui et passe une main dans ses courts cheveux bruns. Elle remarque sa montre en acier. Une Patek Philippe. Chère mais pas tape-à-l'œil.

— Vous n'imaginez pas le chaos qu'on découvre parfois ! Quand HC entre au conseil d'administration d'une entreprise, son but est de l'assainir, de la rendre plus efficace. Ce sont les actionnaires qui en profitent. Personne d'autre.

— Vous vous servez sans doute un peu au passage, remarque Natalia sur un ton sec.

Hammar Capital est valorisée à la modique somme de quatre milliards d'euros. Pas si mal pour une entreprise qui n'est l'œuvre que d'un seul homme. Et il est si jeune, moins de trente-cinq ans si l'on en croit Internet.

— Oui, bien sûr, sourit-il. Nous aimons la controverse, c'est dans l'ADN de l'entreprise. Vous prendrez un café ?

Elle hoche la tête et il passe commande. Le serveur est rapidement de retour avec deux tasses.

Natalia touche du bout du doigt le chocolat posé sur sa soucoupe. Elle était sincère tout à l'heure, elle admire vraiment les gens capables de créer quelque chose à partir de rien. Il y a tant de personnes qui naissent avec toutes les chances de leur côté et qui les dilapident.

— Vous ne le mangez pas ? demande David en indiquant le chocolat d'un signe de la tête.

Elle le lui tend, le regarde ouvrir l'emballage délicat.

— Vous êtes souvent à l'étranger. Comment vous organisez-vous ? s'enquiert-elle.

Il lève un sourcil.

— J'ai l'impression que je ne suis pas le seul à avoir fait des recherches ! Oui, tout à fait, je fais le tour du monde en quête de financeurs. Avec Michel, mon associé.

Michel Chamoun. Un Libanais détenteur d'un double diplôme de droit et d'économie. Oui, elle a bien préparé son sujet, méticuleuse comme elle est.

— Mais vous n'avez pas besoin d'être ici ?

— J'ai des collaborateurs très compétents.

— Des femmes et des immigrés.

— Entre autres.

En dépit de sa compagnie agréable et de son charme presque irrésistible, Natalia ne peut s'empêcher de penser qu'il y a quelque chose qui cloche. Que lui veut cet Apollon aux yeux durs ? Qu'avait-il derrière la tête lorsqu'il l'a invitée à ce « déjeuner qui n'engage à rien » – une phrase qui peut vouloir dire tout et son contraire ?

Lorsqu'il lui a posé toutes ces questions apparemment fortuites et l'a flattée en lui accordant toute son attention ?

Natalia jette un coup d'œil à sa montre. Impossible ! Il n'a pas pu s'écouler autant de temps ! Elle fronce les sourcils et voit David pivoter le poignet pour regarder la sienne.

Il se redresse sur sa chaise.

— Comment peut-il être aussi tard ?

— Je sais, il faut que je retourne travailler.

— Je n'ai pas vu le temps passer. Désolé de vous avoir retenue, s'excuse-t-il en demandant l'addition d'un geste de la main.

— Ne soyez pas désolé. C'est juste que j'ai une réunion Skype avec Londres à préparer.

Il tend sa carte de crédit au serveur.

— Je leur demande de vous appeler une voiture ?

— Non, j'aime autant rentrer à pied, l'assure-t-elle.

Elle se lève et saisit son sac à main.

— Je vous accompagne.

Lui aussi s'est mis debout et lui tire la chaise.

— C'est gentil, mais ça va aller, conteste-t-elle d'un air navré.

Il est incroyablement attirant, là n'est pas la question. Mais elle a, comme qui dirait, fait ses petites recherches : ces dernières années, Hammar Capital s'est retrouvée à deux reprises en conflit commercial avec Investum et les deux fois HC a été vaincue. Aujourd'hui, elle a mentionné Investum à deux reprises et chaque fois quelque chose a changé dans son regard. C'était à peine perceptible et elle ne l'aurait pas remarqué si elle ne l'observait pas aussi attentivement. Elle a entrevu une froideur que tout le charme du monde ne saurait faire oublier. David a très clairement maille à partir avec l'entreprise familiale. Et l'on peut dire que Natalia *est* cette entreprise, à bien des égards. Dans la sphère financière, on dit souvent qu'il n'y a rien de personnel, que l'argent est roi. Rien n'est moins vrai. Dans le sillage de l'argent interviennent bien d'autres facteurs : les sentiments et les impulsions, les blessures d'ego et le désir de revanche. La question est donc : David Hammar avait-il des arrière-pensées quand il l'a invitée au restaurant ?

Natalia l'examine en détail, balaie du regard ce visage si séduisant, ces yeux perçants, et ce corps athlétique.

Sans doute.

— Merci, s'entend-elle dire, merci pour ce sympathique déjeuner.

Elle lui serre la main, laissant la grande paume chaude envelopper la sienne, et sort dans la chaleur de l'été, loin d'être plus avancée que lorsqu'elle est entrée dans le restaurant.

4

Le déjeuner avec David Hammar a soulevé plus d'interrogations qu'il n'a apporté de réponses. Il a au moins eu le mérite de la réveiller, se dit-elle en rentrant à grandes enjambées à son bureau place Stureplan. Elle prend l'ascenseur jusqu'au sixième étage, salue d'un signe de tête les réceptionnistes et s'enferme dans son bureau. Elle peut bien s'octroyer cinq minutes avant de se mettre à pied d'œuvre.

Elle repense à David et à leur rendez-vous. Elle s'est sentie à la fois troublée, fascinée et – pour être honnête – attirée par cet investisseur, un homme envoûtant et ambivalent.

Natalia se renverse en arrière sur sa chaise. En fait, il la décontenance, elle n'arrive pas à le cerner. Au cours du déjeuner, il a été poli, drôle même. Il l'a taquinée et elle s'est laissé séduire par son charme masculin, son puissant magnétisme.

Outre cela, elle l'a perçu comme un dur à cuire, un homme au cœur de pierre. Elle sait qu'il a grandi dans l'une des banlieues les plus sensibles de Stockholm. Sa famille ne roulait pas sur l'or, ce n'est pas un secret. Mais il s'est ensuite passé quelque chose, car il a intégré un internat d'élite, puis l'école de commerce Handels-högskolan et enfin la prestigieuse université Harvard.

Grâce à une bourse, certes, mais tout de même, quelle ascension sociale !

« Pétri de contradictions », voilà une expression qui lui va comme un gant, songe Natalia, ponctuant ainsi ses cinq minutes de réflexion. Indépendamment de son avis sur son charisme et sa beauté, elle est certaine que ce déjeuner est un événement qui ne se répétera pas. Pour une raison qui lui échappe, il l'a écartée – elle l'a senti très clairement. Elle ferait mieux de redescendre sur terre et de se concentrer sur sa réalité du moment. À savoir, sa vie professionnelle. Car ce déjeuner, quoique « intéressant », a néanmoins empiété sur son précieux temps de travail.

L'après-midi, Natalia consacre quelques heures intenses à traiter la paperasse qui ne cesse de déferler sur son bureau. Elle et J-O se trouvent dans la phase finale d'une affaire bancaire de la plus haute importance et de très grande envergure, particulièrement cruciale pour Natalia. La pression est forte, pour elle comme pour son équipe. Personne ne dort plus que ce qui est absolument nécessaire, tout le monde est aux aguets. Dans une heure ou deux, lorsque les banques et la Bourse de la côte Ouest des États-Unis ouvriront, la longue journée de travail se poursuivra sur le même rythme effréné.

Natalia lorgne sa montre. Hong Kong dort encore, Los Angeles a trois heures de retard sur New York. Quelque part dans le monde, il y a toujours une banque qui ouvre, une Bourse qui ferme : les opérations commerciales et les affaires peuvent se faire vingt-quatre heures sur vingt-quatre. Et elle n'a jamais rencontré quelqu'un d'aussi exigeant que son chef.

Elle se demande si David Hammar travaille de la même manière. On le dit stakhanoviste. Personne ne peut survivre au sommet – où il se trouve depuis des années – sans être infatigable. Et impitoyable. C'est ce qui fait l'attrait du secteur financier, mais c'est aussi son principal défaut.

Elle lève la tête lorsque l'on frappe à l'encadrement de sa porte.

— Tu as un instant ? demande J-O.

— J'arrive, lance Natalia, heureuse de devoir se concentrer sur autre chose que sur l'impression laissée par David Hammar.

Åsa a raison, elle devrait sortir davantage. Mais cette étrange mode de collectionner les partenaires lui passe complètement au-dessus, songe-t-elle en ramassant dossiers, papiers et iPad. Les autres femmes le font, Åsa le fait. Elles sortent avec des hommes, couchent avec eux à tour de bras. Natalia, elle, n'a jamais vraiment saisi le concept. Quelque chose dans ces règles modernes et incontestablement antisuédoises lui échappe, bien qu'elle ait vécu à New York et à Londres. Autant se rendre à l'évidence, elle ne sait pas y faire avec les hommes, un point c'est tout. L'histoire récente l'a bien montré. En revanche, elle excelle dans son travail, se rassure-t-elle en emboîtant le pas à J-O. Autant s'en réjouir.

Natalia ne perd pas un mot de la réunion. Si on veut sa place dans l'équipe de J-O, pas d'autres choix que d'être disponible à cent pour cent. Il ne prend que le top du top. Une seule erreur et c'est la porte. Natalia a été triée sur le volet. C'est J-O lui-même qui l'a choisie lorsqu'il a été chargé voilà deux ans de monter l'équipe scandinave de la Bank of London. Les autres membres, tous des hommes, sont comme elle des experts dans leur domaine. Natalia est spécialisée dans les questions bancaires et les institutions financières. J-O dit souvent qu'il peut l'appeler au milieu de la nuit pour lui demander les cours des grandes banques cotées et qu'elle se lève d'un bond et les récite en précisant leur valeur à la fermeture des marchés.

Ce n'est pas une plaisanterie. Il l'a déjà fait plusieurs fois.

J-O lance quelques phrases de conclusion, remercie les téléparticipants et termine l'appel. Comme tout le monde, Natalia s'apprête à ranger ses affaires.

— Il est bientôt trois heures trente, lui dit J-O, tu aurais deux minutes avant l'ouverture de New York ?

Natalia acquiesce et attend en silence que la salle de conférences se vide.

— Excellent travail, la félicite-t-il lorsqu'ils sont seuls.

Elle sourit. Les compliments sont une denrée rare.

— Merci.

Les doigts de J-O tambourinent sur la table.

— Qu'est-ce que tu as prévu cet été ? s'enquiert-il.

Natalia s'efforce de ne pas lever les sourcils. Pas évident. Dans tout le monde de la finance, son chef est connu pour trois choses : ses goûts de luxe, son penchant pour les longues interviews dans les magazines féminins et le fait qu'il ne parle *jamais* de questions personnelles.

De ce qu'en sait Natalia, à la différence du commun des mortels, il n'a *pas* de vie privée. Il travaille, il voyage pour rencontrer ses clients et il prend tellement l'avion qu'on dit souvent qu'il passe plus de temps en l'air que sur terre.

Bien que leur collaboration, d'abord à Londres puis à Stockholm, dure depuis déjà deux ans, leurs conversations sont toujours strictement professionnelles. Le peu qu'elle sait de lui, elle l'a glané dans la presse people et les magazines financiers. La famille de Natalia étant l'une des plus connues du pays, la jeune femme se dit qu'il doit en savoir autant sur elle que les autres Suédois.

Au moins une fois par an, quand son petit frère Alexander provoque un nouveau scandale – souvent lié à une affaire de cœur –, la presse à sensation en profite pour revenir en détail sur tous les membres de la famille. Pas difficile, donc, de se tenir au courant de sa vie privée. Mais J-O ne dit jamais un mot de tout cela. Même lorsque la nouvelle de sa rupture avec Jonas a été rendue publique, il a gardé le silence. Il a simplement observé ses yeux rougis sans rien laisser transparaître, puis s'est remis à marteler des ordres. Finalement, dans son malheur, c'était plutôt agréable.

— Je vais travailler jusqu'à ce que nous ayons terminé, dit-elle en réponse à sa question. Je n'ai pas encore d'autres projets, sauf peut-être Båstad.

Elle ne peut s'empêcher de soupirer. Le Tout-Stockholm se rend à Båstad. Ses parents l'ont bien sûr invitée dans leur maison de vacances – invitation qui, dans la bouche de sa mère, était presque un ordre – mais Natalia ne sait pas si elle supportera de passer l'été avec eux. L'an dernier, juste après le départ de Jonas, c'était encore possible, mais aujourd'hui ? À bientôt trente ans ? Non, c'est pathétique, il y a des limites !

Les pensées de Natalia vagabondent et, avec une légèreté de papillon, se tournent une nouvelle fois et de façon inopinée vers David Hammar. A-t-il prévu de se rendre à Båstad ? Si elle accompagne ses parents à la villa, a-t-elle des chances de tomber sur lui là-bas ?

C'est tout de même incroyable. À peine a-t-elle rencontré un homme qu'elle se met à fantasmer. On croirait une adolescente ! Au moins, elle ne s'est pas précipitée sur Google juste après le déjeuner pour faire des recherches – même si elle se pose encore des questions concernant ses intentions. Qu'est-ce qui peut bien l'intéresser chez elle ? Son père le déteste, elle le sait bien. Jusqu'à maintenant, elle n'avait pas d'opinion arrêtée sur lui. Ils n'évoluent pas dans les mêmes sphères, tout simplement. Lui est un séduisant pirate des entreprises. Il côtoie stars américaines et princesses britanniques. Il cherche querelle à de grandes entreprises. Quant à elle, au fond, elle est une simple banquière.

— Natalia, tu es toujours avec moi ? fait J-O.

— Oui, pardon, répond-elle. Si tu as besoin de moi je reste ici. Je n'ai encore rien décidé. Je prendrai des vacances quand ce sera possible.

— Je pourrais avoir besoin de toi à Båstad.

Natalia hoche la tête d'un air neutre. Évidemment.

J-O quitte la table de conférence en bois poli. Les bureaux se trouvent dans un bâtiment haut de plafond construit au XIXe siècle et classé monument historique, avec du mobilier d'époque, des lustres en cristal et des tableaux encadrés d'or. Il regarde par la fenêtre d'où l'on aperçoit les toits des immeubles et la place Stureplan.

— Je sais que tu as tes propres projets d'avenir, articule-t-il lentement.

Natalia prête l'oreille. Là, il s'agit d'autre chose, il s'agit d'elle. Lors de leur dernier entretien annuel, ils ont parlé du fait que Natalia envisage à long terme de travailler dans l'entreprise familiale. Elle a toujours été honnête, n'a jamais caché qu'elle voulait d'abord faire carrière par ses propres moyens avant de continuer sa route.

— Oui ? répond-elle, circonspecte.

Elle éprouve une grande admiration pour J-O, mais ils ne sont pas vraiment amis. Tout le monde a ses intentions cachées sur cette terre et la confiance est une denrée périssable.

— Il paraît que tu as vu David Hammar aujourd'hui. Il y a quelque chose que je devrais savoir ?

— C'était juste un déjeuner, rien de plus, objecte-t-elle, prise au dépourvu.

On dit que J-O sait tout ce qui se passe dans le monde de la finance, qui regorge de potins. Mais tout de même ! Comment peut-il en être déjà informé ?

— J'espère que tu ne m'espionnes pas, au moins, déclare-t-elle.

Elle ne plaisante qu'à moitié.

J-O secoue la tête et croise les bras.

— On est à Stockholm, impossible de bouger le petit doigt sans que tout le monde soit au courant. Qu'est-ce qu'il voulait ?

— Aucune idée. On a mangé, rien d'autre. Tu le connais mieux que moi.

— Il prépare quelque chose…

Natalia acquiesce.

— Probablement.

— Tiens-moi au jus. Et prépare-toi à aller à Båstad.

Natalia se lève, encore légèrement sous le choc. Lorsqu'elle quitte la pièce, J-O s'est de nouveau tourné vers la fenêtre et fixe un point au-dehors.

Le reste de la soirée de travail s'écoule dans une ambiance studieuse. Stagiaires, assistants, analystes et collaborateurs vont et viennent. L'un s'endort dans un canapé. Un autre commande des pizzas. Natalia s'entretient avec des clients, dessine des schémas, bâille lorsque personne ne la voit.

Tard ce soir-là, elle prend un taxi pour rentrer chez elle. Elle s'assoupit quelques heures, prend une douche et se change. Le soleil vient à peine de se lever qu'elle est déjà de retour au bureau.

J-O arrive vers neuf heures et demie, la salue d'un geste de la tête et disparaît en réunion. Les téléphones se mettent à sonner, un assistant à crier et, une fois de plus, les pensées de Natalia sont englouties par le travail.

— Natalia ! l'appelle un collègue alors qu'une journée de travail entière s'est déjà écoulée, la téléconférence commence !

— J'arrive ! lance-t-elle en attrapant au passage une pomme et un bloc-notes.

Il est déjà dix-huit heures et ils sont loin d'avoir terminé. Encore une journée qui s'annonce longue. Ça n'est pas pour lui déplaire.

5

Vendredi 27 juin

David s'appuie contre le dossier de son siège et s'étire. Ici, au dernier étage, on devine plus que l'on n'entend la rumeur de la ville. Il parcourt du regard son bureau design, encombré de rapports et de comptes annuels ou semestriels, avant de s'arrêter sur un tableau, une peinture à l'huile noire qu'un architecte d'intérieur enthousiaste lui a facturée une fortune. Tout l'aménagement des bureaux de Hammar Capital résulte de la conjonction de deux facteurs : le recrutement d'une agence d'architecture d'intérieur aussi onéreuse que visionnaire et la mise à leur disposition de fonds presque illimités. Ce n'est pas pour rien : HC reçoit souvent des clients et organise parfois de grandes soirées. Tout ce verre et cet acier ne manquent pas d'impressionner les invités.

Le déjeuner d'hier avec Natalia De la Grip n'a strictement rien donné. Qui plus est, David a des réunions prévues du matin jusqu'au soir cette semaine donc, en théorie, il n'a pas un instant à perdre à penser à elle. Pourtant, de temps en temps, un souvenir inopiné de leur rendez-vous lui fait perdre le fil de ses pensées. Ce regard doré qui est resté gravé en lui. Une réminiscence de cette peau pâle et de ces traits sensuels.

— Tu es encore là ?

David opine du chef bien que la personne à l'autre bout du fil ne puisse évidemment pas le voir.

— Désolé, oui, je suis là.

— On a besoin de se voir ou je peux être sûr que mon argent est entre de bonnes mains ?

L'homme au téléphone est Gordon Wyndt, l'un des plus gros investisseurs de Hammar Capital et l'un des rares amis intimes de David.

HC dispose d'un capital propre considérable : David est parvenu à créer l'un des fonds de capital-risque les plus puissants du pays. Néanmoins, pour des affaires de très grande envergure, la firme s'appuie sur un réseau de partenaires fortunés et disposés à prendre des risques importants, ce qui représente un levier supplémentaire. Gordon Wyndt – ce magnat septuagénaire américain d'origine britannique – est le plus riche d'entre eux. Et il n'a pas froid aux yeux. Il est, à l'instar de David, un *self-made man* issu d'une famille modeste.

Les deux hommes se sont rencontrés quand Gordon enseignait à Handelshögskolan et que David y était étudiant. Ils ont échangé quelques e-mails sporadiques mais, lorsque David est entré à Harvard, ils ont repris contact et ne l'ont plus reperdu. En dépit de leur différence d'âge et de leurs personnalités très différentes, ils sont devenus amis mais aussi collaborateurs. David a plus d'une fois conseillé Gordon sur des investissements rémunérateurs, que ce soit dans des actions ou dans des entreprises. Quand David a créé sa propre boîte, Gordon a été le premier à y placer des capitaux.

— Qu'est-ce qui se trame exactement ? demande Gordon.

David entend des jappements et se souvient que la femme de son ami est férue de petits chiens.

— C'est l'affaire du siècle. Je suis peut-être un peu stressé…, répond David, évasif.

Gordon émet un petit bruit de dédain.

— Arrête, l'anxiété n'est pas dans ton ADN, et tu adores jouer les gros bras. Tu me caches quelque chose.

Gordon s'éloigne du combiné et David l'entend parler tendrement à son animal. Il lève les yeux au ciel.

Gordon revient.

— Bon, d'accord. Du moment que tu sais ce que tu fais. Et que tu ne jettes pas mes milliards par les fenêtres.

— Ne t'inquiète pas, mon équipe se tient sur le qui-vive à Stockholm, dit David. D'ici peu, les gens de la finance auront rejoint leur maison de campagne. Tennis, bières, voile, ce sera leur quotidien. Tout fonctionne au ralenti là-bas.

Ils prennent des congés : c'est leur faiblesse et ce sera leur perte. David, lui, ne prend jamais de vacances.

— J'ai encore quelques rendez-vous ces prochains jours : avec des courtiers, des administrateurs de fonds, certains grands propriétaires, poursuit-il. J'ai un bon feeling, les deux plus gros fonds de pension sont avec nous. Et toi, bien sûr.

Combien de courtiers et d'administrateurs a-t-il rencontrés pour leur présenter le projet au cours des douze derniers mois ? Il a perdu le compte. Deux cents ? Au moins.

— Tu as réussi à convaincre quelqu'un de la famille des propriétaires ? s'enquiert Gordon.

— Non.

David regrette de lui avoir confié son projet : tenter d'embarquer dans son aventure un membre de la fratrie De la Grip. Il a horreur de reconnaître ses échecs.

— Mais peu importe, reprend-il, sèchement.

Ce qui est vrai. Il n'a jamais eu besoin d'avoir avec lui une personne de la garde rapprochée d'Investum. Pas véritablement. Il peut s'en sortir sans cet atout.

Pour des raisons évidentes, il n'a jamais été question du frère aîné, Peter. Quant à Alexander De la Grip, il n'a pas répondu à son appel. Et Natalia n'irait jamais à l'encontre des intérêts familiaux, c'est ce qui est clairement ressorti du déjeuner. Non, la voie est bouchée.

— Mon épouse veut acheter un château en Suède. Il paraît que toutes ses amies le font, annonce Gordon. Où se trouve la Scanie ? C'est un bon coin ? La région regorge de châteaux à vendre.

— La noblesse de Scanie est d'un snobisme ! Ils vont te détester. Toi, tu vas adorer.

— Tu viendras nous rendre visite, on organisera une grande fête.

David esquisse un sourire. Lui et Gordon ont cela en commun, ils n'ont aucun respect pour les noms à particule.

— David ?

— Oui.

— Il y a autre chose ?

— Peut-être...

David ignore pourquoi il s'apprête à lui demander cela. Il n'y a pas d'explication rationnelle mais il articule tout de même les mots.

— J'ai besoin d'aide pour une bricole, commence-t-il lentement.

— Plus d'argent ? Je vais en parler à ma banque.

— Non, c'est autre chose. Tu connaîtrais Sarah Harvey ?

— La cantatrice ? Ma première femme et elle ont chanté ensemble dans une chorale et nous sommes parrain et marraine de sa fille.

— J'ai un petit service à te demander.

Cinq minutes plus tard, David raccroche en se demandant ce qu'il est en train de fabriquer. Il parvient toutefois à se débarrasser de l'impression d'avoir déclenché quelque chose d'incontrôlable et appelle son assistant,

Jesper Lidmark, un jeune étudiant de Handelshög-skolan. Jesper entre dans le bureau et jette à David un regard interrogateur.

— Je veux faire envoyer quelque chose à Mme Gordon Wyndt, dit David, quelque chose d'exclusif, qui ait l'air très cher. Appelle Bukowski, demande-leur de choisir un vase ou autre chose à lui adresser.

Une demi-heure plus tard, David reçoit un coup de fil de Gordon.

— C'est réglé.

— Merci, dit David, je te dois un service.

— On peut savoir de quoi il s'agit ?

David entend les jappements du chien en fond sonore et il se représente Wyndtham Castle. De vertes collines, une magnifique piscine en marbre italien. De grands chapiteaux, des invités de marque. Une rénovation inté-grale qui a détruit des siècles de patine et a fait l'objet d'articles dans la presse britannique et américaine.

— Les affaires, ment-il, laconique.

— À d'autres ! rétorque Gordon d'un ton sec avant de raccrocher.

6

— Vous allez vous revoir ? demande Åsa, observant d'un œil critique la robe rouge à fleurs qu'elle vient de décrocher. Je veux dire, toi et le pirate ?

Elle jette à Natalia un regard interrogateur avant de replacer le vêtement dans le rayon. Ses formes sont bien trop généreuses pour qu'elle puisse se permettre ce genre de motifs.

— Euh, non, répond Natalia qui effleure des doigts une veste – grise, évidemment.

En termes de goûts vestimentaires, cette femme est un cas désespéré. Åsa n'est même pas sûre qu'elle possède autre chose que des habits gris, beiges, voire bleu marine. Peut-être parce qu'elle passe le plus clair de son temps avec des cadres de la finance gorgés de testostérone. Ou parce que les conseils en matière de mode ont été prodigués par une mère qui considère que tout ce qui met en valeur une jeune femme est vulgaire. Quoi qu'il en soit, Natalia multiplie les *fashion faux pas*.

— Mais il t'a plu, fait remarquer Åsa.

Elle constate que Natalia rougit. Donc même une femme aussi frigide que Natalia est sensible au charme du caïd David Hammar.

Åsa sélectionne une autre robe et l'étudie attentivement. Ce vert lui irait à merveille. Elle tourne la tête vers la vendeuse qui se tient nerveusement en retrait.

— Ma taille ? lance-t-elle, lapidaire.

La vendeuse hoche la tête avant de disparaître dans l'arrière-boutique.

— Tu es obligée de prendre un ton aussi désagréable ? la réprimande Natalia qui vient de dénicher un tailleur-pantalon passe-partout et semble prête à sortir sa Visa gold.

— Tu n'as pas déjà exactement le même dans ta garde-robe ? demande Åsa en considérant le vêtement avec dégoût.

Deux fois par an, de façon mécanique, Natalia se rend chez le tailleur de sa mère au nord d'Östermalm et commande un assortiment d'ensembles printemps-été ou automne-hiver, selon la saison.

— On n'a jamais trop de jolies tenues, rétorque Natalia en examinant le tissu marron.

Ah, au secours, pas celui-ci ! Åsa montre une robe turquoise à un autre vendeur et lui adresse un geste péremptoire. Il s'empresse de lui obéir, lui libérant une cabine d'essayage. Les vêtements qu'elle a choisis y sont suspendus, accompagnés d'accessoires, de chaussures et de fonds de robe.

— Le client est roi, il faut le leur rappeler. Sinon on se fait marcher dessus. Ils savent que je connais la propriétaire.

En effet, l'atelier est détenu par sa cousine au deuxième ou au troisième degré – une parente éloignée en tout cas –, une couturière très talentueuse. Åsa a réussi à y obtenir un rabais « familial ». Natalia contemple à présent un tailleur beige.

— Range-moi ce chiffon et ne change pas de sujet ! s'exclame Åsa. Raconte-moi le déjeuner. De quoi vous avez parlé ?

Natalia hausse une épaule d'un air nonchalant, mais Åsa ne se laisse pas avoir.

— Natalia ?

Obéissante, la jeune femme se détourne du rayon prêt-à-porter et des tenues professionnelles pour s'avancer vers les vêtements griffés. La cousine éloignée d'Åsa est sans nul doute très douée, nombre de ces robes auraient leur place dans un défilé de mode international.

Natalia décroche une robe dorée en satin de soie aux reflets provocateurs. La tenue semble presque animée d'une vie propre.

— On a surtout discuté de mon boulot, et à quel point j'y excelle, affirme-t-elle en plaçant la robe devant elle pour avoir un aperçu.

Åsa esquisse une moue dédaigneuse.

— Vraiment ? On ne me la fait pas à moi.

— Je suis sérieuse ! Bizarrement, il a à peine parlé de lui.

— Tu veux dire que tu as déjeuné avec un financier qui n'a pas essayé de se faire mousser et de te marcher dessus. Tu as trouvé la perle rare !

Natalia retourne l'étiquette et fait les gros yeux en découvrant le prix.

— Je l'ai trouvé assez sympathique. Il est sûr de lui mais pas imbu de sa personne.

— Beau et sexy avec ça ?

— Pas faux, dit Natalia en esquivant le regard de son amie.

Ma chère petite Natalia, j'ai l'impression qu'il te plaît.

— Essaie-la, fait Åsa en indiquant de la tête la robe dorée que Natalia tient à la main.

Åsa, elle, se glisse dans la cabine où l'attendent les toilettes qu'elle a sélectionnées. Elle se débarrasse tant bien que mal de la sensation de vacuité qui l'envahit et décide de faire l'acquisition d'au moins deux robes. Le shopping est censé être un remède à la dépression, non ? Vivement qu'il commence à agir.

— Je ne comprends pas pourquoi tu me traînes dans ces boutiques, se plaint Natalia. Tous ces vêtements sont si gais, presque exigeants. Ça me stresse. Je ne peux pas porter ça.

Le silence se fait dans la cabine d'à côté, uniquement troublé par le froufrou étouffé de l'étoffe.

— Hum, reprend Natalia, trop dénudé pour moi…

Åsa observe la robe verte teinte à la main qu'elle vient de revêtir. L'onéreux vêtement en soie, sensuel et légèrement indécent, épouse les courbes généreuses de ses seins, de ses hanches, de son ventre. Ça conviendra.

— Il est venu seul ? s'enquiert-elle en ôtant la robe pour essayer la suivante.

Elle s'examine dans le miroir. Peau à la blancheur ivoirine. Formes voluptueuses. Lingerie coûteuse. Elle sourit. Elle adore son corps tout en rondeurs et elle se flatte de ne jamais avoir mis les pieds dans une salle de sport.

— Oui, il était seul. Pourquoi ?

Åsa ajuste la soie argentée – une couleur qui lui sied à merveille. Une Marilyn Monroe du XXIe siècle.

— Il a un associé, dit-elle avec un ton qu'elle veut détaché, comme si la réponse de Natalia n'avait aucune importance. Je me demandais simplement s'il était là.

Silence radio. Åsa peut presque entendre le cerveau de Natalia fonctionner à plein régime. Son amie a beau être une handicapée du shopping, elle n'est pas non plus idiote.

— Comment connais-tu son associé, Åsa ? l'interroge Natalia en prenant une voix insupportable comme elle seule sait le faire.

Åsa cligne lentement des paupières, toujours devant le miroir. Si elle ferme les yeux, elle peut voir le visage de cet homme. Où qu'elle soit et malgré les années passées, elle réussit invariablement à faire apparaître son image.

— À ton avis ? répond-elle avec légèreté.

— Tu as couché avec lui.

Ce n'est ni une question ni un jugement, mais une simple constatation.

Åsa incline la tête. C'est vrai qu'elle a couché avec beaucoup d'hommes, il n'y a rien d'étrange à ce que Natalia tire cette conclusion. Mais la vérité est un peu plus complexe que cela.

Ah, Michel !

La voix de Natalia s'élève tout à coup de l'autre côté de la cloison :

— Tu as aussi couché avec David Hammar ?

Åsa sourit. N'y a-t-il pas un soupçon d'agacement dans ce ton ?

— Åsa ? entend-elle de nouveau.

La voix est un peu plus tranchante.

— Absolument pas, répond-elle en toute honnêteté. Les capitalistes à la réputation sulfureuse, très peu pour moi.

Ce qui est *presque* vrai. Elle en a mis quelques-uns dans son lit mais n'a pas été convaincue par l'expérience.

— En plus ton père est mon patron. Lui et David ne sont-ils pas ennemis jurés ?

Les deux amies émergent en même temps de leur cabine d'essayage. Natalia est vêtue de la fine robe de soirée dorée qui épouse les lignes de son corps élancé. La tenue montre plus de peau qu'elle n'en cache, surtout au niveau du dos. Åsa lui adresse un sourire encourageant.

— Les ennemis jurés, je ne savais pas que ça existait encore, dit Natalia, main sur la hanche.

Natalia est mince comme un mannequin, et cette robe semble faite pour une femme aux seins minuscules, à la taille de guêpe, mais aux fesses plus rebondies que ce qui serait acceptable dans un défilé de mode. Elle a l'air de sortir tout droit d'une publicité pour un parfum de luxe.

— Achète-la, l'incite Åsa.

— Mais quand est-ce que tu veux que je porte une tenue pareille ?

Åsa participe à tous les bals, fêtes et mariages de la haute société auxquels elle est conviée – elle déteste rester chez elle – alors que Natalia répond par la négative à toutes les invitations qui ne sont pas directement professionnelles. Natalia est allée jusqu'à décliner une invitation à un dîner royal pour réviser un rapport annuel.

— Son associé s'appelle Michel, dit Åsa, s'étonnant elle-même de son besoin de parler du seul homme qui l'ait jamais éconduite.

Elle tend une paire de sandales à Natalia qui, malgré ses réticences initiales, semble avoir du mal à se départir de la robe.

— Essaie ça avec.

Natalia obtempère. Elle retire ses escarpins Bally, des chaussures confortables qu'elle adore, et attache les fines lanières autour de ses chevilles. Elle remue un pied.

— Ça ne te ferait pas de mal de t'épiler les jambes de temps en temps, remarque Åsa.

— Oh, lâche-moi ! Parle-moi plutôt de Michel.

— On a fait nos études de droit ensemble, commence Åsa.

Elle entend sa voix se briser et s'efforce de la stabiliser.

— Ton frère Peter le connaît aussi. On avait plusieurs cours en commun.

Or, contrairement à l'étudiant médiocre qu'était Peter De la Grip, Michel était l'un des plus brillants de sa promo de droit – matière qu'il étudiait en parallèle avec ses cours d'économie à Handelshögskolan. Il parvenait à mener de front les deux filières tandis que Peter peinait à en suivre une seule.

— Je ne crois pas qu'ils s'appréciaient des masses.

— Personne n'apprécie Peter, répond Natalia d'un air triste, tout en essayant d'apercevoir son dos dans le miroir.

Åsa s'abstient de tout commentaire, car Natalia a raison : Peter De la Grip, toujours sur la défensive, en permanence sur ses gardes, est un personnage plutôt antipathique. Enfin, cela ne l'a pas empêchée de coucher avec lui aussi. Elle examine l'étiquette et se demande si elle ne devrait pas trouver quelque chose d'encore plus cher.

— Pour ta gouverne, je n'ai pas couché avec Alexander, reprend Åsa pour continuer sur le thème des hommes de la famille de Natalia. Qu'est-ce qu'il devient d'ailleurs ?

Le frère cadet de Natalia est l'un des hommes les plus beaux qu'Åsa ait jamais vus. Tout à fait objectivement, ni David ni Michel ne lui arrivent à la cheville. Si l'on pouvait dire qu'un homme est « une beauté », on dirait cela d'Alexander De la Grip. Peut-être que quelqu'un comme Alex réussirait à l'égayer ? À lui faire oublier que chaque jour qui passe est pour elle un calvaire ?

— Mon cher petit frère est en train de se détruire le foie à New York. Vous deux, je pense que vous vous massacreriez en un rien de temps. Et, désolée, mais il n'est pas un peu jeune pour toi ?

Alexander a un an de moins que Natalia, ce qui veut dire que... Åsa esquisse une grimace. Elle ne veut pas y penser.

Une sonnerie retentit dans le sac à main de Natalia. Elle s'excuse et sort son téléphone. Åsa disparaît de nouveau dans la cabine d'essayage tandis que Natalia prend l'appel.

Åsa étudie la robe verte, l'argentée et l'autre. Peut-être devrait-elle acheter les trois ? Ce n'est pas comme si elle n'avait pas les moyens.

Pauvre petite fille riche !

C'est son surnom dans la presse people. Il vaut mieux ça que la *traînée des beaux quartiers*. Même si les deux sobriquets sont à peu près aussi véridiques.

Natalia se contemple dans le miroir de la boutique. Elle baisse les yeux vers ses pieds. Ces sandales dorées les mettent vraiment en valeur. Elle les a toujours bien aimés d'ailleurs. Comme elle n'écoute que d'une oreille, il lui faut quelques instants pour comprendre qui est à l'autre bout du fil.

— Pardon ?

— Je vous disais que je suis Jesper Lidmark, l'assistant de David Hammar. J'ai un message pour Natalia De la Grip, répète un jeune homme à la voix d'une extrême politesse.

C'est sans aucun doute le genre de personne convaincue que tout peut s'arranger quand on est gentil avec les gens et qu'on articule bien.

— Je vous écoute, dit Natalia.

— David m'a chargé de vous appeler pour vous informer que vous êtes sur la liste des invités au Café Opera demain samedi pour le récital de Sarah Harvey. Vous pouvez venir accompagnée. Il suffit de donner votre nom à l'entrée.

— Comment ? demande-t-elle.

C'est comme si son cerveau était déconnecté et qu'il n'enregistrait plus tout à fait ce qu'il se passe.

— Que disiez-vous ?

Jesper répète son discours d'une voix plus lente mais toujours aussi cordiale.

— Sarah Harvey ? demande Natalia, hébétée.

— Oui, rétorque Jesper d'un ton enjoué sans laisser paraître le moindre agacement.

— Je suis désolée…, reprend Natalia, mais son visage s'éclaire tout à coup d'un immense sourire lorsqu'elle comprend enfin ce que le jeune homme lui explique.

Sarah Harvey. À Stockholm. Natalia a tous les CD et toutes les compilations de la grande soprano, mais elle ne l'a jamais vue en concert, tout simplement parce que Sarah ne fait presque pas de tournée et, lorsque cela arrive, les billets disparaissent en un clin d'œil.

— Veuillez m'excuser, répète-t-elle en repoussant d'un geste de la main Åsa qui, sortie de sa cabine, mouline des bras avec de grands gestes interrogateurs. C'est juste que j'ai été tellement surprise. Merci.

Elle se tait, réfléchit un moment.

— David est encore au bureau ? s'enquiert-elle de manière impulsive. Il est peut-être déjà parti ?

Quelques secondes de silence. Natalia regrette, regrette, regrette sa question, mais l'assistant courtois reprend la parole :

— Pour être honnête, je ne sais pas. Il était en réunion tout à l'heure... Pouvez-vous patienter quelques instants ?

Aucune importance, voudrait-elle dire, mais elle entend déjà la voix de David.

— Bonjour. J'ai cru comprendre que ça vous a fait plaisir.

— Merci beaucoup, c'est très gentil de votre part. Je ne sais pas quoi dire. J'espère que je ne vous dérange pas, mais je suis si heureuse. Je ne savais pas qu'elle se produisait au Café.

— C'est un concert privé, mais j'ai eu une invitation – j'en reçois tellement. Quand je l'ai vue sur mon bureau, j'ai pensé à vous.

— Vous n'imaginez pas ce que ça signifie pour moi. C'est vraiment adorable.

Elle est sur le point de mettre un terme à la conversation. Le ton de David est si sec qu'elle a l'impression de le déranger, mais il lui demande :

— Vous êtes toujours au bureau ?

— Non, je fais les magasins. Et vous ? Votre assistant m'a dit que vous étiez en réunion, je ne voulais pas vous interrompre.

— La réunion est terminée, j'allais partir.

— Oui, il est tard.

Elle se représente David, prêt à quitter son bureau. Le siège de HC, un magnifique palais blanc, se dresse sur le Blasieholmen. Un parvenu insolent qui s'est installé dans l'un des quartiers les plus chics de Stockholm ! Elle ne peut s'empêcher de se demander où il va, avec qui il a rendez-vous.

— Je voulais juste vous remercier personnellement, ajoute-t-elle.

— J'espère que ça marche pour vous, même si c'est à la dernière minute. Le concert est demain...

— Oui, aucun problème, dit-elle en se retenant d'ajouter qu'elle n'a absolument rien de prévu du week-end. Merci.

Elle devrait mettre un terme à la conversation, maintenant qu'elle l'a remercié. À maintes reprises. Ce soir il a sans doute rendez-vous avec un magnifique mannequin aux jambes interminables.

— Natalia ?

— Oui, répond-elle d'une voix essoufflée.

— Je n'entendais plus rien, je me demandais si vous aviez raccroché.

— Désolée, je suis épuisée. Mais je dois encore repasser au bureau vérifier les cours de la Bourse avant de rentrer.

À peine a-t-elle prononcé ces mots qu'elle s'en mord les doigts. Pourquoi ne pas avoir laissé entendre qu'elle a aussi quelque chose ce soir ?

— Alors je vous souhaite une bonne soirée, conclut-il d'une voix polie. Ce soir et demain.

— Vous aussi, répond-elle. Les deux.

Quelle repartie inepte ! Elle esquisse une grimace : elle se sent vraiment idiote. Åsa la fixe, les yeux écarquillés.

— Merci, ajoute-t-elle, sans doute pour la cinquième fois, mais David a déjà raccroché.

Elle croise le regard d'Åsa qui lève un sourcil d'un air interrogateur.

— Qu'est-ce qui s'est passé ? C'était lui ?

Natalia opine du chef. En silence, elle range son téléphone dans son sac à main et en sort son portefeuille.

— Nat, à quoi tu penses ?

Natalia sourit. Plus un seul doute, elle va acheter la robe dorée.

— Je pense qu'on vient de me donner une bonne raison de m'épiler les jambes.

7

David repose le combiné, embarrassé de son comportement pour le moins impulsif. Mais elle semblait si heureuse de cette invitation – un bonheur authentique, véritable – qu'il ne regrette pas d'avoir fait ce petit effort. Ni de l'avoir eue au téléphone.

Il pivote sur son fauteuil et embrasse son bureau du regard. Il avait oublié qu'il n'était pas seul. Il croise à présent les yeux d'un Michel Chamoun consterné. Michel, installé dans le sofa, les pieds posés sur la table basse et l'ordinateur sur les genoux, l'observe d'un air intrigué.

— Quoi ? demande David.

— On peut savoir ce qui se passe ?

— Comment ça ?

— J'ai comme l'impression que tu papotais avec Natalia De la Grip, continue Michel. Une petite conversation privée avec l'un des membres de la famille qui détient l'entreprise sur laquelle on a prévu de lancer une OPA hostile. Une opération qu'on prépare depuis un an, qui est déterminante pour notre avenir !

— Oui, c'était elle, rétorque David d'un ton sec. Mais ne va pas te faire des idées.

Il peut se montrer aimable envers Natalia, mais elle reste une De la Grip : la gentille attention de David est forcément dénuée d'arrière-pensées.

Michel lui lance un regard suspicieux montrant qu'il ne gobe pas du tout ses explications.

— Tu comprends bien que tu ne peux pas faire tes petites affaires dans ton coin ! Tu n'avais pas laissé tomber cette piste ?

David sent monter en lui une flambée de colère. Il ne se fâche que très rarement – et surtout pas contre Michel. Sa réaction est incompréhensible. Surtout que de toute évidence Michel a raison, son comportement n'est pas très professionnel. Mais pas d'inquiétude, David maîtrise la situation.

— C'est complètement anodin, dit-il, sentant déjà l'irritation se dissiper. Il n'y a rien à craindre, je terminais juste un truc que j'avais commencé.

Il est sincère. Car David sait ce qu'il veut. Rien ni personne ne peut le détourner de la chose la plus importante de sa vie.

— Ce n'est pas le moment de se laisser distraire, reprend Michel, mais David voit que son ami a laissé tomber.

— Aucun risque.

Vraiment aucun risque, se répète-t-il en silence.

Pourtant, il ne peut se résoudre à détester Natalia, elle semble bien trop honnête pour ça. Mais il hait sa famille, ce qu'elle représente, ce qu'elle a fait...

— Je ne ressens rien pour elle, ajoute-t-il.

Et il sait que c'est vrai. Qu'importe si elle est sympathique et vaguement attirante, elle reste l'exemple type de sa classe sociale. Une fille de la noblesse, née avec une cuillère en argent dans la bouche, avec une excellente éducation et de bonnes manières. Depuis sa plus tendre enfance les bienfaits de la vie pleuvent sur elle. Jamais elle n'a connu les inquiétudes du commun des mortels : avoir un toit au-dessus de la tête, devoir gagner sa vie, se bâtir un avenir. Il a passé un bon moment avec elle, certes, et elle est clairement aussi intéressée que lui par le jeu de la finance. Outre cela, ils n'ont *rien du tout* en commun.

David tend à Michel le document qu'il était en train d'examiner avant la conversation avec Natalia. Son associé gratte son crâne rasé tandis qu'il vérifie deux fois, puis une troisième, les colonnes noircies de chiffres.

Quelle ascension sociale pour ces deux hommes ! Un garçon pauvre des banlieues et un immigré de deuxième génération qui ont à maintes reprises défié l'establishment suédois. L'exceptionnel succès de Hammar Capital repose bien entendu sur plusieurs facteurs : un bon timing, beaucoup de travail et un modèle d'entreprise audacieux mais robuste.

David est néanmoins le premier à admettre qu'ils ont eu de la chance. Sans cela, ils n'auraient pas connu une telle réussite. À plusieurs moments clés de sa carrière, la bonne fortune a été déterminante et il ne s'en est jamais caché.

À en croire la presse, sa facilité à nouer les bons contacts est l'une des raisons de son succès. C'est vrai qu'il connaît la plupart des poids lourds de la scène internationale, mais le chemin qu'il a parcouru jusqu'à devenir l'un des rares investisseurs en capital-risque suédois capables de se mesurer à la plupart de leurs concurrents européens a été jalonné de catastrophes potentielles.

À deux reprises déjà, David et Michel ont défié Investum ; ils se sont mesurés à la famille la plus vénérée de la finance suédoise dans une lutte pour des sièges dans des conseils d'administration – et ils se sont fait battre à plate couture. Les deux fois, ils ont perdu beaucoup d'argent. Certains financeurs se sont retirés, Hammar Capital a saigné comme du gibier blessé et David a été vivement critiqué dans la presse. Mais ils ont analysé leurs erreurs et se sont remis au travail pour regagner peu à peu la confiance des investisseurs.

Et les voilà aujourd'hui plus forts que jamais et prêts à faire ce qui n'a jamais été fait : se lancer à l'assaut d'Investum.

D'aucuns diront que c'est de la folie. Or il s'agit au fond d'un business plan solide. Ils ont vérifié et validé tous les calculs. Un soir, dans son bureau de Manhattan avec vue sur Central Park, Gordon Wyndt a résumé l'affaire en trois mots : insensée, périlleuse, mais réalisable. La ruine très probable de la famille De la Grip est un dommage collatéral que Michel accepte comme un mal nécessaire. Pour David, c'est le moteur même de ses actions, la raison profonde pour laquelle il n'a ménagé aucun effort pour arriver jusque-là.

Le fait est que seul l'anéantissement des deux hommes qui l'ont piétiné pourrait enfin lui rendre sa liberté.

Si cela doit passer par la destruction malencontreuse d'une femme, eh bien soit, il sait qu'il l'assumera sans scrupules.

8

Peter De la Grip écoute le monologue glacial de son père. L'air commence à se faire rare dans la plus petite salle de conférences d'Investum. Peter tente de retenir un bâillement sans y parvenir et il est obligé de se cacher derrière son coude. Son père lui lance un regard agacé avant de se remettre à agresser la directrice générale.

Peter lève les yeux vers l'horloge. Bientôt six heures, les bureaux sont en train de se vider, mais une fois que cet homme est lancé, pas moyen de l'arrêter. Il se demande si son père le fait exprès, s'il a programmé cette réunion un vendredi en fin d'après-midi pour faire en sorte de gâcher le week-end de sa victime.

Officiellement, son père est favorable à l'égalité, c'est une évidence, autrement les médias de masse le tailleraient en pièces. Pour autant, les quelques femmes nommées directrices générales dans les filiales du groupe ne restent jamais très longtemps en place. Lorsque Gustaf De la Grip les convoque au siège et leur sert sa harangue impitoyable, elles s'empressent habituellement de démissionner. Ensuite, son père se plaint dans la presse de la difficulté à trouver des femmes carriéristes et disposant des compétences adéquates.

Cependant, au sauna et durant ses parties de chasse automnales, c'est un tout autre son de cloche. Les remarques désobligeantes sur les femmes dans l'entreprise fusent – des propos que quelqu'un d'extérieur aurait du mal à imaginer. Les femmes manquent de concentration, sont des têtes de linotte et ne sont pas biologiquement aptes à occuper un poste de direction. Parfois c'en est presque fatigant. Mais enfin, son père n'est pas pour la présence de femmes au sommet et ce n'est pas Peter qui va le contredire. Chacun sa lutte. Toutefois, ceux qui arguent qu'en Suède le monde de l'entreprise est égalitaire ne savent pas de quoi ils parlent.

Peter se tortille sur sa chaise, jette un coup d'œil à son téléphone. Louise lui a envoyé un message tout à l'heure, l'informant qu'ils recevaient à dîner ce soir. Il est déjà passé au marché d'Östermalm et au Systembolaget, le magasin d'alcool, mais il va être en retard et il n'aime pas agacer Louise. Il lui écrit rapidement de commencer sans lui, pas d'autre choix.

— J'attends de vous de la loyauté et un esprit de collaboration, dit son père à la directrice. Je pensais que vous nous prouveriez que vous êtes à la hauteur.

Peter doit vérifier le nom de la femme dans ses papiers, car il a tout à coup un trou de mémoire.

Rima Campbell, cinquante-deux ans. Une immigrée. C'était couru d'avance, elle n'avait aucune chance.

— Mais je…

Peter esquisse une grimace. Son père a horreur qu'on lui coupe la parole. Dans le pire des cas, il recommence son speech depuis le début. Peter, lui, se garde bien de l'interrompre.

— Vous ne collaborez pas, vous n'êtes pas loyale, vous remettez en question l'équipe dirigeante.

Peter a participé à des dizaines et des dizaines de réunions comme celle-ci. Seules les femmes font l'objet de ce genre de procédures.

Dans certains cas, il est d'accord avec son père sur le fond – parfois la nouvelle DG n'est en effet pas la personne adéquate. Dans d'autres cas, comme aujourd'hui, il estime que Gustaf commet une erreur.

Cette femme au nom exotique est compétente et elle semble avoir bien travaillé. Le simple fait qu'elle soit arrivée si loin – une femme, immigrée *et* mère célibataire – prouve qu'elle a des capacités supérieures à la moyenne. Certes, ses deux fils sont à présent adultes, mais Rima Campbell a mené une impressionnante carrière tout en élevant seule ses deux enfants. Après le départ de leur père, elle ne s'est pas remariée et elle est parvenue à briser la plupart des plafonds de verre. Mais Peter peut penser ce qu'il veut de la performance de cette femme, Gustaf fait ce que bon lui semble. Aujourd'hui, il a envie de briser cette DG à la peau sombre qu'il a nommée voilà seulement quelques mois. Il veut prouver que les femmes n'ont rien à faire à la tête des entreprises, qu'elles sont à fleur de peau et qu'elles ont tendance à tout dramatiser. Il veut prouver qu'il a raison.

— Vos collaborateurs me rapportent que vous n'êtes pas loyale. Ils se plaignent de vous.

— Qui ? Lesquels ?

— Je ne peux pas vous le dire. Mais sachez que personne ne vous apprécie.

Peter est à deux doigts d'intervenir. C'est tout de même un peu fort !

Rima pâlit mais garde son sang-froid et Peter ne pipe mot. À quoi bon intercéder en sa faveur ?

— Je ne peux pas me défendre contre des accusations anonymes, répond-elle d'un air résolu.

Gustaf se remet à l'attaquer, encore et encore, d'une voix dure. Elle finit par ne plus répondre. Elle reste immobile, garde les yeux secs, mais des taches rouges lui sont apparues sur le cou.

— Ce week-end, je veux que vous réfléchissiez. Pouvons-nous poursuivre notre collaboration ? Et si oui, comment ? Personnellement je ne l'envisage pas, voyez-vous.

Rima déglutit. Peter n'ose pas lever les yeux sur eux, il retient presque son souffle. Elle se lève. Ses mains tremblent, mais elle ne pleure pas et sa voix est restée assez stable. C'est une femme forte, cela se voit. Pourtant c'est fini pour elle, il le sait. Il est prêt à parier qu'elle donnera sa démission dès lundi.

— Voilà ce qui arrive quand on embauche une guenon ! dit son père, assez fort pour que Rima, qui n'est pas encore sortie de la pièce, l'entende.

Peter baisse les yeux et fixe la table.

— Tu vas au château ? demande Gustaf, une fois la femme sortie.

Il pose la question comme si de rien n'était, comme s'il ne venait pas d'anéantir une femme et d'énoncer une phrase si raciste que Peter a honte de lui.

Son fils se contente d'acquiescer de la tête. Peu importe, de toute façon son père n'écoute jamais les autres. Il a toujours le dernier mot.

— Louise a invité des amis pour le week-end, répond-il.

— Des collègues ?

— Oui.

— Bien.

Peter hoche la tête en entendant son père approuver. Si seulement il pouvait se passer de ses compliments et de sa bénédiction !

Les deux hommes prennent congé. Son père se dirige vers la voiture que son chauffeur a avancée et Peter descend dans le garage. Dès l'instant où il a quitté son père, il a senti la pression se relâcher. C'est presque un soulagement physique, comme si quelqu'un était assis sur sa poitrine et venait de se lever.

D'un clic, il déverrouille la voiture et ouvre la portière. Vendredi. Un week-end entier sans autres obligations que celle d'être l'hôte de deux dîners parfaitement orchestrés. Merveilleux ! Il sort du garage et quitte le centre de Stockholm. Lorsqu'il roule au ralenti au milieu du trafic du vendredi soir, la désagréable réunion de tout à l'heure lui revient à l'esprit mais il s'efforce de ne plus y penser.

Des problèmes, il en a assez comme ça, il n'a pas besoin de se retrouver en conflit avec son père.

Dès que la vitesse autorisée augmente, il appuie sur l'accélérateur.

Cette réunion a vraiment été pénible. C'est de pire en pire. Pourtant, impossible de remettre en question l'avis de Gustaf De la Grip. Pas si l'on vise un poste important à Investum. Et c'est ce que Peter désire le plus au monde – occuper un poste éminent, le plus éminent qui soit : celui de président.

Il a parfois l'impression d'avoir bataillé toute sa vie.

Il s'en souvient encore aujourd'hui. Dès les premières années d'école, il a travaillé comme un forcené pour s'entendre dire qu'il devait faire plus d'efforts. Comment est-il possible de trimer ainsi et ne pas progresser ?

Son père, qui pense que la faiblesse n'existe pas, qui se méfie des psychologues et autres charlatans, réglait déjà ces difficultés par de sévères remontrances. Dans une famille où l'excellence est un devoir, où tout le monde a son domaine de prédilection, dans une famille qui a pour devise « la satisfaction vient de l'utilité », lui n'a réussi qu'à devenir médiocre.

Il s'arrête au feu rouge, tambourine sur le volant.

Le sentiment d'impuissance et la frustration ont toujours existé en lui comme un voile sombre. Et s'attaquer aux plus faibles, *encore* plus faibles que lui, a été son exutoire. Plutôt tyranniser que se faire tyranniser. Plutôt frapper que se faire frapper. Telle aurait pu être la devise des De la Grip, songe-t-il. Si seulement quelqu'un s'était interposé, avait élevé la voix, changé le cours de l'histoire, évité la catastrophe. Il lui arrive d'y réfléchir malgré lui, mais il ne veut pas y penser, il a passé tant de temps à *ne pas* se souvenir.

C'est tout de même étrange, se dit-il en suivant les autres voitures, qu'à trente-cinq ans il lui arrive encore de ressentir la même panique que lorsqu'il était élève, d'avoir cette impression de ne pas avancer, comme dans ces cauchemars dans lesquels on se débat de toutes ses forces sans parvenir à bouger. C'est précisément ce qu'il ressent.

Il a toujours été obligé de trimer pour atteindre ce que Natalia et Alexander réussissaient sans le moindre effort. Tant son frère que sa sœur ont toujours eu d'excellents résultats scolaires et ont intégré la grande école Handels sans peine. Quant à lui, après avoir été recalé à deux reprises, il a jeté l'éponge et commencé des études à l'université ordinaire, sans prestige. Son père n'a jamais rien dit, mais cela n'était pas nécessaire. À ce stade, tout le monde savait déjà que Peter était et resterait médiocre.

Il laisse échapper un long soupir, se demande pourquoi il y pense maintenant. Il n'y a pas réfléchi depuis bien longtemps. Mais quelque chose est en train de changer, il en a l'intuition.

Alexander s'humilie avec ses beuveries et ses histoires de cœur. Désormais, personne ne compte plus sur lui. Et Natalia... elle reste une femme. Peu importe si elle est douée.

Peter jette un coup d'œil dans le rétroviseur et effectue un rapide dépassement. Natalia semble mener sa négociation financière d'une main de maître, il faut bien le reconnaître – même s'il aurait quelques réticences à l'avouer à son père. Il espère qu'elle la conclura au plus vite. C'est important pour son père, et quand son père est content, tout le monde s'en porte mieux.

Peter aperçoit le panneau et s'engage sur la route qui mène à la demeure. Il est bientôt chez lui. Louise l'attend déjà. L'hôtesse parfaite : elle est élégante, distinguée, et heureuse d'être châtelaine dans l'un des plus beaux domaines du pays. Tant que Louise pourra habiter ici, elle sera satisfaite, il le sait. Peut-être ne l'aime-t-il pas, mais il la comprend et ils sont sur la même longueur d'onde – c'est déjà pas mal. L'amour, il s'est toujours dit que ce n'était pas pour lui. Il ne sait même pas s'il serait capable d'en donner ou d'en recevoir.

Il freine et parcourt au ralenti la longue allée bordée de chênes. Certains de ces arbres sont plusieurs fois centenaires. Il promène son regard des deux côtés, examine les champs bien entretenus et les cours d'eau qui chatoient dans la lumière estivale. Jamais il n'a été aussi fier que le jour où il a signé les papiers pour reprendre l'opulente maison de famille. C'est comme s'il avait enfin obtenu la reconnaissance qu'il attendait depuis toujours : il était malgré tout capable d'administrer l'héritage familial. Il pouvait enfin se projeter dans l'avenir, à long terme.

Il franchit le portail de fer, entend le gravier crisser sous ses pneus. Il sort de la voiture et lève les yeux vers la façade jaune.

Peut-être pourra-t-il enfin échapper aux démons qui l'ont poursuivi pendant si longtemps. Car lorsqu'il a repris le domaine, lorsqu'il a compris que son père l'avait choisi comme héritier – et non Alex ou un lointain cousin, mais bien *lui, Peter –*, c'est comme si quelqu'un avait enfin laissé passer un peu de lumière dans l'obscurité constante qui l'entourait et avait dit :

« À présent, Peter, tu as été bon assez longtemps pour que tes actions passées soient prescrites. »

Si tel était le cas, il ferait tout pour qu'elles continuent à l'être.

Tout.

9

Samedi 28 juin

Quel concert magique, songe Natalia sans lâcher
Sarah Harvey des yeux un seul instant. C'est peut-être
l'une des meilleures soirées de sa vie. L'atmosphère au
Café Opera est feutrée et intime, l'expérience unique.

La dernière note du dernier rappel s'éteint. Natalia a
presque l'impression de vivre une expérience spirituelle.
Les applaudissements des invités emplissent la salle et
lorsque Natalia croise le regard d'Åsa au-dessus de la
table à laquelle les deux jeunes femmes sont installées,
tout près de la scène, elle sait que ses yeux sont emplis
de larmes d'émotion.

Plus tard, une fois que la cantatrice a fait le tour des
tables, salué des amis et même serré la main de Natalia
et celle d'Åsa, les deux amies sortent dans la nuit estivale.
En dépit de l'heure tardive, il fait encore jour et une
chaleur presque tropicale règne sur la ville.

— On ne peut pas rentrer maintenant, dit Natalia,
encore sous le charme de la musique. Un dernier verre ?

Åsa s'évente avec la main et acquiesce d'un signe de
la tête.

— D'accord, mais dans un endroit moins touristique.
Pourquoi y a-t-il tant de monde ici ?

Natalia sourit et esquisse quelques pas de danse sur les
pavés, chaussée de ses hautes sandales dorées.

Enfant, elle a fait de la danse classique. De longues séances difficiles. Elle adorait ses chaussons rose pâle, son justaucorps tout simple et la discipline de fer. Or, comme elle n'était pas parmi les meilleures de son groupe, sa mère a décidé que c'était du temps perdu. Du jour au lendemain, elle s'est retrouvée dans une école de danse de salon.

Natalia fronce les sourcils. Tous ces choix qui ont été faits à sa place, qui l'ont modelée. Si sa mère avait pu décider, elle ne se serait jamais lancée dans la finance. « C'est du gâchis, pour une femme. » Mais pour une fois, Natalia a tenu bon.

Elle évite de justesse un couple enlacé.

— Alors ? Tu en as pensé quoi ? demande-t-elle. Tu regrettes d'être venue ?

Åsa a maugréé et protesté : aucun individu normalement constitué ne reste à Stockholm en cette saison. Et le Café Opera, ce n'est pas un endroit très en vogue. Elle a malgré tout annulé un week-end de réjouissances pour l'accompagner.

— C'était pas mal, reconnaît Åsa.

Elle se met à jurer – ses talons aiguilles interminables ne semblent pas tout à fait adaptés au revêtement du trottoir.

Elle chancelle. Elle a bu plus que Natalia. Ses cheveux blonds légèrement ondulés lui tombent sur le visage et le châle délicat qui lui couvre les épaules miroite dans la lumière des réverbères. Elle ressemble à une star de cinéma.

Natalia garde un sourire béat. En cette soirée de juin, il fait chaud et l'atmosphère est féerique. Les rues sont pleines de monde et elle se sent jeune et forte, comme si les peines et les tourments de ces dernières années avaient choisi d'affliger quelqu'un d'autre.

— Je n'ai pas passé un aussi bon moment depuis une éternité, lance-t-elle.

— Pas depuis Jonas, rétorque Åsa, surprenant son amie par sa perspicacité.

Elles ne parlent jamais du passé. Åsa ne supporte ni les lamentations ni le chagrin. Déjà quelques semaines après la rupture entre Jonas et Natalia, Åsa lui avait bien fait comprendre qu'il était temps pour elle de passer à autre chose.

Toujours aller de l'avant, ne pas se retourner, c'est le credo d'Åsa, mais Natalia a été très affectée par la séparation. Et la quasi-absence d'empathie de sa meilleure amie l'a blessée plus qu'elle n'a bien voulu l'admettre. Mais le vent est peut-être en train de tourner, qui sait ?

— Ici, annonce Natalia en pointant du doigt le bar sobre, mais hors de prix, et sa queue interminable. Allez, fais-nous entrer, ajoute-t-elle d'un air de défi.

Åsa, qui connaît personnellement tout le gratin des nuits stockholmoises, échange un regard de connivence avec le videur. Il hoche la tête et la file d'attente se décale pour les laisser entrer.

— Tu es mon idole, sourit Natalia.

— Je suis l'idole de tout le monde, répond Åsa en se frayant un chemin jusqu'au bar. Deux vodkas tonic, commande-t-elle.

Le bar est comble, il fait chaud et le niveau sonore les oblige à se tenir très près l'une de l'autre pour s'entendre.

— Je ne connais pas une seule personne ici, remarque Åsa.

— C'est une bonne ou une mauvaise chose ?

Natalia sirote son cocktail glacé et très alcoolisé. Elle est assoiffée. Elle embrasse la pièce du regard. Des hommes bien habillés et des femmes minces aux cheveux longs rient, trinquent et draguent.

Mon Dieu ! Tout le monde est si jeune, comment est-ce possible ? Elle tente de se rappeler la dernière fois qu'elle est sortie boire un verre dans un cadre autre que professionnel sans y parvenir.

— Tu sais bien que tous les gens civilisés ont déjà fait leurs bagages pour la Scanie.

— Je sais, crie Natalia.

L'été suit un schéma bien défini pour le beau monde. Le Tour de Gotland ce week-end, la semaine politique d'Almedalen à partir de lundi prochain, puis la semaine de Båstad. Réseautage, tennis, soleil et baignades. Chaque année, rebelote.

— Merci infiniment d'être venue avec moi. Et ça change, tu ne trouves pas ? Toi qui fréquentes toujours les mêmes personnes.

Elle trempe à nouveau les lèvres dans son verre.

— Très bon, ajoute-t-elle avec enthousiasme.

Åsa secoue la tête et, d'un geste expéditif, commande un deuxième verre. Elle vient d'avaler une double vodka en quelques minutes.

— Sérieusement, Natalia, quand vas-tu revenir à la raison et arrêter de te rebeller ? Je comprends que tu n'aies pas envie de passer les vacances avec tes parents, mais tu ne peux pas bosser tout l'été ! Tu veux faire un burn-out, c'est ça ?

— Non. Et je ne me rebelle pas, ment-elle.

Åsa a touché en plein dans le mille. C'est vrai qu'elle se comporte comme une ado attardée et se révolte contre tout ce que ses parents attendent d'elle. Mais elle a horreur de ces rituels estivaux avec lesquels elle a grandi. Tout le monde – absolument tout le monde – semble penser que c'est la seule manière de faire. Passer des vacances là où il faut avec les gens qu'il faut. Torekov, Båstad et Falsterbo en été. Les Alpes en hiver. Depuis sa plus tendre enfance, c'est chaque année la même chose. Quelle que soit la destination, ils croisent toujours les mêmes personnes.

Toute sa vie, Natalia s'est adaptée, sans même y réfléchir. Jonas a fait la même chose, toutes leurs connaissances et *leurs* parents ont fait la même chose. Mais cette année – le premier été où elle est seule –, Natalia a dit non. Félicitations. Il lui a juste fallu la moitié d'une vie pour oser aller à contre-courant.

— Et d'ailleurs j'y vais, à Båstad, reprend-elle en continuant à siroter son cocktail. J-O m'y envoie, mais je vais surtout fréquenter des Danois, plutôt pour le travail donc. Hé, tu m'écoutes ? demande-t-elle en tournant les yeux vers Åsa.

La jeune femme ne répond pas. Le regard fixe, elle semble observer quelqu'un ou quelque chose. Natalia ne parvient pas à voir ce dont il s'agit et se met à chercher une chaise pour se reposer. Pour une personne qui déteste toute forme d'activité physique, Åsa est étonnamment tenace lorsqu'il s'agit de rester debout des heures à boire de l'alcool, juchée sur des talons de dix centimètres. Natalia, elle, n'a pas l'habitude.

— J'ai mal aux pieds, se plaint-elle.

— Mhhmm...

Avec une expression énigmatique, Åsa indique une table d'un geste de la tête.

— Il y en a qui sont assis, fait-elle d'un ton sarcastique. Tu veux peut-être te joindre à eux ?

Natalia suit le regard d'Åsa et, lorsque la foule se disperse un court instant, elle aperçoit dans un coin de la pièce une table recouverte d'une nappe blanche où se dressent des flûtes à champagne – un havre de paix au milieu du tumulte. Autour de la table se pressent des femmes jeunes et belles qui balancent leur chevelure en jetant des regards avides aux deux hommes assis. Le premier, un colosse au crâne lisse et à la peau cuivrée, tout droit sorti d'un film de gangsters avec ses bijoux dorés et sa chemise en soie moirée, a le regard braqué sur Åsa, qui le dévisage ostensiblement en retour. Aucun d'eux ne détourne les yeux et Natalia a l'étrange impression qu'une sorte de communication non verbale s'est établie entre eux à travers la foule. Le second homme à la table, brun, beau, aussi grand et large d'épaules que son compagnon et clairement dans son élément, n'est autre que David Hammar.

David croise le regard étonné de Natalia. Elle le salue d'un geste de la tête, il fait de même et ils continuent à se fixer, comme paralysés, indifférents au bruit et à l'agitation. Évidemment. Il aurait pu se douter que Natalia risquait de se retrouver ici. D'ailleurs, pour être à cent pour cent honnête avec lui-même, peut-être – peut-être… – l'idée lui a-t-elle effleuré l'esprit. Après tout, pour les très riches, la vie nocturne à Stockholm est assez limitée. Le triangle d'or qui, le jour, constitue le centre financier de la ville devient, la nuit, un lieu de sortie pour la même population. Les bars select sont peu nombreux et si une femme comme Natalia De la Grip veut boire un verre après un concert au Café Opera il y a de fortes chances qu'elle vienne ici.

Elle porte une robe dorée. Ses cheveux soyeux sont relevés, laissant voir son cou fin et sans bijou. Elle se tient droite comme une danseuse et, dans la lumière si particulière de ce bar bondé, elle semble briller de mille feux.

Ce n'est qu'après quelques instants que David remarque la femme qui se tient près de Natalia et qui dévisage Michel d'un air méfiant. Étrange qu'il ne l'ait pas aperçue plus tôt, elle est sans aucun doute la plus belle femme du bar, et est incroyablement sensuelle avec ses courbes voluptueuses.

— Åsa Bjelke, constate-t-il.

Il sait exactement qui elle est. Juriste à Investum et amie intime de Natalia De la Grip. Le fait est que David a presque plus d'informations sur Åsa que sur Natalia.

86

La presse adore se repaître des détails de l'enfance dramatique d'Åsa. Les plus mauvais tabloïds la surnomment « la pauvre petite fille riche ». Née avec une cuillère en argent – voire en or – dans la bouche, elle a fréquenté les meilleures écoles. On lui prédisait un mariage princier, mais il s'agissait surtout de fantasmes de journalistes, quand soudain la tragédie a frappé et a dominé pendant des semaines la presse à scandale.

— J'ai l'impression qu'elle sait qui tu es, ajoute-t-il en jetant un coup d'œil à Michel qui reste immobile, une expression inquiète sur le visage. Et inversement. Vous vous connaissez ?

— Oui, répond Michel d'un ton sec.

— Tu ne me l'as jamais dit.

Pas étonnant qu'Åsa et Michel, tous deux juristes, se soient déjà rencontrés. C'est un si petit monde ! Et Stockholm n'est pas une grande ville. Pas plus tard qu'hier après-midi, David a aperçu Peter De la Grip au marché d'Östermalm, les bras chargés de cabas, l'air stressé. Peter est passé si près de lui qu'il aurait pu le frôler en tendant le bras.

— Il n'y a rien à en dire, se défend Michel, d'un ton toujours aussi tranchant, détachant bien chaque mot. On a fait nos études ensemble. Quelques cours. À la fac. Je ne peux pas dire que je la *connais* mais on…

Il s'interrompt, avale une gorgée d'eau et évite sciemment de regarder dans la direction d'Åsa.

David examine les deux femmes. Il tourne la tête vers Michel puis à nouveau vers Åsa. Il est passé maître dans l'art de percevoir les états d'esprit – un talent précieux pour son travail. À présent, sans même réfléchir, il sait que Michel lui cache quelque chose. Il est là à siroter son verre d'eau, affichant une expression boudeuse plus caractéristique d'un adolescent en crise que d'un financier bardé de diplômes.

David jette un nouveau coup d'œil aux deux femmes – ou plutôt, pour être franc, à Natalia.

— On pourrait leur dire bonjour.

Sa proposition le surprend lui-même. Il se lève, ne se laissant pas le temps de revenir sur cette décision qu'il sait mauvaise, et avant que Michel ne puisse s'y opposer. Il peut bien aller voir une femme qu'il connaît sans pour autant qu'il y ait une intention cachée. Il tente de s'en convaincre. Il peut aller la trouver, la saluer, discuter poliment cinq minutes bien qu'elle soit une De la Grip. D'un air détaché, il regarde son ami se mettre debout à contrecœur.

— Tu es sûr que c'est une bonne idée ? demande Michel en passant la main sur son crâne rasé.

— Toutes les idées sont bonnes, affirme David, décidé.

Pure courtoisie, rien de plus.

— Allez, viens !

Michel lui emboîte le pas en grommelant et David voit le visage d'Åsa se fermer à mesure qu'ils approchent. Elle semble sur ses gardes.

— Bonsoir, lance David arrivé près du bar.

Natalia cligne de ses paupières ourlées de longs cils. Elle esquisse un petit mouvement vers l'avant et David est prêt à se pencher vers elle pour lui faire la bise. Lorsqu'elle se contente de tendre la main, il se ressaisit et la serre.

— Bonsoir.

— Bonsoir, répète-t-il.

Il garde sa main dans la sienne un peu plus longtemps que nécessaire, hume cette odeur surannée et épicée, reconnaissant ce parfum sensuel et intemporel qui est le sien.

Natalia retire sa main. David lui présente Michel et voit les doigts fins de la jeune femme disparaître dans le poing orné de bagues de son associé.

— Mon amie, Åsa Bjelke, dit-elle ensuite.

David tend le bras. Une poignée de main ferme et professionnelle lui rappelle que cette pin-up en robe argentée et un rien éméchée est considérée comme une juriste d'entreprise très compétente.

— On sort tout juste du concert au Café Opera, reprend Natalia, merci encore pour les billets.

Elle sourit. Ses yeux pétillent mais elle n'a pas l'air ivre, plutôt heureuse, un peu plus délurée, plus libre.

Dans ce bar exigu et bruyant, quelqu'un joue des coudes pour gagner le comptoir et l'inéluctable se produit : Natalia et David se frôlent. Ce parfum revient lui chatouiller les narines, il ne parvient pas à détacher son regard des yeux dorés de la jeune femme et, bien qu'il ait prévu de ne pas s'éterniser auprès d'elle, il ne peut se résoudre à déjà repartir. Natalia est plus grande que dans son souvenir. Elle est si menue qu'on peut penser qu'elle est petite mais, en talons, elle est très élancée. Elle se tient bien droite, en silence, sans rien toucher, sans tripoter ses cheveux ou ses vêtements. En général, ces bonnes manières apprises à l'internat l'insupportent mais David décide de tempérer pour quelques instants sa haine des élites. Il lui sourit et Natalia lève sur lui des yeux brillants.

Åsa porte son verre à la bouche et boit une gorgée d'alcool, la mine renfrognée.

— Michel m'a raconté que vous étiez ensemble à la fac, lui dit David d'une voix cordiale.

— Oui, mais ça doit faire plus de dix ans, répond-elle froidement.

Elle fusille Michel du regard. David se demande s'il s'agit de cet insupportable racisme ordinaire des classes supérieures. Avec sa peau sombre et ses origines étrangères, Michel s'est souvent heurté à des préjugés. Åsa Bjelke esquisse un sourire cruel mais assez sexy et poursuit :

— Alors, Michel est-il toujours aussi soporifique ?

Natalia prend un air consterné, mais David émet un petit rire. Åsa a un peu trop bu, certes, mais sa rancœur n'a rien à voir avec la couleur de peau ou les origines de Michel. Elle a l'air de le détester pour une raison beaucoup plus personnelle, ce qui suscite sa curiosité. En général, Michel fait l'unanimité auprès des femmes.

— Plus ou moins, répond-il, car c'est vrai que son ami est parfois rasoir.

— Heureusement qu'on ne peut en dire autant de toi, Åsa, rétorque Michel d'un ton ironique plutôt inhabituel chez lui. Si je me souviens bien, tu t'amusais déjà comme une petite folle à l'époque.

Åsa redresse le menton, mais David a le temps de voir que la remarque l'a blessée. Il n'a jamais vu son ami ainsi, il n'est vraiment pas lui-même ce soir.

— Michel…, dit-il comme un avertissement.

— Ravie d'avoir fait votre connaissance, l'interrompt Åsa d'un ton amer. Veuillez m'excuser.

Furieuse, elle s'éloigne d'eux à grandes enjambées, faisant claquer ses escarpins. Natalia la suit du regard, l'air soucieux.

— Désolé, s'empresse d'ajouter Michel avant de tourner les talons.

— Qu'est-ce qui s'est passé ? demande David. Est-ce que je me fais des idées ?

— Je ne sais pas…

Elle n'a pas le temps d'en dire davantage, car un homme se faufile derrière elle, la poussant brusquement contre David. La main de celui-ci se pose par réflexe sur le bras de la jeune femme. Soudain, les pensées de David sont loin, très loin de Michel et d'Åsa. Ces deux-là sont adultes après tout, ils peuvent régler leurs problèmes – ou ne pas les régler – tout seuls. Il regarde sa main posée sur le bras de Natalia, et se tourne vers elle. Ses lèvres sont brillantes, un peu pailletées. Un petit sourire se dessine au coin de sa bouche et David se surprend à répondre à son sourire en la regardant droit dans les yeux et en caressant son bras du bout du doigt.

Elle écarte les lèvres mais les referme sans mot dire et il continue à effleurer sa peau. Tous deux s'observent, sans sourire, sans flirter, plutôt avec des points d'interrogation dans le regard, puis elle libère son bras avec un rictus navré.

— Ils reviennent, dit-elle, et l'espace d'un court instant, David n'a aucune idée de qui elle veut parler.

— Je vais rentrer, entend-il Åsa dire.

Une intervention salvatrice qui le fait redescendre sur terre, car l'espace d'un instant il était sur le point de jouer le séducteur avec la fille et la sœur des deux hommes qu'il hait le plus en ce bas monde ; avec la seule femme sur cette terre qu'il a des raisons d'éviter.

— Oui, répond Natalia en hochant la tête.

Elle se met à tripoter ses affaires comme le font les femmes lorsqu'elles s'apprêtent à partir.

— Où est Michel ? s'enquiert David.

Åsa hausse les épaules.

— Sans doute parti téléphoner à maman…, ironise-t-elle.

Malgré le ton sarcastique de la jeune femme, David ne peut que lui donner raison : Michel appelle souvent sa mère. Il se retient de pouffer et aperçoit son ami se glisser maladroitement entre les clients qui trinquent dans un bar de plus en plus bondé. Michel, d'habitude si prudent, ne fait attention à personne.

— On va peut-être y aller, s'excuse Natalia, mais l'hésitation est perceptible dans sa voix et David devine qu'elle aimerait mieux rester.

Le plus étrange, c'est que lui aussi.

— Vous… tu ne peux pas rester un peu ? Pour me raconter le concert… Un dernier verre. Du champagne ?

Elle est à deux doigts de se laisser convaincre, cela se voit, et David a déjà fait signe au barman. Une petite coupe ensemble, ça ne peut pas faire de mal, si ?

Puis la voix de Michel s'élève derrière lui. David n'entend pas ce qu'il dit, sans doute rien d'important, mais les mots sont énoncés d'un ton si froid qu'une vague d'inquiétude se lit sur le visage de Natalia.

— Il vaut mieux en rester là, dit-elle. Åsa doit vraiment rentrer.

David opine du chef. Il n'a aucune idée de ce qui se trame entre Michel et cette belle blonde éméchée, mais on dirait que la situation est en train de dégénérer.

— Allez viens, Michel, on y va. Il est tard. Regarde dans quel état tu es.

— Qu'est-ce que tu racontes ! Tu sais bien que je n'ai rien bu.

— Je te parle pas d'alcool, siffle David. Ressaisis-toi, bon sang ! ajoute-t-il à voix basse.

— J'en connais une autre qui n'est pas très en forme, remarque Natalia avec un coup d'œil discret vers son amie.

Åsa Bjelke hoche brièvement la tête. Elle tangue un peu, mais semble s'être remise de ses émotions. Elle évite toutefois le regard de Michel et se tourne pour partir.

Natalia suit à la trace les larges dos des deux hommes qui se fraient un chemin à travers la foule compacte. Le tumulte est assourdissant et, même si elle regrette la tournure qu'a prise la soirée, elle n'est pas mécontente de pouvoir respirer un peu d'air frais. Dans la rue, Åsa lui donne une rapide accolade et esquisse un petit geste de la tête à l'adresse des deux hommes avant de s'installer dans l'un des taxis alignés devant le club. Natalia l'aide à fermer la portière et suit du regard la voiture qui s'éloigne vers Östermalm.

Elle se mordille la lèvre, sentant derrière elle la présence de David. Il s'est passé quelque chose entre eux dans le bar, mais elle ne sait pas bien quoi.

— Åsa et moi, on n'habite pas dans le même quartier. Chez moi, c'est par là, précise-t-elle en ponctuant son explication d'un geste de la main.

Quelle idiote, songe-t-elle. Comme si ça l'intéressait !

Michel Chamoun se tient à côté de David en silence, le front plissé et le regard noir. Natalia le trouve légèrement effrayant avec ses bras herculéens, sa veste en daim, et son crâne rasé. Ses yeux se posent sur David. Les deux hommes sont grands et solidement charpentés. S'ils n'étaient pas si bien habillés – jean griffé et veste sur mesure –, avec cette allure de financier, ils auraient pu passer pour des gardes du corps ou des mafieux.

La situation est inconfortable, sans aucun doute. Près du bar, David était souriant, dragueur et, l'espace d'un court instant, elle a même cru qu'il allait l'embrasser. Mais à présent, il affiche un visage si fermé qu'elle se demande si elle n'a pas rêvé. Non, entre elle et David, il y a eu comme un déclic, un courant électrique. Peut-être est-ce l'alcool, ou l'excitation – il y a longtemps qu'elle n'a pas été aussi apprêtée –, mais elle ne veut pas quitter David. Pas tout de suite.

— Vas-y, toi, dit soudain David à Michel.

Cela ressemble à un ordre. Et David ne sourit pas.

— Mais…, conteste Michel en jetant à Natalia un regard lourd de sens.

David fait un signe de tête éloquent vers un taxi, se tourne vers son ami et répète :

— Vas-y.

Michel salue Natalia d'un ton sec avant de s'engouffrer dans la voiture, la laissant seule sur le trottoir avec David. Il ne sourit toujours pas, il se contente de l'observer avec une expression indéchiffrable. L'air est chaud au-dehors et elle porte une tenue légère. Elle se sent soudain troublée, consciente de sa robe trop déshabillée et de la proximité de David Hammar, qu'elle ne connaît en réalité que très peu.

— Moi aussi je vais rentrer, dit-elle.

— Je t'appelle un taxi ? fait-il sur un ton presque impersonnel, qui lui fait se demander si elle n'a pas imaginé ce qui s'est passé tout à l'heure.

Cette situation la met mal à l'aise.

— Je suis parfaitement capable de héler un taxi, répond-elle, soudainement agacée.

Après tout, elle ne lui a rien demandé. Qu'il aille se faire voir avec ses changements d'humeur à la...

Il lui adresse un long regard.

— Je ne mets pas en doute tes compétences..., dit-il d'une voix calme.

Peut-être est-il prévenant, tout simplement.

— Désolée, je n'aurais pas dû me vexer, mais après ce qui s'est passé ce soir... Eh bien, tout était si étrange, conclut-elle avec franchise.

— Oui.

— Il fait encore bon, je crois que je vais faire un bout de chemin à pied.

— Je t'accompagne.

Natalia se met en route, David se cale sur son rythme et ils marchent côte à côte en silence. Elle est toujours perplexe. Elle déteste ça. Du coin de l'œil, elle observe David. Les mains dans les poches, il garde les sourcils froncés. Est-il bon amant ? En son for intérieur, la femme qu'elle est ne peut s'empêcher de se poser la question. C'est humain, non ? De surcroît, même si elle s'est bien gardée d'en parler, même à Åsa – *surtout* à Åsa –, elle n'a eu personne depuis Jonas. Ce n'est pas une question de morale, non, mais les rencontres et la drague, ce n'est vraiment pas son truc. Elle n'a couché avec personne depuis plus d'un an maintenant. Åsa serait outrée si elle l'apprenait, songe Natalia en réfrénant un gloussement.

— Sarah Harvey était sublime, déclare-t-elle lorsque le silence devient trop pesant.

Elle jette un coup d'œil furtif au visage sérieux de David.

— J'en suis ravi, répond-il avec un bref sourire. Je dois avouer que je ne l'ai jamais entendue.

— Merci infiniment.

Leurs pas ralentissent en même temps. Ils s'arrêtent. Avec ses chaussures à talons, elle lui arrive presque au menton. Elle le regarde dans les yeux, cligne lentement des paupières. De nouveau l'air semble chargé d'électricité.

David sourit et avance la main, comme pour lui caresser la joue. Elle s'apprête à fermer les yeux, à se pencher en avant, lorsqu'il dit :

— Ce fut un plaisir.

Et elle comprend qu'il ne voulait pas effleurer son visage, mais allait simplement lui souhaiter une bonne nuit.

— Oui, acquiesce-t-elle avec un petit pas en arrière.

Elle inspire et s'efforce de ne pas laisser la déception teinter sa voix. Si elle avait été une autre femme, Natalia aurait pris son courage à deux mains et lui aurait demandé s'il voulait monter chez elle ce soir. C'est comme ça qu'on fait, non ? Rien de plus banal. David est célibataire à ce qu'elle sache. Quant à elle, elle est une femme indépendante et libre. Elle a même des préservatifs dans l'un des tiroirs de sa chambre. Elle pourrait le faire. Lui proposer de l'accompagner chez elle pour un dernier verre.

Pourtant, lorsqu'un taxi apparaît devant elle, son courage précaire vacille et elle fait signe à la voiture.

David ouvre la portière, la jeune femme se glisse sur la banquette arrière, sentant la fraîcheur du cuir à travers l'étoffe délicate de sa robe. Il reste là, appuyé au-dessus de la vitre. Elle lève la tête vers lui, avec un air faussement détaché.

David semble sur le point de parler avant de changer d'avis.

— Bonne nuit, dit-elle avec un sourire résolu.

Ce n'est pas la fin du monde, ce n'est pas comme s'il s'était passé quelque chose.

— Natalia ? murmure-t-il rapidement alors qu'elle s'apprête à fermer la portière.

Elle sent un frisson lui parcourir l'échine, car dans sa bouche son prénom a la douceur d'une caresse.

— Oui ?

— Si tu es libre demain, ça me ferait plaisir de te revoir. Est-ce que je peux t'appeler ?

Elle se contente de hocher la tête en silence, incapable de trouver les mots.

Il esquisse lui aussi un signe de la tête, comme s'il venait de prendre une décision. La portière claque avant qu'il n'ait le temps d'ajouter autre chose. Avec un léger ronronnement, le taxi roule dans la nuit estivale jusqu'à chez elle. Elle sourit pendant tout le trajet et continue de sourire en s'endormant.

10

Dimanche 29 juin

Le lendemain matin, Åsa se réveille, dévorée par l'angoisse. Heureusement, c'est dimanche et il n'y a personne à côté d'elle dans le lit. Elle en ressent une profonde gratitude. Un nombre incalculable de fois, elle a dû mettre à la porte un étranger qui ne l'a pas prise au sérieux lorsqu'elle a expliqué que coucher, d'accord, mais rester dormir, ça non.

La nausée ne la quitte pas. Le désarroi non plus, bien sûr. Ah, ce qu'elle peut haïr les affres de la gueule de bois ! Elle ne s'est jamais sentie aussi mal. Impossible de se souvenir du nombre de verres qu'elle a bus, ce qui n'est pas bon signe. Elle tente de chasser Michel Chamoun de ses pensées. En vain. Cet homme a toujours su se glisser dans les plus infimes recoins de son esprit, là où personne, surtout pas lui, n'a sa place. Elle replie son bras sur son visage, lutte comme elle le peut contre ses souvenirs. Si elle doit être franche avec elle-même – ce qu'elle essaie de faire pour compenser tous ses autres mensonges –, elle n'est pas fâchée contre Michel. Pas du tout. Non, en réalité, c'est contre elle-même qu'elle est en colère. Elle émet un gémissement étouffé par son bras. Elle s'est comportée comme une folle furieuse dans le bar. Mais elle ne s'attendait pas à ce qu'il lui fasse un tel effet. Elle, Åsa Bjelke, la femme qui ne s'attache jamais, a encore des sentiments pour lui ? Elle n'en avait pas la moindre idée. C'est incompréhensible. Il faut dire qu'il l'a profondément blessée à un moment où elle était très vulnérable. Cela fait plus de dix ans, ils étaient si jeunes, mais elle s'en souvient comme si c'était hier. Elle se rappelle chaque regard, chaque mot. Chaque...

Åsa s'autorise alors à faire ce qu'elle ne fait jamais : s'apitoyer sur son sort, regretter ce qui n'a jamais eu lieu.

Michel a changé.

Il n'est plus cet étudiant dégingandé à l'air sérieux et aux cheveux noirs et doux. Åsa le trouvait beau déjà à l'époque, lorsqu'ils se sont rencontrés à l'université. Mais il l'est encore plus maintenant qu'il a pris en maturité. Et ce crâne rasé ! Il n'a pas d'alliance – elle a vérifié – mais cela ne veut rien dire. Elle ne compte plus les traders et banquiers qu'elle a mis dans son lit bien qu'ils aient femme, enfants et villa à Djursholm.

Mais Michel n'est pas ainsi, tu le sais bien, Åsa, chuchote une petite voix.

Michel est d'une autre époque, sincère et loyal. S'il est marié à une jolie Libanaise et père de huit enfants, il est forcément fidèle. Il est ainsi, Michel Chamoun. C'est incroyable qu'il ait aussi bien réussi dans un domaine où l'hypocrisie et le double jeu sont deux des principaux piliers.

Elle se redresse et pose les pieds à terre en grognant. Il faut qu'elle survive à cette journée. Douze petites heures, cela devrait être faisable. Elle a horreur d'être inoccupée le dimanche. Aujourd'hui, elle devrait être en week-end dans l'archipel de Stockholm à faire la fête avec des gens d'une superficialité à toute épreuve qui n'essaient pas de lire dans ses pensées.

Les yeux bouffis, elle jette un coup d'œil à son téléphone. Un texto de Natalia.

J'espère que ça va. Appelle-moi si tu as besoin de parler.

Pas d'autres messages.

Åsa repose son portable, inexplicablement irritée contre Natalia.

Mais si David Hammar – l'arrogance incarnée – n'avait pas offert les places de concert à Natalia, rien de tout cela ne serait arrivé. En ce moment même, elle se trouverait sur une île, entourée d'amis lointains et de connaissances encore plus lointaines, qui auraient fait disparaître à coups de commérages l'angoisse du dimanche et auraient rempli de bruits le silence et le néant.

Heureusement, les vacances approchent. Pendant quelques semaines, elle sera entourée presque vingt-quatre heures sur vingt-quatre. Fiesta et soleil lui permettront de combattre cette affreuse sensation de vide qui l'assaille dès qu'elle se retrouve seule. Elle se promet de ne plus penser à Michel, ne serait-ce qu'un instant. À partir de maintenant, c'est comme s'il n'avait jamais existé, comme s'ils ne s'étaient pas revus la veille au soir, comme si leur histoire s'était achevée pour de bon dix ans plus tôt.

Elle sort deux antalgiques de leur plaquette, remplit un verre d'eau et y plonge deux comprimés anti-gueule de bois. Elle contemple le mélange effervescent.

Et soudain, sans crier gare, elle se met à pleurer.

Natalia regarde la réponse qu'Åsa vient enfin de lui envoyer. Un message court, presque froid, mais elle est tout de même soulagée que son amie semble avoir le moral.

Elle et Åsa n'ont pas l'habitude de se voir de façon spontanée le week-end. Amies depuis toutes petites, elles ont fréquenté les mêmes écoles et leurs mères se côtoyaient. Après la tragédie, Åsa s'est évidemment ins-tallée chez eux. Aujourd'hui elles mènent néanmoins des vies bien différentes. Åsa est gaie et extravertie, elle s'intéresse à tout ce qui est mode et style. Elle a des tas d'amis et de proches, elle connaît presque tous les gens qui *comptent*, elle prévoit toujours – c'est presque une obligation pour elle – des déjeuners, des soirées, des verres, tandis que Natalia travaille jour et nuit et se sent mal à l'aise dans ce type de compagnie.

La plupart des femmes avec lesquelles Natalia a grandi mènent une existence typique de la classe supérieure. Peu d'entre elles sont indépendantes financièrement. Elles sont souvent mères au foyer, assistées par une jeune fille au pair et une aide-ménagère. Ou bien elles étudient la mode ou le design à l'étranger et vivent aux crochets de leurs parents en attendant qu'un homme fortuné demande leur main.

Natalia s'est souvent dit que cette mentalité était un reliquat d'un autre temps, inégalitaire et oppressant, mais il est vrai qu'elle n'a jamais été comme les autres. Même Åsa, qui occupe un poste très qualifié – c'est le moins qu'on puisse dire – chez Investum, ne partage pas sa passion pour le travail. Åsa fait ses horaires de bureau, prend des pauses déjeuner à rallonge, part en vacances, et passe son temps libre à faire du shopping et à réseauter dans les soirées mondaines. Tout le contraire de Natalia. Après la séparation d'avec Jonas, sa vie sociale s'est réduite comme peau de chagrin. Lorsqu'ils étaient ensemble, ils voyaient surtout des amis communs et force est de constater qu'une femme célibataire est rarement conviée à des dîners intimes entre couples ou à de sympathiques barbecues. En fait, au cours de cette dernière année, elle n'a pas reçu une seule invitation de leurs anciens amis.

Dans un premier temps, cette exclusion l'a blessée, peut-être plus qu'elle ne l'aurait cru. Mais elle s'y est vite habituée. Elle n'est jamais beaucoup sortie et à présent elle se consacre entièrement à son travail.

Elle se doute bien que son penchant pour la solitude est un peu curieux, mais elle n'a très franchement rien en commun avec la plupart des femmes de son milieu. Il y a des choses plus intéressantes dans la vie que d'avoir une maison à la bonne adresse et de savoir qui se fait passer pour plus riche qu'il ne l'est.

Son portable émet un petit bip. Elle regarde l'écran, certaine que c'est encore Åsa.

Réveillée ?
/ David Hammar

Elle serre le téléphone dans son poing. Il lui a demandé s'il pouvait l'appeler et elle a dit oui – bien sûr. Elle espérait peut-être qu'il lui donne des nouvelles dans la journée... Mais recevoir ce message maintenant, juste quelques heures après s'être quittés ! C'est comme s'il se moquait éperdument d'avoir l'air trop empressé.

Elle écrit « *Oui* », sourit, envoie le message et patiente.

Deux secondes plus tard le téléphone sonne.

— Comment ça va ? demande-t-il.

L'immense sourire qui illumine le visage de Natalia est presque douloureux.

— Très bien. Merci pour hier soir.

— Åsa est bien rentrée ?

Ah ! Cette bienveillance la fait fondre.

— Oui, elle vient de m'envoyer un SMS.

Il ne répond pas et elle se dit qu'elle devrait ajouter quelque chose de léger, mais sympathique. Seulement, ce n'est pas son truc.

— Ça te dit de me rejoindre pour le petit déjeuner ? demande-t-il.

Oui, bien sûr, quelle question !

— Quand ?

— Dans une demi-heure ? Je t'envoie une voiture.

Natalia inspire lentement. Si elle s'était attendue à cela !

Pourtant, elle lui répond, blasée, comme si se faire envoyer une voiture pour aller petit-déjeuner était la chose la plus banale au monde.

— C'est très gentil. À tout de suite alors.

Exactement une demi-heure plus tard, Natalia aperçoit une voiture noire portant sur l'une de ses vitres le logo du Grand Hôtel s'engager dans sa rue et s'arrêter devant sa porte. Elle n'a pas donné son adresse à David – elle n'y a pas pensé – mais il n'en a pas besoin. Une jeune personne androgyne en jean, chemise et gilet lui ouvre la portière arrière et la referme derrière elle. À peine Natalia s'est-elle enfoncée dans le siège de cuir doux qu'ils sont déjà arrivés au Grand Hôtel.

L'un des portiers s'approche d'elle.

— Natalia De la Grip ?

Elle acquiesce de la tête. Elle a l'impression d'être dans un roman ou un film.

— Savez-vous comment vous rendre au bar Cadier ? s'enquiert-il avec déférence.

— Oui, merci.

Elle grimpe les marches tapissées, pénètre dans la bâtisse et se laisse envelopper par son luxe sobre.

David est installé tout au fond du bar qui porte le nom du fondateur de l'hôtel. Le soleil inonde la pièce et la baie vitrée offre une vue grandiose sur le château et la mer. David se lève et Natalia ne sait pas comment le saluer. Il esquisse un petit sourire en lui tendant la main. Elle la serre. Elle se demande vraiment sur quel pied danser avec lui : il est si correct, si cordial qu'imaginer qu'il pourrait avoir un intérêt autre que professionnel est presque risible ; et pourtant, que penser des places pour ce concert privé, de ce petit déjeuner dominical, de la voiture avec chauffeur ? Si son objectif est de la déstabiliser, c'est réussi.

— Je ne sais pas ce que tu prends le matin, alors j'ai commandé un peu de tout.

Il indique la table couverte de pain, fromages, pots de yaourt, fruits, confitures, jus, théière et cafetière.

— Sauf du porridge, poursuit-il. Je ne pense pas qu'on puisse vraiment aimer ça.

Elle s'installe et se laisse servir du café fumant dans une grande tasse blanche.

— Tout a l'air délicieux, dit-elle en toute sincérité, en posant sur ses genoux une épaisse serviette en tissu.

Elle beurre un croissant, y ajoute un peu de confiture de framboise et plante les dents dans la viennoiserie. Des miettes irrégulières et dorées s'échouent sur son assiette. C'est divin, elle voudrait presque se lécher les lèvres.

Elle aperçoit une étincelle dans les yeux gris-bleu de David.

— C'est bon ?

— Oui ! J'étais affamée et mes placards sont vides. Merci beaucoup !

Il la laisse manger à son rythme, prononçant çà et là quelques phrases de politesse. Lorsqu'il la voit lorgner le journal, il le lui tend.

— Tiens, si tu veux lire. Moi aussi j'aime bien feuilleter le quotidien en prenant mon petit déjeuner.

Tandis qu'elle parcourt les articles du regard, il boit son café, l'air satisfait de leur coexistence silencieuse. Elle referme le journal. Il lui ressert une tasse de café et elle se demande ce qu'il lui veut, ce qu'il peut bien manigancer.

Il n'est pas le premier investisseur avec qui elle déjeune. Ni le premier avec qui elle prend un petit déjeuner dans un hôtel. Pour son travail, elle doit souvent inviter des clients potentiels au restaurant. Elle est très douée pour cela, habituée à bâtir une relation de confiance sur le long terme et experte lorsqu'il s'agit de donner des conseils concrets dans des domaines économiques complexes. Natalia n'ignore pas que son patronyme l'a aidée à se faire recruter par J-O. Les PDG puissants et les agents de change influents sont plus impressionnés qu'ils ne veulent bien l'admettre par son nom à particule. Or, elle sait aussi que si elle est considérée comme l'un des plus grands talents de Suède, voire de toute la Scandinavie, c'est parce qu'elle est brillante.

De tout cela, elle en a bien conscience.

Mais elle n'a pas l'impression que David soit ici pour parler affaires.

— Alors, qu'a prévu l'investisseur à la réputation sulfureuse pour l'été ? demande-t-elle d'un ton badin.

Il lui lance un regard indéchiffrable.

— Je vais travailler.

— Tu ne prends pas du tout de vacances ?

Il repose sa tasse de café. Il porte une tenue décontractée – chemise à manches courtes et jean noir. Dans le restaurant, aucun homme ne soutient la comparaison avec lui. Serveurs et serveuses ne le quittent pas des yeux. Presque tous les clients présents ont, à un moment ou à un autre, jeté un coup d'œil dans sa direction. David est comme un centre de gravité, ce qui n'a absolument pas l'air de l'affecter.

— Non, jamais, affirme-t-il, et elle sait que ce n'est ni un mensonge ni une hyperbole.

C'est la première fois qu'elle rencontre quelqu'un comme lui. La plupart des hommes de la finance se ressemblent : brûlés par le soleil, prétentieux, lisses et superficiels. David, lui, n'est pas du tout bronzé et elle est frappée de voir qu'il ne fanfaronne pas le moins du monde. Il n'est pas le type d'homme à se prélasser sur une plage de la Méditerranée ou sur une île des Antilles. Sur les photos qui circulent, on pourrait le prendre pour un homme d'affaires ordinaire – bien que d'une beauté exceptionnelle. Mais de près, de si près, cet homme n'a plus rien de banal. Sa dureté et son énergie sont à la fois fascinantes et inquiétantes. Elle doit rester sur ses gardes. C'est le genre de personne qu'on ne veut pas se mettre à dos. Elle en frissonne.

— Tu ne plaisantes pas, remarque-t-elle en essayant de chasser ces sinistres pensées.

Après tout, ce n'est qu'un homme, pas un super-héros malveillant.

Elle plante sa fourchette dans une fraise en se disant qu'il est peut-être là depuis plusieurs heures à travailler, même si c'est dimanche. Elle considère le sac accroché au dossier de sa chaise. Eh oui. Un ordinateur, des dossiers et plusieurs journaux en dépassent.

— Je travaille tout le temps, mais ça ne me pose pas de problème.

Elle sourit, les yeux baissés sur son café.

— Pourquoi souris-tu ?

— Je suis comme toi.

— Je sais. Ça se voit. Tu ne prends pas de congés non plus ?

— Ma famille part bientôt pour Båstad, je vais aussi y faire un tour. Tu connais mon frère, je crois ? Peter. Vous étiez à l'école ensemble, n'est-ce pas ?

— Oui, réplique David, à Skogbacka.

Il prononce le nom de l'école d'une voix si neutre que Natalia comprend que lui et Peter n'étaient pas les meilleurs amis du monde. Ce qui n'a rien d'étonnant. Peter peut être un vrai snob. Qui plus est, elle n'a jamais entendu sa famille dire du bien des investisseurs en capital-risque en général et encore moins de David Hammar. Chez elle, c'est toujours la même rengaine : des parvenus, des nouveaux riches, et patati et patata.

Elle repose la fourchette sans finir les fruits. Elle ne peut plus rien avaler.

— Il faut que je te pose une question, commence-t-elle.

— S'il le faut vraiment alors...

Elle ne se laisse pas effrayer.

— Je ne comprends pas pourquoi tu m'as contactée, dit-elle avec un sourire pour adoucir son ton méfiant. Pas que ça me déplaise... mais je cherche à comprendre. Est-ce que tu aurais des liens avec l'un de mes clients à côté desquels je serais passée ou est-ce que tu as besoin d'aide pour une de tes affaires... Sincèrement je n'en ai aucune idée. Est-ce qu'il s'agit d'un rendez-vous professionnel ou, euh, d'autre chose ?

David jauge du regard Natalia qui le scrute avec attention. Sa question ne l'a pas surpris. Pas réellement. Car Natalia ne semble pas être une intrigante et elle est en droit de s'interroger.

D'ailleurs, il est le premier à admettre qu'il ne s'est pas comporté de manière cohérente avec elle. Rétrospectivement, il est peut-être allé un peu trop loin en lui envoyant une voiture, mais l'hôtel a un service de véhicule avec chauffeur et il était heureux de l'en faire profiter. Probablement pour compenser la manière dont la soirée d'hier s'est achevée.

Et sans doute est-il en train de se mentir, mais il a réussi à se convaincre qu'il s'agit d'une courtoisie purement professionnelle. Il n'a jamais envoyé une voiture pour une femme auparavant.

— Franchement ?

Natalia hoche la tête. Si elle a des arrière-pensées, elle les dissimule à merveille. Il ne lit aucune trace d'hostilité, ni sur son visage ni dans son langage corporel – et il est plutôt doué lorsqu'il s'agit de décrypter les gens.

— Je ne sais pas, continue-t-il, ça a commencé comme un simple repas d'affaires. Je connais ton chef et j'essaie de me renseigner sur les acteurs les plus importants du secteur. Voilà pourquoi je t'ai invitée à déjeuner.

C'est à la fois la vérité et un mensonge éhonté.

— Mais après...

Il s'interrompt.

Après, il a commencé à se comporter de manière illogique et à présent il prend son petit déjeuner avec cette femme intelligente qu'il lui est interdit d'approcher, ce qu'il ne cesse de se répéter.

— Je ne sais pas, reprend-il, mais je trouve stimulant de discuter avec toi. Cette réponse te suffit ?

Un léger voile rouge couvre ses joues, mais elle ne détourne pas le regard.

— Ça m'a fait très plaisir que tu m'appelles... Et puis, j'avais l'estomac dans les talons, ajoute-t-elle avec un grand sourire en contemplant les reliefs de leur repas que les serveurs sont en train de débarrasser.

Cette femme est née au sein de la fine fleur de l'aristocratie, songe-t-il. Mais le plus étrange, c'est que lorsqu'il l'observe avec sa tasse de café à la main et son petit sourire en coin, David voit bien – et cela ne fait aucun doute – qu'elle a connu l'exclusion. Comme lui.

Il sait ce que c'est que d'être un paria, de ne pas rentrer dans le moule, mais il n'aurait jamais cru qu'elle puisse vivre la même chose. Il a eu tort. Il s'en rend compte à présent.

De petits signes éloquents, quelques mots par-ci par-là révèlent qu'elle a dû se battre pour chacun de ses choix, ce qui l'a rendue plus résistante, mais aussi plus sensible.

Il secoue la tête. Au téléphone, elle avait la voix endormie, comme si elle venait de se lever. Peut-être l'a-t-il même tirée du sommeil, bien qu'il fût déjà tard. Pourtant, peu après, elle se retrouve devant lui, tirée à quatre épingles, arborant une robe en lin immaculée et un maquillage discret. Ses cheveux brillants sont attachés en chignon, et aucune mèche ne dépasse. On peut sans doute réveiller Natalia De la Grip au beau milieu de la nuit et être certain qu'elle se lèvera d'un bond, calme et sereine, l'œil vif, et qu'elle vous donnera l'information que vous cherchez.

— Tu as toujours su que tu voulais travailler dans le capital-risque ?

Son intérêt a l'air sincère.

— Oui, l'appât du gain, comme tu sais…

Et le désir de me venger de ceux qui ont gâché ma vie. En l'occurrence, ta famille.

— On peut dire que tu as réussi.

Il n'entend pas de ressentiment dans sa voix, pas de mépris voilé. Aucun jugement. Une simple constatation.

Il acquiesce. En réalité il ne lui a pas dit toute la vérité, mais la réponse qu'il donne chaque fois.

— Et j'aime le pouvoir, s'entend-il soudain ajouter.

Jamais il ne l'a avoué auparavant, mais c'est la vérité. Il voulait prendre le pouvoir sur sa vie, ce qui n'est possible que lorsqu'on est très riche.

Elle hoche la tête avec une certaine lenteur, comme si elle comprenait parfaitement.

— Ma famille a toujours eu de l'argent, dit-elle, pensive. Je n'arrive même pas à imaginer autre chose.

— J'étais un peu pressé au départ, lance-t-il en évitant scrupuleusement d'analyser le fait que leur relation est en train de devenir plus personnelle. J'ai pris des risques inconsidérés, des risques que je n'aurais jamais pris aujourd'hui.

— Tu étais plus jeune…

Elle dit cela avec un petit sourire, comme si elle avait, elle aussi, pris des risques par le passé. Une audace qu'elle se remémore avec un certain plaisir. Il se demande de quoi il peut s'agir et sent poindre une excitation diffuse en imaginant une Natalia aventurière, impulsive.

— Au début, on travaillait jour et nuit. J'ai parfois l'impression de ne pas avoir dormi pendant plusieurs années.

— Michel et toi ? D'ailleurs, tu savais qu'Åsa et lui, euh, se connaissaient ?

David secoue la tête.

— Pas du tout. En tout cas, on dirait qu'ils n'ont pas vraiment tourné la page.

— C'est vrai. Michel est marié ? le questionne-t-elle après un instant de réflexion.

— Non. Et Åsa ?

Natalia secoue la tête et ils se regardent d'un air de connivence. Le soleil inonde la pièce, ses yeux ressemblent à de l'or pur et David ne parvient plus à s'en détourner. Elle s'empare de sa tasse de café, les joues légèrement rosées, comme si elle était gênée.

— Alors raconte, dit-elle la bouche juste au-dessus de sa tasse, en toute confidentialité bien sûr, quelles entreprises avez-vous prévu de reprendre, Michel et toi ?

David esquisse un sourire. Après tout, la question est amusante – et dangereuse – pour plus d'une raison.

— Nous avons plusieurs pistes, rétorque-t-il avec légèreté.

— Aïe, aïe, aïe, monsieur ne veut pas se mouiller…

Il laisse échapper un petit rire, il ne peut pas s'en empêcher. Elle lui répond par un sourire et quelque chose passe entre eux. C'est tellement évident que c'en est presque palpable.

Ses pensées caressent – *plus* que caressent – l'idée qu'ils pourraient se revoir. C'est l'été, ils sont adultes et ne font rien de mal. Il ne veut pas s'arrêter là, pas déjà.

L'heure tourne si vite en sa compagnie, c'est étrange. Ses répliques qui fusent, sa vivacité et son rire discret – tout cela lui fait perdre la notion du temps. Lorsqu'il jette un coup d'œil à sa montre, il n'en revient pas.

— Je suis désolé, s'excuse-t-il en accrochant le regard d'un serveur. J'ai un avion à attraper, mais la voiture de l'hôtel peut te conduire où tu veux.

C'est la deuxième fois que cela se produit : le temps a filé sans qu'il s'en rende compte.

— Ne sois pas ridicule, je peux rentrer à pied.

Elle ne lui demande pas sa destination, mais il la lui dit tout de même.

— Je vais à Malmö. Mais j'aimerais te revoir. Après le déjeuner et le petit déjeuner, le plus logique serait que je t'invite à dîner.

— Oui, répond-elle avec légèreté, ça me paraît tout à fait logique.

Il paie l'addition et se lève. Elle l'imite, le sac à l'épaule. Ils traversent l'hôtel côte à côte et sortent dans la rue. Elle le regarde, les yeux plissés à cause du soleil. Il se penche vers elle et laisse sa bouche effleurer sa joue dans un quasi-baiser.

— Au revoir, murmure-t-il.

Il sent avec délicatesse le doux parfum de sa peau dans ce qui aurait dû être une bise impersonnelle, mais qui est devenu quelque chose de beaucoup plus dangereux.

Elle reste immobile.

Il frôle aussi son autre joue, s'attarde un peu avec le sentiment qu'elle retient son souffle.

— Bonne chance à Malmö, glisse-t-elle.

11

Lundi 30 juin

Natalia est la première au bureau lundi matin, mais J-O arrive peu après elle.

— J'ai les nouveaux chiffres, lance-t-elle en guise de salutation.

Il saisit la liasse de documents et Natalia patiente tandis qu'il les parcourt du regard sans prendre le temps de s'asseoir.

— Alors, où en est notre affaire ? demande-t-il.

J-O est grand et élancé. Il fait de la voile, du tennis et du ski à un niveau professionnel. Il a fréquenté toutes les meilleures écoles, ses parents étaient diplomates et ses manières sont celles d'un gentleman. Mais il est aussi l'un des hommes les plus froids et insensibles que Natalia connaisse. Il a trois secrétaires qui contrôlent tout, depuis l'aéroport où il est censé atterrir jusqu'au bar où il termine ses soirées.

— Le PDG danois a prévu de venir en Suède, réplique-t-elle, d'un ton tout aussi impersonnel. On devrait essayer de le voir tous les deux. Je sens qu'il a besoin de parler.

Dans son travail, Natalia doit très souvent agir en coulisse pour calmer les esprits, rassurer les directeurs stressés, écouter, soutenir, donner des conseils et attirer de potentiels clients. Elle n'est pas inquiète, pas pour cela.

— Oui, et il vient à notre soirée à Båstad, on discutera avec lui là-bas.

J-O l'observe par-dessus ses lunettes à monture d'acier. Au cours de l'année, ses cheveux se sont mis à grisonner et elle remarque pour la première fois qu'il a des pattes-d'oie autour des yeux.

— J'aurai besoin de toi là-bas, je pense qu'il t'apprécie.

— J'y serai, sans problème, je vais demander à mon assistante de me réserver des billets, répond-elle, tout en se disant qu'elle ne réussira jamais à éviter sa famille si elle va à Båstad.

Pendant l'été, la ville est le terrain de jeu des gens beaux, riches et célèbres. C'est à cause d'elle que Stockholm se vide de ses voitures de luxe, de ses hommes d'affaires et de ses femmes au foyer désœuvrées. Son père et sa mère en sont, évidemment. Ils participent à ce chapelet interminable de cocktails et de soirées mondaines arrosées de champagne.

Jonas y sera aussi, sans aucun doute.

Et mince !

Natalia hésite. Il y a autre chose qui la préoccupe.

— Tu ne trouves pas que cette fusion va... un peu trop vite ?

Une affaire de cette ampleur peut nécessiter une année de tractations, mais là, après seulement quelques mois, les représentants d'Investum parlent de signer le contrat dès cet automne. Natalia sait bien que son père est pressé de sceller l'acquisition, mais elle a l'impression que tout se fait dans l'urgence, que le prestige qui accompagne la création d'une grande banque scandinave est un écran de fumée qui les empêche de se projeter à plus long terme.

— Qu'est-ce qui te fait dire ça ?

— Je ne sais pas, une simple intuition.

— Je vais revoir toute l'affaire dès que j'ai une minute, mais c'est normal de s'inquiéter à ce stade, c'est pour ça qu'on est deux. Laisse-moi faire.

Elle opine du chef et se lève pour aller déposer un Post-it à son assistante la priant de réserver les billets pour Båstad.

Deux heures plus tard, le bureau grouille de monde. Les téléphones sonnent, les écrans d'ordinateur rayonnent et le niveau de concentration dans l'air est palpable.

Peu après midi, elle reçoit un message de J-O :

Suis en Finlande.
Retour demain matin.

Lorsque son portable retentit à nouveau, il est trois heures et Natalia, qui n'a rien avalé depuis le petit déjeuner, est à deux doigts de la crise d'hypoglycémie.

On se voit ce soir ? Je pars bientôt de Malmö. Désolé de te pré-venir au dernier moment. Pour me rattraper je viens te chercher avec un pique-nique. Pls ?
/ DH

Elle ouvre grand les yeux. Elle est tellement absorbée par ses dossiers qu'il lui faut quelques instants avant de comprendre qu'il ne s'agit pas d'un message profes-sionnel. Elle esquisse alors un sourire discret puis écrit :

Un pique-nique ? Comment refuser ?
PS : que veut dire pls ?

Le sourire ne quitte pas ses lèvres tandis qu'elle attend la réponse. Aujourd'hui, elle a à peine eu le temps de penser à David. Mais là…

Elle pose les pieds sur son bureau et se renverse en arrière, le visage radieux. Cela fait des siècles qu'elle n'a pas flirté ! Hier, il était sur le point de l'embrasser. Un frémissement la parcourt lorsqu'elle se remémore la pression légère et chaude de ses lèvres contre sa joue.

Elle jette un coup d'œil circulaire, espérant que personne n'a remarqué que Natalia De la Grip est là, dans son fauteuil de bureau, tout émoustillée en repensant à une simple bise !

Pls = Please.
Les victuailles et moi passons te chercher à 19 heures.
/ DH (David Hammar)

Natalia repose ses pieds par terre. Elle n'aura pas le temps de repasser chez elle, mais elle a quelques tenues de rechange au bureau et pourra prendre une rapide douche ici. Il fait beau et elle se rend compte que le soleil et l'air frais lui manquent. Elle rêve d'être une personne normale, une personne qui rencontre des hommes, mange à intervalles réguliers et ne travaille pas dix-huit heures par jour. Une personne qui vit. Elle pianote un message de confirmation pour David et se replonge aussitôt dans le travail.

12

— C'est juste une petite balade en mer, pas de quoi s'exciter, grommelle David.

— Ce n'est pas la balade en mer qui m'inquiète, fulmine Michel, mais ta santé mentale ! Tu sais que tu peux emprunter mon bateau pour aller où ça te chante. Mais avec elle ? Bordel de merde, David !

Michel se pince l'arête du nez. Le cuir du siège où il est installé crisse lorsqu'il bouge son corps imposant.

David ferme la porte entrouverte. Dans les bureaux adjacents, les employés de Hammar Capital travaillent de l'aube au couchant sur l'analyse d'entreprises et de sociétés. Ils n'ont pas besoin d'entendre cette conversation.

— Tu dis toujours qu'il ne faut pas mélanger les affaires et la vie privée, poursuit Michel, furieux. Donc tu peux sans doute m'expliquer ce que tu es en train de faire ? Parce que je ne comprends vraiment pas pourquoi tu trimbales cette Natalia De la Grip à droite à gauche. Je pensais qu'elle n'était plus à l'ordre du jour.

Michel semble plus préoccupé que d'ordinaire. Il faut dire qu'il est très consciencieux et vérifie tout plutôt deux fois qu'une. L'associé idéal pour David – ce qui ne veut pas dire qu'il lui raconte tout. D'ailleurs, il n'y a rien à raconter, se rappelle-t-il, mais quand même.

— Il n'y a rien de sérieux entre nous, assure-t-il.

Car l'idée même qu'il puisse s'agir d'autre chose que d'un flirt sans lendemain est tout à fait risible. David se plaît à discuter avec elle, le temps file en sa compagnie, et ce baiser impulsif – qui n'était même pas un vrai baiser – a affolé ses sens et fait naître en lui le désir d'aller un peu plus loin. Mais ce n'est pas sérieux. Il le sait mieux que quiconque.

— Je cultive simplement une relation qui peut nous être utile.

— Pff, bien sûr, ironise Michel.

La conversation par SMS avec Natalia a mis David de bonne humeur ; il se réjouit à l'avance de la voir et n'a pas la force de se disputer avec Michel. Si les rôles avaient été inversés, peut-être aurait-il lui aussi émis des objections.

Sauf qu'il n'y a aucune objection à émettre, bien sûr. Il faut bien qu'il se nourrisse. Elle aussi. Et il n'y a rien de plus sain qu'un bon bol d'air frais. Par ailleurs, qui aime sortir en mer tout seul ? Il peut trouver au moins cinq, voire dix raisons pour lesquelles cette excursion spontanée ne devrait pas susciter une telle réaction de la part de Michel. *Et une raison de taille pour laquelle la réaction de Michel est compréhensible.*

— Je sais ce que je fais, tente-t-il pour l'apaiser.

— Bientôt, dit Michel pas tranquillisé pour un sou, bientôt notre affaire fera la une des journaux, ici, en Europe et aux États-Unis. Personne n'a jamais rien fait de pareil, tu l'as dit toi-même plusieurs fois. Alors si tu as des intentions cachées avec cette femme, je préfère que tu m'en parles tout de suite. Cette aventure n'est pas seulement la tienne.

Michel a investi pas mal d'argent, tout comme David, et il est en droit de se poser des questions.

David plonge ses mains dans ses poches et s'approche de la fenêtre qui donne sur le château et sur Skeppsbron, avant de se retourner.

— Je vais juste dîner après le boulot, un soir en semaine, avec une collègue qui travaille dans le même secteur que nous. Je n'ai pas d'intentions cachées. On est tous les deux adultes, on va se voir, manger un bout et peut-être discuter. C'est un bon contact à avoir et j'ai travaillé avec son chef. Je fais du réseautage.

— Et je vais gober ça ! lance Michel, sarcastique.

Ce comportement ne lui ressemble pas. Ils ne sont pas revenus sur ce qui s'est passé vendredi dernier – ce sont des hommes, ils ne parlent pas de ce genre de chose. Peut-être devraient-ils ?

— Mais qu'est-ce qui te prend ? Si tu ne veux pas me prêter ton bateau, dis-le. Pour le reste, ça ne te concerne pas ! Elle n'a pas de responsabilité opérationnelle à Investum, elle n'a rien à voir avec notre affaire.

Michel lève les mains en signe de capitulation.

— Prends le bateau, je connais ta conscience professionnelle, je sais que tu ne nous mettrais jamais dans le pétrin. Je crois que je n'ai pas assez dormi.

David le dévisage longuement. Il a en effet l'air fatigué.

— C'est quoi cette histoire avec Åsa Bjelke ?

Michel serre les dents, mais se contente d'une réponse laconique.

— De quoi tu parles ?

— Tu sais très bien de quoi je parle. Je ne t'ai jamais vu dans un tel état. Tu étais furieux contre elle.

— J'ai été surpris de la voir. Je ne m'y attendais pas, mais c'est sans importance.

On ne me la fait pas, à moi !

— Allez, viens, l'invite David en lui donnant une tape sur l'épaule. Je vais acheter à manger pour le pique-nique, je te paie un café en chemin.

Plus tard, alors qu'il attend Natalia devant son bureau place Stureplan, il se dit que Michel a sans doute raison.

Il devrait peut-être la laisser tranquille. Elle semble être quelqu'un de bien.

L'affaire Investum éclatera bientôt au grand jour et le cirque médiatique sera en marche. Les journalistes appelleront sans discontinuer, les conjectures en tout genre fleuriront dans les journaux, et Michel et lui pourront passer à l'étape suivante.

Il est inévitable que Natalia, lorsqu'elle découvrira l'ampleur de son projet, en vienne à le détester – ce qu'il ne souhaite pas, car il l'apprécie. Et s'ils continuent de se voir, la trahison sera vécue comme un affront personnel. Elle sera blessée. C'est une pensée qui le dérange.

Pourtant, le chaste baiser d'hier soir a déclenché quelque chose qu'il refuse d'ignorer. Il n'a jamais rien vécu de tel. Elle aussi a ressenti quelque chose. Mais cela ne doit pas aller plus loin, décide-t-il. Pique-nique, bisous sur la joue – point final. Poursuivre serait de la pure folie.

Il est sans doute dur, impitoyable et glacial, mais il n'est pas fou.

13

Une fois dans la rue, Natalia est assaillie par la chaleur. Elle vient de passer la journée dans son bureau climatisé et ne s'attendait pas à une température aussi élevée. Elle n'a jamais été invitée à un pique-nique galant, ce qui en soi est assez tragique, mais le problème c'est surtout qu'elle ne maîtrise pas très bien le code vestimentaire.

Elle opte finalement pour un chemisier en soie à manches courtes et un pantalon fin en lin clair qu'elle a trouvés parmi les vêtements de réserve qu'elle garde au bureau. En sortant de la Sturegalleri, elle aperçoit David qui l'attend. En le voyant en jean et en T-shirt, elle regrette aussitôt de s'être habillée de façon si élégante. Il lève la main, celle qui porte la montre en acier, pour lui faire signe. Chaque fois qu'elle pense à lui, elle se dit qu'elle est sûrement en train de l'imaginer plus beau, plus grand et plus baraqué qu'il ne l'est. Pourtant, chaque fois qu'elle le revoit, elle se rend compte qu'il est tout aussi séduisant que dans son souvenir. Pas étonnant qu'il soit le chouchou des médias.

— Bonjour, dit-il avec un sourire.

— Salut, répond-elle en notant avec gratitude que sa voix semble calme et assez détachée.

Il pose la main sur son épaule et effleure sa joue de ses lèvres. Un rapide baiser. Elle ferme les yeux et sent son parfum. Mon Dieu, il suffit de cela pour l'exciter ? Elle s'écarte, se ressaisit et affiche une expression amicale.

— Alors, où m'amènes-tu ?

David promène un regard amusé sur le pantalon élégant et le joli chemisier de Natalia.

— J'aurais dû me douter que tu mettrais une tenue inconfortable et salissante. Et ça, ajoute-t-il en posant les yeux sur sa coiffure, ça ne tiendra pas un instant.

Il pose la main sur le bras de la jeune femme.

— Viens, fait-il.

Elle a à peine le temps de songer à sa paume brûlante contre sa peau qu'il l'a déjà lâchée.

Ils marchent en direction de l'eau, traversent un flot continu de touristes, parents, enfants, et chiens avec leur maître.

— C'était comment à Malmö ?

— Bof, très malmösien, ricane-t-il.

— J'aime bien la Scanie, moi.

— Oui, c'est une belle région, admet-il en souriant. Et voilà, nous y sommes.

Natalia regarde autour d'elle. Ils se sont arrêtés devant une terrasse assez chic où des serveurs en uniforme s'affairent, cocktails et assiettes de tapas à la main. On entend la musique jusque sur la promenade du bord de mer. Quel plaisir que de s'installer là, à côté de l'eau scintillante ! Elle craint d'être vue avec lui – ici, sur Strandvägen où tout le monde peut la reconnaître –, mais elle choisit de faire abstraction de ce sentiment désagréable. Elle a déjà de la chance que personne ne les ait croisés en chemin.

— Pas ici, dit David comme s'il lisait dans ses pensées. Là.

Il esquisse un signe de la tête vers l'eau et Natalia a le souffle coupé par la vision qui s'offre à elle.

Un gigantesque yacht à moteur d'un blanc éclatant est amarré au quai. Avec ses lignes fines et acérées,

son bastingage chromé, il semble presque vivant, tel
un requin plein d'énergie, frétillant d'impatience de
prendre le large.

— On n'est pas obligés de faire comme les autres.
Sauf si tu préfères rester sur la terre ferme ?

— Pas du tout, réplique Natalia en admirant le
monstre blanc.

Elle est parcourue d'un frisson d'excitation.

Il monte à bord et Natalia saisit la main qu'il lui tend.
Le bateau tangue sous ses pieds.

— Je te fais faire le tour du propriétaire ?

Natalia secoue la tête.

— Non, démarrons.

David appuie sur des boutons, actionne des leviers et
le navire s'élance dans un bruit sourd. Il tourne le volant
et sort en marche arrière.

— Où va-t-on ? demande-t-elle.

— Il y a un panier plein de victuailles dans la cuisine,
on pourrait faire un tour dans l'archipel et s'arrêter dans
une crique quand on en a envie, qu'est-ce que tu en dis ?

— Ça me semble parfait.

Ils ont bientôt quitté Stockholm, laissant derrière eux
le canal très fréquenté près de Nybroviken. Ils glissent
sur l'eau et longent l'île de Lidingö. Les bateaux sont
nombreux dans l'archipel, même loin de la ville, le soleil
brille avec une force inchangée et les pontons que leur
yacht dépasse sont noirs de monde.

Après un certain temps, David met le cap sur une
petite baie déserte, abaisse le levier, jette l'ancre et se
tourne vers Natalia.

— Viens, je vais te montrer l'intérieur.

Ils descendent dans la cabine par un escalier étroit et,
lorsque Natalia arrive en bas et pose le pied sur un sol
en parquet, elle ne peut s'empêcher d'éclater de rire.

C'est sans doute le yacht le plus luxueux qu'elle ait jamais vu. Les meubles sont en bois poli, agrémenté de tissus blancs. La fenêtre au plafond, les hublots qui donnent sur la mer et les petits spots au-dessus de leurs têtes créent un espace lumineux et aérien. Un écran plasma est accroché au mur, de la porcelaine Pillivuyt resplendit dans les placards et sur les étagères. Il y a même un four à micro-ondes encastré au-dessus d'un des meubles de rangement. Sur l'une des tables trône un immense panier.

David indique un placard d'un geste de la tête.

— Tu peux nous attraper des flûtes ?

Tandis que Natalia s'exécute, David sort du réfrigérateur une bouteille de champagne.

— J'ai pris du rosé.

— Si je n'étais pas mieux informée, je penserais que tu essaies de m'impressionner, glousse-t-elle à la vue de la bouteille hors de prix.

— Tu connais les nouveaux riches ! Toujours à vouloir impressionner la classe supérieure. Dis-moi si ça marche.

— Je n'hésiterai pas, promis.

David prend la bouteille dans une main, le panier plein à craquer dans l'autre et disparaît à grandes enjambées dans l'escalier.

— Allez, viens ! On ne lambine pas, un pique-nique nous attend.

Natalia lui emboîte le pas, les verres à la main et une folle envie de rire.

À la poupe se trouvent une table et des bancs fixés au sol. David et Natalia y prennent place, l'un en face de l'autre. Tandis que David retire l'aluminium qui entoure le bouchon et commence à défaire le muselet, Natalia examine le contenu du panier.

Elle fronce les sourcils.

— Combien de femmes tu comptes nourrir avec tout ça ? demande-t-elle en sortant des assiettes de jambon sec, de salami et de bresaola, différents fromages, des quantités astronomiques de bols regorgeant d'olives, de légumes et de pesto ainsi qu'un panier rempli de pains encore chauds.

— Juste une femme d'affaires affamée, répond David en la regardant retirer du panier une pile de focaccia et encore du fromage.

— Waouh, s'exclame-t-elle en découvrant un sachet huileux avec différents types de tartes au fumet délicieux.

— Tout compte fait, j'aurais dû prendre du vin rouge, dit David avec un coup d'œil à tous ces mets.

— C'est parfait comme ça. Mais la table est trop petite, où mettre tout ça ?

Finalement, ils garnissent chacun une assiette, étendent une couverture à la proue et s'y installent. Natalia s'assied en tailleur. David lui tend un verre, remplit le sien et ils trinquent.

— Alors, raconte-moi comment tu es devenu l'un des meilleurs capital-risqueurs au monde.

— Qu'est-ce que tu veux savoir ?

Elle se réjouit qu'il ne fasse pas l'hypocrite lorsqu'il parle de son succès, qu'il ne se cache pas derrière de la fausse modestie.

— Je sais *pourquoi*, mais je ne sais pas *comment*. Et je ne connais personne qui ait accompli ce que tu as fait, dit-elle entre les bouchées.

Mmm, c'est absolument exquis. Et le champagne lui monte déjà à la tête.

— Personne qui soit parti de rien, je veux dire.

— Hum… j'ai toujours travaillé pour subvenir à mes besoins. Déjà au lycée, je bossais pendant les vacances

scolaires, quand les autres partaient à la mer ou au ski.
Tous les congés et tous les week-ends. Et ça a continué
comme ça.

Natalia enfourne un grand morceau de taleggio. Elle
fait partie de ceux qui partaient en vacances. Bien
qu'elle sût qu'il pouvait en être autrement, que certains
élèves n'en avaient pas les moyens, qu'ils devaient travailler au lieu de se reposer, elle n'y avait jamais vraiment réfléchi.

— J'économisais le plus possible, poursuit David, j'ai
commencé à acheter des actions dès que j'en ai compris
le mécanisme et j'ai fait quelques très bonnes affaires
déjà à Skogbacka.

Natalia se demande ce que David a pensé de cet
internat célèbre – ou tristement célèbre, selon le point
de vue. Peter et Alexander y ont tous les deux fait leurs
classes. Et leur père était au conseil d'administration.
Sans doute peut-on dire que les hommes de sa famille
ont Skogbacka dans le sang. Quant à elle, elle a fréquenté l'un des autres grands pensionnats, une école
réputée moins sévère, plus douce, mieux adaptée aux
femmes – ou *filles,* comme dit sa mère – de la famille.
Mais les deux établissements sont très onéreux et David
– le fils d'une mère célibataire, si elle se souvient bien –
a dû obtenir une place réservée aux boursiers. Elle se
demande quelles ont été les conséquences de ce qui a
dû être une véritable exclusion. Ces internats éduquent
les enfants des élites, les nantis, les nobles et la famille
royale. Cela n'a sans doute pas été facile pour David, né
dans une famille monoparentale aux revenus modestes.

— J'ai fait la même chose à Handels, raconte David.

Et Natalia chasse ces pensées de son esprit : David
Hammar, installé devant elle dans une posture décontractée, irradiant puissance et vitalité à la proue d'un
yacht de luxe, n'est pas le genre de personnes que l'on
plaint.

— Donc, en parallèle à mes études, et à mes petits boulots, j'ai continué à acheter des actions et commencé à nouer des contacts. C'est comme ça que tout a commencé. J'ai fait un semestre à Londres où j'ai rencontré Gordon Wyndt, poursuit-il.

— J'ai entendu parler de lui.

Aux dernières nouvelles, Wyndt est quarante-cinquième sur la liste des personnes les plus fortunées au monde, se souvient-elle. Avoir un tel homme comme mentor est sans doute fort utile pour un jeune étudiant aux dents longues, mais né sans argent.

— Gordon m'a beaucoup appris. Après l'école de commerce, j'ai obtenu une bourse à Harvard et je suis parti étudier aux États-Unis. Là-bas, je travaillais dans un restaurant pour payer mon loyer. Tout en faisant des analyses d'entreprises pour un capital-risqueur américain, ajoute-t-il avec une petite grimace. Je n'ai pas beaucoup dormi pendant ces années.

— Je suis sûre que cette vie te plaisait.

— Oui, énormément.

Elle sent une vague de chaleur envahir sa poitrine. Elle reconnaît cette joie, cet amour pour le travail. Ce doit être pour cela que c'est aussi gratifiant de discuter avec lui : ils se ressemblent tellement. Ce qui en soi est une considération assez aberrante... Pourtant, elle se reconnaît dans cette passion, dans cette motivation. Elle ne se sent pas du tout mal à l'aise avec lui. Ni perdue ni intimidée. Grisée – oui. Enchantée – clairement.

— Puis j'ai fondé HC, conclut-il avec un immense sourire – peut-être le premier véritable grand sourire qu'elle ait vu sur son visage. Et c'est *là* que les choses sérieuses ont commencé.

Natalia part d'un petit rire, trempe les lèvres dans son verre et laisse échapper un profond soupir de satisfaction. Cela ressemble à s'y méprendre au rendez-vous parfait.

David observe Natalia : elle est là, assise à l'avant du bateau de Michel, à siroter son champagne avec une expression de bonheur sincère. Sans qu'il sache comment, elle a réussi à le faire parler d'un sujet qu'il essaie en général d'éviter : son enfance. Il se demande ce qu'elle sait des événements de Skogbacka… Elle l'a subtilement encouragé à se livrer, ce qu'il a fait. Maintenant elle paraît gaie, presque euphorique, ce qui devrait le pousser à se ressaisir. Mais il se sent heureux lui aussi.

— Où te vois-tu dans dix ans ? demande-t-elle.

David prend son verre et s'appuie sur un coude, dans la même position qu'elle.

— Aucune idée. Probablement toujours à bosser vingt-quatre heures sur vingt-quatre. Peut-être que j'aurai arrêté de chasser l'argent des autres et que je me contenterai d'investir le mien.

— Tu veux des enfants ?

David ouvre la bouche, mais la referme aussitôt.

— Non ! Si je peux éviter.

Elle incline la tête sur le côté.

— D'accord.

Ah, quel soulagement qu'elle accepte sa réponse sans ciller alors que tant de femmes insistent, essaient de le convaincre qu'il va changer d'avis.

— J'ai pensé à toi ces derniers jours, dit-il.

Les yeux de Natalia pétillent.

— Ah bon ? Personnellement, je t'avais presque oublié.

Le mensonge est si évident que David éclate de rire. Elle sirote son champagne, les yeux baissés et un rictus discret sur les lèvres. Il pose sa flûte, s'allonge sur le dos, croise les mains derrière la tête. Demain, il redeviendra l'homme calculateur qu'il a toujours été, mais pas ici, pas maintenant. Il ne s'est pas senti aussi détendu depuis des années. À chaque rencontre avec Natalia, il s'étonne à nouveau de passer un aussi bon moment.

— Qu'est-ce qu'il y a ? s'enquiert-elle.

Il continue à fixer le ciel. Le soleil chauffe encore, mais une première étoile a commencé à clignoter à l'extrême ouest.

— Je suis bien, c'est tout, répond-il, comme à l'adresse du firmament.

Les mouettes volent très haut au-dessus d'eux. Les vagues éclaboussent la proue et David, qui sent le regard de la jeune femme posé sur lui, se tourne vers elle. De grands yeux légèrement grisés par le champagne croisent les siens. Il avait raison, songe-t-il, sa coiffure de bourgeoise coincée ne tient pas face aux vents marins. Des mèches rebelles flottent autour de son visage et son chignon lui tombe sur la nuque.

— J'adore sortir dans l'archipel, dit-elle – il trouve que sa voix est essoufflée.

— Pendant mon service militaire – il y a cent ans de ça – j'étais souvent en mer, raconte-t-il, les yeux rivés sur l'eau. Je m'y plais, je l'avais presque oublié. Je ne prends plus le temps d'y aller.

— Je me disais bien que tu avais le pied marin. Mais ce n'est pas ton bateau ?

— Non, il est à Michel. Il adore les joujoux de luxe. Et aujourd'hui je ne peux pas lui en vouloir.

— Non, on est si bien…

Les mots restent suspendus entre eux.

David pivote la tête à nouveau. Il effleure du regard les traits réguliers et classiques du visage de Natalia, son cou mince, mais fort, avant de continuer vers le bas. Il entrevoit de petits tétons durs à travers le tissu presque transparent de son chemisier. Cette vision a le temps de déclencher en lui une vague de désir avant qu'il ne se rende compte que Natalia a la chair de poule : elle doit être frigorifiée et non émoustillée.

Il n'est pas aussi malin qu'il le croyait, songe-t-il en se redressant.

Natalia voit David se lever de leur petit campement. La main en visière, elle l'observe tandis qu'il ramasse les restes du repas en un tour de main.

— Ne bouge pas, je reviens.

Il disparaît dans la cabine. Elle s'assied et se frotte les bras. Il fait beaucoup plus froid à présent.

Elle l'entend fouiller en bas puis le voit réapparaître quelques instants plus tard. Il a enfilé un pull épais et lui en tend un similaire.

— J'ai mis du café à chauffer. J'espère que tu as encore de la place pour le dessert.

Natalia enfile le chandail, qui est bien trop grand pour elle, et se recroqueville dans sa chaleur.

— Merci.

David s'éclipse à nouveau avant de revenir avec un thermos sous le bras, deux tasses à expresso et une glacière à la main. Il ouvre le sac et jette un coup d'œil à l'intérieur.

— Qu'est-ce que c'est ? s'enquiert Natalia.

— Aucune idée, répond-il en extrayant un bol fermé par un couvercle. Tu ne me croiras pas, continue-t-il d'une voix rieuse, mais les desserts sont l'un des très rares sujets que je ne maîtrise pas à la perfection. Je n'ai pas souvenir d'avoir acheté ça.

— Montre-moi.

Natalia prend le récipient, l'ouvre, respire l'odeur et constate :

— Du tiramisu.

— Bon choix ?

— Oh que oui !

David lui tend une cuillère avant de déboucher le thermos. L'odeur du café envahit la proue. Elle accepte une tasse pleine d'un liquide noir de jais et attaque le dessert de bon cœur.

— Je vais prendre dix kilos si on continue comme ça, lâche-t-elle sans réfléchir.

David hausse les sourcils derrière sa tasse d'expresso et Natalia se mord la lèvre.

David goûte le dessert avec une expression satisfaite.

— Délicieux.

Il avale quelques bouchées avec des gestes rapides et efficaces, puis s'allonge à nouveau sur le côté, étend les jambes et entoure sa tasse des deux mains.

— Alors, qu'est-ce que tu fais quand tu ne travailles pas ? demande-t-il.

Natalia sirote son café chaud en méditant sur la question. Enfant, elle faisait de la danse. Ensuite il y a eu l'époque où elle ne jurait que par l'équitation. Elle aime encore faire du cheval, mais aujourd'hui... Elle entend David rire doucement et lève les yeux sur lui.

— Qu'est-ce qu'il y a ?

— Rien. Tu fais toujours ça quand on te pose une question. Tu réfléchis.

— Je ne suis pas quelqu'un d'impulsif.

— Non, et c'est sans doute pour ça que tu es si bonne dans ce que tu fais. J'aime bien voir comment tu fonctionnes.

— Comme toi, je travaille beaucoup, le boulot est très important pour moi. Je ne suis pas vraiment intéressée par les vêtements, ni par la décoration intérieure. Et je ne me rappelle plus la dernière fois que je suis allée au cinéma.

Elle fronce les sourcils.

— C'est assez pathétique quand on y pense... Plus jeune, j'adorais faire du cheval, poursuit-elle en essayant de se souvenir de ses hobbies. J'aime bien les sacs à main et...

Elle s'interrompt à temps, mais son moment d'hésitation n'a pas échappé à David.

— Tss tss tss, Natalia, tu me caches quelque chose, dis-moi ce que c'est.

Elle s'allonge sur le côté. La tête dans la paume de sa main, elle se pelotonne dans le pull.

— Je ne peux plus rien avaler.

— N'essaie pas de changer de sujet !

— Soutirer des informations aux gens, c'est ta spécialité, non ?

Il approuve de la tête.

— En général je ne parle pas de mes intérêts, hum, privés avec les hommes, signale-t-elle en fermant les yeux. Je ne comprends pas pourquoi je me confie à toi, mais… je… je collectionne des sous-vêtements français. Je les achète en ligne. C'est très cher et complètement irrationnel. La plupart sont immettables.

Elle ouvre les yeux.

David la contemple avec attention.

— Raconte-moi encore quelque chose qui te fait rougir. Tu es très attirante quand tu rougis, tu ne ressembles plus du tout à une femme d'affaires spécialisée dans le financement d'entreprise.

Natalia secoue la tête. Elle allonge le bras vers le thermos : une excuse pour détourner les yeux.

— Je crois que j'en ai assez dit pour ce soir. C'est ton tour.

— Ah ah, qu'est-ce que tu veux savoir ?

Natalia incline la tête et ils se regardent au-dessus des restes du pique-nique. Oh, il y a tant de choses qu'elle aimerait savoir. Pourquoi cette invitation ? Qu'est-ce qu'il lui cache sur son passé ? Quelle est cette colère qui point de temps en temps ? Et par-dessus tout, bien sûr : envisage-t-il de coucher avec elle dans un futur proche ?

— Si tu n'étais pas dans la finance à la tête de Hammar Capital, que ferais-tu ? demande-t-elle à la place.

— Le tour du monde à la voile, je crois. Je décrocherais d'Internet, lirais des livres. J'apprendrais peut-être à cuisiner...

— Tu ne sais pas cuisiner ?

— Et toi ?

— J'ai ouvert une boîte de cornichons l'autre jour, ça compte ?

Les yeux de David pétillent.

— Aucune idée.

— Qu'est-ce qu'on fait pendant son service militaire en fait ? J'ai deux frères, mais bizarrement je ne leur ai jamais posé la question.

— On traîne dans la nature, on se fait rudoyer et secouer les puces. Mais je n'en ai pas un mauvais souvenir. On obéit aux ordres, on fait de l'exercice, on dort bien la nuit.

Il se tait.

Elle écoute le bruit des vagues sur la coque du bateau. On entend des chiens aboyer sur une île au loin.

Il se tourne vers elle en s'appuyant sur les coudes.

— Tu as toujours froid ? Je peux aller chercher une couverture.

Natalia secoue lentement la tête.

Les yeux de David et les siens se rencontrent. Elle retient son souffle lorsqu'il tend la main. Il effleure son collier de perles et touche le lourd fermoir qui a glissé.

— Qu'est-ce que ça représente ?

Elle déglutit, prend un air indifférent malgré la main qui frôle le creux de son cou et caresse distraitement sa clavicule.

— Les armes de ma famille.

Elle sent son pouls s'accélérer sous les doigts entreprenants.

— Mes deux frères les ont sur leur chevalière et moi sur l'attache de mon collier.

— Parce que vous êtes des nobles ? Des comtes ?

— Oui.

Elle ne parvient pas à interpréter son expression : il observe le lourd fermoir en or comme s'il signifiait quelque chose, puis la contemple à nouveau sans retirer sa main. Il se penche en avant, mais arrête son geste. Et Natalia se surprend à poser une main impatiente et audacieuse sur la nuque de David. Leurs lèvres se rencontrent par-dessus les verres. Il l'embrasse doucement, ne fait qu'effleurer sa bouche, ne s'attarde qu'une seconde ou deux. Ses lèvres sont chaudes et un peu rugueuses.

Natalia essaie de garder la tête froide, mais elle brûle de désir. Il n'y a aucune, vraiment aucune raison de ne pas en profiter. C'est comme si elle avait attendu toute sa vie d'échanger des baisers au goût de tiramisu, sur un yacht dans l'archipel de Stockholm, avec un David Hammar.

Il l'embrasse à nouveau, la main toujours posée sur le col du pull, et il écarte les doigts jusqu'à couvrir toute sa cage thoracique. Elle rencontre sa langue avec fougue, sent qu'elle est attirée vers lui, s'appuie contre sa main, sa bouche, sa langue. Elle n'a pas éprouvé un désir aussi ardent depuis des années. Peut-être même que c'est la première fois.

David esquisse un mouvement de recul, faisant chanceler la porcelaine à leurs pieds. Il s'écarte d'elle.

— Pas ici, dit-il en secouant la tête.

— On descend ? demande Natalia d'une voix rauque.

Elle est choquée par ses propres paroles. Les filles *bien* sont passives, pas actives. C'est ce que sa mère, ses amies, tout le monde, ressassent. Mais cela ressemble à un conseil sorti tout droit du XIXe siècle. Elle en a vraiment envie. Elle veut sentir ses mains sur sa peau, le sentir bouger sur elle, *en* elle. Et il semble tout aussi avide. Ou l'aurait-elle mal jugé ?

— Non, on rentre.

Se faire éconduire... Quelle honte !

— Tu ne me croiras pas, mais je n'avais pas prévu autre chose qu'un pique-nique aujourd'hui. Ce n'est pas mon bateau.

Il sourit d'un air désolé.

— En plus je n'ai pas de protection. Et toi ?

— Non, fait-elle sèchement.

Ah, si elle pouvait disparaître sous terre ici et maintenant.

— Allez, rentrons avant qu'il ne fasse nuit.

Il lui tend la main. Après une seconde d'hésitation, elle glisse ses doigts entre les siens. Elle le suit en essayant d'ignorer à quel point ce geste est intime.

Après avoir levé l'ancre, David se tourne vers elle, la dévisage avec sérieux et démarre le yacht en deux temps trois mouvements. Il fait demi-tour, sort de la baie et fait vrombir le moteur.

Natalia n'avait pas conscience d'avoir froid jusqu'à ce que David l'attire devant lui, entre son corps et le volant. Elle se coule dans sa chaleur, cesse de grelotter, de bouger et se laisse envahir par la sensation de ses bras autour d'elle, le bruit du moteur dans les oreilles. Il accélère et, dans un vacarme assourdissant, ils foncent vers Stockholm en bondissant sur les vagues. Autour d'eux, la lumière a commencé à décliner. De temps en temps, la joue de David frôle ses cheveux et Natalia voudrait se retourner, qu'ils s'embrassent à nouveau, mais elle n'ose plus prendre d'initiatives. Peut-être se fait-elle des idées, mais elle a l'impression que l'ambiance a changé. Elle n'est pas sûre de vouloir savoir.

Ils mouillent le long du quai de Nybrokajen. David coupe le moteur, saute à terre, amarre le bateau et prend la main de Natalia. Il la relâche dès qu'elle est descendue. Ils n'échangent pas une parole. Un silence difficile à interpréter.

— Je te raccompagne, lâche-t-il d'un ton sec, ce qui la déconcerte plus encore.

Ils traversent Strandvägen sans mot dire. La rumeur des terrasses s'estompe quand ils s'engagent dans sa rue calme.

Lorsqu'ils s'arrêtent devant son portail, Natalia braque son regard sur lui.

— J'ai fait quelque chose de mal ?

Bien qu'elle ait prévu de prendre un air désinvolte, elle se rend bien compte que sa voix est toute frêle.

Åsa n'aurait jamais toléré une chose pareille. Elle aurait su que faire, mais Natalia n'a pas une once d'expérience en la matière.

— C'est ce que tu crois ?

Natalia hausse les épaules. La fatigue et l'irritation commencent à se faire sentir, comme si elle avait été drainée de toute son énergie. Peut-être est-ce l'alcool mais elle n'a qu'une envie : se faufiler dans son immeuble, monter le plus vite possible et se jeter la tête la première sur son canapé.

David la fixe des yeux pendant un long moment.

— Quoi ? siffle-t-elle lorsque le silence devient pénible.

Mince alors, ce qu'il peut être difficile à cerner.

— Au début, j'étais vraiment impitoyable.

Il lui faut quelques secondes pour comprendre qu'il parle de son travail et non de leur relation.

— Ce n'est pas un domaine où la bonté est récompensée. Je ne suis pas une personne douce et gentille.

— J'ai grandi avec des hommes de la finance, je suis *née* dans ce monde, tu crois que je ne suis pas au courant ?

Son père est un homme dur, son frère est un homme dur. Elle se doute que David n'est pas un agneau.

Il lève la main d'un geste lent et la pose avec délicatesse sur la joue de Natalia. Avec son pouce, il caresse sa mâchoire. Puis il l'embrasse.

Comment est-ce possible qu'un baiser, un seul baiser, soit si différent de tous les autres baisers ?

Elle entend un bruit, sans savoir s'il vient de lui ou d'elle, et sent un bras enserrer sa taille. Il n'y a plus rien de léger dans ce baiser langoureux et pressant, plus de question, plus d'hésitation. Elle sent la jambe de David contre sa cuisse lorsqu'il la presse contre la façade rugueuse de l'immeuble.

— Tu montes ? murmure-t-elle.

Il la dévisage.

Sa poitrine se gonfle. Elle retient son souffle.

— Oui.

14

Il se refuse à éprouver des regrets. Il l'a prévenue, lui a dit *qui* il est et *ce* qu'il est. Elle lui a demandé s'il voulait monter et il a accepté. Trop tard pour reculer.

Ils se regardent sans bouger tandis que le vieil ascenseur les conduit au dernier étage dans un grincement continu. Aucun d'eux ne dit mot. Il observe la poitrine de Natalia s'élever et s'abaisser sous son pull épais. Elle garde un visage sérieux.

L'ascenseur s'immobilise et David ouvre la porte. La jeune femme sort une clé de son sac à main, la fait tourner dans la serrure et pousse le battant. Elle fait un pas sur le côté pour le laisser passer. Elle écarte les lèvres, sur le point de parler, mais David saisit son visage entre ses mains et l'embrasse.

Sur le chemin du retour, il a mené un véritable combat intérieur. Lorsqu'il a dit à Natalia qu'il n'avait pas *ça* à l'esprit, il y croyait sincèrement. Après tout, c'est un soir en semaine. Il sait qu'elle est scrupuleuse et prend son travail au sérieux. Il doit lui-même se lever tôt demain matin. Il n'y pensait pas, c'est la vérité.

Ou peut-être pas tout à fait...

Monter chez elle est une très mauvaise idée : ne doit-il pas veiller à interrompre leur relation au lieu de la consolider ? Au fond, il sait très bien qu'il a déjà perdu la bataille contre sa conscience. Peut-être même a-t-il déclaré forfait trop tôt. Il n'a sans doute jamais rien voulu d'autre que raccompagner l'élégante et raisonnable Natalia De la Grip, et lui faire l'amour.

Une nuit, rien qu'une seule. Cela n'aura pas de conséquences.

Il presse de nouveau ses lèvres contre celles de la jeune femme – un baiser passionné qui la fait haleter. Il laisse glisser une main sur sa nuque et, de l'autre, il ferme la porte derrière eux. Ils restent immobiles dans l'entrée sombre, lui, la main encore plongée dans les cheveux de Natalia, et elle, le dos et les paumes collés contre le mur, en proie à une profonde hésitation. Sa silhouette éthérée est à peine visible dans l'obscurité.

— Détache-toi les cheveux, ordonne-t-il d'une voix rauque.

Natalia se met à tirer sur les élastiques et les barrettes qui maintiennent encore en place son chignon maltraité par le vent. Elle ôte une à une les épingles qui viennent heurter le carrelage avec de petits tintements métalliques. Sa chevelure déferle sur son dos comme une vague et elle secoue la tête pour la démêler. David scrute lentement le corps de la jeune femme. Sans la quitter des yeux, il lui enjoint de retirer ses perles.

Elle s'exécute, détache son collier en douceur, retire ses boucles d'oreilles, puis pose ses bijoux sur le bureau de l'entrée. Son cou est fin et blanc.

— Parfait, dit-il.

Il place une main sur la hanche de Natalia. Elle frémit et inspire longuement. Il pourrait avoir un orgasme rien qu'à entendre son souffle excité. Mais il veut entrer en elle, dominer ce corps athlétique, la faire gémir plus fort que ces quelques halètements étranglés.

— David, ça fait très longtemps que je n'ai pas… Je ne sais pas…, susurre-t-elle, en se cambrant vers son torse.

Il l'entraîne vers lui jusqu'à ce que leurs hanches se touchent. Il la serre contre son bas-ventre. Il se sent plus que prêt.

— Lève les bras, commande-t-il, et elle obéit à nouveau.

Il lui retire son chandail et le laisse tomber par terre. Les paumes sur ses reins, il l'étreint encore, s'appuyant contre elle pour lui faire sentir la puissance de son érection.

— J'ai pensé à ça toute la soirée, avoue-t-il. (Cette fois il ne ment pas.) Tu étais tellement sensuelle sur le bateau.

Il pose la main sur son décolleté, effleurant du bout des doigts sa clavicule. Les os sous sa peau diaphane semblent si fins, si fragiles. Lorsqu'il tire sur la soie du chemisier, un bouton recouvert de tissu se détache et roule sans bruit sur le sol. Il lui caresse la gorge, laissant ses doigts se refermer délicatement autour de son cou. Son pouce glisse le long de sa mâchoire. Il sent son pouls s'accélérer. Les yeux de Natalia s'ouvrent grands et le fixent d'un air grave.

Il secoue la tête.

— Laisse-toi aller.

Il lui saisit le menton avec délicatesse et l'embrasse langoureusement. Lorsque leurs bouches se rencontrent, elle pousse un profond soupir et gémit, puis elle pose une main sur son torse comme pour le freiner.

Il se fige.

— Qu'est-ce qu'il y a ?

Se serait-il mépris sur son compte ?

— Ça va tellement vite. Je ne te connais pas, pas vraiment.

Elle le dévisage avec curiosité, le souffle haletant.

— Qui es-tu ?

— Je ne suis personne, Natalia, répond-il en approchant une main de sa longue chevelure. Juste quelqu'un qui a terriblement envie de faire l'amour avec toi.

Il ne voulait pas l'effrayer.

— N'aie pas peur…, ajoute-t-il dans un murmure, tout en lui caressant les cheveux.

La respiration de Natalia retentit dans l'appartement silencieux. Il la sent agitée dans ses bras. L'entrée est toujours plongée dans la pénombre et ses yeux clairs semblent presque noirs. Sa main délicate repose encore contre son torse, comme une douce barrière. Il la recouvre de la sienne.

— C'est à toi de décider.

Les lèvres de Natalia forment un minuscule sourire et il la sent se détendre un peu.

— Je ne fais jamais ce genre de choses, lâche-t-elle avant d'esquisser une grimace. Oublie ce que je viens de dire, c'est idiot, dit-elle en souriant. Même si c'est vrai.

— Pas de problème, répond David avec un clin d'œil, moi je fais ça tous les jours !

Elle émet un petit gloussement puis le gratifie d'un sourire franc, presque audacieux.

— C'est moi qui t'ai proposé de monter. J'en ai envie. Et j'ai, euh, de quoi se protéger.

Elle place ses deux mains sur le torse de David et approche son visage. Il regarde la tête brune posée contre lui, se laissant envahir par ce parfum exotique d'épices et de bois.

Aucune raison de se sentir coupable – David tente vainement de s'en convaincre. Natalia est consentante, ils sont tous les deux adultes et il ne s'agit que de sexe, rien de plus. Comme elle l'a si bien dit, ils ne se connaissent pas. Ils peuvent donc passer une nuit ensemble sans conséquence. Ils vont simplement en profiter, tous les deux. Un homme et une femme, c'est tout. Il ne veut que lui donner du plaisir.

Il se penche vers elle pour l'embrasser, lui laissant le temps de se reculer si elle le souhaite. Au lieu de cela,

Natalia lève la tête pour répondre avec fougue à son baiser. Elle va à la rencontre de son corps et l'enlace de ses bras. La peur qui la retenait tout à l'heure semble avoir disparu, songe-t-il en dévorant de ses lèvres cette bouche maintenant affamée et téméraire.

Il passe ses doigts dans la crinière brune de la jeune femme. Ses cheveux sont doux comme de la fourrure de vison et beaucoup plus longs qu'il ne l'imaginait. Il en empoigne une grosse mèche et la tire doucement pour lui renverser la tête en arrière. Elle émet alors un râle sourd qui semble venir des profondeurs de sa gorge. David sent son corps s'embraser, presque par réflexe. Les doigts toujours noyés dans la chevelure abondante de Natalia, il jette un regard à la spacieuse entrée. Il se considère comme un homme un peu trop sophistiqué pour faire l'amour à une femme par terre, dans le vestibule de son appartement.

— Montre-moi les autres pièces, murmure-t-il.

Natalia pose sur lui un regard brûlant. Ses lèvres sont entrouvertes, gonflées de désir, mais sa main est fraîche lorsqu'elle attrape la sienne. Elle le guide d'un pas décidé à travers l'entrée. Il ne peut s'empêcher de sourire : elle a pris les rênes avec une telle facilité ! On voit qu'elle a l'habitude de décider, de tout contrôler. Cette nuit s'annonce très intéressante.

Ils passent devant des portes, des tableaux, des miroirs. Puis encore des portes.

— Il est immense, cet appartement ! s'exclame-t-il avec un rire étouffé.

Au détour d'un couloir, ils débouchent sur un gigantesque salon. De grandes baies vitrées, hautes d'au moins trois mètres, donnent sur un balcon. La pièce, aussi sombre que les autres, est traversée d'un courant d'air frais.

— Tu veux que je ferme ?

— Non, laisse-moi regarder la vue.

Ils sortent ensemble sur le balcon. On voit à la fois le parc en bas de chez elle et le canal Djurgårdsbrunn près de Strandvägen. Elle frissonne et il l'attire contre lui, effleurant sa poitrine à travers l'étoffe délicate de son chemisier. Ses petits seins doivent être très sensibles, car elle frémit sous ses doigts et ferme les yeux. Il l'embrasse de nouveau tout en commençant à défaire le bouton de son pantalon. Au moment où il tire sur la fermeture éclair, elle se met à respirer plus vite. Il laisse glisser sa main sur son ventre doux et arrondi. Elle se presse contre lui. Il suit du doigt le liseré délicat de sa culotte. La dentelle est si fine qu'il pourrait la déchirer d'un seul geste. Sa main effleure le tissu chaud et humide. Son sexe doit être moite. Il écarte l'étoffe et son doigt se glisse en elle. Elle n'est pas épilée, ce qui accroît son excitation.

— Tu es très sexy, souffle-t-il en lui mordillant le lobe de l'oreille.

Natalia pousse des petits cris de plaisir sous ses caresses et avance son bassin contre sa main.

— Où sont-ils ? continue-t-il.

— J'y vais, attends-moi ici.

Il retourne dans le séjour. Les deux canapés sont grands et profonds, les meubles anciens et de bon goût, sans doute un héritage.

Elle revient vers lui. Son corps svelte resplendit sous son chemisier de soie à moitié déboutonné. Elle a quitté son pantalon, ses jambes sont galbées et très blanches. Elle lui tend une boîte avec un sourire gêné. Il la prend et l'observe. L'emballage semble à peine avoir été ouvert, elle a sans doute dit vrai lorsqu'elle a affirmé ne pas souvent faire « ce genre de choses ». Il se demande si elle a eu quelqu'un dans sa vie depuis son ex-fiancé. Quand ont-ils rompu déjà ? Il y a un an peut-être ? Les informations qu'il a dénichées sur elle ne mentionnaient pas de nouveau petit ami.

Leurs quatre mains s'appliquent à détacher les boutons du chemisier qu'il lui retire ensuite doucement. Elle porte un soutien-gorge léger en dentelle satinée, sans doute l'une des pièces de sa collection de lingerie hors de prix.

— Dégrafe-le, la prie-t-il, craignant de déchirer le tissu délicat s'il s'y essaie.

Natalia s'exécute puis ramène les mains sur l'étoffe qui couvre encore sa poitrine. Elle le regarde, hésitante, mais il a perdu patience. Son jeu l'enivre, le rend fou.

— Laisse-moi regarder, enlève tes mains !

Elle lui obéit lentement. Elle a de petits seins d'une rondeur parfaite, avec de petits mamelons à l'aréole brune.

— Tu es sublime ! dit-il d'une voix rauque.

La paume de sa main se pose sur l'un de ses seins, le couvrant tout entier, puis ses doigts glissent sur la peau douce et bombée. Elle gémit sous ses caresses. Ah, ce qu'il aime les femmes aux seins sensibles !

Elle entreprend de lui retirer son T-shirt, le dégageant de son pantalon. Il accompagne le mouvement de la jeune femme. Il se met ensuite à lui caresser les bras tandis qu'elle promène les doigts sur son torse. Il ferme les yeux, laissant les mains gracieuses de la jeune femme explorer son corps.

Il sent tout à coup qu'elle lui effleure le dos. Il n'a pas du tout anticipé ce geste et n'y est absolument pas préparé.

Trop tard. Il n'a pas eu le temps de l'arrêter et il ne veut pas en faire toute une histoire, mais il se raidit, pétrifié. Personne n'est autorisé à lui toucher le dos.

Natalia fronce les sourcils en passant la main sur la peau irrégulière, et s'efforce de donner un sens à ce qu'elle perçoit sous ses doigts. Il garde le silence – il ne veut pas qu'elle comprenne.

Il finit par se dégager.

— Pas maintenant, dit-il, sur la défensive.

Elle pose sur lui un regard surpris.

— Mais David, tu...

Il la prend par les épaules et la repousse doucement.

— Pas maintenant.

— D'accord, dit-elle à voix basse.

Il observe un instant cette jeune femme, ce mélange de timidité et de sensualité. Elle est mince, mais son corps est tout en courbes, avec son ventre arrondi, sa taille fine et ses hanches pleines.

Il achève de se déshabiller. Il est nu devant elle. Elle ouvre de grands yeux puis retire sa culotte et tombe dans ses bras.

Sa peau est blanche comme de l'ivoire poli, douce comme de la soie. Il prend sa tête entre ses mains et l'embrasse. Elle s'appuie contre lui, saisit sa cuisse et passe sa jambe autour de sa hanche. Sans savoir comment, ils se retrouvent sur le canapé, lui à moitié allongé sur le dos, elle à califourchon sur lui. Il a sorti un préservatif de la boîte, a ouvert le sachet d'un geste sec et l'a enfilé en un tour de main.

Elle soutient son regard. Tout à coup, il l'attrape par les hanches, la soulève et entre en elle en un seul mouvement. Natalia s'affale contre lui avec un petit cri et une profonde inspiration. La chevelure brune danse autour de lui tel un voile de soie parfumé.

David lui relève la tête et découvre que ses yeux sont embrumés et brillants.

— Ça va ? demande-t-il d'une voix sourde, sentant le plaisir monter.

Il est sur le point de jouir. Son vagin est chaud et glissant, mais reste étroit, contracté. Le frottement et la vision de ce corps le submergent, c'en est presque trop.

Natalia hoche la tête.

— Il faut juste que je m'habitue, répond-elle d'une voix faible, ça fait vraiment longtemps.

David attrape ses fesses rebondies, une main de chaque côté, et la soulève avec douceur. Elle pose une main sur son torse et l'autre sur sa cuisse, derrière elle. Lentement, la regardant droit dans les yeux, il la fait redescendre sur lui et voit dans ses yeux qu'il la remplit entièrement. Elle inspire lourdement et il réitère le mouvement jusqu'à ce qu'elle accompagne le rythme de son bassin.

— C'est si bon…, gémit-elle, en sourdine – elle est déjà loin.

Elle ferme les yeux et renverse la tête en arrière, laissant ses longs cheveux effleurer les jambes de David. Le mouvement de va-et-vient se poursuit, accompagné de petits bruits de succion, de halètements et de gémissements.

Et soudain, David explose.

Il jouit sans style, sans tact. Tout se passe si vite qu'il n'a pas le temps de se retenir. Au lieu de cela, il agrippe les hanches de Natalia – elle aura sans doute les marques de ses doigts, songe-t-il dans sa confusion – et appuie son bassin contre le sien jusqu'à ce qu'il soit pleinement en elle. Il l'immobilise et se laisse aller, sentant l'orgasme se prolonger par vagues, une pulsation après l'autre. Puis il ferme les yeux et s'effondre sur le canapé.

Lorsqu'il ouvre les paupières, le salon est encore plongé dans la pénombre, mais ses yeux se sont accoutumés et il voit clairement Natalia. Avec ses longs cheveux et ses grands yeux, elle semble jeune, vulnérable et si voluptueuse. Elle bouge les jambes et il comprend qu'elle est encore sur lui, qu'il est encore en elle. Il a éprouvé un plaisir intense, mais il ne l'a pas satisfaite.

Il esquisse une petite grimace.

— Excuse-moi.

— Pour quoi ?

Mais David sait bien qu'elle n'a pas eu le même plaisir que lui. Alors qu'il voulait la faire monter au septième ciel. Il lui caresse la cuisse.

— D'habitude, j'arrive à me contrôler un peu mieux que ça, se justifie-t-il, gêné, je ne sais pas ce qui s'est passé.

Elle commence à se tortiller nerveusement.

— Ça ne fait rien, répond-elle sans enthousiasme.

David secoue la tête.

Il la soulève, l'allonge délicatement sur le canapé moelleux et place un coussin sous sa tête. Il écarte une mèche de cheveux de son visage, se penche en avant et pose ses lèvres sur les siennes, plus tendrement cette fois. Un courant d'air froid continue à s'engouffrer par les portes-fenêtres. Il prend un plaid sur l'un des fauteuils et la couvre après avoir embrassé l'un après l'autre ses petits tétons.

— Qu'est-ce que tu fais ? demande-t-elle en l'observant derrière ses longs cils noirs.

— Je m'occupe de toi. Tu veux quelque chose à boire ?

— Pas spécialement. Mais il y a de la vodka dans le congélateur si tu veux.

— De la vodka, évidemment ! Ne bouge pas !

David disparaît dans la cuisine et Natalia s'agite sur le canapé. Elle est restée sur sa faim. Ce n'est pas comme si elle avait des orgasmes toutes les cinq minutes mais là, elle était si proche... et il s'est arrêté. Elle ferme les yeux. Elle ne peut pas dire qu'elle est déçue, c'était génial, mais... il y a un *mais*.

— Natalia ?

Il se tient dans l'embrasure de la porte, une bouteille de vodka embuée et deux verres à la main. Il s'assied à côté d'elle dans le canapé, verse l'alcool et lui tend un verre.

— À la tienne !

— *Na zdaróvje !*

Ils sirotent leur boisson en silence. La vodka est si froide qu'elle est un peu épaisse. Elle n'en boit pour ainsi dire jamais – c'est son frère Alex qui a oublié la bouteille, elle ne sait plus quand exactement –, mais elle aime cette sensation brûlante dans son estomac.

Elle dévisage David au-dessus de son verre. Jamais elle n'a rencontré un homme qui peut être assis nu dans un canapé et donner l'impression qu'il domine la pièce.

Il pose sa boisson et sa main glisse le long de la jambe de Natalia, repoussant le plaid soyeux. Elle ferme les yeux, se laissant transporter par ses sensations. Il a des mains merveilleuses, fortes et confiantes. Il lui masse les pieds, puis les mollets.

— Tu as la peau si douce, murmure-t-il.

Natalia entend un bruit, comme un petit roucoulement, et comprend qu'il doit venir d'elle. Il remonte le long de sa jambe et elle entend que le rythme de sa respiration change. Elle n'a pas atteint la jouissance tout à l'heure et sent à présent l'endorphine et l'adrénaline pulser dans ses veines. Les caresses rallument son désir, tout son corps s'alanguit, se ramollit sous ses doigts. Elle est essoufflée. L'excitation est à son comble.

— Tu as des jambes magnifiques, Natalia, dit-il en retirant la couverture. (Elle est nue devant lui.) Écarte-les, ajoute-t-il à voix basse.

Elle déglutit.

D'accord.

Elle s'exécute. Ses cuisses se desserrent légèrement.

— Plus que ça.

Natalia sent son pouls s'emballer. Son cœur bat à tout rompre lorsqu'elle écarte les jambes, s'exposant à son regard, s'ouvrant à lui. Elle n'a jamais fait cela auparavant.

— Parfait. Maintenant je te vois.

Il caresse l'intérieur de ses cuisses, de plus en plus haut, ce qui la fait tressaillir.

— Tu es si réceptive, ajoute-t-il en lui pinçant la peau – pas très fort mais assez pour la faire geindre. Je veux te donner du plaisir.

Il la pince à nouveau, un peu plus haut cette fois. Elle pousse un long soupir. Elle est si excitée qu'elle a du mal à tenir en place.

David s'allonge à côté d'elle, la serrant contre le dos du canapé. Il saisit un téton entre le pouce et l'index et presse assez fort, tout en la fixant de son regard ardent. *Mon Dieu !*

Il explore son ventre de sa paume, passe les doigts au commencement de sa toison brune.

— S'il te plaît, implore-t-elle.

Il plie légèrement la main sur son pubis et commence enfin – enfin ! – les choses sérieuses. Il est attentif et trouve un rythme parfait. Elle n'a qu'à pousser un petit gémissement, hocher la tête ou fermer les yeux pour qu'il change de cadence, comme par magie. Il se penche vers elle, ils échangent un profond baiser tandis que sa main continue à lui donner du plaisir. Le corps de Natalia commence à trembler.

Entre les baisers, David susurre des mots qui d'ordinaire l'auraient fait rougir – des compliments, des phrases sensuelles, des paroles grisantes. Ses doigts continuent leur œuvre et elle comprend que l'orgasme est proche. Elle se presse contre son corps, contre sa main, contre sa bouche. Elle, qui passe son temps à analyser, à peser le pour et le contre, à raisonner, cesse tout à coup de réfléchir, lâche tout. Elle se laisse aller, se liquéfie, et explose sous ses doigts.

Comment est-ce possible, se dit-elle en s'apercevant qu'elle sanglote. Elle reste immobile sur le canapé, le corps pesant. Elle ne peut bouger ni bras ni jambes. David glisse une main sous le dos de Natalia qui se pelotonne contre lui.

— Alors c'est de *ça* que tout le monde parle, dit-elle, la voix éteinte. Je ne pensais pas que ce soit possible. Pas du tout.

Elle cligne des paupières. Elle n'a jamais été aussi détendue de toute sa vie.

— Moi non plus. Je n'ai jamais ressenti rien de tel, répond David, la bouche dans ses cheveux.

Il effleure son bras et lui entoure les jambes des siennes.

— Je crois qu'on va bien ensemble... Sexuellement, je veux dire, ajoute-t-il.

Sa voix se perd dans un murmure – ses lèvres continuent à remuer dans sa chevelure tandis qu'il frôle sa peau à la sensibilité décuplée. Elle sent son corps s'engourdir, et lutte pour rester éveillée. La tension accumulée ces derniers jours, les heures de concentration semblent soudain oubliées. Elle ferme enfin les yeux et s'endort.

Natalia est tirée de son sommeil par les ronflements de David. Cela fait longtemps – bien trop longtemps – qu'elle n'a pas reçu d'hommes chez elle. Sans faire de bruit, elle tente de se dégager du canapé.

— Où vas-tu ? bafouille-t-il en essayant de la retenir.

— Je vais chercher des bougies.

Elle parvient à se lever du sofa.

— Reviens vite, c'est très agréable de dormir à côté de toi.

Tandis que Natalia part à la recherche de chandelles et d'un briquet, David recommence à ronfler. Elle fait le tour de l'appartement sur la pointe des pieds et allume toutes les bougies qu'elle trouve. Puis elle s'arrête près du canapé et regarde David. Tout son corps n'est que muscles et traits masculins. Les flammes des bougies jettent sur lui des ombres vacillantes. Son regard plein de désir s'attarde sur son torse, ses jambes, son… enfin. Il est magnifique, il n'y a pas d'autre mot. Tout à coup, elle songe à ce qu'elle a senti en touchant son dos, mais elle tente de chasser ces pensées. Il ne voulait pas en parler et ça ne la regarde pas.

Elle s'empare d'une couverture posée sur l'autre sofa et sort sur la terrasse à pas de loup.

Elle a acheté cet appartement avec son argent et non celui de la famille ; avec son propre salaire et en passant par un agent immobilier qui n'est pas celui de son père. Elle a rarement des invités et n'a reçu qu'un seul homme – en tout cas de cette manière : c'était Jonas, il y a un siècle.

Elle s'enroule dans la couverture, laisse ses plantes de pied s'habituer au sol frais. Elle adore son appartement, son balcon en particulier. Il n'est pas très large mais il est long de plusieurs mètres et, près de la balustrade en fer, elle a installé des pots avec des plantes faciles d'entretien. Elle y a aussi posé de grandes lanternes qu'elle allume à présent, pour continuer sur sa lancée. Elle appuie ensuite les coudes sur la rambarde et son regard se perd dans le lointain. Toute la journée, elle est entourée d'appareils électroniques et de téléphones qui sonnent sans discontinuer, la technologie est partout. Elle a besoin de cette oasis.

— Qu'est-ce que tu fais ?

La voix de David la fait sursauter. Il glisse son bras autour de sa taille par-derrière.

— Je jouis du moment présent.

David émet un petit rire, les lèvres contre son cou.

— Jouir, oui, tu es très douée pour ça. Je n'ai pas entendu une femme jouir aussi fort depuis des lustres.

— Merci de me le rappeler. J'imagine que tous mes voisins m'ont entendue.

— *Nous* ont entendus. C'était sublime. *Tu* étais sublime.

Les mains de David remontent doucement jusqu'à couvrir ses seins. Natalia se cambre contre lui tout en s'appuyant contre ses paumes. La couverture commence à glisser.

— On devrait peut-être rentrer, dit-elle alors qu'elle sent ses mains s'introduire entre ses cuisses.

La rambarde de fer n'est pas épaisse, si un passant levait les yeux depuis la rue, il les verrait sans problème. Elle frissonne lorsqu'un doigt s'insinue en elle, la caresse exactement comme il faut. Comment peut-il déjà savoir ce qui lui plaît ?

— David...

— Chut, tu me déconcentres. Pose les mains sur la balustrade.

Elle devrait hésiter, devrait protester, mais au lieu de cela elle fait évidemment ce qu'il lui demande. Elle est sous son charme, séduite. C'est juste une question d'atomes crochus, tente-t-elle de se convaincre, et elle ferme les yeux en serrant la barrière.

David laisse glisser sa main le long de la colonne vertébrale de Natalia. Il attire vers lui son derrière rebondi et goûte la sensation d'avoir cette femme si près de lui. Il se presse contre elle, se meut contre ses fesses.

— David, susurre-t-elle par-dessus l'épaule.

— Tu veux rentrer ? demande-t-il avec un sourire.

— Pas toi ?

— Non.

Il la veut ici, sur le balcon, les mains sur la balustrade. Il s'empresse d'aller chercher un autre préservatif qu'il ouvre à la hâte. Il la pénètre avec lenteur et profite de la vision qui s'offre à lui. Natalia pousse un petit cri charmant puis se met à bouger contre lui.

Leurs deux corps s'imbriquent à la perfection. Il lui pince un téton sensible entre le pouce et l'index – il a déjà appris qu'elle aimait ça. Il sent le corps de Natalia se convulser et elle gémit à nouveau – un gémissement presque animal qui résonne dans la rue.

David la colle contre le fer forgé. Il la tient si fort qu'elle peut à peine bouger lorsqu'il la pénètre de mouvements lents et profonds. Le torse contre son dos, il pose la main sur son pubis et écarte ses lèvres brûlantes.

— Je veux que tu jouisses pour moi encore une fois, Natalia, chuchote-t-il.

— Oh, David !

— Allez, jouis, répète-t-il tandis qu'il la possède plus fort et plus profondément.

Le plaisir de Natalia est aussi intense que la première fois. Elle jouit avec un cri retenu qui fait vibrer la balustrade. David continue son va-et-vient jusqu'à ce qu'il explose lui aussi. Son orgasme est si violent qu'il perd littéralement pied l'espace d'un instant. Essoufflé, il s'appuie contre elle, frotte sa joue contre son dos, plonge le nez dans ses cheveux.

— Eh bien voilà, dit Natalia, je vais être obligée de déménager.

Il éclate de rire.

Plus tard, ils s'allongent dans l'un de ses gigantesques fauteuils et restent ainsi, enlacés.

Ils regardent les bougies se consumer, écoutent un CD de Sarah Harvey, discutent et sirotent de la vodka.

Puis, au moment où le soleil commence à poindre, ils font de nouveau l'amour. Avec lenteur, avec ardeur, ce qui fait verser à Natalia une larme bien vite essuyée. Elle sait pertinemment qu'il ne restera pas, que c'est fini. Et elle ne s'est pas trompée. Lorsque le jour s'est déjà levé, bien qu'il ne soit que deux ou trois heures du matin, David rassemble ses affaires, s'habille sans perdre de temps et prend congé.

En entendant ses pas disparaître dans la cage d'escalier, Natalia refuse d'éprouver autre chose que du bonheur. Du bonheur d'avoir vécu cette nuit, du bonheur de s'être sentie belle et désirable. Du bonheur… bien qu'il n'ait pas parlé de se revoir.

Elle entre dans la cuisine, ouvre le frigidaire. Il est vide à l'exception d'un bocal de cornichons et un autre de pickles d'oignons. Après une seconde d'hésitation, elle choisit les cornichons. Elle se sert une larme de vodka et sort sur le balcon avec le pot et son verre.

Le soleil est déjà chaud, augurant encore une journée caniculaire. Elle entend le livreur de journaux en bas dans la rue. Elle n'est qu'humaine, elle n'est qu'une femme, songe-t-elle en attrapant un cornichon avec les doigts. Et David est l'homme dans toute sa splendeur. Elle avale quelques petites gorgées de vodka et serre la couverture autour d'elle. Son odeur flotte encore partout. Elle respire le parfum de son eau de toilette et celui salé de leurs ébats tandis que ses pensées vagabondent.

Elle a grandi avec des animaux. Elle s'est occupée de chevaux toute sa vie, depuis son premier poney jusqu'à Lovely, son cheval bai, qu'elle monte encore dès qu'elle en a le temps.

Adolescente, elle a suivi plusieurs vétérinaires qui travaillaient avec des chevaux de course maltraités. Une fois, il s'agissait d'un étalon fouetté par son propriétaire. L'animal s'en est sorti, mais les cicatrices n'ont jamais disparu.

Pensive, elle engloutit le dernier cornichon. C'est vrai qu'elle n'a jamais travaillé ni dans un hôpital ni dans un dispensaire, mais elle devine que les cicatrices sont à peu près identiques chez les hommes et les animaux. Elle pose le récipient vide à côté d'elle et termine la vodka. La tête dans les genoux, elle se recroqueville sous le plaid.

La question est donc : qui a flagellé David Hammar dans le dos d'une manière aussi abjecte ?

15

Mardi 1er juillet

Le même matin, quelques heures plus tard, David débarque de l'avion qui l'a conduit de nouveau à Malmö. Sa montre affiche neuf heures et demie. Il plisse les yeux à cause du soleil et fait quelques étirements pour stimuler la circulation sanguine.

Au cours des douze derniers mois, Michel et lui ont littéralement fait le tour du monde pour lever des fonds. À un moment donné, David a constaté qu'il ne passait pas deux jours de suite dans le même pays, parfois pendant plusieurs semaines. C'est sûr que ça use, songe-t-il en descendant l'escalier qui vient d'être accolé au petit avion de ligne intérieure, mais c'est nécessaire.

Les bailleurs de fonds vivent aux quatre coins du globe. Les banques et les fonds d'investissement – les financeurs les plus importants – ont leur siège à Moscou, Pékin, Londres, New York et Singapour. David et Michel s'y sont rendus, y ont fait leur exposé, présenté leur projet et sont repartis. Toujours en mouvement, vingt-quatre heures sur vingt-quatre. Ils ont synthétisé toutes les informations, élaboré leur stratégie et ont recommencé. Des centaines de fois. La plupart du temps, ils dormaient dans le jet qu'ils avaient privatisé, étendus dans un fauteuil.

Dans les interviews et les articles, David affirme toujours qu'il aime prendre l'avion, et qu'il vit pour son travail. Ce qui n'est pas faux. Personne n'a la force de trimer ainsi, jour et nuit, s'il n'y trouve pas son compte. Mais la vérité, se dit David en foulant l'asphalte en direction du terminal, c'est qu'il est las de tous ces voyages. Il a l'impression de ne faire que cela depuis des siècles.

Il n'avait que vingt ans lorsqu'il a créé son entreprise. Les premières années, il s'agissait surtout de survivre ; les années suivantes, de passer de « nouvel arrivant prometteur » à « superstar » sans perdre de vue son objectif.

David sort de l'aéroport, hèle un taxi et donne au chauffeur l'adresse de l'homme avec qui il a rendez-vous. Il s'enfonce dans son siège et regarde défiler les maisons et les rues qu'il connaît par cœur. Combien de fois est-il venu ici ? Vingt fois ? Trente ?

Il sait qu'il est doué dans son travail, peut-être l'un des dix meilleurs au monde. Il a parfois fait chou blanc, évidemment. Surtout au début, lorsqu'il manquait d'expérience et compensait cette faiblesse par une agressivité excessive.

HC s'est retrouvée sous les feux des projecteurs pour la première fois au moment où David a fomenté l'acquisition fort audacieuse de l'une des sociétés les plus respectées de Suède, une entreprise de taille moyenne qui jouissait d'une excellente réputation auprès des conservateurs, mais qui selon lui manquait d'efficacité. Via un endettement colossal, il a tenté une OPA hostile. Qui s'est soldée par un échec. Les médias s'en sont régalés. Il s'est fait lyncher par la presse – en particulier par les journaux du soir détenus par Investum. On l'a surnommé le boucher, le pillard, le pirate. Cela n'a pas été facile mais il en est sorti renforcé, car lorsque la presse l'a taillé en pièces – parfois à juste titre, parfois sans raison aucune –, il a appris à encaisser. Et s'il y a bien une chose que son enfance lui a enseignée, c'est qu'il faut se relever, même après un K-O. Il a toujours voulu apprendre de ses erreurs, s'appuyer sur ses expériences passées dans les négociations.

Deux fois déjà, Hammar Capital est entrée en conflit direct avec Investum. Deux fois, les sociétés se sont disputé la suprématie dans une entreprise qu'elles voulaient toutes deux contrôler. Et, chaque fois, c'est Investum – une entité plus grande et plus forte – qui l'a emporté dans cette lutte de pouvoir.

La première des deux défaites a quasiment précipité HC vers la faillite. HC était très endettée et David a réussi à équilibrer les comptes in extremis. La seconde fois, à peu près un an après l'éclatement de la bulle Internet qui a affaibli Investum mais renforcé HC, le combat pour le poste de directeur général d'une entreprise de logiciels était plus équitable. Ce qui n'a pas empêché HC de perdre la bataille. Ses dirigeants ont dû se retirer, blessés et humiliés par la presse, mais sains et saufs.

À la suite de ces deux échecs, David a décidé de se tenir à distance d'Investum pendant un certain temps. Il a compris qu'il devait élaborer des plans plus précis, miser sur les calculs et la logique au lieu de se laisser guider par les sentiments et la haine. Il a tout recommencé à zéro. Il a trouvé un associé, Michel, avec qui il avait fait son service militaire et ses études à Handelshögskolan. Sa stratégie s'est avérée payante : au cours des dernières années, la petite entreprise de capital-risque admirée de tous, Hammar Capital, est devenue l'une des plus grandes et des plus respectées d'Europe.

Aujourd'hui, David peut sans problème obtenir un rendez-vous avec les représentants les plus haut placés des super-banques et des super-fonds en tout point du globe. Tout le monde sait que HC délivre des résultats et l'on n'hésite pas à investir les sommes demandées. Son équipe d'analystes est compétente, son organisation efficace – une machine bien huilée. Ils n'ont jamais été aussi puissants qu'aujourd'hui. David appartient à cette nouvelle génération de financiers qui ont des contacts dans le monde entier, mais pas de comptes à rendre. S'il le veut, il peut reprendre n'importe quelle grande entreprise.

David regarde par la fenêtre de la voiture. Il faudra qu'il réfléchisse au coup d'après. Depuis près de vingt ans, il rêve de ce que Michel et lui ont prévu de faire dans quelques semaines : renverser Investum. Reprendre la société, la détruire et anéantir Gustaf et Peter.

Et Natalia.

Bon sang. Natalia. La femme aux yeux d'or et à la peau soyeuse. Dans quoi s'est-il embarqué ?

Tandis que David salue le financeur russe avec qui il a rendez-vous, qu'il lui présente tous les détails, qu'il l'invite à déjeuner, le flatte et le persuade, tandis qu'il range ses affaires après cette réunion fructueuse et reprend l'avion pour Stockholm, il pense à Natalia au moins une centaine de fois. En entrant dans son bureau à Blasieholmen, il se dit qu'elle doit se trouver place Stureplan, juste à quelques minutes à pied, si près. En s'asseyant dans son fauteuil, il songe de nouveau à elle.

Il se demande si elle est, comme lui, un peu fatiguée et, en même temps, électrisée.

Quand était-ce, la dernière fois qu'il a fait l'amour avec une femme à trois reprises au cours d'une même nuit ? Aucune idée. Elle a ressenti la même chose que lui, inutile de se poser la question, il en est certain. Cette intensité, elle l'a éprouvée elle aussi.

Une expérience extraordinaire.

Il pousse un profond soupir.

Il est dans de beaux draps à présent. Coucher avec Natalia ne devra *absolument* pas se reproduire. D'ailleurs, il n'aurait jamais dû se laisser aller, se remémore-t-il avec une grimace. Puis, lorsqu'il est monté chez elle – inconscient qu'il est ! –, il savait que c'était la première et la dernière fois. Il n'est pas le genre d'homme à collectionner les conquêtes, mais il n'a jamais eu de mal à mettre fin à des relations insignifiantes, sans lendemain.

David allume l'ordinateur et fixe l'écran, les yeux dans le vague. Il sait bien ce qu'il doit faire, ce qu'il aurait dû faire dès le début, avant que cela ne prenne une telle ampleur.

Rompre avec Natalia pour de bon. Tourner la page.

Il ne peut pas passer son temps à ressasser la meilleure expérience sexuelle de sa vie. Imaginer revoir cette femme. Entrevoir qu'elle ne pourra jamais être une conquête insignifiante ou sans lendemain.

Il regarde un point fixe par la fenêtre, se demande rêveusement où est Michel. Il a oublié de lui passer un coup de fil, omis de téléphoner à son meilleur ami, son collaborateur le plus proche et le plus important alors qu'il a pensé une centaine de fois à appeler Natalia.

Il ouvre quelques fichiers sur son ordinateur, essaie de se concentrer sur ce qui importe vraiment. Ils sont fin prêts. Ils ont tout ce qu'il leur faut. Des accords de confidentialité signés par tous les acteurs concernés – *rien* ne doit fuiter. Quatre milliards d'euros disponibles. Des courtiers sur le qui-vive. Dans une semaine, quand débutera l'Open de Suède de tennis à Båstad, l'élite financière sera en vacances. Les résidences secondaires se rempliront, Stockholm se videra et les systèmes d'alerte fonctionneront au ralenti. Michel et lui n'ont pas choisi ce moment par hasard. La semaine prochaine à la même heure, quasiment tous les financiers seront à Båstad, à Torekov ou sur un bateau en Méditerranée. L'été, le soleil, les vacances, tout cela prendra le dessus. Et c'est à ce moment-là qu'ils frapperont.

David prend une profonde inspiration et se décide à accélérer la cadence.

Dix minutes plus tard, il est encore au point mort.

L'image de Natalia vient sans cesse interrompre le cours de ses pensées. De petits films défilent dans sa tête. Sa peau qui s'embrase lorsqu'elle est excitée. Ses yeux qui se sont mis à pétiller à l'aube, lorsqu'ils ont fait l'amour pour la dernière fois. Ses gémissements lorsqu'il l'a embrassée, le goût de sa langue, de sa bouche. Il a du mal à supporter l'idée de ne plus la revoir.

D'un bond il se lève de sa chaise, se dirige vers la fenêtre et observe la mer. En réalité c'est insensé de s'interdire de continuer. Il ne s'agit pas d'approfondir la relation, tente-t-il de se convaincre. Mais est-il obligé de l'arrêter de façon si abrupte ?

Plus David y réfléchit, plus cette idée lui paraît raisonnable : rien ne l'empêche de revoir Natalia. Bien sûr qu'il peut l'appeler s'il le veut. L'inviter à un vrai dîner. Natalia est une femme sophistiquée, mûre, habituée à ce jeu. Ils peuvent passer une autre nuit ensemble. David ignore le signal d'alarme qui se déclenche dans une zone reculée de son cerveau. *Bien sûr* qu'il peut l'appeler. Quelle question !

— Comment ça s'est passé ?

La voix arrache David à ses réflexions. Michel vient d'entrer dans le bureau et le dévisage maintenant avec perplexité.

— Je ne t'ai pas entendu arriver.

Michel braque sur lui un regard inquiet.

— Tout va bien ?

— Oui, ça s'est bien passé à Malmö, le Russe est dans le coup.

Michel opine du chef.

— Parfait. Et avec le bateau, ça a été ?

— Le bateau ?

— David, tu es sûr que ça va ? T'as l'air ailleurs. Tu me promets que ça s'est bien passé à Malmö ?

— Pardon. Oui, ça a été comme sur des roulettes avec le Russe. Et aussi avec ton bateau.

— Tu n'as pas été trop loin, j'espère.

— Avec ton yacht ?

Michel lève les yeux au ciel.

— Mais non, avec elle.

— C'est une fille bien. Différente du reste de sa famille. Différente des autres banquières que j'ai rencontrées. Ce n'est pas la fille de la haute typique, mais une fille bien, répète-t-il bêtement.

Michel lui jette un étrange regard.

David n'avait pas prévu d'en dire autant mais il a besoin de l'énoncer à voix haute, de formuler ses pensées. Natalia est unique. Et drôle. Et pleine de bonté – il en est persuadé. On ne sait par quel miracle elle parvient à être intraitable dans son travail – David n'ignore pas ce que J-O exige de son personnel – tout en restant humaine, presque fragile lorsqu'ils se voient.

— Tu sais que ce n'est pas mon genre de m'immiscer dans ta vie privée, commence Michel d'un ton sérieux.

Et David sait que ces mots, il ne veut les entendre pour rien au monde. Michel se gratte le crâne.

— Bon sang, David, qu'est-ce qui se passe entre vous ? Tu as une idée de ce que tu es en train de faire ? Vous allez vous revoir ?

— Il ne s'est rien passé, lâche David sèchement.

Il n'aime pas mentir à son meilleur ami, mais il ne peut pas parler de sexe avec lui. Enfin, s'il n'y avait que cela ! songe-t-il irrité. Mais il a bien d'autres secrets qu'il ne partage pas avec Michel.

— Elle travaille sur un truc lié à la banque d'Investum, poursuit-il, un gros achat ou quelque chose dans le genre. Elle connaît bien Svenska Banken.

C'est la vérité : J-O le lui a dit et les rumeurs vont bon train, comme toujours dans ce secteur. C'est une affaire immense, une fusion gigantesque qui rendra Investum vulnérable juste à cette période, comme sur commande.

— Si je garde un œil sur Natalia, je saurai si elle se doute de quelque chose.

Ce qui est vraiment une excuse minable.

Michel secoue la tête comme s'il lisait dans ses pensées.

— Essaie de ne pas nous ruiner. C'est tout ce que je te demande.

— Tu sais à quel point c'est important pour moi, tu n'as pas à t'inquiéter.

— Je sais.

Michel s'interrompt, se balance d'un pied sur l'autre.

— Alors, de quoi avez-vous parlé ? s'enquiert-il d'un ton nonchalant.

— De *quoi* ou de *qui* ?

— Laisse tomber ! De toute façon je m'en fous, grogne Michel en tournant l'une de ses grosses bagues en or. On n'a jamais été ensemble. Je ne pensais même pas qu'elle se souvenait de moi.

Il tripote un stylo posé sur la table.

— Je ne pense pas que je lui plaise encore. On était amis et puis il s'est passé un truc... Maintenant, je crois qu'elle me déteste. D'ailleurs, pourquoi s'intéresserait-elle à moi ? Tu l'as vue, toi-même. Tous les mecs sont à ses pieds.

David tente de garder le masque, mais il n'a jamais vu Michel dans un tel état. On dirait un adolescent de douze ans qui veut demander à la fille la plus populaire de la classe de sortir avec lui.

— C'est vrai qu'elle n'est pas mal, acquiesce-t-il. Je suppose que c'est d'Åsa Bjelke qu'on parle ?

— Elle travaille à Investum, souligne Michel, ça ne pourrait pas marcher de toute façon.

— Mais elle n'a pas de poste opérationnel. Tâche de ne pas lui raconter qu'on a prévu de reprendre son entreprise et de réduire son chef en bouillie, et tout se passera bien. Appelle-la.

Michel secoue la tête.

— Cette fille, je te jure, ce n'est que des ennuis. On ferait mieux de se tenir à distance des femmes d'Investum.

— Tu as raison, rétorque David, mais sa voix manque de conviction.

Car se tenir à distance de Natalia De la Grip, il n'est pas sûr d'en être capable.

16

Après le départ de David, Natalia s'est assoupie, et elle n'arrive au bureau que vers dix heures en ce mardi matin – ce qui provoque quelques haussements de sourcils. C'est tout de même insensé que tout le monde parte du principe qu'elle est toujours là, en train de bosser. Première arrivée, dernière partie. Tous les jours.

J-O téléphone pour la première fois vers onze heures.

— Où es-tu ? demande Natalia.

— À Moscou. J'ai un déjeuner avec le ministre du Commerce.

Ils s'informent des derniers dossiers en cours et raccrochent. La journée se poursuit dans un flot continu d'appels à filtrer, de documents à lire et d'analyses à rédiger. Elle n'a pas détaché les yeux de ses papiers depuis plusieurs heures, constate-t-elle vers quatorze heures, lorsqu'elle saisit quelques bribes d'une conversation en anglais. Devant son bureau se trouve un grand open space où des gens entrent et sortent par vagues. Autour de l'une des tables hautes qui meublent la pièce, elle aperçoit un groupe d'hommes qui discutent, ordinateurs ouverts devant eux. Ils viennent sans doute du siège londonien. Elle ne les a jamais vus, ce qui n'a rien d'inhabituel : des personnes du monde entier défilent ici. Elle s'étire, se lève, va se chercher un café puis se remet au travail.

Une heure après son déjeuner tardif, Natalia donne pour consigne à son assistante de ne lui transmettre que les dossiers les plus urgents, ce qui lui permet de passer une après-midi relativement calme. L'affaire dont s'occupe Natalia est l'une des plus ambitieuses jamais réalisées par l'équipe nordique. C'est aussi le premier projet dont la jeune femme a personnellement la charge. La banque d'Investum, Svenska Banken, est en train d'acquérir un groupe bancaire danois. Il s'agit d'une transaction d'une grande complexité. Sur le papier, tout a l'air en ordre, mais Natalia ne parvient toujours pas à se départir de l'idée que les négociations ont été menées sous pression, pour une question de prestige – son père rêve de créer une super-banque nordique –, et qu'il serait bon de revenir sur certains détails. Investum, l'un des gros actionnaires de Svenska Banken, a prévu d'investir un capital très important.

J-O rappelle vers seize heures.

— Comment s'est passé le déjeuner ? demande Natalia.

— Vodka chaude et caviar, j'ai horreur de ça. Je pars bientôt pour Helsinki.

— Quand es-tu de retour en Suède ?

— La semaine prochaine, à Stockholm. Puis j'ai un vol pour Båstad.

J-O est l'hôte de l'un des deux plus grands événements organisés pendant la semaine du tournoi de Båstad. Le gala de la Bank of London est une fête à laquelle tout le monde – politiciens, stars, joueurs de tennis et élite financière – rêve d'être convié. Cinq cents invitations sont envoyées et personne ne songerait un instant à y répondre par la négative. Par tradition, la soirée se tient le jeudi dans la gigantesque demeure de J-O. Le lendemain, les parents de Natalia organisent leur tout aussi rituel et non moins gigantesque barbecue à la villa De la

Grip. Il en a toujours été ainsi et cela ne changera jamais.

— Je t'appelle ce soir, dit J-O avant de raccrocher.

Natalia passe en revue ce qu'elle a à rapporter aux représentants des deux banques, deux hommes qui n'ont malheureusement pas d'atomes crochus.

Lorsqu'elle et J-O se parlent à nouveau au téléphone, en fin de journée, tandis que le bureau place Stureplan commence à se vider, il est déjà à Helsinki.

— J'ai bientôt fini. Je vais peut-être quand même en parler à papa, ajoute-t-elle, d'une voix hésitante.

— J'ai lu tous les documents que tu m'as transmis. Plusieurs fois. Je ne vois pas pourquoi tu t'inquiètes. Tu es stressée ?

Doit-elle le croire ? Ou plutôt se fier à son instinct ?

— Je ne sais pas, répond-elle, incertaine.

— Ma très chérie Natalia…, réplique-t-il dans un suédois maladroit qui le trahit : il parle toutes les langues mais aucune à la perfection, car il a fréquenté des internats sur deux continents et n'a jamais cessé de voyager. Tes nerfs te jouent des tours, tu ne crois pas ?

À sa voix, elle entend qu'il est là, présent à cent pour cent. Il est concentré, il a évacué les informations secondaires pour se focaliser sur les plus importantes. Il est excentrique, aime un peu trop s'écouter parler, mais c'est un bon chef.

— Si, tu as sans doute raison, acquiesce-t-elle.

Ils ne l'ont jamais formulé à voix haute, aucun d'entre eux, mais ils savent tous les deux que cette affaire est celle qui – espère Natalia – ouvrira les yeux de Gustaf sur ses véritables capacités. Ce dossier sera un levier pour entrer au conseil d'administration d'Investum. Elle n'a pas droit à l'erreur.

— Je te couvre, dit-il d'un ton posé.

Et Natalia sait qu'il est sérieux. Dans une branche où l'on est défini par sa dernière transaction, où même les plus expérimentés peuvent être remerciés du jour au lendemain, J-O la protégera. Du moment qu'elle ne fiche pas tout en l'air.

— Je crois que je vais rester un peu, ajoute-t-il, j'aime bien Helsinki. Tu y es déjà allée ?

Natalia croit entendre des rires et des verres qui s'entrechoquent en fond sonore.

— C'est une belle ville, oui. Je suis allée à un bal là-bas une fois.

— J'ai parlé avec David Hammar, ajoute-t-il tout à coup.

Le cœur de Natalia fait un bond dans sa poitrine. Elle a réussi à ne pas penser à lui pendant au moins dix minutes, et voilà que J-O lui fait cette remarque.

Impatiente, elle attend tandis que son chef, la main sur le combiné, échange quelques mots – sans doute avec une femme.

— Tu es toujours là ? demande-t-il ensuite.

— Oui.

Toutes les fois où son esprit a divagué, où ses pensées se sont tournées vers David Hammar, son sourire, son corps, leur avenir inexistant, elle s'est efforcée de les mettre de côté. Pas question de devenir le genre de femme qui néglige son travail parce qu'elle fantasme toute la journée sur un homme. Elle refuse. Un point c'est tout. Elle vaut mieux que cela. Mais le commentaire de J-O la surprend à un moment où elle a baissé la garde.

— Il mijote quelque chose, reprend J-O.

Natalia a l'impression qu'il bafouille. Elle se le représente dans un de ces bars de luxe dont il est si friand, peut-être avec une bouteille de champagne dans un seau à glaçons, une jolie femme à ses côtés. Ou deux.

— Comme tout le monde…, réplique Natalia, évasive.

C'est ainsi dans ce secteur. Des ragots, des rumeurs. Il faut juste savoir analyser les informations, distinguer le vrai du faux.

— Oui, mais là, je pense qu'il prépare un coup d'éclat.

Des gloussements, des cliquetis de verres accompagnent la voix de J-O.

— Je ne vais pas tarder à y aller, l'informe Natalia. On s'appelle demain ?

— Il reste du monde au bureau ?

Natalia regarde autour d'elle. C'est presque vide.

— La plupart des gens sont en vacances.

— Il faut toujours que les gens partent en vacances ! On ne peut pas gérer des affaires quand il n'y a personne au bureau. Je crois que je vais aller à Saint-Tropez cette année. Tu connais ?

— Oui, c'est beau par là-bas, mais je ne supporte pas bien le soleil.

Elle imagine des palmiers et du sable blanc.

— Je vais repasser en revue tes papiers, OK ? la rassure-t-il.

— Merci.

Le soir, lorsque les hommes venus de Londres sont enfin partis – direction les bars du centre-ville – et que les assistants ont transmis tous les dossiers aux employés du soir, Natalia téléphone à Åsa.

— Comment ça va ?

— Bof, mon psy dit que je suis déprimée. Mais je ne sais pas… Je vais peut-être m'acheter des chaussures. Ou un nouvel appart. Tu fais quoi, toi ?

— Je réfléchis.

— C'est le boulot ?

— En partie. Cette affaire bancaire, je ne la sens qu'à moitié. J-O dit que je panique parce que c'est la première fois que je fais un truc aussi gros. Je n'en suis pas sûre…

Natalia s'interrompt.

— Je crois qu'il faut que j'en parle à papa, reprend-elle avec une grimace. Et à Peter.

Elle déteste avoir des comptes à rendre à son frère aîné.

Elle marque une nouvelle pause et ajoute :

— Et sinon, j'ai couché avec David Hammar.

— Hum, J-O a peut-être raison ? Il n'est pas né de la dernière pluie. Et tu as toujours été un peu nerveuse. Ou peut-être qu'on dit « névrotique » de nos jours ? Ou alors tu broies du noir, comme moi ? Si j'avais été avec Jonas aussi longtemps que toi, j'aurais fait une dépression, crois-moi.

— Tu as bu, Åsa ?

— Ah ! C'est comme me demander si le pape a un chapeau ridicule ! Évidemment que j'ai picolé !

Natalia se gratte la nuque.

— T'as entendu ce que j'ai dit ? Sur David ?

Åsa émet un rire sarcastique.

— Vu la manière dont vous vous regardiez et ta tête chaque fois qu'on prononce son nom, je ne peux pas dire que je suis étonnée. C'était comment ?

— Ça me gêne de parler de ces choses-là, proteste Natalia, alors qu'elle meurt d'envie de se livrer.

Parler de David. Raconter leur nuit d'amour magique. Elle embrasse le bureau du regard et baisse la voix quoiqu'elle soit presque seule.

— C'était vraiment unique. Impossible à mesurer sur une échelle de un à dix, si tu vois ce que je veux dire. Incomparable. Tu as déjà vécu un truc pareil ?

— Ma chérie, il faut que tu précises ce que tu entends par « un truc pareil ». On n'a pas les mêmes références, toi et moi. Je couche avec des gens tout le temps. Et toi… euh… jamais.

— Si, je couchais avec Jonas.

Jonas et elle ont été ensemble pendant quatre ans et leur vie sexuelle était des plus ordinaires. Ni extatique ni déjantée. Normale.

Åsa pouffe à nouveau, de manière dédaigneuse.

— Jonas est le type le plus assommant du monde, il n'a pas sa place dans ce débat.

— Comment tu sais qu'il est ennuyeux ? Ne me dis pas que t'as couché avec lui ?

— Nan, je ne crois pas, dit Åsa, comme si elle était obligée de réfléchir quelques instants. Allez, ne change pas de sujet.

— Je crois que c'était la première et la dernière fois, dit Natalia, qui se laisse enfin aller à disséquer sa relation avec David Hammar. J'en suis presque sûre, on ne s'est rien dit de plus.

Natalia prend conscience que c'est ainsi que les gens font. Ils se plaisent, passent une nuit ensemble, se séparent et continuent leur vie. Mais pourquoi a-t-elle l'impression que ce n'est pas fini ?

Elle n'a jamais rien vécu de semblable. Elle a eu sa première relation sur le tard et elle était peut-être – sûrement – inhibée sur le plan sexuel. Pas frigide, non, mais marquée par une éducation obsolète dont elle n'a jamais réussi à se départir. Elle a eu des aventures avec des hommes à Londres, des types de la finance, aussi obsédés qu'elle par leur carrière. Puis avec Jonas, qui lui aussi avait commencé tard et qui, lui aussi, avait été freiné par sa propre éducation et par une vision de la femme « madone ou putain ». Mais leur vie sexuelle n'était pas catastrophique. Ils faisaient l'amour de manière attentionnée et prudente. Rien de déviant, juste des relations gentillettes, conventionnelles. Alors qu'avec David… Natalia est sûre que cela pourrait devenir très, *très* érotique. Rien que de repenser à leurs ébats torrides, à ses mains sur son corps, elle en est toute…

— Donc il n'a pas parlé de te revoir ? s'enquiert Åsa.

— Non. Et moi non plus. Je n'ai pas d'attentes.

— Tu risques d'être malheureuse si tu t'attaches.

— Je sais !

Voilà pourquoi elle déteste se confier. Les gens y vont toujours de leurs petits conseils.

— Je ne suis pas stupide, continue-t-elle. Et il est tellement sexy, c'en est presque fatigant.

— Toi aussi tu es belle, Nat, c'est juste que tu n'en as pas conscience, réplique Åsa avec un sérieux inhabituel. En toute bonne foi, je pense que Jonas n'était pas un type pour toi. Vous vous faisiez plus de mal que de bien. Et ce qu'il t'a fait... Non, Natalia, il faut que tu tournes la page.

— Oui, parce que je suis un bon parti, c'est ça ? dit Natalia sur un ton sec.

Elle a horreur de s'apitoyer sur son sort, et pourtant elle ne peut s'en empêcher.

— Arrête avec ça ! Alors, David n'a pas un seul défaut ? Beau, riche, bon coup ?

— Je ne sais pas. Il lui arrive d'être dur, il est sans doute manipulateur. Et tout ce qui se dit sur lui n'a pu être inventé, si ?

Elle se souvient d'articles... des concurrents ruinés sans égards, des infidélités et des mariages détruits, des demeures séculaires rasées. Tout ne peut pas être qu'hyperboles.

— Qu'est-ce que vous avez fait d'autre ? À part des galipettes, je veux dire. De quoi vous avez parlé ?

Åsa prend un ton désinvolte, mais Natalia voit clair dans le jeu de son amie.

— Ne tourne pas autour du pot. Qu'est-ce que tu veux savoir, exactement ?

— Arrête, Natalia, je déteste quand tu fais ça ! Tu ne comprends pas que c'est hyper dur pour moi !

— Michel n'est pas marié, si c'est ce que tu veux savoir. Et il a des sentiments pour toi, ça crève les yeux.

— C'est David qui te l'a dit ? Quels sentiments ?

— On n'a pas creusé le sujet. On avait autre chose à faire... si tu vois ce que je veux dire.

— Les parents de Michel voulaient qu'il épouse une fille libanaise de bonne famille. Et il obéissait toujours à ses parents. Tu sais, l'honneur, la morale, les responsabilités et toutes ces bêtises. Il avait toujours son mot à dire sur le bien et le mal, le noir et le blanc, déjà à la fac. Utile pour être juriste, économiste et pour travailler avec super-David, mais pour être honnête, il me tapait sur le système. Le patriarche de service.

— Tandis que toi tu étais la traînée de service, c'est ça ?

— J'étais sûre qu'il aurait déjà des enfants. Des gamins libanais bien grassouillets. Huit marmots, tous avec des bourrelets. Et de la bouffe tout autour de la bouche.

— Je ne pense pas qu'il ait des enfants. Ni gros ni maigres. Mais pour David...

— Je n'aime pas les gosses, la coupe Åsa.

Elle semble presque paniquée, comme si on lui demandait de commencer à se reproduire sur-le-champ.

— Je ne pige pas qu'on puisse en vouloir, c'est un truc qui me dépasse ! continue-t-elle.

Leurs opinions divergent sur ce point, c'est le moins qu'on puisse dire.

— Excuse-moi, je sais comment c'est pour toi...

— Non, pas grave, répond Natalia.

Elle n'a pas le courage de parler bébés. Pas maintenant, pas déjà. Cela ne fait qu'un an et elle n'est pas encore passée à autre chose, quoi qu'en pense son amie. Pas qu'elles en aient jamais parlé. Si Åsa avait un proverbe fétiche, ce serait : ne regarde jamais en arrière. Ou encore : ne t'attache jamais. Toutes les deux ont été blessées par leur passé, mais de manières très différentes.

— Il t'intéresse ? demande Natalia.

— Pff, pas du tout. Je lui ai laissé sa chance. Il ne l'a pas saisie.

Natalia secoue la tête. Åsa a l'habitude de larguer les hommes au moindre faux pas.

— Parce que tu as *l'air* intéressée.

— Pas du tout. Il m'énerve, c'est tout.

Elles se taisent, chacune à un bout du fil.

— Je vais en parler à papa, conclut Natalia.

— De David ?

— Oui, bien sûr, je vais appeler mon père et lui dire que j'ai couché avec son pire ennemi. Non, de cette affaire, voyons ! Je t'assure que j'ai un mauvais pressentiment.

— Mais tu lui en as déjà parlé, non ? Et à J-O aussi ?

— Oui.

Silence du côté d'Åsa. Puis elle reprend :

— J-O est assez sexy d'ailleurs.

— Il paraît qu'il aime les parties fines.

— Qui n'aime pas les parties fines ! Bon, ma belle, je dois filer. Je crois que j'ai promis d'aller à la brasserie Riche. J'ai rendez-vous. Il n'a que vingt-quatre ans. Quand t'en auras marre de David, tu pourras peut-être essayer un jeune. Leurs exigences sont modestes. Eh, Natalia ?

— Oui ?

— On est au XXIe siècle, hein. Tu peux l'appeler, toi. Tôt ou tard il faudra que t'arrêtes de suivre les vieux conseils sexo de ta mère qui te dit de serrer les cuisses et de ne surtout pas faire le premier pas. Tu n'es pas obligée de rester chez toi à te tourner les pouces.

— Je ne reste pas chez moi à me tourner les pouces. Je passe mon temps au bureau à gérer une transaction qui vaut plusieurs milliards.

— Appelle-le, c'est tout ce que j'ai à dire, fait Åsa en riant. Tu n'as qu'à lui demander s'il aime les orgies. Ça peut sans doute exciter ses ardeurs.

— T'es cinglée.

— On dirait mon psy ! Allez, il faut que j'y aille. Ciao !

17

Ce soir-là, David quitte le bureau vers dix-neuf heures. Il se sent agité, a besoin de se dégourdir les jambes. Après une journée caniculaire, la soirée est encore tiède et il se dirige en flânant vers le quartier des affaires.

Il devrait rentrer.

Il devrait appeler Michel.

Il devrait aller à la salle de sport, transpirer un bon coup et se coucher tôt.

En bref, *tout* sauf ce qu'il est en train de faire : se diriger place Stureplan. Il dépasse rapidement Nybroviken, le théâtre national Dramaten et Riche, se fraie un chemin entre les touristes et les gens de la City et se retrouve devant la Sturegalleri – le centre du triangle d'or financier de Stockholm.

Il lève les yeux vers la façade, le quatrième étage. Il sait exactement où se trouvent les fenêtres de sa banque. C'est dément ! Il est presque dix-neuf heures trente, elle ne doit plus être au bureau. Et pourtant il reste là, essaie de ne pas se sentir comme le pervers qui épie sa proie. Que faire à présent ? Il tripote son téléphone dans sa poche.

— David ?

Natalia vient de se matérialiser à l'entrée de la galerie et il est d'abord convaincu d'halluciner.

Non, c'est bien elle.

— Salut, dit-il.

Elle n'a pas l'air d'en croire ses yeux.

— Qu'est-ce que tu fais là ?

— Je ne sais pas trop, répond-il, en toute honnêteté. Tu viens de finir ?

— Oui, je n'ai pas arrêté depuis ce matin.

— Il fait beau dehors. Ça te dit de faire un tour ? Avec moi ?

Ils marchent en direction de l'eau, vers Nybroplan et Strandvägen. Elle est juste à côté de lui mais ils ne se touchent pas.

— Comment ça va ? lui demande-t-il.

Tant d'heures se sont écoulées depuis qu'ils se sont quittés. Il regrette de ne pas l'avoir contactée de la journée, de ne pas avoir été plus prévenant. Elle mérite tellement mieux.

La question la fait sourire, mais elle se contente de répondre :

— Bien et toi ?

— Longue journée…, fait-il en prenant conscience qu'il ne peut pas vraiment lui raconter ce qu'il a fait.

Attention à ce que tu dis, n'oublie pas qui elle est. Réfléchis, David.

D'un signe de la tête, il indique le kiosque à saucisses du parc Berzelii.

— Un hot dog, ça te dit ? Ils ne sont pas mauvais ici.

Elle cligne lentement des yeux. Le soleil a baissé dans le ciel et la lumière dorée fait briller ses cheveux bruns. Ses yeux pétillent.

— Figure-toi que je n'en ai jamais mangé.

— Tu plaisantes ?

— Non, ma mère trouve ça vulgaire de manger dans la rue. En fait, elle a toujours son mot à dire sur ce qui est vulgaire et ce qui ne l'est pas, ajoute-t-elle avec un

174

sourire complice. Et *qui* est vulgaire, bien sûr. C'est comme ça chez moi. Mais j'en prendrais bien un, merci.

David achète des hot dogs – une saucisse grillée aux herbes avec beaucoup de moutarde dans un petit pain – et ils s'asseyent près de l'eau. Ils mangent en silence, elle, le dos bien droit, sans laisser tomber ne serait-ce qu'une miette.

Ensuite, elle plie méticuleusement l'emballage, s'essuie avec la serviette et croise les mains sur son sac posé sur ses genoux. Il lui tend la bouteille d'eau qu'il a achetée et, après une petite hésitation, elle l'accepte et la porte à la bouche.

— Boire de l'eau dans la rue, c'est interdit aussi ?

— C'est ridicule, je sais.

Il ne parvient pas à détacher son regard de sa bouche, de ses lèvres rose pâle. Il donnerait beaucoup pour sentir à nouveau ces lèvres contre les siennes, contre sa peau, contre son…

— Ton enfance a sans doute été différente, continue-t-elle.

David s'efforce de se concentrer sur la discussion. Il voit une petite ride se dessiner sur son front.

— Je n'y pense pas très souvent… au fait que tout le monde ne part pas avec les mêmes cartes en main, fait-elle en tripotant la bouteille d'un air pensif. J'ai toujours l'impression d'être large d'esprit mais quand je me vois à travers les yeux d'autrui… souvent, ce n'est pas très flatteur.

— On est toujours mauvais juge de soi-même. Mais oui, mon enfance a sans doute été différente de la tienne. Ma mère était seule, elle est tombée enceinte de moi à dix-neuf ans et n'a jamais fait d'études. Elle enchaînait les petits boulots, elle n'avait personne pour l'aider. On habitait dans un quartier difficile.

— Et ton père ?

— Il n'a jamais été présent. Et puis, il est décédé il y a plusieurs années maintenant.

— Ça n'a pas dû être facile. Pour ta mère comme pour toi.

— Mon comportement n'a pas arrangé les choses. J'étais un gamin très turbulent.

Elle lève la main pour se protéger du soleil et le regarde, d'un air sombre. Elle ne lui sert pas les clichés habituels – tous les enfants sont indisciplinés, il ne doit pas se sentir coupable –, elle ne dit rien et se contente de l'observer, le visage grave.

— On a beaucoup déménagé, s'entend-il ajouter.

A-t-il déjà abordé ce sujet ? Sa jeunesse qui l'a marqué plus qu'il ne le voudrait.

— Pourquoi ?

Il est si facile de se confier à elle, il aimerait se laisser aller mais parvient à se contrôler.

— Différentes raisons, répond-il seulement, éludant la question. À seize ans, j'ai été pris à Skogbacka. Ma mère a réussi à m'obtenir une bourse.

Chaque année, une poignée d'élèves peuvent fréquenter l'école sans payer les frais de scolarité, mais ils ne doivent jamais oublier à quel monde ils appartiennent vraiment, jamais oublier d'être reconnaissants.

— C'est là où tout a changé, dit-il.

Mais pas tout de suite.

— C'est dur de ne pas être comme les autres, réplique-t-elle lentement. Surtout dans ce genre d'écoles où tout le monde se ressemble. On n'insiste que sur les côtés positifs. C'est un bon moyen de rencontrer des gens, par exemple, mais on doit se conformer, c'est le prix à payer. Et ce n'est pas toujours évident.

— Tu étais différente des autres ?

— Oui.

Ce simple mot lui en dit tant. C'est pour cela que le courant passe aussi bien entre eux. Dans son monde de

176

privilégiés, elle sort du lot. Et lui, il est un paria dans le sien. Vue de l'extérieur, Natalia semble satisfaite de son sort, mais elle a probablement dû se battre afin de s'affirmer. Son père est connu pour ses déclarations vulgaires et sexistes sur les femmes dans les affaires. Natalia a dû grandir avec ces inepties, les entendre jour après jour, les absorber avec ses repas. D'un côté, c'est bien sûr un avantage d'être née dans la famille de financiers la plus influente de Suède – les connaissances et les réseaux vous viennent en bonus, si l'on peut dire. Mais de l'autre... il se demande comment cela l'a affectée. Les commentaires de son père ont-ils sapé sa confiance en elle petit à petit ? Ou l'ont-ils au contraire poussée à s'imposer ?

— Ton chef dit beaucoup de bien de toi.

Il veut qu'elle le sache.

— Merci. C'est étrange de discuter comme ça, tu ne trouves pas ? J'ai l'impression de savoir tant de choses sur toi. Par les médias. Pourtant je ne te connais pas, pas réellement.

Elle plisse le front et il sait qu'elle pense à la nuit dernière. Ils se sont ouverts, se sont sentis si proches. Natalia a néanmoins raison, ils ne se connaissent pas, indépendamment de ce qu'ils croient savoir l'un sur l'autre. Il se demande si elle – cette femme si brillante – cache autant de secrets que lui. Il a tout à coup envie de découvrir qui elle est vraiment et de lui révéler quelque chose de lui.

— Qu'est-ce que tu aimerais savoir ? Demande-moi ce que tu veux.

— Quelle est ta limite ? demande-t-elle sans attendre, comme si la question la taraudait depuis longtemps. Y a-t-il une chose que tu ne ferais jamais ?

David sait qu'elle l'interroge sur sa vie professionnelle. Il n'est pas surpris qu'elle revienne sur un thème qui leur tient tous les deux à cœur. Car ils se ressemblent aussi sur ce point : leur travail les définit en tant que personnes.

— J'achète et je vends des entreprises. Je les restructure, je les rends plus efficaces. Beaucoup de gens ont un avis sur la question, affirme-t-il, conscient d'utiliser un euphémisme.

Les gens – le père de Natalia, entre autres – n'ont pas juste un *avis*. Ils *abhorrent* cet homme qui réduit en miettes les entreprises historiques.

— Mais je ne spéculerai jamais sur des écoles et des hôpitaux, continue-t-il. C'est contraire à mon éthique.

Il n'a jamais souhaité investir dans ces institutions, il a bien trop de respect pour elles.

— Je pense que les fonds d'investissement ne devraient pas être à la tête de ces structures. C'est voué à l'échec.

Elle hausse un sourcil. Elle fait penser à une maîtresse d'école au regard curieux. Les cheveux tirés et le chemisier austère contribuent à ce look un peu guindé.

— Un investisseur en capital-risque avec des considérations morales ? s'étonne-t-elle, sceptique.

— Ça dépend à qui tu demandes, rétorque-t-il, ironique.

— Et si c'est à toi que je demande ?

Elle le regarde et David s'autorise à se perdre dans ses yeux clairs.

— Je ne suis pas meilleur que les autres dans ce bas monde. Mais je ne suis pas pire non plus. HC ne s'est jamais enrichie grâce à la vente d'armes, de pétrole ou de tabac.

Il a presque honte de cette dernière phrase mais il veut à tout prix qu'elle le comprenne, qu'elle ne se souvienne pas seulement de lui comme d'un homme insensible, d'un traître.

— Je comprends, dit-elle sans cligner des paupières, sans sourire.

Oh Dieu ! Comme il la désire lorsqu'elle se tient comme ça. Le dos droit, calme, l'air interrogateur. Il voudrait lui arracher son léger débardeur et ses sous-vêtements onéreux, l'embrasser, la lécher, la mordre jusqu'à ce que sa peau s'embrase. Il se souvient de sa douceur – de la soie brûlante. Elle était étroite et palpitante. Accueillante. À la fois exigeante et dans l'abandon.

De quoi parlaient-ils déjà ? Aucun souvenir.

— David Hammar ?

David s'arrache à son regard et tourne la tête vers l'homme qui s'est approché – une connaissance, si l'on peut dire. David se met debout à la hâte, lui serre la main et ils échangent quelques formules de politesse. Du coin de l'œil, il remarque que Natalia s'est levée du banc elle aussi. À grandes enjambées, elle se dirige vers une poubelle au loin pour y jeter ses papiers.

— Tu ne veux pas qu'on nous voie ensemble, constate-t-il lorsque l'homme a disparu et qu'elle est revenue s'asseoir à côté de lui.

— Je suis désolée, mais je ne sais pas ce qui se passe entre nous, avoue-t-elle en toute sincérité.

Il se demande si elle a déjà menti une fois dans sa vie.

— Et je suis en plein dans une affaire. Une énorme affaire. Il s'agit d'Investum. Tout mon avenir est en jeu. Mon père ne serait pas très heureux s'il nous voyait ensemble.

— Je comprends.

— En fait, c'est de la folie. J'ai essayé d'avertir mon père plusieurs fois, mais il ne m'écoute pas.

Il lui faut une seconde pour comprendre ce qu'elle vient de dire. Elle veut se confier. À lui. Merde. Elle ne peut pas avoir cette conversation avec lui.

— Tu ne devrais pas me raconter ça, dit-il d'un ton tranchant.

Elle sursaute et se mord la lèvre.

— Je sais, mais tu viens de dire que tu es intègre. J'ai l'impression que je peux te faire confiance.

La situation est dangereuse. Il ne veut pas qu'elle le déteste plus que nécessaire, parce que bientôt la haine sera une conséquence inéluctable. Mais pas tout de suite, pas encore. Il ne veut donc pas l'entendre raconter ses secrets – elle pensera qu'il les a utilisés contre son père et contre Investum.

— Il est tard, dit-il plutôt, pour sortir du terrain miné.

Ils discutent depuis longtemps, le soleil commence à raser le toit des maisons. Et elle est restée éveillée avec lui la majeure partie de la nuit dernière.

— Tu dois être fatiguée.

— Non, répond-elle en levant le menton avec détermination. Je ne suis pas fatiguée. Est-ce que ça me gêne qu'on nous voie ensemble ? Oui. Mais j'ai envie d'être avec toi…

Elle le regarde, ses yeux sont gigantesques, semblables à de l'or liquide, et sa peau est claire comme du marbre délicatement poli.

— … cette nuit.

C'est tout à fait incroyable. Ces mots pénètrent en lui, il sent des frissons parcourir son corps impatient. Il lève la main et la pose sur la jambe de Natalia, caresse doucement sa cuisse avant de la retirer. Elle craint d'être surprise avec lui, comprend-il. Lorsque tout sera fini entre eux – et il faut que ça cesse, il ne peut en être autrement –, il vaudra mieux que personne ne les ait vus ensemble.

Mais bon sang ! Rien que d'effleurer sa cuisse à travers la délicate étoffe de sa jupe met tous ses sens en éveil. Encore une fois, quelle importance ! lui susurre une petite voix. Et David ne trouve pas une seule raison de dire non, de leur refuser à tous deux ce qu'ils désirent éperdument, presque désespérément.

— Où veux-tu aller ?

Il va lui faire passer une bonne soirée, décide-t-il, pour qu'elle ne regrette rien.

— Je n'ai plus de protection chez moi. Rien à grignoter, rien du tout. Et ma femme de ménage passe demain aux aurores. Donc pas chez moi si possible.

Elle rougit un peu, il est évident qu'elle n'a pas l'habitude de parler de ces choses-là, mais elle se redresse, le regarde droit dans les yeux et David sourit. C'est une femme courageuse.

Dans les locaux de HC, il y a une chambre, un réfrigérateur bien fourni et un joli toit-terrasse avec vue sur la mer. Ils pourraient s'y rendre sauf que les murs de son bureau sont tapissés de documents préparant la destruction de l'entreprise de son père…

— Viens chez moi, se surprend-il à proposer.

Son domicile est très privé. Il est rare qu'il y amène des femmes. Il ne se rappelle d'ailleurs pas la dernière fois que c'est arrivé. Il n'aime pas que les gens pénètrent l'intimité de son foyer. Il veut pouvoir être celui qui s'en va, qui quitte les lieux. Il ne fait jamais de soirées dans son appartement, n'y invite pas d'amis et encore moins les journalistes. Même Michel n'y est jamais venu. Il est à lui, rien qu'à lui. Mais se rendre avec Natalia dans une suite du Grand Hôtel ne lui semble pas non plus correct.

— On s'arrêtera sur la route, j'achèterai ce qu'il nous faut, reprend-il.

Elle acquiesce et se lève. Il l'imite.

— Très bien, dit-elle.

Elle serre son sac à main contre elle et se mordille la lèvre inférieure. Il voudrait tendre le bras, lui prendre la main, y déposer un baiser et lui dire qu'il a prévu de bien s'occuper d'elle ce soir. Cette nuit. Au lieu de cela, il se contente de héler un taxi, trop conscient que tout le plaisir qu'il pourra lui donner tout à l'heure ne compensera jamais ce qu'il a prévu de faire par la suite. Il chasse ces pensées et ouvre la portière de la berline qui vient de s'arrêter. Natalia se trompe sur son caractère. Lorsqu'il s'agit de prendre ce qu'il veut, il n'a aucune morale, aucun scrupule.

18

Natalia pensait qu'il allait se jeter sur elle dans le taxi. L'air entre eux est si chargé d'électricité qu'elle a du mal à respirer et se demande si elle n'est pas en train de rêver.

La main puissante et virile de David repose sur le siège à côté d'elle. Elle n'a qu'une envie, sentir ces grandes mains agiles sur son corps. Elle regarde par la vitre de la voiture, tente de calmer ses ardeurs. Ses tétons sont durs et sensibles contre le tissu du soutien-gorge. Ses cuisses sont brûlantes, ses paumes moites. Elle aurait aimé prendre une douche avant, mais elle n'imaginait pas non plus qu'à peine une heure après avoir quitté le bureau elle serait dans un taxi en route vers le domicile de David dans l'intention avouée de faire l'amour.

David demande au chauffeur de s'arrêter. Il descend, s'engouffre dans une supérette et ressort aussitôt un sac en papier à la main. Elle affecte un air dégagé, comme si acheter des préservatifs pendant une course en taxi était dans ses habitudes.

— Où habites-tu au fait ? demande-t-elle, car elle n'a pas entendu l'adresse et ils s'éloignent d'Östermalm.

Toutes ses connaissances vivent dans le quartier chic d'Östermalm, elle s'en rend compte à présent. Sauf celles qui résident à Djursholm ou Lidingö, bien entendu. Et à l'exception de sa femme de ménage – elle n'a aucune idée d'où habite Gina. Elle réprime un fou rire nerveux en y pensant. Peut-on être plus étroit d'esprit ?

— Ici, répond David au moment où la voiture s'immobilise.

Il descend et en fait le tour pour lui ouvrir la portière. Lorsqu'elle en sort, il lui prend la main et la serre très fort dans la sienne.

Tous ses sens sont en émoi : elle respire son odeur, admire sa stature imposante, entend le léger froissement du sachet et le cliquetis métallique des clés. Il pose une main sur la chute de ses reins et la fait entrer. Le hall résonne. C'est un vestibule lumineux et élégant quoiqu'un peu impersonnel. Il n'y a pas de panneau listant les noms des habitants.

— Je suis propriétaire de tout l'immeuble. Je connais tous les locataires.

Elle comprend qu'il cherche à la rassurer, il doit voir à quel point elle est nerveuse, mais elle a un mauvais pressentiment. S'il se passe quelque chose, personne ne sait où elle est.

Elle chasse de son esprit ces pensées négatives et sort de l'ascenseur qui s'est arrêté au dernier étage. La porte se referme derrière eux sans bruit. Le bâtiment est une machine bien huilée, silencieuse et efficace.

— Entre, je t'en prie, je vais juste arranger quelque chose là-haut.

Il s'engage dans un étroit escalier en colimaçon et disparaît tandis que Natalia traverse le hall d'entrée, mais se fige arrivée au salon. Elle ne sait pas à quoi elle s'attendait. De l'acier et du cuir noir peut-être. Un gigantesque écran plat et des étagères remplies de DVD. Un intérieur masculin et nouveau riche.

Mais ça...

Elle découvre des bibliothèques rustiques débordant de livres, des canapés ventrus, d'épais tapis aux couleurs chaudes. Une installation hi-fi analogique ordinaire remplace la télévision. Il y a aussi un tas de CD de musique classique, une cheminée et des bougies brûlées. C'est un peu en désordre mais propre, soigné et très douillet.

David apparaît derrière elle.

— Comme c'est agréable ici !

— Tu as l'air étonnée, rit-il, et lorsque Natalia se retourne, elle s'aperçoit qu'il tient une pile de serviettes de bain. Viens, on monte tout en haut.

Elle lui emboîte le pas dans l'escalier. L'étage supérieur est dominé par des baies vitrées de tous côtés. Elle entrevoit une chambre à coucher. La vue est à couper le souffle.

— Encore un palier.

Ils gravissent quelques marches de plus et, lorsqu'ils débouchent sur la terrasse, Natalia en reste bouche bée.

— Je ne sais pas quoi dire...

Avec les toits, le ciel, le coucher du soleil et la mer, le paysage est extraordinaire. Le sol est en bois, des transats et des palmiers dans de grands pots encadrent, au beau milieu de la terrasse, une piscine – ou un jacuzzi – en forme de haricot rempli d'eau turquoise et des spots incrustés qui illuminent les bouillons fumants.

— Quel appartement de rêve !

C'est parfait.

— Je t'ai apporté un peignoir. Et une serviette. Je vais ouvrir une bouteille de vin, installe-toi.

Après un instant d'hésitation, elle entreprend de se dévêtir. Elle déboutonne son chemisier, retire sa jupe et ses sous-vêtements et se retrouve nue. David garde la tête discrètement tournée tandis qu'elle pénètre dans l'eau. C'est divin. Il se retourne, s'avance vers elle en souriant, se baisse et lui tend un verre. Elle commence à boire pendant qu'il se déshabille. Elle l'observe à la dérobée. Jusqu'à présent, elle n'avait jamais saisi la beauté du corps masculin, mais là elle comprend tout à fait.

Nu, il s'immerge en face d'elle.

Il avale une gorgée de vin et la contemple, balayant du regard son visage puis son corps blanc qui resplendit à travers l'eau tiède. Lorsque Natalia se redresse et que ses seins affleurent, elle voit une étincelle de désir dans les yeux de David. Puis il colle ses lèvres contre les siennes, presque violemment. Il lui retire son verre des mains pour le poser sur le bord du bassin et elle l'enlace. David glisse son bras autour de la taille de Natalia, la soulève et, après s'être assis, l'installe à califourchon sur ses genoux. La chaleur de l'eau, l'alcool et la sensation inégalable d'être là, sous l'immensité du ciel, à s'embrasser passionnément, lui donnent le vertige. Il pose une main sur sa nuque et elle sent que ses cheveux se détachent et tombent sur son dos tandis qu'elle se trémousse dans ses bras. Elle se frotte contre lui. Ses grandes mains lui caressent les hanches et, tout en la pressant fermement contre lui, il se penche en avant et saisit un téton dans sa bouche.

Elle gémit. Cela pourrait suffire à la faire jouir.

— Tu es très sexy !

Natalia pousse un autre petit cri, plonge les mains dans les cheveux de David, se colle contre sa bouche, contre son corps, contre son érection. Elle ignore combien de temps ils restent là, à se couvrir de baisers, à se peloter comme des adolescents, à boire du vin et à s'embrasser encore.

— On peut continuer sur la terre ferme, fait David dans un râle.

La soirée est chaude, presque tropicale. Elle n'a pas froid lorsqu'ils quittent le jacuzzi, mais elle s'enveloppe dans un drap de bain avant de s'allonger sur l'un des transats tandis que David reste en tenue d'Adam.

Il s'assied près d'elle, lui retire sa serviette et elle se retrouve toute nue. Il pose une main sur son sexe, la replie sur son mont de Vénus.

— Tu n'es pas épilée, j'adore ça.

Elle pousse un profond soupir lorsqu'il saisit une de ses jambes pour la placer sur l'accoudoir. Elle frétille, excitée et gênée à la fois.

— Chut... Détends-toi, Natalia, murmure-t-il en lui caressant l'intérieur de la cuisse pour l'apaiser avant de poser son autre jambe sur l'autre accoudoir. Fais-moi confiance, j'ai envie de faire ça.

Elle se dit qu'elle devrait protester. Elle est complètement ouverte, dans une position vulnérable et elle ne se sent pas tout à fait à l'aise. Mais la voix de David est si convaincante, son regard si intense. Elle est comme hypnotisée et décide de se laisser aller. Elle se renverse en arrière, s'enfonce dans le matelas molletonné et ferme les paupières.

Il laisse courir ses doigts et ses lèvres à l'intérieur de ses cuisses et elle frissonne. Il la caresse, l'embrasse tout autour de son intimité, sans pourtant atteindre l'endroit où elle l'attend. Elle commence à se convulser dans la chaise longue, enfiévrée, ivre de désir mais entravée dans ses mouvements par sa posture.

Il pose une main sur son ventre, écarte les doigts et la plaque un peu plus contre le matelas. Il dépose quelques doux baisers dans le creux de son genou et à l'intérieur de sa cuisse. Elle gémit. Il remonte lentement, presque avec prudence.

— David ! s'écrie-t-elle, frustrée.

L'excitation est à son comble et elle se demande s'il est en train de jouer avec elle. Elle n'a jamais eu de très bonnes expériences de ce genre de pratique. Les hommes sont rarement aussi entreprenants que ce qu'ils veulent faire croire et, comme la plupart des femmes, elle a eu son lot de cunnilingus infructueux.

À peine cette pensée a-t-elle effleuré son esprit que David entame un mouvement de la bouche et du doigt qui ne peut certainement pas être qualifié de monotone.

Et tandis qu'il continue – Natalia ignore ce qu'il est en train de faire exactement –, elle est envahie d'une volupté si intense qu'elle est presque irréelle. Elle a l'impression qu'elle va succomber s'il s'arrête.

— Oh, oui...

Elle est si proche de l'orgasme qu'elle a presque atteint cet état incontrôlable où les vagues de plaisir déferlent l'une après l'autre quand David s'immobilise.

— Non ! crie-t-elle, éperdue.

Elle ouvre les yeux, voit ses jambes écartées, voit qu'il lui caresse les cuisses avec une grande concentration, sans croiser son regard. Il penche la tête en avant. Elle sent qu'il écarte des doigts ses lèvres, qu'il referme sa bouche autour de son clitoris et qu'il aspire. C'est un tremblement de terre, un séisme qui ébranle ses jambes. Puis il s'interrompt et elle respire si fort que sa gorge s'assèche.

Il glisse un doigt en elle, entre et sort.

— Tu es tellement sexy, dit-il d'une voix rauque. Je pourrais jouir rien qu'en te léchant.

Elle entend un bruit, une plainte qui ne peut que venir d'elle.

— Tu veux que je continue ?

Elle hoche la tête. *Oui !*

— Dis-le.

— Lèche-moi !

Sa voix se brise lorsqu'un doigt pénètre une fois de plus en elle.

— Je t'en prie, ne t'arrête pas, continue, je n'en peux plus !

Il se lève, va vite chercher un verre de vin et se place à nouveau entre ses jambes. Petit à petit, il laisse couler sur son ventre le liquide froid qui glisse sur son sexe. Puis il s'incline en avant.

David absorbe le vin avec la bouche, avec la langue ; il boit, il lape, il sent se mêler le goût du vin frais et celui de Natalia. Elle lui fait perdre la tête ! Elle est magnifique, la peau blanche et parfumée. Il écarte sa vulve à deux doigts, puis en glisse un autre en elle et écoute ses gémissements.

D'ordinaire, c'est une femme flegmatique, froide, rompue à la maîtrise de soi, mais comme bien d'autres filles compétentes et douées, une fois persuadée de se laisser aller, elle devient ardente, passionnée. Il sent qu'elle se livre à lui, voit qu'elle écarte ses jolies cuisses et le laisse jouer avec elle.

Ce qu'il peut aimer ça, entendre Natalia De la Grip – cette fille de bonne famille collet monté, cette star de la finance – le supplier en tremblant de lui faire un cunnilingus ! Il est en érection, il l'est depuis qu'ils sont montés dans le taxi, et il n'a qu'une envie, s'immerger dans ce corps musclé et frissonnant, la prendre jusqu'à ce qu'elle crie son nom.

Il se l'imagine déjà.

Son doigt est enveloppé par sa chaleur. Elle est étroite et il introduit un deuxième doigt pour l'étendre, il entend ses halètements. Elle est prête.

Les doigts arqués, il l'explore tout en l'écoutant. Elle bredouille quelque chose et il trouve ce qu'il cherche. Ses doigts exercent une pression contre le point souple, il s'avance entre ses jambes et se met à sucer son clitoris. Natalia explose. Il continue tandis que l'orgasme fait vibrer son corps et ne s'écarte lentement que lorsqu'elle commence à redescendre.

Elle est allongée les yeux fermés, le visage relâché, les cheveux comme une crinière folle. Elle est d'une incroyable beauté. Il s'empare d'un préservatif, déchire l'emballage et l'enfile. Elle demeure immobile, un bras au-dessus de la tête, l'autre sur le ventre.

189

Il prend son membre à la main et le guide en elle. Les hanches de Natalia commencent à se balancer. David plonge dans ses yeux dorés qu'elle vient d'ouvrir, ne les quitte pas une seule milliseconde, il voit qu'elle prend du plaisir, qu'il la comble. Son pénis est comme enveloppé de velours chaud ; elle est brûlante et moite, gonflée après l'orgasme. Il aurait voulu la prendre avec violence mais il s'efforce de faire attention, ne sachant ni ce qu'elle aime ni ce qu'elle peut supporter.

Natalia commence à s'animer et elle lui adresse un sourire qui éclaire son visage. Elle se déplace de quelques centimètres, les jambes toujours calées sur les repose-bras, merveilleusement ouverte.

— Tu es trop fatiguée ? C'est inconfortable ? Tu veux changer de position ?

Elle lui répond par un sourire entreprenant. Elle bouge un peu, remue son derrière contre le matelas. Elle a des fesses magnifiques, d'une rondeur surprenante, douces et très féminines. Il risque de jouir beaucoup trop vite s'il ne se contrôle pas.

Il descend ses jambes des accoudoirs – elle est souple comme un chat, musclée comme une danseuse – et les enroule autour de son dos. Il est emporté et sent qu'il commence à perdre pied lorsqu'elle susurre d'une voix rauque :

— Baise-moi, David, prends-moi fort.

Elle n'a jamais parlé comme cela auparavant. C'est comme si une autre Natalia avait pris possession de son corps, une Natalia plus émancipée, plus audacieuse. Une Natalia qui laisse libre cours à la passion, à la sensualité crue qu'elle dissimule – il n'en avait jamais douté – sous ses dehors froids.

Il entre plus fort en elle et l'entend gémir. Il recommence, le sang afflue dans sa verge, il l'emplit. Encore, plus fort. Natalia ferme les yeux, les ouvre à nouveau, lève les hanches vers lui et il continue, accélère la cadence, la pénètre si profondément qu'il en perd la tête, qu'il devient fou.

Elle murmure quelque chose mais il n'entend pas. Ses ongles griffent sa peau, ses bras l'attirent contre elle. Il glisse une main entre leurs deux corps et la caresse, plie les doigts, augmente la pression et, lorsqu'elle commence à se refermer autour de lui, lorsque ses longues jambes enserrent son dos, il s'introduit au plus profond d'elle et explose. Il éjacule si fort qu'un voile noir passe devant ses yeux. Il ne veut pas que cela s'arrête, non, il voudrait que le temps se fige, pouvoir rester ainsi, entre ses jambes, dans sa chaleur, dans sa chatte.

Tout à coup, les jambes de Natalia se mettent à trembler de manière incontrôlée et David se retire. Il aurait presque perdu connaissance s'il n'avait eu le temps de s'asseoir. Son cerveau n'est plus irrigué. Il se retourne, tombe en arrière, essoufflé. Puis, il éclate de rire – un rire satisfait, gai, heureux et sans retenue.

Natalia écoute le rire de David. Elle se sent complètement amorphe, ses muscles ne lui obéissent plus. Le soleil caresse son corps et elle se meut avec indolence.

— Je vais devenir nudiste, bredouille-t-elle.

Elle l'entend pouffer à nouveau, son hilarité est contagieuse.

Elle a joui à deux reprises. Elle n'avait jamais cru à cette histoire d'orgasmes multiples, de point G, d'hommes qui savent s'y prendre, mais elle va être obligée de revoir ses certitudes.

Le rire bas et si séduisant de David, les images de ce qu'ils viennent de faire l'émoustillent à nouveau. Elle guette les réactions de son corps, constate qu'il est insatiable. Est-il vraiment possible qu'il y ait une telle alchimie entre deux personnes ? Quelle question stupide, évidemment !

— Qu'est-ce que tu fais ? demande-t-elle.

— Je crois que je suis mort.

— Y a-t-il quelque chose à manger dans votre logis, monsieur l'investisseur ?

Elle a une faim de loup, l'estomac dans les talons. Ce n'est pas de tout repos d'être une déesse du sexe.

Ils mangent de petites tapas. Des bouchées, des tartelettes et des boulettes à l'odeur et au goût exotiques.

— Ma femme de ménage est mariée à un chef cuisinier iranien, explique David. Ils habitent dans l'immeuble et s'occupent de mon appartement. Elle fait le ménage et la lessive, lui me donne des restes.

— Pas n'importe quels restes !

Lorsqu'il commence à faire plus frais dehors, David la conduit dans sa chambre où ils font de nouveau l'amour. Il est tour à tour doux et violent ; attentionné et déterminé. Quant à elle, elle en veut toujours plus. Elle sourit à l'idée qu'elle, Natalia De la Grip, sera endolorie et pétrie de courbatures demain à cause de leur partie de jambes en l'air.

Après leur étreinte, elle repose immobile dans le lit de David. Les draps sont repassés, tout est propre, luxueux, et parfumé.

— C'est le lit le plus confortable au monde, murmure-t-elle.

Étendu à côté d'elle, David caresse sa peau. Il baisse le drap qu'elle vient juste de tirer jusqu'au menton et étudie son corps comme s'il s'agissait d'un tableau, d'une œuvre d'art. Elle lève la main et laisse courir un doigt sur son bras. Il est si musclé, il la fait se sentir tellement femme.

— Tu as toujours su que tu voulais travailler dans la finance d'entreprise ? demande-t-il en lui caressant les cheveux, dénouant quelques mèches emmêlées sur l'oreiller.

— Je me suis décidée à Londres.

Elle ne bouge pas, se laisse dorloter. De temps en temps, il l'embrasse, sur le bras, sur l'épaule.

— Après Handels ?

— Oui.

Elle ferme les paupières. Une fois son examen passé, elle a travaillé comme consultante à New York puis a déménagé à Philadelphie pour suivre un MBA à Wharton, l'école qui a formé quelques-uns des financiers les plus éminents du monde. Le diplôme en poche, c'est le monde entier qui s'offrait à elle. Elle sait que David est allé à Harvard. Or, contrairement à elle, il a dû financer ses études lui-même. Elle ne s'est jamais demandé combien pouvait coûter une telle formation puisque son père a toujours couvert les frais. Elle n'a jamais réfléchi à toutes ces choses qu'elle a obtenues gratuitement.

— Et ensuite ?

La voix de David n'est plus qu'un murmure étouffé et sensuel – elle doit être en train de sombrer. Ses cheveux sont à présent éparpillés autour d'elle.

Elle ouvre les yeux.

— La Bank of London m'a recrutée par l'intermédiaire d'un chasseur de têtes.

— Ils ne prennent que les meilleurs.

— Oui.

Elle a passé quelques années à Londres, à travailler comme un chien en compagnie d'autres juniors brillants. On y trime vingt-quatre heures sur vingt-quatre, on devient la propriété de la banque, on peut être envoyé n'importe où dans le monde avec une heure de préavis. Beaucoup abandonnent, incapables de supporter les conditions de travail inhumaines, mais elle a adoré ce boulot qui lui permettait enfin d'exploiter tout son potentiel. Elle aimait être éperonnée, défiée, voir son talent reconnu.

— Tu sais que plus de quatre-vingt-dix pour cent des banquiers d'affaires sont des hommes ?

— Non, répond-il en laissant un doigt glisser de son cou jusqu'à son ventre. Je pensais que c'était plus paritaire.

— Ça l'est au début, mais les femmes disparaissent au fur et à mesure.

— Certains disent que c'est parce que les femmes sont trop intelligentes pour accepter de se tuer à la tâche.

Il soulève sa main et embrasse ses doigts l'un après l'autre.

— D'aucuns disent que c'est parce qu'elles n'aiment pas par nature se donner du mal qu'elles préfèrent se faire entretenir.

Combien de fois a-t-elle entendu son père prononcer exactement ces mots. Et sa mère qui se contentait de hocher la tête en signe d'accord. Selon elle, l'égalité des sexes va trop loin lorsque les femmes veulent être comme les hommes, et c'est pour cela que Jonas a quitté Natalia. Parce qu'elle travaillait comme un homme.

— Foutaises ! Les meilleures femmes se donnent deux fois plus que les meilleurs hommes. La société va changer. Je rencontre des filles si intelligentes pendant mes cours à Handels. De plus en plus d'entreprises prennent conscience que les femmes sont une base de recrutement qu'elles ne peuvent pas se permettre de négliger.

Tout ce que vient de dire David semble d'une telle évidence pour lui que c'est un choc pour Natalia de se rendre compte qu'elle n'avait jamais discuté avec un homme qui pense comme elle, qui ne fait pas de différence entre les sexes. C'est assez excitant.

— Petite, j'adorais parler business, discuter de l'entreprise familiale. Je poussais souvent mes frères à réfléchir à différentes stratégies pour Investum. Eux, ils avaient horreur de ça.

David prend sa main et respire dans sa paume.

— Et pourquoi tu ne travailles pas à Investum ?

— Je veux d'abord montrer ce dont je suis capable, répond-elle du tac au tac.

Et si je me révèle suffisamment douée, papa sera obligé de me solliciter.

Il retourne la main délicate, l'embrasse à nouveau, picore quelques baisers.

— Puis tu es revenue à Stockholm, sourit-il, il y a deux ans.

Natalia acquiesce, ce n'est pas une information confidentielle, il suffit de googler son nom.

— J-O a eu un poste de cadre supérieur ici et il m'a ramenée dans ses bagages.

Elle a alors quitté l'appartement londonien qu'elle partageait avec des gens qu'elle voyait à peine à cause de son travail et de ses voyages. Jonas et elle se sont fiancés dans la capitale britannique – il faisait la navette entre la Suède et l'Angleterre lorsque Natalia y habitait.

— Mon ex-fiancé vivait à Stockholm à ce moment-là.

— Vous vous êtes séparés ?

Elle tourne la tête et le dévisage.

— Euh, oui, je ne serais pas chez toi si j'avais quelqu'un.

La question la met mal à l'aise. Elle est partie du principe que David était célibataire mais elle se souvient à présent d'avoir vu, dans le salon, la photo d'une magnifique blonde dans un cadre doré. Une très belle femme au visage éclairé par un grand sourire et avec le bras de David autour de ses épaules. Il est de notoriété publique que David n'a pas de famille. Il paraît qu'il avait une sœur mais qu'elle a succombé jeune à un accident – et ses parents sont également décédés. Qui est cette femme aux cheveux clairs dans ce cas ? Et elle, Natalia, qui est-elle pour lui ? Simplement le petit flirt de vacances de David Hammar pendant que la belle blonde est on ne sait où ?

Natalia plisse le front. Cela ne devrait pas la déranger autant ! Elle n'a rien fait de mal et ils ne se sont mis d'accord que sur une chose : du sexe, rien que du sexe. Et quel sexe ! Si David est infidèle, ce n'est pas son problème après tout. Pourtant, elle ne peut pas rester indifférente. Quelle idiote elle est, pourquoi ne pas lui avoir demandé ?

— Qu'est-ce qu'il y a ? s'enquiert David.

— Rien.

— Si, tu étais ailleurs. Il y a quelque chose qui te chiffonne.

Il la contemple avec sérieux.

Elle prend sa respiration. Autant lui dire.

— Je ne couche pas à droite à gauche. Et j'ai horreur de l'infidélité. Je ne sais pas ce qu'il se passe entre nous – peut-être juste une histoire de sexe. Et peut-être qu'on n'a pas besoin d'en parler. De nommer ce qu'il y a. Mais… je ne couche pas avec quelqu'un d'autre.

David laisse reposer sa tête dans la paume de sa main. Il a de beaux yeux. Il est magnifique des pieds à la tête. Comme un mannequin. Mais plus athlétique, comme un ouvrier du bâtiment. Les filles de l'internat devaient être folles de lui.

— Natalia…

Il attend que leurs yeux se rencontrent.

— Ce qu'il y a entre nous, je n'ai jamais vécu ça auparavant. Je ne suis pas un coureur de jupons. Pas plus que les autres hommes. Probablement moins. Moi aussi j'ignore comment qualifier notre relation, mais je n'ai personne d'autre en ce moment. Tu es rassurée ?

— Oui.

— Et les tromperies ce n'est pas trop mon truc non plus, ajoute-t-il en laissant courir un doigt sur le front de Natalia.

— D'accord.

Elle sent son corps s'emplir de joie et bâille tout à coup.

— Il est quelle heure, d'ailleurs ?

Dehors, la nuit tombe et elle se sent subitement lessivée.

— Tu dois être fatiguée, fait-il.

— Je ne peux pas rester. Je dois repasser chez moi, me changer, récupérer des affaires.

— Je comprends.

Il lui caresse les cheveux, laisse glisser l'index le long de ses sourcils. Comme c'est agréable ! Elle bâille à nouveau. Elle est exténuée – physiquement et mentalement.

— Reste, l'encourage-t-il à voix basse. Ne pars pas. Dors un peu. Je peux te réveiller aux aurores si tu veux.

C'est très tentant. Et sa voix est devenue douce et apaisante. Convaincante. Protectrice.

— Aux aurores, oui. Je ne peux pas arriver en retard deux jours d'affilée.

— Promis.

Deux secondes plus tard, elle dort à poings fermés.

David tient sa promesse. Il la réveille si tôt qu'elle sent l'odeur de la rosée et de l'aube à travers la fenêtre ouverte. Il est déjà habillé, en T-shirt et pantalon beige, fraîchement rasé, l'haleine mentholée. Il lui sert un café fort et brûlant qu'elle boit au lit. Elle prend une longue douche, enfile ses vêtements froissés et descend dans la cuisine à pas de loup. Il lui prépare une tartine, lui verse encore du café et la regarde feuilleter les pages économie du journal. Il appelle ensuite un taxi, lui tend son sac à main et lui dit au revoir sur le palier. Il la serre fort dans ses bras, effleure ses lèvres des siennes. Un quart d'heure plus tard elle est de retour chez elle.

19

Mercredi 2 juillet

Une fois Natalia partie, David fait les cent pas dans son appartement. Le souvenir de son rire, de leur incroyable nuit d'amour flotte encore autour de lui, comme un écho ou un parfum.

Cela n'était pas prévu au programme, et cela ne doit pas continuer, c'est de la pure folie. Le compte à rebours a déjà commencé.

Par l'intermédiaire de prête-noms et de courtiers, HC détient à présent assez d'actions Investum pour que quelqu'un songe à se poser des questions. Tant d'acheteurs inconnus, tant de mouvements boursiers : les systèmes d'alerte devraient se mettre en marche – vacances ou pas. Quelqu'un tirera la sonnette d'alarme d'ici une semaine, dix jours tout au plus, c'est certain, mais c'est sans importance. Ils savent bien que tôt ou tard ils attireront l'attention sur eux. Cela dit, à douze jours – moins de deux semaines – de leur conférence de presse, ce qu'il vient de faire est insensé même si ce qu'il ressent est à l'opposé. Il a l'impression d'avoir débarqué au paradis.

David s'arrête dans le salon et ses yeux se posent sur la photographie dans le cadre doré. Elle est en évidence, il n'y avait pas pensé. Natalia l'a-t-elle vue ? S'est-elle doutée de quelque chose ?

Probablement. Il aurait dû le comprendre lorsqu'elle s'est mise à parler d'infidélité.

Il y a tant de choses qu'il ne peut pas lui raconter, qu'elle ne saisirait pas, et cela lui semble injuste, presque écœurant.

Il apprécie cette femme, elle n'est pas une inconnue parmi tant d'autres. C'est une fille bien, incroyablement attirante, avec qui il ne parvient pas à rompre alors qu'il aurait tant de raisons de le faire.

Il frôle du doigt le visage riant sur la photo. Il faut qu'il l'appelle – appeler Carolina –, elle est déjà en colère parce qu'il ne donne pas de nouvelles. Il est temps qu'il reprenne le contrôle sur sa vie. Cette folie avec Natalia doit cesser.

C'est la seule chose à faire.

Bon sang !

20

Samedi 5 juillet

— On n'est pas ensemble, mais on couche ensemble, explique Natalia en montant en selle.

Lovely, sa jument baie, renâcle.

— J'ai du mal à interpréter ce qui se passe, continue-t-elle. C'est comme ça qu'on fait de nos jours ?

Åsa est déjà à cheval, le dos droit, tenant les rênes du licol beige bien tendues.

— Réveille-toi, Natalia, on n'est pas dans les années cinquante. Oui, c'est comme ça qu'on fait. Au XXIe siècle, on avance à tâtons, petit à petit. Ou bien on couche et on passe à autre chose.

Natalia ajuste sa position sur la selle. Elle est dépassée par les événements. Elle embrasse du regard la campagne alentour. Moutons et agneaux broutent dans les pâturages. L'eau scintille au loin, derrière les champs et les prés. À leur droite se dresse le château jaune.

Peter et son épouse servent du sherry sur la terrasse, mais Åsa et Natalia ont gracieusement obtenu le droit de manquer l'apéritif pour faire de l'équitation.

— Et depuis quand on fait ça ? demande Natalia en flattant son cheval.

Åsa ignore la question.

— C'est toujours un bon coup ? demande Åsa derrière l'épaule.

— Si tu savais !

— Et il a de la conversation ?

— Jamais vu ça.

— Ma petite Natalia, tu ne peux pas prendre ton mal en patience et voir comment ça évolue ?

— J'imagine. Ce n'est pas comme si j'avais le choix.

David et elle ne se sont pas vus depuis qu'elle est rentrée mercredi matin. C'est aujourd'hui samedi. Il lui a envoyé un message, un SMS poli mais plutôt impersonnel. Elle y a répondu, à la suite de quoi il l'a informée qu'il partait en voyage quelques jours. Elle n'a pas demandé où il allait, ils ne se sont pas recontactés depuis et le week-end est arrivé. À présent, elle est plus déroutée que jamais. Est-ce fini entre eux ?

— Quand je le vois, j'ai l'impression que c'est la dernière fois. Et puis il me recontacte et on passe des moments merveilleux et… vraiment ça me dépasse !

— Je te trouve bien dramatique tout à coup. Tu n'aurais pas tes règles ou un truc dans le genre ?

Åsa arbore des vêtements d'équitation immaculés, violant ainsi la tradition qui veut que la vieille noblesse ne porte que des tenues anciennes et râpées. Elle achète du flambant neuf, du clinquant et fait fi des remarques désobligeantes.

— Si tu demandes à ma famille, on pourrait croire que j'ai mes règles tout le temps, réplique Natalia d'un air boudeur.

Elle tourne la tête vers la façade jaune. Gyllgarn est si beau qu'elle sent son cœur se serrer. Le château appartient à la famille depuis trois siècles, les chambres ont logé des rois et Natalia y a passé quelques-uns des meilleurs moments de sa jeunesse avec les chevaux, les animaux et les enfants du voisinage. Peter en a repris la gestion l'an dernier lorsqu'il a épousé Louise.

Toute la famille est réunie ici aujourd'hui, sauf Alexander, bien entendu. Peter et Louise. Son père et sa mère. Et Åsa, qui est presque un membre de la famille à part entière. La mère d'Åsa et celle de Natalia étaient amies d'enfance et leurs filles sont devenues très proches en dépit de leurs quatre ans d'écart. Lorsque la famille d'Åsa est décédée dans un accident de voiture, décimée par un choc frontal, Åsa, adolescente à l'époque, s'est installée chez les De la Grip. Elle a dormi dans la chambre d'amis, pleuré dans le fauteuil de Natalia et bu en secret dans le placard à alcools. Elle travaille à présent pour le père de Natalia. Elle participe aux dîners organisés quelques soirs par mois, soit ici, au siège familial, soit à Djursholm chez les parents de Natalia.

— Au fait, je peux habiter chez toi à Båstad ? J-O m'a ordonné d'y aller mais je ne peux pas loger chez papa et maman. Alex y sera et il prend toujours la chambre d'amis, et Louise sera sans doute en train de fureter pour sécuriser son héritage.

— Je n'ai jamais rencontré quelqu'un d'aussi antipathique que Louise. Même Peter ne mérite pas une telle mégère. Bizarre qu'elle n'ait pas encore réussi à tomber enceinte.

Åsa s'interrompt subitement et jette à Natalia un coup d'œil navré.

— Désolée, s'empresse-t-elle de dire, quel manque de tact ! Rien que pour ça je te prête ma maisonnette réservée aux invités. Ce sera ton petit nid d'amour. Il y va ?

— David ? Aucune idée.

Car nous ne parlons pas de l'avenir. C'est ainsi qu'on fait de nos jours à l'évidence. Et je crois que c'est fini entre nous. Et je déteste toutes ces « conventions » modernes !

— Je me demande s'il va venir avec son imbécile d'associé.

— Mais bon sang, Åsa, vous ne vous êtes toujours pas vus ?

— Pourquoi on se serait vus ? Tu as entendu quelque chose ? David t'en a parlé ?

— Tu ne peux pas simplement lui passer un coup de fil ?

— Bah ! Il n'a qu'à m'appeler ! crache Åsa en redressant sa bombe et en levant le menton. J'ai enchaîné les rencards cette semaine, je n'ai pas de temps à perdre avec Michel. Ce n'est pas comme s'il avait l'air intéressé non plus.

— C'est peut-être parce que tu t'es comportée comme une vraie peste la dernière fois. Tu as vu comme tu l'as snobé ?

Åsa lui décoche un sourire dédaigneux.

— Tu as beau passer ton temps à t'envoyer en l'air, tu ne comprends toujours rien aux interactions sociales ! C'est Michel qui a commencé, pas moi. Il peut prendre son téléphone s'il a quelque chose à me dire.

— Et le XXIe siècle dans tout ça ?

— Si tu veux mon avis, le XXIe siècle est franchement surfait.

Amen, songe Natalia. *Amen.*

Ils sont six à table. Entrée, plat, fruits en dessert.

— On fait simple, dit Louise d'une mine satisfaite lorsque la domestique – une femme d'un certain âge originaire de la région – dépose sur la table la porcelaine de collection, les cloches en argent et les spécialités gastronomiques locales.

Peter est assis à côté de leur mère et Natalia saisit quelques bribes de leur conversation tandis qu'elle goûte la soupe, exquise. Bien entendu, Louise ne prépare pas à manger elle-même mais sa cuisinière fait un excellent travail. La population locale autour du château de Gyllgarn apporte sa contribution – comme elle le fait depuis des centaines d'années – pour que les seigneurs du domaine puissent vivre confortablement. Comme un reliquat de la société féodale qui existait encore il y a un demi-siècle.

— Il a épousé une vraie cruche, dit sa mère. Maintenant nous allons devoir supporter sa présence à la fête. C'est d'une *impolitesse* de nous forcer à côtoyer ce genre de personnes !

Peter bafouille en signe d'approbation. Son frère est toujours d'accord, un vrai béni-oui-oui. La conversation continue à tourner autour des gens qui viendront à Båstad et de ceux qui sont assez importants pour qu'on daigne les fréquenter. On discute relations, mariages et degrés de noblesse. Peter répond à voix basse, toujours accommodant. Au moment où l'on débarrasse l'entrée, Natalia entend que la conversation est en train de changer de sujet. Il ne s'agit plus de potins ni de fêtes mais de l'avenir. Elle se prépare psychologiquement. Dans quelques instants, elle sera la cible des attaques de sa mère. Quels sont ses projets ? Pourquoi n'a-t-elle pas de relation sérieuse ? Le temps presse, elle ne rajeunit pas. Si ce n'était pas aussi insupportable, Natalia trouverait cela presque comique – toujours les mêmes clichés !

— Je n'ai jamais compris pourquoi Natalia et Jonas ont dû se séparer, dit sa mère de but en blanc.

Elle trempe les lèvres dans son verre de vin avant de le reposer. Ses cheveux sont d'un blond éclatant.

— Ils allaient si bien ensemble, poursuit-elle à la cantonade, c'est ce que disent toutes mes copines. J'étais si triste quand ça s'est terminé !

Natalia se dit parfois qu'elle a dû décevoir sa mère toute sa vie. À l'école, où elle n'est jamais parvenue à côtoyer les bons cercles alors qu'elle aurait pu fréquenter les enfants de la famille royale. À l'internat, où elle ne se comportait pas du tout comme les autres filles, ne cultivait pas son réseau, et ne se rendait aux bals mondains dans les châteaux suédois que contrainte et forcée. Dans sa vie professionnelle, où elle a misé sur un emploi sérieux au lieu de suivre quelques cours futiles à la fac tout en se tenant à l'affût d'un mari issu du beau monde. Sa mère n'a été fière d'elle qu'une seule fois : lorsqu'elle s'est fiancée à Jonas. Sa génitrice a pris la rupture de l'engagement comme un affront personnel et n'a pas adressé la parole à sa fille pendant plusieurs semaines. C'est ce qu'elle fait, sa mère, quand elle est contrariée : elle exclut, elle ignore. Au fil des années, il en a toujours été ainsi, elle a toujours puni sa fille en se murant dans le silence, en la privant de son amour. Impossible de se défendre. Et cela laisse des traces, des petites blessures qui cicatrisent mal.

— Oui, Natalia, tu aurais pu faire un effort, intervient Åsa d'une voix forte et un peu avinée. Et rester avec Jonas pour faire plaisir à ta famille.

— C'est mon avis, rétorque sa mère d'un ton glacial, j'ai le droit, non ?

Åsa lance à son amie un regard de défi. Raconte-leur ! disent ses yeux, raconte-leur pourquoi il t'a quittée. C'est tellement mesquin de sa part !

Natalia secoue la tête en signe d'avertissement.

Åsa vide son verre et le remplit toute seule. Natalia serre les couverts dans ses poings. Plat de résistance, fruits, fromage, ensuite elle pourra rentrer.

— Il paraît que tu as déjeuné avec J-O, dit Peter en se tournant vers leur père.

Natalia tend l'oreille.

— Oui, nous avons parlé de la fusion, répond-il, sans même la regarder.

— Vous vous êtes vus sans moi ?

Elle pose les mains sur ses genoux et elle observe son père avec une attention polie, sans rien laisser paraître de son sentiment d'humiliation. Son père et son chef : les deux la piétinent.

Elle adore et admire son père, là n'est pas la question, mais ce n'est pas la première fois qu'il lui coupe l'herbe sous le pied ; et c'est toujours aussi désagréable. Il y a deux ans, elle avait sollicité un prestigieux emploi de cadre supérieur justement à SvB – Svenska Banken – où son père est président du conseil d'administration. C'était un poste à haute responsabilité pour lequel elle était qualifiée, mais qu'elle n'avait pas obtenu. Par des chemins détournés, elle a appris que son père avait mis son veto et, lorsqu'elle s'est renseignée plus avant, toujours par des chemins détournés, on lui a expliqué qu'elle était trop jeune et qu'on ne voulait pas lui octroyer des privilèges du fait de son nom. Or, le poste avait ensuite été offert à un homme qui n'avait qu'un ou deux ans de plus qu'elle. Un cousin des De la Grip, de surcroît. Après cette déconvenue, elle a décidé de se constituer un réseau en dehors d'Investum et a accepté l'emploi que lui a proposé J-O à Stockholm. Certes, son père appartient à une autre génération, elle le sait bien. Elle peut concevoir qu'il se sente plus à l'aise avec J-O qu'avec elle, que cela n'a rien de personnel. Il n'empêche que c'est blessant. Et professionnellement parlant, sa position s'en trouve affaiblie.

— Alors maintenant je dois t'informer de mes rendez-vous, c'est nouveau ! rétorque son père.

— Bien sûr que non, répond-elle d'une voix aussi posée que possible. Mais c'est mon affaire, j'aurais aimé être au courant. De quoi avez-vous parlé ?

Son père pose ses couverts.

— Du fait que tu paniques toujours pour un rien. Si tu n'es pas capable de gérer des affaires d'une telle ampleur, tu ne devrais pas t'en occuper !

— Je…, commence Natalia, mais elle n'a pas le temps de finir.

— Voilà pourquoi il vaut mieux laisser les hommes décider, c'est ce que j'ai toujours pensé, la coupe sa mère.

Elle se tamponne délicatement le coin des lèvres avec sa serviette en lin.

— Nous, les filles, on arrive à nos fins par d'autres moyens…, poursuit-elle.

Louise lui sourit d'un air entendu.

Åsa soupire avec mépris et croise le regard de Natalia. Elles ont toutes les deux horreur de cette féminité manipulatrice.

— Les femmes sont plus émotives, c'est comme ça ! soutient sa mère avec obstination.

C'est son argument préféré. Outre l'expression « le bon sens » qu'elle emploie à tort et à travers. Elle tourne la tête vers Louise qui opine du chef.

— Je suis certaine que les féministes sont des femmes profondément malheureuses, continue sa mère. Des lesbiennes.

Louise glousse et tend la main vers son verre de vin, faisant scintiller sa grosse alliance. Natalia est sûre que sa belle-sœur la montre délibérément – dans le monde de Louise, être mariée c'est la consécration pour une femme.

— Je ne suis pas paniquée, papa, reprend Natalia en essayant d'avoir l'air calme et professionnelle. Je suis vigilante, c'est tout. Je veux que tout se déroule comme il faut, j'espère que tu le sais et que tu me fais confiance.

Elle sourit.

Mais son père semble d'humeur belliqueuse.

— Il y a une différence entre vigilance et hésitation. Parfois il faut prendre des décisions plutôt que d'attendre que ça se passe, les yeux rivés sur son écran. SvB est forte. Les Danois vont tirer profit de cette fusion. Il n'y a aucune raison de tergiverser. J'ai déjeuné avec J-O pour m'assurer que les hormones féminines ne viennent pas interférer avec une décision aussi importante.

Un sourire se dessine à la commissure de ses lèvres.

— C'est du sérieux, Natalia, pas une sorte de réalité virtuelle sur Internet ou sur YouTube !

Il frappe du plat de la main sur la table. Elle sursaute.

— On parle de vraies affaires. Celles qui construisent ce pays. Je ne supporte plus toutes ces conneries féministes ! Nous les hommes, nous avons somme toute mené la barque à bon port pendant des siècles, n'en déplaise aux bonnes femmes modernes. Toujours à essayer de prouver le contraire ! Je ne supporte plus ces pleurnicheries !

Natalia décide de se concentrer sur son assiette. Elle sait que la question des femmes à la tête des entreprises est particulièrement sensible pour son père et elle veut choisir ses luttes.

Il y a quelques années, Nordbank, le plus grand concurrent de SvB, a nommé Meg Sandberg au poste de directrice exécutive. Gustaf De la Grip a ouvertement critiqué ce choix et exposé toutes ses raisons dans la presse. En privé, il a par ailleurs dénigré et tourné en ridicule son physique de « camionneur », ses vêtements bariolés – bref, des commentaires qui n'avaient rien à voir avec ses compétences de dirigeante. Elle s'est pourtant révélée digne de la confiance du comité exécutif. Cette rousse au franc-parler caractéristique et à la personnalité exubérante a permis à Nordbank de connaître un succès exceptionnel. Natalia est convaincue que c'est l'une des raisons pour lesquelles son père est pressé de voir se réaliser la fusion dont J-O et elle se chargent. Gustaf De la Grip veut que SvB reprenne la première place.

— Je suis aussi concernée par Investum et SvB que n'importe qui d'autre autour de cette table, dit Natalia. Je sais à quel point c'est important pour toi, papa. Et j'ai ça dans le sang et dans les gènes, autant que toi, que Peter et qu'Alex.

Elle se fend d'un sourire magnanime.

Åsa fait un clin d'œil à Natalia et lève son verre comme pour porter un toast silencieux, mais son père ne regarde même pas dans sa direction. Natalia sent qu'elle va avoir du mal à se contrôler s'il continue à l'ignorer de manière aussi flagrante. Elle aurait dû se douter que c'était une mauvaise idée de venir.

— J'ai parlé au PDG danois, dit son père, à l'adresse de Peter. Il m'a assuré personnellement que tout est en ordre. Je ne suis pas inquiet.

— Alors tu m'as court-circuitée deux fois, avec J-O et avec lui !

Comment ose-t-il saper ainsi sa crédibilité ?

Même Peter a la décence d'avoir l'air embarrassé. Si elle n'a pas le soutien de Gustaf, du moins en apparence, personne ne lui fera confiance. Ses doigts se crispent sur le verre de vin.

— Aux dernières nouvelles je n'avais pas besoin de ta permission avant de faire quelque chose, rétorque son père en retroussant les lèvres, comme si toute la conversation était une plaisanterie.

Natalia est coutumière de ses techniques de domination. Elle rencontre souvent des hommes comme lui et a l'habitude de traiter avec eux. Mais lorsqu'il s'agit de sa famille, tout un tas de sentiments viennent s'interposer.

— Effectivement, répond-elle, mais c'est ma transaction, je suis chef de projet et si tu agis dans mon dos, ça me met dans une situation inconfortable.

Au prix d'un immense effort, elle réussit à ébaucher un sourire, certes un peu figé. Elle reprend :

— Qu'est-ce que tu lui as promis ?

— Ça suffit maintenant, l'incident est clos.

— S'il vous plaît, intervient sa mère, vous ne pourriez pas attendre que nous les filles quittions la table pour parler business ? (Elle regarde Natalia.) Tout ça, je trouve que ça va trop loin !

— Tout ça, quoi ? siffle Natalia.

— Les femmes doivent rester des femmes, répond sa mère. On ne peut pas tous être pareils, c'est tout ce que j'ai à dire. Tu ne vois pas que tu plombes l'ambiance à monter sur tes grands chevaux ? Je trouve qu'il y a trop d'égalité !

— Mais sérieusement, maman, comment peut-il y avoir *trop* d'égalité ? *Trop* de justice, maman ? Pour qui ?

— Alors je n'ai plus le droit d'avoir un avis, c'est ça ? maugrée Ebba De la Grip en jetant un regard autour d'elle. C'était si bien avant, quand les hommes géraient les finances, chassaient, avaient le droit d'être des hommes et que nous les filles nous pouvions être des femmes. Je ne comprends pas pourquoi ça ne peut continuer ainsi.

Natalia a toujours eu horreur de cela. Que les hommes restent à table pour discuter de choses sérieuses tandis que les femmes sortent parler traiteur et écoles maternelles. C'est comme vivre au XIXe siècle.

— C'est une tradition si sympathique, continue sa mère.

Louise se penche en avant et tapote la main d'Ebba.

Natalia se tient immobile. Inutile d'en rajouter. Toute sa vie elle a mené ce combat. Elle jette un coup d'œil vers Peter qui évite son regard. Jamais il ne prendra sa défense contre leur père. Louise lui décoche un sourire sarcastique et murmure quelque chose que sa mère approuve d'un hochement de tête. Sa mère et Louise sont d'accord pour dire que les femmes ne sont pas biologiquement conçues pour les affaires. Leur complicité est presque touchante.

Natalia patiente tandis que l'on débarrasse les plats. Åsa s'est murée dans le silence. Ebba et Louise discutent, leurs voix sont basses et féminines. Gustaf explique quelque chose que Peter écoute avec attention. Natalia considère son frère, puis sa belle-sœur. Ils sont assis loin l'un de l'autre, comme s'ils n'avaient rien en commun. Louise s'est épanouie avec le mariage, c'est indéniable, se dit Natalia. On dirait que la jeune femme a attendu toute sa vie de pouvoir vivre une vie de châtelaine, d'organiser des parties de chasse et de pêche, de collectionner des œuvres d'art et de préserver l'héritage culturel. Peter, lui, a l'air fourbu, usé, comme s'il essayait de maintenir un rythme soutenu sans y parvenir. Il travaille en ville avec leur père et rentre tous les soirs jusqu'à Gyllgarn. Louise et lui ont souvent des invités, leur demeure apparaît régulièrement dans les prestigieux magazines art de vivre et Louise est connue pour ses dîners et ses soirées mondaines. Elle profite de sa vie de rêve mais Natalia se demande parfois si Peter ne paie pas le prix fort afin qu'elle puisse briller en société.

— David Hammar est de retour en ville, fait soudain remarquer Peter.

Natalia est tout ouïe. Son frère tire sur son nœud de cravate.

— Je l'ai aperçu l'autre jour, ajoute-t-il avec une grimace.

Son père plisse le front mais reste silencieux.

Le cœur de Natalia fait un désagréable salto dans sa poitrine. Ce n'est pas la première fois – loin de là – que l'on parle de David Hammar dans sa famille, mais auparavant il n'était qu'un nom parmi les dizaines de nouveaux riches arrivistes sur lesquels s'abattent les foudres des De la Grip. Un anonyme. Pas une personne avec qui Natalia a couché. Pas un homme avec qui elle a partagé des moments de profonde intimité. Elle coule un regard vers Åsa qui se contente de hausser les épaules.

— Ce qu'il peut être vulgaire, ajoute Louise. Et prétentieux. Un vrai parvenu !

— Un sale parasite, dit Gustaf. Il n'a jamais su quelle était sa place !

— Mon chéri, il était à Skogbacka en même temps que nous, n'est-ce pas ? s'enquiert Louise, le visage défiguré par la cruauté.

C'est ce que David a dû subir tous les jours à l'internat, se dit Natalia. Le mépris et les railleries.

— Oui. Il était boursier. L'école a fait sa *bonne action*, explique Peter.

— Sa mère travaillait dans un bar, glousse Louise, et elle couchait avec le proviseur. Quelle bassesse !

Peter secoue la tête.

— Il n'a jamais compris les règles.

— Mais il a réussi dans la vie, tranche Natalia en foudroyant sa belle-sœur du regard. Et il n'est pas responsable du comportement de sa mère, si ?

Louise hausse un sourcil mais ne pipe mot.

— Il s'enrichit aux dépens des honnêtes gens, fait Gustaf. Pis, il saccage des entreprises que d'autres ont bâties.

— Il joue selon les mêmes règles que les autres, remarque Natalia. Et il est habile.

— Habile, mon œil ! Il est impitoyable et court-termiste. Pas besoin d'être intelligent pour ça.

— Il y a des gens qui ne méritent pas qu'on parle d'eux, affirme Ebba. Cet odieux personnage a l'air d'être de ceux-là. Arrête donc de saboter ce sympathique dîner que Louise a organisé.

— Mais…, commence Natalia.

— Ça suffit, Natalia ! l'interrompt son père.

Les yeux de Natalia lancent des éclairs. Inutile de s'énerver, elle ne gagne jamais. Elle a tout le monde contre elle. Même Åsa ne prend jamais part à ces discussions. *Qu'ils aillent tous se faire voir.*

— C'est triste quand certaines personnes viennent tout détruire, c'est tout ce que je veux dire, dit Louise d'une voix mielleuse.

Féminine et gazouillante. Comme une femme se doit de l'être, si l'on demande à n'importe quel homme de la haute société. Une cruche insipide qui boude ce qu'elle n'aime pas et se garde bien de prendre position sur des sujets importants. Natalia ne peut s'empêcher de penser à David, avec qui elle a parlé affaires et égalité des chances.

— Tu ne sais pas de quoi tu parles, comme d'habitude, Louise, s'exclame tout à coup Åsa.

Elle secoue la tête, comme si elle en avait assez entendu.

— Comment supportes-tu d'être aussi bornée ?

— Je ne fais que dire tout haut ce que tout le monde pense tout bas, réplique Louise.

Des plaques rouges apparaissent sur son cou. Son regard vagabonde, elle se passe la langue sur les lèvres mais n'abandonne pas la partie.

— Certaines personnes n'ont pas de manières, pas de finesse, et ça se voit tout de suite, un point c'est tout. C'est inné. Il y a une différence entre les gens bien et... les gens comme lui.

Peter garde les yeux rivés sur son assiette, affichant une expression impénétrable. Natalia se demande si, comme elle, il en a par-dessus la tête de ces conversations. Or, elle n'a aucune idée de ce qu'il pense, ils ne sont plus intimes depuis longtemps.

Petite, elle adorait son frère aîné. Il avait six ans de plus qu'elle et, dans son monde d'enfant, avait la stature d'un dieu. Alex, son autre frère, n'est arrivé que douze mois après elle. Peu à peu, les deux cadets ont formé une sorte d'alliance tandis que Peter s'est petit à petit éloigné. Aujourd'hui, elle a l'impression d'avoir affaire à un étranger.

Le visage de Gustaf est inexpressif, comme toujours. Néanmoins, il n'a pas besoin d'ouvrir la bouche, personne n'a besoin d'ouvrir la bouche pour que Natalia comprenne ce que tout le monde pense. Parfois cette communication silencieuse l'exaspère tellement qu'elle voudrait hurler. Sa mère reste immobile, attendant sans doute que l'on revienne à un sujet de conversation superficiel. Louise sourit, Peter se racle la gorge, félicite la cuisinière, puis, typiquement, ils continuent comme si de rien n'était. Natalia abandonne la partie.

Après le dîner, le café et le digestif, Åsa décide de passer la nuit au château mais Natalia veut rentrer. Elle prend congé, embrasse son amie, jette un dernier regard à la façade jaune tant adorée et démarre sa voiture. Il lui faudra un certain temps pour se remettre de ce repas de famille.

David est en ébullition. Il a passé tout son samedi avec Carolina, lui a consacré une précieuse journée. Elle paraissait contente, ce qui a soulagé quelque peu sa conscience. À présent, il se remet au travail et tente de rattraper le temps perdu. Or, un samedi soir il n'y a pas grand-chose à faire, pour être franc. Michel est chez ses parents dans leur villa de banlieue et le bureau est désert.

Il jette un coup d'œil à son téléphone. Pas de message. Du moins, pas de Natalia. Enfin, ce n'est pas comme s'il en attendait. Il a été délibérément froid et il suppose que c'en est fini entre eux. Mais il ne peut se départir de cette impression d'inachevé, d'insatisfaction. Il fait défiler ses contacts, appelle son numéro. Si elle ne répond pas après trois sonneries, il raccrochera, décide-t-il.

— Mince ! Attends deux secondes, je mets le kit mains libres, entend-il. Oui ?

— Natalia ?

Long silence.

— Salut, David.

Il ne parvient pas à déterminer sa réaction : joie ? surprise ? autre chose ?

— Désolée, je croyais que c'était mon chef.

David s'aperçoit que sa montre affiche bientôt onze heures.

— Sérieux ? Il t'appelle souvent le samedi soir à pas d'heure ?

— Tu connais J-O, répond-elle d'un ton acerbe. Qu'est-ce que tu crois ?

— Oui, c'est vrai. Je te réveille ?

— Non, je suis en voiture. J'étais chez mes parents… Enfin, chez mon frère.

David se représente la grande bâtisse, se souvient du tour en hélicoptère.

— Au château ?

— Oui, sauf qu'on ne dit pas château chez nous. On dit notre « domaine ».

Bref silence. Petit rire.

— Excuse-moi, je ne voulais pas paraître snob. J'y vais surtout faire de l'équitation. La famille, c'est en prime si je puis dire.

Les De la Grip donnent l'impression d'être unis, mais quelque chose dans la voix de Natalia lui dit que les relations ne sont pas toujours aussi simples.

— Tu montes à cheval ? s'enquiert-il, quoiqu'il sache fort bien qu'elle est une excellente cavalière.

C'est incroyable : imaginer Natalia en hautes bottes luisantes avec des éperons fait courir son sang.

Elle éclate d'un petit rire, un rire presque chuchoté qui lui rappelle son corps féminin glissant et tressaillant sous le sien. Ah quelle volupté !

— Oui, David, et je préfère les belles montures…, chuchote-t-elle.

— Je ne sais pas si je devrais te le dire, mais ça m'excite de t'imaginer en bottes de cheval. Tu portes ces pantalons moulants aussi ?

— Très moulants, fait-elle lentement.

Il se représente ses longues jambes musclées, ses fesses rondes et pleines.

— Comment tu es habillée, là ? demande-t-il à voix basse.

— Et mince ! marmonne-t-elle.

— Qu'est-ce qu'il y a ?

— Je suis à 140 sur l'autoroute, je ne peux pas faire l'amour par téléphone.

Il se redresse, l'esprit clair tout à coup.

— Tu dépasses la limite de vitesse, tu ne peux pas ralentir ?

— C'est bon, j'ai été surprise, c'est tout.

— Tu as bu ? Tu veux que je vienne te chercher quelque part ?

L'inquiétude est un réflexe, il a parlé sans même réfléchir.

— Je n'ai pas bu et je suis presque arrivée chez moi.

— D'accord. Sois prudente.

— Oh, David, je suis toujours prudente...

Sa voix est une mélodie douce et séduisante. Comme il aime quand elle flirte avec lui !

Assez maintenant ! Raccroche, se dit David.

— Je voulais juste..., commence-t-il, mais il ne trouve rien de bien malin à dire.

Il n'aurait pas dû l'appeler. Il le sait.

— J'ai pensé à toi, chuchote-t-il enfin avec franchise.

Quel idiot il fait.

Silence radio.

— David ?

Sa voix n'est qu'un souffle et David presse le téléphone contre son oreille.

— Oui ?

— Je ne suis pas habituée à ce genre de choses, je ne sais pas si je devrais mais... Je suis bientôt chez moi, j'ai passé une soirée horrible. Tu veux venir ?

Il entend sa respiration légère et croit distinguer le ronronnement de sa voiture.

— Ça me ferait plaisir, ajoute-t-elle. Peu importe ce qu'il y a ou n'y a pas entre nous, je veux que tu le saches : j'ai envie de te revoir.

Alors ça, c'est le coup de grâce. La pire des choses qu'elle puisse dire. Après une brève lutte avec lui-même, il est battu à plate couture.

— Je suis là dans une heure.

21

Peter reste éveillé bien après le départ de Natalia. Bien après que ses parents et Åsa lui ont souhaité bonne nuit et se sont retirés dans leur chambre. Bien après que Louise s'est endormie à ses côtés.

Il ne parvient pas à se débarrasser de cette sensation désagréable. Une sensation de déclin imminent.

Tout a commencé lorsqu'il a aperçu David Hammar vendredi dernier dans la cohue de passants.

Peter fixe le plafond en stuc ancien. Peut-être se fait-il des idées ? Il l'ignore, et cela l'inquiète. Il est souvent incapable de se fier à ses émotions, car en général il ne ressent *rien du tout*.

Ce qui n'est pas vrai, pas tout à fait, se dit-il en se retournant dans le lit. Il fait chaud et lourd. Le château n'est pas climatisé – bien entendu. En réalité, il *ressent* des choses. Mais ces sentiments sont si insupportables qu'il cherche à tout prix à les refouler. Or, c'est là le problème. Comme il ne peut pas choisir lesquels réprimer, eh bien ils passent tous à la trappe.

Ses premiers jours à Skogbacka lui reviennent en mémoire. Il pensait que tout se passerait bien, qu'il trouverait enfin sa place. Quitter l'école primaire et ses drames. Tout recommencer à zéro. Être enfin comme les autres.

Or, à Skogbacka, rien n'a changé. Comme avant, il a eu du mal à se faire des amis. Les élèves plus âgés s'en sont pris à lui ; c'est le jeu, certes – tous les élèves ont subi leur lot d'humiliations –, mais cela n'a pas été facile du tout. « Il faut apprendre à serrer les dents, Peter », l'a tancé son père la seule fois où il a commis l'erreur d'appeler ses parents et de pleurer au téléphone. « Et arrête de chialer comme une gonzesse. »

Après cet épisode, Peter a souffert en silence. Il a fait tout ce qu'on attendait de lui. On s'habitue à tout, aussi étrange que cela puisse paraître.

Puis, son tour est venu.

De nouveaux élèves sont arrivés. Il n'était plus le benjamin. L'un des nouveaux s'appelait David Hammar. Il était grand, déjà à l'époque. Avec ses yeux enragés, son origine sociale différente et une mère que les mauvaises langues traitaient de traînée, il était fichu d'avance. Les rites d'initiation ont commencé et, aujourd'hui, Peter s'étonne encore qu'il soit si facile de passer de victime à bourreau. Pour lui en particulier.

Mais cela faisait partie du jeu, se justifie-t-il comme il l'a fait toute sa vie. Ça n'en faisait pas de lui un monstre. Tout le monde était d'accord avec ça.

Tout le monde sauf David Hammar, bien sûr.

Le nouveau n'avait pas eu l'intelligence d'endurer les humiliations et de la fermer. Tous les codes sociaux que Peter avait suivis à la lettre, David les avait rejetés. Et Peter se souvient à quel point il s'était senti furieux, dupé, presque insulté personnellement. Pour qui se prenait-il, ce David Hammar ? Ce gamin de la classe ouvrière que l'école accueillait par charité, comment osait-il croire qu'il valait mieux que les autres ? Même si tout ne lui revient pas en détail, il sait qu'il avait décidé de démolir ce type. Surtout parce que les filles de l'internat étaient folles de lui.

Louise ne faisait pas exception.

Peter laisse courir son regard sur sa femme endormie. Jusque dans son sommeil, elle est l'épouse parfaite. Calme, silencieuse, jolie.

Louise croit sans doute que Peter n'en a jamais rien su, mais il a entendu sa future femme discuter de David Hammar pendant une soirée. Il a vu ses yeux briller d'excitation lorsqu'elle chantait les louanges de ce grand garçon baraqué.

Peter a aussi été témoin de sa profonde humiliation le jour où ses avances ont été repoussées.

C'est étrange qu'il n'y ait pas pensé plus tôt. Il avait complètement oublié cet épisode mais le souvenir est remonté à la surface quand ils ont parlé de David Hammar au dîner, en entendant Louise l'accabler de mépris.

Peter a toujours pensé qu'il ne la méritait pas. Il est tombé des nues lorsqu'elle l'a choisi. Elle avait eu des aventures avec plusieurs de ses camarades avant qu'ils ne se mettent en couple. « Louise est un excellent parti », avait insisté son entourage. Il l'a donc demandée en mariage sans se poser beaucoup de questions, se disant qu'il avait une chance inouïe que cette fille blonde, belle et de bonne famille s'intéresse à lui. Il n'a jamais su s'y prendre avec les femmes, ne les a jamais comprises. Il sait seulement qu'il faut gagner de l'argent et réussir dans la vie pour échapper à leur mépris.

Il bouge un peu, laisse glisser une main sur son pantalon de pyjama. Ils n'ont pas fait l'amour depuis longtemps mais, à vrai dire, plus aucun désir ne l'habite. Est-ce que c'est lié à l'âge ? Déjà ? Il n'a que trente-cinq ans et n'est pas très heureux dans son couple. Peut-être devrait-il s'en préoccuper davantage… Le problème, c'est qu'il n'est pas sûr d'avoir le droit au bonheur après ce qu'il a fait. Il retire sa main, n'a même pas la force de se masturber. Et si Louise se réveillait ! Cela lui donnerait envie de vomir, sans l'ombre d'un doute.

Il soupire. David Hammar revient interrompre le cours de ses pensées.

À Skogbacka, Peter s'est attaqué à David Hammar de toutes ses forces. L'aversion, la jalousie, la frustration ont trouvé un exutoire. Il ne soupçonnait même pas qu'il abritait tant de sentiments.

Les conséquences ont été épouvantables.

Comme ils ont harcelé David ! Quelle escalade de violence !

Et puis...

Non, il ne peut pas y penser. Impossible. Sa respiration se bloque. Voilà pourquoi il vaut mieux oublier.

Il aurait voulu se lever, allumer une cigarette et fumer, mais il n'a pas le courage d'entendre les critiques de Louise.

Il cligne des yeux, cherche le sommeil. En vain. Peut-être est-ce à cause de cette fusion ? Dès que l'affaire sera conclue, son père prendra sa retraite. Il se retirera et la responsabilité incombera à Peter, l'aîné, l'homme de devoir.

Il deviendra président du conseil d'administration de l'entreprise : le couronnement de sa carrière. La preuve qu'il n'est pas un bon à rien. Les voix qui murmurent qu'il n'a obtenu son poste que grâce à son nom devront se taire. Et tout ira mieux.

Peter tourne la tête et regarde par la fenêtre.

Peut-être que la paix intérieure, c'est trop demander. Mais il voudrait tant se débarrasser de toutes ces pensées qui le hantent. Tous ces souvenirs qu'il ne pourra jamais partager. Tout ce qui fait qu'il a parfois l'impression de devenir fou.

Dehors le jour commence à poindre. Tant de lumière. Peut-être est-ce cela qui l'empêche de dormir ?

Louise marmonne dans son sommeil et il la contemple. Si jamais elle ouvre les yeux, il lui parlera, décide-t-il. Mais elle ne se réveille pas et il sait que, de toute façon, il ne pourra jamais réécrire l'histoire. Dans le meilleur des cas, il pourra oublier. Cela fait vingt ans qu'il essaie.

Il devra essayer plus fort.

Il finira bien par y parvenir.

22

Natalia est comme un poison dans son corps. David ne peut l'exprimer autrement.

Son esprit est embrumé. Réfléchir lui est impossible.

Ou bien il ne veut pas.

Parce que dans un recoin de son cerveau, au moment où il s'installe dans un taxi et donne au chauffeur l'adresse de Natalia, David sait bien que s'il réfléchissait cinq minutes, s'il avait l'esprit clair, il ne poursuivrait pas cette relation. Pas avec tout ce qui est en jeu. Les actions Investum s'échangent avec une rapidité exponentielle. Cinq des plus grandes sociétés de courtage se tiennent prêtes. Elles ont acheté des actions au nom de HC et transféreront leur titre de propriété dès qu'elles recevront le feu vert.

HC se situe dans une zone grise, songe-t-il en regardant par la vitre. Pas tout à fait illégale, mais pour le moins douteuse du point de vue éthique. Une bonne partie du monde de la finance criera au loup. En particulier ceux qui sont plus prompts à juger autrui qu'eux-mêmes. Maintenant que tous les financeurs de David ont transféré les montants promis, Hammar Capital dispose de plus de cent milliards de couronnes suédoises. Une coquette somme. C'est sans conteste le plus grand coup de force jamais réalisé en Suède – voire en Europe.

Il fera la une du *Wall Street Journal* et les rendra célèbres par-delà les sphères financières.

À bien y réfléchir, c'est incompréhensible que rien n'ait fuité. Certes, à part David et Michel, personne ne connaît tous les détails de l'affaire, et aucun système d'alerte rationnel ne peut deviner que l'on s'apprête à assaillir Investum, la colonne vertébrale de la nation. Mais tout de même. Dans le monde de la finance, il existe des règles non écrites et David a prévu de les enfreindre toutes, une par une. Il va réussir. Il le sent dans les cellules de son corps, dans les pores de sa peau. Ils vont mettre Investum à genoux. Le géant va saigner et tomber. Dans la vie économique suédoise, ce coup d'État financier fera date.

C'est pour cela qu'il doit garder la tête froide, se concentrer sur la complexité de ce qu'il entreprend.

Il ne peut pas avoir la tête prise par Natalia. Il ne peut pas laisser son esprit divaguer, penser aux nuits d'amour avec elle, à son rire, et à cet étrange sentiment qu'il ne parvient pas à nommer.

Voilà, c'est donc la dernière fois, se persuade-t-il lorsque le taxi s'immobilise dans la rue calme de Natalia et qu'il paie la course. Il va coucher avec elle une dernière fois, conclure tout cela de la manière la plus élégante possible. Puis il sera libre. L'esprit vif et concentré. C'est de cela qu'il s'agit : achever ce qu'on a commencé.

Il n'y a pas d'autre solution.

Aucune.

Il sonne à l'interphone, la porte s'ouvre et il s'engage dans l'escalier. Impossible de rester immobile dans un ascenseur. Son cœur bat la chamade, le sang afflue dans ses veines et, lorsque Natalia ouvre la porte, il se précipite vers elle. Il prend sa tête entre ses mains, ferme la porte derrière lui d'un coup de pied et il la plaque contre le mur avec un baiser. Elle halète et il la sent s'enflammer contre lui. Il saisit sa jupe de tailleur étroite, la remonte au-dessus de ses cuisses, tire sa culotte sur le côté. Natalia est déjà mouillée lorsqu'il place sa paume sur son intimité.

— David, souffle-t-elle.

Il respire son odeur. Elle s'appuie contre sa grande main. Elle est si facile à lire. Il la caresse jusqu'à ce qu'elle jouisse – vite et fort, presque éperdue. Elle se pend à son cou, la jupe au-dessus des hanches, et il sent palpiter autour de ses doigts le velours brûlant de son vagin. Ils respirent lourdement, bouche contre peau. Il pince sa nuque et se rend compte qu'elle transpire. Il détache les boutons de son chemisier sans un mot, baisse son soutien-gorge et pose la main sur un sein.

— Tu ne veux pas entrer ? dit-elle, la voix chevrotante.

Ils sont encore dans le vestibule, ce qui le fait presque sourire.

— Volontiers.

Elle redescend sa jupe, lui prend la main et le conduit à travers le couloir vers une porte.

Il pénètre dans la chambre. Il hume un parfum frais et l'odeur de Natalia.

Le lit est fait. Des draps blancs. Si érotiques dans leur chasteté.

— On a fait l'amour dans ton canapé, sur ton balcon, mais c'est la première fois que je vois ta chambre.

— Oui, je sais, dit-elle, dégrafant son soutien-gorge et le laissant tomber à terre. Je n'ai jamais vécu ça.

Elle ôte sa jupe, sa culotte et reste debout, nue, bien droite, gracile.

Elle l'aide à enlever son T-shirt, laisse courir ses paumes sur son torse, sur ses bras musclés. Elle garde un visage sérieux et David la laisse faire, il sait qu'elle sera bientôt toute à lui. Elle déboutonne son pantalon, ouvre la braguette et le caresse avec la même intensité réfléchie. Il voit qu'elle respire de plus en plus vite, voit que la chaleur monte en elle, colorant sa peau pâle. Il ferme les yeux lorsque les doigts de Natalia se referment autour de son membre.

— Ça m'a manqué…, dit-elle d'une voix rauque, de te sentir en moi.

Il lève un sourcil.

— Dure journée ?

Elle acquiesce de la tête.

— Tu as pris de quoi se protéger ?

Il sort le paquet qu'il a acheté.

Elle s'étend sur le lit, étire ses longs membres. Les bras au-dessus de la tête, une jambe dépassant du lit, l'autre repliée. Sans aucune pudeur.

Jamais il n'a enfilé un préservatif aussi vite. Il s'allonge sur elle, lui écarte les jambes, prend ses deux mains dans une des siennes et se presse en elle, la remplit, la pénètre. Elle soulève les hanches, il pose une de ses longues jambes sur son épaule, entre et sort jusqu'à ce qu'il soit à deux doigts d'exploser. Elle a l'air ailleurs.

Il glisse une main entre leurs deux corps, exerce une légère pression sur son clitoris.

— Natalia ?

— Mmm.

— Tu es avec moi ?

— Je crois. C'est tellement bon…

Sa voix est éteinte. Il la contemple, il est si près de jouir.

Elle ouvre ses yeux dorés et le fixe à travers un voile d'excitation. Il continue à la pénétrer, tout en la caressant. Ses yeux deviennent vitreux.

— Reste avec moi, Natalia.

Il joue à nouveau avec son clitoris. Elle approche de l'orgasme, il le voit, il le sent, et lorsque le corps de Natalia se contracte autour du sien, lorsqu'elle le serre de ses muscles internes, il atteint lui aussi le paroxysme.

Il ne la lâche pas des yeux, extatique de la voir jouir au moment même où il plonge en elle, s'immerge en elle et explose en elle.

Il s'efforce de reprendre son souffle, se dit qu'il doit se déplacer, qu'il est trop lourd. Puis il roule sur le côté et s'effondre sur l'immense lit.

Ils reposent côte à côte, essoufflés. Les sens de David se remettent à fonctionner, l'un après l'autre. L'odeur dans la chambre. La lumière qui s'introduit par la fenêtre. Le silence du quartier.

— Je suis contente que tu sois venu, dit-elle.

— Je suis content que *tu* sois venue. Deux fois.

Elle éclate d'un petit rire. Il tend le bras et elle pose la tête sur son torse. Comme c'est confortable.

— C'était bien, déclare-t-elle, plaçant une main sur son thorax.

— Plus que bien.

Il l'attire vers lui. Elle est en sueur et ses longs cheveux ondoient autour de leurs têtes.

— Ça m'a fait tellement plaisir que tu m'appelles, dit-elle, et il sent qu'il devrait se défendre contre cette voix chaleureuse, sent qu'il est attiré vers des eaux troubles. Mais au lieu de ça, il s'ouvre.

— Et ça m'a fait plaisir que tu m'invites. Ça s'est mal passé chez tes parents ?

Elle inspire contre son torse.

— Chez mon frère. Il est propriétaire du domaine depuis l'année dernière. Lui et sa femme.

— Louise, c'est bien ça ? Je l'ai rencontrée.

David se souvient vaguement d'une femme blonde et austère. Des filles comme ça, il y en avait à la pelle à Skogbacka.

— Tu y vas pour monter, c'est ça ? Tu as ton propre cheval ?

Elle hoche la tête.

Évidemment.

— Et toi, tu fais de l'équitation ?

Cette question absurde le fait rire.

— Non, et je n'aime pas les chevaux. Je n'aime ni la campagne ni les chevaux. En plus, ce sont de très mauvais investissements. Moi, je ne me consacre qu'à ce qui est rentable.

— Tu mens. Tu aimes lire, tu m'as offert des billets pour Sarah Harvey et tu m'as payé un hot dog. Tu veux te faire passer pour plus dur que tu ne l'es.

Ah, si elle savait !

— J'adore l'équitation, poursuit-elle. C'est un sport exigeant, on ne peut pas avoir la tête ailleurs. On dit qu'il faut tomber au moins une centaine de fois pour devenir un bon cavalier.

— Tu es douée ?

— Oui.

Il l'imagine après une chute, poussiéreuse, endolorie, mais focalisée sur son objectif, fermement décidée à remonter en selle et à continuer.

— C'est le cas dans beaucoup de domaines, réfléchit David à voix haute. Il faut aimer la compétition et avoir horreur de perdre.

— Comme je déteste perdre ! s'exclame-t-elle avec une emphase qui le fait éclater de rire.

Il se reconnaît bien là.

Elle lui caresse les pectoraux et le ventre, suit du doigt ses tablettes de chocolat.

— Alors, si tu ne montes pas à cheval, qu'est-ce que tu fais comme sport ? Ou peut-être que tu es naturellement super-musclé ?

Elle pose une main sur sa cuisse.

— Je cours, murmure-t-il. Et je fais du tennis. Surtout avec les clients.

Elle bouge la main.

— Et toi, tu joues ?

Il aimerait la voir en petite jupe blanche. Sa verge tressaille. Natalia tourne le regard vers son membre viril et adresse à David un sourire qui le remplit de désir. Quand a-t-il eu autant d'énergie pour la dernière fois ?

— Je suis une fille de la noblesse. Je fais du tennis, de l'équitation et du ski. Mais je refuse le golf.

— Moi, je joue au foot, dit-il.

— Au foot ?

Elle lui caresse la cuisse et il se force à se concentrer sur la conversation.

— Oui.

En réalité, il ne parle jamais de cette activité, ni au travail ni avec les médias, c'est quelque chose de trop personnel. Mais là, il s'entend tout raconter à Natalia.

— Michel et moi, on entraîne une équipe de jeunes, en banlieue. Je ne me débrouillais pas trop mal à l'époque.

Il veut qu'elle s'en souvienne : il fait au moins une chose altruiste en ce bas monde.

La main de Natalia s'immobilise.

— Attention, David, susurre-t-elle, bientôt j'aurai du mal à croire à ton image de grand méchant loup.

Il l'attire brusquement vers lui, sous lui, et s'allonge sur elle. Il la regarde droit dans les yeux et, en l'embrassant, il sait que si l'objectif de sa visite était de tirer un trait sur Natalia De la Grip, il s'est fourvoyé.

— Je ne sais pas si je suis prêt à te lâcher tout de suite…

— Ça ne me dérange pas, sourit-elle, et ils s'embrassent à nouveau.

Il goûte sa langue, chaude et vive, mais lorsque les mains de Natalia glissent sur son dos, il se fige puis tente de se libérer.

Elle ne le laisse pas partir. Au contraire, elle écarte les doigts sur son dos et le retient.

— Non, dit-elle.

David lui décoche un regard d'avertissement, mais Natalia secoue la tête. L'obstination enflamme ses yeux.

— J'ai envie de le faire, affirme-t-elle, décidée.

Elle suit du doigt les cicatrices irrégulières et David sent un malaise l'envahir.

— Mets-toi à plat ventre, dit-elle avec un regard pénétrant.

Il la considère longuement. Elle va trop loin, s'approche trop près.

Natalia observe l'expression sérieuse de David et sait qu'il s'apprête à refuser. Ils se fixent un instant, une lutte de deux volontés. Elle voit des sentiments passer sur son visage qu'elle décide de ne pas analyser. Elle ne détourne pas les yeux, elle ne compte pas céder.

— Natalia, fait-il, comme une mise en garde.

— Non, répète-t-elle.

Ne vient-elle pas de lui parler de sa détermination à toute épreuve ? Pas question de fléchir.

C'est alors qu'il capitule. Il secoue la tête.

— Quelle tête de mule, marmonne-t-il, mais il lui obéit et se tourne.

Doux Jésus !

Son dos est dans un état épouvantable.

— Qui t'a fait ça ? demande-t-elle à voix basse.

Les cicatrices sont si nombreuses qu'il est impossible de les compter. Combien de temps faut-il pour fouetter quelqu'un de la sorte ?

— Ils étaient plusieurs...

Elle attend qu'il continue.

— C'était à l'école, soupire-t-il.

Elle comprend qu'il parle de Skogbacka. Cet établissement réputé, lové dans la verdure... avec ses cas bien connus de harcèlement et d'intimidation. Les scandales dénoncés par la presse ne sont que la partie émergée de l'iceberg, songe Natalia. Elle regrette soudain d'avoir insisté, sait qu'elle ne supportera pas d'entendre la vérité. Même si sa raison lui dit que les balafres ne le font plus souffrir, elle veut les caresser comme pour apaiser la douleur qui a dû un jour être atroce.

— J'avais du mal à accepter la hiérarchie, raconte-t-il, la tête posée de côté sur le matelas.

Sa voix est calme. Il semble complètement détaché.

— J'ai refusé de me laisser humilier, tu sais, avec le bizutage, ce genre de conneries. Ça a duré longtemps, mon comportement les provoquait, ajoute-t-il en haussant les épaules. J'avais seize ans et qu'est-ce que j'étais arrogant ! Ça n'a pas arrangé les choses. Un jour, ils m'ont attiré dans la cave. Ils voulaient me punir pour une chose que j'avais faite et qui ne leur avait pas plu. Il y avait une salle insonorisée. Ils m'ont fouetté et laissé là. Longtemps. Les blessures n'ont pas bien cicatrisé.

— Qu'est-ce qui leur est arrivé ?

— À ton avis ?

— Rien ? L'affaire a été étouffée ?

Il acquiesce.

D'abord les camarades de David lui ont fait comprendre qu'il était inférieur à eux, juste parce qu'ils participaient à ces ridicules dîners en smoking et conduisaient des voitures de sport alors qu'il était pauvre. Puis, ils l'ont battu pour avoir osé se défendre.

Jamais de sa vie Natalia n'a eu aussi honte d'appartenir à cette classe sociale. Elle décide de ne plus pousser David, certaine qu'il en a déjà dit plus que d'habitude.

Elle effleure du regard son grand corps. David Hammar est bien plus qu'un dos couvert de stigmates. Ses bras ne sont que muscles, ses larges épaules se déploient sur son lit. Comme elle aimerait qu'il soit là plus souvent ! Beaucoup plus souvent. Elle passe la main sur son dos, le sent respirer, laisse glisser sa paume vers ses reins, sourit lorsqu'elle voit ses fesses dures se tendre sous ses doigts. Elle le masse, l'entend prendre une longue respiration puis elle laisse descendre sa main vers ses hanches et ses cuisses vigoureuses. Il gémit et ce bruit étouffé éveille quelque chose dans le corps de Natalia. Si David avait fréquenté son école, elle aurait été folle de lui – comme toutes les autres filles, d'ailleurs. Natalia en est convaincue. Et à présent, elle peut le posséder.

— Retourne-toi, lui ordonne-t-elle.

Il s'exécute. Son poids fait tanguer le lit et elle sent une vague de désir l'envahir en voyant qu'il lui obéit.

David est à présent sur le dos et elle se laisse tomber à côté de lui.

Elle place une main sur sa cuisse.

— Écarte les jambes, commande-t-elle.

David s'exécute sans la lâcher du regard un seul instant. Il bande. Lorsqu'elle se met à genoux entre ses jambes, une main à côté de sa hanche et l'autre autour de son membre, en le prenant entre ses lèvres, il halète.

C'est presque trop grand pour sa bouche – une pensée qui la fait frissonner. Elle le suce et le lèche sans avoir honte du plaisir que cela lui procure, elle continue jusqu'à ce que David semble lassé de son rôle passif. Il se redresse et plaque Natalia contre le lit. Elle le dévore du regard tandis qu'il enfile une nouvelle capote et qu'il s'introduit en elle. Natalia enroule une jambe autour du dos de David qui l'attire violemment contre lui.

Ils sont consumés de désir.

Ah, cette ferveur ! Ce corps qui la burine. Les sons, les mots. Quand elle atteint l'orgasme, lui derrière elle, en elle, avec elle, avec ses gigantesques mains autour de sa taille et ses baisers dans son cou et, plus tard, avec ses bras qui la serrent si fort dans un mélange de sel, de sueur et d'odeurs, elle sait qu'elle est en train de vivre un moment rare. Quelque chose de nouveau. Elle a presque envie de pleurer de joie. À présent elle se recroqueville contre lui, se laisse attirer dans ses bras et envelopper par son corps. La violente passion est remplacée par de la tendresse. Elle reste immobile et essaie, s'efforce de vivre le moment présent, d'exister, tout simplement.

Mais ses pensées ne la laissent pas en paix.

Sont-ils ensemble ? En couple ? Amants ? Elle l'ignore.

— David ?

— Oui, chuchote-t-il.

Elle voudrait lui demander : qu'est-ce que c'est que cette relation ? Es-tu mon petit ami ? Mon amant ? Mais elle n'ose pas. Ne veut pas entendre un mensonge, n'ose pas exiger la vérité. *Tu es lâche, Natalia, tellement lâche !*

Elle frotte sa joue contre le bras qui l'entoure.

— Je suis vraiment très heureuse que tu sois passé.

Les bras de David resserrent leur emprise.

— Moi aussi. Je peux rester ?

— Oui, reste.

— Je dois aller travailler demain. Ou aujourd'hui, pour être exact.

— C'est dimanche.

— Je sais.

Il remonte le drap pour la couvrir et l'embrasse sur la nuque.

Ils s'endorment, lovés l'un contre l'autre.

Elle s'éveille lorsqu'il sort de la douche. Encore à demi endormie, elle le prend dans ses bras. Des gouttelettes d'eau s'attardent sur sa peau. Ils font de nouveau l'amour puis il prend congé en l'embrassant sur le bout du nez.

— Au revoir, ma déesse du sexe.

— Au revoir.

Elle reste allongée dans son lit.

Elle est en train de tomber. Elle le sent dans tout son corps et toute son âme.

Prudence, Natalia.

Incapable de se rendormir, elle se glisse dans la cuisine. Elle sourit en voyant que la cafetière est sortie

233

et que David l'a remplie pour elle. Elle appuie sur le bouton et attend patiemment que le café coule. Elle fait chauffer du lait, verse du sucre et sort sur le balcon, la tasse à la main.

Elle contemple la rue déserte et le petit parc où un voisin promène son chien. Elle avale une gorgée de café, se remémore la nuit passée et son esprit effleure une pensée qu'elle ne supporte pas d'analyser. Une pensée qui n'aurait jamais dû se faire jour. Une pensée que le récit de David a déclenchée.

Elle boit son café, songe à sa famille. Ses parents. Ses frères.

Peter est son grand frère et elle l'aime. Or, malgré son comportement docile, presque faible, il est loin d'être un agneau. Il peut même faire preuve de cruauté, surtout à l'égard de son frère et de sa sœur, et de ceux sur qui il est en position de supériorité. La veille au soir, il n'a pas caché son mépris pour David. Et, quoiqu'elle ait du mal à l'admettre, elle sait que Peter a le profil type du harceleur. Tyrannisé par leur père, poussé dans ses derniers retranchements, capable de malveillance. Et il a fréquenté Skogbacka en même temps que David.

Les cicatrices sur le dos de David ont-elles quelque chose à voir avec Peter ?

23

Dimanche 6 juillet

Le comte Carl-Erik Tessin examine l'invitation. Il en reçoit un très grand nombre et ne les ouvre pas toujours toutes. Des tas de faire-part et de lettres le conviant à toutes sortes d'événements, des avant-premières et vernissages aux soirées et autres bals. L'été est la pire saison.

La plupart des enveloppes finissent à la poubelle. Mais ces armoiries, il les reconnaît. Elles éveillent tant de souvenirs, tant de sentiments.

Il effleure le papier épais et onéreux, parcourt du regard les caractères noirs, les phrases plus formelles en lettres d'or gaufrées, l'arrogante signature.

Carl-Erik n'a pas l'habitude de répondre par l'affirmative, en particulier pour cette soirée, mais à présent il hésite. Cela fait si longtemps. Les années ont passé. Il a tant de regrets. Il y a tant de choses qu'il aurait pu faire différemment.

Il observe les deux visages souriants dans le cadre ancien posé sur la cheminée. Ils ne savent rien. Ils sont satisfaits de leurs vies. Doit-il laisser le passé derrière lui ? Le peut-il ?

Il prend son temps pour ouvrir le tiroir et choisir un stylo-plume.

Il rédige une réponse courtoise.

C'est peut-être mieux ainsi.

Alexander De la Grip regarde autour de lui dans le petit aéroport. Il a beau être bondé, il ne voit aucun comité d'accueil à l'horizon.

Ni parents, ni cousins. Personne.

Quel soulagement !

Du coin de l'œil, il aperçoit une femme rousse et élancée qui patiente près du carrousel à bagages. Elle était déjà dans l'avion de New York et la revoir ici, dans ce petit aéroport, le fait sourire.

Il l'a remarquée, car elle est d'une beauté presque irréelle, grande, superbe comme une Amazone. Elle a refusé le verre qu'il a voulu lui offrir, et elle s'est permis un commentaire des moins flatteurs sur sa consommation d'alcool. Ne serait-elle pas tombée sous son charme ?

Elle serre son sac à main contre elle, et il voit que ses ongles sont courts et sans vernis. Il se demande ce qu'elle fait là. Ils ont parlé anglais dans l'avion : l'idée qu'elle puisse ne pas être américaine ne lui avait pas effleuré l'esprit. Et à présent il la retrouve dans ce petit aéroport de Scanie.

— Je ne pensais pas que vous étiez suédoise, dit-il en s'approchant d'elle.

— Pardon ? dit-elle en anglais avec un regard interrogateur.

Il continue dans un anglais impeccable.

— Nous nous sommes rencontrés dans l'avion. Je suis Alexander, se présente-t-il en tendant la main.

Elle fixe longuement sa main et il se dit qu'elle ne va pas la serrer.

— Isobel, lâche-t-elle enfin en la serrant très brièvement.

Alexander lui décoche son plus séduisant sourire.

Une Samsonite cabossée apparaît sur le tapis roulant et Alexander voit au regard de la jeune femme que la valise lui appartient. Il la soulève pour la lui donner.

Elle l'empoigne tandis qu'il se penche pour attraper le premier de ses sacs de voyage en cuir de veau cousus à la main.

— Je peux vous déposer quelque part ? lui demande-t-il, toujours en anglais.

Elle fronce le nez et contemple les bagages luxueux qui continuent à se déverser sur le tapis. Elle redresse le dos, semble encore plus grande malgré ses chaussures plates. Elle braque un regard acéré sur lui.

— J'aimerais mieux que vous alliez vous faire voir !

Elle saisit sa valise élimée, tourne les talons et disparaît.

24

Jeudi 10 juillet

Le trajet de Stockholm à Båstad par la route dure cinq heures – du moins si l'on ne s'arrête pas plus que de raison et si l'on fait fi des limitations de vitesse. L'avion est plus rapide, bien sûr, mais dans une voiture Michel et David peuvent parler sans être dérangés, sans risquer d'être entendus. Ce qu'ils perdent en temps, ils le gagnent en discrétion. En outre, David s'est manifestement acheté une voiture.

Michel observe la Bentley, sans doute l'un des modèles sportifs les plus chers de la marque.

— Tu n'es pas un peu jeune pour ta crise de la cinquantaine ? s'enquiert-il.

Il ouvre le coffre, y place ses valises et le referme.

— C'est la seule caisse avec laquelle je pouvais repartir tout de suite, répond David d'un air nonchalant. Et puis, j'avais envie d'une bagnole.

— C'est nouveau !

David n'a jamais voulu de voiture. C'est inutile, disait-il, car il n'est jamais chez lui. De surcroît, à la différence de Michel qui adore les objets de luxe, David n'est pas dans l'ostentation.

Il fait tinter les clés du roadster.

— Oui, ça m'est venu hier. Je suis allé au hall d'exposition Marmorhallarna pendant ma pause déjeuner. Ils m'ont donné les clés sur-le-champ.

Il lui décoche un grand sourire.

— Alors, verdict ?

Son chef et collègue ne commencerait-il pas à ressentir la pression ? se demande Michel. Depuis qu'ils se connaissent, David n'a *jamais* cédé à une impulsion. Son cerveau travaille à cent à l'heure, il est passé maître dans l'art de gérer des informations et, même s'il peut donner l'impression d'être irréfléchi, Michel ne s'y trompe pas. David ne fait rien sans avoir d'abord bien pesé le pour et le contre.

Sauf acheter une voiture à un million et demi de couronnes, apparemment. Bleu clair qui plus est.

— Elle est – euh – très bleue.

— Allez grimpe, on y va. Tu as parlé avec Malin ?

Michel acquiesce. Bien sûr qu'il lui a parlé, juste avant de quitter le bureau. Et il a entendu ses cris jusque dans l'ascenseur.

— Oui et elle nous en veut de la laisser à Stockholm.

C'est le moins qu'on puisse dire. Leur chef de la communication était folle de rage.

— Paraît qu'elle avait déjà acheté sa tenue pour la fête. Je n'ai pas saisi ses dernières phrases, mais j'ai cru comprendre qu'elle réclamait une grosse prime de Noël.

David met le contact et le puissant moteur vrombit. Il manœuvre le véhicule.

— Je sais, elle m'a envoyé un e-mail pour m'expliquer par le menu pourquoi elle doit venir à Båstad. Mais on a besoin d'elle ici. Et elle n'est pas la seule à rester.

Le moral est loin d'être au beau fixe au bureau, mais David a raison, songe Michel, bien content de ne pas avoir à endosser le rôle de tyran à HC.

— Espérons qu'il n'y aura pas de mutinerie au siège pendant qu'on s'éclate à Båstad, dit-il. Mais là-bas, ce sera plein de journalistes. Tu sais comme ils essaient de te mettre le grappin dessus. Malin aurait pu t'aider à faire le tri.

— Elle doit préparer le communiqué de presse et elle le sait très bien. Je peux trier les journalistes tout seul. En revanche, j'ai annulé notre réservation à l'hôtel et j'ai loué une maison à la place.

— Parfait, on sera plus tranquilles.

Aucun risque de tomber sur des reporters curieux ou de jeunes loups de la finance qui tiennent à vous faire savoir ce qu'ils pensent vraiment des gestionnaires de fonds, des parvenus et des étrangers à la peau mate.

David sort de Stockholm, s'engage sur l'autoroute Essingeleden et continue vers le sud. Le temps passe vite, ils ont beaucoup d'informations à échanger, à peaufiner, et David est heureux de la décision un peu intempestive de prendre la voiture au lieu de l'avion. Sans compter qu'il adore son nouveau bolide.

Sa mère n'a jamais eu les moyens d'acheter une voiture et il se surprend à se demander – avec un sentimentalisme qui ne lui ressemble pas – ce qu'Helena Hammar aurait pensé de celle-ci. Elle a toujours été attirée par les choses belles et coûteuses, se dit-il avec un pincement au cœur.

Ils s'arrêtent en route pour se dégourdir les jambes et avaler un rapide déjeuner et, dans l'après-midi, ils approchent de Båstad.

Ils voient enfin apparaître le bon panneau bleu. David quitte l'autoroute et aperçoit la mer. Natalia sera là, songe-t-il. Comme Hammar Capital est l'un des clients les plus importants de la Bank of London, Michel et lui sont évidemment invités à la soirée organisée par J-O.

— Åsa vient ? demande David.

— Aucune idée.

— Tu ne l'as toujours pas appelée ?

— Si, répond Michel avec ironie. Je l'ai appelée une fois avant-hier mais j'ai tout de suite regretté et j'ai raccroché. Puis j'ai rappelé hier, pour m'expliquer.

— Qu'est-ce qu'elle a dit ?

Michel serre les dents en regardant par la fenêtre d'un air obstiné.

— Je ne sais pas. J'ai raccroché après quelques sonneries.

David étouffe un petit rire.

— Tu sais que le numéro s'affiche ?

Michel continue à fixer la route.

— Je sais. Mon cerveau bloque quand il s'agit de cette nana. D'ailleurs, je ne vois pas comment il pourrait se passer quelque chose entre elle et moi. Ma famille ne s'en remettrait pas.

— T'es pas obligé d'en parler à ta famille.

— En plus, elle bosse à Investum. Tu sais, l'entreprise qu'on a prévu de couler.

Oui, à la différence de Natalia qui est juste l'une de ses propriétaires.

Impossible d'y échapper, Natalia sera là et il est presque certain qu'ils se croiseront dès ce soir. Ils ne se sont pas vus depuis dimanche matin et se sont contentés d'échanger quelques SMS sporadiques.

Puis David a manqué d'envoyer à Natalia un message destiné à Carolina, ce qui l'a irrité. Il y a tant de choses en jeu, il ne peut pas tout fiche en l'air.

— Åsa possède un tas d'actions Investum, reprend David, qui sait exactement qui sont les plus grands actionnaires. Entre autres... Cette femme est pleine aux as, tu as une idée de sa fortune ?

— Elle a hérité de tout à la mort de ses parents et elle a bien géré son pécule. Je pense qu'elle est l'une des femmes les plus riches de Suède.

— Quel âge avait-elle ?

— Quand ils sont décédés ? Dix-huit ans. Et la lignée disparaîtra avec elle. Triste histoire. À la fac, c'était une vraie débauchée. Elle fumait, buvait, couchait à droite à gauche. Je crois qu'elle a perdu pied.

— Elle a l'air de faire du bon travail aujourd'hui, j'imagine qu'elle s'est remise. Et il y a quelque chose entre vous, ça se voit.

— Puisqu'on parle de ne pas suivre ses propres conseils, dit Michel, comment ça se passe avec Natalia ?

— Ce n'était rien, répond David, et c'est fini.

Michel se gratte la tête. Une de ses grosses bagues tape-à-l'œil scintille. Or vingt-quatre carats et diamant trois carats. Chaîne dorée autour du cou. Il ne fait pas dans la demi-mesure.

— Donc… d'abord ce n'était rien, tranche-t-il, et maintenant c'est fini.

— Exactement.

Parce que c'est terminé, vraiment terminé. David en est sûr à cent pour cent. Il n'y a plus rien entre eux.

— Tu l'as revue, remarque Michel en secouant la tête.

— Oui, dit David sur la défensive, une fois chez elle, peut-être deux. Et une fois chez moi. Mais c'est tout et il n'y aura rien d'autre.

— Chez toi ? Dans ton appartement ?

Michel le fixe du regard.

— Oui.

— Dans l'appart' où personne, même pas moi, n'a le droit d'aller ?

— Bien sûr que tu peux venir, conteste David en entrant dans le parking pour se garer. Tu peux te baigner dans mon jacuzzi.

— Tu es complètement taré !

— Peut-être, mais au moins je n'ai pas l'habitude d'appeler des filles et de raccrocher sans leur laisser le temps de répondre.

25

— Mais comment tu peux marcher avec ça ? s'exclame Natalia en jetant un coup d'œil aux talons aiguilles interminables d'Åsa. En comparaison, ses sandales paraissent modestes en dépit de leurs talons de dix centimètres.

— Ce ne sont pas des chaussures pour marcher, explique Åsa en remuant le pied. Mais pour attraper des hommes. On ne reste jamais debout bien longtemps avec.

Elle regarde autour d'elle, hoche la tête à l'adresse d'une star de la téléréalité et salue de la main une grande actrice.

— Michel m'a téléphoné deux fois et, chaque fois, il a raccroché avant que je ne prenne l'appel, continue-t-elle. Aujourd'hui, il va souffrir.

Natalia laisse courir son regard sur la robe au motif peau de serpent que porte Åsa. Son corps semble avoir été coulé dans le vêtement. Avec ses cheveux blonds bouclés aux rouleaux qui flottent autour de son visage et ses courbes qui tendent le tissu, elle est de toute évidence prête pour le grand jeu. Son amie a presque pitié de Michel Chamoun. Åsa semble parée pour n'en faire qu'une bouchée.

Natalia attrape une flûte de champagne sur un plateau d'argent et patiente tandis qu'Åsa fait la bise à un ministre et à sa nouvelle petite amie officieuse.

Natalia et Åsa sont déjà à Båstad depuis deux jours. Elles bronzent, se baignent et Natalia rencontre des clients.

La petite ville bouillonne d'activité mais il n'y a en réalité que deux soirées qui comptent, où il faut se montrer. La première est la fête de ses parents demain soir. La seconde, c'est celle-ci, le grand raout de la Bank of London. La liste des invités déborde de noms de gens riches, puissants et célèbres. Natalia sait que certains ont dû voir leur monde s'écrouler parce qu'ils n'ont pas reçu l'une des deux invitations tant convoitées. Après la cérémonie de remise des prix Nobel et les mariages princiers, c'est à *cette* soirée que tout le monde rêve de participer.

J-O leur adresse un signe de la main et Natalia l'imite en réponse. Le jardin est déjà plein à craquer de gens sur leur trente et un et les invités continuent à affluer. On sert du champagne dans de grandes flûtes réfrigérées et des huîtres sur de la glace pilée.

Un groupe de musique joue et des artistes illustres se produisent à tour de rôle pour divertir les convives. Dans la cour intérieure, les plus grands chefs du pays se tiennent prêts derrière des grils allumés et de grandes poêles déjà frémissantes. La préparation des plats est un show en soi et Natalia aperçoit une équipe TV qui filme le spectacle. Mais les cameramen devront bientôt quitter les lieux, n'étant autorisés à assister qu'au début de la soirée.

Politiciens, journalistes et célébrités se mêlent. Åsa flirte d'abord avec un prince monégasque puis avec un grand joueur de hockey tandis que Natalia déguste son champagne. Elle ne connaît pas un dixième des hôtes, et sûrement pas autant qu'Åsa, mais l'atmosphère est euphorique et elle se laisse emporter par l'ambiance festive.

— Salut, Natalia, entend-elle soudain avant de se retrouver dans les bras d'un homme qui la serre très fort contre lui.

— Alex ! Ça fait plaisir de te voir !

Elle se dégage de son étreinte et, le visage radieux, contemple son petit frère – qui n'est en réalité plus si petit que ça. Il est plus grand et plus fort chaque fois qu'elle le voit.

— Alors, sœurette, dit-il en l'examinant de plus près. Tu es magnifique.

Son sourire s'élargit, éclairant son visage d'ange.

— Et Åsa Bjelke, ajoute-t-il, la voix douce comme du miel, lumineuse comme le soleil. Resplendissante, comme d'habitude. Je peux vous apporter du champagne ?

Elles opinent du chef et suivent Alex des yeux tandis qu'il s'éloigne.

— J'oublie toujours à quel point il est beau, remarque Åsa. C'est comme si Dieu s'était réveillé un matin d'excellente humeur et avait décidé de tout donner à un seul homme.

Alexander revient et leur tend à chacune un verre.

— Alors, tu as atteint la majorité sexuelle ? demande Åsa.

Il éclate d'un petit rire. Il n'a qu'un an de moins que sa sœur et, d'après les informations de celle-ci, il collectionne les femmes à un rythme à côté duquel les frasques d'Åsa ne sont qu'une chaste promenade dominicale. Il avait treize ans lorsque Åsa, alors âgée de dix-huit, a emménagé chez les De la Grip. Ils ont toujours eu une relation privilégiée, très ouverte, avec un jeu de séduction évident. Ils se ressemblent beaucoup, songe Natalia. Beaux et intelligents, mais malheureux. Et sexuellement hyperactifs. Alex se penche vers Åsa pour lui chuchoter à l'oreille une phrase qui la fait hurler de rire.

Natalia s'appuie contre le bras d'Alexander. C'est son petit frère. Elle se moque de ce qu'il fait et avec qui.

245

— Maman et papa sont là ? s'enquiert-il en posant son verre.

Il l'a vidé en un temps record. Même Åsa ne boit pas aussi vite.

Natalia secoue la tête.

— Tu ne les as pas encore vus ? demande-t-elle.

— Non, et je n'en suis pas fâché. Moins je les fréquente, mieux je me porte. Alors, quoi de neuf depuis la dernière fois ? Peter a enfin quitté sa sorcière ?

Natalia s'apprête à répondre mais, au lieu de cela, elle saisit le bras d'Alexander.

— Qu'est-ce qu'il y a ?

— Merde, s'exclame Åsa qui a compris plus vite. Jonas est là.

Natalia a les jambes qui flageolent. Le jeune homme est en train de se diriger droit vers eux. Ils ne se sont pas revus depuis leur rupture et tandis qu'il s'approche, le visage sérieux, elle n'a aucune idée de ce qu'il a en tête.

Elle agrippe à nouveau le bras de son frère. Il lui tapote la main.

— Courage, Natalia, tu es une De la Grip. Tu vas t'en sortir. Sauf si tu veux que je lui arrange le portrait. Je n'ai rien contre une petite baston. Au contraire.

— Merci, ça va aller, répond-elle.

S'il y a bien une chose qu'elle ne veut pas, c'est que son petit frère se retrouve dans une bagarre à la grande réception de J-O.

Jonas est arrivé devant eux.

Il commence par tendre la main à Alexander – toujours les hommes d'abord –, qui serre la sienne si fort qu'il esquisse une grimace de douleur. Natalia ne peut s'empêcher de sourire intérieurement. Alexander est l'une des personnes les plus amorales qu'elle connaisse, mais il pourrait tuer pour les quelques êtres qui lui sont chers.

Jonas fait deux bises à Åsa et braque ensuite son regard sur Natalia.

— Bonjour, dit-il à voix basse, les yeux gentils et un sourire aimable sur les lèvres.

Natalia ressent un petit pincement au cœur.

— Bonjour.

— Tu es splendide.

— Merci, répond-elle, déjà un peu apaisée.

Ça va aller. Le premier choc est passé. Jonas est toujours le même. Au fond, il n'est pas méchant. C'est moins difficile qu'elle ne le craignait. Elle inspire et se fend d'un petit sourire poli.

— J'espérais que tu sois là, dit-il.

— Ah bon ?

Elle entend sa propre voix, calme et sensée. Et, étrangement, c'est comme ça qu'elle se sent, presque détachée.

— Oui, tu m'as manqué.

— Toi aussi tu m'as manqué, marmonne-t-elle, mais elle se rend compte que ce n'est pas vrai.

Au cours des deux dernières semaines, elle n'a pas pensé une seule fois à Jonas.

Un photographe de presse approche et demande s'il peut prendre Alexander en photo. Il attire toujours les médias. Le petit groupe patiente tandis que son frère se laisse tirer le portrait. Puis une jeune femme vient vers eux et Alexander se laisse entraîner. Natalia suit son frère du regard. Il est presque trop attirant pour son bien. Les femmes n'ont d'yeux que pour lui et il cultive son image de play-boy d'une manière quasi obsessionnelle. S'il était heureux au moins, songe-t-elle. S'il n'avait pas ce regard fiévreux. S'il ne buvait pas autant.

Elle le voit s'arrêter auprès d'une rousse d'une beauté remarquable qui discute avec J-O. La femme porte une robe rose pâle qui met en valeur ses cheveux resplendissants. Alex lui dit quelque chose qui n'a pas l'air de lui plaire. Natalia entend Jonas adresser la parole à Åsa, mais elle n'a pas le courage de se retourner vers eux.

Soudain quelque chose se passe.

Comme une pulsation, un courant électrique, Natalia *perçoit* la présence de David à travers le brouhaha, la foule de robes et de smokings. Elle a la chair de poule, les bruits autour d'elle se modifient, elle déplace son attention. C'est si fort qu'elle se demande si elle ne se fait pas des idées. Consciente qu'elle a arrêté de respirer, elle reprend son souffle puis pose sa flûte, comme au ralenti. L'un après l'autre, elle active tous les muscles et toute la force que des années d'équitation, de danse et de volonté pure et dure ont façonnés. Elle tourne la tête lentement, sentant des picotements dans le dos. Ses lèvres s'étirent. Puis leurs yeux se rencontrent. Lui et elle.

Un éclair.

Åsa se glisse juste à côté d'elle.

— Tu vois ce que je vois ?

— Oui, laisse échapper Natalia.

— Ils sont là, tous les deux.

— Oui.

— Ils sont canon !

Natalia lève fièrement le menton. Vêtements, chaussures, coiffure, tout est neuf. Elle est fin prête.

— Mais nous, on est mieux !

— Oui, admet Åsa. À nous de jouer. On y va ?

— On y va !

26

David la regarde. Elle est là, au milieu des convives, presque incandescente. Les gens se meuvent autour d'elle, derrière elle, devant elle, mais sa silhouette se découpe telle une étoile brillante sur un ciel noir. Natalia est d'une beauté stupéfiante – comment a-t-il pu un jour penser autrement ? Il n'y a pas si longtemps de cela, il la décrivait comme passe-partout, insignifiante. Est-ce possible ? Elle est tout sauf insignifiante. Elle a fait quelque chose à ses cheveux, ils tombent en vagues éclatantes sur ses épaules et déferlent dans son dos. La courte robe rouge Ferrari qu'elle porte est taillée dans une étoffe qui semble habitée d'une vie propre et qui enveloppe triomphalement son corps. Et ces jambes interminables et si excitantes qui, il y a peu, reposaient sur ses épaules tandis qu'il la menait vers l'orgasme !

Il a d'abord du mal à identifier les mots qui résonnent dans son esprit, occupé qu'il est à la dévorer du regard.

Mais il les entend à nouveau. Ces mots criés plus fort que tous les autres, ce rugissement furieux.

À moi.

Elle est à moi.

Ce qui bien sûr relève d'une bêtise crasse. Elle ne lui appartiendra jamais, il n'a pas ce droit. Qu'importe ce qu'ils ont vécu ensemble. Ce n'était que du sexe.

Rien que du sexe.

Il voudrait s'approcher d'elle, effleurer ses épaules dénudées, passer une main autour de sa taille, l'attirer vers lui, l'embrasser profondément, assouvir ce désir de plénitude. Il veut voir son visage s'embraser, ses yeux s'embuer. Il lui est presque impossible de résister à cet élan qui a quelque chose de primitif. Il fait alors ce qu'il fait toujours concernant Natalia : il se met à négocier avec sa conscience.

Une dernière fois. Quelle importance ? Parce que là, ce sera vraiment la der des ders. Ils ne se reverront plus jusqu'à...

Elle incline la tête. Elle le contemple, le charme, le provoque telle une sirène moderne, et David jette tout par-dessus bord, les bonnes intentions et le bon sens, comme s'il ne s'agissait que de lest le tirant vers le bas ; il se décide.

Elle est à moi.

Il s'apprête à se diriger vers elle lorsqu'il aperçoit un homme élancé se glisser derrière elle, comme s'il était là depuis longtemps et avait un droit sur elle. En un éclair, Natalia lâche le regard de David et se tourne vers l'homme. Il lui chuchote quelque chose à l'oreille, elle hoche la tête en guise de réponse et David voit le couple se déplacer avant d'être entraîné par la foule des convives.

Le moment a filé.

Il déglutit. Il devrait être reconnaissant de cette arrivée impromptue qui lui donne l'occasion de passer son chemin.

Mais il ne le fait pas.

Il reste.

Et se demande qui est ce type.

Michel essaie de ne pas fixer Åsa, mais c'est comme s'il mourait de faim et tentait de ne pas dévorer des yeux un buffet plein de victuailles. À chaque fois que son regard est happé par la jeune femme, elle le dévisage en retour. Elle porte un vêtement qui moule son corps comme une seconde peau. Elle demeure immobile tandis que Natalia De la Grip s'écarte avec un homme qu'il ne reconnaît pas.

Michel se fraie un chemin jusqu'à elle.

— Åsa, dit-il sèchement en arrivant près d'elle.

Son cœur bat si fort qu'il a l'impression qu'elle va s'en apercevoir.

Elle hausse un sourcil et lui décoche un de ses regards aristocratiques.

— Oui ?

Åsa a toujours su le déstabiliser. Un mot, un coup d'œil, et il se met à bafouiller comme un crétin.

Ils ont le même âge. Ils avaient tous les deux vingt ans lorsqu'ils se sont connus. Michel s'en souvient comme si c'était hier. C'était le jour de la rentrée à la fac de droit. Lui, la fierté de sa famille, était arrivé dans la salle bien avant le début du cours et s'était installé au premier rang, impatient et fébrile.

Åsa, elle, est entrée en retard, s'est faufilée en coup de vent devant lui sans le remarquer et a embrassé tout l'amphithéâtre du regard. Michel a passé toute l'heure à la reluquer derrière son épaule et n'a pas écouté un seul mot du cours. Elle était assise plus haut, un stylo dans la bouche, et balançait la jambe d'un air nonchalant. Après la classe, les autres élèves, filles comme garçons, se sont jetés sur elle pour lui parler. Pas une seule fois elle n'a tourné la tête vers lui. Et Michel, qui ne buvait pas, s'est mis à fréquenter les bars étudiants. Il restait des heures à la contempler derrière une bière qu'il ne touchait pas et la regardait partir tous les jours avec un homme différent.

Un soir, ils ont entamé une discussion. Elle était aguicheuse, mais également intelligente et, aussi étrange que ça puisse paraître, ils avaient beaucoup de choses en commun. Ils se sont mis à réviser ensemble, à déjeuner ensemble, rien de plus. Åsa a continué à sortir avec d'autres hommes et il a continué à fantasmer sur elle. Puis un soir... Michel ne parvient pas à se remémorer cet instant sans être pris de panique ; un soir tout a changé et ils n'étaient plus amis. Après l'université, ils se sont perdus de vue, mais au cours de ces dix dernières années, pas un jour n'a passé sans qu'il pense à elle.

Si le coup de foudre existe, il est sûr d'en être la première victime.

— Je t'ai téléphoné.

Tous ces vieux sentiments contradictoires teintent sa voix. Il n'avait pas l'intention d'être aussi froid.

Elle penche la tête de côté, une mèche blonde vient frôler sa joue et il voudrait la caresser, l'enrouler autour de son doigt, la humer. Åsa est encore plus belle aujourd'hui, à trente ans, qu'elle ne l'était à vingt.

— Mais tu n'as rien dit. Tu as appelé et raccroché. Tu n'as pas laissé de message, et je ne lis pas dans les pensées, Michel.

L'entendre prononcer son nom l'embrase, excite ses sens.

— Je sais. Pardonne-moi.

— Qu'est-ce que tu veux ? demande-t-elle d'un ton détaché, comme si elle lui posait une question aussi superficielle que la couleur qu'il préfère.

Ce que je veux.

Michel n'est pas sûr qu'il existe un mot, dans l'une des langues qu'il maîtrise, qui puisse décrire ce qu'il veut.

— J'aimerais qu'on soit amis.

Leur amitié était authentique et lui a beaucoup manqué, il s'en aperçoit à présent.

— Åsa ! appelle une voix derrière eux. Waouh, ça fait un bail !

Il y a des gens partout et Michel entend quelqu'un brailler dans son dos. Il voit le regard d'Åsa se tourner comme par réflexe vers la personne qui l'a interpellée, elle commence à s'éloigner mentalement de lui, et quelque chose se brise.

C'est sa spécialité : elle prend ses distances, coupe les ponts, exclut. Il n'est pas sûr de pouvoir y survivre une nouvelle fois. En une fraction de seconde, il s'est précipité devant elle afin de la séparer physiquement de celui qui réclame son attention.

Elle écarquille les yeux.

— Mais qu'est-ce qui te prend ? Tu n'as pas le droit de...

Michel secoue la tête et fait un pas de plus vers elle, envahit son espace personnel. Il vient de s'octroyer ce droit. Il attrape Åsa par le poignet. Ah, ce parfum de vanille qu'il peut identifier comme celui d'Åsa où qu'il soit !

— Toi et moi, il faut qu'on parle.

Il l'attire contre lui et plonge son regard dans le sien. C'est comme s'il voulait scruter son âme.

— Parler de quoi ?

Il entrevoit un éclair de peur dans ses yeux. Puis elle se reprend et esquisse un rictus moqueur.

— De nous.

Elle fronce les sourcils.

— Il n'y a pas de « nous ».

Mais Michel a un nouveau type de combustible dans le corps. Il n'est plus l'étudiant timide qu'il était, et il a vu quelque chose dans le regard d'Åsa de doux et de vulnérable, qui prouve qu'elle est loin d'être aussi froide qu'elle veut le faire croire, ce qui lui donne de l'espoir.

— Bien sûr que si. Allez, viens !

Il prie pour que sa stratégie soit la bonne – qui ne tente rien n'a rien. S'il se montre suffisamment dominant, elle sera peut-être tellement surprise qu'elle le suivra. Il croise les doigts, car il n'a pas de plan B et plus beaucoup de courage en réserve.

Il lui tend la main.

Åsa le dévisage un long moment, comme si elle cherchait à comprendre sa réaction. Enfin, elle glisse sa main dans la sienne et il la serre fort. Elle n'essaie pas de se libérer lorsqu'il se tourne et se met en marche.

Elle garde le silence tandis qu'ils jouent des coudes au milieu de la foule. Elle ne dit pas un mot lorsqu'il l'attire dans un escalier, à la recherche d'un coin désert.

Il finit par pousser une porte qui ouvre sur une pièce, vide à son grand soulagement. Un canapé, un fauteuil, une table basse et une petite télévision – une sorte de salon.

Il observe Åsa qui reprend son souffle.

— Michel, murmure-t-elle, qu'est-ce qui te prend ?

Il ne sait pas. Il a agi sans réfléchir. Mais ils ne sont jamais revenus sur ce qui s'est passé. Est-ce trop tard ? Peut-être est-ce absurde d'essayer de recommencer là où ils se sont arrêtés il y a dix ans. Mais sans doute a-t-il envie de comprendre.

— J'ai besoin de parler.

— Je déteste parler, répond-elle sèchement.

Il esquisse un sourire.

— Je sais.

Elle le toise de ses yeux turquoise.

— Tu as dix minutes.

Natalia sourit à Jonas – un autre de ces rictus mécaniques et courtois qu'elle lui sert depuis un quart d'heure. Son ex-fiancé discute avec un homme qu'elle n'a jamais vu, d'un sujet qui ne l'intéresse pas. Autour d'eux gravitent des gens qu'elle connaît, certes, mais avec qui elle n'a rien en commun. Des femmes de son âge quasiment interchangeables, propres sur elles, discrètes et vêtues de couleurs pastel. Dans ce monde, ce sont les hommes qui parlent. Les femmes se tiennent à côté et sourient.

Un couple que Natalia et Jonas fréquentaient s'arrête pour les saluer. L'épouse fait la bise et des compliments à Natalia. Le mari leur serre la main et part d'un rire fort et franc. Il se joint à une discussion sur le golf ou la voile tandis que son épouse admire un châle.

Natalia feint d'écouter, mais elle est d'humeur morose. Elle essaie tant bien que mal de conserver son enthousiasme, de rester dans l'ambiance de fête, mais Åsa a disparu avec ce Michel qui semblait avoir quelque chose de très important à lui dire. Et David s'est volatilisé.

Tout à l'heure, lorsque leurs regards se sont croisés, ses poils se sont hérissés, tout son corps s'est mis à frémir et elle a d'abord cru que son émotion était partagée. Elle ne peut plus nier, en tout cas en son for intérieur, qu'elle est tombée sous son charme.

Puis Jonas est revenu et elle a perdu David de vue. Il est à présent introuvable, noyé au milieu de cinq cents fêtards dont au moins le quart est composé de créatures magnifiques. C'est sans doute mieux ainsi. Nul n'a besoin de lui rappeler que s'enticher de David Hammar n'est pas l'idée du siècle. Pour de multiples raisons. Entre autres, parce que ses sentiments n'ont pas l'air réciproques. Au contraire, David s'efforce de se tenir à distance. Et elle est réfléchie, tente-t-elle de se convaincre, elle n'irait jamais importuner un homme qui ne la désire pas.

Néanmoins, à son corps défendant, elle ne pense qu'à retrouver David. Elle veut ce qu'elle pourrait recevoir, prendre ce qu'il peut lui donner. Il l'a rendue insatiable, comme si elle avait pris conscience de ce qu'elle est en droit d'attendre de la vie. Elle hoche la tête par réflexe lorsqu'on lui pose une question, répond de manière évasive... Elle n'a qu'une seule envie : fuir d'ici.

Jonas lui effleure le bras de temps à autre, comme il le faisait auparavant. Ce qui n'est pas normal. Elle s'écarte d'un pas. Elle s'inquiète pour Alexander, il n'avait pas l'air dans son assiette tout à l'heure. Elle cherche J-O du regard, espérant qu'il est content du travail qu'elle fait et satisfait de la soirée. Elle craint en outre de tomber sur son père et, par-dessus le marché, il y a cette incertitude autour de sa liaison avec David. Que se passe-t-il *vraiment* entre eux ?

Soudain, Natalia a une révélation, telle une lumière surpuissante. Elle saisit enfin le schéma global.

Les hommes. Il s'agit toujours des hommes et de sa relation avec eux. Elle a l'impression d'avoir compris quelque chose d'important qu'elle aimerait examiner en paix. Pourquoi ce qu'elle ressent et ce qu'elle pense devrait-il se définir par rapport à un homme ?

Elle vide son verre et en attrape un nouveau, fait tournoyer le liquide, le front plissé. Elle sent qu'elle est sur la bonne voie. Elle avale son champagne, il est si froid que la flûte est couverte de buée. Il fait chaud en cette soirée estivale, avec les centaines de convives et ces grils qui font progressivement monter la température. Elle s'empare d'un autre verre sur un plateau, boit quelques gorgées rapides.

— Tu ne devrais pas prendre un peu d'eau ? chuchote Jonas.

— Pardon ? demande-t-elle d'un ton glacial.

Elle croise son regard. Un regard attentionné, mais un peu inquiet qui déclenche quelque chose en elle. D'un geste lent, sans quitter Jonas des yeux, elle vide sa flûte, la repose et en saisit une troisième.

— Natalia, commence-t-il.

— Écoute-moi bien, dit-elle en pointant son verre dans sa direction et l'éclaboussant de champagne. Tu n'es plus mon fiancé !

Elle porte le liquide à ses lèvres avec ostentation. Les autres membres du petit groupe la dévisagent, interdits.

Elle a élevé la voix. Or, dans ces cercles, une femme ne doit pas dire un mot plus haut que l'autre, ni attirer l'attention. C'est *vulgaire.*

— Jonas Jägerhed, c'est *toi* qui m'as quittée, poursuit-elle d'une voix qui se brise. Par conséquent, tu n'as plus le droit d'émettre un avis sur mon comportement. Terminé. *Finito.*

Jonas a l'air de vouloir ajouter autre chose, mais Natalia lève la main.

— Non, coupe-t-elle en lui tendant sa flûte vide. Maintenant, je vais trouver mon frère. Et mon chef. Et peut-être quelqu'un d'autre.

Elle place une paume devant sa bouche pour éructer aussi discrètement que possible.

— Poussez-vous, dit-elle en se frayant un chemin au milieu des regards stupéfaits, et elle se laisse engloutir par la foule.

Qu'ils parlent ! Elle continue à avancer sans but avant d'apercevoir le dos large de son frère cadet.

— Alex ! s'écrie-t-elle, heureuse de l'avoir trouvé.

Elle joue des coudes et, arrivée à son niveau, lui donne une petite tape sur l'épaule. Il se retourne, tout sourire.

— Natalia, je crois t'avoir entendue t'égosiller tout à l'heure. Superbe ! Ce prétentieux de Jonas n'a que ce qu'il mérite !

— Je pensais que tu l'aimais bien !

Une lueur dure brille dans les yeux d'Alexander. Il est blond comme un Viking, mais a de longs cils bruns et des pommettes que les femmes tueraient pour avoir.

— Ça, c'était avant, dit-il, puis il sourit et retrouve son visage joyeux habituel.

— Ma chère sœur, puis-je te présenter… Je suis navré, votre nom m'échappe.

Alexander pivote et Natalia remarque enfin l'homme avec qui il conversait.

Ah !

— Je le connais, rétorque Natalia. Il s'appelle David Hammar, il est dans le capital-risque.

Elle chancelle, perchée sur ses interminables talons.

— Tu sais, le genre de personnes que notre famille a en horreur.

Alexander sourit.

— Ma grande sœur préférée, se pourrait-il que tu sois ivre ?

Elle souffle ironiquement.

— Pas toi ?

— Moi ? Toujours.

Il se tourne à nouveau vers David.

— Pardonnez-moi, comment vous appelez-vous ?

Natalia voit les yeux de David Hammar pétiller et se dit qu'il n'a décidément pas le droit d'être aussi beau.

— David Hammar. Et si vous êtes d'accord, j'aimerais m'entretenir avec votre sœur.

Alexander est à deux doigts d'intervenir, mais Natalia l'interrompt.

— Qu'est-ce que tu veux dire par « s'il est d'accord » ? demande-t-elle, irritée. Comme si je n'avais pas une volonté propre !

David la contemple un long moment. Ses yeux gris-bleu sont insondables, mais on dirait qu'ils rient. Elle se sent irrésistiblement attirée vers lui, son corps veut se rapprocher, ses doigts ne demandent qu'à glisser le long de son biceps, dans ses cheveux.

Le silence se prolonge.

— J'ai l'impression de déranger, fait Alexander avec un rire sec.

Il claque un baiser sur la joue de Natalia.

— Ma proposition de flanquer une raclée à Jonas tient toujours, poursuit-il. Je suis dans le coin si jamais tu as besoin de moi.

Son regard se pose sur une jeune créature à forte poitrine et aux longues extensions capillaires. Il lui décoche un grand sourire.

— Encore un petit moment au moins. Ciao ! conclut-il avant de s'éloigner à pas lents.

Pendant tout cet échange, David n'a pas quitté Natalia des yeux.

— Comment ça va ? l'interroge-t-il lorsque Alex a disparu.

— Très bien, très bien, répond-elle, jouant la désintéressée. Et toi ?

— Bien. Je n'ai pas arrêté cette semaine.

Il parle à voix basse et elle se penche vers lui jusqu'à sentir l'odeur de son after-shave. Elle voudrait clore les paupières et se laisser submerger par son parfum. Lui arracher ses vêtements et se frotter contre lui. Mince ! Elle est vraiment mal barrée.

— Tu es éblouissante, susurre-t-il.

Il la caresse du regard, effleure son cou, s'attarde sur ses seins. Le souffle de Natalia s'accélère, elle ressent tout avec plus d'acuité : le tissu de sa robe contre sa peau ultrasensible, le parfum qui émane de lui, la chaleur de l'air.

— Merci, répond-elle, et elle se racle la gorge.

Elle aurait aimé avoir un verre à la main.

— Toi aussi tu es magnifique.

Il est tout en noir – pantalon noir ajusté, ceinture en cuir noir brillant, chemise noire – et il est d'une beauté incroyable. Mon Dieu ! Elle voudrait le lécher, le dévorer petit bout par petit bout.

David sourit et Natalia a l'affreuse impression d'avoir prononcé les derniers mots trop fort.

— Depuis quand Michel et toi êtes-vous à Båstad ? demande-t-elle poliment, revenant sur un terrain connu.

Elle sait être affable en cinq langues.

— Nous sommes arrivés aujourd'hui. On est venus en voiture.

— Vous logez où ?

— J'ai loué une villa. Près de la mer. Et toi ?

Natalia pense à son petit nid d'amour.

— Åsa m'a prêté sa maisonnette.

Le niveau sonore monte à chaque instant dans la grande demeure. À l'extérieur, on a commencé à servir à manger et le groupe joue de la musique. Il est presque impossible de discuter sans crier.

— Tu veux faire un tour dehors ? propose-t-il.

Elle hésite. C'est la fête de J-O, c'est lui l'hôte et elle est sa plus proche collaboratrice. Mais les gens s'amusent et boivent. Personne ne remarquera son absence. Pas si elle est bientôt de retour.

— Oui. Laisse-moi une minute.

David regarde Natalia s'éloigner – ses longues jambes, sa petite robe rouge qui balance. Si son but était de couper court à leur histoire, c'est un échec retentissant. Tout, absolument tout chez elle, l'attire.

Elle revient vers lui, souriante, les lèvres rouges.

Et quelque chose en lui se brise.

Ce qu'il a prévu de faire…

Natalia va être anéantie.

C'est la dernière chance pour lui de ne pas la blesser davantage. Il devrait trouver une excuse, dire que ce n'est pas le bon moment, qu'il doit faire passer son travail avant le reste, et la quitter. Il le sait. Ce serait plus sensible et bienveillant. Si elle le considère déjà comme un salaud, le choc ne sera pas aussi brutal.

Il le sait.

C'est alors qu'elle lui lance un regard ardent de désir, se coule devant lui, et la seule chose qui lui traverse l'esprit est qu'elle est la femme la plus belle, la plus séduisante, la plus spirituelle qu'il ait jamais rencontrée.

C'est la dernière soirée qu'ils passent ensemble et il est impitoyable au point de vouloir profiter pleinement de sa présence jusqu'au bout.

Ils marchent vers la mer. Il y a du monde partout – sur la plage, sur les pontons, dans les cafés – et David évite de la toucher pour ne pas s'attirer des regards inutiles. Il ne veut pas qu'elle ait à expliquer leur relation.

La presse les lyncherait si cela se savait.

Il peut au moins la protéger des regards. David contemple la mer.

— L'homme avec qui tu parlais tout à l'heure, c'était Jonas Jägerhed, non ? demande-t-il lorsqu'il se souvient enfin où il a aperçu ce visage.

Elle éclate de rire.

— J'ai parfois l'impression que tu as un dossier sur moi que tu as appris par cœur. Oui, c'était Jonas. On ne s'était pas vus depuis un an.

David aide Natalia à descendre un escalier abrupt.

— Ces chaussures ne sont pas faites pour marcher, indique-t-il.

Les talons sont hauts et fins et une lanière plus fine encore entoure ses chevilles.

— Non, Åsa dit qu'elles servent à attraper les hommes.

Il s'esclaffe.

— C'est efficace ?

Elle lui fait un clin d'œil. Elle n'a plus l'air ivre, simplement joyeuse, un peu mutine.

— On dirait, puisque tu es là.

Elle se tourne vers la mer et David se place derrière elle, la protégeant des regards. Devant eux, il n'y a que l'étendue bleue.

— Ça faisait tout drôle de revoir Jonas, poursuit-elle. Je pensais que ce serait pire. Comme c'est bizarre les sentiments ! Tout passe avec le temps. Parfois ça m'attriste, de me dire que tout le monde est interchangeable.

— C'est réconfortant aussi, objecte-t-il en posant la main sur son bras.

Elle s'appuie légèrement vers lui, effleure sa poitrine de son omoplate. Il caresse sa peau.

Elle frissonne, prend une respiration.

— Oui, j'imagine.

— Pourquoi avez-vous rompu ? s'enquiert-il.

C'est une question si personnelle. Il n'aurait pas dû la lui poser. Mais il a du mal à comprendre. Comment peut-on être avec Natalia De la Grip et ne pas remuer ciel et terre pour la garder ?

Si tout avait été différent. Si elle avait été à lui...

Natalia demeure silencieuse pendant un long moment, les yeux fixés sur l'eau. On n'entend que le bruit des vagues contre le ponton, et le clapotis de la mer.

— J'ai eu mes règles hier, annonce-t-elle, et David se dit qu'elle change de sujet. Elles n'ont jamais été régulières. Ce matin, elles étaient déjà finies.

Elle lui sourit. Il faut qu'ils couchent ensemble ce soir, se dit-il. Il ne peut pas la laisser s'en aller avant d'avoir partagé cette expérience inouïe une dernière fois.

— Je n'ai jamais pensé que je pouvais avoir un problème. J'ai toujours voulu une famille et Jonas aime beaucoup les enfants.

Elle croise les bras contre son corps, comme pour se réchauffer, et regarde à nouveau la mer. Sa voix est basse et stable, comme si elle restait à distance d'elle-même.

— Jonas est l'aîné, il est noble et possède une grande propriété. Seul un enfant biologique peut hériter d'un titre de noblesse. Dans certains cercles, c'est très important.

Elle se retourne et fixe David. Le soleil n'est pas encore couché, mais il a commencé à rougeoyer et, lorsque les rayons se reflètent dans ses yeux, ils se mettent à briller comme de l'or pur.

— Ça peut paraître un problème de riches, mais pendant plusieurs années mes règles étaient mon pire ennemi. Ah, comme je détestais les avoir !

Elle secoue la tête et observe encore une fois la mer avant de lever les yeux vers le ciel. Au loin.

David attend. Lorsque sa voix retentit à nouveau, elle est si vide, si mélancolique, qu'il frissonne.

— Jonas m'a quittée le jour où nous avons eu la confirmation que je ne pouvais pas avoir d'enfants.

27

Åsa reluque Michel qui se gratte le front, debout au milieu de la pièce. Que ce crâne rasé peut être séduisant ! Elle n'a jamais été attirée par le look gangster auparavant. La plupart des délinquants sont des narcissiques finis et elle considère que, dans un couple, une seule personne égocentrique suffit amplement. Ses costumes brillants, ses chemises criardes et ses grosses bagues étincelantes sont de mauvais goût. Mais on ne peut pas dire qu'il la laisse de marbre. Elle croise les jambes. Michel n'est pas un gars de la finance désinvolte, pas un criminel agressif. C'est l'homme le plus gentil et le plus dévoué qu'elle ait jamais connu. Le fait qu'il ait repoussé ses avances ne fait pas de lui quelqu'un de méchant, elle le comprend à présent, dix ans trop tard. Il n'empêche que ça lui a fait mal, très mal.

— Tu as dû remarquer, dit-il.

Cette phrase l'arrache à ses pensées. Elle était tellement absorbée dans ses souvenirs qu'elle n'a même pas entendu ce qu'il racontait. Il fronce les sourcils. Elle était sérieuse lorsqu'elle s'est laissé traîner ici en disant qu'elle ne voulait pas parler. Rien de bon n'en ressort jamais, quoi qu'en pensent son insupportable psy et Natalia.

Parler, il n'en est pas question. Ça fait trop *mal*. Les gens disent des choses blessantes et c'est toujours douloureux.

Elle effleure du regard ses cuisses, ses hanches, son ventre, s'attarde sur son entrejambe.

Elle, ce qu'elle veut, c'est s'envoyer en l'air.

Natalia dit qu'Åsa utilise le sexe pour mettre ses sentiments en sourdine, mais elle n'est pas d'accord. Pour anesthésier ses sentiments, elle boit. Le sexe, elle aime ça, c'est tout. Et Michel a envie d'elle, ça se voit comme le nez au milieu de la figure.

— Hé, tu as entendu ce que je viens de dire ? demande-t-il exaspéré.

— Désolée.

Åsa examine ostensiblement sa montre : trois minutes se sont écoulées.

Elle se lève du fauteuil où elle s'était assise. Michel réfrène un bond en arrière. Elle laisse glisser un doigt le long de son décolleté, le regarde droit dans les yeux. Dans deux secondes, il sera à elle.

Michel secoue la tête.

— Tu ne m'écoutes pas. Je voulais m'excuser de mon comportement l'autre soir au bar. J'ai été surpris et j'ai dit des choses que je regrette. Pardon.

— C'est rien, répond-elle, impatientée, en soulignant sa remarque d'un signe de la main.

Elle fait un pas vers lui, juchée sur ses hauts talons, et esquisse un petit sourire.

— C'est derrière moi, poursuit-elle – ce qui n'est pas tout à fait vrai, car il l'a blessée, en tout cas par le passé, et c'est resté comme une épine fichée dans son cœur.

Aujourd'hui, l'eau a coulé sous les ponts, c'est de l'histoire ancienne et rien ne sert d'y revenir, se tance-t-elle intérieurement.

Elle incline la tête et sa voix devient un ronronnement enroué :

— Tu n'as plus que quelques minutes...

Elle sourit, bat langoureusement des paupières et s'approche de lui.

Il secoue la tête à nouveau.

— Pas comme ça, Åsa, dit-il d'un air réfléchi. Il faut qu'on parle. Je suis sérieux. Je veux *juste* discuter.

Et là... Panique.

Åsa se pétrifie. Baisse les bras. Si Michel ne veut pas coucher avec elle, s'il ne veut rien d'autre qu'essayer de *tirer les choses au clair* – il n'y a rien qu'elle déteste plus que cette expression –, alors inutile qu'ils se voient. Dans ses fantasmes, elle imaginait qu'ils allaient s'embrasser un peu, qu'il allait la supplier, qu'elle allait le narguer et le charmer et par là reprendre le pouvoir dont il l'a privée un funeste soir. Ensuite, ils passeraient une nuit d'amour explosive et Michel comprendrait ce qu'il a raté. Cela se finirait ainsi. Elle aurait gagné. Mais ça ! Non. L'angoisse lui donne des sueurs froides et ouvre des vannes qui devraient rester fermées.

Lorsqu'elle l'a rencontré, elle était encore en état de choc – un état qui peut durer des années apparemment.

Toute sa famille avait été décimée, ce n'est pas étonnant. Un accident, un appel de la police et tout son monde s'est écroulé.

Elle s'est installée chez les De la Grip. Il a fallu signer des papiers, écouter des avocats, prendre des décisions. Les rares fois où elle repense à cette période, elle a l'impression que c'est une autre personne qui habitait son corps.

À l'université, Michel était son point d'ancrage au milieu du chaos, et elle n'était qu'une étudiante parmi d'autres, ce qui était réconfortant. Il était toujours là, si proche. Ombrageux, il fuyait les projecteurs, mais elle pouvait toujours compter sur lui. Ils sont devenus amis. Elle le taquinait, draguait d'autres garçons pour le tester. Il ne réagissait pas. Il se contentait de la regarder avec ses yeux noirs impénétrables. Parfois elle y décelait du désir, parfois de la compassion, toujours de l'amitié. Évidemment, elle a fini par tomber amoureuse. Elle a dû s'enivrer pour oser faire le premier pas – quelle attitude puérile et honteuse ! Et il l'a repoussée. Comme ça. Il n'a pas voulu prendre ce qu'elle lui proposait.

Elle est rentrée avec un autre homme ce soir-là.

Mais cela fait une éternité, se rappelle-t-elle, se forçant à inspirer. Elle est adulte. Elle peut s'interdire d'y penser.

— Michel, on n'est pas obligés de parler de ça maintenant. On ne pourrait pas...

Sa voix manque de conviction. Elle a tout misé sur une seule carte, le sexe, et elle a perdu. Encore une fois. Ça devient une désagréable habitude. Elle s'enfonce à nouveau dans le fauteuil.

Michel s'accroupit devant elle, pose les mains sur ses cuisses et Åsa manque de se lever d'un bond tant elle est à fleur de peau. Toutes ces années, il ne l'a jamais touchée, pas vraiment, pas comme un homme. Ses mains bronzées sont grandes et larges, comme le reste de son corps. Ses bras et ses jambes tendent le tissu brillant de son costume.

Leurs yeux se croisent. Les siens sont noirs et gentils. Ou est-ce de la pitié qu'elle y voit ?

Elle ne peut plus réfléchir, ne peut plus respirer. Elle se redresse. Elle est Åsa Bjelke. Elle peut rejoindre les festivités et, en un temps record, elle sera entourée d'une douzaine de prétendants. Elle n'a pas besoin de lui.

Elle repousse ses mains, se lève, lisse sa robe.

— Tes dix minutes sont passées, lance-t-elle d'une voix glaciale. Tu n'as sans doute rien d'autre à ajouter. Tu n'es pas intéressé, j'ai compris.

Elle se recoiffe, puise des forces là où elle en puise toujours : dans la colère, l'indifférence.

— Merci pour cette petite conversation. Je suis sûre qu'on est d'accord pour dire qu'il n'y a aucune nécessité d'y revenir.

— Åsa...

Elle secoue la tête. Elle en a assez entendu.

— Adieu, Michel.

28

La maisonnette d'Åsa est située en contrebas de la demeure principale, à l'abri des regards, et juste à côté de la mer.

Natalia et David entrent et s'arrêtent pour admirer le paysage à travers la baie vitrée.

— Quelle vue ! s'exclame David.

— N'est-ce pas ?

Le bungalow donne directement sur la mer. Pas de plage, personne, rien que l'étendue d'eau qui rencontre le ciel à l'horizon. Il fait encore clair en cette nuit de juillet, mais le soleil s'est couché et une immense pleine lune se reflète dans l'eau calme.

L'intérieur se compose d'une chambre, d'une kitchenette et d'une salle de bain. Tout est blanc : sol, tissus et murs. La mer tient le rôle principal. La mer et le lit, à la couverture et aux oreillers immaculés.

David contemple les draps, puis Natalia. Elle frémit. Le regard de David est plein de désir et elle se jette dans ses bras avec violence et exigence. Elle se sent courageuse, audacieuse. Elle l'embrasse jusqu'à ce qu'ils halètent tous les deux. Il pose les mains sur sa nuque, puis sur ses joues, et la regarde, l'étudie minutieusement.

Il est ainsi. Il fait attention à elle, apprend vite. Jamais elle ne s'est sentie aussi importante. Comme si ce qu'elle voulait, ce qu'elle aimait, était crucial pour lui. C'est comme s'il l'examinait, avançait à tâtons, rejetait ce qu'elle n'aime pas, lui donnait davantage de ce qu'elle veut. Dieu que c'est érotique ! Et au milieu de cette passion aveuglante, elle se sent en sécurité.

Il lui caresse le cou, descend vers la clavicule, tout en suivant du regard ses propres gestes. Natalia ne voit plus que ses yeux et ses doigts. Il lui ôte sa robe, elle défait sa ceinture et ils se déshabillent mutuellement, presque sans gêne.

Il sourit en découvrant ses dessous extravagants. Elle ne s'en était pas aperçue plus tôt, mais ces sous-vêtements transparents, ces pièces françaises onéreuses, représentent celle qu'elle devient en sa présence : une femme sexy, ardente, qui attend et qui demande sans honte le meilleur que le monde ait à lui offrir. Une femme qui a envie de cet homme et ose l'exiger.

Les dernières fois, ils ont fait l'amour avec une sorte d'urgence ou avec une passion espiègle. Aujourd'hui, c'est si intense que Natalia a du mal à respirer.

Elle s'allonge sur le lit et il s'assied à côté d'elle. Il lui écarte les jambes et la caresse prudemment tout en parsemant son corps de petits baisers.

Il lui mord l'épaule et murmure :

— Laisse-moi te faire du bien. Je veux te donner du plaisir, encore plus qu'avant.

Ces paroles crues la font vibrer tout entière.

— Oui, chuchote-t-elle.

Elle s'abandonne au contact de sa langue, de ses doigts, de son corps, et explose dans un rapide orgasme.

Ensuite, elle reste sur le dos, en sueur, amorphe. David l'embrasse doucement, lui passe la main dans les cheveux. Il va lui chercher de l'eau, la regarde boire. Il reprend le verre, avale quelques gorgées, le pose par terre. Elle veut l'attirer, le sentir en elle, mais il se dégage.

— Attends encore un peu...

Ses lèvres effleurent son cou, ses seins. De si délicats baisers. Elle s'enfonce dans le matelas, ferme les paupières, se laisse cajoler et entraîner dans une nouvelle vague de sensations. Il la fait jouir une seconde fois, ce qui semble incompréhensible, et elle a envie de se rouler en boule, comme si son corps n'en supportait pas davantage. Il glisse la main sur son dos, l'aide à s'étendre à nouveau, la retourne en douceur sur le ventre, lui caresse les reins puis les fesses – que sa peau est sensible ! Son sang bouillonne dans ses veines, le désir afflue, toutes ses pensées disparaissent et il ne reste que son corps avec ses sensations. Ses cuisses, l'intérieur, l'arrière – sa peau fine et délicate est si réceptive. Quelle volupté ! Et, bien que ça semble impossible, bien qu'elle soit à bout, le corps de Natalia réagit encore.

Elle est ailleurs, perdue en elle-même. Il la tourne maintenant sur le dos. Elle se sent relâchée, elle est aussi inerte qu'une poupée de chiffon. Il met ses longues jambes sur les siennes, elle sent des poils drus contre ses cuisses. Il lui glisse un oreiller sous la tête et, lorsqu'elle est bien installée, lui écarte les jambes, effleure son intimité, se penche en avant pour l'embrasser.

— David, je n'en peux plus...

Le toucher est trop intense.

— Chut, fait-il tandis que ses doigts se fraient un chemin en elle, lentement mais sûrement.

Des doigts de magicien.

— Natalia, tu vas jouir encore une fois, reprend-il. Tu sais que tu peux le faire et je le veux. Je veux que tu viennes pour moi.

Un autre doigt pénètre en elle. Il découvre les points les plus sensibles. Ses mouvements lents et méthodiques, ses caresses et la position passive dans laquelle elle se trouve accélèrent sa respiration. Et enfin, lorsqu'elle a commencé à se tortiller de plaisir, il enfile un préservatif et s'introduit en elle.

Natalia n'a plus la force de bouger quand il la remplit. Elle sent que son corps tout entier est prêt à le recevoir tandis qu'elle gît là, enfoncée dans le matelas, entourée de coussins et d'air frais. Il repousse quelques mèches de cheveux tombées sur son visage. Elle transpire, elle a si chaud, elle flotte dans ce lit moelleux, en cette douce soirée, au milieu des halètements de leurs ébats. Il l'embrasse, sa bouche a un goût exquis, il est brûlant, familier, grand et rassurant. Elle ouvre les yeux, il est proche, si proche que c'en devient trop puissant, et elle est obligée de les refermer, car quelque chose en elle ne supporte pas cette intimité.

— Natalia, chuchote-t-il, puis il lui mordille le lobe de l'oreille. Regarde-moi.

Elle obéit, ouvre à nouveau les yeux.

Il la regarde et, en même temps, bouge en elle avec des mouvements profonds, déterminés. Il la pénètre, la remplit, jusqu'à ce que l'impossible survienne et qu'elle explose une nouvelle fois. Son plaisir est tel que des larmes lui échappent.

Elle entoure le visage de David de ses mains et l'étreint. Elle enroule une jambe autour de sa taille, voudrait rester contre lui pour l'éternité. Il pose sa paume sur le visage de Natalia et elle s'autorise à plonger en lui, de tout son corps, son cœur, de toute son âme.

Il continue son va-et-vient, dans un rythme lent, mais régulier. Encore et encore. Il susurre son nom à voix basse. Puis, avec la douceur d'une brise d'été, l'indolence d'une mer calme, sans aucun effort, au moment où leurs regards se rencontrent, un autre orgasme monte en elle. Les beaux yeux gris-bleu de David se voilent, deviennent brillants, et elle voit qu'il jouit, intensément, sans la lâcher des yeux. Elle se désagrège, les larmes perlent au bord de ses paupières, elle ressent une proximité qu'elle n'a jamais ressentie auparavant, qu'elle n'imaginait même pas.

— David, souffle-t-elle.

Il ouvre la bouche, mais se ravise, comme si sa voix ne portait pas. Sa peau est si sensible qu'elle en devient douloureuse. Elle est obligée de l'exclure quelques instants, sans quoi elle se briserait.

David couvre ses paupières fermées de baisers. Natalia laisse échapper un sanglot.

Il est toujours là. Quel moment parfait.

— Natalia…

Elle le prend dans ses bras, enfonce son visage dans son cou, effleure des doigts ses cicatrices. Il n'existe pas de mots, songe-t-elle. Pour décrire cette expérience unique, il faudrait en inventer de nouveaux. Elle lèche sa peau du bout de la langue. Elle le mordille, l'entend gémir puis il plaque sa bouche contre la sienne. De tout ce qu'ils font, c'est tout de même ses baisers qu'elle préfère. Leurs lèvres sont toujours scellées ensemble lorsqu'il la soulève et l'attire contre lui – mon Dieu ce qu'il est fort ! Elle est recroquevillée contre son torse avec la mer et la lune au-dehors et ils ne cessent de s'embrasser. Peau contre peau, cœur contre cœur.

Plus tard, quand le ciel s'est un peu obscurci, ils déplacent le lit jusqu'à la fenêtre ouverte, s'allongent et contemplent la mer. Alors qu'elle repose sur le ventre, les mains sous le menton, elle sent qu'il se lève, s'accroupit au-dessus d'elle avec les mains de part et d'autre de son corps. Il la pénètre doucement, la remplit jusqu'à ce qu'elle émette des gémissements étouffés par l'oreiller. Il lui fait l'amour en silence, tandis que la brise marine et l'air salé entrent par les fenêtres béantes.

Elle se réveille plusieurs heures plus tard, toujours dans la même position, mais avec un drap sur le corps et un coussin sous la joue. Elle se souvient qu'il a murmuré son nom et qu'elle a dû s'assoupir. Elle se demande combien de temps elle a dormi. Levant les yeux, elle aperçoit David debout sur la terrasse. Il est éclairé par la pleine lune, baigné par la lumière jaune de juillet. Uniquement vêtu d'un pantalon, pieds nus et torse nu, il est appuyé contre la balustrade et semble perdu dans ses pensées.

— David ! l'appelle-t-elle à voix basse.

Il se retourne et la rejoint, s'assied sur le lit et dégage une mèche de cheveux de son visage.

— Tu n'arrives pas à dormir ?

Elle est fatiguée, le corps lourd, comme si tout s'était relâché en elle.

— Je dois y aller, murmure-t-il.

Natalia comprend. Il ne veut pas qu'on les surprenne ensemble, il le fait pour elle.

C'est elle qui a toujours insisté pour qu'ils soient discrets, mais elle ne veut plus se cacher à présent. Son cœur est prêt à exploser. Ce qu'il y a entre eux, c'est plus qu'une liaison sans lendemain et elle est sûre que c'est ce qu'il ressent aussi. Elle le devine dans ses yeux. Elle l'a senti dans sa chaleur et sa passion lorsqu'ils ont fait l'amour, dans l'intimité qu'ils ont partagée.

Mais ils ont besoin de temps pour en parler, elle se contente donc d'opiner du chef. Il se lève, enfile sa chemise et ses chaussures puis la contemple. Il semble sur le point de dire quelque chose, mais se ravise et secoue la tête.

— Adieu, Natalia, dit-il d'un air grave.

— Au revoir, répond-elle avec un sourire.

Il hoche la tête et elle aperçoit une ombre passer sur son visage. Elle veut lui demander si tout va bien, mais il est déjà parti.

Elle reste assise quelques instants dans le lit avant de se glisser sous les draps. Elle respire son odeur et s'endort avec la certitude qu'elle l'aime, et qu'il ressent la même chose.

29

Vendredi 11 juillet

Åsa s'étire de tout son long dans l'eau. La mer est toujours froide en Suède au mois de juillet, mais Åsa éprouvait le besoin de se rafraîchir. Elle exécute encore quelques brasses en grelotant avant d'abandonner et de se résoudre à faire du surplace.

Un peu plus loin, Natalia fait la planche et flotte au gré des vagues, les yeux fermés pour se protéger du soleil. Elle fredonne, clapote, et il faut un petit moment à Åsa pour mettre le doigt sur ce qui a changé chez son amie.

Soudain, elle comprend : Natalia est heureuse.

Elle, par contre, elle est d'humeur maussade. Même son nouveau bikini, qui met en valeur son corps à la perfection, ne lui remonte pas le moral. À quoi bon être canon si ça ne mène à rien ?

— Je n'arrive toujours pas à croire que tu te sois tapé quelqu'un et pas moi, s'écrie Åsa d'une voix irritée.

Non seulement Michel a refusé de coucher avec elle hier, mais en plus, elle a été à deux doigts de se mettre à genoux pour l'implorer. Quelle humiliation ! Elle frissonne dans l'eau glacée. Personne ne doit le savoir, elle en mourrait de honte.

— Mais tu peux avoir qui tu veux, rétorque Natalia. Pourquoi tu n'es pas allée chercher un autre type ?

Natalia jette à Åsa un regard nonchalant et satisfait, ce qui la rend encore plus morose.

Ce n'est pas qu'elle l'envie, mais son amie est-elle obligée de rayonner ainsi ? De prendre cet air comblé qui ne se lit sur le visage des femmes qu'après une sensationnelle nuit d'amour ? Åsa est verte de jalousie.

— Tu l'as déjà fait, poursuit Natalia, à la fois embarrassée et désireuse de trouver une solution.

Comme si elle n'avait pas compris que cette histoire avec Michel n'a rien à voir avec les coucheries sans lendemain auxquelles Åsa s'est consacrée toute sa vie adulte.

— Ça grouille de mecs ici, tu n'as qu'à claquer des doigts pour avoir qui tu veux, conclut Natalia.

— C'est bien ça le problème, se plaint Åsa. Je ne veux pas de quelqu'un d'autre.

Serait-elle en train de tomber malade ? Ça ne lui ressemble vraiment pas.

— On n'a fait que parler, ajoute-t-elle.

— Parfois ça fait du bien de parler.

Non, Åsa n'est pas d'accord.

— On peut sortir de l'eau maintenant ? s'enquiert-elle. Je me gèle les tétons.

Elles nagent jusqu'à la plage. Après s'être habillées, coiffées et enduites de crème, elles remontent vers la promenade qui longe la mer. Åsa se dissimule derrière ses lunettes de soleil et un chapeau à large bord.

Natalia, qui a enroulé un châle en soie autour de ses cheveux, est l'élégance incarnée. Åsa adresse un signe de tête à quelques connaissances, mais ne s'arrête pas pour discuter. Elle n'en a pas fini avec la thématique Michel.

— Je vais aller prendre un café avec lui, dit-elle en se demandant pourquoi elle a accepté de s'exposer à cette humiliation.

Il lui a envoyé un SMS et, sans qu'elle sache pourquoi, elle a répondu OUI au lieu de NON.

— Avant qu'ils ne rentrent à Stockholm, ajoute-t-elle. Apparemment, on doit encore parler. Je t'ai dit que j'ai horreur de ça ?

Natalia place sa main en visière.

— Ils vont à Stockholm ? Quand ça ?

— Aujourd'hui, je crois. David ne t'a rien dit ?

Natalia hausse les épaules.

— Il n'est pas obligé de m'informer de quoi que ce soit. En plus, on était occupés à autre chose.

Son visage s'éclaire et Åsa gémit : elle déteste cette inversion des rôles.

Un homme grand et fin les salue d'un geste de la main.

— Ah, mon chef, constate Natalia. Je me demande bien ce qu'il a pensé de ma disparition hier soir.

— Je vais en profiter pour m'éclipser, s'excuse Åsa qui n'a pas du tout envie de croiser J-O.

Elle a aperçu un groupe d'hommes qu'elle connaît. Des jeunes loups de la finance parfaitement superficiels. Pile-poil ce qu'il lui faut pour consoler son amour-propre. Elle les montre du doigt.

— Je vais aller les voir, mettre mon petit grain de sel. On se voit au barbecue ?

Natalia acquiesce et Åsa s'empresse de tourner les talons, adresse un signe de tête à J-O, qui répond par un chaleureux sourire, et met le cap sur ses victimes.

Natalia observe les jeunes hommes aux apparences soignées accueillir Åsa à grand renfort de bises et de bombage de torse. De son côté, elle attend que J-O la rejoigne. Ils sont au milieu de la promenade, le soleil est haut dans le ciel et, malgré la baignade rafraîchissante, elle a commencé à transpirer.

— Ah te voilà ! la salue J-O sèchement. Tu as disparu hier.

— Oui, se contente-t-elle de rétorquer.

J-O a beau être son chef, son temps ne lui appartient pas.

— Ai-je des raisons de m'inquiéter ? s'enquiert-il alors qu'ils se mettent à marcher côte à côte. Plusieurs personnes te cherchaient.

— Non. J'ai échangé quelques mots avec les Danois, ils semblent tranquilles.

Elle se demande si elle devrait mentionner le déjeuner d'affaires avec son père organisé derrière son dos, mais elle décide que rien de bon n'en sortira.

— Bien. Accompagne-moi là-bas, dit J-O avec un geste du menton vers les barnums des différents organes de presse.

J-O salue une journaliste et présente Natalia qui lance une formule de politesse.

Elle perçoit les regards encourageants de J-O à son égard. Il est satisfait de son travail. Elle trouve aussi qu'elle ne s'en sort pas si mal. Elle serre la main d'un député, se laisse présenter à un potentiel investisseur. Elle est dans son élément, se dit-elle. C'est ce qu'elle fait le mieux. Parler finance. Tisser un réseau. Construire des relations.

David aperçoit Natalia qui navigue entre les groupes, là-bas, sous l'une des tentes dressées le long de la promenade du bord de mer. Lui vient juste de participer à un débat avec un professeur d'économie et un chef d'entreprise. Il écoute à présent d'une oreille distraite la discussion qui se prolonge tout en osant un autre coup d'œil dans la direction de Natalia. Elle porte des vêtements légers en lin, se tient auprès de J-O, une présence rassurante, et semble comme un poisson dans l'eau. Avec son sac de plage à l'épaule et ses lunettes de soleil dans les cheveux, elle a l'air sûre d'elle et efficace, pleine d'énergie et absolument rayonnante.

Il sent une pression sur sa poitrine et déglutit pour se débarrasser de cette sensation.

— Puis-je vous poser quelques questions ? s'enquiert une journaliste avec qui il a souvent parlé au cours des dernières années.

David s'oblige à détacher les yeux de Natalia, sourit par automatisme et hoche la tête. La journaliste est toujours bien renseignée, professionnelle, et il s'efforce généralement d'être accommodant avec elle. Il jette cependant un dernier coup d'œil vers Natalia, il ne peut s'en empêcher. Ses cheveux semblent humides. Elle s'est peut-être baignée. Elle est sans doute une excellente nageuse. Ce qu'il voudrait la rejoindre, arrêter le temps !

— David ?

Perdu dans ses pensées, il n'a même pas entendu la question ! Il esquisse un sourire diplomate.

— Désolé.

— Pas de problème, répond la journaliste, mais il voit qu'elle se tourne vers Natalia et J-O avec un air interrogateur, comme si elle se demandait ce qui avait bien pu capter l'attention de David.

Elle commence l'interview, pose ses questions et laisse ensuite le photographe lui tirer le portrait. Aussitôt la journaliste partie, David voit J-O et Natalia s'approcher de lui. Son cœur fait un bond. Ridicule, mais vrai. Le visage de Natalia est calme, presque inexpressif, mais il est sûr que son cerveau fonctionne à cent à l'heure. Elle doit être inquiète, se dit-il. Et il veut la rassurer. Jamais il ne voudrait la gêner devant J-O. Il sait ce que son travail signifie pour elle, à quel point son intégrité est importante. Elle ne veut surtout pas être associée à lui. Bizarrement, ça fait un peu mal, alors que c'est lui qui est sur le point de la trahir.

Soudain, David aperçoit quelqu'un derrière Natalia et J-O.

Ah.

Cette situation pourrait se compliquer.

Lorsqu'ils arrivent devant lui, David serre d'abord la main de J-O puis son regard croise celui de Natalia. Il a l'impression que le temps s'arrête.

— Vous connaissez Natalia De la Grip, n'est-ce pas ? demande J-O, et David est certain de percevoir un sous-entendu.

David lui tend la main.

— Oui, convient-il d'une voix posée, nous nous sommes déjà rencontrés.

Natalia hésite une demi-seconde avant de serrer sa main en marmonnant une salutation polie. Elle déglutit et il voit son cou se crisper.

David laisse courir son regard sur la peau douce à l'ouverture de son col. Quelques heures plus tôt, il a embrassé le creux de son cou. Son parfum flotte encore autour de lui, comme le souvenir d'un rêve particulièrement réaliste.

— Et voici Eugen Tolstoj, dit Natalia, qui lui présente un homme imposant aux cheveux gris. Mon oncle.

Elle sourit chaleureusement.

David arbore une expression impassible.

Comme si on avait besoin de ça. Encore des complications.

— Le frère de ma mère, précise-t-elle.

La sœur d'Eugen est donc la mère de Natalia, Ebba De la Grip.

David serre la main du Russe. Ils se sont déjà rencontrés, ce qu'il ne peut pas révéler, bien entendu, surtout pas auprès de ce groupe. Il adresse un sourire courtois à Eugen, un homosexuel excentrique, très, très riche… et qui possède une grande quantité d'actions Investum. Eugen fait un clin d'œil à David qui réprime une grimace. La discrétion n'a pas l'air d'être son fort.

— Comme le monde est petit, constate Natalia, qui ne semble pas avoir remarqué quoi que ce soit d'anormal.

Le monde est encore plus petit qu'elle ne le pense, songe David.

Elle sourit à J-O et à son oncle, tourne la tête vers ce dernier, puis vers David. Elle plisse légèrement le front et pose ensuite la question que David n'avait pas du tout envie d'entendre.

— Vous aussi, vous vous connaissiez déjà ?

Son regard est tranquille, quoique interrogateur. David sait qu'elle est d'une intelligence extrême. Le moindre indice et elle commencera à tout calculer plus vite qu'un ordinateur.

Il regrette de ne pas avoir insisté pour que Michel et lui partent ce matin. Il voulait annuler tous ses engagements et quitter Båstad, mais Michel a été étonnamment inflexible et, à présent, Natalia est en train de questionner l'un des hommes dont les révélations seraient fatales. David ne connaît pas assez bien Eugen et il ignore à quel point il peut lui faire confiance. Mais tout à coup : sauvé par un autre De la Grip.

— Alexander ! s'écrie Natalia.

Elle adresse un large sourire à son frère qui vient de les rejoindre, déclenchant une nouvelle salve de poignées de main et de bises. Les yeux bleus et vifs du jeune homme, très différents de ceux de Natalia, croisent ceux de David. Alexander De la Grip est une version plus jeune, plus vivante, de son oncle russe. Il lui serre très fort la main.

— David, c'est ça ?

David fronce les sourcils. Donc, Alexander De la Grip, le descendant direct d'au moins une grande-duchesse russe, connu pour sa vie dissolue et son désintérêt pour tout ce qui ne concerne pas ses propres plaisirs, le déteste déjà.

Or, il se moque éperdument de ce que pense cet héritier pourri gâté. Il jette un coup d'œil à sa montre et découvre qu'il est bientôt l'heure de quitter Båstad. Il profite du tumulte provoqué par l'arrivée d'Alexander pour s'excuser.

Il remarque que Natalia s'est aperçue de son départ et il la salue d'un geste discret. Elle paraît si heureuse ici, entourée de ses amis et de sa famille. C'est ce souvenir d'elle qu'il veut garder. Compétente, riant au milieu de ses semblables, caressée par le soleil. Ses yeux dorés rencontrent les siens et elle soutient son regard longtemps avant que David ne se force à rompre le charme. Il lui adresse un signe de la tête et fait ce qu'il aurait dû faire depuis si longtemps. Il s'en va.

Elle le suit du regard.

Il le sent dans son dos, sur sa nuque, mais il ne se retourne pas.

Adieu, Natalia.

Alexander remarque que Natalia fixe le dos de David qui s'éloigne d'un pas lent, avec une confiance en soi insupportable, comme s'il possédait la moitié du monde et s'apprêtait à s'approprier l'autre moitié. Impossible d'ignorer l'expression de Natalia – ni les regards que ces deux-là viennent d'échanger – et Alexander se demande ce qui se trame entre sa sœur aînée et cette force de la nature qu'est David Hammar.

Natalia n'a jamais été aussi radieuse avec Jonas. Enfin, ce n'est pas comme s'il s'en préoccupait. Le reste de la famille a été si déçu lorsque le couple s'est séparé, comme si elle ne pouvait prétendre à mieux. Alexander trouvait Jonas trop terne pour sa sœur. Celle-ci a beau être diplomate et discrète, calme et sensée, elle ne se laisse pas marcher sur les pieds. C'est une femme forte, peut-être la personne la plus forte de la fratrie. Elle a besoin de quelqu'un qui lui ressemble et non d'un pleutre comme Jonas.

Cela étant dit, David Hammar, cet homme glacial, n'est pas un meilleur parti. David s'est retiré, mais Natalia – sa sœur au cœur pur, capable de tant de bons sentiments qu'Alexander désespère d'éprouver un jour – regarde encore vers le point où il a disparu avec une expression mélancolique.

— C'est tout de même étrange...

Natalia ébauche un sourire interrogateur.

— Moi qui pensais que David Hammar nous haïssait tous, poursuit-il.

— Qu'est-ce que tu veux dire ?

— J'ai fréquenté Skogbacka quelques années après Peter et David, commence Alexander, mais certaines rumeurs ont la vie dure.

Ces histoires étaient si macabres qu'elles ne pouvaient pas être inventées.

— Quelles rumeurs ?

Le ton de Natalia est si sec qu'Alexander comprend qu'elle n'ignore pas tout.

— Il s'est passé quelque chose de terrible à Skogbacka.

— Du harcèlement ?

— On parle plutôt de « bizutage », corrige Alexander d'un ton acerbe.

Il a détesté toute sa scolarité à l'internat.

— David a des cicatrices sur le dos, dit-elle à voix basse, à cause des coups de fouet.

Alexander évite de se demander comment sa sœur connaît l'état du dos de David Hammar.

— Sois prudente.

— Sérieusement, Alex, sourit-elle, tu es en train de me donner des conseils en relation amoureuse ? toi ?

— Ce n'est pas un gentil.

— Certains diraient la même chose de toi.

Alexander secoue la tête. Il sait qu'elle a raison.

— C'est grave ce qui s'est passé à Skogbacka. L'affaire a été étouffée, mais je sais qu'une fille était impliquée. Certains disent qu'elle est morte.

En effet, il arrive que des élèves meurent dans ces écoles. On appelle ça des « accidents ».

Bien sûr !

— C'était un règlement de comptes, je crois, poursuit Alexander tandis que ses souvenirs deviennent plus précis.

C'est toujours la même chose, songe-t-il. Sexe ou argent. C'est tellement déprimant.

— Mais pourquoi il *nous* détesterait pour ça ?

Alexander la regarde droit dans ses grands yeux inquiets. Alors, elle est vraiment tombée sous son charme et ça n'augure rien de bon. Elle devrait se tenir à distance de ce David Hammar.

— Parce qu'il paraît que c'est Peter qui a fouetté David. Peter l'aurait roué de coups.

Elle pâlit, mais reste silencieuse et se contente de le regarder un long moment. Alexander voudrait dire quelque chose d'intelligent, de réconfortant, mais il n'a jamais été très doué pour jouer au frère attentionné. Quelqu'un appelle Natalia et elle est obligée de se détourner de lui. Au même instant, un photographe demande à Alexander s'il peut prendre la pose. Il se frotte les yeux et force un sourire. Qu'est-ce qu'il se sent usé ! Il regarde le verre qu'il tient à la main. Visiblement, il a commencé à boire. Il ne se souvient même pas comment le cocktail s'est retrouvé là, mais il est déjà vide. Il cherche Natalia du regard.

C'est fâcheux, ce qui se passe entre sa sœur et David. Celui-ci a une réputation sulfureuse et beaucoup de secrets, souvent d'ailleurs en lien avec la famille De la Grip, comme par hasard.

Alexander prend congé et se dirige vers l'un des bars le long de la plage. Après tout, c'est l'heure du déjeuner, excellente raison d'avoir envie d'un remontant, se dit-il sans admettre sa mauvaise foi.

Il fait tourner son verre et se perd dans ses pensées.

Hier, à la soirée de J-O, Alexander s'est retrouvé derrière un lourd rideau. Une draperie en velours, épaisse et suffisamment longue pour les dissimuler, lui et sa conquête en cas de besoin. Alors qu'ils s'ébattaient contre le dossier d'un fauteuil, une visite inattendue les a interrompus.

Alexander a dû plonger derrière le rideau avec la trop jeune deuxième épouse d'un de ces hommes persuadés d'être la colonne vertébrale de la nation. C'est une femme déjà lasse, toujours à la recherche de nouvelles sensations et avec un certain goût pour l'exhibitionnisme, mais également une femme qui ne souhaite pas mettre en péril son mariage, raison pour laquelle, lorsque la porte s'est ouverte, elle a attiré Alexander derrière la tenture.

Les yeux écarquillés, se retenant de rire, elle a continué à le gâter de la main, avec agilité. Alexander n'est pas du genre à refuser ce type d'attentions. Il est donc resté là, derrière ce lourd rideau, à la fenêtre du deuxième étage de la gigantesque demeure de J-O, à se laisser branler par une femme au foyer en quête de reconnaissance, tout en écoutant la longue conversation téléphonique de l'homme qui venait d'entrer.

Même sans voir son visage, Alexander a su qui était cet homme. Il parlait de toute évidence avec une femme. Sa voix était basse, tendre. Pendant toute la conversation – et la gâterie –, Alexander n'a pas quitté des yeux la cour intérieure, en contrebas, pleine d'invités d'humeur festive. Au milieu du patio, une Natalia resplendissante dans sa robe rouge buvait du champagne, discutait avec J-O et riait.

Elle n'était *pas* au téléphone.

Alexander est donc certain que la femme à qui David Hammar a murmuré « je t'aime » d'une voix caressante n'était pas Natalia.

Tout ça ne pouvait finir que d'une seule manière.

Mal.

30

Si la soirée du jeudi chez J-O est la plus festive et la plus extravagante de la semaine de Båstad, le traditionnel barbecue des De la Grip, le vendredi, est la plus conformiste. L'âge moyen des convives est légèrement plus élevé et les membres de la noblesse et de la famille royale sont un peu plus nombreux. Le père de Natalia évolue dans les cercles masculins qui entourent le roi, habitude que sa mère cultive avec soin. Aucun détail n'est laissé au hasard, personne n'est autorisé à faire de faux pas, à s'écarter de l'étiquette, lorsque le couple royal est convié.

La fête se tient dans la villa des parents. Une musique sobre se fait entendre. Des serveurs en uniforme noir et blanc s'affairent avec efficacité. Le vin provient du vignoble des De la Grip, en France. Les nappes en lin et le service en argent sont des trésors de famille et tout ce qui peut être poli brille de mille feux. La collation légère qui sera proposée en fin de soirée attend dans les réfrigérateurs et, sur les tables, les mets délicats parfument la pièce : chaque année le même menu – des quantités astronomiques de viande et de gibier. Du suédois. Du classique.

Natalia jette un regard circulaire sur les invités, qui discutent à voix basse, et sur le jardin qu'elle voit par les portes-fenêtres ouvertes. À l'entrée, des gardes veillent à ce que seules les personnes désirables passent la grille. Natalia aperçoit sa mère en pleine conversation avec Louise, à côté d'un buffet antique. Elles portent des robes presque identiques, des bijoux semblables et exécutent les mêmes gestes féminins. Sa mère aurait voulu une fille comme Louise, songe Natalia. Blonde, passionnée par la décoration intérieure, l'art et les arbres généalogiques. Et, tout comme Ebba De la Grip, Louise communique par sous-entendus et insultes voilées. Avec son arrogance et son chignon blond coiffé en banane, Louise ressemble davantage qu'elle au reste de la famille De la Grip. Natalia se retourne. Oncle Eugen se fraie un chemin jusqu'à elle avec deux verres en cristal à la main.

— Natalia, ma chérie ! s'exclame-t-il avec exubérance en lui tendant un verre de vodka.

Il avale une gorgée de sa boisson et jette un coup d'œil vers sa sœur, avec une petite grimace. Il secoue la tête.

— Ça n'a pas dû être facile pour toi, *milotjka.*

Natalia sirote la vodka. Elle s'est toujours demandé pourquoi Eugen déteste tant sa sœur, sans jamais oser lui poser la question.

— Il y a toujours les mêmes personnes à ces fêtes, dit-elle, préférant détourner la conversation.

Partout ces copies conformes, songe-t-elle tristement. Ces hommes aux costumes identiques. Ces femmes avec leur robe moulante discrète et leur lifting plus discret encore. Jamais elle n'a trouvé l'atmosphère aussi étouffante.

— Ça ne te déprime pas, toi ? demande-t-elle avant de tremper à nouveau les lèvres dans son verre.

Peut-être devrait-elle tout simplement prendre une bouteille de vodka et aller s'installer toute seule dans un coin ?

Eugen la dévisage.

— Y a-t-il quelqu'un en particulier qui te manque ?

Natalia évite son regard et avale une gorgée du liquide glacé.

— Tu connais la femme qui discute avec Alexander ? s'enquiert-elle, éludant la question trop pertinente de son oncle.

Elle n'a semble-t-il pas été aussi discrète avec David qu'elle le pensait.

David.

Prononcer son nom en silence suffit à lui provoquer des tiraillements à la poitrine. Elle est vraiment mal barrée.

Elle esquisse un signe de tête vers son frère, et l'oncle Eugen la suit des yeux. Alexander, une main nonchalamment enfoncée dans la poche, sourit à la même jeune femme rousse que la veille. Or, celle-ci reste de marbre devant son sourire. Natalia n'en revient pas : rares sont celles qui sortent indemnes d'une offensive de charme lancée par son petit frère. En général, les femmes sont toutes à ses pieds.

— Non, fait Eugen avec indifférence. Elle est médecin, je crois. Je serais lui, je n'essaierais même pas avec celle-ci, poursuit-il après avoir observé les deux jeunes gens un instant.

Natalia esquisse un sourire.

— Il n'a pas l'habitude qu'on lui résiste.

— En effet, acquiesce Eugen avant de saluer un homme qui s'est approché d'eux. As-tu déjà rencontré le comte Carl-Erik Tessin ?

L'homme, de l'âge du père de Natalia, est grisonnant, bronzé et distingué dans son costume classique. Il doit aimer les promenades dans la nature, se dit Natalia. Elle sourit par automatisme et lui tend la main. Il la serre et pose sur elle un regard si pénétrant qu'elle se demande s'ils ne se connaissent pas déjà.

— Nous sommes-nous déjà rencontrés ? demande-t-elle d'un ton désolé – le visage du comte ne lui dit rien du tout.

— Non, mais je sais qui vous êtes. La fille de Gustaf. J'ai fréquenté Skogbacka en même temps que lui.

Il esquisse un sourire qui n'atteint pas les yeux. Tessin semble renfermer un profond chagrin.

— C'était il y a une éternité, bien sûr, ajoute-t-il.

Il a une attitude avenante et Natalia tente de se rappeler plus précisément qui il est. Maman et Louise sauraient répondre, évidemment. Elles connaissent l'annuaire de la noblesse sur le bout des doigts. Elles pourraient réciter le nom de son épouse, de son domaine et de ses enfants.

— Carl-Erik et moi-même habitons tout près l'un de l'autre. Nous sommes presque voisins.

Oncle Eugen vit depuis plusieurs années en Scanie, dans le domaine d'Alexander qui ne le visite qu'en de rares occasions. Ebba et Eugen, nés von Essen, ont tous deux grandi en Suède. Or, si Ebba a toujours chéri son ascendance aristocratique suédoise, Eugen a pris le nom de jeune fille de sa mère et se fait appeler Eugen Tolstoj depuis l'enfance. Il a passé de nombreuses années en Russie, mais Natalia n'a jamais osé lui demander ce qu'il y faisait. En effet, derrière son allure d'ours en peluche, son oncle a des côtés tranchants et dangereux. Ces dernières années, Eugen, ouvertement homosexuel, s'est installé de façon permanente en Suède. Natalia est heureuse d'apprendre que son oncle a des amis, car, malgré son rire tonitruant, il a souvent l'air seul.

— Oui, nous buvons du cognac en refaisant le monde, plaisante Carl-Erik.

Il semble sur le point d'ajouter quelque chose, mais est interrompu par l'arrivée du père de Natalia.

L'ambiance change du tout au tout.

Comme à l'accoutumée, à l'instar d'un roi, Gustaf De la Grip domine le groupe par sa simple présence. Il est habitué à l'obéissance et à l'attention, toujours sûr de sa position, convaincu de sa supériorité, mais son comportement crée chaque fois des tensions, rend l'atmosphère pesante.

Gustaf salue Eugen d'une poignée de main et se tourne vers Tessin. Les deux hommes se toisent. Ils font la même taille, ont le même âge, sont en apparence sur un pied d'égalité, mais quelque chose dans leur attitude révèle un rapport hiérarchique, songe Natalia.

— L'eau a coulé sous les ponts, dit son père. Je ne pensais pas te revoir un jour.

— Et pourtant me voici, répond Carl-Erik à voix basse. Merci de l'invitation.

La conversation n'a en réalité rien d'étrange. Le ton est courtois, les phrases sont polies et les visages dénués d'expression. Natalia décèle néanmoins une inimitié sous-jacente. Une agressivité qui transpire dans leurs gestes brusques et leur intonation heurtée et qui se manifeste aussi dans les pauses presque imperceptibles. Son père se tourne vers l'oncle Eugen pour l'entretenir de chasse et d'équipe de chasse. Carl-Erik bat en retraite, se retire. Il s'excuse auprès de Natalia, lui fait un baise-main qui la surprend et quitte le petit groupe. Elle le suit des yeux en tentant de comprendre l'étrange scène à laquelle elle vient d'assister. Quelque chose se cache sous la surface, elle en est sûre. Cet échange était plein de sous-entendus et de regards à peine voilés. Elle a l'impression frustrante qu'elle aurait dû être capable de les interpréter et de résoudre l'énigme.

— Papa, dit Peter qui les a rejoints.

C'est lui tout craché. Il doit craindre que son père ne révèle une information importante en son absence. Toujours à surveiller, inquiet, jaloux de ses intérêts. Il commence par saluer Gustaf d'un signe de la tête témoignant de son respect et de sa soumission, puis il serre la main d'oncle Eugen, évitant de lui faire la bise à la russe. Peter a toujours eu horreur du contact physique. Tout comme Louise. Qui se ressemble s'assemble, songe Natalia avec méchanceté. Elle se contente de hocher la tête dans sa direction. Elle est au bas de la hiérarchie familiale, et ils ne se donnent jamais l'accolade. D'ailleurs, en y réfléchissant, elle se rend compte que personne dans sa famille ne se donne l'accolade, sauf elle et Alexander. Comment se fait-il qu'elle n'y ait jamais pensé ? Leur mère prend Louise dans ses bras. Elle le faisait aussi avec Jonas, mais elle ne le fait jamais avec ses propres enfants. N'est-ce pas étrange ? Comment a-t-elle pu ne jamais le remarquer ?

— Le cours de l'action... il y a du nouveau ? s'enquiert Peter.

Natalia tend l'oreille.

— Que se passe-t-il ?

Peter pose sur son père un regard interrogateur, comme s'il lui demandait la permission de lui en parler, comme s'ils avaient des secrets qu'ils n'étaient pas certains de vouloir partager avec Natalia.

— Raconte, dit-elle sèchement.

Son père opine du chef.

— Les actions d'Investum changent de main, commence Peter d'une voix lente, sans quitter son père des yeux, comme s'il était prêt à s'interrompre s'il en disait trop. Nous l'avons remarqué cette semaine. Personne ne sait ce qui se passe, mais nous avons vu apparaître de nouveaux propriétaires. Nous ignorons qui ils sont. Il va falloir surveiller ça dans les jours qui viennent.

— On ne peut pas s'en occuper maintenant ? s'émeut Natalia.

Cela pourrait influer sur l'affaire qu'elle et J-O sont en train de mener. Quand les actions changent de main et que les acquéreurs sont des inconnus, ce n'est jamais bon signe.

— De quelle quantité s'agit-il ?

Peter se tourne brusquement vers elle.

— Tu n'aurais pas parlé de l'affaire autour de toi ?

Elle braque les yeux sur lui, puis sur son père. Bon sang. Ils la prennent pour une imbécile, ou quoi ?

— Non, se contente-t-elle de répondre.

Ce que cela peut la mettre en colère ! Elle déglutit, un peu inquiète, car c'est vrai qu'elle était à deux doigts de se confier à David. S'il ne l'avait pas arrêtée, elle lui aurait peut-être raconté.

— Non, répète-t-elle.

Se pourrait-il que David ait quelque chose à voir avec ces achats d'actions ?

Impossible. Vraiment ?

David est au volant de sa Bentley bleue. Après un café interminable avec Åsa Bjelke, Michel l'a enfin rejoint et les deux hommes sont à présent en train de quitter Båstad. David hésite avant de tourner brusquement à gauche. Le panneau indiquant Stockholm disparaît à leur droite.

— Où vas-tu ? demande Michel, déconcerté.

— Je fais juste un petit détour.

Approchant du domaine, il voit que les abords de la villa et le jardin grouillent de monde. Les gardiens ouvrent la grille de fer et font entrer les invités. À l'extérieur, des badauds observent cette ostentation, les yeux écarquillés. On entend la musique jusque dans la rue.

Il s'arrête devant le portail. Il a l'impression d'avoir encore le choix.

— Qu'est-ce qu'on fait là ? demande Michel. Ce n'est pas la maison des De la Grip ?

David fait oui de la tête. Il fixe la demeure, sait qu'il n'a, en réalité, pas le choix. Il a passé la moitié de sa vie à planifier cette opération. Il doit penser à Carolina, et non à une femme qu'il connaît depuis… deux semaines, à peine.

Il laisse courir son regard sur les convives en habit de fête. Les membres de l'élite. Parmi eux, des gens à qui il tient vont voir leur existence basculer à cause de lui...

— David ?

Il secoue la tête en réponse à la voix interrogative de Michel. Il lâche le frein, jette un coup d'œil dans le rétroviseur et passe la première.

Le trajet jusqu'à Stockholm se fait dans le plus grand silence.

David dépose Michel chez lui puis continue jusqu'à son appartement.

Il se gare, prend son sac et passe le portail. Ils se sont donné rendez-vous au bureau demain à sept heures.

Le moment est venu.

31

Lundi 14 juillet

— 30-0.

Sur le court de tennis, Natalia sert de toutes ses forces.

— Eh ! gémit Åsa en essayant sans conviction d'attraper la balle. J'en peux plus ! On ne pourrait pas se prendre un cocktail plutôt ?

— Il est huit heures du matin, rétorque Natalia en ramassant une autre balle. Prête ?

Åsa hoche la tête, lugubre. Son amie frappe la balle et elle la lui renvoie.

Natalia a réservé un créneau matinal au Kungliga Tennishallen, le grand court couvert de Stockholm, et, avec un manque de discernement inhabituel, a forcé Åsa à l'accompagner.

— Pourquoi es-tu venue si c'est si difficile ? s'impatiente Natalia lorsque Åsa se remet à jurer.

Cette dernière fait tourner sa raquette et la brandit d'un air menaçant.

— Parce que sinon je vais tuer quelqu'un ! Il faut que je libère des hormones.

Force est de constater que Natalia ressent les choses de la même façon. Elle sert à nouveau. David ne lui a pas donné de nouvelles depuis vendredi, à Båstad, et, en ce lundi matin, elle refuse de rester enfermée chez elle à broyer du noir à cause d'un mec, à disséquer ce qu'il a dit et n'a pas dit, et à vérifier ses mails et ses SMS toutes les cinq minutes, de façon obsessionnelle.

Elle lui a envoyé un message samedi dernier, auquel il n'a pas répondu, et maintenant elle est là, à échanger des balles avec une Åsa grincheuse.

— On fait un dernier jeu ? suggère Natalia en essuyant la sueur qui perle à son front.

Il fait chaud, l'air est irrespirable et elle est fatiguée, épuisée même. Son séjour à Båstad a été particulièrement pénible. Elle a quitté tôt la soirée de ses parents, est restée éveillée dans son lit à regarder la mer en respirant l'odeur de David sur ses draps. Le samedi, elle a nagé et dormi, et le dimanche, les deux femmes sont rentrées à Stockholm ensemble. Natalia doit encore travailler une semaine à la capitale et Åsa a tout à coup refusé de passer un jour de plus en Scanie. Elles sont pathétiques.

— Tu vas revoir Michel ? demande Natalia de l'autre côté du filet.

— Peut-être. Je ne sais pas. Écoute, je suis crevée, là.

Elles prennent une douche et s'installent à la cafétéria avec des smoothies. Åsa boit une gorgée et remarque en maugréant que ce serait meilleur avec un peu d'alcool.

Natalia soulève et repose son sandwich au fromage d'un air absent.

— Åsa, tu m'as dit qu'ils avaient du boulot à Stockholm, non ? Tu as une idée de ce dont il s'agit ?

— Aucune, pourquoi cette question ?

Quelque chose ne tourne pas rond, et cette sensation est presque palpable.

Sans savoir pourquoi, Natalia repense à l'étrange ruée sur les actions Investum. Elle réfléchit à leur cours qui a grimpé, lentement mais sûrement, durant les six derniers mois.

— Peter t'a déjà parlé de Skogbacka ? l'interroge-t-elle, et elle sent son pouls s'accélérer. Lui et David fréquentaient l'école en même temps. Apparemment, Peter lui aurait fait quelque chose…

Elle songe aux balafres sur le dos de David.

— Tu parles de bizutage ?

— Pire.

Peter l'a flagellé.

Les réflexions tournoient dans sa tête, de plus en plus vite.

Tout est personnel.

Une femme a été impliquée.

Une blonde dans un cadre à photo.

J-O qui soupçonne que Hammar Capital prépare un coup d'éclat.

— Ça ne me dit rien, répond Åsa. Mais je peux me renseigner, si tu veux. Ça va ? Tu es toute pâle.

Natalia repose son sandwich. Impossible d'avaler quoi que ce soit. Elle est prise de nausées.

— Tu penses que HC a un plan qui concerne Investum ? articule-t-elle, espérant qu'Åsa se tordra de rire devant l'absurdité d'un tel postulat.

— Et toi, tu crois que c'est envisageable ? réplique Åsa, sérieuse.

Natalia n'a jamais compris pourquoi David l'avait invitée à déjeuner.

Des tas d'actions Investum ont changé de propriétaire.

Le départ hâtif de David de la station balnéaire.

La haine entre sa famille et David.

Skogbacka.

De nouveaux actionnaires inconnus.

David, l'insatisfait, qui en veut toujours plus.

Elle cligne des yeux. Est-ce vraiment concevable ? Elle fixe Åsa sans la voir.

Il faut qu'elle se remette au boulot. Sans attendre.

Elle vient d'identifier le regard que lui a lancé David en partant.

Elle l'avait interprété comme le signe d'un commencement, le début de quelque chose de neuf, de grand.

En réalité, il ne s'agissait pas de commencement. Pas du tout.

« C'est fini entre nous », lui disait son regard.

32

Le lundi matin, à la première heure, David est au bureau, douché, rasé de près, concentré.

Il se sert un café, s'installe devant son ordinateur et attend Michel.

Il s'agit maintenant de foncer, sans se retourner. David s'efforce d'organiser ses pensées, chasse de son esprit tout ce qui ne concerne pas l'opération.

Lorsqu'il s'est lancé – quelle imprudence ! – dans cette aventure avec Natalia, il croyait en être capable, puisqu'il n'éprouvait rien pour elle.

Or, peu à peu, ses sentiments ont grandi, sont devenus plus forts, bien trop forts.

Et voilà qu'à présent, au milieu d'une affaire qui requiert toute son attention, il est distrait par cette attirance impossible. Réellement impossible. Condamnée.

Il consulte ses e-mails et entreprend de trier les piles de papier qui s'amoncellent sur sa table. Il tourne la tête d'un côté, puis de l'autre. Son cou est un peu raide, mais hormis cela, il va bien. Il n'a pas le choix.

Michel pénètre dans la pièce, l'air déterminé, bien qu'il paraisse tendu.

David hésite. Il faut absolument qu'il lui en parle. Son esprit est embrumé et il veut que son ami le rassure.

— J'ai une chose à te dire avant qu'on ne commence.

Il lui indique la chaise devant son bureau. Michel s'assied.

— Ça n'aurait pas à voir avec Natalia De la Grip, par hasard ?

— Si, dans un sens.

Michel l'observe, sceptique.

— Tu es certain que j'ai envie d'entendre ça ?

— Probablement pas. Mais j'ai besoin de ton avis. Je ne suis plus aussi sûr de moi. Confirme-moi que j'ai pris la bonne décision, que ce que nous faisons tient la route d'un point de vue financier.

Michel lâche un chapelet de jurons et secoue la tête.

— Il me faut un café, dit-il en se levant. Puis on parlera porte close.

David patiente. Michel revient avec une tasse. Il ferme derrière lui. Il est tôt, mais le personnel a déjà commencé à arriver.

— J'ai couché avec Natalia.

Michel lève un sourcil.

— Encore ?

— Oui.

— Pas très malin.

— C'est vrai.

— Au vu du fait que tu vas bientôt briser sa famille, je veux dire.

— Ça va, j'ai compris, le rabroue David.

Michel le dévisage.

— Tu as des sentiments pour elle ?

— Pas du tout.

Michel avale une gorgée de café, esquisse une grimace.

— Moi, je suis amoureux d'Åsa.

Sans blague !

— Vous avez parlé ?

Michel opine du chef.

— Il y a autre chose…

— Quoi ?

— On a étudié l'opération sous toutes les coutures, commence David. On est arrivés à la conclusion qu'elle est solide, non ? Tout le monde le dit. Il y a une vraie justification financière. Et on a de grandes chances de s'enrichir.

— Oui…, fait Michel, sur un ton hésitant.

— Et tu sais qu'on s'est toujours interdit de faire entrer les sentiments dans les affaires ? On est capables de rester distants, professionnels. Tout ce qui est prestige, on s'en fout. C'est pour ça qu'on est bons.

— Je sens que je ne vais vraiment pas apprécier ce que tu vas me dire, soupire Michel.

— Quand j'étais à Skogbacka, il s'est passé un truc. Entre moi et Peter De la Grip.

— Un truc ?

— Une sale histoire, explique David en se remémorant la cave insonorisée où il a été enfermé, le sang ruisselant le long de son dos – une très sale histoire, confirme-t-il. J'ai frôlé la mort. Son père, Gustaf, a été impliqué. Ma famille aussi. Ce serait trop long à raconter. C'est après ça que je me suis décidé.

— Décidé à quoi ?

— À devenir suffisamment riche pour pouvoir les broyer. Les pulvériser.

David hausse les épaules.

— Pour me venger, conclut-il.

Michel cligne des yeux.

David attend que son ami digère ce qu'il vient d'entendre.

— Merde, David ! Pourquoi tu ne m'as rien dit ?

David respire enfin. Quel soulagement de s'être confié, d'avoir parlé à Michel, de lui avoir tout dit, ou presque.

— C'est vrai que j'aurais dû.

— On a toujours été honnêtes l'un envers l'autre. Ouverture d'esprit, franchise – ce sont tes mots, tes valeurs !

— Je sais.

— Tu m'as caché tout ça ! Je suis en droit d'être en colère.

— Oui. Tu m'en veux beaucoup ?

C'est au tour de Michel de hausser les épaules.

— Je suis blessé que tu ne m'en aies pas parlé. Mais d'un point de vue strictement professionnel, ça ne change rien.

— Je n'en suis pas si sûr.

— Tu as envie de laisser tomber ? J'imagine que c'est possible…, commence Michel, qui réfléchit tout haut en regardant David avec sérieux. Mais dans ce cas, c'est nous qui allons saigner. Et HC sera affaiblie. Tu veux qu'on arrête tout ? Pour elle ?

David secoue la tête.

— Non, on y va.

— Mais elle va te détester.

— C'est comme ça.

Oui, Natalia va le haïr. Ce n'est peut-être pas un mal. Elle mérite mieux que lui. Il ne sera jamais assez bien pour elle.

— Au fait…, dit Michel d'un ton hésitant.

— Oui ?

— Puisqu'on est dans les confidences…

David se pince la racine du nez. Bon sang, ils n'ont jamais eu ce type de discussion auparavant et il ignore lequel d'entre eux est le plus mal à l'aise.

— Qu'est-ce qu'il y a ?

— Quand j'ai pris ce café avec Åsa, elle m'a demandé si j'étais au courant du raid sur les actions Investum.

David a toujours su qu'ils ne devaient pas sous-estimer cette femme.

— Qu'est-ce que tu lui as dit ?

302

— J'ai craqué et j'ai tout avoué, fait-il avec une grimace. Mais non ! Qu'est-ce que tu crois ? J'ai nié en bloc évidemment. Elle va me détester.

— Bienvenue au club ! Je crois que Natalia soupçonne aussi quelque chose. Si on avait dû négocier avec ces deux nanas et non les types à qui on a eu affaire, on ne serait jamais arrivés aussi loin !

Le conseil d'administration d'Investum est à cent pour cent masculin. Sept hommes blancs d'âge mûr. Voilà ce qui advient quand on ne recrute que des amis, des gens de son cercle. On passe à côté du talent.

Quelqu'un frappe à la porte.

— Tout est prêt, annonce Malin Theselius en entrouvrant la porte.

David jette un coup d'œil à sa montre. Encore vingt minutes avant l'ouverture de la Bourse. Il lui fait un signe du menton.

— Deux minutes.

La Bourse de Stockholm est informatisée depuis longtemps. Les échanges ne se font plus dans le magnifique bâtiment de la Bourse au cœur de la vieille ville. Tout a lieu au Nasdaq OMX, près du port, et tout est retransmis en direct sur des écrans dans le pays entier, dans les banques, les sociétés de courtage, et chez les gestionnaires de fonds. Les marchés ouvrent à neuf heures.

Tôt ce matin, avant l'ouverture, ils ont effectué un achat massif. Une acquisition grâce à laquelle Hammar Capital est maintenant actionnaire à dix pour cent d'Investum. Ce type de transactions, autorisées de manière occasionnelle, se déroulent traditionnellement en dehors des heures d'ouverture de la Bourse afin de réduire le risque qu'elles ne soient interrompues.

— Tu leur as adressé la déclaration ? demande Michel.

David hoche la tête. Dès qu'un actionnaire possède plus de cinq pour cent du capital d'une entreprise, il est tenu d'en informer l'autorité des marchés financiers suédoise. HC ne détient pas cinq, mais dix pour cent, ce qui va avoir des conséquences explosives sur le marché.

— Je viens de leur envoyer un e-mail. Ils vont nous coller des inspecteurs au cul.

Ce qu'est en train d'accomplir David se trouve à la frontière du manque d'éthique et de l'illégalité.

— Mais ils ne pourront rien prouver du tout, conclut-il.

David et Michel se lèvent, boutonnent leur veste et se regardent. Ils descendent dans l'entrée en silence puis se dirigent vers la salle de conférences. Des écrans Reuters y diffusent en temps réel les cours de la Bourse. Malin entre derrière eux. Quelques-uns des analystes employés par HC arrivent et s'installent autour d'une table.

Neuf heures sonnent.

La Bourse ouvre.

Les cours des actions clignotent, ligne après ligne. Le cours d'Investum se met à grimper. Et à grimper.

— J'envoie le communiqué de presse, annonce Malin d'un ton solennel.

David acquiesce.

L'e-mail est transmis.

Le cours continue de monter.

Dans un instant, ils découvriront la réaction du marché. Ils n'ont pas pu l'anticiper avec précision, car le marché est obstiné et imprévisible, mais ils ont leur petite idée.

David regarde Michel.

— Tu es prêt ?

— Oui.

— Alors on y va.

Michel approuve de la tête. Malin aussi.

La guerre est déclarée.

33

Natalia et Åsa se sont séparées après le tennis. Åsa a pris un taxi jusqu'au siège d'Investum tandis que Natalia, baskets aux pieds, est rentrée au pas de course du Kungliga Tennishallen à son bureau place Stureplan.

Elle est épuisée, ayant à peine fermé l'œil de la nuit, et se dit qu'un peu plus d'exercice ne lui ferait pas de mal. Elle achète une bouteille d'eau en chemin, contemple les vitrines dans le quartier d'Östermalm et tente de se vider la tête.

Arrivée dans les locaux à moitié déserts de la banque, elle s'attelle à la tâche, convaincue que c'est la meilleure manière de tenir en échec son inquiétude, son impuissance et sa fatigue.

Il n'y a aucun signe avant-coureur. Les bureaux sont calmes. Tout est sous contrôle. Elle se persuade qu'elle s'est trompée, qu'elle a eu une réaction dispro-portionnée.

Mais soudain, à neuf heures cinq, l'enfer se déchaîne.

Tous les téléphones se mettent à sonner, presque en même temps. Des SMS et des e-mails pleuvent accompagnés de bips incessants ; tous les dispositifs électro-niques clignotent et lancent toutes sortes de bruits. Il lui suffit d'un coup d'œil à un des e-mails pour comprendre que la situation est grave. Très grave.

— Mon Dieu…, murmure-t-elle.

Comme si elle se trouvait au dernier étage d'un immeuble qui commençait à s'écrouler sous ses pieds.

Sans réfléchir, elle attrape son sac, y jette son portable et se précipite dehors.

— Je dois aller à Investum ! crie-t-elle à la réceptionniste.

En route, elle essaie d'appeler son père, Peter, J-O, mais toutes les lignes sont occupées. Elle est obligée de s'arrêter à un coin de rue pour reprendre son souffle. La main sur son point de côté, elle est à deux doigts de vomir.

Elle n'arrive pas à y croire. Malgré ses soupçons, malgré les analyses de ce matin, le choc n'est pas moins brutal.

Elle respire si vite que des taches se forment devant ses yeux. Ses mains tremblent, ses jambes se dérobent, mais elle se force à continuer.

Dix minutes plus tard, elle pénètre dans le bâtiment, monte les marches quatre à quatre et ouvre la porte du siège d'Investum. Le chaos règne à la réception. Personne ne lève la tête lorsqu'elle entre, essoufflée, un goût de sang dans la bouche. Les téléphones sonnent, les gens crient, les visages sont écarlates et les yeux brillants. Des hommes et des femmes courent dans tous les sens, brandissant des papiers. Sur le mur, un grand écran diffuse les informations économiques en direct et quelqu'un a augmenté le volume. Le moniteur montre les cours de la Bourse qui clignotent de manière funeste.

Natalia frappe à la porte du bureau d'Åsa et y pénètre sans y être invitée. Åsa a les pieds sur la table, les semelles rouges de ses escarpins luisent. Elle fait signe à Natalia d'approcher tout en continuant à parler d'une voix ferme, son BlackBerry collé à l'oreille.

— Gustaf est en train de rentrer de Båstad, lui indique Åsa lorsqu'elle a raccroché.

Son téléphone retentit à nouveau, mais après un coup d'œil à l'écran, elle rejette l'appel.

— Peter et les autres arrivent aussi.

— Et Alexander ?

Dans ce genre de circonstances, toute la famille devrait être réunie, se dit-elle.

Åsa secoue la tête.

— Je ne lui ai pas parlé. Il est déjà dans un avion pour New York.

— Qu'a dit papa ?

Åsa hausse les épaules.

— Tu le connais. Il reste calme. Du moins en surface.

Oui, Natalia connaît son père. Il semble toujours maître de soi – même s'il est sans doute fou de rage. Quant à Peter, il doit être au bord de la crise de nerfs et certainement en train de chercher un bouc émissaire. Natalia est parcourue d'un frisson. Elle se sent terriblement mal.

— Qu'est-ce qu'on sait ? demande-t-èlle.

Le portable d'Åsa se remet à sonner. Cette fois, elle décroche, mais fait signe à Natalia de rester. Elle s'assied donc dans le fauteuil des visiteurs, lessivée, muette de stupeur.

Åsa termine la conversation.

— Il y a une conférence de presse à dix heures, dit-elle. Ils diffusent en direct depuis HC. Viens.

Elles se rendent à la réception. Chaque fois qu'un téléphone retentit, qu'un e-mail arrive, c'est l'annonce d'une catastrophe qui s'ajoute à la précédente. Cet événement, que personne ne comprend encore, nuira gravement à l'entreprise, cela tombe sous le sens. Mais à quel point ? Natalia jette un regard circulaire. On dirait un champ de bataille. Quelqu'un pleure. Un autre crie.

— Ça commence ! s'exclame un troisième, et tout le monde s'amasse devant la télévision.

Une femme blonde, une certaine Malin Theselius, la directrice de la communication, ouvre la conférence de presse à l'heure dite, et déclare d'une voix sérieuse que Hammar Capital, compte tenu du nombre d'actions détenues, va immédiatement exiger la convocation d'une assemblée générale extraordinaire. Les journalistes hurlent leurs questions, chacun essayant de parler plus fort que son voisin. Natalia n'a jamais vu une conférence de presse aussi effrénée, on dirait un mauvais film. Malin répond tant bien que mal. Elle paraît calme et sensée, affable et prévenante. David a recruté une femme qui sait de quoi elle parle.

Oui, HC est soutenue par de gros actionnaires et financeurs.

Oui, David Hammar veut entrer au conseil d'administration.

Oui, tout se fera dans les règles de l'art.

Les questions pleuvent.

Et, dans les bureaux d'Investum, les téléphones continuent de sonner. Natalia aperçoit le directeur de la communication – un homme d'une cinquantaine d'années en costume – répondre à son portable. Son visage prend une teinte grisâtre. Quoi qu'on lui ait annoncé, ce n'est pas une nouvelle réjouissante.

Natalia baisse les yeux, frissonnante et nauséeuse. Ce n'est que le début. Elle entend le directeur de la communication hausser le ton. Lorsque la personne censée représenter l'entreprise se met à vociférer comme un ivrogne irrité, cela n'augure rien de bon, se dit-elle. Elle fixe l'écran où Malin Theselius répond poliment aux questions des journalistes. Le contraste est frappant. Sans doute Natalia est-elle injuste. HC est en position de supériorité vis-à-vis d'Investum. C'est la première fois dans l'histoire de la firme, pour autant qu'elle sache. Pas étonnant que la direction n'ait pas de stratégie pour gérer ce type de crise.

Derrière Malin, légèrement à droite, se tient David. Michel est de l'autre côté. Les deux hommes semblent reposés et concentrés, et il émane de David un pouvoir, une confiance absolue qui crève l'écran. Natalia se demande s'il va prendre la parole et ce qu'il dira. Elle se demande aussi s'il existe un manuel expliquant ce qu'il faut ressentir dans ce genre de cas. Elle est toujours sous le choc. Peut-être y a-t-il des chocs dont on ne se remet jamais ?

Elle est complètement détachée. C'est comme si elle s'observait et observait la situation de l'extérieur ; comme s'il existait une autre Natalia qui, postée un peu plus loin, contemplait la scène, une Natalia dénuée de tout affect, qui tâchait d'analyser les choses, comprenant qu'elle a été dupée, trompée, trahie.

Elle est prise de vertige. Elle ne peut pas accepter cela. Impossible.

Son téléphone se met à vibrer et elle réussit, malgré sa vision floue, à voir que c'est J-O.

— Où es-tu ? demande-t-elle sans dire bonjour.

— En route.

Elle entend un bruit d'aéroport en arrière-plan et tente de se rappeler où il peut bien être.

— Et toi ? s'enquiert J-O.

— Je suis au bureau dans dix minutes. On se retrouve là-bas.

— Les Danois vont se retirer.

— Je sais.

Cette affaire aura des conséquences imprévisibles. À plusieurs niveaux. Des têtes vont tomber, des gens seront licenciés. Et Investum, l'entreprise insubmersible, la fierté de la nation… Natalia ne parvient pas à imaginer ce qu'il adviendra d'Investum. Elle prend une profonde inspiration et se met debout. Elle n'a pas le temps de se laisser aller, car, quand elle réalisera l'ampleur de la catastrophe, elle ne sait pas si elle pourra sortir la tête de l'eau.

— Il faut que je retourne bosser, dit-elle à Åsa qui lève à peine les yeux.

Les bureaux de la Bank of London, place Stureplan, sont sensiblement plus calmes. Les employés regardent les retransmissions en direct en les commentant à voix basse, mais ils s'affairent comme d'habitude.

Natalia est scotchée à un écran de la cantine et suit l'évolution de la situation, une main plaquée sur la bouche. Elle tente de joindre son père et Peter à maintes reprises, mais personne ne décroche. Elle téléphone à David. Quand son appel est rejeté pour la seconde fois, elle lui envoie un message et garde ensuite les yeux rivés à son portable, essayant par la force de sa volonté de le faire répondre. En vain.

Lorsque les employés entrent dans la pièce pour déjeuner, elle part s'enfermer dans son bureau. Elle reste assise, paralysée, comme si ses articulations étaient de plomb. Son esprit s'emballe, mais son corps est si fatigué. Elle a froid et mal au cœur. C'est le choc, parvient-elle à se convaincre. C'est l'organisme qui se protège contre un danger mortel.

J-O arrive en début d'après-midi. Sur les sites Internet de tous les grands journaux, l'information fait la une : le putsch de Hammar Capital contre Investum. David Hammar contre Goliath.

Un peu plus tard, elle descend acheter tous les quotidiens : l'affaire fait les gros titres.

Quelles conséquences pour vous ?

La lutte de pouvoir.

La prise de contrôle audacieuse du play-boy milliardaire.

À quinze heures, un J-O à la mine renfrognée confirme que les Danois se retirent. La fusion sur laquelle Natalia travaille depuis si longtemps vient de tomber à l'eau.

À quinze heures trente, son père et Peter atterrissent à Stockholm. Peter lui envoie un SMS depuis le taxi.

Papa veut que tu ailles chez eux. Vers dix-huit heures.

Les doigts tremblants et glacés, elle écrit qu'elle y sera.

Le cauchemar ne fait que commencer.

Lorsqu'elle quitte le bureau vers dix-sept heures trente, David n'a toujours pas répondu, ni à ses textos ni à ses messages vocaux.

34

Toujours sous le choc, comme enveloppée dans un épais brouillard, Natalia prend un taxi jusqu'à la villa de ses parents à Djursholm. Sa mère, son père, Peter, Louise et Åsa sont déjà arrivés. Gustaf la salue à peine, le visage figé, semblable à un masque. Peter a l'air d'avoir vieilli de plusieurs années en quelques jours. Sa mère et Louise, la figure blême, se tordent les mains, le dos bien droit dans leurs fauteuils d'époque. Elles semblent directement sorties du xixᵉ siècle. Il ne leur manque que les éventails et les sels de pâmoison.

L'employée de maison de sa mère, qui fait aussi le ménage chez Natalia, leur sert du thé. Elle se déplace sans bruit, d'un convive à l'autre. Peter la repousse d'un geste impatient, mais Natalia accepte une tasse avec gratitude.

— Merci beaucoup, Gina, marmonne-t-elle.

Åsa parle au téléphone, debout à la fenêtre. Elle prend une tasse sans même regarder la jeune femme.

Natalia se tourne vers son père et son frère.

— Quoi de neuf ?

— Une assemblée générale extraordinaire est prévue dans deux semaines, dit Peter d'un air résolu. Il veut un vote sur le conseil d'administration.

— Sait-on quels noms il a proposés ?

— Oui, et il n'y a pas un seul membre de l'ancien conseil, pas un seul membre de la famille. Quel culot !

Remplacer tout le conseil d'administration, c'est quelque chose de si rare que Natalia n'est pas sûre d'avoir déjà entendu parler d'un cas semblable. Substituer tous les administrateurs, ne pas sauvegarder les compétences et les connaissances dont ils sont dépositaires, c'est une déclaration de défiance si insolente qu'elle n'en aurait jamais cru quelqu'un capable. Sauf David.

— Il veut reprendre l'entreprise. Nous anéantir. Ça ne fait aucun doute. L'enfoiré !

— Vous avez téléphoné à Eugen ? demande Natalia.

— Pourquoi devrait-on l'appeler ?

Le ton de Peter est cassant. Il jette un regard de biais à son père. Åsa raccroche et pivote vers Natalia.

Sa mère et Louise se tiennent coites. On dirait une pièce de théâtre intimiste. Une atmosphère lourde et oppressante. Une fin prévisible et terrifiante. La fureur froide de son père. La crise de nerfs contenue de Peter. Le regard dur d'Åsa. Et un dénouement qui changera tout.

Natalia pose sa tasse. Elle n'a rien mangé de toute la journée et commence à avoir la tête qui tourne. Quel silence ! Chaque parole prononcée semble plus retentissante que d'habitude. Le silence plane sur tout Djursholm. Personne n'est chez soi à cette époque de l'année, on se croirait dans une ville fantôme pleine d'imposantes demeures où seuls les jardiniers et les aides-ménagères se déplacent comme des ombres discrètes.

— Il faut qu'on parle avec tous les gros actionnaires, dit-elle.

Elle remarque que sa voix paraît calme alors que tout son corps envoie des signaux de détresse. Son cœur bat la chamade, ses poumons la font souffrir, tous ses membres s'engourdissent, mais elle s'efforce de se concentrer sur la situation actuelle, refuse de s'écouter. De temps à autre, une bouffée de désespoir sans borne vient briser sa carapace, mais pour le moment elle parvient à le tenir à distance.

Elle se demande si elle tiendra encore longtemps. Peter a les mains dans les poches. Elle l'observe. Il doit avoir un porte-clés qu'il tripote sans cesse. Le cliquètement métallique l'agace.

— Et toi, Peter, saurais-tu pourquoi David Hammar fait ça ?

— Parce qu'il est malade ! vocifère son frère.

Åsa a les yeux rivés sur Natalia. À ce moment précis, cette dernière regrette amèrement de lui avoir confié les détails de sa relation avec David. Ce qui s'est passé est sans précédent. La honte, la peine, la colère – tous ces sentiments douloureux seraient plus faciles à supporter si elle ne devait pas réfléchir à la réaction d'Åsa. Elle croise le regard de son amie, puis se tourne à nouveau vers Peter.

— Tu es sûr que ça ne peut pas être lié à autre chose ?

— De quoi tu parles ?

Bien que Peter nie farouchement, Natalia sait qu'elle est sur la bonne piste, car elle l'a vu pâlir. Elle continue :

— Je sais qu'il s'est passé quelque chose à Skogbacka, entre lui et toi. Ce qu'il fait aujourd'hui pourrait-il avoir un rapport avec ça ?

— Mais qu'est-ce que vous racontez ? intervient sa mère, exaspérée. Enfin, Natalia, cet homme est fou ! Un parvenu qui tente de se faire un nom au détriment de notre famille.

— Mais…

Ce n'est pas qu'elle cherche à défendre David, elle veut comprendre ses motivations profondes. Qu'est-ce qui se cache sous cette affaire ?

— Il n'en est pas à son coup d'essai ! l'interrompt son père.

C'est la première fois qu'il ouvre la bouche depuis l'arrivée de Natalia.

— Il a déjà fait la même chose avec d'autres entreprises. À plus petite échelle. Je ne pensais pas qu'il aurait l'impudence de s'attaquer à Investum.

— Raconte, l'encourage Natalia.

— Une fois que David Hammar se met en tête qu'on l'a offensé, il se venge de toutes les manières possibles.

Natalia sait que c'est vrai. Elle le sait parce qu'elle le connaît. Elle cherche des yeux un endroit où s'asseoir et s'effondre sur une chaise.

— David Hammar a déjà anéanti un homme qui était aussi à Skogbacka avec lui. Un camarade de classe qui ne lui avait rien fait du tout, mais il a dû s'imaginer des choses. David a repris son entreprise et l'a démontée, pièce par pièce.

Sa mère renifle discrètement.

— Ensuite, il a séduit sa femme. Uniquement pour l'humilier encore plus. Le pauvre homme ne s'en est jamais remis, poursuit Gustaf en se tournant vers elle. C'est un psychopathe, Natalia. Il est sans scrupules.

Peter opine du chef.

— Il est taré, renchérit-il d'un ton sec. Ça se voyait déjà à l'école. Il n'acceptait pas les règles que les autres suivaient. Il n'en a jamais compris le fonctionnement. Et maintenant, ça.

— Mais c'est terrible, se lamente sa mère. On ne peut pas porter plainte contre lui ?

Natalia se sent de plus en plus mal. Peter aurait-il raison ? Ces actions sont-elles celles d'un homme fou ? À combien de personnes David s'en est-il pris ?

Il a charmé la femme de son ennemi pour l'humilier.

Toute la pièce se met à tanguer. Des voix indignées flottent autour d'elle.

David s'est joué d'elle. C'est clair comme de l'eau de roche. Il l'a utilisée pour atteindre sa famille. C'est pour cela qu'il l'a invitée à ce déjeuner. Il cherchait les points faibles. Il ne veut pas simplement reprendre Investum. Il veut détruire toute la famille. À travers elle. Des choses terribles se sont passées entre David et Peter, du harcèlement, des coups de fouet, et à présent, David se venge.

Elle sent le regard d'Åsa chercher le sien, mais n'a pas la force de l'affronter. Elle refuse de croire que c'est vrai, pourtant les preuves s'accumulent et il devient de plus en plus difficile d'en faire abstraction.

Elle a continué d'envoyer des messages à David. Encore et encore. Presque par réflexe. Un nombre incalculable de SMS. Et il n'a pas répondu une seule fois. Évidemment. Car elle n'est rien pour lui. Elle n'était qu'un moyen pour atteindre une fin. Un pion dans un jeu sordide. Ce qu'elle peut être stupide ! Tellement naïve ! Elle n'a qu'une envie : se coucher en position fœtale et gémir. La honte est presque insoutenable. La honte de ce qu'elle est, de ce qu'elle pensait signifier pour lui. Et la honte de ce qu'elle a fait… Elle ferme les yeux. Mon Dieu ! Qu'a-t-elle fait ?

35

— Si on montait ? suggère David en sortant des bières du réfrigérateur de la kitchenette.

Il fait doux en cette soirée d'été et les sièges de la terrasse sont confortables.

Malin et Michel – les seuls parmi les cadres supérieurs à être encore au bureau – acceptent chacun une bouteille. Le directeur des relations humaines et le directeur financier sont partis un quart d'heure plus tôt. Les autres employés sont aussi rentrés chez eux. Il ne reste plus qu'eux trois, après ce qui a clairement été la journée la plus mouvementée de l'histoire de Hammar Capital.

— Bon boulot ! les félicite David en levant sa bouteille.

Ils trinquent en silence sur le toit-terrasse. Le soleil est en train de baisser, il a presque atteint l'horizon, et l'on voit la mer, avec ses reflets bleus et couleur d'incendie.

— Quelle journée…, soupire Malin avant de se déchausser sans les mains pour poser les pieds sur un tabouret.

— À qui le dis-tu ! fait Michel.

Il porte sa bouteille embuée à la bouche et avale une longue gorgée de bière.

HC a publié des communiqués de presse du matin au soir. Le bureau semblait en état de siège. Malin et ses assistants ont travaillé d'arrache-pied. David est fier d'eux. L'équipe est compétente. Malin est apparue sur toutes les chaînes – à la télévision et sur Internet. Toujours calme, mesurée, professionnelle.

— Le mérite te revient, David, dit-elle, mais il voit bien que le compliment lui a fait plaisir.

David s'est également exprimé sur presque toutes les chaînes de télévision. Il s'est laissé interviewer plusieurs fois dans le centre de conférences, devant le logo de HC. Il a inlassablement répondu aux mêmes questions que Malin, pendant des heures et des heures. Tous les journalistes économiques avec qui il a un jour échangé deux mots l'ont contacté et il a accepté d'en rencontrer la plupart. Il n'a sans doute jamais autant parlé de sa vie.

— La journée de demain va être longue aussi, fait remarquer Michel.

— Les prochaines *semaines* vont être longues, prédit Malin.

— Et pendant que vous vous pavaniez devant les caméras, le personnel a fait un boulot exceptionnel, ajoute Michel.

Il a les yeux rougis, les traits tirés, et pour une fois il est en manches de chemise. Il dit vrai. Leur équipe a été à la hauteur. Tout le monde a trimé, sans jamais perdre de vue l'objectif. David est fier de ses collaborateurs triés sur le volet.

— Si on vendait tout maintenant, on s'en mettrait plein les poches, dit Michel d'un air pensif.

Le cours des actions Investum a flambé. Les journaux parlent déjà de l'« effet Hammar ».

— Je vais rentrer, annonce Malin qui bâille derrière sa main. Mon mari doit avoir oublié mon visage.

— Et tes enfants ?

— Ils sont ravis d'avoir leur père à la maison, fait Malin avec une petite grimace. Je crois que la médaille de la supermaman vient de me passer sous le nez.

Elle pose la bouteille et enfile ses chaussures.

— À demain !

David et Michel lui disent au revoir et se retrouvent tous les deux, assis l'un à côté de l'autre. Michel boit sa bière, les yeux fermés. Tout est silencieux, ils ont débranché tous les téléphones. Écouter les sonneries ininterrompues leur était devenu insupportable et ils ont décidé de tout éteindre il y a une heure ou deux. David a cependant laissé son portable personnel allumé, mais en silencieux. Il regarde l'objet posé devant lui, muet. Les messages de Natalia ont cessé d'arriver depuis un certain temps.

— Ça va faire mal demain, constate Michel.

— Tu m'étonnes !

Les journaux se sont déjà mis à fouiller leur passé. Sans doute ne faudra-t-il pas attendre longtemps avant que quelqu'un ne remonte la piste Skogbacka. Les rumeurs les plus saugrenues circulent déjà, qui ne sont pourtant qu'une brise légère comparée à la tempête à venir.

Demain, Malin commencera à faire fuiter les informations dont ils disposent sur Gustaf et Peter. Des renseignements qui les présenteront sous un jour défavorable, qui ébranleront leur position à Investum. Des renseignements qui concernent des accords tacites et des collusions. Cela aura évidemment des conséquences sur toute la famille De la Grip, songe David. Même sur Natalia.

— Tu as parlé avec elle ? fait Michel lentement.

David secoue la tête. Il est un vrai salaud. Difficile de le nier. Il chasse cette culpabilité qui manque de le submerger.

— Et toi ? Tu as eu des nouvelles d'Åsa ?

319

Michel lève un sourcil ironique.

— Oh que oui ! Elle m'a laissé un très long message vocal.

Il se gratte le crâne où des cheveux commencent à repousser.

— Cette femme pourrait gagner le championnat du monde d'insultes ! Mais depuis, rien. Le silence, c'est presque pire.

— Ils ont demandé à nous rencontrer. La famille, je veux dire.

Michel porte la bouteille à sa bouche, avale quelques gorgées et la repose.

— Pardon ?

— On les voit demain. En terrain neutre. Malin nous trouvera un endroit. Sans doute le Grand Hôtel. On peut difficilement les inviter ici. Et on n'est pas les bienvenus chez eux, bien sûr, ajoute David avec un petit rire sans joie. Ils seront accompagnés d'une armée de juristes.

Il lance à Michel un regard d'avertissement.

— Åsa sera là. C'est l'une des meilleures.

Il espère que Natalia sera absente. Elle n'a aucune raison de participer, mais on ne sait jamais.

— Ça va être gai comme réunion, marmonne Michel.

— Oui, très.

David ne regrette pas d'avoir raconté à Michel ses véritables motivations. Même s'il n'a pas tout dit, bien entendu. Il ne lui a pas parlé de Carolina.

— Je vais peut-être rentrer dormir un peu, indique Michel, qui étire son corps imposant et fait craquer ses articulations. Tu y vas aussi ?

— Bientôt.

Michel prend congé et s'éclipse, mais David demeure immobile, les yeux au firmament.

Il fantasme sur ce moment depuis tant d'années. Ce sentiment de revanche tant attendu. Il imaginait qu'il serait comblé, transformé en profondeur, que le fait de tailler en morceaux et de massacrer Investum le comblerait de bonheur.

Il reste assis longtemps. Le soleil disparaît et le ciel s'obscurcit. Ce qui est étonnant, c'est qu'il ne ressent rien, mis à part un grand vide.

36

Mardi 15 juillet

Le lendemain, Åsa, Gustaf et Peter se rendent au Grand Hôtel dans la voiture de fonction d'Investum. L'atmosphère est tendue dans l'habitacle. D'autres juristes de l'entreprise les suivent, comme une armée privée en costume.

Les véhicules s'arrêtent, tout le monde descend et entre en file indienne dans l'hôtel.

Michel et David les attendent déjà dans l'une des salles de réunion, sérieux, imperturbables.

Gustaf et Peter s'asseyent à un bout de la table et les juristes se jettent sur les places les plus stratégiques dans une lutte de pouvoir presque comique. Åsa fait signe à un jeune collègue de se pousser et s'installe à côté de Gustaf. Elle croise les jambes, sent le frottement de ses collants fins et se force à prendre un air indifférent, presque ennuyé, lorsqu'elle rencontre le regard de Michel pour la première fois. Ils ne se sont pas revus depuis le café à Båstad. Ce qui n'est pas étonnant, songe-t-elle, lugubre. Après tout, il devait être en train de préparer le putsch contre son chef.

Les longs cils de Michel frémissent lorsque leurs yeux se croisent. Sa poitrine se soulève sous sa chemise criarde – elle n'a jamais vu un homme porter un vêtement aussi rose. Elle lui adresse un signe de tête, comme s'ils ne se connaissaient pas et qu'il ne l'intéressait pas du tout.

Il a réussi à briser ses remparts protecteurs, mais jamais elle ne lui montrerait. Son seul objectif aujourd'hui est de survivre à cet entretien sans s'emporter. Elle n'a pas d'autre espoir : cette rencontre ne pourra être qu'une boucherie.

D'ailleurs, elle a vivement déconseillé à Gustaf de convoquer cette réunion. Mais pourquoi l'homme le plus misogyne de Suède l'écouterait-il ? Puisque c'est ainsi, lui, Peter et tous les juristes mâles de l'entreprise ne pourront s'en prendre qu'à eux-mêmes. Personnellement, elle s'en lave les mains. En tant que seule femme présente, elle va se contenter d'observer ce qui se passe. Ensuite, elle se prendra une bonne cuite en vidant toutes les bouteilles de son bar. Ce n'est pas un plan qui mérite un prix Nobel, mais un plan tout de même. Elle aboie à l'un de ses subordonnés de s'occuper du procès-verbal. Elle refuse de jouer la secrétaire de service.

La réunion dégénère en moins de temps qu'il n'en faut pour le dire. Les juristes d'Investum se mettent à lancer des invectives de leurs voix aiguës et nasillardes. Ils vomissent des arguments juridiques et des objections à la chaîne, lisent leurs notes et agitent frénétiquement leurs doigts ornés de chevalières. C'est assommant et Åsa est obligée de se pincer la cuisse pour ne pas bâiller. Elle fusille Michel des yeux tandis que ses collaborateurs continuent à réciter des phrases ineptes qu'ils ont dû répéter toute la nuit devant leur miroir.

Gustaf demeure muet, l'air supérieur. Il jette à David un regard glacial avant de recommencer à l'ignorer.

Peter, lui, a du mal à rester de marbre. On voit qu'il est choqué et offensé. Il est écarlate et la colère forme comme un halo autour de lui. Attention, il ne faudrait pas qu'il nous claque entre les doigts, se dit Åsa.

Elle contemple les deux hommes de HC en feignant de prendre des notes.

David Hammar est d'un sex-appeal presque irréel. Un vrai top model. Il semble parfaitement insensible dans son costume sur mesure, dénué d'affect.

Jamais Åsa ne le reconnaîtrait, mais David lui fait un peu peur.

Elle pose ensuite les yeux sur Michel et tente de se cuirasser contre ces sentiments qu'elle refuse. Il est calme, lui aussi, bien sûr, même si elle voit dans ses iris noirs une vie, des émotions. Il ne parvient pas à être aussi froid que David. Il a toujours éprouvé de la passion et de la compassion. Il ne peut pas le dissimuler complètement. Ses cils interminables battent lentement. Mince alors ! Ce qu'il est beau !

La conversation s'enlise.

Åsa sent poindre une migraine. Elle lance à Gustaf un regard éloquent. *Concluons !*

Gustaf opine du chef, comme s'il avait entendu. Malgré son sexisme, dont il ne se cache pas, il lui arrive d'écouter ses conseils – sans doute parce que Åsa vient d'une famille plus noble que la sienne et qu'elle n'entre jamais en conflit avec lui. Après quelques phrases inutiles et des menaces à peine voilées, ils sortent de la pièce au pas de charge. Les propriétaires, elle, et l'armada de juristes.

Personne ne se serre la main.

— Et maintenant, qu'est-ce qu'on fait ? s'enquiert Peter lorsqu'ils sont de nouveau dans la voiture.

Il fixe Åsa, qui regarde par la fenêtre.

Pas la moindre idée, crétin ! Ils vont nous réduire en lambeaux.

— Attendons de voir, dit-elle à haute voix.

Elle est étonnée des sentiments qu'elle éprouve malgré tout pour Michel. Ce qu'il lui a fait – et ce qu'il a fait à son chef – ne compte donc pas ? Il l'a dupée avec ses belles paroles, lui laissant croire qu'il avait envie de s'entretenir avec elle, d'apprendre à la connaître, alors qu'au même moment il préparait son foutu coup d'État !

Lorsqu'ils arrivent à Investum, Åsa remonte rapidement dans son bureau et claque la porte derrière elle.

Qu'importe ce qu'il a fait, ce salaud, elle le désire comme elle n'a jamais désiré personne. Elle veut que cet homme soit à elle.

Le lendemain soir, Åsa reste au boulot beaucoup plus tard que de coutume. Elle s'apprête à partir lorsqu'elle se rend soudain compte de quelque chose. Elle se lève, traverse le couloir et frappe au bureau de Peter. Il la fixe de ses yeux injectés de sang. C'est la première fois qu'elle le remarque, mais les tempes de Peter ont commencé à grisonner. À peine quelques années de plus qu'elle, et déjà les cheveux poivre et sel ! Il a l'air usé, la mine défaite. Elle se demande s'il boit. Pas qu'elle juge les gens portés sur la bouteille. Mais, malheureusement pour Peter, il ne supporte pas très bien l'alcool, n'en déplaise à ses origines russes.

— Qu'est-ce que tu me veux ? crache-t-il.

Il semble être à deux doigts de la crise cardiaque. S'il ne prend pas garde, Louise se retrouvera bientôt veuve.

— Quand as-tu parlé avec Natalia pour la dernière fois ?

Åsa n'a pas la force d'éprouver de l'empathie pour lui et les terribles choix qu'il a faits. Si les gens s'entêtent à gâcher leur vie, c'est leur problème. Quant à elle, elle est bien trop occupée à ne pas tirer des leçons de ses propres erreurs.

Peter se contente de secouer la tête d'un air agacé en réponse. Son téléphone se met à sonner et il lui ordonne de sortir d'un geste de la main.

Åsa retourne à son bureau, elle pose les pieds sur la table et fixe le plafond. Devrait-elle s'inquiéter ? Se faire de la bile, ce n'est pas son truc. Tout le monde pense qu'elle est une bonne juriste parce qu'elle semble maîtresse d'elle-même et détendue. En réalité, c'est plutôt qu'elle se fiche de tout ce qui l'entoure.

Elle observe ses mains et ses doigts. Elle a besoin d'une manucure, d'un massage et de sexe. Pas de crise, de chaos et de sentiments. Elle a horreur des sentiments. Elle ferme les yeux, mais les ouvre aussitôt en entendant frapper à la porte. C'est sa secrétaire. Åsa lève les sourcils d'un air interrogateur.

— Une femme cherche à vous joindre. Gina. J'ai mis l'appel en attente.

— Gina ?

Cela ne lui dit rien. C'est un nom étranger et elle ne connaît aucun étranger. Hormis Michel, bien entendu. Elle lance un regard excédé à l'assistante. Son travail n'est-il pas de filtrer les coups de téléphone ?

— Vous feriez mieux de lui parler, dit-elle, impassible.

Åsa soupire.

— D'accord, transférez-moi l'appel.

La sonnerie retentit et elle décroche.

— Oui ?

— Åsa Bjelke ?

— Qui est-ce ?

— Je suis Gina. Je fais le ménage chez Natalia De la Grip.

L'inquiétude s'empare d'elle si vite qu'elle a l'impression d'avoir été frappée en pleine poitrine. Elle a reçu un appel similaire. Un appel inattendu, sorti de nulle part. Un appel poli qui a dégénéré en un chaos indescriptible.

Je suis désolé, ils sont tous morts.

Avez-vous un proche à qui vous pouvez téléphoner ?

Son champ de vision s'obscurcit et elle voudrait s'effondrer sur le sol. *S'il est arrivé quelque chose à Natalia, je me suicide.* Pas de réaction hystérique. Une simple constatation. Car il vient un moment où les pertes deviennent trop lourdes à supporter et Åsa ne s'est jamais considérée comme une femme forte. Si Nat meurt, alors elle aussi. C'est aussi simple que cela. Elle serre le combiné jusqu'à se faire une crampe à la main.

— Allô ? Vous êtes toujours là ?

La voix posée à l'autre bout du fil ramène Åsa à la réalité. Elle écarte ces pensées morbides. La femme semble bien trop calme.

— Je suis désolée, dit Åsa avec un tremblement dans la voix. On ne se connaît pas, mais qu'est-il arrivé à Natalia ?

— Je suis inquiète, répond Gina après une petite pause. Natalia ne me laisse pas entrer. Elle m'a déjà payée, mais elle ne m'ouvre pas.

Soudain, Åsa a une révélation.

— Ah ! Vous êtes la femme de ménage de Natalia ?

Elle se souvient vaguement d'une jeune femme étrangère, très sérieuse.

Il y a un court silence blessé puis une réplique froide :

— Son aide-ménagère, oui.

Åsa a attrapé son sac à main et se dirige déjà vers la porte.

— Je cours chez elle !

Elle se tait. Puis elle ajoute, légèrement gênée d'exprimer sa gratitude :

— Merci de m'avoir appelée.

Mais la femme de ménage – *l'aide-ménagère* – a déjà raccroché.

Åsa saute dans un taxi et en descend quelques minutes plus tard devant le portail de Natalia. Elle sonne à l'interphone. N'obtenant pas de réponse, elle appuie méthodiquement sur chacun des boutons jusqu'à ce que quelqu'un lui ouvre.

L'ascenseur monte en grinçant, sans se presser, ce qui laisse le temps à Åsa de se couvrir de reproches. Au milieu du chaos, elle n'a pas eu une minute pour penser à Natalia, se demander comment elle allait. Bon sang, elle sait pourtant à quel point son amie est attachée à David. Son égocentrisme et son obsession pour Michel lui ont fait oublier que Natalia a de quoi prendre tout cela de façon encore plus personnelle.

Ce n'est pas seulement le fait que Nat ait été trahie une deuxième fois. Après le coup de poignard dans le dos de Jonas, qui l'a abandonnée alors qu'elle était ravagée par la nouvelle de sa stérilité, Åsa a vu le désespoir, la dépression de son amie, mais n'a pas su comment réagir – et elle s'en veut terriblement.

Pauvre Natalia qui a toujours lutté pour trouver sa place dans la famille, qui a dû se battre contre l'impression de ne jamais être à la hauteur, de ne pas pouvoir l'être parce qu'elle était une femme. Nat était amoureuse de Jonas, Åsa en est sûre. C'était un amour sincère et son amie voulait fonder une famille. La rupture – et la raison de la rupture – a sérieusement entamé sa confiance en elle. Puis David est arrivé et elle est tombée sous son charme, évidemment.

Tout cela n'augurait rien de bon.

Åsa écoute le couinement des chaînes et le crissement du fer ancien. Natalia est une femme forte. Mais elle est aussi fragile. Elle croit qu'Åsa ne l'a pas remarqué. Or, Åsa n'ignore pas que c'est à force de travail, de rares périodes de repos et d'exceptionnels accès d'exercice physique que Natalia a tenu en échec cette satanée faiblesse. La question est de savoir ce qui s'est passé à présent.

Åsa sonne chez Natalia. Pas de réponse. Elle continue à sonner, sonne encore, puis se met à tambouriner sur le battant en hurlant.

— Ouvre, bordel !

Un voisin passe la tête dans l'embrasure de sa porte, derrière la chaîne de sécurité.

Åsa l'ignore.

— Natalia !

Le voisin écarquille les yeux.

Enfin, Åsa entend le verrou coulisser.

La porte s'entrebâille et le visage de Natalia apparaît.

— Qu'est-ce que tu veux ?

Le soulagement met Åsa en colère.

— Natalia, tu m'as foutu la trouille ! Ouvre-moi avant que quelqu'un appelle la police !

Natalia fait un signe de tête à son voisin.

— Tout va bien, dit-elle d'une voix enrouée. On se connaît.

Elle pivote vers Åsa.

— Entre.

Åsa pénètre dans le vestibule. Il fait sombre et ça sent le renfermé. Des enveloppes et des journaux jonchent le sol, sous la fente à courrier. Natalia précède son amie en traînant des pieds. Elle est emmitouflée dans une couverture, ses cheveux décoiffés tombent sur ses épaules et elle porte des chaussons crasseux. Bien qu'il fasse beau dehors, l'appartement est plongé dans la pénombre et Åsa remarque que tous les rideaux sont tirés. Voilà qui ne présage rien de bon. Et Natalia a l'air si mal ! Comme si elle s'était brisée.

Åsa lutte contre une vague de panique, contre l'envie de fuir, contre l'angoisse qui entoure Natalia comme un nuage informe et qui est si contagieuse. Elle ne le savait pas avant – avant la thérapie – que l'angoisse se transmet.

— Tu as parlé avec J-O ? fait Åsa.

Sa voix semble bien trop puissante dans le silence.

— J'ai appelé son assistante pour dire que je suis malade. Je n'ai pas la force de parlementer avec lui.

Elles entrent dans le salon et Åsa s'assied dans un canapé. Natalia se laisse tomber dans un fauteuil. Ainsi pelotonnée, les pieds sous les fesses, elle ressemble à une adolescente. Ses yeux sont caves et sa peau est presque translucide. Åsa tente de lui cacher son choc.

— Tu as mangé ?

Natalia pose le menton sur les genoux. Elle a des cernes gris sous les yeux.

— J'ai googlé David Hammar. J'ai lu tout ce qu'il a fait, l'informe-t-elle d'une voix vide.

Elle montre du doigt des papiers imprimés qui s'entassent tout autour d'elles. Åsa aperçoit le visage de David en photo dans différentes rubriques.

— Tous les gens qu'il a ruinés au fil du temps, poursuit Natalia. Les femmes avec qui il a baisé. Les familles qu'il a détruites. Tu savais qu'il a acheté une villa uniquement pour la faire raser ? Un édifice historique !

Elle brandit un article. Voyant qu'Åsa ne le prend pas, elle le lâche et en ramasse un autre.

— Et là. Cet homme était son ennemi. David a couché avec son épouse. Ils ont divorcé à cause de lui.

— C'est vraiment ce qui est écrit ?

Natalia hausse les épaules.

— Je me suis connectée sur Flashback, le réseau social. On y parle beaucoup de David Hammar. On le traite de salaud. Entre autres.

Elle enroule une mèche autour de son doigt, frénétiquement.

— Natalia…

— Je comprends maintenant.

Sa voix est tout à coup devenue animée, emportée. Ses yeux semblent brûler dans la pénombre confinée. Åsa est parcourue d'un frisson glacial.

— J'aurais dû m'en apercevoir plus tôt, continue Natalia. Il m'a mise dans son lit pour punir ma famille. Pour se venger. Tu te rends compte ?

Sa voix se brise. Åsa voit que ses lèvres sont gercées.

— Il a soif de revanche ! Et il a sans doute des alliés puissants.

Sa voix monte dans les aigus et elle cligne des yeux. Ses paupières s'abaissent et se relèvent sur des yeux secs. Åsa se remémore cette sensation. Exactement la même. Elle se souvient du choc lorsque l'inimaginable s'est produit. L'incapacité à envisager ce qui ne peut pas être vrai. L'impression de tomber dans le vide, dans un cauchemar qui ne prendrait jamais fin.

Elle déglutit. Elle ne veut pas être ici, ne veut pas se retrouver face à cette angoisse. Toute sa vie adulte, elle a fait en sorte d'éviter l'angoisse. Elle n'a pas de stratégie pour la combattre.

— Ça fait combien de temps que tu n'as rien avalé ? Tu as quelque chose à manger chez toi ?

Natalia tousse violemment. À deux reprises. Son corps se recroqueville à chaque quinte. Elle s'essuie la bouche.

— Je vais te chercher un peu d'eau ?

— J'ai si mal, chuchote Natalia.

— Je sais.

Oh, comme je le sais.

— J'ai mal partout. Je suis à bout de forces.

Åsa opine du chef. Elle comprend cette sensation. Comme si tout l'organisme tombait en panne.

Elle se lève et va explorer la cuisine. Le réfrigérateur est complètement vide. Pas de vaisselle dans l'évier. Elle n'a pas mangé. Pas de verres ni de bouteilles. Elle n'a donc pas bu non plus, mais Natalia a toujours été raisonnable question alcool. Åsa emplit un verre au robinet et l'apporte à son amie.

— Tu ne devrais pas être avec ta famille ? Tu veux que j'appelle ta mère ?

Natalia accepte le verre et lui lance un regard sarcastique. L'autre Natalia, celle qui n'a pas eu le cœur brisé, la Natalia intelligente, compétente, transparaît.

— Personne ne m'a téléphoné et j'en suis reconnaissante. Je n'ai pas la force de leur parler.

Elle avale un peu d'eau et esquisse une grimace, comme si déglutir la faisait souffrir.

— Je suis vraiment malade, gémit-elle d'une voix rauque avant de s'affaler à nouveau dans le fauteuil. Une grippe ou quelque chose dans le genre. J'ai la nausée. J'ai mal au ventre, à la gorge.

Elle renifle et pose une main sur sa poitrine.

— J'ai mal ici, au cœur.

Natalia a réellement l'air patraque. Sauf si... Une pensée traverse l'esprit d'Åsa et elle lance, sans réfléchir :

— Tu ne serais pas enceinte ?

Åsa est paralysée par la haine qui enflamme tout à coup les yeux de Natalia. Depuis qu'elles se connaissent, Åsa n'a jamais vu son amie aussi furieuse. Des taches rouges apparaissent sur son cou blanc comme un linge.

— On s'est protégés ! J'ai eu mes règles !

Elle reprend sa respiration.

— Et surtout, au cas où tu l'aurais oublié, je suis *stérile* ! hurle-t-elle, et Åsa réfrène un mouvement de recul.

Natalia la dévisage. Sa gorge est crispée, elle ne cligne pas des paupières, elle regarde Åsa sans ciller, les yeux écarquillés.

— Et je n'ai plus la force de faire semblant ! Si tu es mon amie, arrête de me lancer des piques. Sinon tire-toi d'ici. Je ne veux plus te voir, fait Natalia d'une voix tremblante de rage.

Et soudain la colère disparaît aussi vite qu'elle est venue. Remplacée par une douleur, une immense susceptibilité. Cette saute d'humeur effraie Åsa plus que toute autre chose. Parce que si Natalia perd la raison, il n'y a plus rien de stable dans ce monde.

Åsa déglutit.

— Je suis ton amie. Je sais que c'est atroce. Qu'il ait pu te faire ça…

Elle secoue la tête et sent monter en elle quelque chose qui ressemble fort à de la haine contre David Hammar.

— Je n'imagine même pas comment tu te sens.

Elle n'ose pas toucher Natalia. Elles n'ont jamais été spécialement proches physiquement et Natalia n'est pas du genre à prendre les gens dans ses bras.

— Mais je suis ton amie, Nat. Et tu es la mienne. Ma seule vraie amie. Je ne voulais pas te blesser. Je suis là et je ne t'abandonnerai pas.

Les yeux de Natalia sont secs, mais brillants. Elle a l'air d'avoir de la fièvre. De nouvelles taches rouges sont apparues sur son cou. Peut-être a-t-elle réellement attrapé la grippe. Soudain, tout son corps se met à trembler dans le fauteuil. Ses épaules sont agitées de spasmes sous la couverture. Comment peut-on rapetisser à ce point en seulement deux jours ?

— Il raccroche quand j'essaie de l'appeler. C'est atroce.

Elle renifle et lance à Åsa un regard si désespéré qu'il lui donne envie de pleurer. Elle ne pardonnera jamais à David Hammar.

— Ça fait si mal que j'ai l'impression d'être brisée, murmure Natalia.

— Je sais.

— Je n'ai plus le courage d'être forte.

— Non, c'est moi qui suis forte, maintenant. Je suis là pour toi, rien que pour toi. Je suis de ton côté.

— Promets-le-moi, dit Natalia d'une voix faible, semblable à celle d'un enfant.

Åsa pose la main sur l'épaule de son amie – un geste inhabituel.

— Je te le promets.

— Merci.

Et Natalia éclate en sanglots.

Enfin.

37

Vendredi 18 juillet

— David ?

David lève la tête de son écran. Absorbé par son travail, il lui faut quelques secondes pour que ses yeux s'ajustent. Malin Theselius se tient dans l'embrasure de la porte, l'air préoccupée.

— Oui ?

— Tu as de la visite. La réceptionniste ne savait pas quoi faire.

David plisse le front. C'est le boulot de Jesper, son assistant, de s'occuper des visiteurs, de s'assurer qu'aucun individu non autorisé ne pénètre dans le bâtiment. Depuis lundi, ils sont assaillis de journalistes et de reporters, mais jusqu'à présent, personne n'a réussi à entrer sans y être invité.

— Où est Jesper ?

Malin lui lance un regard réprobateur.

— On est vendredi soir. Jesper a bossé non-stop depuis lundi.

— Et alors ?

— Tout à l'heure, il s'est endormi debout dans la cuisine.

— On peut vraiment s'endormir debout ?

David est sceptique. Malin esquisse un mouvement d'épaules.

— En tout cas, je lui ai dit de rentrer.

David jette un coup d'œil à sa montre. Vingt heures passées. Il décide donc de faire preuve d'indulgence. Il se demande de quel journaliste il peut bien s'agir cette fois-ci. Il a l'impression d'avoir déjà parlé avec tous les reporters du monde.

— Qui est-ce ?

Malin secoue la tête, l'air préoccupé.

— Ce n'est pas un journaliste. C'est Natalia De la Grip.

Il se fige.

Natalia.

Ses messages ont cessé d'arriver lundi dans la soirée et elle ne lui a plus donné signe de vie. Combien de fois a-t-il pensé à elle depuis ? Des centaines ?

— Je la renvoie ?

— Non ! s'empresse-t-il de répondre.

Ils ne peuvent pas la mettre à la porte. Et, tôt ou tard, il faudra bien qu'ils se voient. Il ignore l'étrange sentiment qui s'empare de lui, se persuade qu'il n'éprouve rien du tout.

— Où est-elle ?

— Elle attend dans la petite salle de conférences.

Il ferme son ordinateur portable.

— Merci. Au fait, Malin, tu peux y aller.

— Je peux rester si tu as besoin de moi.

David secoue la tête. Elle a l'air au bout du rouleau.

— Rentre chez toi. Et ne reviens pas avant lundi. C'est un ordre.

Elle lui adresse un sourire fatigué, les yeux cernés.

— Appelle-moi en cas d'urgence, dit-elle avant de disparaître.

David se lève et se dirige vers la salle de réunion.

Il la voit, debout devant la fenêtre. Une émotion l'envahit, une sensation. Elle se tient droite comme une danseuse, les cheveux tirés dans un chignon sévère. Hormis les perles qui brillent autour de son cou, elle est en gris et il pense au surnom que l'on donne aux meilleurs banquiers corporate : les éminences grises.

— Bonjour, dit-il à voix basse.

Elle se retourne.

Ses grands yeux semblent flamber au milieu de son visage pâle. Elle est sérieuse, presque renfrognée. Aucune chaleur, pas de sourire, de main tendue. David ne s'attendait à rien de tel, mais tout de même. Qu'est-ce que cela fait mal de la voir dans cet état !

Elle se redresse.

— Bonjour, David, prononce-t-elle d'un ton glacial.

Il a l'impression d'être face à une étrangère. Il remarque que les doigts qui serrent son sac à main sont tout blancs. Hormis cela, elle semble calme, indéchiffrable.

— Je ne vais pas te déranger longtemps, commence-t-elle, et sa voix réveille en lui une douleur.

Il examine son visage, y cherche quelque chose.

— Mais j'ai besoin de savoir... Est-ce que je faisais partie du plan ?

Il cligne des yeux.

— Comment ça ? demande-t-il, bien qu'il se doute de la suite.

Merde ! Merde !

— J'ai bien compris que tu as des raisons personnelles de vouloir prendre le contrôle d'Investum. Personne dans ma famille ne dit rien, mais nous savons tous les deux qu'il ne s'agit pas que d'une transaction commerciale.

— Non, pas seulement.

— Mais... coucher avec moi ?

Sa voix est calme, presque détachée. Seul le petit chevrotement en fin de phrase trahit une émotion.

— Ce que nous avons fait ensemble, ça ne signifiait rien du tout pour toi. C'était juste une manière de t'en prendre à ma famille.

Elle croise les bras.

— Tout ça n'était qu'un mensonge, n'est-ce pas ? Un jeu pour nous faire le plus de mal possible ?

David enfonce les mains dans ses poches de pantalon pour qu'elle ne voie pas à quel point elles tremblent. Il ne sait que dire. Il se sent complètement vide. Les derniers jours ont dû être infernaux pour Natalia. Tous les journaux ont glosé à l'infini sur les De la Grip. Les moindres détails ont été révélés sur les parents, les frères, les affaires, et même sur Natalia. Il observe cette silhouette blême, vêtue de gris, presque transparente. Cette femme discrète, intègre. Tout a été écrit noir sur blanc sur les blogs et dans la presse à scandale. Souvent avec des titres racoleurs. On a divulgué la stérilité de Natalia, publié un portrait de Jonas Jägerhed, interviewé un autre ex-petit ami. Tout cela a été étalé sur la place publique. Et c'est, entre autres, sa faute, celle de Malin, de HC. Il est presque pris d'un haut-le-cœur lorsqu'il pense aux informations qu'ils ont fait fuiter sur Peter et Gustaf. Les bonus, les avantages et les accords secrets ont, par leur entremise, fini dans les médias de masse et porté préjudice aux deux hommes. HC a joué franc-jeu, mais ce jeu a inéluctablement sali la réputation du reste de la famille et blessé Natalia.

— Natalia, je…

— Tu savais qu'Investum était au beau milieu d'une affaire qui rendait l'entreprise vulnérable ? C'était *mon* affaire, la mienne ! Nous nous trouvions dans une période sensible. Et secrète.

Elle fait un pas vers lui et il voit ses joues roses, ses yeux brillants, comme si elle avait de la fièvre.

— Tu le savais, David ? l'interroge-t-elle d'une voix aussi glaciale que l'Arctique. C'est pour *ça* que tu m'as invitée, que tu as flirté avec moi ? Avec tes putains de flatteries, tes compliments hypocrites !

David secoue la tête lentement. La douleur qui se reflète dans le visage de Natalia est presque insoutenable. Elle vaut tellement plus que cela !

Et pourtant...

Si c'était à refaire... agirait-il différemment ? Éviterait-il tout ce qu'il n'a pas évité ? En réalité, il ne le sait pas. Parce qu'il ne parvient pas à imaginer un scénario où lui et Natalia n'auraient pas appris à se connaître, ne seraient pas devenus amants.

— Je me doutais qu'il se passait quelque chose. Tu sais aussi bien que moi qu'il y a toujours des bruits qui courent. Je dois réussir à faire la part des choses, c'est mon boulot. Et en effet, je soupçonnais qu'une fusion était en cours.

Le visage de Natalia devient gris et il sait à quoi elle pense. Elle se souvient qu'elle était à deux doigts de se confier à lui, avant qu'il ne l'arrête.

— Et j'ai dit..., commence-t-elle.

Sa voix se brise et elle est obligée de se racler la gorge avant de reprendre.

— Je t'ai raconté...

— Tu ne m'as rien appris !

Et c'est vrai. Même si cela n'empêchera pas Natalia de s'en vouloir. Il serre les poings dans ses poches. Il savait qu'elle allait s'en vouloir. Il savait aussi qu'elle allait *le* détester et le mépriser. Il s'est persuadé que ce serait difficile, mais supportable.

Ce qu'il n'avait pas prévu, c'est qu'elle se blâme et se haïsse à ce point, et qu'il ait l'impression de recevoir des coups en pleine poitrine, encore et encore, jusqu'à lui couper la respiration. S'il existe des douleurs atroces, elles doivent ressembler à cela.

Natalia contemple un David dénué d'expression. Il n'a pas dit grand-chose, l'a surtout écoutée, le regard distant et les mâchoires contractées. Elle ignore ce qu'elle espérait tirer de cette discussion, mais il lui semblait nécessaire de le revoir, cet homme qui l'a bernée de toutes les manières possibles.

La visite d'Åsa l'avant-veille a représenté un tournant. Après avoir pleuré toutes les larmes de son corps, elle s'est assoupie à l'aide d'un somnifère fourni par son amie. Lorsqu'elle s'est réveillée le lendemain matin, elle s'est aperçue qu'elle réussissait de nouveau à respirer. Åsa a appelé Gina et, quand la femme de ménage lui a servi à manger, elle a avalé son repas sans rechigner. Elle a dormi encore quelques heures, puis versé encore quelques larmes. Ensuite, elle a pris conscience qu'elle devait *absolument* voir David. Qu'elle devait conclure cette histoire – quelles qu'en soient les conséquences.

Se doucher, s'habiller a drainé toute son énergie et elle s'est obligée à se concentrer sur le côté pratique. La grippe l'a affaiblie et elle a dû se reposer plusieurs fois pendant sa préparation. Elle a eu toutes les peines du monde à se rendre jusqu'au siège de HC. Elle a dû attendre quelques minutes devant le portail pour rassembler ses forces avant de monter. Plusieurs fois, le courage est venu à lui manquer. Ce n'est qu'en entrant dans le hall d'accueil désert qu'elle a pris conscience de l'heure qu'il était. C'est comme si elle avait vécu hors de l'espace et du temps pendant ces derniers jours.

Elle était à deux doigts de tourner les talons lorsque la directrice de la communication l'a gentiment conduite ici. Natalia balaie des yeux la pièce luxueuse. Cela sent l'argent, le capital, la réussite. Chaque objet, chaque tableau semble d'une valeur inestimable. Les meubles et l'aménagement intérieur sont visiblement faits pour impressionner. C'est comme ça que doit être David : superficiel et obsédé par le fric. Et maintenant que Natalia affronte son visage figé et son regard inflexible, elle sait qu'elle a bien fait de venir, que les accusations portées contre lui sont vraies. Toute cette histoire n'a été qu'une chimère.

Le fantasme désespéré d'une femme crédule et seule.

Oui, il l'a utilisée. Mais elle s'est aussi laissé abuser, alors qu'elle aurait dû se méfier. Pourtant elle se sent mieux, car, aussi étrange que cela puisse paraître, voir David lui redonne un semblant d'énergie. À présent, en découvrant la froideur de son regard, en prenant conscience qu'il n'a jamais rien éprouvé pour elle, elle touche enfin le fond. Et, lorsqu'on est tombé si bas, on ne peut que remonter.

Natalia se recentre sur elle-même, cherche quelque chose et trouve le sentiment qui va la guider à partir de maintenant et dans lequel elle va puiser de la force, et tout ce dont elle a besoin : la rage.

Bien. À présent, elle peut accepter toute la tristesse, la honte, la culpabilité qu'elle ressent et laisser ces sentiments travailler pour elle.

— Au revoir, David, dit-elle.

Elle fait volte-face et quitte la pièce, le dos droit et la démarche assurée.

Elle va se servir de sa rage et faire la seule chose qu'elle sait faire.

Se battre.

38

Lundi 21 juillet

— Natalia De la Grip ?

Natalia referme et repose le magazine féminin qu'elle était en train de feuilleter. C'est un ancien numéro, heureusement : pas de potins concernant le coup d'État de David. Elle a néanmoins vu une photo d'Alexander prise pendant une fête à New York.

— Oui !

Elle se lève et serre la main de la médecin venue la chercher dans la salle d'attente.

— Bonjour, je suis Isobel Sørensen. Bienvenue.

La poignée de main d'Isobel est ferme, presque trop. Elle est d'une beauté incroyable avec ses cheveux rouge feu et ses taches de rousseur.

— On vous a déjà fait la prise de sang ?

Natalia acquiesce.

— Oui, on m'a prélevé plusieurs tubes.

— Parfait. On va bien s'occuper de vous.

Natalia observe la femme de plus près.

— Nous sommes-nous déjà rencontrées ? demande-t-elle, car cette Amazone à la chevelure d'incendie lui est familière.

— Oui, à Båstad, répond Isobel en hochant la tête. Nous étions à la même soirée.

Natalia se souvient de la femme rousse qui discutait avec Alexander.

— Vous êtes une amie de mon frère ?

Sur le visage d'Isobel se dessine un sourire sarcastique qu'elle n'a pas le temps ou l'envie de cacher. Il disparaît aussi vite.

— Non, se contente-t-elle de dire en ouvrant la porte de son cabinet. Entrez.

Natalia s'assied dans le fauteuil réservé aux patients.

Isobel s'installe à son bureau, jette un coup d'œil à son dossier puis pose son regard sur Natalia. Son expression est neutre, professionnelle.

— Il est écrit que vous voulez faire un bilan de santé, c'est pour ça que je vous ai fait faire une prise de sang. Comment vous sentez-vous ?

De grands yeux intelligents scrutent Natalia avec attention.

— Ça peut aller. J'ai eu une sorte de grippe la semaine dernière, mais ce n'est pas pour ça que je suis ici. J'ai travaillé dur et, comment dire, il y a eu beaucoup de choses ces derniers temps...

Natalia se tait, elle ignore ce qu'Isobel connaît de sa vie. Elle se sent transparente, déteste être exposée de la sorte. Mais elle veut faire ces examens. La rencontre avec David vendredi dernier l'a réveillée de sa torpeur. Maintenant que le week-end est passé, elle est prête à aller de l'avant.

— Je comprends.

Isobel a la voix calme et Natalia a l'impression que c'est vrai – qu'elle la comprend.

Elle se tortille sur sa chaise. Son médecin habituel, un homme d'un certain âge, a pris sa retraite et a été remplacé, et Natalia ne se sent pas tout à fait à l'aise avec cette femme qui a l'air à peine plus âgée qu'elle.

— Je veux juste m'assurer que tout va bien. Prendre soin de moi. Ça m'a semblé naturel de venir ici.

Elle se tait et promène son regard sur les posters et les toiles aux couleurs vives. Une planche anatomique des muscles et des tendons est suspendue près de la fenêtre. Sur le tableau d'affichage sont épinglées deux photos, comme deux carrés sérieux au milieu du décor clair et impersonnel. La première représente Isobel entourée d'un groupe d'enfants noirs tout sourire. Sur la seconde, elle pèse un nourrisson sous-alimenté sur une balance rudimentaire. Natalia aperçoit le logo d'une ONG sur l'un des clichés.

— Vous travaillez pour eux ?

Isobel acquiesce de la tête.

— Quand je ne suis pas ici. C'est bien d'alterner.

Natalia se mord la lèvre inférieure, honteuse de ses préoccupations de riche. Un peu de fatigue ou une carence en vitamines, qu'est-ce que ça peut bien faire ? Elle est en bonne santé, vaccinée, elle a un toit au-dessus de la tête et mange à sa faim.

— Vous avez bien fait de venir, la rassure Isobel comme si elle avait lu dans ses pensées. En attendant les résultats des analyses, nous allons faire un examen somatique complet, ça vous va ?

Une fois qu'Isobel a ausculté Natalia à l'aide de petits mouvements efficaces, qu'elle lui a fait subir un électro-cardiogramme, que Natalia a l'impression d'avoir été examinée sous toutes les coutures et palpée partout, ganglions et seins – oui, même les seins –, la médecin conclut en disant :

— Une dernière chose, je fais généralement faire un test de grossesse aux femmes de votre âge.

Natalia ajuste ses vêtements.

— Inutile. Je viens d'avoir mes règles. Et je ne peux pas avoir d'enfants.

Isobel opine du chef, tape quelque chose à l'ordi-nateur puis regarde Natalia.

— Vous ne prenez pas la pilule ?

Natalia baisse les yeux sur ses mains jointes. Elle a horreur de ces questions de routine.

— Non. Comme je vous l'ai dit, je suis stérile.

Isobel lui fait un signe de tête encourageant.

— Comment le savez-vous ?

Natalia se mord la lèvre.

— Mon ex-fiancé et moi avons fait des examens qui l'ont montré.

— Je vois. Avez-vous eu des rapports sexuels non protégés dernièrement ?

Natalia se sent rougir, ce qui l'embarrasse encore plus.

— Non. Enfin, oui, j'ai eu des rapports dernièrement, mais protégés, avec un préservatif. Je n'ai pas envie d'attraper une MST.

Elle pensait accompagner sa dernière phrase d'un petit rire, mais il lui reste en travers de la gorge.

— C'est sage, dit Isobel en lui tendant un bocal. C'est un examen de routine, ajoute-t-elle d'un ton qui n'invite pas au dialogue.

Agacée, Natalia prend le flacon, va aux toilettes et fait ce qu'on lui a demandé. Elle le rend ensuite à Isobel qui le reçoit, s'excuse et quitte la pièce.

Natalia tripote le sparadrap et la compresse dans le pli du coude. Elle décide qu'elle n'aime pas cette médecin autoritaire.

Isobel revient avec des papiers à la main.

— J'ai les résultats des analyses de sang.

— Déjà ?

— Notre laboratoire est très efficace.

Isobel parcourt les feuilles du regard puis lève la tête.

— Tout est normal, annonce-t-elle. Aucune inquiétude à avoir. Foie, vitesse de sédimentation, sucres… tout va bien.

Parfait. Il ne lui reste plus qu'à acheter des vitamines et des compléments alimentaires et elle sera de nouveau sur pied. Natalia s'apprête à rassembler ses affaires pour partir.

On frappe à la porte. Une infirmière portant des chaussures en caoutchouc entre à pas feutrés et tend un autre document à Isobel. Elle le lit rapidement puis se tourne vers Natalia.

— Vous m'avez dit que vous avez eu la grippe la semaine dernière.

— Oui. Ou un rhume.

Isobel la fixe longuement et Natalia se met à cligner nerveusement des paupières. Il y a quelque chose qui cloche. Elle le sent.

— Qu'est-ce qu'il y a ?

Isobel sourit aimablement.

— Savez-vous que vous êtes enceinte ?

Natalia éclate d'un petit rire sans joie.

— Sauf que je vous ai dit tout à l'heure que c'est impossible.

Isobel regarde à nouveau ses papiers.

— Selon votre test urinaire, vous l'êtes. C'est encore à un stade très précoce, mais vous êtes clairement enceinte.

— Mais je ne peux *pas* tomber enceinte, répète Natalia, en colère à présent.

Comment cette femme ose-t-elle se moquer d'elle ainsi ?

— Il doit y avoir erreur.

Natalia descend d'une lignée presque ininterrompue de femmes nobles et de grandes-duchesses. Elle est née comtesse, même si elle n'a jamais utilisé le titre, mais quand elle le veut vraiment, elle est capable de prendre un ton supérieur et hautain, ce qu'elle fait maintenant. Elle est hors d'elle. Elle se lève.

— Qui plus est, je ne me *sens* pas enceinte. Je ne sens rien du tout !

Isobel doit avoir mal lu. Peut-être n'est-elle même pas médecin ? Peut-être est-ce une stagiaire, voire un mannequin, en train de la railler !

— Vous êtes fatiguée ? l'interroge Isobel, impassible.

— Oui, mais...

— Vous avez des nausées ?

— Peut-être.

— Et vos seins ?

Natalia plisse le front. Bien qu'Isobel les ait examinés avec délicatesse, Natalia a senti une certaine douleur.

— Plus sensibles ?

Isobel hausse les épaules comme si elle avait tranché.

— Vous êtes enceinte.

Elle a un mouvement de surprise, avant de se reprendre. C'est absurde. Elle foudroie la médecin du regard. La plaisanterie a assez duré.

— J'ai des papiers qui prouvent que je ne peux pas avoir d'enfants ! Et comme je viens de vous le dire, je n'ai pas eu de rapport non protégé.

Un immense soulagement l'envahit lorsqu'un autre détail lui revient en mémoire.

— Et j'ai eu mes règles l'autre jour. Je l'ai aussi mentionné, insiste-t-elle en montrant du doigt les notes sur le bureau d'Isobel. Il y a cinq minutes.

Quel manque de professionnalisme ! Elle va exiger un changement de médecin.

— Je vois que c'est inattendu, répond Isobel, toujours indifférente à la crise de Natalia.

— Inattendu ! Vous vous moquez de moi ? C'est une mauvaise plaisanterie ! On a fini ? Je peux y aller ?

Elle éprouve tout à coup une haine profonde pour cette beauté rousse. Une femme comme elle peut-elle avoir la moindre idée de ce que Natalia a traversé ? Isobel ressemble à une déesse de la fertilité. Elle a sans doute déjà quatre enfants qu'elle a pondus entre ses missions prestigieuses. Natalia va quitter le cabinet et ne plus jamais revenir. Elle va dénoncer Isobel. Appeler quelqu'un de haut placé pour se plaindre, à la Direction générale de la santé, par exemple. On ne peut pas traiter les gens de cette manière !

Isobel se recule contre le dossier de sa chaise et presse les bouts des doigts de ses deux mains ensemble pour former une pyramide. Ses cheveux roux semblent presque agressifs sur sa blouse blanche.

— Les règles que vous avez eues… étaient-elles abondantes ?

Natalia tâche de se souvenir. C'était à Båstad. Elle secoue la tête.

— Non, mais elles ont toujours été irrégulières.

Isobel incline la tête.

— C'est ce qu'on appelle le spotting. Ce sont des petits saignements qui surviennent au moment où l'œuf se fixe dans l'utérus. Et concernant la fertilité, il arrive que des femmes – ou des hommes – qui se croyaient stériles aient des enfants.

Elle hausse les épaules.

— La nature n'est pas une science exacte.

— Mais nous avons utilisé un préservatif, fait Natalia d'une voix faible.

Sa tête se remet à tourner. C'est parfaitement *impossible.*

— Aucun moyen de contraception n'est efficace à cent pour cent. Il peut être mal mis. Ou périmé. Les préservatifs, par exemple, ne doivent pas être conservés trop longtemps.

Non, c'est impossible.

Cela ne peut pas être vrai.

Car Isobel a raison. De toute évidence, les préservatifs qu'elle gardait dans le tiroir de sa commode ne dataient pas d'hier. Soudain, elle se sent tomber. Elle s'effondre sur la chaise.

Isobel se lève, prend un gobelet en plastique qu'elle remplit d'eau et le tend à Natalia.

Elle l'accepte. Sa colère a fondu comme neige au soleil. Elle déglutit, déglutit encore.

— Vous avez déjà vu une chose pareille ? demande-t-elle à voix basse.

Les yeux de la belle femme se remplissent de quelque chose que Natalia ne parvient pas à nommer. Une tristesse infinie, peut-être.

— J'ai travaillé comme médecin dans des pays en guerre et dans des camps de réfugiés. Ce que j'ai vu...

Elle esquisse un petit sourire et montre d'un signe de tête le ventre de Natalia.

— Votre situation n'est pas anormale.

Première nouvelle ! Pour Natalia, la situation est loin d'être normale.

— Êtes-vous dans une relation stable ? reprend Isobel.

— Pardon ?

— Savez-vous qui est le père ?

Natalia hoche la tête faiblement.

— Mais c'est impossible, dit-elle, plus faiblement encore, car elle ne parvient pas à appréhender la situation.

Pendant tant d'années, elle a attendu cela. Tant de mois où une grossesse était la seule chose qu'elle espérait de la vie. Ce désir d'enfant immense et dévorant, qu'elle a dû abandonner.

— Je vois que la nouvelle est difficile à digérer. Vous êtes à un stade très précoce. Une grossesse se calcule à partir du premier jour des dernières règles. Vous seriez donc enceinte de trois semaines. Mais si l'on part du principe qu'il s'agissait de spotting, qui a lieu à la quatrième semaine, ça veut dire que vous êtes à la sixième semaine d'aménorrhée. Ça correspond au résultat du test – ils sont très précis de nos jours. Donc vous êtes tout au début. Ce n'est pas encore un fœtus, c'est juste un embryon, une petite masse cellulaire. Si vous vouliez avorter...

Isobel se tait. Elle considère Natalia avec un regard professionnel. Il n'y a pas de jugement, pas d'avis, juste un profond calme.

Je suis enceinte.

Natalia essaie d'embrasser ce concept. Elle pose une main sur son ventre ridiculement plat. Elle est enceinte de six semaines. Elle porte l'enfant de David. C'est sans doute arrivé le premier soir, la toute première fois. Elle cherche ses mots.

C'est surréaliste.

Voilà ce que c'est. Complètement surréaliste.

— Vous en êtes certaine ?

Isobel opine du chef.

— Si vous le gardez, il faudra songer à en informer le père.

— Je suis obligée ?

— On est au xxie siècle. La plupart des hommes veulent être présents pour leurs enfants. Et les enfants ont besoin de leur père.

Natalia se lève sur des jambes flageolantes. Elle marche jusqu'au lavabo, pose les mains sur la porcelaine froide, se penche en avant et vomit.

Elle halète, s'essuie la bouche et regarde Isobel qui la contemple, toujours assise à son bureau.

— Vous êtes sûre à cent pour cent ?

— Tout à fait.

Natalia ferme les yeux, prend quelques respirations. Elle ouvre les yeux. Fixe le lavabo.

Et vomit à nouveau.

Il y a des jours comme ça.

39

Mardi 22 juillet

Michel sauce les dernières gouttes d'huile et le reste du yaourt avec le pain plat et avale le tout.

— Je pourrais manger libanais tous les jours, constate David, la bouche pleine de houmous et d'aubergine.

Michel a rendu visite à ses parents et sa mère lui a donné un mezzé à emporter dont David et lui se délectent à présent.

Michel attrape sa bouteille d'eau, boit au goulot et tend les jambes devant lui sur la terrasse. Une brise agréable souffle de la mer et la vue sur Stockholm est dégagée. Ils ont accroché leurs vestes aux dossiers de leur chaise et prennent un déjeuner tardif, presque seuls.

— Ma mère est fâchée contre moi. Et contre toi.

— Pourquoi ? Je pensais que ta mère m'adorait ?

— Elle trouve qu'on fait des histoires, qu'on cherche les embrouilles. Il faut que j'arrête de faire des histoires, que je me marie, et lui donne des petits-enfants.

David secoue la tête.

Jesper Lidmark, l'assistant de David, se déplace entre les pots de fleurs sur la terrasse. Il arrose une plante par-ci, retire une feuille fanée par-là. Il jette un coup d'œil dans leur direction.

— Je vous apporte des cafés ?

David acquiesce.

— Tu peux demander à Malin de monter, s'il te plaît ?

Jesper acquiesce avec enthousiasme avant de disparaître.

Michel fronce les sourcils et suit des yeux le jeune homme.

— Il est toujours… ?

David hausse une épaule.

— Peut-être un peu.

Son regard caché par des lunettes de soleil est impossible à interpréter, mais sa bouche sourit.

Jesper Lidmark, qui travaille depuis deux ans pour Hammar Capital, était ivre mort à la dernière soirée de Noël. Dans un accès de sentimentalisme, il a révélé d'une part son homosexualité et d'autre part son amour fou pour David.

Dans un monde aussi homophobe que celui de la finance, c'est presque un suicide social de ne pas être à cent pour cent hétéro. C'est pour cela qu'il faut avoir de belles assistantes, pratiquer des sports masculins et se donner de grosses tapes dans le dos. Michel s'est toujours douté que David avait choisi un étudiant de Handelshögskolan comme assistant pour narguer tous ces hommes blancs d'âge mûr. Et quand le garçon s'est avéré être gay…

À cette fameuse soirée, Jesper a continué à boire jusqu'à piquer du nez.

Le lendemain, il n'est pas venu travailler. Tout le monde était perplexe. Le bureau bruissait de messes basses. David a personnellement appelé son assistant et, depuis ce jour, la conversation téléphonique circule comme une légende urbaine à Hammar Capital – même si l'on ignore encore qui a fait fuiter cette histoire.

Au téléphone, David a informé Jesper qu'une seule chose lui posait problème : l'absentéisme.

— Je suis hétéro, a-t-il poursuivi. Et je suis ton chef. Il ne se passera jamais rien entre nous. En plus, je suis trop vieux pour toi. Allez, amène tes fesses, et que ça saute.

Une heure plus tard, Jesper est apparu à HC, tremblant de tous ses membres, manifestement en proie à une gueule de bois carabinée. Depuis, il n'a pas eu un seul arrêt maladie.

Après les congés de Noël, lorsque Jesper est arrivé au bureau, le visage tuméfié et le regard fuyant, il a été convoqué par David. Le patron a fait avouer à son employé que c'est son propre père, un chef d'entreprise connu, qui a frappé son fils en apprenant son homosexualité.

David a été pris d'un de ses rares accès de colère. Fou de rage, il s'est aussitôt rendu dans le restaurant où le directeur assistait à un repas d'affaires. Devant les clients et les serveurs, David lui a expliqué par le menu ce qui se passerait s'il levait à nouveau ne serait-ce que le petit doigt sur Jesper – l'un des collaborateurs les plus appréciés de HC.

David est retourné au siège, toujours bouillant d'indignation, et a informé Jesper qu'il venait d'acheter une propriété sur Kungsholmen et qu'il pouvait lui louer immédiatement l'un des appartements.

Depuis, Jesper est en couple avec une star de la télé-réalité et s'est installé avec lui, mais Michel est certain que si Jesper Lidmark en avait un jour l'occasion, il donnerait sa vie pour David.

— On travaille quand même dans un secteur de tarés, fait remarquer David de but en blanc.

Michel ne le contredit pas.

— En parlant de tarés, que devient l'oncle russe ?

— Eugen Tolstoj ? Il viendra voter à l'assemblée générale.

— Il est fiable ?

David secoue la tête.

— Je l'espère, mais cet homme est un véritable casse-tête, imprévisible et incontrôlable.

— Il paraît qu'il a des contacts avec la mafia russe.

— Ça ne m'étonnerait pas.

— Pourquoi se retourne-t-il contre la famille ? Gustaf est son beau-frère, Ebba sa sœur. C'est étrange.

— Aucune idée. Mais j'ai eu l'impression qu'il avait ses raisons.

— Donc on a un nombre de voix suffisant ? Tu en penses quoi ?

Impossible d'en être sûr. L'assemblée générale se tient dans une semaine et beaucoup de choses peuvent encore se passer d'ici là. Michel compte et recompte, mais tant de variables entrent en jeu qu'il ne peut être certain de rien. À ce stade, la psychologie importe tout autant que l'économie. Et dans ce secteur, il n'y a qu'une vérité : il ne faut pas vendre la peau de l'ours avant de l'avoir tué.

— Ça ne nous ferait pas de mal d'en avoir plus, constate David en tendant la main pour attraper une olive.

— Tu as parlé à Alexander De la Grip ? s'enquiert Michel au moment où Jesper apporte le café. Merci, Jesper, dit-il en prenant l'expresso.

— Alexander semble avoir des motivations propres, fait David, d'un air pensif. J'ai l'impression qu'il me déteste. On dirait que c'est personnel, ce qui est étrange, car nous n'avons jamais été en contact.

— C'est vrai que tu es tellement populaire !

— Et Åsa ? Tu crois qu'elle va voter pour qui ?

— Elle ne se retournera jamais contre Investum. En plus, je suis sûr que son plus grand souhait est de me faire souffrir, de m'humilier et de me démolir – et toi aussi.

— On ne peut pas trop lui en vouloir, si ? On aurait dit qu'elle voulait nous torturer jusqu'à ce que mort s'ensuive.

Michel est moyennement amusé.

La réunion au Grand Hôtel a marqué un point final à sa potentielle relation avec Åsa, c'est clair.

— Elle sort avec un type différent chaque soir, dit-il bien que cette seule pensée lui fasse mal. Et elle le fait – du moins en partie – pour me tourmenter.

— Comment tu le sais ? Ne me dis pas que tu l'espionnes ?

Il n'a pas l'air de plaisanter.

— Non, répond Michel en sortant son portable personnel. Je ne suis pas encore tombé si bas. Elle m'envoie des photos.

Il montre à David des images d'une Åsa souriante avec différents hommes à ses côtés. Une Åsa qui rit, qui les embrasse.

— Un nouveau mec par jour, depuis mardi, la dernière fois qu'on s'est vus. Déjà sept.

— Dur. Impressionnant, mais dur.

— Elle est furieuse. Je n'aurais jamais dû lui parler.

Michel se l'est répété pendant une semaine : il aurait dû garder ses distances. Mais pas même sa voix intérieure n'est convaincue. À croire que c'est son destin : courir après une femme qui le conspue, le méprise, et qui est folle de rage contre lui. Il savait que cela allait se terminer de la sorte, que le coup d'éclat mis en scène par David et lui allait rendre impossible une relation avec Åsa.

— Pas étonnant qu'elle soit fâchée, répond David avec insouciance, comme si Åsa Bjelke n'était pas la seule femme avec qui Michel se voyait vivre le restant de ses jours.

C'est comme dans ces films où on s'attend à une fin heureuse, mais où quelqu'un meurt dans un accident de vélo.

Michel soupire. Sa famille n'aurait pas sauté de joie s'il lui avait présenté Åsa. Il a six sœurs et, en tant que seul fils, il a reçu des directives claires. Åsa Bjelke n'est pas la belle-fille que son père et sa mère envisagent.

Il secoue la tête, ce n'est pas un problème immédiat, étant donné qu'Åsa le déteste. Les regards qu'elle lui a lancés au Grand Hôtel, lors de la réunion... Il frémit.

S'il parvient, d'une manière ou d'une autre, à l'approcher à nouveau, à briser son mur de ressentiment, il vaut mieux qu'il se prépare à une guerre totale, une lutte sans merci. Elle se battrait de toutes ses forces pour ne pas le laisser gagner.

— On devrait faire entrer au conseil d'administration quelqu'un de l'ancienne garde rapprochée d'Investum, dit-il pour éviter de parler à son chef, collègue et meilleur ami, de son incapacité à oublier Åsa Bjelke. Quelqu'un qui a déjà un pied dans l'entreprise.

— Je sais. J'y ai aussi pensé.

Il y a sept sièges au conseil d'administration. Michel en occupera un de toute évidence et David prendra la présidence. Ils ont plusieurs candidats pour les autres postes. La première mission du conseil d'administration sera de nommer un nouveau président. Ils ont déjà un nom en tête, mais Investum est une grande société. Avoir quelqu'un au conseil qui connaît déjà la maison leur aurait facilité la tâche.

— Natalia aurait été parfaite, si tu ne l'avais pas trahie et trompée, bien sûr.

— C'est vrai, acquiesce David sans se fendre d'un sourire.

Certes, la plaisanterie n'était pas très bonne, Michel en convient. Mais il n'est pas sûr des sentiments de David pour elle. Au cours des années, Michel a vu David avec différentes femmes – des femmes intelligentes, belles, drôles –, mais il n'a jamais vu son ami amoureux. Là, il a bien l'impression que David est tombé sous le charme de Natalia.

— Comment va-t-elle, au fait ?

David hausse les épaules.

— On a parlé vendredi dernier. Mais franchement, je n'en sais rien.

— Qu'est-ce qu'elle a dit ?

David ne répond pas, il disparaît dans ses pensées et Michel sent un frisson lui parcourir l'échine.

— Écoute…

— Investum prépare une riposte, l'interrompt David en lui lançant un regard froid.

De toute évidence, il ne veut plus parler de Natalia.

— Je crois qu'ils me surveillent. Tu as remarqué quelque chose ?

— Non, répond Michel, mais ils savent tous les deux qu'ils doivent être plus vigilants que jamais.

Ils n'ont pas le droit de baisser la garde.

David jette un coup d'œil à sa montre.

— Il faut que je file, fait-il en se levant pour récupérer sa veste sur le dossier de la chaise.

Michel le regarde partir et note qu'il n'a pas dit où il allait. Il secoue la tête. Ah, cette affaire…

David descend les escaliers et se dirige vers sa voiture. Il se retourne. Il ne voit rien de suspect, mais il décide tout de même d'en toucher deux mots à Tom Lexington pour passer en revue les questions de sûreté. Il regarde à nouveau sa montre. Carolina doit être en train d'atterrir. Il va aller la chercher à l'aéroport. Bientôt, il sera obligé de parler d'elle à Michel. Encore un secret qu'il a gardé pour lui bien trop longtemps. Encore une pièce fondamentale du puzzle, qui va influencer Michel.

Il s'installe au volant et met le contact.

Puis il ferme les yeux derrière ses lunettes de soleil un court instant.

Pour un homme qui a planifié cet événement pendant la moitié de sa vie, il est étonnamment peu sûr de lui.

40

Mercredi 23 juillet

Deux jours après la visite chez le médecin, Natalia se rend à Djursholm pour parler à ses parents. Elle s'est mise en arrêt maladie. Comment travailler après ce grand bouleversement ?

Un nouveau bouleversement.

La période actuelle semble en être pleine.

Elle a tout de même réussi à aller au bureau hier, y est restée quelques heures, mais s'est sentie si mal qu'elle a préféré rentrer. Plutôt cela que vomir sur ses collaborateurs. Ce matin, elle a appelé pour se faire porter pâle. Puis elle s'est endormie sur le canapé. Cela ne lui ressemble pas, c'est comme si elle se trouvait dans le corps d'une autre.

J-O n'a pas téléphoné une seule fois et Natalia ne sait pas si c'est bon ou mauvais signe. Peut-être qu'il veut la laisser tranquille, tout simplement.

En tout cas, sa décision est prise : elle va en parler à ses parents. La grossesse aura une influence sur eux aussi, et elle prie pour avoir leur soutien. Et, quoi qu'on en dise, peu importe la relation qu'elle a avec eux, elle est une jeune femme qui attend un premier enfant. Elle veut partager cette nouvelle avec les personnes les plus proches.

En s'engageant sur l'E18 vers le nord, Natalia essaie de s'imaginer la réaction de son père et de sa mère. Vont-ils se mettre en colère ? Être déçus ? Il s'agit tout de même d'un bébé. Peut-elle espérer un peu de joie une fois le premier choc dépassé ?

Elle se mordille la lèvre inférieure. Elle ignore à quoi s'attendre. Oui, elle a fait une bêtise, elle a fréquenté un homme qui l'a bernée, mais l'erreur est humaine. Après le traumatisme initial, ils comprendront, non ? Elle n'ose pas envisager la possibilité qu'ils ne comprennent pas, qu'ils ne la soutiennent pas. Ils sont tout ce qu'elle a. Ils *doivent* comprendre.

— J'ai une annonce à vous faire, commence Natalia lorsqu'ils se sont installés dans le salon.

Il règne dans la maison un silence absolu et l'air est presque suffocant. Sa mère se tient droite sur sa chaise, une fine ride entre les sourcils. Son père a les bras croisés.

Natalia se passe la langue sur les lèvres, nerveuse. Elle aurait voulu boire quelque chose.

— Il s'agit de David Hammar.

Sa mère, surprise, pose une main sur sa poitrine.

— J'espère sincèrement que tu n'as rien à voir avec lui.

Son père plisse les yeux, mais se tient coi. Il se contente de la regarder.

Natalia déglutit.

— David et moi…, reprend-elle, mais les mots ne sortent pas.

Elle se sent déshydratée.

— Natalia…, dit sa mère. Qu'est-ce que tu as fait ?

— Laisse-la parler, lui ordonne Gustaf d'un ton sec.

Natalia se lance. Ce n'est pas comme si elle avait tué quelqu'un. Elle se redresse.

— Il y a quelques semaines, j'ai eu une brève relation avec David Hammar et je…

— Mais tu es folle ? hurle sa mère en bondissant de sa chaise.

— Silence ! fait son père en braquant son regard sur Natalia. Quoi d'autre ?

Natalia baisse les yeux sur ses genoux, voit ses doigts se crisper et s'efforce de les laisser reposer, immobiles.

— C'est fini entre nous. Mais je suis enceinte.

Sa mère plaque une main sur sa bouche.

— Dis-moi que tu plaisantes ?

— Je l'ai appris il y a deux jours. David n'est pas au courant. Je voulais d'abord vous en parler, explique-t-elle en leur jetant un regard suppliant. Vous êtes mes parents.

Ebba éclate en sanglots et se cache le visage dans la paume de sa main. Cela doit être le choc, songe Natalia. Sa mère peut être froide et égoïste, mais elle reste sa *mère* ! Elle doit tout de même...

Mais une épouvantable sensation commence à se diffuser dans son ventre. Elle ne s'attendait pas vraiment à ce genre de réaction. Son père est dur, mais il l'aime à sa manière, il doit comprendre ce qu'elle ressent, comprendre que la famille doit demeurer unie. Elle n'est rien sans eux.

— Papa, je...

— Il a fait ça pour humilier notre famille, l'interrompt-il.

Sa voix est posée. Presque dénuée d'émotions.

— Non, papa, ce n'est pas ça, répond-elle, tentant d'être convaincante alors qu'elle s'est fait les mêmes réflexions, alors qu'elle a lu les histoires de toutes ces personnes que David a détruites au fil des années.

Son père lui décoche un sourire railleur.

— Tu crois peut-être que ce type veut de toi ? Et de ton gosse ?

— Tu ne te rends pas compte de ce que tu as fait, gémit sa mère d'une voix étranglée.

— Je le savais, dit Gustaf en se tournant vers la fenêtre, comme s'il ne supportait plus de la regarder. Les mauvais gènes finissent toujours par s'exprimer. Je m'y attendais.

— Gustaf, ne dis pas ça..., fait Ebba en secouant la tête, mais elle manque de conviction.

Son père pivote à nouveau vers Natalia. Son regard est glacial, dénué de chaleur et de compréhension.

— Je l'ai toujours su. *Ma* fille ne se serait jamais comportée comme une pute du prolétariat.

— Je comprends que tu sois bouleversé, dit Natalia, essayant de garder son calme. J'ai eu un choc moi aussi.

— Gustaf, implore sa mère, pas maintenant.

Il lui jette un coup d'œil rapide, elle détourne le regard et reprend son rôle d'épouse soumise.

Gustaf se lève.

— Si tu crois que je vais tolérer un bâtard dans ma famille, tu te trompes !

— On doit pouvoir en discuter, se défend Natalia, plus outrée par sa froideur et ses paroles qu'elle ne veut le montrer. On parle d'un enfant. De votre petit-fils ou petite-fille !

— Ah, on voit bien que l'ascendance vulgaire finit par resurgir.

— Papa !

— Tu ne comprends vraiment rien ! Écoute-moi bien. Tu n'es pas ma fille. Tu ne l'as jamais été. Allez au diable, toi et ton bâtard. Je vais écraser David Hammar comme un rat. Un rat, c'est ce qu'il est !

Il pointe du doigt la porte.

— Disparais de chez moi !

— Mais...

— Explique-lui ! ordonne-t-il à sa femme. Je ne veux plus la voir.

Il frappe du poing si fort sur la table qu'un vase chancelle.

— Plus jamais ! C'est clair ?

Puis il quitte la pièce, sans daigner jeter un coup d'œil à Natalia. Celle-ci le suit des yeux.

— Je ne comprends pas. De quoi parle-t-il ? Je suis fidèle à la famille, vous le savez, non ? Maman ? Il ne peut pas être sérieux. Je n'ai rien fait.

— Je ne voulais pas que tu l'apprennes de cette manière...

Ebba prend un mouchoir dans une boîte sur la table et se mouche.

— En réalité, j'aurais préféré que tu ne sois jamais au courant.

— De quoi tu parles ?

— Tu es vraiment enceinte ?

Natalia acquiesce.

— De six semaines.

— Et il est de lui ? De cet homme ?

— Oui.

— Tu dois avorter.

— Ce n'est pas à toi d'en décider.

Ebba serre le mouchoir dans son poing.

— Comment as-tu pu *nous* faire ça ?

— Ça n'a rien à voir avec vous.

Elle n'a pas la force d'expliquer à quel point elle s'est sentie trahie, trompée, qu'elle se sent seule et qu'elle a peur. Elle était venue chercher un peu de réconfort ici. Elle comptait sur le soutien de ses parents, à un moment où elle a touché le fond. Elle s'est profondément fourvoyée.

— Pendant toutes ces années, j'ai essayé de te faire réfléchir à ton comportement, dit sa mère d'un ton réprobateur. À ce que tu dis. J'ai tenté de te faire comprendre à quel point c'est important. De faire attention.

Elle secoue la tête.

— Tu devrais être reconnaissante. Et tu nous fais ça.

Elle fixe Natalia de ses yeux secs. Elle a cessé de pleurer et Natalia ne voit aucune compassion dans ce regard résolu.

— Je ne peux plus rien faire pour toi. Je n'ai plus mon mot à dire.

— Je suis perdue, maman, répond Natalia avec franchise.

Sa mère défroisse sa jupe sur ses genoux, tire le tissu jusqu'à ce qu'il soit bien lisse et annonce d'une voix calme :

— Gustaf n'est pas ton père biologique.

C'est alors que tout bascule. Tout est remis en question.

Ce qu'elle croyait.

Ce qu'elle savait.

Tout.

Elle n'est pas une De la Grip.

Une lassitude extrême l'envahit. Elle est si fatiguée qu'elle ne parvient plus à cligner des yeux. Peut-être qu'elle est endormie et qu'au réveil elle se rendra compte que les événements de l'été n'ont jamais eu lieu, qu'elle n'a jamais rencontré David Hammar, que...

— C'est difficile pour moi aussi, poursuit sa mère.

Sa voix est plus assurée à présent, comme si sa décision était prise, qu'elle avait choisi son camp et allait s'y tenir.

— J'ai toujours voulu te protéger, mais là tu es allée trop loin. Je dois être loyale vis-à-vis de ton père – de Gustaf. Il a besoin de moi. Et moi de lui.

Le cœur de Natalia bat la chamade dans sa poitrine. Est-ce vraiment en train d'arriver ? Sa mère est-elle en train de la renier ?

— C'était une erreur. Peter était tout petit. J'étais seule et je ne me sentais pas désirée. J'ai fait une bêtise. Ton père et moi avons décidé de rester ensemble, de continuer à être une famille. Il t'a donné son nom et m'a pardonné ce qui s'est passé.

Ce qui s'est passé... C'est moi.

— Puis, nous avons eu Alexander. On vous a tout donné, insiste Ebba, comme si elle essayait de justifier les choix qu'elle a un jour faits. On a vécu dans une belle maison, beaucoup voyagé, eu tout ce dont on peut rêver.

— Il m'a toujours traitée différemment, conteste Natalia, car soudain tout s'éclaire.

Elle n'a jamais été impliquée dans les décisions concernant Investum. Les châteaux et les biens familiaux ont été légués aux garçons. Elle croyait que c'était une question de sexe, mais c'était une question de gènes. Elle n'est pas la fille biologique de Gustaf. C'est pour cela qu'elle n'a pas été traitée comme ses frères. Elle qui a horreur de l'infidélité, elle est la conséquence d'un adultère. Quelle ironie du sort !

— Gustaf est dur, mais tu as toujours beaucoup compté pour lui. Il n'a jamais fait de distinction entre vous trois.

C'est un mensonge, et elles le savent toutes les deux. Il s'est toujours comporté différemment avec elle. Qu'importe si elle excellait dans tous les domaines, rien n'y changeait jamais...

— Peter et Alex sont au courant ?

— Non, personne ne l'est.

Natalia a pourtant aperçu une lueur d'incertitude dans le regard de sa mère. Elle ment. Encore. Quel tissu de faussetés !

— Oncle Eugen le sait, n'est-ce pas ? s'enquiert Natalia qui vient d'avoir une révélation.

— Oui. Et il ne m'a jamais pardonné. Il a toujours pensé que tu avais le droit de savoir. Ça a été très dur pour moi. Et pour ton père.

Il faut que je parte d'ici, songe Natalia, prise de panique, que je parte loin d'ici. Elle se lève au milieu d'une phrase de sa mère. Elle s'enfuit du salon sans dire au revoir. Elle quitte la maison, les yeux aveuglés et le cœur glacé.

Elle s'installe au volant.

Ses mains tremblent à tel point qu'elle a du mal à sortir son portable de son sac. Elle clique sur un contact et ferme les yeux en écoutant les tonalités.

Åsa est en train de sortir lorsque son téléphone retentit. Natalia.

— Je peux venir te voir ?

Elle entend tout de suite qu'il s'est passé quelque chose.

— Oui, viens.

Elle a prévu un dîner avec un jeune trader et a déjà réfléchi à la photo qu'elle enverrait à Michel. Haut rouge moulant, décolleté plongeant, ongles écarlates. Un peu vulgaire certes, mais elle sait ce qu'aiment les hommes. Qui eût cru que le torturer serait aussi jouissif ?

Dix minutes plus tard, Natalia se trouve devant la porte. Elle tremble comme une feuille et il suffit d'un regard à Åsa pour juger que cela va prendre toute la soirée.

— Entre. Je dois juste annuler un rendez-vous, explique-t-elle en attrapant son portable. Tu n'as pas l'air dans ton assiette, poursuit-elle après avoir raccroché. Je vais faire livrer une pizza. Tu en veux ?

Åsa se rend compte qu'elle meurt de faim. Natalia secoue la tête, mais son amie commande tout de même une grande pizza à partager. Natalia semble avoir besoin d'énergie. Quant à Åsa, elle va devoir manger pour sublimer ses pulsions sexuelles frustrées.

— Supplément fromage, précise-t-elle au téléphone alors que Natalia s'affale de tout son long dans l'un des canapés.

Elle retire ses chaussures, laisse reposer un bras sur son front et dit :

— Encore un rebondissement. Tu veux savoir ?

Åsa s'assied dans l'autre sofa.

— Raconte.

Une fois que Natalia lui a exposé tous les détails, Åsa reste silencieuse un bon moment. Natalia, celle qui a vécu la vie la moins trépidante et la moins dramatique des deux, est en train de rattraper Åsa.

— Tu savais que Gustaf n'est pas mon père ?

Åsa secoue lentement la tête.

— Je ne me suis jamais doutée de rien. J'ai honte. Je dois être trop égocentrique. Comment tu te sens maintenant ?

— Au top, évidemment.

— Mais c'est qui alors... ton père biologique ?

— Tu te rends compte que je n'ai même pas demandé ? Je n'en sais rien. Et là, je n'ai pas le courage de rappeler ma mère. Ça peut être n'importe qui ! Le type qui s'occupe de la piscine peut-être.

On sonne à la porte et Åsa se lève pour aller chercher la pizza. Elle réapparaît avec un grand carton, le pose sur la table du salon et se dirige vers la cuisine. Elle sort des couverts, des assiettes et des verres.

— Qu'est-ce que ça sent bon ! s'exclame Natalia.

La boîte est ouverte et une odeur d'ail et de basilic se répand dans la pièce.

Åsa leur coupe deux morceaux dégoulinants de fromage.

— J'ai un vin rouge pas trop mauvais, tu en veux un verre ?

Natalia vient d'enfourner une grosse bouchée. Elle repose la part et s'essuie les lèvres.

— Mon Dieu, Åsa ! J'ai oublié de te dire un truc.

Ses yeux pétillent.

— Non seulement je suis une fille illégitime, mais en plus je suis enceinte !

Elle plaque sa main sur sa bouche et ses épaules frémissent quand elle éclate d'un rire nerveux.

Åsa repose ses couverts. Toutes ces années, la vie de Natalia a été un long fleuve tranquille. C'est sans doute fini pour un moment.

— On laisse tomber le vin alors. Moi, j'ai besoin d'un truc plus fort. Après, tu vas tout me raconter dans les moindres détails.

Lorsque la pizza est terminée et qu'Åsa se sent plaisamment éméchée par quelques vodkas tonic, Natalia se penche en arrière dans le canapé. Elle est assise en tailleur et semble bien calme pour une personne qui a été bernée, larguée, désavouée et qui s'est découverte enceinte en l'espace d'une semaine.

Åsa vide son verre, pêche un glaçon et le fait crisser entre les dents.

— Qu'est-ce que tu vas faire maintenant ?

— Je ne sais pas. C'est un sacré bordel. Mais je n'ai même pas la force de m'effondrer. Ça t'ennuie, au fait, de parler de tout ça. Tu es proche de maman et de – euh – de Gustaf.

— Non, ça va. Et je n'ai pas changé d'avis depuis l'autre jour. Je suis de ton côté, Nat.

— Merci, répond Natalia.

Son téléphone sonne. Elle consulte l'écran.

— Il faut que je décroche, s'excuse-t-elle avec un sourire en biais. Au moins, la situation ne peut pas empirer, c'est une consolation.

Åsa retourne dans la cuisine se préparer un nouveau cocktail. Lorsqu'elle revient, Natalia a déjà terminé sa conversation.

— C'était rapide. C'était qui ?

— J-O.

Natalia a les yeux dans le vague, comme si elle réfléchissait.

Une nuit, rien qu'une seule

Åsa regarde sa montre.
— Qu'est-ce qu'il voulait ?
— Mon boss ?
Åsa opine du chef en sirotant sa vodka.
— Il appelait pour me dire que je suis virée.

41

Jeudi 24 juillet

Le lendemain matin, un jeudi comme les autres, Natalia décide de marcher jusqu'au centre-ville de Stockholm. Cela lui fait du bien de se dégourdir un peu les jambes. Quelque chose s'est débloqué depuis les étranges événements d'hier.

Oui, elle est enceinte d'un homme qu'elle soupçonne d'être une brute psychopathe.

Oui, elle est au chômage.

Et oui, elle vient d'apprendre qu'elle est une enfant illégitime, résultat de l'infidélité de sa mère, et va sans doute se retrouver exclue de la famille.

Mais – et c'est un vrai « mais » – elle est en bonne santé, elle a de quoi manger et un toit au-dessus de la tête. Cela pourrait être bien pire.

Derrière ses lunettes noires, elle ferme les yeux et laisse le soleil caresser son visage avant de se diriger vers le marchand de glaces sur le quai, à côté du parc Berzelii. Elle attend patiemment son tour dans une queue surtout constituée de touristes, achète une gaufre avec de la glace à la fraise et s'assied ensuite sur le banc où elle et David ont mangé un hot dog trois semaines plus tôt.

Elle a fait la connaissance de David Hammar il y a un mois à peine. Ils ont fait l'amour à Båstad il n'y a pas deux semaines. Une personne qu'elle connaît depuis si peu de temps ne devrait pas prendre une si grande place dans sa vie. Un homme qui l'a exploitée aussi froidement, qui l'a utilisée comme un pion dans un jeu...

Natalia s'efforce de chasser les pensées inutiles qui menacent son bien-être fragile et éphémère.

En ce moment, elle est très lunatique. En quelques secondes, elle peut passer du désespoir le plus total à une profonde tristesse ou à une colère sourde. C'est exténuant. Elle comprend qu'elle est en crise, mais elle n'a pas le temps de s'effondrer. Elle n'a pas envie d'abandonner. Elle doit se concentrer sur ce qui lui donne des forces, ce qui lui donne l'impression de contrôler la situation. Voilà pourquoi, depuis une semaine, entre les nausées, les vomissements et les périodes d'apathie, elle téléphone à toutes les personnes rencontrées dans sa vie professionnelle qui lui doivent un service. Elle a parlé avec d'anciens clients, de grands courtiers et des administrateurs de fonds, leur expliquant par $a + b$ pourquoi ils devaient l'écouter.

Elle va faire tout ce qui est en son pouvoir pour que David ne gagne pas à l'assemblée générale. C'est là que tout se jouera et, jusqu'au dernier moment, elle veut tout faire pour que le plan de David tombe à l'eau. Or, il n'a rien laissé au hasard et jouit déjà d'une avance considérable, c'est là où le bât blesse.

Elle déguste sa glace, méditative, et se perd dans ses pensées. Elle n'a jamais été au chômage et n'a presque pas pris de vacances de toute sa vie. Que fait-on de ses journées lorsqu'on ne doit pas aller travailler tous les matins ? Elle lève les yeux et observe les passants. Il y a beaucoup de touristes, mais aussi des personnes pressées – peut-être en route ou de retour du bureau, ou d'une réunion. Elle n'a jamais réfléchi à la différence de rythme, de tempo. Elle entend la corne de brume d'un bateau qui prend le large. Elle voit un enfant faire coucou de la main et elle est à deux doigts de le saluer.

Si tout se déroule bien et qu'elle garde le bébé, elle sera mère le printemps prochain. C'est irréel. Et que penser du fait qu'elle déteste le père ? La médecin a-t-elle raison ? Doit-elle informer David ? Ou peut-elle être assez égoïste pour ne rien lui dire ? Il ne veut pas d'enfants, il l'a dit lui-même.

Ses pensées sont interrompues par une ombre et une voix basse :

— Bonjour.

Elle était partie dans ses rêveries.

Elle lève les yeux mécaniquement.

Comme si ses réflexions l'avaient fait apparaître, il s'est matérialisé devant elle. C'est bien David, le visage grave, et aussi beau que d'habitude. Bien qu'elle vienne tout juste de penser à lui – peut-être à cause de cela –, elle est frappée de stupeur.

— Bonjour.

Elle aurait voulu garder le silence, mais le réflexe de politesse, profondément ancré, prend le pas sur tous les sentiments. Aucun autre mot ne lui vient à l'esprit.

— Tu déjeunes de bonne heure ? demande-t-il en observant la crème glacée d'un air interrogateur.

Sa venue inopinée l'a ébranlée plus qu'elle ne l'aurait cru et elle ne veut pas lui donner la satisfaction de la voir déstabilisée. Elle qui était si fière de sa sortie vendredi dernier. Mais cela s'est passé il y a une semaine et ses réserves de forces commencent à s'amenuiser.

Elle le contemple, les yeux plissés. Jamais personne ne lui a fait autant de mal que cet homme. Son visage est impénétrable. Distingue-t-elle une lueur dans ses yeux ou est-ce une illusion ? Que ressent-il lorsqu'il la considère ainsi ? De la pitié ?

— Veux-tu que je te débarrasse de ça ?

Natalia n'a toujours pas ouvert la bouche. Elle regarde sa glace oubliée en train de fondre. Elle a envie de dire à David d'aller au diable, qu'elle est capable de jeter ses restes toute seule, mais elle ne veut pas paraître faible ou vulnérable. Sans un mot, elle lui tend la glace et le suit des yeux tandis qu'il va jusqu'à la poubelle et revient s'asseoir à côté d'elle.

Il ne la touche pas, il se contente de fixer la mer. Natalia se tient droite, raide, le cœur palpitant, et fixe l'horizon sans rien voir. Pourquoi est-il venu là ? Il existe des milliers de bancs à Stockholm. Pourquoi avoir choisi celui-ci ?

Aussi discrètement que possible, elle jette un coup d'œil oblique dans sa direction. Il se tourne vers elle au même moment et elle a l'impression d'avoir été prise en flagrant délit, d'avoir été dévoilée. Quel regard pénétrant ! Quelle énergie émane de lui !

Elle détourne les yeux la première. La tension entre eux est si forte qu'elle a du mal à respirer. Est-elle la seule à la sentir ?

Lui n'éprouve peut-être rien du tout. Il doit avoir l'habitude de coucher avec des femmes, de blesser leur amour-propre et de prendre place à côté d'elles, indifférent et détaché. Sans doute a-t-il eu des tas de maîtresses en même temps qu'elle. Elle n'est certainement qu'une conquête parmi d'autres... Des larmes de colère lui montent aux yeux. Elle les ravale, ne veut pas s'effondrer devant lui. Elle veut rester distante, impassible. Elle devrait se lever et partir.

— Natalia...

— Quoi, David ?

Sa voix est furieuse et frémissante – plutôt montrer de la colère que de la peine, c'est tout ce qu'elle se dit. Tout sauf se mettre à sangloter.

— *Qu'est-ce que* tu peux bien avoir à me dire ?

— Je comprends que tu sois fâchée, dit-il d'une voix apaisante qui la rend folle de rage.

On dirait qu'il la prend pour une gamine hystérique ! Elle s'étrangle d'indignation. Il *comprend*, ça lui fait une belle jambe ! Qu'il se la garde, sa bienveillance à la con !

Natalia joint les mains puis les dénoue, inspire profondément, réunit les forces sur lesquelles elle a toujours pu compter, qui l'ont portée de l'enfance à la vie d'adulte, et fait appel à toutes les réserves qu'elle possède. Son cœur bat à tout rompre. Puis, elle fait une chose qu'elle ne s'était jamais abaissée à faire auparavant – ce dont elle était fière : elle s'attaque à lui à dessein, elle frappe délibérément là où cela devrait faire le plus mal.

— Moi ? Fâchée ?

Ses oreilles bourdonnent, mais elle entend qu'elle semble calme, alors que c'est tout le contraire et qu'elle veut le froisser et le blesser.

— Pourquoi le serais-je ? Tu sais d'où je viens. Il arrive que les femmes comme moi couchent à droite à gauche, fraient avec la racaille, mais je peux te garantir que cette histoire ne signifiait rien de plus pour moi que pour toi.

Elle balaie une miette sur sa manche et lui lance un regard glacial et hautain, directement copié des regards de tous les aristocrates qu'elle a rencontrés.

— Coucher avec toi était une expérience dépaysante, c'est vrai. Mais sérieusement, David, c'est vite devenu un peu, comment dire, excessif. Je pense que je n'aurais pas eu la force de m'investir là-dedans beaucoup plus longtemps.

Avant même que les derniers mots ne quittent sa bouche, elle sent qu'elle est allée trop loin. Le mensonge est si gros, les sous-entendus sont si méprisants, comme s'il était trop rustre pour elle et la dégoûtait.

Le visage de David se ferme.

— Si c'est ce que tu...

Elle remarque qu'il serre les dents, qu'il fulmine intérieurement. Elle ne l'a jamais vu en colère, pas de cette manière.

— David, je..., reprend-elle, car elle regrette déjà.

C'est indigne d'elle de mentir et de le dénigrer.

— Je ne devrais pas..., poursuit-elle, mais David semble ne plus écouter.

Son visage s'est métamorphosé. Il fronce les sourcils. La préoccupation et la méfiance durcissent encore ses traits, mais cette fois il se concentre sur quelque chose qui n'a rien à voir avec elle, qui se trouve derrière elle. Natalia se retourne par réflexe tandis que David se lève. L'inquiétude qui s'est emparée de lui est palpable. C'est alors qu'elle aperçoit ce qui, ou plutôt *celle* qui l'a, sans l'ombre d'un doute, fait réagir aussi violemment.

C'est elle.

La belle femme blonde en photo chez David. Le cliché dans un cadre luxueux que Natalia n'aurait jamais dû voir. La femme est plus bronzée et a les cheveux plus longs, mais c'est elle, sans l'ombre d'un doute. Elle rayonne de joie et de santé tandis qu'elle s'élance vers David sur des jambes interminables et d'onéreux escarpins.

La femme se jette dans les bras de David et plonge la tête au creux de son cou. Le geste est ardent et tendre. Natalia les observe, s'efforce d'endurer la douleur qui la traverse, car ça fait mal. Qu'importe si elle hait David, cette scène est atroce à regarder. Et pourtant, elle ne parvient pas à détourner les yeux.

— Je sais que tu m'as demandé de t'attendre là-bas, dit la femme.

Avec un sourire désolé, elle esquisse un signe du menton vers un café un peu plus loin. Sa voix est douce, avec une pointe d'accent que Natalia ne parvient pas à identifier. Son suédois est parfait, mais il y a quelque chose d'exotique dans le rythme et la prononciation.

La femme considère Natalia. Elle n'est pas inquiète, simplement dans l'expectative, sûre de sa place. Natalia constate ce qu'elle n'a surtout pas envie de voir : l'amour entre ces deux personnes. Cela crève les yeux, même si l'on ne fait pas attention, songe-t-elle. Et elle, elle fait vraiment attention. Jamais elle n'a vu David aussi affectueux. Il y a une douceur sur son visage et dans ses gestes qui est comme un coup de poing dans le ventre.

La femme blonde pose la main sur la joue de David. Elle a de longs doigts ornés de bagues qui scintillent comme ne le font que les pierres précieuses.

— Tu m'as manqué. Tu m'as laissée si longtemps, ajoute-t-elle d'un ton légèrement réprobateur.

Elle se retourne vers Natalia, le bras de David toujours autour de ses épaules. Elle se presse contre son torse, comme pour montrer à qui il appartient, à qui *elle* appartient. Sa bouche sourit, mais ses yeux envoient à Natalia des signaux très clairs quant à la propriété de cet homme.

— Je te présente Natalia, dit David d'une voix monocorde et embarrassée. Et voici Carolina.

— Bonjour, répond Carolina sans tendre la main.

Natalia n'a pas non plus la moindre intention de le faire. Elle se contente de marmonner quelque chose en se levant du banc.

Le soleil lui brûle la nuque. Il fait chaud, *trop* chaud. Une perle de transpiration coule le long de son dos et elle a l'impression qu'elle va rendre l'âme si elle ne boit pas immédiatement. Elle s'agrippe à son sac à main et leur jette un dernier regard avant de partir, sans croiser le regard de David. Elle ne dit même pas au revoir, elle ne sait pas ce qu'elle aurait pu dire à ce couple qui l'a exclue comme si elle n'existait pas.

Elle espère qu'ils ne l'entendent pas lorsqu'elle éclate en sanglots.

David suit Natalia des yeux trop longtemps. Il ne peut s'en empêcher. Elle gardait le dos droit et semblait placide, mais il a bien vu à quel point l'apparition de Carolina l'a affectée.

Il prend une profonde inspiration, tente de se calmer. Lorsqu'elle l'a traité de racaille, a dit qu'elle commençait à se lasser, il a senti le sol se dérober sous ses pieds. Puis Carolina est arrivée à l'improviste, ce qui ne lui ressemble pas. Il lui a demandé de rester au café et d'habitude elle lui obéit. Il ne pouvait pourtant pas se fâcher contre elle. Tout est si compliqué.

Carolina bouge sous son bras.

— Tout va bien ?

David acquiesce.

— C'est elle ?

David se fige. Parfois, Carolina peut être très perspicace.

— Qui, elle ?

Mais il entend bien que sa voix n'est pas indifférente. Carolina le connaît et ne le connaît pas à la fois, sait tout et ne sait rien. Il la serre à nouveau contre lui.

Carolina colle son visage contre sa poitrine.

— Je n'ai pas l'habitude de la foule. Si on rentrait ?

Il hoche la tête, soulagé qu'elle n'insiste pas.

— Bien sûr.

— David ?

Elle lève les yeux. Son visage est grave et il comprend immédiatement qu'elle va y revenir.

— Il faut qu'on parle.

42

Depuis quelques jours, Peter a quasiment emménagé dans les locaux d'Investum. Son père arrive tous les jours aux aurores et ne quitte le bureau qu'à la nuit tombée, comme si leur présence au siège allait changer quelque chose, s'irrite Peter en plongeant le visage dans les mains.

Pour lui, cette farce aux allures de coup d'État ne peut avoir d'autre issue que la catastrophe. Leur destin est scellé, il n'y a rien à faire. Son père, en revanche, a décidé de livrer bataille et Peter n'a pas la force de le contredire. C'est plus simple de se laisser porter par le courant que de faire des remous. En outre, Peter sait bien que s'ils perdent Investum – ce qui semble impensable – son avenir s'en trouvera menacé. Ses amis, ses collègues, toutes ses connaissances – y compris Louise – le regarderaient comme un raté de la pire espèce.

Il se frotte les yeux et lève la tête de son bureau en voyant entrer son père qui arbore une expression maussade.

— Il faut que tu voies ça, dit-il en agitant une pochette marron.

Il ouvre le dossier et en sort de grandes photographies qu'il dispose sur la table.

— C'est le résultat de la filature ?

C'est Peter lui-même qui a recruté un détective privé dans l'intention de faire surveiller David Hammar. Ça n'a rien d'exceptionnel, ils effectuent souvent des veilles afin de connaître les concurrents et les autres menaces. En général, c'est de l'argent jeté par les fenêtres, mais parfois...

Peter examine les clichés.

Quelque chose le chiffonne : pourquoi David est-il en train de parler avec Natalia ? Il regarde de plus près. On dirait le parc Berzelii. La date indiquée en bas des images est celle d'aujourd'hui.

— Ils se connaissent ? s'étonne-t-il, choqué de voir à quel point sa sœur semble proche de David Hammar. En privé, je veux dire ?

— Oui.

Le ton de son père est curieux : lui cacherait-il quelque chose ? Soudain, un autre visage attire son attention, un visage du passé, qui chasse de son esprit David et Natalia. Il en a instantanément le souffle coupé.

C'est impossible ! Et pourtant...

Peter fixe les clichés. Si. C'est bien elle.

Carolina.

Elle est plus âgée sur les photos. Ce n'est plus une adolescente à présent, mais une femme sophistiquée. Peter l'aurait cependant reconnue n'importe où. Il lui arrive encore de voir ses traits, la nuit, lorsqu'il se réveille en sueur après un cauchemar ou lorsqu'il rêvasse en journée, les yeux dans le vague. Il étudie les images étalées devant lui. On se croirait dans un film policier : des agrandissements flous, des gros plans.

Carolina. Mon Dieu !

— Elle est en vie, chuchote-t-il.

Sa voix menace de se briser. Il regarde son père, pris de panique.

— Tu m'as dit qu'elle était morte, mais ce n'était pas vrai !

43

Vendredi 25 juillet

David fixe son écran d'ordinateur, immobile, depuis maintenant une demi-heure. Les chiffres et les tableaux le dévisagent en retour. Il repense sans cesse à la rencontre hier au parc, avec Natalia.

Quelle mauvaise idée d'être allé la voir ! Il s'en rend bien compte avec le recul, mais chaque fois qu'il est question de cette femme, il semble étrangement incapable de prendre des décisions judicieuses.

Il rabat l'écran et se lève.

Le regard de Natalia lorsqu'elle a salué Caro…

Il ne voulait pas qu'elle rencontre Carolina de cette manière. Il aurait préféré qu'elles ne se croisent jamais, évidemment. Et il sait que contacter Natalia à présent serait de la folie. Malgré tout, il veut qu'elle comprenne, qu'elle ne le déteste pas plus que nécessaire – si tant est qu'il est possible de séparer la haine en deux catégories : la haine nécessaire et celle qui ne l'est pas.

Il avance jusqu'à la fenêtre, plonge les mains dans les poches et laisse libre cours aux pensées qui l'obsèdent. Il ne veut pas qu'elle le haïsse. Et le fait est qu'il *peut* lui expliquer, en tout cas, l'histoire de Caro.

Tout le reste a été mis en branle de façon inéluctable, mais Natalia mérite une explication, de sa part.

David attrape son téléphone, cherche son numéro et l'appelle avant que son bon sens n'ait le temps de lui dire qu'il est juste en train de se racheter une conscience.

Il entend les tonalités. Est-elle occupée ? Voit-elle que c'est lui ? Ne veut-elle pas décrocher ? Il coupe l'appel lorsqu'il tombe sur le répondeur.

Il regarde par la fenêtre, la chaleur forme des ondoiements dans l'air. Elle ne répond pas : il devrait interpréter cela comme un signe, en tirer les conséquences.

Un signe qui lui crie *va te faire voir !* Il téléphone à nouveau. Attend impatiemment.

Au bout de trois sonneries, il entend sa voix.

— Allô ?

Son timbre est glacial, mais elle lui parle. Quel soulagement !

— Bonjour. Merci d'avoir répondu.

Long silence.

— Bonjour, David.

Nouveau silence.

— Que puis-je faire pour toi ?

— J'aimerais te rencontrer. Je te dois des explications.

— Tu n'as pas besoin de t'expliquer !

— Tu ne me fais pas confiance, n'est-ce pas ?

Il regarde sa montre, il est seize heures.

— Tu es toujours au bureau ?

Elle ne dit rien et David perçoit comme une sorte d'hésitation qu'il ne comprend pas.

— Non.

— On peut se voir ?

Il ne peut pas aborder cette question au téléphone – il s'en est convaincu. Mais la vérité c'est qu'il a envie d'être avec elle.

— Je suis au Musée national.

Son ton est sec, mais elle n'a pas refusé.

Sans lui poser la question, il sait ce qu'elle visite.

— À l'exposition sur les icônes ?

Il l'imagine devant les magnifiques icônes russes.

— Oui.

David réfléchit. Il est certain d'être surveillé. Il a aperçu une voiture et un appareil photo et il ne veut pas qu'on les surprenne ensemble. Mais la probabilité qu'ils croisent une connaissance dans une petite exposition russe un vendredi après-midi en plein été est très faible.

— Tu m'attends un quart d'heure ? J'arrive.

— D'accord, fait-elle puis elle raccroche avant qu'il n'ait le temps d'ajouter un seul mot.

David ouvre sa porte et crie :

— Jesper, tu peux venir une minute ?

Le jeune homme entre dans son bureau, un carnet à la main.

— Écoute-moi bien. Non, inutile de noter quoi que ce soit. J'ai besoin de ton aide. Prends ma voiture et va faire un tour en ville, explique David en essayant de ne pas se sentir comme dans un film d'espionnage, mais plus il est prudent, mieux ça vaut pour Natalia.

Il sort les clés de voiture et les jette à Jesper qui les attrape, enthousiaste.

— Avec la Bentley ?

— Tu as un costume à te mettre ? demande David en observant le pantalon en lin et le T-shirt noir du garçon.

Jesper opine du chef.

— Vous voulez que je me fasse passer pour vous ?

Il arbore un large sourire, comme si la situation n'avait rien d'étrange. Son visage s'éclaire plus encore :

— Je peux prendre celui-là ?

Jesper montre du doigt le costume que David s'est fait faire sur mesure sur Savile Row, à Londres, l'été dernier.

— Je vous prête mon T-shirt et j'emprunte vos Ray-Ban, bien sûr.

David secoue la tête.

— Tu peux prendre le costume, mais les lunettes, ça va trop loin.

Il regarde le corps dégingandé de Jesper et se dit que son plan est voué à l'échec.

— Donne-moi ton T-shirt, dit-il d'un ton résigné. Un pantalon, cela devrait se trouver.

Natalia se tient devant la vitrine qui protège une icône antique et la contemple, le regard vide.

Elle sait fort bien que de toutes les bêtises qu'elle puisse faire, la plus imbécile est certainement d'accepter de rencontrer David Hammar. Or, comme rien ne va plus comme il faut dans sa vie, elle a répondu lorsqu'il a appelé pour la deuxième fois et a même consenti à le voir alors que son cerveau lui criait *non.*

Son cœur bat comme une bombe à retardement tandis qu'elle se concentre avec peine sur les chefs-d'œuvre russes. Elle déambule entre les vitrines – certaines, en verre blindé, protègent des reliques d'une valeur inestimable – et elle se rappelle qu'il ne s'agit pas d'un rendez-vous. David est avec une autre femme et il lui a menti à plusieurs reprises. Danois, se dit-elle soudain. Cela lui revient, la femme avait un accent danois.

Elle sort un gloss de son sac, en applique sur ses lèvres et le range. Elle continue à errer dans les galeries, elle sait qu'elle est élégante et distinguée, elle s'en réjouit.

Du moment qu'elle ne se met pas à vomir tripes et boyaux, tout ira bien.

Elle entend un petit bruit, lève les yeux et l'aperçoit.

Tout en noir, David se tient dans l'embrasure de la porte et remplit presque tout l'espace avec ses larges épaules. Natalia retient son souffle, sent les poils se dresser sur ses bras. La pièce est climatisée et haute de plafond, mais Natalia a l'impression qu'elle s'est vidée de tout air.

— Merci d'avoir attendu, dit-il à voix basse.

— J'adore les icônes, répond-elle, pleine de gratitude en entendant que sa voix est normale malgré le brouhaha dans sa tête. Je pourrais passer des heures ici.

Elle avance lentement jusqu'à la vitrine suivante, incapable de supporter la tension palpable entre eux.

Toute sa vie, on l'a entraînée à être polie et courtoise – reste assise, tiens-toi droite, dis merci –, mais tout a disparu. Son cerveau est vide, aucune formule de politesse, aucune phrase superficielle ne lui vient. Elle ne pensait pas que le revoir lui ferait aussi mal et son pouls s'accélère. Bien qu'ils ne se touchent pas, qu'ils se regardent à peine, c'est comme si David submergeait ses sens, remplissait tout, prenait tout l'espace et l'air disponibles.

Elle s'arrête devant une vitrine. Il l'imite. Son bras, nu dans son T-shirt à manches courtes, effleure le sien. Natalia manque de sursauter. C'est incroyable qu'elle puisse avoir des sentiments aussi contradictoires. Elle devrait le haïr, et c'est ce qu'elle ressent. En même temps… tous les souvenirs des moments passés ensemble, leurs éclats de rire et leurs ébats torrides, les discussions passionnées, cette proximité… David l'a *vue*, comme jamais personne d'autre. N'était-ce qu'un jeu ? Peut-on se tromper à ce point ? Il y a quelques semaines, David Hammar n'était qu'un figurant sans importance qui évoluait en périphérie de son existence. À présent, elle a l'impression qu'il est *la* personne autour de laquelle gravite tout son être.

C'est presque insupportable.

David esquisse un signe de tête vers le velours dans le présentoir.

— C'est magnifique.

C'est l'une des plus petites icônes de la galerie et la préférée de Natalia dans cette pièce.

C'est la deuxième fois qu'elle visite l'exposition et elle est venue aujourd'hui pour avoir un peu de tranquillité.

Les œuvres d'art russes exercent sur elle une fascination exceptionnelle, lui rappellent son héritage auquel elle est la seule de la famille à s'intéresser.

Elle n'a eu de nouvelles ni de son père ni de sa mère depuis qu'elle s'est sauvée de la villa de Djursholm. Elle a appelé Gustaf, mais il n'a pas décroché. Idem pour Ebba. Le téléphone a sonné, sonné, puis elle est tombée sur le répondeur. Certes, Peter prend ses appels, mais il semble froid et irrité, écoute à peine ses propositions sur la manière de mobiliser les troupes pour lutter contre l'OPA hostile. Alexander n'a pas non plus décroché. On dirait que toute la famille est en train de l'effacer de sa conscience collective.

Les larmes menacent de brouiller son regard. Elle ne sait même pas si ses frères sont au courant. Personne ne dit rien.

— C'est un prêt du musée de l'Ermitage, s'empresse-t-elle d'expliquer en admirant l'icône dorée.

Elle tente de tout ranger dans des cases. Chômage dans une case. Fille illégitime dans une autre. La grossesse… Elle repousse ces pensées, s'efforce de se focaliser sur le moment présent. Chaque chose en son temps. Elle doit gérer les bouleversements majeurs de sa vie l'un après l'autre. Le visage de la Vierge est doux. L'auréole est en pierres précieuses et brille dans des tons clairs. Malgré sa petite taille, l'icône rayonne – comme si toutes les forces présentes dans cette pièce étaient concentrées dans la vitrine.

— Elle te ressemble, fait remarquer David en observant la Madone aux traits graves. Elle est forte. Inflexible.

— Merci. Je prends ça comme un compliment.

Elle n'est pas sûre qu'« inflexible » soit une épithète flatteuse, mais elle se réjouit qu'il la considère comme une personne forte, surtout à un moment où elle est très, très fragile.

— Tu sais, commence David d'une voix chargée d'émotion.

Il a l'air si honnête ! C'est extrêmement dangereux pour elle.

— Ce qui s'est passé hier...

— Tu n'as pas besoin d'en parler, l'interrompt Natalia, prise de panique.

Elle déglutit à maintes reprises. Ne pas pleurer. Ne pas poser de questions. Seulement résister, s'oblige-t-elle.

La jalousie qu'elle ressent est néanmoins atroce. Plus jamais elle ne méprisera les jaloux, toujours elle comprendra le découragement et le désespoir qui découlent de ce sentiment. Elle s'accroche aux parcelles de dignité qu'il lui reste encore. Ne pas plaider, ne pas prier.

C'est le moment d'être inflexible, Natalia.

— Carolina est ma sœur, dit-il en la fixant droit dans les yeux, sans cligner.

C'est tellement bouleversant que Natalia ne comprend pas tout de suite. Elle détourne les yeux, comme aveuglée. Impossible de réfléchir lorsqu'il la regarde ainsi, comme s'il lui ouvrait son âme.

— Tu m'as dit que tu n'avais pas de famille..., réplique Natalia en se forçant à le regarder, à s'endurcir et à disséquer ce qu'il dit, à ne pas se laisser tromper par ses propres sentiments illusoires.

Les sentiments ne sont pas la vérité. Les sentiments sont des leurres. Souvent.

— ... que ta sœur était morte.

La méfiance s'installe – David doit encore se jouer d'elle.

— Je t'ai menti. Mais là, je te dis la vérité, affirme-t-il avec cette perspicacité qui lui donne l'impression qu'il lit dans ses pensées. Carolina est ma petite sœur.

Natalia pose une main sur la vitrine malgré le panneau interdisant de toucher. Pourvu que l'alarme ne se mette pas à sonner !

— Tu te moques de moi ?

— Personne n'est au courant. Je ne l'ai jamais avoué à personne, pas même à Michel. Tu es la première. Je voulais te l'annoncer hier, mais j'avais besoin de l'accord de Caro. Ce secret, nous l'avons gardé pendant près de vingt ans... J'ai du mal à croire que je suis en train de te le révéler.

— Elle est au courant ? Que tu m'en parles aujourd'hui ?

Et pourquoi est-ce un secret ? Les sœurs cachées, cela n'existe que dans les films, non ?

Visiblement, le monde entier a des secrets. Pourquoi pas, après tout ? N'est-elle pas née hors mariage ? Ne lui cache-t-elle pas qu'elle porte son enfant ? Pourquoi David Hammar ne pourrait-il pas avoir une mystérieuse sœur ? Cette histoire commence à prendre une tournure de feuilleton télévisé. Tout à coup, elle est presque prise d'un fou rire inapproprié.

— Oui, répond David. On en a longuement discuté hier, elle sait que je me confie à toi. On est très proches, elle et moi. Elle n'allait pas bien et j'ai été assez protecteur.

Il sourit.

— *Trop* protecteur à son goût.

— Elle est malade ?

Natalia scrute son visage.

Il a une sœur.

C'est sa sœur, pas sa compagne.

— Elle est fragile, précise David qui semble hésiter. Ce n'est pas tout, Natalia, et ça va être difficile pour toi à entendre.

Évidemment, ce n'est pas tout. Évidemment, c'est encore quelque chose de terrible.

Elle essaie de se rappeler à quel moment précis sa vie a basculé dans le mélodrame, le chaos, les secrets.

— Raconte.

David jette un coup d'œil autour de lui : ils sont toujours seuls dans la salle.

— Asseyons-nous, propose-t-il en pointant un banc.

La raison pour laquelle Carolina était « morte », commence-t-il en faisant des guillemets avec les doigts, c'est qu'elle était menacée. C'est une décision que nous avons prise il y a très longtemps, par mesure de sécurité.

Natalia se souvient que la femme blonde, Carolina, semblait entourée d'un halo de délicatesse à peine tangible, comme si elle était un peu trop fragile pour ce monde. Natalia pose sur David un regard interrogateur.

— Quand nous étions à Skogbacka, toute la famille habitait dans le village. Ma mère travaillait dans un pub. Elle rentrait tard et nous étions souvent seuls.

Une ombre parcourt le visage de David. Son regard s'accroche au loin.

— Un soir, Carolina s'est fait agresser. Elle a été grièvement blessée et a fini à l'hôpital. Ma famille était harcelée depuis longtemps mais, là, un sommet de violence a été atteint. Ça a même continué après l'agression. Il y a eu des rumeurs. Toute la famille était très exposée. C'était une petite ville, nous n'étions pas de la région et…

Il secoue la tête avant de se racler la gorge et de reprendre.

— La situation a dégénéré au point que ma mère a décidé d'installer Caro au Danemark.

— Au Danemark ? Pourquoi ?

— Caro a toujours été un peu particulière, assez délicate. Après… l'agression… elle s'est repliée sur elle-même. Les médecins ont dit qu'elle était traumatisée, mais personne ne savait quoi faire. Ma mère a entendu parler d'un psychothérapeute spécialisé dans ce type de comportements au Danemark. Elle était désespérée. Sinon, elle ne se serait jamais séparée de sa fille.

David baisse les yeux au sol. Comment a-t-il pu garder pour lui ce lourd secret ?

— Caro a déménagé. Elle n'avait que quinze ans, mais ça lui a fait du bien. Elle vivait à la campagne, près de la mer. Ça lui a permis de guérir.

David se tait et Natalia tente de se représenter ce qu'il vient de lui raconter. La petite ville, les habitants se retournant contre une famille vulnérable.

— Ma mère ne s'en est jamais remise, poursuit David à voix basse, et Natalia voit poindre le jeune homme qu'il était alors.

Un adolescent avec un pied dans le monde adulte, impuissant, inquiet pour sa mère et sa sœur.

— Nous nous sommes peu à peu éloignés, tous les trois. Caro est restée au Danemark. J'ai emménagé à Stockholm pour mes études. Ma mère s'est éteinte quand j'étais à Handels.

— Ta mère est restée là-bas ? Malgré tout ce qui s'est passé ?

— Oui, elle a refusé de déménager. Ma mère pouvait être très têtue.

Natalia esquisse un léger sourire en se disant que David a clairement hérité de son obstination.

— Je sais qu'on peut mourir d'un cœur brisé, car ma mère en est morte. Et je n'ai pas été là pour elle. Nous avons perdu contact et puis, tout à coup, elle n'était plus là. Je ne savais même pas qu'elle était malade. Une pneumonie qui n'a pas été soignée à temps. Tellement insensé ! Aux funérailles, j'ai dit à tout le monde que Caro était décédée et personne n'a posé de questions. Je n'aurais peut-être pas dû, mais elle allait si bien au Danemark et ça me semblait la meilleure chose à faire pour la protéger. Il y a quelques années, elle a enfin commencé à sortir, à voir des gens.

Il esquisse un sourire mélancolique.

— Elle est devenue comme les autres. Ça ne se voit plus. Mais on ne parle pas de ce qui s'est passé. J'en suis incapable et elle... je ne sais pas...

Natalia sent son cœur battre à tout rompre. D'une manière ou d'une autre, elle se doute qu'il ne raconte pas tout.

— Mais qu'est-ce qui s'est passé ? demande-t-elle d'une voix qui semble un murmure dans la salle d'exposition silencieuse.

— Carolina s'est fait violer.

David est calme, mais Natalia voit bien les efforts qu'il déploie. Elle sent un frisson glacial lui parcourir le corps.

— C'était un viol terrible, dit-il en se passant une main sur le visage.

Il se penche en avant, pose les avant-bras sur les genoux. Sa nuque exposée semble si vulnérable. Natalia joint les deux mains sur son giron.

— Tous les viols sont évidemment terribles. Mais là... j'ai cru que Caro allait mourir. C'était atroce. Et je m'en suis voulu.

— Mais pourquoi ?

— Caro a toujours été un peu différente, même avant.

Il lève la tête.

— J'aurais dû être à la maison ce soir-là. Ma mère travaillait et Caro n'aimait pas rester seule. J'étais jeune et agité, je ne voulais pas passer mes soirées à la maison à surveiller ma frangine. J'ai fait le mur. Ils sont entrés et...

David se tait. Natalia tente de se représenter la situation. Une jeune fille fragile de quinze ans, toute seule à la maison. Des hommes qui pénètrent par effraction, qui la blessent pour toujours, lui font perdre sa confiance dans le genre humain.

— Qui étaient-ils ?

— Quatre garçons du lycée. Caro les connaissait et leur a ouvert. Elle pensait qu'ils lui voulaient du bien

– Caro n'aurait jamais imaginé qu'on lui veuille du mal. Elle était très jolie, une adolescente de quinze ans comme tant d'autres. En fait, les garçons étaient là pour se venger de moi.

— De toi ?

— Oui, je m'étais retrouvé en conflit avec des élèves plus âgés de l'école. Les quatre jeunes voulaient me donner une bonne leçon.

Cela semble complètement fou. On se croirait dans une situation de guerre : des hommes qui se vengent sur les femmes et les enfants.

— Natalia, c'est difficile à dire, mais… Peter était l'un des agresseurs.

— Peter ?

Elle essaie de digérer l'information.

— Quel Peter ?

David ne répond pas. Elle le fixe du regard, secoue lentement la tête en comprenant les implications de ce qu'elle vient d'entendre. Elle s'efforce d'appréhender l'impossible.

Cela expliquerait tant de choses, mais c'est trop insensé. David ne *peut pas* vouloir dire que…

— Non, chuchote-t-elle.

David braque son regard sur elle.

— Ce n'est pas tout.

— Comment ça, pas tout ?

Que peut-il y avoir de plus ? On est loin de la conversation qu'elle s'attendait à avoir avec lui.

— Après l'agression, nous avons voulu porter plainte. J'étais fou de rage, ma mère a appelé la police, l'école… mais l'affaire a été étouffée. Tu te rends compte ? Ton père – l'un des principaux donateurs de l'école – et le directeur de l'établissement ont dissimulé l'agression. Ils ont dit que c'était de la faute de Caro, qu'elle n'aurait pas dû les laisser entrer. Enfin, tu connais le genre d'argument…

Natalia hoche la tête, effondrée. Cela arrive tous les jours. Des filles se font violer puis on les culpabilise. C'est une double violence.

— Notre famille a été menacée, calomniée. Tu n'imagines pas les ragots qui ont couru sur nous. Sur Caro. C'était odieux. Et quand j'ai voulu porter plainte malgré tout, eh bien… tu as vu mon dos. C'est Peter et ses amis qui m'ont fait ça. Finalement, ma mère m'a imploré de laisser tomber. C'est ce que j'ai fait. Pour elle. Et j'ai commencé des études. Je me suis dit que j'allais me venger à ma manière, que j'aurais tant de pouvoir que personne ne pourrait à nouveau s'attaquer à ma famille.

Natalia n'arrive plus à respirer. Sa poitrine la brûle.

David est en train d'annihiler sa famille. À cause de ce que son père et son frère ont fait. C'est une vendetta. Des représailles. La loi du talion. Cela n'existe que dans les livres.

Elle est prise d'une violente nausée.

— Natalia ?

La voix de David est déformée et semble lointaine. Elle tente d'absorber de l'air. Elle ne parvient pas à rester assise. Elle se lève, serre son sac à main si fort que ses doigts s'engourdissent.

— J'ai besoin de quelques minutes.

David s'est mis debout aussi.

— Je suis désolé, vraiment, mais je voulais que tu saches qui est Caro. J'ai bien remarqué que tu t'imaginais autre chose entre elle et moi.

Que répondre ? Natalia n'en a pas la moindre idée. David a passé sa jeunesse à protéger sa mère et sa sœur de la violence et des menaces provenant de sa famille à elle. Il a passé sa vie adulte à planifier sa revanche contre son père et son frère. Peter a… Non, c'est trop !

— Depuis, ma principale motivation a été de garantir la sécurité de Caro.

— En te vengeant sur toutes les personnes impliquées.

Soudain, tout s'éclaire. La conduite belliqueuse de David sur la scène économique, sa carrière fulgurante. Combien, parmi les personnes qu'il a détruites, ont été impliquées dans l'agression sexuelle et sa dissimulation ? Tous ces articles que Natalia a lus, ces rumeurs... tout était vrai. Cela faisait partie de son plan de représailles.

— Le directeur de l'école et les autres... Tu les as brisés financièrement. Tu as racheté leur entreprise, rasé leur maison, séduit leur femme. Tout ce que j'ai lu n'était pas des mensonges, mais bien la réalité. Et ce sont ces hommes qui ont violé ta sœur, n'est-ce pas ?

— Ce n'était que du business.

— C'était de la vengeance.

— Ça a une importance ?

Oui, songe Natalia. En tout cas pour elle. Dans le monde de David, ce n'est sans doute pas le cas, mais dans le sien, il existe une différence entre les affaires et les représailles personnelles.

— Ça va te détruire, répond-elle en se demandant si ce n'est pas déjà fait. Tu ne le vois pas ? Ils t'ont offensé et maintenant tu prends ta revanche. Je comprends tes sentiments mais, David, rien de bon ne découle de la vengeance. Tu crois vraiment que c'est ce que ta mère aurait voulu pour toi ? Pour vous deux ?

— Tu ne peux pas savoir ce que ma mère aurait voulu, rétorque-t-il en appuyant l'épaule contre le mur et en croisant les bras. Le simple fait que tu croies savoir est d'une arrogance ! Natalia, tu ne vois pas à quel point tu es protégée dans la petite bulle aristocratique ? Tu ne sais pas à quoi ressemble la vie pour le commun des mortels !

Ces mots font étrangement mal.

Elle qui pensait que David la *voyait*, qu'il faisait fi des apparences, qu'il avait compris qu'elle livrait sa propre bataille. En réalité, elle n'est pour lui qu'une idiote de la classe supérieure, protégée et ignorante.

Il n'y a semble-t-il pas de limites à l'humiliation.

— On vient de milieux complètement différents, continue-t-il en inclinant la tête et en la contemplant. Tu peux en toute honnêteté me dire que tu n'as pas couché avec moi par curiosité ?

Ses lèvres s'étirent en un léger sourire.

— Quelle est l'expression que tu as utilisée hier : frayer avec la racaille ?

— Excuse-moi. Je n'aurais pas dû dire ça. C'était indigne. Pardon.

— C'est ta famille qui a fait ça, et tu ne dis rien ?

Il se redresse.

— Je comprends que tu sois en colère contre moi. Mais tu ne l'es pas contre eux ? Pour ce qu'ils ont fait ?

Elle se mord la lèvre.

— Je...

— Tu ne me crois pas. Une partie de toi pense que je mens.

Natalia baisse les yeux.

— Je ne sais pas quoi penser, dit-elle avec franchise.

David semblait dire la vérité, mais l'histoire est tellement atroce. Est-ce vraiment possible ? Son propre frère est-il capable de faire une chose aussi bestiale ? Une ville entière peut-elle se retourner ainsi contre une famille sans défense ?

Oui, elle le croit, elle s'en rend compte à présent.

— Si c'est vrai, alors je fais aussi partie de ta vengeance, affirme-t-elle, sentant le sol se dérober sous ses pieds.

Peter a violé Carolina. Il se venge en mettant dans son lit la sœur de Peter – l'agresseur. Elle.

— Des représailles pour ce que Peter a fait, ajoute-t-elle d'une voix éteinte.

Cela paraît si dégoûtant. Natalia tressaille.

— Peter a pris Carolina par la force. Tu n'imagines pas ce que ces garçons lui ont fait, ce qu'elle a subi. Toi, tu avais envie de coucher avec moi, personne ne t'y a obligée. C'est tout de même une différence importante ?

Elle acquiesce, passe les doigts sur son foulard en train de se détacher de son cou.

— Oui, c'est différent. Mais tu sais ce que je crois ?

Il fait non de la tête.

— Tu fais ça pour toi. Tu aimes la vengeance. Tu jouis du pouvoir que ça te donne.

Elle le regarde droit dans les yeux.

— Tu utilises ce qui est arrivé à ta sœur comme excuse pour gagner de l'argent et prendre du pouvoir. Je pense que ça te plaît de manipuler les gens.

— Je ne t'ai pas manipulée. Tu le sais très bien.

— Tu n'aurais jamais dû me contacter. Tu n'aurais pas dû m'offrir des billets de concert, flirter avec moi. Tu aurais dû me laisser tranquille.

— Mais je ne voulais pas te laisser tranquille ! conteste-t-il en avançant doucement vers elle.

Elle recule.

— Tu peux te convaincre que je t'ai bernée, si ça te donne bonne conscience. Mais ce qui s'est passé, Natalia, dit-il à voix basse en s'approchant encore d'elle, tu le voulais, tout autant que moi.

Il est si près d'elle maintenant qu'il en est presque menaçant.

Natalia recule d'un pas de plus et se retrouve bloquée contre le mur.

— Mais entre nous c'est impossible, dit-elle, consciente que sa voix ne porte pas.

Elle se racle la gorge.

— Tu le savais dès le début, poursuit-elle. C'est une différence décisive, en tout cas pour moi.

— Ce n'est pas parce qu'il n'y a pas d'avenir qu'il ne peut pas y avoir de présent.

Elle sent des gouttes de sueur perler à la racine de ses cheveux. À quoi joue-t-il ?

David lève la main et, très doucement, lui caresse la joue avec le pouce.

Elle en a la respiration coupée.

— Qu'est-ce que tu fais ? chuchote-t-elle, la gorge nouée.

Ce geste de tendresse est si inattendu. Elle est prise au dépourvu par le tsunami d'émotions qui l'envahit. Son cœur bat contre sa cage thoracique. Elle ne parvient pas à détacher ses yeux du visage de David. De tout ce qu'ils ont fait, ce sont ses baisers qu'elle a préférés. Rien n'est aussi intime qu'un baiser et il est tellement doué.

Il pose une main sur le mur derrière elle, prend son temps pour se pencher en avant, comme pour lui donner la possibilité de s'effacer.

Natalia ne bouge pas.

Et il l'embrasse. Doucement, tendrement, il effleure sa bouche de ses lèvres. Sa respiration s'accélère. Son esprit embué lui dit qu'elle devrait le repousser, que son cœur sera brisé une seconde fois. Pourtant, même si sa vie en dépendait, elle ne parviendrait pas à repousser David. Elle a besoin de cela, plus que de l'air et de la nourriture. Elle ferme les yeux, se penche vers lui de tout son corps. Ils s'embrassent jusqu'à ce qu'elle halète.

— Tu vas continuer à te mentir, Natalia ? demande-t-il, ses lèvres dessinant un petit sourire.

Il écarte les doigts et laisse glisser l'index le long de l'échancrure de son chemisier. Elle frémit et il sourit de l'effet produit. Il la contemple, plonge son regard au plus profond du sien.

— Je n'ai jamais eu besoin de te conquérir, si c'est ce dont tu veux te convaincre. Tu es tombée comme un fruit mûr, je n'avais qu'à tendre la main pour te cueillir.

Son doigt continue de descendre, frôle ses seins et des larmes inopportunes montent aux yeux de Natalia.

— Et tu as toujours envie de moi, même si tu sais qui je suis et ce que j'ai fait.

Il se penche à nouveau vers elle.

Et Natalia, qui n'a jamais utilisé la violence contre quiconque, qui a toujours revendiqué contre ses parents la résolution pacifique des conflits, lève la main et frappe David sur la joue de toutes ses forces. La gifle est si violente que le beau visage de David se tord sur le côté.

— Va te faire voir !

Elle le dévisage et leurs regards se rencontrent.

— Je vais me battre, continue-t-elle. Ne crois pas que je vais te faciliter la tâche. Pas du tout.

Elle comprend soudain ce que c'est que de vouloir se venger, punir quelqu'un pour les offenses et les humiliations subies. C'est lui qui l'a poussée à cela. C'est devenu personnel pour elle. Il ne s'agit plus d'Investum. Elle va lutter, pour elle et pour son enfant à naître.

— Je me battrai jusqu'au bout ! dit-elle, et tant pis si cela sonne comme une réplique de mauvais film.

Elle reprend son souffle et réunit ce qu'il lui reste d'amour-propre. David ne s'est même pas fâché à cause de la gifle. C'est comme s'il n'avait rien senti. Il doit être habitué à pire. Elle n'est sans doute pas la première femme à l'avoir frappé de façon hystérique.

Il lui tend son châle qui est tombé par terre et elle le lui arrache des mains. Il l'observe et elle ne parvient pas du tout à interpréter son expression.

— Tu sais, crache-t-elle. Le viol, l'agression et tout ce qu'a dû subir ta famille, personne ne doit vivre ça. Justice aurait dû être rendue, ils auraient dû être punis, tous. Mais ça ! Ce que tu es en train de faire, n'est-ce pas tout aussi terrible ? C'est *le présent*. On ne peut pas changer le passé, mais tu es en train de gâcher ton présent et celui de ta sœur.

— C'est un raisonnement naïf.

— Peut-être, mais tu ne crois pas qu'il vaut mieux être naïf que mort de l'intérieur ? Tu es resté bloqué dans le passé. Je ne sais pas comment j'aurais la force de continuer si j'avais vécu ce que vous avez enduré, mais je sais qu'il *faut* continuer. Sinon, tu laisses les autres triompher.

— Non, ne te fais pas d'illusions, cette partie, je vais l'emporter.

— Tu vas détruire ma famille.

— Oui.

C'est à ce moment-là que Natalia comprend qu'elle ne pourra jamais parler de la grossesse à David. Il n'existe pas d'avenir pour eux. Avant, elle s'imaginait que l'assemblée générale signerait la fin de ce conflit, mais elle s'est trompée, songe-t-elle en nouant son foulard et en ajustant ses vêtements, les mains tremblantes. Ce n'est que le début. À partir de maintenant, tout ira de mal en pis.

Il y a un peu moins de vingt ans, la famille de David a été déchirée. C'est aujourd'hui au tour de la sienne.

Le chaos et la haine s'ensuivront. Peut-être même que cela ne s'arrêtera pas là, que la prochaine génération sera marquée.

Elle prend sa respiration. Elle s'est décidée. C'en est assez.

— Adieu, David.

44

C'est vendredi après-midi et David, habillé tout en noir comme un cambrioleur, a disparu du bureau, sans un mot. Michel se lève et sort son sac de sport. Il n'a pas la force de réfléchir à ce que David est en train de fabriquer. Il vérifie qu'il a bien toutes ses affaires et va chercher une bouteille d'eau.

— Je vais à la salle de gym, dit-il à Malin qui est penchée sur un tas de papiers à l'accueil.

— Ça commence à se calmer. Tout est prêt pour lundi.

— Je reviens tout à l'heure. J'ai juste besoin de m'aérer un peu l'esprit.

Malin hoche la tête.

— Où est Jesper ? demande Michel.

— Il est parti, fait Malin avec un haussement d'épaules.

Michel secoue la tête. Il y a anguille sous roche. David, l'homme le plus fiable, le plus froid qu'il connaisse, toujours maître de lui, se comporte de façon de plus en plus irrationnelle. Il est devenu impulsif, hésitant. On dirait un néophyte.

Michel avale quelques gorgées d'eau, descend les escaliers et se dirige vers le club de gym en se disant qu'ils devraient peut-être réfléchir sérieusement à laisser tomber toute l'affaire. David travaille à un rythme inhumain depuis l'école de commerce. Peut-être qu'il a fini par craquer ? Ils pourraient limiter les dégâts et se retirer s'ils le souhaitaient. Après tout, il ne s'agit pas de physique nucléaire. HC saignerait, c'est sûr, mais ce n'est pas une question de vie ou de mort.

Il vide sa bouteille, la jette dans une poubelle et ouvre la porte d'une des salles de sport les plus exclusives de Stockholm. Il salue les réceptionnistes et laisse ses pensées au vestiaire. Il se change et, dix minutes plus tard, il est baigné de sueur.

Åsa ne se souvient pas si elle a déjà quitté le bureau après seize heures un vendredi. Or, aujourd'hui étant le dernier jour ouvrable avant cette foutue assemblée générale, elle est obligée de rester à Investum comme n'importe quel employé.

La veille, elle est arrivée aux aurores (avec une grosse gueule de bois, suite à la soirée de révélations passée avec Natalia), et ce matin elle est arrivée encore plus tôt (avec la gueule de bois à nouveau, il faut bien l'admettre, mais elle a décidé qu'elle arrêterait de boire bientôt, très bientôt).

Quel bordel ! Elle essaie de s'en dépêtrer comme elle peut. Natalia parle de se battre, de résister. Le problème, c'est qu'ils ont bien prévu leur coup, tout a été minutieusement planifié. Natalia a raison d'être révoltée contre ce salaud de David Hammar, mais Åsa, elle, n'a plus la force d'être folle de rage contre Michel.

Le monde de la finance est cruel. Les gens sont des requins qui vous attaquent d'autant plus si vous saignez. Et en fin de compte, songe Åsa, Gustaf l'a bien cherché. Voilà ce qui arrive lorsqu'on a une flopée de béni-oui-oui au conseil d'administration. Les compétences chutent comme les actions un lundi noir. David Hammar sait ce qu'il fait. Il est bien organisé, tandis que Gustaf croit toujours tout savoir, ne suit jamais les conseils et refuse d'écouter les autres. À présent, Peter, Gustaf et les autres employés d'Investum, tous niveaux hiérarchiques confondus, courent dans tous les sens, tour à tour pris de panique, fous de rage ou à bout de forces.

Åsa pousse un gros bâillement et ferme les yeux quelques instants. Peter est dans le couloir à hurler des imprécations. Cela ne l'intéresse pas le moins du monde. Cette crise, il la gère de façon catastrophique. Si elle avait eu une once de compassion pour lui, elle s'inquiéterait. Elle se demande quelle sera sa réaction en apprenant que Gustaf n'est pas le père biologique de Natalia. Bon sang, qu'est-ce qu'elle a été choquée par les révélations de son amie l'autre soir ! Åsa est certaine que Gustaf ne reviendra pas sur sa décision de renier Natalia. Son amie espère une réconciliation, mais Åsa en doute.

Depuis le décès de ses parents, Gustaf a toujours été une sorte de père intérimaire pour Åsa. Elle savait que Gustaf la préférait à Natalia, et cela lui faisait mal. Elle n'en a jamais parlé à personne, mais elle le savait, et c'était très pénible. La solution a été de garder une distance affective et de se comporter comme une chipie. Si l'on se comporte mal, l'inévitable se produit toujours : les gens finissent par vous délaisser. C'est plus simple que les mathématiques et le droit civique. Boire un peu trop est aussi une solution à la plupart des problèmes. Elle le sait, car elle est experte en la matière. Multiplier les frasques et être souvent ivre sont les deux piliers sur lesquels repose son existence.

Åsa place ses pieds sur la table et ferme à nouveau les yeux. Elle sait que Gustaf et Ebba auraient souhaité qu'elle se mette en couple avec Peter. Qu'elle, cette femme issue de la grande noblesse suédoise, se marie et produise des petits De la Grip avec le prince héritier Peter. C'est comme ça qu'on fait, après tout, on se marie dans le cercle, on s'échange des fiancés et des petites amies de façon quasi incestueuse. Mais pour elle, plutôt se planter une broche dans l'œil que d'avoir affaire à Peter.

Elle se gratte le front et pousse un profond soupir. Il fait chaud, elle veut rentrer. Même si elle ne l'avouera jamais à personne, elle ne dirait pas non à une soirée à la maison en compagnie de la télé et de quelques somnifères. Elle n'a plus l'énergie de sortir avec des hommes différents tous les soirs, de se mettre sur son trente et un, de flirter et d'envoyer des MMS à Michel. Il ne veut pas d'elle, très bien. Elle laisse tomber. De toute façon, ça ne pourrait pas marcher.

Un peu plus tard, Åsa rentre chez elle à pied. Elle balance son porte-documents et regarde les passants. Sous l'impulsion du moment, elle se décide à faire un détour. Au lieu de remonter les rues d'Östermalm, elle va se promener au bord de l'eau.

Le quai grouille de monde et ses talons se fichent sans cesse entre les pavés. Elle se penche en avant et tente de débloquer sa chaussure lorsque son portable sonne.

Elle répond sans même regarder l'écran.

— Allô ?

— Åsa ? dit une voix familière.

Non. Tout sauf ça. Elle reste là, dans une position inconfortable, la serviette sous le bras et le téléphone calé sous le menton, et ne se souvient pas d'une seule des phrases intelligentes qu'elle avait prévu de prononcer si jamais il l'appelait.

— Bonjour, Michel.

Elle tire un bon coup sur son escarpin et parvient à le déloger.

— Bonjour.

On dirait qu'il sourit et le cerveau d'Åsa se vide instantanément. Elle se remet à marcher. Le soleil est brûlant, le quai noir de monde et elle est obligée de jouer des coudes pour avancer. Elle s'efforce de trouver quelque chose de spirituel à dire, déteste le désir qu'elle ressent pour lui. Elle ne supporte pas d'avoir envie de le voir, envie d'entendre sa voix. C'est si douloureux.

— Qu'est-ce que tu fais ?

Elle jette un coup d'œil autour d'elle. Des gens partout, des enfants tout sales, des touristes émerveillés.

— Je vais boire un verre avec un ami.

Heureusement qu'il ne peut pas la voir.

Le talon de sa chaussure est branlant, la faisant légèrement boiter. Son tailleur blanc – elle adore le blanc – n'a pas résisté à cette journée chaotique au travail : il est à la fois taché et froissé.

— Où es-tu, Åsa ?

Elle repousse les cheveux de son visage. Par-dessus le marché, elle est en sueur – chose qu'elle déteste. Le jour où la ménopause lui donnera des bouffées de chaleur, elle se suicidera. Son soutien-gorge est de travers. Elle attrape son téléphone et son porte-documents dans une main et tente, de l'autre, de remettre son sein en place.

— Dans le centre.

Elle distingue le signal d'un bateau qui quitte le port.

— Michel ?

— Oui ?

— Toi, tu es où ? Je crois avoir entendu un bateau.

— Ici, annonce-t-il en se matérialisant devant elle, parfumé, avec un sac à l'épaule et des lunettes d'aviateur sur le nez.

Son talon se coince à nouveau. *Quelle journée de merde !*

Michel a aperçu Åsa en quittant la salle de sport et n'a pas pu résister au désir de la suivre. On aurait dit un ange, avec son tailleur blanc et ses cheveux blonds. Sauf que les anges ne portent peut-être pas des talons de dix centimètres, et n'ont pas un corps tout en courbes à côté

duquel une route de montagne italienne semble droite
et sans difficultés.

Elle n'a pas l'air heureuse de le voir, mais Åsa n'a
jamais apprécié les surprises. Elle souffle sur une mèche
blonde qui lui tombe dans les yeux et le fusille du
regard.

— Où vas-tu comme ça ? demande-t-il en lui tendant
la main.

Sa chaussure semble coincée.

L'air circonspect, elle pose deux doigts sur son bras,
s'appuie sur lui et tire sur sa chaussure d'un coup sec.

— Je ne supporte pas les pavés !

Elle lui lâche le bras, lisse sa jupe et il reluque sa main
qui glisse le long de sa hanche. Le tissu blanc moule
ses fesses, se tend sur ses cuisses et Michel doit se faire
violence pour ne pas la regarder fixement. Ses yeux
remontent vers son visage, s'attardent sur sa bouche
avant d'atteindre les yeux.

— Qu'est-ce que tu fous là ?

— Je sors de la salle de sport. Je t'ai aperçue.

— Et tu as décidé de me suivre ?

Il hausse les épaules.

— Tu vas où ?

— Chez moi.

Il lève un sourcil.

— Drôle de chemin.

Il sait exactement où elle habite, dans l'une des rues
les plus calmes et les plus chères d'Östermalm. Il est
resté posté devant chez elle plus de fois qu'il n'oserait
l'admettre.

— Je voulais me promener au bord de l'eau. Idée à la
noix. C'est la dernière fois.

Il s'esclaffe.

— C'est vrai, les balades, ça n'a jamais été ton truc.

Sa vision décadente de l'activité physique l'a toujours
charmé.

— On dirait que tu sors de la douche. Tu as un rencard ou quoi ?

— J'étais à la salle de sport, comme je te l'ai dit.

Lorsqu'elle le détaille ainsi du regard, qu'elle caresse ouvertement des yeux ses muscles, son corps, il doit s'efforcer de ne pas gonfler ses biceps et contracter ses abdos comme un idiot. Elle lui fait un tel effet qu'il a du mal à se contrôler. Åsa flaire immédiatement les faiblesses et si elle se doutait de ce qu'il ressent, elle l'écraserait comme une mouche sous un de ses talons.

— Qu'est-ce que tu cherches, Michel ? Qu'est-ce que tu fais au juste ?

— Je fais la conversation.

— Tu sais ce que je veux dire. Je ne veux plus parler.

— Oui, je sais...

Il refuse de devenir l'un de ces hommes avec qui elle couche avant de s'en débarrasser. Il réfléchit.

— Je crois que je te fais la cour.

— Tu me fais la cour ? Cette expression s'utilise encore, d'ailleurs ? Tu as bu ?

— Non.

— Tu ne peux pas décider à quoi doit ressembler notre relation. Tu ne peux pas entrer dans ma vie, me donner des ordres et croire que ça m'intéresse.

— Je peux donner des ordres si je veux. Tu as juste à choisir si tu veux m'obéir ou non.

Elle le dévisage. Des taches roses apparaissent sur sa peau blanche.

— Tu me gonfles, Michel.

La peur, à l'affût au fond de ses yeux, se recroqueville comme un enfant effarouché.

Il se penche en avant, dépose un rapide baiser sur ses lèvres et se recule aussitôt.

— Dans soixante-douze heures, tout sera terminé. Je viendrai te voir à ce moment-là. On aura fini de parler.

Il jette un coup d'œil à sa montre.

— Mais là, continue-t-il, je dois retourner au boulot avant que la Bourse ne ferme. À bientôt.

— C'est ça, du balai ! Je m'en sors très bien sans toi, j'espère que tu es au courant.

— Åsa ?

— Oui.

— Évite les rues pavées.

Il tourne les talons et s'en va en sifflotant.

— Je te déteste ! crie-t-elle après lui.

Il éclate de rire. Et moi, je t'aime, songe-t-il, sans le dire tout haut. Il n'est pas complètement fou.

45

Après la rencontre au musée, David retourne au bureau à pied, plongé dans ses pensées. Ce rendez-vous avec Natalia a été bouleversant, c'est le moins qu'on puisse dire. Il a mérité la gifle, il sait qu'il n'a pas été particulièrement gentil. Il se frotte la joue. Elle en a, de la force.

David ouvre la porte du siège de HC et salue Malin à l'accueil.

— On garde nos positions ?

Il est dix-sept heures trente. Dès la fermeture de la Bourse, le calme se fera.

Elle acquiesce.

— Il ne se passera rien avant l'assemblée générale. Tout le monde est dans l'expectative.

Malin a raison et il hoche la tête en feuilletant un rapport qu'elle vient de lui tendre. Il ne se passera rien ni ce soir ni ce week-end.

— Je pars dans une demi-heure, indique-t-elle au moment où Michel apparaît dans l'embrasure de la porte.

Elle disparaît pour prendre un appel.

— Tu étais où ? l'interroge David.

— À la salle de sport.

Michel laisse tomber son sac par terre. Il retire ses lunettes de soleil et s'essuie le front du dos de la main.

— Et toi ? Où tu étais passé ? Et qu'est-ce que tu as fait de ta Bentley ?

Cette histoire de voiture – et de Jesper – lui était complètement sortie de la tête.

— Tu peux venir cinq minutes ? J'ai un truc à te dire.

David attend dans son bureau que Michel aille poser son sac. Son ami entre avec deux bouteilles d'eau à la main et referme la porte avec le coude. Il tend l'une des bouteilles à David et les deux hommes s'asseyent l'un en face de l'autre.

— Jesper a pris ma voiture, explique David. Tu as remarqué qu'on est surveillés ? Je ne voulais pas qu'on me suive.

— Oui, j'ai vu, mais ce n'est pas la première fois.

Ce n'est pas inhabituel qu'ils soient surveillés, voire même espionnés. Après tout, c'est un secteur où l'information vaut de l'or.

— Je suis désolé d'avoir disparu. J'avais un truc à régler.

— Pas de problème.

— J'ai vu Natalia.

— C'était vraiment une bonne idée ?

Michel tripote sa bouteille.

— Non, mais j'avais quelque chose d'important à lui dire. Et maintenant je veux t'en parler.

— Je t'écoute, soupire Michel.

David vide alors son sac.

La rencontre entre Carolina et Natalia au parc, hier. L'agression sexuelle et le rôle de Peter. Tout, il déballe tout, et il se sent libéré, comme lorsqu'il s'est confié à Natalia. Pendant quelques minutes, à l'exposition sur les icônes, il s'est senti serein. Il a éprouvé un calme, une harmonie, avant qu'ils ne se retrouvent encore une fois en conflit. Il n'a jamais parlé de Carolina à personne. Natalia l'a écouté et il a eu l'impression de se confesser. Il n'avait pas conscience que ce secret était un véritable fardeau.

Natalia a été choquée par la nouvelle, évidemment. Il se demande s'il existe une personne au monde qu'il a mystifiée autant de fois qu'elle. S'il a bien interprété sa réaction, elle ne lui pardonnera jamais, ne lui fera plus jamais confiance. Il aimerait ne pas y penser tant cela lui fait mal. Mais il est heureux d'avoir parlé de Caro. Mieux valait qu'il le lui dise plutôt qu'elle ne l'apprenne dans un article d'un magazine à sensation. L'attention médiatique s'est à présent détournée. Quelques journalistes posent encore des questions sur Skogbacka et le bizutage, mais pas autant qu'avant. Comme aucune plainte n'a été déposée, ni pour le viol, ni pour les coups de fouet, les détails les plus sordides demeurent cachés. Aucune des personnes impliquées n'a intérêt à ce qu'ils soient divulgués.

David regarde son ami qui reste muet, une expression de choc sur le visage.

— C'est incroyable…, lâche Michel d'une voix étouffée.

— Oui.

— C'est complètement dingue ! Tu as une sœur secrète…

— Oui.

— Que tu n'as jamais mentionnée.

— Oui.

— Que Peter De la Grip…

Il se tait.

— Oui.

— Cette affaire est bizarre depuis le début. Toi et Natalia, ces vendettas personnelles. Et maintenant tu as une sœur dont je n'ai jamais entendu parler ! Dont *personne* n'a entendu parler.

— Je suis désolé… Mais c'était une question de sécurité.

— Je comprends.

Michel esquisse un geste de la main. Il semble réfléchir.

— Tu as dit qu'elle était menacée.

— Ça fait longtemps, mais on n'est jamais trop prudent.

— Alors que fait-elle à Stockholm ?

— Ma sœur est propriétaire d'actions Investum, explique David avec un sourire.

Il les lui a achetées au fil des années et elle en possède à présent un bon paquet.

— Elle va voter ?

— Oui. J'ai essayé de lui faire envoyer un représentant, mais elle tient absolument à venir. Parfois c'est une vraie tête de mule.

Michel hausse un sourcil. Il repose sa bouteille.

— Il faut que je digère tout ça.

— Je comprends.

— Mais c'est tout ? Tu n'as pas d'autres secrets ? Pas d'autres parents inconnus dont tu voudrais me révéler l'existence ?

On frappe à la porte.

David secoue la tête.

— Non, c'est tout, assure-t-il. Entrez !

Malin apparaît.

— David ?

— Oui.

— Il y a un homme qui désire te voir.

— À cette heure-ci ? Qui est-ce ?

Malin le fixe, gênée. Elle observe Michel, puis David, hésitante, comme si elle suivait des yeux un match de tennis. Elle se racle la gorge.

— Je ne sais pas comment te dire…

— Quoi ? s'impatiente David.

Même Michel pose sur Malin un regard interrogateur.

Elle tourne encore la tête de l'un à l'autre puis, avec un long soupir, semble s'excuser :

— Il dit qu'il est ton père.

46

Un silence à couper au couteau s'installe dans la pièce. Michel pose ses mains sur le bureau, faisant tinter ses lourdes bagues. L'une des pierres précieuses jette un éclat menaçant. Il se lève lentement, se penche en avant, fusille David du regard.

— Tu as beau être le chef, *the boss*, dit-il d'une voix si étouffée qu'elle manque de se briser. Monsieur Capital-risque, le fondateur, le super-héros ! poursuit-il les mâchoires crispées et en accentuant chaque mot. Mais toi et moi on va devoir parler. Sérieusement. De l'avenir. De *notre* avenir.

Il jette à David un dernier regard assassin, se redresse, attrape sa bouteille d'eau vide et l'écrase. Il salue Malin de la tête en sortant.

— Envoie-le-moi, fait David quand Michel a disparu.

Il se lève. *Ça va être vite fait bien fait.*

— Je vous en prie, dit Malin en faisant entrer le visiteur.

La directrice de la communication, d'ordinaire si sûre d'elle, semble hésiter.

David croise les bras sur la poitrine et examine l'homme qui vient de passer la porte.

— Carl-Erik Tessin. *Monsieur le comte* Tessin, ajoute-t-elle nerveusement – elle qui n'est *jamais* nerveuse.

— Merci, Malin. Tu peux partir. Je n'en ai pas pour longtemps.

Il est grossier à dessein, laisse sa rage colorer sa voix. Quel culot ! Comment cet homme ose-t-il se présenter ici ?

Malin referme la porte en silence. Ils sont seuls à présent.

— Bonjour, David.

Il parle en articulant chaque syllabe avec cette voix de basse que David associe à la classe supérieure et à l'abus de pouvoir.

— Qu'est-ce que tu fous là ? Qu'est-ce que tu me veux ?

Le visage de Carl-Erik frémit.

— J'ai essayé de te joindre.

— Et alors ?

Il n'y a toujours pas de colère dans la voix de Carl-Erik. Pas étonnant : il a toujours été lâche et mou.

— Je t'ai écrit. Et téléphoné. Tu ne réponds pas.

— Non.

David ne dit rien de plus, ne voulant pas prolonger cette discussion. Il ne veut pas avoir de discussion, tout simplement. Il n'y a rien que Carl-Erik puisse dire qu'il a envie d'entendre. Il déteste cet aristocrate, son soi-disant père. Rien que le mot père, *papa* – le mot le plus vide de sens qu'il connaisse, ce mot qui ne s'accompagne d'aucun engagement –, lui donne la nausée. Ce satané comte, avec son doux accent de Scanie et son haut lignage, est l'homme qui a eu deux enfants – pas un, deux ! – avec la jeune et belle Helena Hammar. Il a rencontré cette serveuse sans qualification à la fin des années soixante-dix, un soir, dans un bar de Stockholm, et ils ont initié une relation. Elle est tombée enceinte, mais lui n'a jamais songé un seul instant à quitter son épouse, une femme dont l'ascendance convenait à un comte. Il n'existe pas de mots pour décrire le mépris

413

que David éprouve pour lui. Il le regarde avec un visage inexpressif, se montre froid et distant. Il sait mieux que quiconque ce que l'on ressent lorsqu'une main tendue est reçue avec indifférence.

— Je t'ai aperçu à Båstad, continue Carl-Erik.

David l'a vu aussi. Or, puisque Carl-Erik a refusé de reconnaître ses enfants illégitimes, David refuse aujourd'hui de reconnaître l'existence de son père.

— Et je lis ce qui se dit de toi dans les journaux. Je lis tout.

Il fut un temps où l'idée d'avoir un père était importante dans la vie de David. Petit, il s'est parfois demandé ce qu'il avait fait de mal pour être indésirable aux yeux de son propre géniteur. Un jour, sans en parler à sa mère, il s'est rendu en bus jusqu'en Scanie et s'est posté devant la demeure où son père vivait avec sa femme et ses enfants *légitimes*. Il est ensuite rentré chez lui, triste et fatigué, et a clos cette porte pour de bon.

Les années ont passé. Si Carl-Erik était mort, cela n'aurait fait aucune différence. Pour David, il *est* mort, même si on excepte le fait que David le hait et qu'on ne peut pas, rationnellement, haïr un mort. Il ressent pour cet homme, qui le regarde avec un mélange de regret et d'espoir, la même haine que pour Gustaf et Peter. C'est l'homme qui se plie, qui abandonne, qui profite, l'homme faible qui trahit. David se plaît à penser qu'il n'y a pas en lui une seule cellule qui ressemble à Carl-Erik Tessin.

— Bon. Qu'est-ce que tu veux ?

David prend une profonde inspiration, tâche de contenir sa fureur, et refuse de montrer à quel point il est affecté.

— Je te donne deux secondes, après je veux que tu disparaisses d'ici, pour de bon.

Il s'emporte et sait qu'il ne devrait pas. Si seulement il pouvait rester insensible.

Sa mère a aimé cet homme. Si Carl-Erik avait été là, tout aurait été différent. Caro n'aurait pas été agressée. Helena n'aurait pas été obligée de trimer comme elle l'a fait. Ils auraient peut-être vécu heureux jusqu'à la fin de leurs jours.

— J'aimerais apprendre à te connaître, qu'on soit en contact.

David ne répond pas.

— Je n'étais pas là pour vous quand vous étiez petits et je vis avec cette culpabilité. Mais maintenant...

— Maintenant ? Il n'y a pas de maintenant.

— Si tu savais combien je regrette ! J'aurais dû être plus présent pour vous. Pour ta mère, Helena. Mais elle refusait de me laisser entrer dans sa vie.

David se rappelle les larmes et l'amertume.

— Peut-être parce que tu étais marié avec une autre femme !

Il n'a aucun souvenir positif de cet homme qui a le toupet de prétendre être son père.

— Je ne pouvais pas divorcer, mais je voulais l'aider. Elle a repoussé presque tout ce que je lui ai proposé. Je ne pouvais que...

— C'est tout ? l'interrompt David d'un ton glacial.

— Je suis venu te demander pardon. Et ta sœur...

— Caro ? éclate David, bien qu'il se soit promis de garder le silence quoi que dise ce type. Qu'est-ce qu'elle vient faire là-dedans ?

Le visage de Carl-Erik s'adoucit.

— Carolina et moi nous voyons parfois. Je lui ai rendu visite au Danemark, et nous avons bu un café hier en ville.

David tente de dissimuler sa surprise. Ils sont en contact ? Carolina ne lui en a jamais touché mot. Lui qui pensait qu'elle lui racontait tout. Il essaie de ne pas se sentir trahi.

— Carolina est adulte, David, dit Carl-Erik avec un sourire aimable, un sourire qui donne envie à David de coller une bonne droite à ce visage d'aristo.

Il sait bien que sa sœur est adulte, mais il n'a pas encore compris qu'elle a sa propre vie. Peut-être lui est-il arrivé de se dire que l'existence de sa sœur ne tournait qu'autour de lui. C'est aujourd'hui un choc de découvrir qu'elle fréquente leur père. Un café en ville, voyez-vous cela !

— Carolina m'accepte dans sa vie et je lui en suis très reconnaissant.

David serre les dents si fort qu'il les entend grincer. Sa patience a des limites.

— Elle est préoccupée par ton coup d'éclat. Elle s'inquiète pour toi.

Sa rage explose comme une bombe dans son corps. De quel droit Carl-Erik parle-t-il de Carolina avec lui ? Il n'en a pas l'autorisation ! La colère cogne dans sa poitrine comme une grosse masse noire.

— Dehors, dit David à voix basse.

C'est soit ça, soit hurler.

Il a du mal à réfléchir et les mots sortent de façon heurtée.

— Dehors !

À présent, la fureur déferle telles des vagues venant se briser sur des falaises abruptes. Il sent qu'il est sur le point de perdre le contrôle.

— Va-t'en. Hors de ma vue ! Maintenant !

— David…, plaide Carl-Erik, les paumes au ciel.

David sent quelque chose en lui se rompre.

La tension, la rage, tous ces anciens sentiments, qu'il était certain d'avoir laissés derrière lui, resurgissent en force et il sort de ses gonds. Il s'avance vers Carl-Erik, l'agrippe par les vêtements – un geste brutal qui fait pâlir le vieil homme. De l'autre main, il ouvre la porte et jette son père, littéralement, hors de la pièce. Il claque ensuite le battant avec une telle violence que le mur en tremble.

David est obligé de s'appuyer contre le chambranle, de se pencher en avant pour que le sang lui remonte à la tête. Lui qui ne s'emporte jamais, qui a horreur des personnes qui haussent le ton pour montrer leur pouvoir, aurait pu tuer un vieil homme !

Il inspire profondément à nouveau et sent que la raison lui revient. Il est tard et le bureau est désert. Il ne peut pas se comporter ainsi, flanquer les gens dehors avec une telle brutalité. Le vieux a peut-être fait une crise cardiaque. Il est peut-être mort dans le couloir.

David passe les doigts dans ses cheveux, ajuste ses vêtements et pose la main sur la poignée. Il esquisse une grimace en pensant à sa réaction et à toute cette farce. Il ouvre la porte et jette un coup d'œil dans le corridor. Il est vide.

Carl-Erik Tessin est parti.

47

Samedi 26 juillet

À peine Alexander a-t-il eu le temps de quitter la Suède qu'il a été rappelé. Il y a moins de deux semaines, il se trouvait dans cette même file d'attente à l'aéroport d'Arlanda. Il venait tout juste de se remettre du décalage horaire chez lui, à New York, et le voilà de retour à Stockholm, épuisé et avec la gueule de bois. C'est son père qui lui a ordonné de venir. D'habitude, Alexander ne lui obéit pas, sauf s'il est obligé, mais il est curieux de voir ce qui se trame. L'entreprise familiale en péril ? Est-ce possible ? Étonnamment, cette pensée est assez exaltante, presque libératrice.

Alexander récupère ses valises sur le carrousel à bagages, passe la douane, traverse la salle d'attente et se dirige vers les taxis garés à l'extérieur. Les quotidiens et magazines à sensation attirent l'attention avec leur une provocante. Il saute dans une voiture, mais se rend compte aussitôt qu'il ne sait pas où il va loger. Il ne supporte pas d'habiter chez ses parents. Voyons voir… Peut-être devrait-il s'acheter un pied-à-terre ici ? Après tout, Stockholm est une très belle ville l'été.

— Emmenez-moi à l'hôtel Diplomat, dit-il finalement.

Il tapote sur son téléphone. Il devrait appeler Natalia, elle doit être au fond du gouffre. David

Hammar, cet homme dont elle semblait éprise, a déclaré la guerre à Investum. Alexander regarde par la fenêtre. Que se passe-t-il, bon sang ? Telle est la question. Mais a-t-il vraiment le courage de s'en préoccuper ?

48

Dimanche 27 juillet

David examine la statue qui se dresse devant lui. L'art ne l'intéresse pas plus que ça. La sculpture, n'en parlons pas. Il a du mal à comprendre. Carolina, elle, déambule entre les œuvres, affichant une expression fascinée, et il décide de garder son avis pour lui. Chaque fois qu'elle tourne la tête dans sa direction, il opine du chef et prend un air aussi enthousiaste que possible.

Sa sœur a toujours été passionnée par l'art, la culture et la création artistique. David a l'intuition que c'est cet engouement qui l'a empêchée de sombrer dans la psychose. Il s'efforce donc de l'amener visiter un musée ou une galerie chaque fois qu'ils se voient. Même pour lui, l'expérience n'est pas désagréable, bien qu'il n'y comprenne rien.

L'exposition a attiré beaucoup de monde et, au milieu de la multitude, Carolina percute soudain un homme. David se raidit, prêt à se précipiter à son secours, mais elle s'excuse en souriant, sans pâlir, sans avoir l'air effrayée. David pousse un soupir de soulagement et se détend un peu.

Pendant tant d'années, Caro était terrifiée à l'idée de se retrouver dans une foule, mais elle ne semble plus tout à fait aussi fragile qu'avant. David se demande s'il réussira à s'y habituer.

Elle s'avance vers lui, radieuse. L'exposition se tient à l'air libre et une légère brise lui ébouriffe les cheveux. De petites rides se dessinent au coin de ses yeux lorsqu'elle sourit. Elle vit près de la mer, adore la nature, le soleil et le vent.

— Tu n'as pas l'air aussi assommé que d'habitude, fait-elle remarquer en posant une main sur son bras. Serait-il possible que tu apprécies les œuvres ?

— Observer les statues dénudées, c'est l'une de mes activités préférées, sourit-il. Et toi, tu as l'air heureuse.

Carolina lui serre le bras.

— Je vais bien, oui. Je sais que tu t'inquiètes pour moi, mais c'est la vérité. Un jour ou l'autre, il faudra bien que tu me croies.

Caro a raison, note David avec stupéfaction. Elle paraît en pleine forme. Il s'est fait un tel sang d'encre pour elle pendant tant d'années qu'il a cherché à lui faciliter la vie par tous les moyens, tant et si bien qu'il n'a pas pris le temps de s'arrêter pour voir ce qui crève les yeux : Caro, à trente-deux ans, va bien. Elle est même rayonnante.

— Ne te fâche pas, David, mais je songe à me trouver un hôtel pour le reste du séjour.

Elle se mord la lèvre inférieure et le regarde attentivement pour observer sa réaction.

— Mais pourquoi ?

Elle est libre de faire ce qu'elle veut bien sûr, mais cette idée vient comme un cheveu sur la soupe.

— Je pensais que tu te plaisais chez moi, ajoute-t-il avec une pointe de culpabilité.

— Ah bon ? Comment peux-tu le savoir ? Tu n'es jamais là.

Elle continue à sourire, comme pour neutraliser sa critique. Elle a pourtant raison : il l'a négligée.

— Ton appartement est magnifique, mais j'ai passé

l'âge d'habiter chez mon frère. Tu ne me feras pas changer d'avis. D'ailleurs, j'ai déjà appelé pour réserver.

— D'accord, dit David, toujours interloqué.

Carolina n'a jamais été très impulsive, ni particulièrement indépendante. Elle s'est toujours fiée à lui, l'a laissé prendre toutes les décisions. Il l'a considérée comme un être fragile, sans se poser de question, mais à présent il la découvre sûre d'elle et déterminée, prête à faire des choix sans le consulter comme n'importe quelle femme adulte.

— Mais si tu vas à l'hôtel, il te faut un garde du corps, au moins quelqu'un qui te surveille.

Caro n'est pas n'importe qui et David ne doit pas oublier que garantir sa sûreté est crucial.

— Je vais en toucher deux mots à notre agence de sécurité.

— Tu ne trouves pas que c'est un peu exagéré ? demande-t-elle tandis qu'elle incline la tête sur le côté et que ses longues boucles d'oreilles frôlent sa joue.

— S'il t'arrivait quelque chose, Caro…

Elle lui pince le bras.

— David, tu ne peux pas me protéger contre la vie.

— Tu sais de quoi je veux parler, répond-il, la voix plus sévère que nécessaire, car le soulagement qu'il éprouve à l'idée d'avoir à nouveau son appartement pour lui tout seul lui donne mauvaise conscience. Je n'aime pas ça. Je suis désolé que tu te sois sentie abandonnée.

Même si David a honte de ne lui avoir pas consacré assez de temps, il sait que Carolina a raison. Ils sont adultes. Ils ont chacun leurs habitudes.

Et depuis que Natalia a dormi chez lui… Il faut bien avouer qu'il a du mal à concevoir qu'il y ait quelqu'un d'autre dans son appartement.

Carolina plisse les yeux en contemplant une statuette.

— Et puisqu'on en parle... je réfléchis à m'acheter un pied-à-terre.

Il s'arrête et la regarde. C'est la première fois qu'il l'entend dire une chose pareille.

— En Suède ?

— Oui, à Stockholm. J'aime bien cette ville. Je me rappelle qu'on y allait souvent quand on était petits. Je m'y sens chez moi.

David n'est pas sûr d'apprécier cette idée. Le risque qu'elle tombe sur Peter ou Gustaf est beaucoup trop grand. Elle semble peut-être heureuse et en bonne santé maintenant, mais que se passerait-il si elle croisait Peter, l'homme qui lui a fait tant de mal ?

— Je pensais que tu te plaisais au Danemark. Tu as toujours dit que tu voulais habiter près de la mer.

À quinze ans, Caro a d'abord été logée dans le centre de soins, mais les années ont passé et elle est restée au Danemark. À présent, elle vit dans une maison que David lui a achetée, avec un immense atelier et vue sur l'océan. Elle est très isolée et exposée aux vents, mais Caro l'a toujours adorée.

— C'est le cas, mais on a le droit d'avoir une résidence secondaire, non ?

Elle s'arrête devant une sculpture représentant un oiseau aux larges ailes déployées.

— Cette œuvre me plaît beaucoup, déclare-t-elle en observant longuement les lignes élancées de l'animal. J'ai vu mon comptable la semaine dernière. On a passé en revue tous mes actifs. Je suis riche, j'aurais les moyens de l'acheter.

David a géré l'argent de sa sœur pendant de nombreuses années. Il a acquis des actions, investi, transféré autant de fonds que possible. Toujours cette inquiétude pour son bien-être. Il a grandi avec cette idée qu'il pouvait arriver quelque chose à lui ou à sa sœur, et il a toujours voulu faire des placements sûrs, ce qui a porté ses fruits. Caro est maintenant indépendante matériellement.

— Ce n'est pas mal d'être la sœur d'un génie de la finance ! Mon comptable était impressionné, et moi aussi.

Elle reprend la visite, sa longue jupe virevolte autour de ses chevilles.

Une Carolina qui s'entretient avec son comptable, réserve une chambre d'hôtel et prend des décisions d'ordre financier toute seule. David ne comprend plus rien. Que s'est-il passé ?

— Je vais contacter un agent immobilier que je connais, lui dit-il en arrivant à son niveau.

Il dissimule son mécontentement. Comment va-t-il la protéger si elle vit à Stockholm ?

— Tu es une vraie mère poule !

Elle effleure du doigt le socle d'une statue, lit les inscriptions et se tourne vers David. Ses yeux sourient.

— Maman aurait été fière de toi, tu en es conscient ?

J'en doute fort.

Carolina a toujours admiré son frère, David le sait. Une admiration que ne partageait pas leur mère. La plupart du temps, il la décevait. Elle trouvait qu'il délaissait sa famille, encore et encore, qu'il était égoïste et irresponsable. Et elle avait raison, bien sûr. S'il s'était davantage préoccupé de sa famille, les événements n'auraient jamais pris cette tournure.

— Tu es ma sœur. Je ne veux que ton bonheur.

Et ta sécurité.

Carolina marche jusqu'à la sculpture suivante. Il la suit et s'arrête à côté d'elle.

— Il paraît que tu as vu notre père ? reprend-elle après un instant de silence.

— Oui, acquiesce David, mal à l'aise.

Cette entrevue aussi inopinée qu'indésirable lui a laissé un arrière-goût amer.

— Carl-Erik s'est invité à mon bureau. Il n'est pas du tout le bienvenu.

Carolina secoue la tête.

— David, tu as le droit de te réconcilier avec lui, tu sais. C'est ton père, après tout.

— Je ne savais pas que vous vous fréquentiez.

David réalise que son ton est glacial, mais il ne peut s'en empêcher.

Carolina lui lance un regard légèrement réprobateur.

— Il est venu quelques fois me rendre visite au Danemark. Désolée de ne pas t'en avoir parlé, mais je me doutais que ça ne te plairait pas.

Elle le fixe de ses grands yeux gris-bleu, si semblables aux siens. David s'aperçoit avec surprise qu'ils ont tous les deux hérité des yeux de Carl-Erik. Il n'y avait jamais pensé.

— Tu sais que c'est lui qui a payé mon déménagement au Danemark ? Il a financé le centre de soins. Maman lui a permis de le faire.

— Non, je n'étais pas au courant.

C'est vrai qu'il s'était demandé d'où venait l'argent du traitement de Caro. Sa mère n'en a jamais parlé. David s'est-il inconsciemment douté que leur père avait contribué ? Peut-être. Cela signifie-t-il pour autant qu'il doit respecter le comte ? Pas vraiment.

— Je vais avoir besoin de temps, marmonne-t-il.

C'est un mensonge, il le sait pertinemment. Il ne voudra *jamais* se réconcilier avec le comte. Peu importe qu'il prenne des cafés avec Carolina, peu importe qu'il ait participé financièrement.

— Si maman était encore là, elle ne supporterait pas qu'on le voie, poursuit Carolina. Avec elle, il fallait toujours choisir son camp.

Elle dégage une mèche blonde de son visage et incline la tête.

— Tu étais au courant qu'il essayait de nous contacter, mais que maman l'en a empêché ? Il nous écrivait une fois par semaine, mais elle renvoyait les lettres. Il les a gardées. Maman avait un côté très manichéen.

David considère sa sœur, ébahi. Ils ne parlent presque jamais du passé et rarement de leur mère. Il est parti du principe qu'ils partageaient la même vision de leurs parents.

— Je n'ai jamais vu maman comme ça...

Il prend soudain conscience qu'il n'a jamais pensé à Helena en des termes négatifs. Dans sa vision du monde, sa mère n'avait aucun défaut, ce qui est absurde. Personne n'est parfait.

— Non, toi et maman vous aviez une relation différente, marquée par la culpabilité et la mauvaise conscience. Moi, j'ai suivi une thérapie. C'est très enrichissant. La première année là-bas, c'était atroce.

Elle fait glisser entre ses doigts l'un de ses colliers colorés et ses yeux se perdent dans le vague.

— Mais après, les choses ont changé. Ils ont été géniaux avec moi. Ils me laissaient tranquille quand je le voulais, me permettaient de parler quand j'en avais besoin. Ils m'ont appris tant de choses. La thérapie m'a sauvée.

Elle esquisse un sourire désolé et poursuit.

— Ça a dû coûter cher. Je ne m'en rendais pas compte à l'époque, mais David, papa m'a dit que tu as payé toutes les factures après la mort de maman, tu as tout pris en charge. Tu as dû trimer pour avoir les moyens... Tout ce que tu as fait pour moi, tout ce que tu m'as donné.

Ses yeux deviennent brillants.

David secoue la tête. C'est normal qu'il ait tout fait pour qu'elle aille mieux. Il l'a fait par amour, évidemment. Toutefois, il sait aussi que sa façon d'agir

vis-à-vis de Carolina sera toujours marquée par la culpabilité. S'il était resté à la maison ce soir-là, s'il n'avait pas
provoqué Peter De la Grip et ses camarades... S'il avait
été meilleur, moins égoïste...

— David ?

— Ça va, esquive-t-il.

Ils sont si proches, ils n'ont pas d'autre famille et
pourtant ils sont incapables de partager leurs pensées
et leurs sentiments intimes. Carolina est adulte, il le sait
bien et, malgré cela, il l'a toujours considérée comme
la jeune fille fragile et traumatisée, envoyée à l'étranger
dans un mouvement de panique. Or, il a aujourd'hui
devant lui une femme mûre et sûre d'elle, qui rit
souvent. Il a beau chercher, il ne voit plus aucune trace
de cette frêle adolescente.

— Je suis si heureux que tu ailles mieux.

Sans doute est-il temps de considérer Carolina comme
un individu et non comme une victime. C'est curieux
qu'il n'ait jamais envisagé les choses de cette façon.

— Si tu veux continuer à voir Carl-Erik, il n'y a
aucune raison que tu ne le fasses pas, poursuit-il, par-
venant presque à y croire. Dans quelques jours, quand
tout sera fini, Investum sera morte et ils auront eu leur
punition.

— Leur punition ? répète Carolina, et une ride profonde se dessine entre ses sourcils. Qui ? De quoi tu
parles ?

Il a du mal à se résoudre à prononcer leurs noms
devant elle.

— Peter et Gustaf De la Grip, lance-t-il aussi sèchement que possible.

Elle le contemple, le visage sérieux. Ses boucles
d'oreilles et ses colliers brillent au soleil. Elle a toujours
adoré les couleurs vives.

— Alors c'est de *ça* qu'il s'agit ?

Il ne l'a jamais entendue prendre ce ton. Un ton accusateur.

— Évidemment, qu'est-ce que tu croyais ?

— Je ne croyais rien du tout, David. Étant donné que tu ne me dis rien. Quand tu m'as parlé d'Investum et de mes actions, quand j'ai pris connaissance de l'affaire dans les journaux, je pensais qu'il s'agissait d'une transaction financière saine, et non de représailles. C'est ce que tu fais, là ? Tu te venges, c'est *ça* ?

Il a du mal à y croire ! Caro est en train de le critiquer.

— J'y ai été forcé. Ce qu'ils t'ont fait...

— Mais c'était il y a très longtemps. Oui, c'était terrible, reconnaît-elle, mais sa voix ne tremble pas. Toute ma vie, j'ai lutté pour m'en sortir, j'y ai travaillé, j'ai guéri. C'est possible. J'ai tourné la page et je n'y pense presque jamais. Tu ne dois pas agir de façon idiote, laisser le passé guider tes actions ! David ? C'est *ça* que tu fais ? Pourquoi ?

— Pourquoi ? Tu me demandes *pourquoi* ? Tu n'es pas sérieuse !

— Bien sûr que je suis sérieuse.

Elle pose une main sur son bras et le fixe droit dans les yeux, sérieuse et très, très, adulte.

— Tu t'es déjà tellement sacrifié, ne me dis pas que c'est de vengeance qu'il s'agit !

— Pas seulement.

Carolina n'a jamais remis en cause une seule de ses actions. Cette situation le met terriblement mal à l'aise.

Elle croise les bras.

— Et Natalia De la Grip ?

— Quoi ?

Caro a beau être sa sœur, il y a des limites à ne pas dépasser. Sa relation avec Natalia ne la concerne en aucun cas. Il lui lance un regard d'avertissement.

— Ne me regarde pas comme ça, lâche-t-elle.

Il n'en croit pas ses oreilles.

— Te regarder comment ?

— Comme si tu étais un empereur et les autres tes sujets. Natalia De la Grip... elle te plaît.

Il n'a raconté à sa sœur que des morceaux choisis de leur histoire, pas tout, bien sûr, mais sa sœur est intelligente et a de l'intuition, elle a toujours eu cette sensibilité. Elle comprend bien plus que ce qu'il a décidé de dévoiler. La situation le dépasse. Il a invité sa petite sœur à une exposition un dimanche matin et à présent ils sont en train de monter sur leurs grands chevaux. Les gens commencent à leur jeter des coups d'œil curieux.

— J'ai bien vu que tu tenais à elle, continue Carolina en baissant la voix. Je l'ai vu à ta manière de la regarder.

— C'est à *toi* que je tiens.

Elle fait un geste de la main, comme si c'était une évidence dont ils n'avaient pas besoin de parler.

— Je n'en ai jamais douté. Tu es le meilleur des frères.

— Ne dis pas que je suis un bon frère. Si tu n'avais pas été seule ce soir-là...

— Tu les as encouragés à me violer peut-être ? Hein ?

— Bien sûr que non ! Mais...

— Pas de « mais » qui tienne ! Ce n'était *pas* de ta faute. D'ailleurs, c'est grâce à toi que je m'en suis remise. C'est ce qu'a dit mon psy. Tu as toujours été là, de manière inconditionnelle, c'est ce genre de choses qui permet de guérir. Et tu ne peux pas changer ce qui a eu lieu. Le passé, c'est le passé.

— Mais je peux agir sur le moment présent, te protéger.

— Arrête avec ça. Je m'en sors très bien toute seule. Tu dois penser à toi maintenant. Et je veux que tu sois heureux. Tu t'es tant sacrifié pour moi, mais tu n'es pas heureux, David. Toi aussi tu as besoin d'aller de l'avant.

— Je ne peux pas aller de l'avant avec Natalia De la Grip.

— Non, pas si tu détruis sa famille.

— Mais ce qu'ils t'ont fait...

— C'était il y a longtemps.

— Il y a certaines choses qu'on n'oublie jamais, réplique-t-il, choqué d'être obligé de le lui dire.

Mais c'est vrai qu'ils n'ont jamais parlé de ça, jamais. David est parti du principe que Caro ressentait la même chose que lui, qu'elle était anéantie, qu'elle ne pourrait jamais guérir.

— Mais tu ne m'écoutes pas ! s'emporte-t-elle, frustrée, en agitant une main en l'air. J'ai mis tout ça derrière moi ! Je refuse de vivre dans le passé.

— Tu ne comprends pas. Ils me détestent, *nous* détestent. Tu ne sais pas de quoi ils sont capables !

— J'ai l'impression qu'ils ont déjà été punis, en un sens. Et moi, j'ai tourné la page.

Visiblement, elle ne veut plus en parler. Elle le gratifie d'un petit sourire.

— Et puis, j'ai rencontré un homme.

Quoi ?

Elle glisse avec légèreté jusqu'au piédestal de la statue suivante. David se hâte de la rattraper, la prend par le bras et la force à s'arrêter.

— Qu'est-ce que tu veux dire par là ?

— Qu'est-ce que tu crois ?

Son regard est si sévère, si combatif, qu'il croit voir leur mère.

Helena a toujours eu un tempérament sanguin, mais David n'avait jamais remarqué que Caro en avait hérité.

— Ça te semble à ce point improbable ? Oui, je me suis fait violer, c'est épouvantable...

Elle retire son bras. Sa voix ne tremble pas le moins du monde lorsqu'elle ajoute, presque en murmurant :

— Mais je veux vivre ma vie. Et tu dois vivre la tienne, pas la mienne à ma place. Tu ne te rends pas compte que tu me mets la pression en essayant de *me* venger ?

Carolina et lui ne se sont jamais livrés à ce genre de joute verbale. Il se sent ébranlé, jusqu'à la moelle, comme si toutes ses croyances s'avéraient être un trompe-l'œil.

— Je ne savais pas...

Il ignore par où commencer. Vit-il la vie de Carolina à sa place ? C'est ainsi qu'elle voit les choses ? Et cette histoire de tourner la page... Est-ce possible ? Il n'est pas du tout convaincu.

— Je ne sais pas quoi dire. Que veux-tu que je fasse ?

— Je ne peux pas prendre de décisions à ta place, répond-elle d'une voix plus douce. Et je te fais confiance, je suis sûre que tu feras ce qui est le plus sage. Je tiens vraiment à venir à l'assemblée générale demain.

C'est une très mauvaise idée. Carolina peut être persuadée d'aller mieux, mais cette réunion a toutes les chances de mal se passer. Et qui sait quelle peut être la réaction de Peter ou de Gustaf s'ils la voient. Mon Dieu ! Elle est morte à leurs yeux.

— Tu ne devrais pas venir, dit-il d'un ton convaincant. Tu peux envoyer un représentant, quelqu'un qui votera à ta place.

Carolina plisse les yeux.

— Je suis assez grande pour voter toute seule.

— Je sais, mais si tu es là, je serai inquiet tout le temps, argumente-t-il, conscient qu'il la manipule de manière éhontée en essayant de la faire culpabiliser.

Elle secoue la tête.

— Je vais réfléchir, répond-elle et, pour la première fois, David sent qu'il ne pèsera pas sur sa décision.

C'est une sensation vertigineuse qui n'est pas entièrement plaisante, mais pas non plus si déplaisante.

— Cet homme que tu as rencontré, tu as envie de m'en parler ?

— Non, pas encore. C'est tout récent.

— Je le connais ?

— Non, mais je ne veux pas que tu commences à fouiller dans son passé ou que tu te mettes à nous fliquer.

— Je ne ferais jamais ça, ment-il.

Carolina sourit. Elle pose une main sur sa joue.

— Bien sûr que si.

49

Michel est de retour à la salle de sport. Il est épuisé, mais c'est le seul moyen de ne pas sombrer dans la folie. Où qu'il regarde, il voit Åsa. Dès le réveil, il voit ses formes pulpeuses et ses boucles blondes. Toute la journée, il est pourchassé par son sourire taquin et ses lèvres pâles.

Il ferme les yeux, assis sur le banc de musculation. Il pousse son corps à bout, la sueur dégouline sur son front. Il se force à compter le nombre de mouvements, à ignorer les protestations de ses biceps. Il ne s'arrête que lorsqu'il ne parvient plus à lever les bras. Alors, il change d'appareil et recommence.

Quand tout sera fini, il prendra de longues vacances. Il pourrait faire ce genre de retraite où il est interdit de parler, où l'on ne fait que du sport et dormir. Il doit s'éloigner de cette histoire de vengeance, de fantômes du passé qui refont surface, s'éloigner d'Åsa.

Il gémit et tire de toutes ses forces sur l'appareil pour le dos. La salle de sport est presque vide puisque la plupart des gens normaux sont dehors, à bronzer ou se baigner, en bonne compagnie. Ils ne sont pas en train de suer sur des machines pour la deuxième heure consécutive dans l'espoir d'éliminer, par l'exercice, les érections, toute idée de sexe, et les fantasmes dont l'objet est une femme aux cheveux blond clair.

Il continue à voir son image lorsqu'il s'assied sur
l'appareil suivant. Elle, en tailleur blanc. Elle, dans la
robe moulante qu'elle revêtait à Båstad. Elle, en jean
– celui qu'elle a mis une fois quand ils étaient jeunes.
Elle n'a jamais été très jeans, mais ce jour-là, elle en
portait un. Sous son T-shirt blanc, on devinait ses seins
magnifiques, et ses cheveux – plus longs à l'époque –
étaient ramenés en une simple queue-de-cheval.

Elle est tellement féminine ! Tellement sexy ! Michel
va devoir se défouler encore un bon moment sur les
machines, car il a une de ces triques. Il punit son esprit
et son corps excité en augmentant plus que jamais la
résistance de la presse à jambes, mais quand il se lève
sur des genoux tremblants pour se diriger vers les poids
libres, il ne pense qu'à la douce courbe de sa nuque et
à son envie de lécher tout son corps. Il saisit deux hal-
tères et compte les mouvements en se regardant dans le
miroir. La testostérone bouillonne en lui, sa peau brille
et il s'acharne jusqu'à ce que ses bras le lâchent.

Il prend ensuite une longue douche et se savonne,
face au mur. Il est tout seul dans les vestiaires et il jouit
en moins de dix secondes.

Il se rince, l'air renfrogné, voit la mousse, la sueur et
le sperme s'écouler dans le siphon et se dit qu'il a touché
le fond. Se masturber dans des douches publiques :
quelle classe !

Il enfile un T-shirt et un pantalon. Son corps est gal-
vanisé et il continue de transpirer. Il achète une bouteille d'eau, chausse ses lunettes noires et sort sous le
soleil cuisant.

Son portable est dans son sac de sport et il lui faut
quelques instants pour prendre conscience qu'il sonne.
Comme il a promis à sa mère d'aller dîner chez elle ce
soir, il s'imagine que c'est elle. Il devrait peut-être y aller
un peu plus tôt, songe-t-il en fouillant dans ses affaires.
Il aime passer du temps avec sa famille. Ses sœurs seront

là, son père bien entendu, et certains de ses oncles. Ils boiront de la limonade et il jouera avec les petits enfants qui courent toujours dans tous les sens. Peut-être qu'il parviendra à oublier Åsa pendant quelques heures. Il trouve enfin son téléphone et regarde l'écran.

Oublier Åsa n'est pas à l'ordre du jour.

— Je ne pensais pas que tu répondrais, dit une voix rauque et profonde lorsqu'il décroche.

Michel ferme les yeux, se laisse envahir par tous les sentiments impossibles qu'il éprouve pour cette femme. Il s'autorise à s'abandonner quelques secondes puisqu'elle ne peut de toute façon pas le voir. Puis il se redresse, stable et sûr de lui.

— Bonjour, Åsa.

Il l'entend respirer à l'autre bout du fil. Bon sang, le bruit de son souffle suffit à l'exciter.

— Je ne savais pas qui appeler, chuchote-t-elle.

— Qu'est-ce qui s'est passé ?

— Tu peux venir chez moi ? Tu sais où j'habite ?

Sa voix est faible, étouffée.

— Tu connais mon adresse, je veux dire ?

Quelle question !

— Il s'est passé quelque chose, Åsa ?

A-t-elle eu un accident ? Est-elle blessée ?

— Tu peux venir ?

— Je suis chez toi dans dix minutes.

— Je t'envoie le code par SMS. Dépêche-toi.

— Mais Åsa…, répète-t-il, alors qu'elle a déjà raccroché.

Michel observe son portable qui reste silencieux. Enfin, il vibre dans sa main : un texto avec le code d'entrée. Il passe le pouce sur l'écran brillant en se demandant à quoi elle joue. S'il la laisse prendre le commandement, elle va l'avaler tout cru mais, au téléphone, elle semblait vraiment fragile.

435

Il se met à marcher en cherchant un numéro dans le répertoire de son portable.

— Maman ? C'est moi. Malheureusement, je ne vais pas pouvoir venir. Non, j'ai un truc à faire. Oui, toute la soirée. Bonjour à papa.

Il raccroche et se dirige au pas de course vers le nord d'Östermalm.

Moins de dix minutes plus tard, Michel saisit le code d'accès. La porte d'entrée est gigantesque, comme un portail de château, et tout l'immeuble respire le même luxe discret que le reste du quartier. Il monte l'escalier en courant et sonne à la porte. Il entend le léger cliquetis d'une serrure bien huilée et Åsa se tient tout à coup dans l'embrasure.

Michel déglutit.

Elle porte un vêtement délicat et ondoyant. À chaque inspiration, ses formes douces s'appuient contre l'étoffe presque transparente. Des ongles roses sur des pieds nus dépassent sous l'ourlet. Il est hypnotisé. Il avait oublié ses pieds. De petits orteils parfaits et puis cette couleur à la fois innocente et érotique sur les ongles qui rappelle l'intérieur de ses lèvres. C'est à ce moment-là que Michel comprend une chose : il ne sortira pas indemne de ce rendez-vous. Pour être honnête, il n'est plus sûr que cela lui importe encore.

Åsa le considère en silence, caresse du regard ses bras encore tendus après la séance de musculation. Michel ne peut s'empêcher de bander le biceps, un réflexe dont il a immédiatement honte.

Elle lève un sourcil.

— Entre, l'invite-t-elle en s'écartant de l'entrée.

Il passe à côté de son corps parfumé et pénètre dans l'appartement à l'intérieur luxueux, mais impersonnel. Il laisse tomber son sac sur le carrelage.

— Viens !

Elle se retourne et se met à marcher. Michel la suit. Comment fait-elle pour paraître si calme et avoir la voix posée alors qu'il est obligé de se retenir pour ne pas lui sauter dessus, la plaquer contre un mur et l'embrasser à perdre haleine ? Tout chez elle est sensuel et doux, il n'y a pas un seul millimètre anguleux dans ce corps.

Elle se tourne une nouvelle fois vers lui – mais, on n'en voit pas la fin de ces couloirs ?

— Quoi ?

— Rien, réplique-t-il sèchement en se frottant le crâne.

Åsa prend un air froid et détaché en le conduisant vers la cuisine. Cette situation – Michel, là, chez elle – menace de la faire défaillir. Avec ce T-shirt près du corps et cette chaîne luisante autour du cou, il a l'air d'un caïd, d'un gars d'une cité où elle ne mettrait jamais les pieds. Même sans le connaître, Michel aurait été le genre d'homme sur lequel elle se serait retournée dans la rue, sur lequel elle aurait fantasmé. Elle ne peut s'empêcher de l'admirer à nouveau, jetant un coup d'œil derrière son épaule.

— Quoi ? demande-t-il à son tour.

Elle secoue la tête.

— Rien.

Que lui est-il passé par la tête quand elle a décidé de l'appeler ? En toute honnêteté, elle n'en a aucune idée. C'était une impulsion, née d'une angoisse dévorante, et qu'elle regrette déjà.

Elle pousse la porte de la cuisine. Elle n'a pas de plan, mais elle a chaud et très soif. Elle ouvre le réfrigérateur en inox, en sort une bouteille d'eau minérale française et prend deux verres.

— Tu en veux ?

Michel acquiesce.

Lorsqu'il accepte le verre, elle fixe à nouveau son bras. Åsa est une femme grande et plantureuse et a toujours aimé les hommes imposants. Cependant, même pour quelqu'un d'aussi exigeant qu'elle, Michel est massif. Elle observe son cou tandis qu'il avale une gorgée d'eau. Elle le regarde déglutir, caresse des yeux sa peau sombre au-dessus du col.

Elle voudrait se pencher en avant, lécher la goutte de sueur qu'elle voit glisser au creux de son cou, la suivre de la langue, descendre toujours plus bas et le mettre tout entier dans sa bouche.

Au lit, elle sait y faire. Ce n'est pas de la vantardise, c'est une réalité. Elle s'imagine prendre son membre dans sa bouche, le sucer jusqu'à ce qu'il plonge les mains dans ses cheveux, gémisse de plaisir et perde toute maîtrise de soi.

Elle porte son verre à ses lèvres et examine Michel dont la hanche est appuyée sur l'îlot central. Elle se penche en arrière, les fesses posées contre l'évier, et le laisse la contempler. Elle esquisse un léger mouvement et sa fine robe – qu'on devrait plutôt appeler négligé – s'ouvre, obéissante, découvrant ses jambes.

— Åsa, pourquoi tu m'as fait venir ? demande Michel d'une voix calme, reposant son verre vide sur le plan de travail en granit mat.

Avant, il était en noyer, mais elle préfère la pierre. Un architecte d'intérieur vient une fois par an, propose quelques modifications et lui envoie une facture astronomique.

— Ça avait l'air sérieux. Qu'est-ce qui s'est passé ?

Elle soupire. Elle aurait dû se douter qu'il ne la laisserait pas s'en tirer comme ça.

— Il ne s'est rien passé, mais je suis allée au cimetière aujourd'hui.

Elle boit son eau à petites gorgées et se prépare à être submergée par la vague de douleur qui l'assaille chaque

438

fois qu'elle parle de ça, mais cette fois, la vague ne vient pas.

— Il y a longtemps que je n'y étais pas allée, que je ne leur avais pas rendu visite.

Silence. Elle attend. Toujours pas de vague.

Ils reposent tous les trois dans la même tombe.

Sa mère, son père et son petit frère. Des dates de naissance différentes. La même date de décès. *Éternels regrets*, dit la plaque funéraire. Elle ne se souvient pas qui l'a commandée, ne se souvient pas des obsèques, ne se souvient de rien, si ce n'est qu'un jour elle avait une famille et que le lendemain elle était seule. Si seule.

Elle contemple Michel qui se tient devant lui, solide comme un roc.

— Comment c'était ?

— Ça allait, répond-elle en baissant les yeux.

Aussi étrange que cela puisse paraître, c'est vrai, mais elle se sent à présent si faible, plus fragile que du papier de soie ou qu'une couche de givre.

Michel croise les bras sur sa poitrine.

— C'est terrible ce qui est arrivé à ta famille. Personne ne devrait avoir à vivre ça.

— Il y en a pour qui c'est pire.

— Il y a toujours pire. Mais tes sentiments sont légitimes. Et se retrouver seul, être l'unique survivant, c'est sans doute le cauchemar de tout le monde.

— J'avais la famille de Natalia.

Michel a pourtant raison. Après l'accident, sa terreur était ininterrompue. Le plus difficile était de se réveiller chaque matin et se forcer à prendre conscience qu'elle était toujours seule.

— Je ne comprenais pas comment je pouvais continuer à vivre alors que j'étais si malheureuse.

Elle sent quelque chose couler le long de sa joue et en l'essuyant elle s'aperçoit avec étonnement que c'est une larme. Elle qui ne pleure jamais.

— Pardon.

Il s'approche d'elle, lui prend son verre et le pose. Doucement, il essuie une goutte.

— Ce n'est pas grave, chuchote-t-il.

Elle renifle.

— Non, pardon pour cette autre chose...

Il lui sèche une autre larme et elle voudrait se pencher contre son épaule, se laisser aller à la tristesse, s'apitoyer sur son propre sort.

— À l'université, quand j'ai arrêté d'être ton amie. Excuse-moi.

— Ça ne fait rien. C'était il y a si longtemps.

— J'ai eu honte quand tu m'as rejetée. Je n'ai plus supporté d'être ton amie après ça et j'ai commencé à t'éviter.

— Parce que tu avais honte ?

Elle secoue la tête et se dit qu'elle n'a plus rien à perdre.

— Parce que j'étais amoureuse de toi, avoue-t-elle sans oser le regarder. On ne peut pas être ami avec quelqu'un qu'on aime.

— Non, c'est très difficile. On en veut toujours plus.

— Personne ne m'a repoussée autant de fois que toi.

— Pardon.

— Tu connais le proverbe : « Il vaut mieux avoir aimé et perdu, que ne jamais avoir aimé » ?

— Oui.

— C'est des conneries. *Rien* n'est pire que de perdre ceux qu'on aime. Quand ma famille est morte, j'ai décidé de ne plus jamais m'attacher.

Elle se mord la lèvre.

— C'est un tel cliché ! ajoute-t-elle.

Mais cela a fonctionné. Elle a traversé la vie sans accrocs. Elle n'était pas heureuse, mais qui peut se targuer de l'être ? Le bonheur n'est pas un droit humain.

La grande main de Michel lui effleure l'épaule, une caresse rassurante qui manque de lui briser le cœur. Elle peine à respirer. Cela lui fait mal d'avoir des sentiments aussi forts pour lui. Elle se décale légèrement et s'arrête un peu plus loin. Elle voudrait le laisser derrière elle, l'effacer de sa vie, le remplacer par un homme pour lequel elle n'éprouve pas ces sentiments.

S'ils couchent ensemble, elle pourra sans doute se débarrasser de lui après, songe-t-elle en appuyant sa hanche contre le plan de travail et en le fixant des yeux. Elle a déjà vécu ça : elle était obsédée par un certain homme et le désir disparaissait une fois qu'elle l'avait possédé. Le moment est venu de mettre fin à cette histoire. Elle s'est épilée. Pas trop, car elle aime sa toison blonde, mais sa peau est lisse et fraîche. Elle a tellement envie de lui.

— Michel, susurre-t-elle d'une voix séduisante et pleine de promesses.

— Non, ne fais pas ça. Pas quand tu es triste.

— J'ai regretté... pendant toutes ces années, dit-elle, car cette fois elle n'acceptera pas d'être éconduite. Tu m'as manqué. Je me suis demandé ce qui aurait pu se passer. Pas toi ?

— Bien sûr que si.

Elle pose une main sur le torse de Michel. Elle pourrait charmer un homme, le mettre dans son lit les yeux fermés. Sa peau est brûlante sous le tissu, comme s'il avait de la fièvre.

Michel recouvre sa main avec la sienne et un frisson la parcourt. Les préliminaires, elle en raffole par-dessus tout. Elle ravale la sensation de vide qui se diffuse dans sa poitrine, la repousse, et laisse glisser sa main sur son torse, en effleurant délicatement ses tétons. Elle est experte en tétons masculins. Il gémit.

Il lève la main et prend entre ses doigts une de ses mèches bouclées.

— J'ai très envie de toi, marmonne-t-il en suivant de l'index la fine bretelle de son vêtement. Mais je ne veux pas que ce soit seulement sexuel. Je veux que tu sois à moi.

Épouvantée, Åsa se rend compte qu'elle a de nouveau les larmes aux yeux.

Un coup d'un soir, est-ce vraiment trop lui demander ?

Un coup d'un soir, puis il peut partir, la laisser. Elle parvient à se convaincre qu'elle ne souhaite rien d'autre que cela. Sauf que si Michel disparaît une fois de plus de sa vie, il risque d'emporter une si grande partie de son être qu'elle n'est pas sûre qu'il en reste grand-chose.

Elle frôle son biceps, sent une douleur primitive en elle. Il est tellement excitant.

— Je suis clean, j'ai fait des tests, et je prends la pilule. J'ai très envie de coucher avec toi, mais je ne suis pas le genre de femme qui veut des enfants. Je ne veux pas m'engager.

Les parents de Michel veulent sans doute que leur seul fils ait des gosses alors elle lui donne sa chance : il peut reconnaître que ce n'est qu'une histoire de cul, qu'aucun d'eux ne prévoit une relation sérieuse. Elle ne s'attend pas à ce qu'il reste, elle le lui fait comprendre. Elle ne connaît pas un seul homme qui refuserait une telle proposition.

— Moi aussi, je suis clean. Et j'ai envie de toi. Rien que de toi. Je me fous que tu veuilles des enfants ou non. C'est même absurde qu'on parle de ça.

Il lui entoure la hanche du bras et l'attire contre lui. À travers l'étoffe, elle sent son torse contre ses seins. Puis, enfin, très très doucement, il l'embrasse.

Les mains d'Åsa glissent sur les bras de Michel tandis qu'elle répond à son baiser. Il la repousse en arrière, contre le plan de travail, et elle geint, s'accroche à lui, ne veut pas arrêter de l'embrasser. Il écarte les délicates couches de tissu et elle sent ses paumes sur sa peau nue. Il frôle ses tétons durs et elle sent l'excitation monter.

— Mais Åsa, poursuit-il, la prenant par les épaules et la considérant avec gravité. Si on fait l'amour maintenant, tu es à moi. Compris ? Si ce n'est pas important pour toi, c'est le moment de me le dire.

Elle hoche la tête, légèrement accablée.

— D'accord.

Elle voudrait tout de même ajouter que c'est d'accord *pour l'instant,* qu'elle n'a jamais voulu d'une relation stable et que cette histoire se terminera comme toutes les autres. D'ailleurs, elle ne *fait* pas *l'amour* avec les hommes, elle *couche* avec eux.

— Dis-le-moi, Åsa !

— Quoi ?

— Que ce n'est pas que sexuel.

Ses yeux noirs brûlent comme un incendie.

— Je t'aime depuis la première fois que je t'ai vue, continue-t-il, et elle n'arrive pas à savoir si Michel trouve que cet amour qui dure depuis une éternité est une bonne ou une mauvaise chose.

En tout cas, ses mots donnent à Åsa de l'espoir, chose qu'elle n'a pas ressentie une seule fois dans sa vie d'adulte.

— Comment peux-tu m'aimer ? demande-t-elle d'une voix tremblante.

C'est sans doute l'opération séduction la plus pathétique qu'elle ait jamais mise en scène.

— Je t'aime, c'est tout.

— Ce n'est pas que sexuel, murmure-t-elle.

Il inspire lourdement, plonge les mains dans ses cheveux et l'embrasse avec fougue. Åsa s'accroche à ses avant-bras, non seulement parce que ses jambes se dérobent, mais aussi parce qu'elle veut s'agripper à cet homme aussi longtemps que possible. Une main chaude s'insinue entre ses cuisses, écarte sa culotte, des doigts pénètrent en elle. Un autre homme aurait arraché le tissu fin et onéreux, mais Michel est doux malgré son intensité. Åsa se dit que toutes les femmes mériteraient un homme comme lui. Mais il est à elle, rien qu'à elle.

— Où est ta chambre ? fait-il d'une voix enrouée.

— Tu n'aimes pas la cuisine ?

— Si, répond-il, et il l'embrasse à nouveau.

Ah, quel prodige du baiser ! Ardent, avide, brusque, mais pas trop, comme si le fait de l'embrasser le rendait fou de désir. C'est très flatteur. Elle surfe sur les vagues d'excitation avant de se laisser emporter. La tête rejetée en arrière, elle laisse Michel la couvrir de baisers et lui mordiller le cou avec emportement. Ses mains sont partout et Åsa s'appuie contre elles, contre ses muscles odorants et sa peau douce et dorée.

— Retire ton T-shirt !

Elle rit de voir à quelle vitesse il l'arrache avant de recommencer à l'embrasser, à déposer des baisers brûlants sur son cou glissant de plus en plus bas sur sa peau blanche et ses mamelons clairs, son sternum, avant de continuer sur son ventre moelleux.

Åsa adore son corps, la manière dont il répond, dont il jouit. Elle refuse de considérer ses formes généreuses et son absence de muscles comme autre chose que de la perfection. Et Michel semble plus que satisfait de pouvoir – après un prélude de quinze années – se mettre à genoux devant elle.

Indolente, elle désunit un peu les jambes, mais il les lui écarte davantage, décidé et avec force, et laisse ses grands doigts au contact de sa peau douce s'enfouir entre ses cuisses. Åsa lâche des gémissements étouffés. Elle aime le bruit du sexe presque autant que l'acte lui-même, du moins quand tout se passe bien. Et là, tout se passe à merveille. Elle geint à nouveau tandis qu'elle voit la tête de Michel entre ses cuisses et elle ferme les yeux. La langue de Michel est brûlante et vorace et Åsa se tortille tellement sous ses caresses qu'il finit par l'agripper par les fesses pour l'immobiliser. Il les enlace, la serre si fort contre lui qu'elle manque de perdre l'équilibre.

La soirée s'annonce chaude, elle le sent déjà.

Åsa a couché avec de nombreux hommes. Elle raffole du sexe et du jeu de séduction. Or, il lui semble que Michel n'a pas autant d'expérience qu'elle. Il y a quelque chose dans l'emportement prudent avec lequel il se jette sur elle qui lui donne l'impression d'être vénérée, et elle adore ça. Peut-être s'est-il réservé pour elle, qu'est-ce qu'elle en sait ? Elle sourit à cette pensée, se stabilise en posant une main sur l'épaule de son amant et l'autre sur le bord de l'évier. Elle regarde vers le bas, entend les bruits et sent – oh ! comme elle la sent ! – la langue habile de Michel la combler, et tout à coup elle jouit, sans retenue, dans sa bouche.

Elle halète et s'appuie lourdement contre le plan de travail.

Michel se relève et se précipite sur elle avec sa bouche, ses lèvres, sa langue. Il baisse les bretelles de sa robe moulante qui tombe sur le carrelage, et plonge ensuite la tête entre ses seins. Il les embrasse, les caresse, infiniment.

Que c'est bon !

— Tu es magnifique, souffle-t-il d'une voix rauque, et si Åsa avait pu parler, elle aurait dit qu'*il* était beau, le plus bel homme qu'elle ait jamais rencontré.

Avec de la passion dans chacun de ses mouvements, Michel la retourne et elle se retrouve avec le visage vers le mur carrelé et les robinets. Elle a le temps de penser à la beauté de sa cuisine – robinets italiens coûteux, surfaces immaculées, plantes aromatiques décoratives et citrons verts (elle ignore comment ils sont arrivés là) – avant que Michel écarte l'étoffe délicate de sa culotte, déboutonne son jean et entre en elle. Elle ressent comme un vertige. L'énormité de son membre, la force de ses mains, de ses muscles, lui coupent le souffle – pas que cela la dérange, bien au contraire. Elle ferme les yeux avec un petit cri étouffé et se laisse prendre à la hussarde contre l'évier. Ce qu'il est endurant! se dit-elle lorsqu'il se retire après un moment, toujours en érection. En gardant une main sur ses reins, il ôte son jean et son caleçon, l'attrape par le bras et la conduit vers l'îlot central tout en la couvrant de baisers. Il la saisit par la taille, la soulève sans ciller, comme si elle ne pesait rien, et l'assied sur le granit glacial. Il lui faut une seconde pour que ses fesses se réchauffent.

— Écarte les jambes.

Elle s'exécute et le laisse la contempler. L'îlot est à la bonne hauteur. Michel l'observe quelques instants avant que sa queue démesurée ne s'enfouisse de nouveau en elle. Elle enroule ses jambes autour de son dos et Michel éjacule – entouré de ses cuisses, les mains sur son derrière – avec un gémissement sauvage et palpitant. Åsa s'accroche à lui et suit le mouvement. Il a l'air de pouvoir la porter aussi longtemps qu'il veut, songe-t-elle alors qu'haletant, la bouche dans ses cheveux, il continue de jouir des répliques de son orgasme.

Ils s'embrassent encore et elle remarque que Michel débande. Leurs baisers sont profonds, avides, comme si les deux amants étaient insatiables. Des larmes lui montent à nouveau aux yeux, elle se sent idiote.

Il effleure son corps de ses lèvres, plus délicatement maintenant qu'il a un peu récupéré. Il remplit un verre d'eau et le tend à Åsa. Elle boit et le lui rend. Il avale le liquide sans la quitter des yeux et elle se dit qu'il y a quelque chose de très intime dans le fait de partager un verre d'eau avec quelqu'un. Elle le regarde reposer le verre, admire son corps, examine sans s'en cacher ses muscles, ses tendons, ses lignes bien marquées. Il est à elle. Ses yeux s'attardent sur sa verge, elle lève un sourcil.

— Déjà ? s'étonne-t-elle, car son membre a recommencé à durcir.

— J'ai rêvé de faire l'amour avec toi pendant la moitié de ma vie, répond-il en la regardant avec intensité, ou plutôt, avec passion.

Il glisse à nouveau en elle.

— Je serai peut-être rassasié un jour, mais pour l'instant j'en suis loin.

Ils finissent par s'écrouler à terre, imbriqués l'un dans l'autre, Åsa, la tête sur le torse de Michel, et lui, un bras autour d'elle, comme s'il n'allait jamais la lâcher. Ils restent étendus ainsi quelques instants, haletants, en sueur.

— Tu veux encore de l'eau ?

Åsa secoue la tête. Elle pose une jambe en travers de son ventre et s'assied à califourchon sur Michel.

— Regarde-moi, lui ordonne-t-elle en appuyant les mains sur ses épaules pour le chevaucher.

Obéissant, Michel la fixe de ses yeux embués de désir.

Elle se penche en avant et l'embrasse. Il répond fiévreusement à son baiser.

— Tu as encore de la force ?

— Et comment ! s'exclame-t-il en la saisissant par les hanches.

Åsa le monte, d'abord lentement, puis de plus en plus vite, une fois calés sur le même rythme. Elle le monte comme un animal, un esclave, un amant adoré.

— Caresse-toi, commande-t-il, et elle s'exécute, jusqu'à ce qu'ils atteignent l'extase tous les deux en même temps, luisants de sueur et gémissants.

Åsa tombe sur la poitrine de Michel. Demain, elle aura des courbatures. Elle ne se souvient pas d'avoir déjà participé à des ébats aussi sportifs.

Il pose une main sur ses cheveux alors qu'elle reprend son souffle et elle se dit – un peu tard – qu'une partie de jambes en l'air entre la directrice juridique d'Investum et l'un des hommes qui est en train d'entrer par la force au conseil d'administration de la société n'est pas la chose la plus éthique qui soit.

D'aucuns appelleraient cela une zone grise.

Elle écoute les palpitations du cœur de Michel et sait que, comme pour elle, Investum est probablement le cadet de ses soucis à ce moment précis.

Ce qui s'est passé entre eux n'a rien à voir avec cette affaire. Demain, Michel continuera à s'efforcer de reprendre l'entreprise de son chef, et elle résistera, naturellement. Les choses sont ce qu'elles sont et cela n'a vraiment aucune importance.

Michel bouge sous elle, marmonne quelque chose. Son membre commence à se relâcher, mais elle ne veut pas se lever. Pas encore. Elle serre le périnée et sourit en l'entendant geindre.

Il vient de lui dire qu'il l'aime. C'est peut-être vrai – sans doute est-ce vrai, car Michel est un romantique –, mais le moins que l'on puisse dire c'est que plusieurs choses semblent incertaines : elle et lui, l'avenir, la vie entière.

Åsa se tourne légèrement et esquisse une petite grimace en soulevant un genou endolori.

Oui, les incertitudes sont nombreuses en ce bas monde. En revanche, une chose est absolument sûre, se dit-elle en se découvrant un hématome au genou, c'est que si Michel et elle doivent continuer ainsi, elle va devoir parler à son architecte d'intérieur.

Car le marbre suédois c'est très beau à regarder.

Mais c'est franchement trop dur pour baiser.

50

Lundi 28 juillet

Lorsque le fatidique lundi matin finit par poindre, gris et froid, Natalia reste dans son lit, les yeux secs et le cœur palpitant, et essaie de se rendormir. Après avoir écouté pendant une heure le chant des merles et ce qui ressemble à des caquètements d'oie, elle se résout à se lever et va dans la cuisine. Elle prépare un thé vert, sort sur la pointe des pieds sur le balcon, s'enveloppe dans une couverture et laisse la matinée s'écouler.

Un bip la fait sursauter. Elle n'a aucune idée du temps qu'elle a passé le regard dans le vague. Elle va chercher son téléphone. Un message d'Alexander.

Suis à Stockholm. Hôtel Diplomat. Tu bosses ?

Elle répond rapidement.

Suis chez moi. Tu viens ?

Un quart d'heure plus tard, on sonne à la porte.

— Salut toi, fait son petit frère, qui entre sans se presser et embrasse Natalia sur la joue. Ça te dit qu'on y aille ensemble ?

Il lui tend un sac en papier kraft.

— Je t'ai apporté le petit déj.

Elle accepte le sachet, l'ouvre, sourit et sort le sandwich : un brie-crudités dans du pain au levain.

— Merci.

À vrai dire, elle meurt de faim. Elle est éveillée depuis plusieurs heures déjà et elle n'a rien mangé. Elle voit rarement son frère, mais il se souvient toujours de ce qu'elle aime. Il a constamment été attentionné avec elle.

— Pas de quoi. Après tout, tu es ma sœur préférée, dit-il en se dirigeant vers la cuisine.

C'est une vieille plaisanterie, mais tout à coup, ce n'est plus aussi drôle. Elle est sa demi-sœur. Est-ce que cela changera quelque chose à leur relation ? *Quand* osera-t-elle lui dire la vérité ?

Natalia prépare encore du thé, bien qu'Alexander n'en prenne pas. Il fait les cent pas dans la cuisine, fébrile, et une fois assis, il continue à remuer, tripote chaque objet, étire ses jambes devant lui et tambourine des doigts sur la table.

— Comment ça va ? s'enquiert-elle.

— Pas trop mal...

Il se lève, passe ses mains dans ses cheveux.

— Mais je ne dors pas bien. Foutu décalage horaire !

Natalia mange son sandwich en tentant de faire abstraction de l'agitation d'Alexander. Quand il était jeune, il ne tenait pas en place et il semble ne pas avoir perdu cette habitude.

Le téléphone de Natalia, posé près de l'évier, se met à vibrer.

— C'est Peter, annonce Alexander en jetant un coup d'œil à l'écran. (Il fait une grimace en lui tendant le portable.) Il m'a appelé au moins cinq fois aujourd'hui.

— Qu'est-ce qu'il veut ?

— Aucune idée. Je n'ai pas répondu.

Pas étonnant, songe Natalia. La relation entre ses deux frères a toujours été explosive et conflictuelle.

Elle décroche.

— Bonjour, Peter.

Alexander lève les yeux au ciel, s'assied à table et attrape une rondelle de concombre dans le sandwich de sa sœur.

— Qu'est-ce que tu fais ? demande Peter sèchement.

— Je prends mon petit déjeuner.

Elle regarde Alexander qui fait mine de se trancher la gorge avec la main.

— Je suis chez moi, avec Alex, ajoute-t-elle en ignorant ses simagrées. On va aller à l'assemblée générale ensemble.

— Si c'est comme ça, je vous rejoins, lance Peter qui raccroche avant que Natalia n'ait le temps de répondre.

— Qu'est-ce qu'il a dit ?

Alexander se recule contre le dossier de la chaise. Il est en costume, vêtement qu'il porte rarement, mais qui lui va comme un gant. Ses longs cils noirs et ses sourcils sombres contrastent avec ses cheveux blonds et lui donnent un air mystérieux. Il ressemble à une divinité qui vient d'être expulsée du paradis pour des raisons morales.

Alexander a déjà fait la une de *Vanity Fair*, photographié torse nu, avec deux top models en tenue d'Ève à ses pieds. De l'art, a-t-on dit. Pour Natalia, c'est du machisme. Selon les rumeurs, il devait figurer avec deux autres hommes de la jet-set, mais sur tous les clichés, la beauté d'Alexander éclipsait tellement celle des deux autres qu'ils ont décidé de le faire poser avec des femmes. La couverture est devenue légendaire.

— Peter arrive, indique-t-elle en poussant le reste de son sandwich vers son frère.

Elle a du mal à s'habituer à ces étranges fluctuations. D'abord, elle a une faim de loup, mais elle ne peut plus rien avaler après deux bouchées. Dans sa vie, rien n'a jamais vacillé, tout a toujours été prévisible. À présent, elle est en pleine tempête. Surtout son corps. Et tout cela à cause d'un embryon de la taille d'un pouce.

451

Elle commence sa septième semaine de grossesse aujourd'hui, cela lui semble incroyable. Chaque matin, elle se réveille en se disant qu'elle a dû rêver, mais non, elle est toujours enceinte.

Elle est à deux doigts de poser une main sur son ventre, mais se retient et la met autour de sa tasse. Alexander aurait immédiatement remarqué. Il est dangereux de le sous-estimer. Elle va bien devoir l'annoncer à ses frères, un jour ou l'autre, qu'elle attend un enfant, qu'elle n'est pas leur sœur, que Gustaf l'a reniée, et qu'elle est au chômage.

— Est-ce que ça va ? s'enquiert Alexander en l'examinant. Tu es toute pâle.

— J'ai quelque chose à te…, commence-t-elle, mais elle est interrompue par la sonnette.

— J'y vais, dit son frère en se levant pour ouvrir.

Natalia entend des murmures venant de l'entrée puis des pas qui s'approchent. Les voix se font plus fortes et, avant même qu'Alexander et Peter n'entrent dans la cuisine, elle sait qu'ils sont en train de se chamailler.

Natalia observe les deux hommes, si semblables et pourtant si différents. Le visage de Peter est rouge de rage tandis que les traits aristocratiques d'Alexander expriment ce mélange de raillerie et de mépris qu'il réserve uniquement à son frère.

Toujours la même rengaine, songe Natalia avec tristesse, comme si leur relation était une longue dispute ininterrompue. Elle tente de se remémorer s'il en a déjà été autrement ou s'ils ont toujours éprouvé cette antipathie l'un envers l'autre. Peter a sept ans de plus qu'Alexander et Natalia est la cadette, la fille illégitime qui plus est. Elle a quelques vagues souvenirs de ses frères à une époque où ils ne se volaient pas dans les plumes, où le petit Alexander suivait à pas hésitants un Peter riant aux éclats. Peut-être se trompe-t-elle. Aujourd'hui, elle n'est plus sûre de rien.

Elle sait bien qu'Alexander ne rate pas la moindre occasion de ridiculiser Peter, son choix de vie, sa servilité face à leur père. Peter, en retour, critique tout ce qu'Alexander fait et ne fait pas. Au fond, Natalia soupçonne Peter d'être frustré de se sentir inférieur et de ne jamais avoir eu le charme naturel d'Alexander. Seulement, *personne* n'a le charme naturel d'Alexander. Le jalouser équivaut à jalouser un coucher de soleil ou une œuvre d'art.

Peter la salue d'un petit signe de tête, décline le thé qu'elle lui propose et s'appuie contre l'îlot de la cuisine, les bras croisés.

Alexander s'enfonce dans sa chaise, les lèvres étirées en un sourire figé.

Natalia boit son thé, à présent froid. C'est malheureux, songe-t-elle, deux frères avec si peu de choses en commun.

Elle regarde Peter à la dérobée, essaie de l'imaginer violer Carolina, violer *quelqu'un*. Est-il si brutal ? Si c'est vrai, comment peut-il encore se regarder dans la glace ? Et elle, Natalia, que signifie son incapacité à se confronter à lui ?

Alexander tambourine des doigts sur la table et elle est frappée par une pensée : son petit frère est peut-être au courant du viol. Il a fréquenté la même école, quelques années plus tard il est vrai, mais tout de même. Il lui a dit que David avait été victime de harcèlement. Il doit avoir connaissance de quelque chose.

Natalia a l'impression que toute sa vie si stable a commencé à se désagréger. Qu'importe ce qui se passera aujourd'hui, rien ne sera plus jamais comme avant. Ce n'est pas la première fois qu'elle s'en rend compte, mais cela n'en est pas moins douloureux.

Sa mère ne répond toujours pas au téléphone.

Natalia commence à prendre conscience de l'ampleur de toute cette affaire. Les fantômes du passé remontent à la surface et changent tout, à jamais. Des actes ont été commis, des mesures auraient dû être prises. Elle va être obligée de se positionner par rapport à tout cela, sans avoir la moindre idée de ce qu'est ce fameux *cela*.

Alex dit quelque chose. Peter renâcle. Il n'aurait pas dû venir si c'était pour faire des histoires. Mais ce comportement, c'est Peter tout craché ! Il ne peut tolérer que son frère et sa sœur se voient sans lui. Il faut toujours qu'il soit là, à surveiller.

La sonnerie retentit à nouveau.

— J'y vais, fait Natalia qui, soulagée, quitte la cuisine pour aller ouvrir.

Elle reçoit rarement autant de monde et elle se demande qui peut bien être derrière la porte.

— Bonjour, la salue Gina.

L'aide-ménagère la regarde, étonnée, brandissant ses clés.

— Je ne savais pas que vous étiez chez vous, ajoute-t-elle d'un ton navré.

— Désolée, ça m'était sorti de la tête que vous veniez à cette heure-ci !

Aujourd'hui est un jour de la semaine, ce que Natalia avait complètement oublié. Gina ne sait pas qu'elle est au chômage. Que c'est compliqué d'avoir tant de secrets !

— Entrez, on ne va pas tarder à partir.

Natalia se décale légèrement.

Entre elle et Gina, un certain malaise s'est installé depuis sa crise, comme s'il s'était opéré un invisible changement dans l'équilibre des forces. Natalia se dirige vers la cuisine et Gina la suit, telle une ombre silencieuse.

Lorsqu'elles pénètrent dans la cuisine, Alexander se lève et dit bonjour à Gina, avec son charme jovial. Peter, lui, l'ignore complètement, bien qu'ils se soient vus plusieurs fois. Il lui décoche un regard vide et plisse le front, comme si la saluer était indigne de lui.

— Je commence dans le salon, annonce l'aide-ménagère en prenant des chiffons dans le placard à balais.

Elle baisse la tête et sort de la cuisine.

— Merci, fait Natalia, embarrassée.

Elle voudrait ajouter quelque chose, s'excuser de l'impolitesse de Peter – on ne doit pas traiter les gens différemment – mais c'est déjà trop tard. De toute façon, cela n'aurait rien changé.

— Tu aurais au moins pu lui dire bonjour !

— Quoi ? demande Peter avec un étonnement sincère. À elle ? Mais elle fait juste le ménage, non ? Pourquoi je la saluerais ? Je ne savais même pas qu'elle parlait suédois !

— Chut !

— Tu es vraiment une ordure, lâche Alexander.

Peter hausse les épaules.

— Je me contrefous de ce que tu penses ! Tu ne fais rien de tes journées, tu bois, tu te drogues, tu baises à droite à gauche. Je n'ai pas besoin d'une leçon de morale de ta part. D'ailleurs, tu es sobre, là ?

Natalia aperçoit une étincelle de haine dans les yeux d'Alexander, puis une métamorphose qui lui a toujours donné la chair de poule s'accomplit : son frère prend un air froid et ennuyé, avant de disparaître derrière un masque, comme s'il n'existait rien dans ce monde qui vaille la peine qu'on s'y intéresse. Personne ne sait faire barrage à ses sentiments mieux qu'Alexander.

— Oui, je suis sobre, pour le moment. Toi, fais gaffe ou tu vas nous claquer entre les doigts.

Natalia observe ses frères. En réalité, ils se ressemblent plus qu'ils ne seraient prêts à le reconnaître. Ils sont tous les deux grands et forts, blonds aux yeux bleus. Rien à voir avec elle. Comment a-t-elle pu passer à côté de cela ?

Au-delà du fait d'être une fille, elle est si différente d'eux, *physiquement* différente. Ses yeux s'attardent sur Peter. Devrait-elle lui dire qu'elle est au courant du viol ? Elle lui parlera, mais pas en présence d'Alexander.

Elle se gratte le front.

Bientôt, elle devra décider par où commencer.

La liste des « Choses Dont Je Dois Parler Avec Les Gens » est de plus en plus longue. Peut-être devrait-elle tout inscrire dans un tableau Excel ou dessiner un organigramme ?

Dans l'entrée, un aspirateur se met en marche. Peter jette un coup d'œil furtif à sa montre et se lève d'un bond. Il lisse ses vêtements.

— Je dois y aller. On se voit là-bas.

— Où vas-tu ?

Maintenant qu'ils sont tous réunis, Natalia avait envisagé qu'ils allaient définir une stratégie et arriver ensemble à l'assemblée générale.

— J'ai un truc à faire avant l'AG, lance-t-il par-dessus l'épaule.

— Tu sais où il va ? s'enquiert Natalia, une fois l'aîné parti.

— Aucune idée, répond Alexander d'un air insouciant.

— J'espérais qu'on pourrait parler un peu de tout ça, trouver une position commune, arriver tous les trois, tu vois, se montrer unis.

— Unis ? Vraiment ? Je sais que tu veux te battre pour l'entreprise familiale, que tu as travaillé comme une folle et je t'admire. Tu es admirable. Mais, ma chère Nat, même toi tu ne peux rien faire pour sauver la mise.

— Je peux essayer, rétorque-t-elle, irritée par son manque de combativité. J'ai discuté avec oncle Eugen, d'ailleurs. Il vient aussi.

Elle a parlé avec tant de personnes ces deux dernières semaines qu'elle a des crampes à la mâchoire.

— Qu'est-ce qu'il a dit ?

— Pas grand-chose. Je crois que Hammar Capital l'a approché.

— Natalia, comment..., se lance Alexander d'un ton préoccupé. (Il s'interrompt et reprend.) Cette histoire entre David Hammar et toi... Comment vas-tu ?

— Je ne veux pas en parler. Pas maintenant.

Il est si perspicace que c'en est effrayant, songe-t-elle, inquiète.

Alexander hausse les épaules, comme s'il était déjà passé à autre chose.

— Dans ce cas, prépare-toi, dit-il plein d'allant. Il ne faudrait pas qu'on arrive en retard à notre lynchage.

— Tu crois que ça va être si terrible ?

Alexander la regarde de ses yeux bleus éclatants.

— Non, je crois que ça va être bien pire.

51

Peter sort de chez Natalia à grandes enjambées, impatient de s'en éloigner. La rencontre avec son frère et sa sœur lui reste en travers de la gorge. Il ne sait même pas pourquoi il y est allé. Voir Alexander et Natalia, être témoin de leur relation sans accrocs, se sentir à l'écart, ne fait que l'irriter. D'une certaine façon, il en a toujours été ainsi : Natalia et Alex, en parfaite harmonie, intelligents, vifs, sûrs d'eux.

C'est incompréhensible qu'il en soit encore blessé, alors qu'ils sont tous les trois adultes et qu'ils ont des vies différentes, même si, officiellement, il a mieux réussi qu'eux.

En un quart d'heure à peine, il est arrivé. Son cœur bat la chamade. Combien de fois ces derniers jours s'est-il dit que s'il faisait une crise cardiaque tout serait réglé ? Il ne veut pas mourir, pas véritablement, mais de temps en temps, il serait si bon d'être débarrassé de toutes ces obligations qui pèsent sur ses épaules comme un fardeau. Il a l'impression de devoir en permanence résister pour ne pas se retrouver écrasé.

Il jette un coup d'œil vers la façade de l'hôtel, heureux que son père et lui aient décidé de surveiller Carolina Hammar. Il est au courant qu'elle est descendue là, au Grand Hôtel. Elle s'y est installée ce week-end.

Et Peter sait ce qu'il a à faire.

La seule chose qui lui semble logique depuis qu'il a appris qu'elle est en vie.

Il ralentit le pas. Il était sûr de sa décision, mais à présent il hésite.

Il est encore temps de changer d'avis. S'il prend le parti d'y aller, les conséquences seront irréversibles. Il ne pourra jamais revenir en arrière.

Personne ne sait qu'il est là.

S'il laisse tomber, personne ne saura jamais rien.

Prendre des décisions importantes n'a jamais été son fort, malheureusement.

Tous ces choix, tous ces tournants, toutes ces décisions qu'il a prises et qui, de manière irrémédiable, presque fatale, l'ont poussé dans cette direction. La solitude ressentie à l'école primaire, les brimades violentes à Skogbacka. David Hammar qui refusait de se plier et sur qui il a rejeté toute sa frustration, Carolina.

À quel moment les choses ont-elles pris ce tour funeste ? Que serait-il advenu s'il n'avait jamais rencontré Carolina ?

Il sait comment les choses se sont terminées.

Mais comment ont-elles commencé ? *Elle nous a provoqués. Elle en avait envie.* Combien de fois s'est-il répété ces mots ? Un acte impulsif, la forte pression du groupe et, tout à coup, on est un violeur. Sauf qu'il ne l'est pas *officiellement*, puisqu'il n'y a pas eu de poursuites. Et Caro a disparu, tout a été effacé, comme s'il ne s'était rien passé.

À présent, elle est de retour.

Celle qui peut témoigner de ce qu'il a passé toute sa vie à refouler.

Comment est-ce possible ? Il l'ignore.

Comme perdu dans le brouillard, il passe la porte que lui ouvre un gardien souriant.

Son père dit toujours que les choix qu'il a faits le définissent en tant que personne, en tant qu'homme.

Peter regarde le morceau de papier où il a inscrit le numéro de chambre de Carolina. Le choix qu'il fait aujourd'hui va-t-il le définir ? Va-t-il enfin être libéré ?

52

David et Malin arrivent très tôt le lundi matin au centre de conférences et montent sur la mezzanine en verre qui donne sur l'entrée du bâtiment. Derrière l'immense baie vitrée, on aperçoit l'eau scintillante du lac Mälar et du chenal de Stockholm. En contrebas, les agents de sécurité de deux sociétés différentes, le personnel de service, et les hôtes de la conférence tentent de ne pas se marcher sur les pieds.

C'est un gigantesque local, le plus vaste de Stockholm, à l'exception des stades. David savait que l'intérêt pour cette assemblée allait être élevé, mais là… Ils ont été noyés sous les demandes d'inscription.

— Et si nous n'avions pas assez de places ? s'inquiète Malin comme en écho à ses propres réflexions. Les gens vont devenir fous s'ils ne peuvent pas y assister !

Tom, responsable de la sécurité de Hammar Capital, s'approche. Il gratifie David d'une de ses vigoureuses poignées de main, puis Malin qui retient une grimace de douleur.

— Comment ça se passe ? s'enquiert David.

— Ça bouchonne à l'entrée. C'est toujours comme ça ?

— Non, répond David en secouant la tête. La plupart des assemblées générales d'entreprises sont plutôt calmes, soporifiques même.

— Ça ne devrait pas être le cas aujourd'hui, fait remarquer Tom.

— Ah non, ça va plutôt ressembler à un combat de gladiateurs, reconnaît David. Ils peuvent ajouter des chaises ?

Malin fait un signe affirmatif, le téléphone collé à l'oreille.

— Je viens de parler au dircom d'Investum, dit-elle en esquissant un rictus, comme pour montrer tout le mal qu'elle pense de lui. Il me dit qu'il y a sept cents places dans la salle.

David jette un coup d'œil interrogateur à Tom qui hoche la tête.

— Ça devrait suffire.

Malin s'excuse et prend congé.

— Tout est calme à l'hôtel ? demande David en accrochant le regard de Tom.

Il a réussi à convaincre Carolina de ne pas venir à l'AG. Pâle, le visage fermé, elle a accepté à contrecœur de se faire représenter par son avocat. Peut-être s'est-elle rendu compte que ce serait trop dur pour elle. Elle semblait dans les nuages quand ils se sont vus. Il est inquiet.

— Un de mes hommes est sur place, l'informe Tom. C'est juste une mesure de sécurité. Elle n'est pas menacée.

Ses lèvres esquissent un sourire sans joie.

— Contrairement à toi, ajoute-t-il. Pas mal de gens doivent prier pour que tu fasses une embolie pulmonaire ou une crise cardiaque sur scène. Tous ceux qui veulent voir la tête de David Hammar sur un plateau seront là.

David s'esclaffe.

— On fait partie du monde de la finance. La plupart des gens sont civilisés.

— Hum, oui, j'oubliais, dit Tom sur un ton sarcastique.

Son regard méthodique se porte sur le hall d'entrée où les invités commencent à affluer. On vérifie leur nom sur une liste et on leur sert des petits-fours. Pour le moment, le chaos est plutôt bien organisé.

Michel, vêtu de couleurs très discrètes, s'avance vers eux.

— Dehors c'est l'état de siège, indique-t-il. La police est en train d'installer des barrières antiémeutes. C'est un peu le bordel.

— Les pires, ce sont les journalistes, peste Tom en plissant les yeux.

Il s'est laissé pousser la barbe depuis leur dernière rencontre et il est particulièrement terrifiant.

— Essaie de ne pas te mettre dans tous tes états à cause du quatrième pouvoir, dit David qui sait que dans le monde de Tom, les médias de masse sont à peine plus sympathiques que le parti d'extrême droite ou que les rats d'égout.

Tom marmonne quelque chose d'inaudible. Il est muni d'une oreillette, et opine à présent du chef en réponse à des mots que lui seul a entendus.

— Je dois faire une ronde, annonce-t-il en braquant son regard sur David. Tu ne bouges pas sans me prévenir, *capito* ?

Michel suit des yeux l'agent de sécurité.

— Je suis une mauviette si je te dis que cet homme me fout la trouille ?

— Non, Tom est flippant quand il est de mauvaise humeur. Peut-être même quand il est de bonne humeur. Mais il sait ce qu'il fait.

En contrebas, le brouhaha se fait de plus en plus assourdissant. C'est Investum qui est chargée de l'organisation globale de l'événement, car l'entreprise a convoqué l'AG, mais David a aussi exigé la présence de son propre personnel. Malin et son équipe se concentrent sur les relations presse et la communication de HC, tandis que Tom et son agence s'occupent de la sécurité.

Malin revient en pressant le pas.

— Tu peux faire quelques interviews rapides ? s'enquiert-elle avec un coup d'œil inquiet à sa montre.

— Oui, si tu me dis où aller.

— Super, répond Malin. Attends-moi cinq minutes.

Pendant ce temps-là, Michel regarde fixement par la fenêtre : Åsa Bjelke est en train de sortir d'un taxi juste devant l'entrée. Le temps est couvert aujourd'hui, la météo a changé pendant la nuit et, en cette journée grise, Åsa semble presque phosphorescente dans son tailleur blanc. Ses cheveux platine ondulent sur ses épaules et elle tient en équilibre, confiante, sur des talons blancs interminables.

— On dirait une star de cinéma, fait remarquer David.

— On dirait surtout qu'elle cherche la bagarre, marmonne Michel.

Certes.

— Ils arrivent, ajoute-t-il.

Une Mercedes noire s'est arrêtée. Le chauffeur en sort, ouvre la portière arrière et Gustaf De la Grip en descend. Il lisse son costume conformiste et sa cravate plus conformiste encore et attend que sa femme lui emboîte le pas.

Personne d'autre ne sort de la voiture. Natalia viendra-t-elle ou se fera-t-elle représenter ? Cela a-t-il vraiment une importance ?

Quelques journalistes ayant aperçu la célèbre voiture se précipitent vers le couple. Même à cette distance, on remarque que Gustaf les ignore ostensiblement lorsqu'il pénètre dans le centre de conférences, flanqué de son épouse.

Malin revient chercher David pour son interview. Elle a fait apporter un énorme logo HC et indique à son chef de se positionner devant. David la regarde, amusé.

Malin sourit et murmure.

— C'est trop ?

— Un peu trop, peut-être.

Obéissant, il se place néanmoins devant le logo noir, saisit le microphone et entreprend de répondre aux questions qui s'abattent sur lui aussi vite que les flashes des photographes. Du coin de l'œil, David aperçoit Tom qui s'est situé de manière à avoir une vue d'ensemble. Il foudroie les journalistes du regard.

— On dit qu'il s'agit d'une vendetta entre vous et la famille De la Grip, pouvez-vous confirmer ? crie quelqu'un.

David sourit et donne une réponse équivoque.

— Bien sûr que non.

— Pourquoi Investum ?

— Le potentiel de cette société n'a pas été entièrement exploité.

— Pourquoi voulez-vous éjecter la famille propriétaire du conseil d'administration ?

— Investum a besoin d'un conseil d'administration capable de relever les défis d'un monde globalisé et en pleine mutation, rétorque-t-il, content d'avoir réussi à sous-entendre sans le dire que le conseil est composé de vieux bonshommes réactionnaires.

— L'autorité des marchés financiers a critiqué Hammar Capital.

Il acquiesce. L'AMF a réagi avec virulence.

— Mais elle n'a rien trouvé à nous reprocher, rétorque David.

Bien qu'elle ait fouillé partout.

Il continue à répondre aux questions tandis que Tom garde l'œil sur la foule. Le niveau sonore a encore augmenté. Soudain, un mouvement se propage depuis l'extrémité de la mer de journalistes et traverse l'assemblée comme une vague. David aperçoit Gustaf De la Grip qui s'approche, suivi de près par ses assistants et par des hommes qui ressemblent fort à des gardes du corps.

Tom, qui les a aussi remarqués, avance d'un pas lent et jette à David un regard qui signifie : « Fais-moi signe et je transforme ces poules mouillées en chair à pâté. »

David secoue la tête. Il est curieux de voir ce qui va se passer. D'habitude, Gustaf fuit soigneusement les affrontements ouverts – surtout devant les médias. Ses techniques de domination consistent à ignorer et à dénigrer ; à vomir des injures à huis clos, dans des salles d'assemblées fermées, mais à éviter tout débordement en public. La question est de savoir si la pression le fera dévier de sa stratégie.

Les gardes du corps de Gustaf continuent d'écarter la foule, comme si l'océan de journalistes les freinait.

David arbore un visage placide bien qu'il sente son pouls s'accélérer. Il se tient droit, la main nonchalamment enfoncée dans sa poche de pantalon tandis que le silence s'abat sur l'assemblée. Personne ne veut rater ce qui va suivre. C'est l'homme du peuple contre le roi de la finance suédoise.

Fortune ancestrale contre nouveau riche.

Gustaf est arrivé. Il balaie du regard les journalistes avant de braquer ses yeux pleins de haine sur David, comme s'il était une chose dégoûtante qui venait de se coller à sa semelle. Après toutes ces années, toutes ses réussites, David se souvient encore de ce regard. Il se souvient que Gustaf est venu à l'internat après le viol. Il a mené tout le monde à la baguette, comme si Skogbacka et son personnel n'étaient qu'un prolongement de son domaine. Il a humilié David et Helena Hammar devant tous ceux qui voulaient bien l'écouter, traitant sa famille de vermine. Aujourd'hui encore, David se remémore son sentiment d'impuissance, la honte ressentie lorsqu'il a cédé à la force. Ils l'ont harcelé, battu, réduit au silence. Ils s'en sont pris à Carolina. Puis de nouveau à lui, le flagellant jusqu'au sang. Ils ont brisé Helena Hammar, petit à petit, et sont toujours restés dans leur bon droit. Un droit que Gustaf et ses semblables ont de tout temps considéré comme acquis, depuis des siècles.

À cet instant précis, devant toute la presse, et à côté d'un Gustaf De la Grip humilié, David comprend qu'il n'a pas fait tout cela pour rien.

Tout ce qu'il a sacrifié ne l'a pas été en vain.

Il va faire ce qu'il a prévu, sans pitié.

Car tous – Natalia, Michel et Carolina – ont tort.

La vengeance a du bon.

Enfin, il va faire ce dont il rêve depuis qu'il s'est retrouvé dans le bureau du directeur de Skogbacka, accroupi devant lui, le dos lacéré, couvert de balafres irréparables, et qu'on l'a informé que s'il n'arrêtait pas de tracasser la famille De la Grip, celle-ci ferait appel à ses avocats. Et là, il pouvait être sûr que des miséreux comme lui, son attardée de sœur et sa pute de mère allaient être pulvérisés comme des parasites. C'était tout ce qu'ils méritaient. La dernière phrase avait été prononcée en hurlant par le directeur. Le même directeur qui, par ailleurs, n'avait pas hésité à tromper sa femme avec Helena Hammar quelques mois avant que la tempête n'éclate. Le même directeur que David a brisé financièrement voilà quelques années. Et encore avant, il s'était occupé des trois autres hommes qui ont violé Caro : il les a tout simplement ruinés. Ce que Natalia a lu à son propos était quelque peu exagéré, mais pas faux en substance. Il a forcé ces hommes à payer pour leurs actes. Il les a détruits, a tiré des leçons de ses erreurs et a continué.

Aujourd'hui, il ne reste qu'Investum.

Gustaf et Peter De la Grip.

David sent quelque chose se libérer à l'intérieur de lui. Il fixe Gustaf droit dans les yeux, perçoit les flashes des caméras et sourit.

Faire ce qu'il a prévu lui procure un immense plaisir.

— Monsieur De la Grip ! crie un reporter TV.

Gustaf lui décoche un regard irrité, mais ne se laisse pas intimider. L'atmosphère est électrique, tout le monde semble assoiffé de sang.

— Comment vous sentez-vous aujourd'hui ? À votre avis, quel est le futur d'Investum ?

Gustaf ne parvient pas tout à fait à dissimuler une grimace.

— Il est plaisant de voir que M. Hammar manifeste un tel intérêt pour notre entreprise, riposte-t-il d'une voix dégoulinante de sarcasme. Il va sans dire que chacun est libre d'acheter et de vendre des actions en Bourse.

— Quelles seraient les conséquences d'une entrée de David Hammar au conseil d'administration ? Que pensez-vous de lui ? Honnêtement ?

Gustaf fait une mimique qui signifie qu'il ne devrait pas avoir à répondre à de telles questions. David le considère, amusé. De toute évidence, cet homme pompeux n'avait pas prévu de se faire interroger par un troupeau de reporters économiques à la recherche d'un scoop – et il ne s'en cache pas.

— En fin de compte, ce sont les actionnaires qui décident, dit Gustaf d'une voix étranglée.

— Nous avons parlé avec les représentants d'un des fonds de pension. Ils ne semblent pas opposés à ce que David Hammar entre au conseil d'administration. Qu'en dites-vous ? D'habitude, ils vous sont fidèles, croyez-vous qu'ils vont voter pour Monsieur Hammar ?

— Ce serait un désastre !

— David Hammar va proposer un conseil sans représentant de la famille de propriétaires historiques. Qu'en pensez-vous ?

— C'est absurde. Un parvenu comme lui ne connaît rien du monde réel, il ne sait pas comment fonctionne le secteur financier.

— Dans le conseil d'administration tel que suggéré par David Hammar, il y a une part importante de femmes. Comment a-t-il fait pour trouver plusieurs femmes compétentes alors que vous n'en aviez trouvé aucune ?

— Il fait cela pour s'attirer les faveurs de l'opinion. Nous qui sommes conscients de nos responsabilités, nous sélectionnons les administrateurs sur leur expertise.

Ce n'est pas une affirmation très futée, songe David. Cette interview est une catastrophe pour Gustaf, depuis le début. Il n'est pas habitué à un tel manque d'égards de la part de la presse, il s'est laissé provoquer et a fini par avouer ce qu'il pense vraiment au lieu de s'en tenir à de la langue de bois.

Les journalistes continuent à crier leurs questions et un Gustaf de plus en plus stressé aboie des réponses. En réalité, David aurait envie de le laisser s'enfoncer encore un peu, mais il adresse un signe de tête à Malin.

— Merci à tous, dit-elle d'une voix forte, mettant fin à la conférence de presse improvisée. Nous allons commencer à l'heure prévue, je vous prie de bien vouloir prendre vos places. Vos badges doivent être bien visibles, sinon vous ne pourrez pas entrer.

Gustaf s'éloigne en jouant des coudes.

— Quel homme sympathique, commente Tom en appuyant sur son oreillette.

Le mouvement soulève sa veste et David aperçoit quelque chose qui ressemble à un étui à pistolet sous son bras. Espérons que Tom a une licence de port d'arme.

— On a sécurisé la salle, annonce-t-il après avoir écouté son oreillette. Mais si on t'attaque, j'essaierai de te faire sortir.

— Tu plaisantes ?

Tom le regarde dans les yeux.

— J'ai l'air de plaisanter ?

Il sort un téléphone plat qui vibre sans bruit, jette un coup d'œil à l'écran et fronce les sourcils.

— Je dois répondre, fait-il sèchement et disparaît au moment où Michel approche.

— Ça veut dire quoi ? demande Michel.

— C'est du Tom tout craché, répond David, laconique.

— Je ne l'ai jamais vu décrocher un sourire.

— Allô ? fait Tom dès qu'il s'est éloigné de David et Michel.

— Elle a reçu de la visite, l'informe une voix à l'autre bout du fil – c'est l'agent que Tom a chargé de garder un œil sur Carolina Hammar.

— Qui ?

— Un homme.

Merde ! David ne va pas être content.

— Tu as une photo ?

— Je te l'envoie tout de suite.

— Tu peux le voir ? Où est-il ?

— Dans sa chambre.

Eh merde ! Tom est à deux doigts de dire à son homme de frapper chez Carolina, peu importe si la réaction est excessive, quand la voix reprend :

— Il ressort.

— Et elle, tu la vois ?

Au même moment, Tom reçoit un MMS. Il connecte son kit mains libres et examine la photo en se demandant s'il doit sommer son collaborateur de vérifier que Carolina va bien. À la moindre hésitation, il ordonnera une intervention musclée et le Grand Hôtel pourra lui envoyer la note. Jamais au grand jamais il ne permettra que quelque chose arrive à la petite sœur de David Hammar. Tom a été obligé de traiter avec la mafia russe comme avec les branches les plus radicales d'al-Qaida au Maghreb islamique, mais il préférerait mille fois avoir à le refaire plutôt que subir les représailles de David Hammar s'il arrivait quelque chose à sa sœur.

Tom examine la photo de plus près et identifie l'homme qui a rendu visite à Carolina Hammar. C'est Peter De la Grip. Qu'est-ce que ça peut bien signifier ? Il n'en a aucune idée. Des éclats de voix viennent interrompre le cours de ses pensées. Il lève les yeux, distrait. Un journaliste essaie de forcer le passage. Il range son téléphone et s'avance pour couper court à la bagarre.

Il s'approche du reporter. Tous des ordures, si on lui demande son avis.

En hurlant sur l'intrus, il se dit qu'un fils à papa en costume sur mesure comme Peter De la Grip ne peut pas vraiment représenter une menace pour Carolina Hammar.

Il décide d'attendre.

53

Peter quitte le Grand Hôtel par la porte principale.

Il aperçoit son reflet dans une vitre, il n'a pas changé du tout. C'est étrange que son visage ne porte pas la marque de ce qu'il vient de faire.

Il ignore ce qu'il ressent. De la culpabilité ? Du soulagement ? Ou peut-être des regrets ? Non, bizarrement, pas de regrets.

Sans doute devra-t-il attendre un peu avant que la prise de conscience ne provoque chez lui un réel effet.

C'est tellement monumental.

Maintenant il va être en retard à l'assemblée générale.

Il saute dans un taxi.

Il arrivera juste à temps.

54

David se tient en bas de l'estrade, sur le côté de la pièce, caché dans la pénombre. Il écoute les murmures étouffés de l'assistance, balaie du regard les rangées de fauteuils qui bientôt seront remplies. Des hommes en costume se serrent la main, rient aux éclats, parlent de l'ouverture imminente de la chasse et racontent leurs vacances en voilier. Çà et là, on aperçoit une femme, un contraste bienvenu, mais aux premiers rangs la présence masculine est écrasante. Les journalistes ne sont pas admis dans la salle, mais de temps en temps un flash de téléphone portable illumine la salle.

Sur l'estrade se trouve un podium surmonté d'un pupitre avec un microphone. Près du podium est installée une table avec des chaises face au public, des microphones et des bouteilles d'eau.

Au premier rang, juste devant la scène, les fauteuils sont réservés aux membres de la famille des propriétaires, identifiés par leur nom et leur titre en caractères gras. Le siège de Peter De la Grip est toujours vide, tout comme celui de Natalia. Eugen et Alexander sont assis côte à côte et discutent à voix basse. Ebba De la Grip, le visage grave et fermé, est installée à côté d'Åsa qui converse avec un jeune homme en costume. Gordon Wyndt, qui est arrivé de Londres ce matin, prend place derrière Eugen.

Quelques minutes avant l'heure, Gustaf De la Grip et les six administrateurs pénètrent dans la salle. Les deux gardes du corps s'arrêtent à la porte. Les invités assis aux premiers rangs se lèvent pour saluer Gustaf. Plusieurs lui serrent la main. Quelqu'un fait même une courbette. David reste debout tandis que Gustaf prend place dans son fauteuil, visiblement indifférent à la conférence de presse calamiteuse qu'il vient de donner.

Lui aussi devrait aller s'asseoir, songe David, mais il se sent si fébrile qu'il préfère rester debout, ce qui est une grave violation de l'étiquette. Michel est au bout de la deuxième rangée, silencieux, l'air déterminé. Tom n'est pas en vue, mais il devine sa présence. L'horloge numérique indique 12 : 59. Les portes vont bientôt se fermer à double tour. Personne n'aura le droit d'entrer en retard. Soudain, David remarque un mouvement. Peter De la Grip pénètre dans la pièce à la hâte, suivi de près par Natalia, en tailleur élégant et les cheveux tirés. David perd contenance l'espace d'une microseconde.

Puis on verrouille les portes. Les projecteurs sont braqués sur la scène tandis que le reste de la salle est plongé dans l'obscurité. Les chiffres rouges de l'horloge passent à 13 : 00. David serre le poing dans sa poche, se prépare, physiquement et mentalement.

Les heures qui suivront vont déterminer tout son avenir.

Gustaf se lève et monte sur scène.

Des applaudissements spontanés retentissent et on entend même quelques hourras. Gustaf opine du chef avec gravité, presque avec bienveillance. Les applaudissements et les clameurs s'éteignent lorsque l'homme balaie la pièce du regard. Les actionnaires, des plus petits – qui n'ont que cinq voix – aux plus grands – qui en ont plus d'un million –, ont les yeux braqués sur lui.

— Mesdames et messieurs, commence Gustaf. Chers actionnaires. Je vous souhaite la bienvenue à cette assemblée générale extraordinaire.

Calme et sérieux, il laisse courir son regard sur les sept cents spectateurs.

— Le premier objectif est de choisir un président d'AG.

David écoute les différentes formalités. La personne sélectionnée, un avocat du cabinet le plus prestigieux de Stockholm, prend place à la table avec son secrétaire. Gustaf descend de l'estrade et l'ordre du jour est adopté. C'est rapide, car le seul point qui y figure est la constitution du conseil d'administration.

— Nous avons devant nous deux propositions relatives à la composition du conseil d'administration, annonce l'avocat d'une voix sèche comme des feuilles mortes. Première option : le CA actuel est réélu ; seconde option, soumise par Hammar Capital : renouvellement du CA avec les personnes ci-après…

Il cite les noms de David, Michel et des autres hommes et femmes suggérés par Hammar Capital.

— Je voudrais tout d'abord donner la parole à Gustaf De la Grip, l'actuel président du conseil d'administration, qui va nous présenter sa vision de l'avenir de l'entreprise.

Gustaf remonte sur scène et fait un exposé de trente minutes. David échange un coup d'œil avec Michel.

— Et maintenant, j'aimerais donner la parole à David Hammar, déclare enfin l'avocat.

C'est le moment.

Le silence se fait.

L'avocat fixe le public.

Soudain tout devient noir.

David grimpe sur l'estrade dans une obscurité totale. Encore une idée de Malin, férue d'effets dramatiques. Une idée qui lui avait semblé meilleure quand son assistante la lui avait décrite, car David a maintenant du mal à voir où il met les pieds. Il parvient malgré tout à se hisser sur scène sans mésaventure et espère qu'il s'est arrêté à côté de la tribune et non trop près du bord de l'estrade.

Un projecteur s'allume.

Il est braqué sur David et la lumière l'éblouit, l'aveuglant complètement. Des murmures s'élèvent dans le public. Il attend que ses yeux s'accoutument et il commence à distinguer des formes dans l'assemblée. Il identifie Alexander De la Grip, Eugen Tolstoj et Ebba De la Grip.

Natalia est assise près de sa mère, le dos droit. David sent en lui une vague d'émotion qu'il n'a pas le temps d'examiner à présent. Il cligne des yeux et observe l'immense salle, lentement, et laisse le public le regarder.

Un autre projecteur s'allume et l'on aperçoit derrière lui un fil Twitter sur un écran géant. Les tweets, accompagnés des hashtags #HC et #Investum, s'enchaînent de plus en plus vite et David doit reconnaître que cela fait son petit effet. Malin a toujours eu le souci de la mise en scène.

— Vous pouvez y aller, lui indique à l'oreillette un technicien son.

David fait un pas en avant.

Les spots balaient la salle avec empressement.

David localise Malin qui le regarde, nerveuse, depuis le côté de la scène. Elle lui adresse un hochement de tête encourageant, voire un peu provocant.

Il fait un signe au président de l'assemblée générale.

Il refoule toutes les pensées en lien avec Natalia.

Il prend une profonde inspiration.

Voilà.

C'est le moment.

À lui de jouer.

55

Natalia est arrivée tard, sciemment, ne voulant parler à personne, surtout pas à sa mère. Cette dernière s'est contentée de lui faire un signe de tête avant de continuer à regarder droit devant elle, comme elle le fait maintenant, assise à ses côtés.

Natalia refoule la douleur. En réalité, elle ne devrait pas être étonnée : sa mère résout la plupart des conflits par le silence et la prise de distance émotionnelle. En outre, Natalia a d'autres motifs de préoccupation. David notamment, debout sur scène, dont le magnétisme est électrique. Il porte un costume noir, une chemise gris foncé sans cravate, mais avec des boutons de manchette noirs et une ceinture assortie – probablement hors de prix – qui brille dans la lumière des projecteurs. Sa beauté, ou plutôt son charisme, l'éblouit douloureusement. L'espace d'une seconde, elle a l'impression qu'il la regarde, mais l'instant est si bref qu'elle aurait pu se faire des idées. Elle se rend compte qu'elle retient son souffle. Puis il se met à parler.

Lorsqu'il se présente d'une voix puissante, elle sent de petits frissons lui picoter la peau. Elle et David se sont rencontrés dans un cadre informel, se sont fréquentés dans un contexte privé et décontracté, et c'est ce David qu'elle a appris à connaître. Elle ne l'a jamais vu dans le rôle de chef d'entreprise sûr de lui, ne s'est jamais dit qu'il pouvait exister une telle différence entre les deux facettes d'un même homme. Bon Dieu ! Quelle impression il fait !

Natalia a littéralement la chair de poule sur tout le corps. La voix de David ensorcelle le public. Personne ne chuchote, ne joue avec son téléphone portable ni ne s'agite impatiemment dans son fauteuil. Tous les actionnaires se tiennent droit, les yeux écarquillés, et écoutent David Hammar présenter ce qu'il a l'intention de faire si ses administrateurs et lui-même sont élus à la tête d'Investum. Un par un, David énumère les défauts identifiés par les analystes de Hammar Capital et lui-même. Privilèges injustifiés. Direction incompétente. Investissements désastreux et décisions catastrophiques. Actifs sous-estimés. Indemnités exorbitantes. Point par point il pourfend tout ce qu'Investum a pratiqué au cours des dernières années.

Natalia en a le souffle coupé. Elle n'a jamais pris part à cette gestion déplorable qu'il dépeint et ne s'est jamais doutée qu'il y avait tant d'irrégularités. Elle n'ose pas regarder les membres de sa famille en l'écoutant décrire la manière dont les filiales vont être morcelées, les bureaux et les unités inefficaces fermés ou délocalisés.

Pourtant, le pire est encore à venir.

Après avoir discouru sans s'arrêter pendant près d'une heure en montrant du doigt un PowerPoint qui présente la réorganisation – ou, plutôt, la destruction – d'Investum, il passe à un nouveau chapitre : la liquidation des actifs cachés. Des terres seront vendues, des trésors mis aux enchères – des biens qui sont dans la famille depuis une éternité, mais qui appartiennent à Investum. Les recettes de ces ventes seront redistribuées aux actionnaires. D'un point de vue économique, son plan tient la route, se dit-elle, juste avant que la catastrophe ne survienne.

— Et le domaine familial, poursuit David, le château de Gyllgarn au nord-ouest de Stockholm, va bien entendu être vendu. D'un point de vue financier, il est absurde de ne pas liquider cet actif.

Gyllgarn. Mon Dieu ! Bien que le château ait été la propriété de la famille De la Grip depuis des siècles, il est visiblement détenu – sans doute pour des raisons fiscales – par Investum. Elle l'ignorait. Peter et Gustaf ont dû effectuer la transaction au moment où son grand frère a repris le domaine. Elle les imagine parfaitement en train de conspirer autour de cette affaire. Sa mère était-elle au courant ? Et Alexander ? Eux aussi ont-ils été tenus à l'écart ? Cela n'a plus d'importance, car à présent tout va être perdu.

Qui aurait les moyens de l'acheter ? s'interroge-t-elle. David envisage-t-il de le diviser en lots et vendre le bois, la terre et les meubles séparément ? Elle baisse les yeux sur ses mains posées dans son giron. Elle ne veut pas pleurer. Il ne s'agit que de biens matériels, mais cela lui fait si mal qu'elle en ressent une douleur physique.

David poursuit son exposé. Il présente une liste interminable de mesures permettant d'augmenter la valeur des actions – s'il obtient la confiance des actionnaires.

Comme entourée par un brouillard causé par le choc, elle continue d'écouter David qui brosse à grands traits l'avenir d'Investum sous sa direction.

Le conseil d'administration sera composé de personnes compétentes. Tous les avantages et bonus injustifiés seront immédiatement supprimés. Les indemnités et les parachutes dorés seraient revus et annulés, etc.

Natalia a soif, si soif qu'elle parvient à peine à avaler sa salive. Autour d'elle, le silence interloqué commence à se changer en rumeur fébrile. Sur l'écran blanc, Twitter crie au coup d'État, au putsch, à la folie des grandeurs. L'excitation dans la pièce est à son comble.

Cependant, si elle doit être honnête avec elle-même, Natalia se rend bien compte que ce projet est raisonnable. La femme d'affaires, la spécialiste de la finance qu'elle est le voit bien. Néanmoins... le plan de David implique la destruction totale d'un empire historique. S'il remporte ce vote, David anéantira une puissante famille et pulvérisera des biens qui existent depuis des générations. C'est une pensée presque insupportable. Natalia se redresse dans son fauteuil. Elle refuse de se mettre à broyer du noir. D'ailleurs, ce n'est pas fini. Elle a encore quelques atouts dans sa manche. Elle n'est pas qu'une cruche incapable.

Elle a dit qu'elle allait se battre et ce ne sont pas des paroles en l'air.

Elle va tout donner.

56

En attendant que Michel le rejoigne sur scène, David scrute la salle et tente de jauger la réception de son discours. Il n'a pas besoin de regarder directement vers Natalia, mais il la voit tout de même, elle est comme le noyau d'un champ magnétique au premier rang. Les actionnaires brament leurs questions et David répond à la chaîne. Quand Gustaf était sur scène, le public semblait asservi. Les actionnaires éprouvent un si profond respect pour Gustaf que nul n'ose le contredire, ni ici, ni dans d'autres contextes. Il est habitué à ce genre de déférence.

Pour David, c'est une autre histoire.

Les questions du public pleuvent, certaines hostiles, d'autres curieuses, mais, surtout, elles ne s'arrêtent jamais. Au bout d'un moment, il commence à se demander si chacun des sept cents spectateurs avait prévu de le soumettre à un interrogatoire.

— M. Hammar prendra encore deux questions puis nous passerons au vote, dit finalement l'avocat dans le micro. Veuillez vous asseoir.

Le scrutin aura lieu selon une procédure simplifiée, ce qui implique que les gros actionnaires s'expriment en premier, en fonction de leurs droits de vote.

Gustaf De la Grip a le plus de voix. Ensuite viennent les grands fonds d'investissement puis, par ordre décroissant,

Åsa, Ebba, Eugen, Alex, Natalia et enfin Peter. Lorsqu'ils auront tous voté, ce sera au tour des petits actionnaires présents dans l'assemblée, bien entendu, mais les dés seront déjà jetés.

Au début, tout se passe comme prévu. Gustaf vote évidemment pour son propre conseil d'administration. Les gestionnaires de fonds que David a rencontrés et qu'il a réussi à convaincre votent pour lui. Ceux qui selon David allaient rester fidèles à Investum votent contre lui. Il n'y a pas de surprises, à quelques exceptions près. Les deux CA sont à présent au coude-à-coude. David fait le décompte mentalement. Les gens continuent de voter. Pour et contre. Lorsque arrive le tour d'Åsa Bjelke, elle semble hésiter. David retient sa respiration. Ont-ils réussi à la faire changer de camp ? Mais elle vote finalement contre lui. Ebba vote pour Investum. Pour le moment, tout se passe plus ou moins comme anticipé.

Puis tout part à vau-l'eau.

Lorsque vient le tour d'Eugen, l'oncle de Natalia, que David a passé l'été à soudoyer et qui était acquis à sa cause, il vote *contre* lui. David tente de cacher son effarement. Il lance un regard de biais à Michel et voit la même réaction sur son visage. *Le Russe a retourné sa veste.*

Il ne peut s'empêcher de lorgner du côté de Natalia qui se fend d'un petit sourire glacial. C'est donc son œuvre : elle est parvenue à retourner son oncle contre HC.

Il va falloir qu'il ait une longue conversation avec le Russe à ce sujet.

C'est le tour du reste de la famille De la Grip. Alexander vote contre. Natalia aussi.

Le match est serré, très serré. Beaucoup plus que ce qu'il avait escompté. Se serait-il trompé dans ses calculs ? Il n'a pas une seule fois envisagé un échec, pas même à un niveau théorique. Il jette un rapide coup d'œil à

Michel. Celui-ci arbore un air indifférent, mais David voit bien qu'il est inquiet, lui aussi.

Et Peter De la Grip n'a même pas encore voté.

C'est irréel.

David garde les yeux baissés ; de toute façon il ne voit plus rien. Il serre le poing dans sa poche de pantalon. HC est en tête, mais l'avance est minime, et Peter détient des « actions A » qui valent dix fois plus que les « B » que la plupart possèdent. C'est un système suédois archaïque, souvent critiqué, dont le seul but est de donner plus de pouvoir à la famille de propriétaires. C'est pourquoi il peut être décisif d'avoir un membre de la famille dans son camp. Mais là, il semblerait que Hammar Capital va se faire coiffer au poteau.

Toutes ces années, tout ce travail.

En vain.

Il a tout sacrifié, même une femme dont il soupçonne être amoureux, pour un échec, un fiasco.

David a l'impression que Michel est en train de faire les mêmes calculs que lui, qu'il parvient au même résultat.

— C'est serré, chuchote Michel. Sacrément serré.

— On sait combien d'actions il a ? Je veux dire, exactement ?

— On l'a dans nos papiers, répond Michel en se penchant vers David. Il a pu acheter un gros paquet d'actions B. Il a du fric. Et c'est possible qu'il ait aussi récupéré des actions A, même si on a vidé le marché.

Il se gratte la nuque.

— Qu'est-ce qui s'est passé avec le Russe ? Je pensais qu'il était avec nous.

Ce qui s'est passé ? Natalia est passée par là.

— Moi aussi, je le pensais, concède David, d'un ton neutre.

Les petits propriétaires pourraient-ils les sauver ?

Peter vote.

Les chiffres clignotent.

David et Michel les fixent, tendus. Toute la salle retient son souffle.

C'est quoi ce bordel ?

David n'ose pas respirer.

— Qu'est-ce qui s'est passé ? éclate Michel. C'est impossible !

Un brouhaha s'élève dans la salle. L'incrédulité se lit sur les visages. Les murmures se répandent comme une traînée de poudre dans les rangs.

David n'en croit pas ses yeux. Il doit y avoir une erreur. Le brouhaha s'amplifie. On entend un cri. Et tout à coup, la salle explose.

Il y a tant de flashes d'appareils photo que David est ébloui. À côté de lui, Michel débite un chapelet de jurons en arabe.

Le vote de Peter De la Grip a été décisif, certes, mais en faveur de Hammar Capital.

L'ennemi juré et l'opposant Peter De la Grip a voté pour le projet de HC et contre Investum. Contre son père et son conseil d'administration.

C'est fini.

Hammar Capital a gagné et Investum telle qu'elle était n'existe plus. Le conseil d'administration devra démissionner immédiatement.

Michel croise son regard. C'est presque impossible à digérer.

— Je peux d'ores et déjà constater que les sept administrateurs de Hammar Capital ont récolté tant de voix qu'ils ne peuvent plus être battus, annonce l'avocat d'un ton solennel. L'assemblée prend acte que les personnes suivantes ont obtenu la majorité des voix, poursuit-il, et il énumère les noms de David, Michel et des cinq autres personnes qu'ils ont choisies ensemble, trois femmes et deux hommes. Nous avons donc de nouveaux administrateurs. Merci aux actionnaires.

La dernière phrase est à peine audible. Le niveau sonore dans la salle s'élève, puis quelqu'un se met à battre des mains, et les applaudissements fusent, frénétiques.

— On a gagné ! s'exclame Michel, par-dessus les bravos et les clameurs.

Le choc sur son visage commence à laisser place à un large sourire.

— On a *gagné* !

David approuve d'un signe de tête, submergé par un immense sentiment de soulagement. La sensation est presque irréelle. Il saisit la main que Michel lui tend et la secoue brutalement. Malin Theselius, d'habitude si retenue, se jette au cou de David avec un cri de joie et il la serre si fort qu'elle en a le souffle coupé. Les gens se pressent devant le podium pour prendre des photos, les féliciter et ajouter au chaos tandis que David fait ce qu'on attend de lui et tente de se débarrasser de l'impression de n'être pas tout à fait présent.

Hammar Capital a pris le contrôle d'Investum, et a écrasé l'entreprise.

Ils ont redessiné la carte de la finance. C'est un tournant historique. Cette date sera à jamais inscrite dans les manuels scolaires, analysée dans des articles. Les chercheurs en histoire de l'économie étudieront cet événement, écriront des mémoires et des thèses. C'est une réussite extraordinaire et David devrait se sentir victorieux.

Il regarde autour de lui, écoute les hourras et se dit que s'ils avaient été dans une émission télévisée, toute la salle aurait été couverte d'une pluie de confettis. L'assemblée continue de jubiler et de rire, et il songe qu'il devrait être heureux, lui aussi.

Mais ce n'est pas du bonheur qu'il ressent, c'est une immense solitude. Il continue de serrer la main d'hommes et de femmes qui se précipitent vers lui. On le gratifie de tapes dans le dos, on le congratule. Et il tente de se convaincre que cette sensation étrange finira par le quitter.

57

Natalia contemple David qui rit et serre des mains sur l'estrade. Il est imposant, à l'instar d'un roi, d'un empereur.

C'est fini.

Tout est fini. Tout a changé. Tout a disparu.

Ses pensées fusent.

Peter... Que s'est-il passé ? A-t-il perdu la raison ? C'est incompréhensible – littéralement, impossible à comprendre. Elle cherche son frère des yeux, mais il a disparu.

Gustaf parle avec quelques administrateurs – ex-administrateurs –, gesticule, agite les mains avec des mouvements brefs et brusques.

Sa mère est restée assise, les mains jointes dans son giron, et Natalia se dit qu'elle devrait aller la voir pour la consoler, mais elle n'ose pas. Louise se balance d'avant en arrière sur sa chaise et se mouche à plusieurs reprises. Alexander est penché en arrière, les jambes étirées vers l'avant et les bras posés sur les accoudoirs. Il ne regarde personne, ne parle à personne. Il semble s'ennuyer profondément, comme si le chaos alentour ne le touchait pas le moins du monde. Oncle Eugen s'est installé à côté d'Ebba et lui tapote l'épaule gauchement.

Natalia contemple les ruines de sa famille.

Comment Peter *ose-t-il* leur faire ça ? À maman ? À Louise ? Pourquoi agit-il ainsi ? Pourrait-il y avoir un lien avec Carolina ? Elle ne sait que croire, elle sait simplement qu'il a détruit son propre avenir. Gustaf ne le lui pardonnera jamais ; leur mère non plus. Et Louise ? Natalia observe le visage rougi et baigné de larmes de sa belle-sœur. Louise a épousé le prince héritier d'Investum, un homme qui possède un château et qui fréquente les cercles les plus huppés du pays. Natalia doute qu'elle reste aux côtés de Peter dans la tempête.

Et enfin, comme un train en retard à l'heure de pointe, lancé à toute allure, une rage profonde contre David la frappe de plein fouet ; cet homme se pavane comme s'il était un don de Dieu à l'humanité, cet homme détruit, écrase comme un vrai despote.

Cette charge contre la firme familiale n'a rien à voir avec la *justice*, songe-t-elle, hors d'elle. Il agit par vengeance, par soif de pouvoir. David n'a pas racheté une entreprise, il l'a massacrée. Des employés vont se retrouver au chômage à cause de lui. Des biens consolidés pendant des générations vont être vendus.

Elle se masse le front, sent qu'elle n'a déjà plus la force d'être en colère, que sa fureur s'épuise déjà. Elle est si lasse. Ces dernières semaines ont drainé toute son énergie. Tout ce qui s'est passé, tout ce qui a été écrit… et à présent elle a tout perdu. C'est l'impression qu'elle a, en tout cas. Pourtant, la terre continue à tourner, et elle sent un besoin irrépressible de sortir, de respirer un bol d'air frais, de ne plus voir David et ses adorateurs, de ne plus voir ces femmes lui lancer des regards pleins de désir – oui, elle voit bien comme elles le reluquent toutes ouvertement, lui, le meneur du troupeau, le mâle alpha, le vainqueur.

Il faut qu'elle sorte, qu'elle quitte cette pièce où ses défaillances sont pointées du doigt, comme un exposé de toutes les erreurs qu'elle a commises.

Åsa lui fait signe de la rejoindre, mais Natalia lui répond par un hochement de tête las et détourne le regard. Elle n'a pas le courage d'en faire plus. Elle voudrait tant rentrer chez elle, mais le chaos et le tumulte dans la pièce sont si puissants qu'elle n'a pas la force de bouger. Il lui faudra une éternité pour se frayer un chemin à travers la salle et elle se sent si faible.

Elle s'affale dans son fauteuil.

— Natalia, viens !

Elle sursaute et lève les yeux. C'est Gustaf qui lui a donné cet ordre, d'une voix autoritaire et cassante.

— Nous allons les rencontrer, explique-t-il. Il faut sauver ce qui peut l'être.

— Mais je…, commence Natalia, hésitante.

Elle n'a jamais été impliquée dans les affaires auparavant. Pourquoi doit-elle participer ?

— Hammar veut que tu sois là, dit Gustaf d'un ton qui trahit tout le mal qu'il en pense. Allez, dépêche-toi !

Techniquement, elle n'est pas obligée de le suivre, elle ne lui doit rien. Pourtant, obéir lui semble la solution de facilité. Natalia se met debout. Tout cela va-t-il finir un jour ?

58

Peter est agité. La salle de conférences où David Hammar et lui se sont réunis est percée de grandes fenêtres et donne directement sur le lac Mälar. David se tient devant la vitre, dos au lac, et dévisage Peter, le regard glacial et les bras croisés.

Quelle situation surréaliste de se retrouver en tête à tête avec lui ! Peter est extrêmement mal à l'aise, bien qu'il ait lui-même proposé cette réunion. David et lui ne se sont pas parlé seul à seul depuis l'adolescence. D'ailleurs, se sont-ils jamais parlé ? Ils n'ont fait que se battre et se disputer depuis le jour où David est arrivé à Skogbacka.

— Je sais que je ne peux rien faire pour réparer ma faute, commence Peter.

Il est obligé de hausser la voix, car la pièce est grande et David ne s'approche pas de lui. Il reste là-bas, près de la fenêtre. Peter se racle la gorge, essaie de se cuirasser, mais finit par détourner les yeux. Il a réuni tout son courage pour oser venir ici, oser parler. Il ne parvient pas à regarder l'homme qu'il a un jour mutilé et meurtri.

Est-il même capable de s'expliquer ce qui s'est passé ? La frustration qu'il ressentait déjà avant son arrivée à Skogbacka. Cette impression de ne jamais être à la hauteur. La jalousie si dévorante. Et le plus honteux : l'attirance qu'il éprouvait pour Carolina Hammar. Il la trouvait si jolie, cette blondinette de quinze ans au gentil sourire, toujours vêtue de couleurs vives. La fille du peuple. Elle était adorable avec lui et ils se sont vus quelques fois pour discuter, rien de plus. C'était comme une oasis tranquille. Mais bientôt une rumeur s'est mise à circuler : Peter De la Grip en pince pour la frangine de David Hammar, pour une attardée mentale. On s'est moqué de lui, il s'est senti ridiculisé. Alors il a fait la pire chose que l'on puisse faire à un autre être humain. Lui et trois copains sont passés devant chez elle, l'ont vue à la fenêtre. Ils ont sonné à la porte. Ce n'était pas prémédité, mais c'est arrivé. Depuis, pas un jour n'est passé sans qu'il éprouve cette honte, au plus profond de lui, sans qu'il se répète qu'il n'est qu'un moins-que-rien.

— Mais j'ai besoin de pouvoir te dire que j'en suis profondément désolé et je te remercie de m'avoir reçu, fait-il d'une voix étranglée.

Le jour où il a appris que Carolina était « morte »... Sa « mort »... Mon Dieu ! Cela l'avait presque *anéanti*... Et à présent, savoir qu'elle vit. C'est comme si on lui avait donné une deuxième chance. Quelle reconnaissance il a ressentie !

— Je suis tellement, tellement désolé de ce que je vous ai fait, à Carolina et à toi, reprend-il un peu plus fort. C'est pour ça que j'ai voté pour HC et votre conseil d'administration.

Il se tait. Les mots ne peuvent pas suffire.

— Je comprends que je ne peux rien dire pour racheter ce que j'ai fait. Et je ne sais pas comment j'aurais réagi à ta place.

David reste près de la fenêtre. Il se retourne et fixe le lac. Ses bras sont toujours croisés. Un soleil de fin d'après-midi entre par la fenêtre, éclaire la poussière en suspension dans l'air. Le silence se fait pesant.

Peter se passe la main sur le front. Il est épuisé, éreinté après cette journée. D'abord, la rencontre avec son frère et sa sœur chez Natalia, la tension qui montait en lui en se rendant au Grand Hôtel, puis son entrevue avec Carolina. Il a cru revenir des années en arrière. Elle a changé, mais pas tant que cela. Elle est toujours blonde et vêtue de couleurs vives, mais plus sérieuse, adulte. Toute sa vie il chérira ce moment, cette discussion avec elle dans sa suite. C'est encore comme un rêve heureux. Et enfin l'assemblée générale bien sûr, où, pour la première fois – et publiquement, en outre –, il s'est opposé à son père et par là même a dit adieu à son avenir dans le monde de l'entreprise suédois.

Il fixe toujours le dos de David. Il ignore ce qu'il attendait de cette entrevue. Qu'il lui pardonne ? Il ne mérite pas d'être pardonné, mais Caro l'a fait et cela a été une renaissance. Une confession et le pardon d'un pécheur.

— J'ai parlé avec Carolina, dit Peter.

David se retourne brusquement.

— Tu l'as rencontrée ? fait-il, dubitatif.

Peter opine du chef.

— Quand ?

David fait un pas vers lui. C'est comme s'il se retrouvait devant un tigre menaçant ou un lion en pleine attaque.

Peter a du mal à respirer.

— On vous a surveillés, répond-il, s'interdisant de reculer face à ce prédateur qui s'apprête à se jeter sur lui. Je savais où elle habitait, alors je suis allé la voir.

— Qu'est-ce que tu lui as dit ? s'enquiert David en avançant encore vers Peter.

Celui-ci tâche à grand-peine de tenir tête à la peur. David Hammar n'est plus un adolescent en position d'infériorité, mais un homme adulte, puissant. Rien – rien du tout – ne l'empêche de le tabasser ici et maintenant. Peter observe les murs et le plafond de la salle de conférences, remarque qu'elle a même l'air insonorisée.

— Si tu as touché à un seul de ses cheveux...

Nul besoin d'en dire plus, Peter comprend que les menaces de David ne sont pas à prendre à la légère. Cet homme est loin d'être civilisé. Sous ce fin vernis de sophistication se cache une brute. Il n'a égard que pour les gens qu'il aime. Et Peter n'a jamais douté un instant que David adore sa sœur.

Il est le grand frère que lui n'a jamais su être.

Peter lève une main.

— J'y suis allé pour demander pardon à Carolina. Je l'ai appelée avant et elle m'a autorisé à venir. Nous avons parlé, rien de plus.

— Qu'est-ce qu'elle a dit ?

— Elle a dit qu'elle m'avait pardonné depuis longtemps, ce que je n'étais pas en droit d'espérer.

La voix de Peter se brise. Il a du mal à respirer. S'il se mettait à pleurer devant David, il mourrait de honte.

— Aucune parole ne pourra expier ce que j'ai fait. Aucune. Je le sais bien, mais je voulais quand même la voir pour m'excuser.

Il se tait.

David ne dit rien, mais son visage commence à se détendre.

— Carolina va bien, le rassure Peter.

— Je sais, répond David sèchement, je viens de l'avoir au téléphone, mais elle ne m'a pas parlé de votre rencontre.

Peter hausse les épaules. À ses yeux, Carolina est adulte, elle n'a pas de comptes à rendre à son frère, mais il n'est pas assez bête pour aller jusqu'à donner son avis.

David le dévisage. Longtemps. Comme s'il était entré dans son cerveau et qu'il fouillait parmi les plus détestables de ses souvenirs.

— Tu as violé ma sœur, finit-il par lancer.

Peter prend une respiration.

— Oui.

— Toi et ta clique, vous m'avez fouetté comme un animal.

— Oui.

David ne le lâche pas du regard. Peter attend.

On frappe à la porte.

— Les autres arrivent. Tu comptes rester ?

Peter secoue la tête.

— Non, je vais y aller. La situation est assez dramatique comme ça sans que mon père essaie de m'assassiner.

Il hésite. Il a l'impression que David l'a vu, a vu l'homme qu'il cherche à être, mais il n'en est pas tout à fait sûr. Il lui tend la main.

— Bon courage, dit-il.

David fixe la main si longtemps que Peter est certain qu'il va refuser de la serrer. On frappe de nouveau à la porte, David soupire et finit par tendre sa propre main. La poignée n'est pas cordiale, mais Peter ressent tout de même un élan de gratitude.

David retire sa main, esquisse un signe de tête.

— Merci d'avoir voté pour nous.

On entend que ces mots lui coûtent.

— Merci de m'avoir reçu.

Et il le pense sincèrement. Au plus profond de lui, il lui est reconnaissant d'avoir pu avouer et répondre de ses actes, même si son crime est prescrit d'un point de vue juridique. Il lui est reconnaissant, car il a maintenant la possibilité d'aller de l'avant, même s'il n'a aucune idée de ce qu'il va devenir après cette affaire. Il pose la main sur la poignée de la porte et l'ouvre. Michel Chamoun est derrière. Il croise le regard de Peter sans un mot puis se tourne vers David, le sourcil levé. L'homme terrifiant qui s'occupe de la sécurité de HC est là, tel un colosse.

— Tu veux que je les retienne ? s'enquiert Michel.

— Non, on en a fini, répond David au moment où la voix de Gustaf De la Grip fend l'air.

Peter se prépare à la rencontre avec son père. Il a réussi à l'éviter juste après le vote, ce qui n'a sans doute rien arrangé à son humeur massacrante.

Gustaf l'aperçoit et lui décoche un regard furibond.

— Alors c'est ici que tu te caches, crétin ? rugit-il. Qu'est-ce que tu as fait ? Tu as perdu la tête ?

Peter bat en retraite, sent monter la peur familière, s'apprête à recevoir des coups. Étrangement, il se sent redevenir l'enfant vulnérable qu'il était, qui plus est devant tous ces hommes influents. Merde.

Or, d'un pas, l'agent de sécurité en noir s'est placé entre Peter et son père, secoue lentement la tête et fixe Gustaf dans les yeux.

— Méfiez-vous, monsieur, lâche-t-il froidement.

Gustaf, qui n'a sans doute jamais reçu un ordre de sa vie, n'a pas l'air d'en croire ses oreilles. Il ouvre la bouche, probablement pour le remettre à sa place, et Peter se dit que c'est cet homme qui lui a fait croire que Carolina était morte. Son père l'a empêché de répondre de ses actes et de les expier. À présent, c'est chose faite. Serait-il enfin libéré ? À partir de maintenant, le passé ne doit plus diriger sa vie. Peter penche la tête et profite du tumulte causé par Gustaf pour filer à l'anglaise.

— Si vous voulez garder vos doigts, je vous conseille d'arrêter de les agiter devant mes yeux. Tenez-vous-le pour dit, menace le chef de la sécurité.

C'est la dernière chose que Peter entend. Il sourit intérieurement et s'esquive.

59

David suit des yeux un Peter en fuite en se demandant s'il va devoir intervenir pour séparer Gustaf et Tom. Cette rencontre a été bouleversante et il n'en a pas encore saisi les tenants et les aboutissants. Il va falloir qu'il y réfléchisse encore un peu, mais d'abord il a d'autres questions à régler.

— Tom, tu peux les laisser entrer, dit-il.

Le chef de la sécurité foudroie du regard un Gustaf bouillonnant de rage avant de s'effacer.

Le patriarche pénètre dans la pièce, flanqué de plusieurs hommes, sans doute les juristes et comptables d'Investum. Alexander et Åsa leur emboîtent le pas. Puis vient Natalia.

Lorsqu'elle passe devant lui, il est à deux doigts de fermer les yeux pour sentir son parfum. Elle ne dit rien, se contente d'aller s'asseoir.

Michel arrive ensuite, accompagné de Rima Campbell, la femme qu'ils vont nommer directrice générale d'Investum. Elle est sérieuse et l'une des meilleures directrices qu'il ait rencontrées. Elle a toujours été leur premier choix. Il y a un mois, elle a visiblement été en conflit avec Gustaf, qu'elle considère à présent avec un regard neutre. Elle est courageuse, songe David en lui souriant. Il aime les femmes courageuses.

Rima s'installe, pose son téléphone et son iPad sur la table, tapote sur les écrans puis regarde autour d'elle, tout à fait calme.

Tom demeure dans l'embrasure de la porte. Il croise le regard de David.

— Tu veux que je reste ?

— Non, tu peux attendre dehors.

Tom opine du chef, lance un dernier regard menaçant et appuyé aux gens d'Investum – un regard qui signifie clairement que s'ils ont le malheur de penser, ne serait-ce que penser, à foutre le bordel, ils le regretteront pendant très longtemps – avant de claquer le battant derrière lui.

— Ce n'est pas fini, si c'est ce que vous croyez ! lance Gustaf avant même que David n'ait pris place. Vous avez dû manipuler le vote.

— Je respecte votre opinion, répond David d'une voix doucereuse. Mais si j'étais vous, je m'abstiendrais de nous accuser.

Il se tourne vers Åsa qui acquiesce.

— Il a raison, Gustaf. Essaie d'éviter la diffamation.

David poursuit :

— Plus vite vous accepterez votre défaite, plus vite nous pourrons aller de l'avant.

— De quelle défaite parlez-vous ?

Åsa secoue la tête, comme si elle abandonnait.

Gustaf lui adresse un sourire corrosif qui tord ses traits d'aristocrate.

— Après ce que vous avez fait, tout le monde vous fuira comme la peste, poursuit-il en se penchant en arrière, les bras croisés. Vous n'avez aucun pouvoir dans ce pays, vous n'êtes rien ni personne.

Le silence qui emplit la pièce est pour le moins inconfortable.

David contemple Gustaf.

Pendant toutes les années où ils se sont retrouvés en conflit, l'homme a toujours adopté une position de supériorité froide, vestige de la société patriarcale. Né avec des privilèges qu'il considère comme un cadeau divin, Gustaf a l'habitude d'être obéi servilement, sans discussion, et il agit en conséquence, jugeant son comportement irréprochable.

C'est facile d'être hautain lorsqu'on n'a jamais subi de revers, lorsqu'on est convaincu d'être au-dessus des autres.

— Cette fois vous avez tort, Gustaf, répond David d'un ton calme, y injectant même une dose de condescendance. Car les actionnaires ont tranché et je suis président du conseil d'administration à partir de maintenant.

Il regarde ostensiblement sa montre.

— Depuis au moins une demi-heure, d'ailleurs. Et ce n'est pas *rien*, si je puis me permettre.

Il ajuste sa manchette avec un sourire glacial.

Quelqu'un étouffe un rire nerveux.

— Saleté de parasite ! rétorque Gustaf, d'une voix qui n'est plus tout à fait maîtrisée. Tu n'es rien. Tu ne *sais* rien. Tu es un parasite, un fils de pute. Ta mère était une putain, tout le monde savait ça. Tu devrais connaître ta place.

Les gens d'Investum commencent à se tortiller sur leur chaise. Åsa baisse les yeux sur ses mains et secoue à nouveau la tête. Seul Alexander semble indifférent, comme s'il s'était retrouvé dans cette pièce par erreur et se moquait éperdument de ce qui pouvait s'y dire.

David jette un coup d'œil vers Natalia. Elle est immobile sur sa chaise, le visage pâle, mais placide. Il regrette qu'elle soit obligée d'entendre cette conversation. Il a accepté – il ne sait plus bien pourquoi – un entretien avec Gustaf à condition que Natalia soit présente, mais il aurait dû se méfier. Il aurait dû se douter que ça finirait mal.

— Et ta sœur, fulmine Gustaf, interrompant le cours de ses pensées. Tu crois que je ne sais pas qu'elle vit ? Hein ? Vous êtes de la vermine ! Des cafards ! Impossible de vous éradiquer !

David reste silencieux. Un étrange calme s'est emparé de lui. Plus Gustaf se met en colère, plus il l'insulte, plus David se sent sûr de lui. Il lui donne encore dix secondes. Il écoute les jurons et se dit que toutes ces injures, ces grossièretés sont loin d'avoir l'effet escompté, car s'il y a quelqu'un qui se comporte comme de la vermine dans cette salle, ce n'est certainement pas lui. Et il n'y a pas une seule personne à qui ça échappe – à l'exception de Gustaf, qui vient de frapper du poing sur la table. Toutes ces années, le bonhomme a été flegmatique et maître de lui lorsqu'ils se sont vus. C'est la première fois que David le voit perdre son sang-froid. Il devrait éprouver un certain plaisir, mais il s'en fiche éperdument. En un sens, il a vaincu les démons de son passé.

— Vous avez terminé ? demande-t-il d'un ton neutre.

Il n'a pas besoin de feindre l'indifférence, car tout cela ne le touche plus. C'est fini.

— Je vais te traîner dans la boue, tu n'imagines même pas. Je vais faire en sorte que la presse te massacre. J'ai des amis puissants dont tu n'as jamais entendu parler. Je connais des gens haut placés. J'ai des réseaux, des contacts.

Gustaf pose des yeux brûlants de haine sur Rima et Michel.

— Si vous croyez qu'une bande de romanichels peut gérer mon entreprise... Si toi, espèce de dégénéré, tu crois que l'œuvre de ma vie pourra être dirigée par des bougnoules, tu te trompes !

Rima laisse échapper un petit bruit étranglé et, si David ne la connaissait pas, il aurait pu croire qu'elle étouffait un gloussement.

Michel secoue la tête, comme s'il n'en croyait pas ses oreilles.

Les autres continuent de s'agiter sur leur chaise.

Gustaf ouvre à nouveau la bouche, mais David lève une main pour l'arrêter. Cette comédie a assez duré, c'est l'heure de parler affaires.

— Le nouveau conseil d'administration m'a choisi comme président. Notre première décision a été de relever de ses fonctions l'ancien DG.

Il esquisse un signe du menton en direction de Rima Campbell.

— Je vous présente la nouvelle DG d'Investum.

— Dites-moi que c'est une plaisanterie ! s'insurge Gustaf, à deux doigts de la crise cardiaque. Pas cette *bonne femme* ! Il faut au moins quelqu'un qui connaisse l'entreprise.

David hausse un sourcil. Jusqu'à maintenant, les dirigeants d'Investum étaient des hommes dont les principales qualités étaient d'être amis avec Gustaf. Ils n'ont pas inventé le fil à couper le beurre, si l'on peut dire.

— Et il faut quelqu'un de la famille, continue Gustaf, comme s'il avait encore un pouvoir décisionnel. Au moins comme consultant. Sinon c'est inimaginable.

David l'observe, muet.

— Dans ce domaine, il y a des règles et des principes. C'est peut-être difficile à comprendre pour quelqu'un comme toi. Mais je connais ce monde. Moi, tout le monde m'écoute. Il faut un De la Grip.

David se demande si l'homme est arrogant au point de croire que ses mots ont encore un quelconque impact.

— Je peux proposer un poste de consultante à Natalia, articule-t-il.

Michel écarquille les yeux, car cette proposition est venue spontanément. David n'en avait parlé à personne. Pourtant, argumente-t-il mentalement, Natalia est connue pour son intelligence, Michel l'a souligné lui-même.

L'entreprise profiterait de ses compétences et de ses connaissances. Ils pourront faire preuve de professionnalisme et collaborer.

Au fond de lui, David sait qu'il est en train de se tromper, de trouver des excuses irrationnelles.

Pâle comme la mort, Natalia le fixe des yeux.

— Elle n'a pas sa place dans cette entreprise !

La voix de Gustaf fait trembler les fenêtres.

— Je n'envisage aucun autre De la Grip, répond David froidement. D'ailleurs, vous n'avez aucune autorité en la matière. Je vous fais une fleur.

— Une fleur ? s'écrie Gustaf. Il faudra me passer sur le corps ! D'ailleurs, elle n'est pas une De la Grip. Vous allez être la risée du pays avec votre conseil d'administration plein de gonzesses, de nègres et d'Arabes.

— Gustaf, ça suffit, merde à la fin, intervient Åsa, d'un air las.

David se tourne vers Natalia. Il ne pensait pas que ce fût possible, mais elle est encore plus livide que tout à l'heure. Ses yeux sont brillants et ses traits crispés sont agités de secousses. Il ne l'a jamais vue pleurer, mais à présent les larmes sont proches.

— Dehors ! murmure-t-il.

— Tu n'as pas…, commence Gustaf, toujours irrité.

— Je ne veux plus vous entendre, rugit David.

Il jette un coup d'œil autour de lui.

— Dehors ! Tout le monde !

Les juristes et les comptables sont déjà en train de se lever. Visiblement soulagés, ils rassemblent leurs papiers et leurs serviettes. Rima Campbell prend son téléphone et son iPad.

Alexander se met debout.

— Viens, papa, dit-il d'un ton calme, mais autoritaire, tu en as déjà trop dit.

Michel se dirige aussi vers la sortie et encourage les autres à le suivre. Les portes s'ouvrent et, sous le regard

assassin de Tom Lexington, tout le monde se hâte au-
dehors. Ils disparaissent l'un après l'autre. Åsa passe à
côté de Michel, le frôle. Ils se dévisagent pendant un
court instant – la tension entre eux est palpable – avant
qu'Åsa ne s'échappe par la porte.

Natalia aussi s'est levée.

Elle évite le regard de David tandis qu'elle saisit maladroitement son sac à main. Elle pousse la chaise et se
prépare à sortir.

— Pas toi, Natalia, dit David calmement.

Elle lui lance un coup d'œil interrogateur et il secoue
la tête en réponse.

— Toi, tu restes.

60

Quelle journée interminable ! songe Natalia. Il lui semble que c'est la journée la plus longue de sa vie. Et elle n'est pas encore finie.

Elle observe David tandis qu'il vide la pièce, efficace et dictatorial.

Alors que les derniers participants s'en vont, elle rassemble ses esprits et elle est presque calme lorsque la porte se ferme. David pivote vers elle et la regarde fixement.

— Qu'est-ce qu'il voulait dire par là ?

— Ah, c'est de *ça* que tu veux parler, dit-elle froidement, essayant de contenir son agacement.

Il a géré le cas Gustaf de manière impressionnante, elle est obligée de l'admettre bien qu'à contrecœur, mais il n'a aucun droit de lui poser des questions. Elle lève un sourcil.

— Tu crois que je te dois des explications ?

Il ouvre la bouche avant de la refermer aussitôt. Il s'assied en face d'elle de sorte qu'elle a une parfaite vision d'ensemble de cet homme. Grand, sûr de lui, dominateur. Elle connaît à présent sa façon de travailler : en exerçant une emprise sur les autres.

Il pose une main sur la table et la contemple. On dirait qu'il cherche comment s'y prendre avec elle.

Bon courage.

Non, elle ne compte pas lui faciliter la tâche.

Il se penche en avant sur la table et Natalia manque de sursauter. Elle est plus stressée qu'elle veut bien l'admettre. David ne fait que saisir une bouteille d'eau. Il l'ouvre, remplit un verre, se lève à moitié de sa chaise et le lui tend.

— Bois, dit-il.

Elle hausse à nouveau un sourcil. On dirait qu'il cherche à l'irriter !

— Tu es toute blanche, explique-t-il. La journée a été pénible. Bois un peu d'eau.

Elle se sent comme un enfant capricieux, mais elle refuse.

Il secoue la tête, pose le verre devant elle et se rassied.

— Je ne suis pas ton ennemi. Tu as toujours voulu travailler pour Investum, plus que tout au monde, poursuit-il de sa voix grave et convaincante.

C'est une voix qui inspire à ce point confiance qu'elle est à deux doigts de s'avancer vers lui.

— Pourquoi ne pas accepter mon offre ?

Son étonnement semble sincère, comme s'il ne comprenait pas qu'elle puisse être réticente à travailler avec lui – *pour* lui.

— C'est à cause de moi ?

— Euh... oui.

— Je suis sûr qu'on est capables de se comporter de manière professionnelle.

Natalia se contente de secouer la tête. Il a l'air franc et elle ne sait pas si c'est de la naïveté ou de la bêtise. Peu importe, collaborer avec David est inimaginable. Impossible.

Elle se demande jusqu'où elle s'est trompée sur son compte. Est-ce son *modus operandi* ? Il couche avec les femmes qui détiennent un rôle clé, puis leur propose un emploi, peut-être comme lot de consolation.

Leur investissement émotionnel dans cette histoire a été si différent, songe-t-elle, gênée. C'est désagréable et extrêmement embarrassant. Jamais de sa vie elle ne pourrait travailler avec lui ! C'est déjà difficile d'être dans la même pièce, avec son regard pénétrant braqué sur elle.

Elle s'efforce de rester immobile, de ne pas bouger un seul muscle.

— Que voulait dire Gustaf lorsqu'il a hurlé que tu n'étais pas une De la Grip ? Je ne comprends pas.

Bah, elle peut bien lui raconter, qu'est-ce que ça change ?

— Gustaf n'est pas mon père biologique. Je l'ai appris très récemment. Et maintenant... Maintenant ça a des conséquences.

David l'observe longuement et Natalia doit se dominer pour ne pas se mettre à remuer sur sa chaise. Elle regrette d'avoir joué la fille détachée avec l'eau, tout à l'heure. Elle meurt de soif. Elle s'empare nonchalamment du verre et le porte à ses lèvres.

— Je suis désolé, Natalia. Je ne savais pas...

— Ne dis pas de bêtises, répond-elle d'un ton trop enjoué.

Le verre a laissé une marque circulaire sur la table brillante et Natalia s'efforce de le reposer exactement au même endroit. Elle ajuste sa voix, reprend le ton froid qu'elle tient désespérément à garder. De retour à la maison, elle s'autorisera à craquer, mais pour l'instant, hors de question.

— Ce n'est pas de ta faute, reprend-elle.

— Qu'est-ce qui va se passer ? Avec, tu sais, avec... ?

David se tait et fait un geste vague avec la main.

Natalia esquisse un sourire oblique.

— Avec tout ? Je n'en ai aucune idée. J'ai encore du mal à réaliser. Mais même si tu n'avais pas repris

Investum, je n'aurais jamais eu un avenir dans l'entreprise, Gustaf me l'a fait comprendre très clairement, et l'a fait comprendre à tout le monde – comme tu l'as entendu.

Elle se demande si son père est en train de tout révéler à Alex. Elle frissonne, mais se redresse sur sa chaise. Sans doute en ont-ils bientôt fini.

— Je suis désolé, répète-t-il.

— Merci, dit-elle, pourtant persuadée que David se moque de ses relations familiales.

Elle va sans doute devoir changer de nom de famille, elle sera rayée de l'annuaire de la noblesse, perdra quelques amis.

Mais à part cela... La vie continue.

Elle hausse les épaules.

— Je ne suis pas à plaindre. Je n'aurai pas de mal à retrouver un emploi.

Il la regarde, étonné.

Ah, c'est vrai, il n'est pas au courant.

— Je suis partie de la banque. Je me suis fait virer, plus exactement. Parce que mon affaire est tombée à l'eau.

Et parce que je n'ai pas eu la force d'aller bosser lorsque tu m'as brisé le cœur.

— Je ne le savais pas. Mais pourquoi ne veux-tu pas travailler pour Investum ? La proposition est sérieuse.

Elle soupire.

— David, je ne peux pas imaginer travailler pour toi, dans une de tes entreprises. C'est sincèrement impossible.

Comment diable peuvent-ils avoir une vision si différente ?

— Tu as raison, finit-il par concéder à voix basse.

Ils restent silencieux. Elle aimerait ajouter quelque chose, mais ne trouve pas les mots. Bizarrement, elle n'est plus en colère. Elle se sent vide, c'est tout. Elle avale une gorgée d'eau.

— David ?

— Oui ?

— Puisqu'on parle de pères... Je peux te poser une question ?

Un pâle sourire se dessine sur le visage de David et elle retrouve dans ses petites rides au coin des yeux et son regard pétillant l'homme dont elle est tombée amoureuse.

— Bien sûr.

— Carl-Erik Tessin, c'est ton père ?

Il la considère longtemps. Il est surpris, elle le remarque et s'en réjouit. Il est si sûr de lui, si posé, qu'elle est contente de le secouer un peu. Pour une fois, c'est elle qui a le dessus. En outre, sa curiosité est sincère.

— Comment as-tu deviné ?

— Vous vous ressemblez.

Cet homme discret venu de Scanie lui a tout de suite plu. De surcroît, selon Wikipédia, Carl et Erik sont les deuxième et troisième prénoms de David. Une fois que ce soupçon l'a effleurée, la déduction a été facile.

— Il est aussi le père de Carolina ?

— Oui, il est notre père biologique à tous les deux.

— Alors il n'est pas mort, comme tu me l'avais fait croire, constate-t-elle, ne pouvant s'en empêcher.

— Manifestement non.

— Vous vous entendez bien ? l'interroge Natalia.

En y réfléchissant, l'inversion des rôles est presque comique : le père de David est un comte tandis que le sien n'est probablement pas noble. Elle voit son visage s'assombrir. Il ne semble pas apprécier l'humour de la situation.

— Si je m'entends bien avec un aristocrate marié qui a mis ma mère enceinte et qui l'a laissée se démerder

toute seule avec deux enfants ? Non, je ne peux pas dire
que je le porte dans mon cœur.

— Tu devrais lui parler, répond Natalia, et peu
importe si elle se mêle de ce qui ne la regarde pas.

Elle trouve que Carl-Erik avait l'air gentil.

— Si tu le dis, tranche-t-il.

— Enfin, c'est vrai que je ne suis pas experte en relations, ajoute-t-elle en souriant de son euphémisme. Je
peux bien sûr me tromper.

Un sourire éclaire le visage maussade de David et elle
se réjouit d'être encore capable de provoquer en lui
cette réaction.

— C'est quelqu'un de mauvais ?

— Je ne sais pas. Je préfère ne pas en parler.

— Je comprends.

— Merci.

Ils se regardent dans les yeux un long moment.

— Excuse-moi pour la gifle, reprend Natalia à voix
basse.

C'est quelque chose qu'elle voulait lui dire.

— C'est moi qui devrais m'excuser. Je l'ai méritée.

Elle devrait apprécier son pardon, mais l'idée d'un
homme qui s'excuse de l'avoir embrassée lui semble
tout à coup déprimante. Elle se demande ce que David
ressent *vraiment* pour elle. Il l'a embrassée vendredi
dernier, mais c'était une démonstration de force qu'il
regrette à présent.

Aujourd'hui, il lui propose un poste. Ressent-il de
l'amitié pour elle ? Quelque chose d'autre ? Si seulement
elle osait lui poser la question… mais elle a trop peur de
la réponse. Peut-être sont-ils condamnés à cela – à se
blesser l'un l'autre et à se demander pardon. Encore et
encore. Il serait préférable qu'ils ne se voient plus.

Elle détourne les yeux. C'est un peu plus compliqué
que ça. Il faudra bien qu'elle lui dise. Certaines choses,
en tout cas. C'est ce qu'il faut faire, non ? Révéler à un

homme avec qui elle a couché que *oups, en fait je ne suis pas du tout stérile, mais bel et bien enceinte, et oui je compte le garder.* Car elle a décidé d'avoir cet enfant. Elle le sait depuis le début. Rien ni personne ne pourra lui faire interrompre cette grossesse. C'est *son* enfant et elle se battra pour lui comme une tigresse. Son enfant et celui de David, bien sûr, se dit-elle. Il a beau prétendre ne pas vouloir d'enfants, il a contribué à la création de celui-ci au même titre qu'elle.

Du doigt, elle dessine un cercle sur la table. Bientôt, dans une semaine, un mois peut-être, elle trouvera le courage de lui avouer.

Pour l'amour de Dieu, dis-le-lui maintenant ! se motive-t-elle. Allez, vite fait bien fait ! Comme pour les pansements. *Je suis enceinte,* vas-y !

— David, il y a quelque chose que je..., commence-t-elle.

Et exactement au même moment il reprend :

— Natalia, je me pose une question...

Et, en même temps, on frappe à la porte. Ils se taisent tous les deux, gênés.

Ou peut-être soulagés.

Malin Theselius passe la tête dans l'embrasure. Elle a l'air stressée et est en sueur.

— Désolée de vous déranger, s'excuse-t-elle, un tas de papiers dans les bras.

Elle fait un signe de tête à Natalia puis se tourne vers David.

— Tu viens. Les administrateurs t'attendent. Je suis navrée..., ajoute-t-elle en jetant un coup d'œil embarrassé à Natalia, mais elle ne bouge pas.

— J'arrive, Malin, répond David en se levant. Natalia, je suis désolé.

Il défroisse son costume et glisse une main dans ses cheveux. Le David privé disparaît, remplacé par le chef d'entreprise.

Natalia bondit sur ses pieds.

— Aucun problème. Je dois y aller. Je ne voulais pas te retenir.

— Tu as commencé à dire quelque chose…

— Ce n'était rien. J'y vais, je te laisse continuer tes affaires.

— Merci, répond-il.

Malin les regarde tour à tour et un silence embarrassé s'installe.

— Au revoir, dit-elle enfin.

David s'avance vers elle. Natalia sent son corps se glacer, mais elle esquisse un large sourire et prie pour que ses véritables sentiments ne transparaissent pas. Elle a simplement envie de pleurer. David s'arrête dans son mouvement. L'atmosphère est explosive. Natalia toussote et sourit à nouveau, un rictus détaché et efficace, du moins, elle l'espère. Elle tend la main le plus vite possible pour qu'il ne lui vienne pas à l'idée de lui donner une accolade. Car là, elle s'effondrerait sans aucun doute et elle n'en a pas envie. Elle s'est déjà suffisamment effondrée pour une vie entière.

Elle voit une lueur dans ses beaux yeux gris-bleu. Il avance la main, lui aussi.

Et ils se serrent la main, comme deux collègues qui se séparent, peut-être pour toujours.

Une poignée blasée, impersonnelle, définitive.

Elle a l'impression qu'elle est en train de mourir dans cette salle de conférences.

Elle lâche sa main, sent peser sur elle le regard de Malin Theselius.

Retourne-toi et pars, Natalia.

Maintenant.

Elle n'a pas d'autre choix. Elle doit ordonner à son corps de faire ce qui est juste, raisonnable, ce qu'on attend d'elle. David et Malin l'observent, sans doute impatients de se remettre au travail.

Alors Natalia s'en va.

Sur ses hauts talons et avec toute la dignité qu'elle a pu rassembler, elle quitte la pièce et la vie de David Hammar.

Adieu, pense-t-elle. La porte claque derrière elle.

Adieu.

61

Le centre de conférences est toujours aussi bondé. Des centaines de personnes se pressent à présent pour s'en échapper. Les files s'allongent. On se bouscule. Carl-Erik Tessin tente de s'orienter dans la marée humaine. Un peu plus loin, il voit une porte s'ouvrir : Natalia De la Grip apparaît et passe devant lui en coup de vent, le visage fermé. Lorsqu'il a rencontré la jeune femme pour la première fois, à Båstad, elle lui a immédiatement plu, chose inattendue au regard de sa famille.

Elle n'est autre que la fille de Gustaf et la sœur de Peter : deux hommes qu'il a toutes les raisons du monde de détester.

Enfin, Carl-Erik aperçoit Gustaf De la Grip. Il surplombe la multitude, tel un oiseau de proie ou un vautour, avec ses traits aiguisés et son regard froid.

Carl-Erik avance d'un pas et se fige.

C'est le moment.

Le moment de régler ses comptes avec le passé. Il *doit* oser. C'est maintenant ou jamais, se répète-t-il, comme un mantra.

— Gustaf ! l'interpelle-t-il d'une voix qui porte étonnamment bien.

Gustaf fait volte-face, balaie la foule des yeux. Carl-Erik se fige, mais hors de question qu'il se défile. Gustaf le toise. Carl-Erik s'approche en essayant de ne pas trop s'aider de sa canne, de ne pas montrer ses faiblesses.

— C'est à moi que tu parles ? le rabroue Gustaf, une fois qu'ils se font face.

Carl-Erik tâche de calmer sa respiration, mais il n'est pas serein. Gustaf a toujours su, d'un seul regard, le terrifier. Bien que plus de cinquante ans se soient écoulés depuis Skogbacka, qu'ils soient maintenant de vieux hommes, les souvenirs restent gravés dans son corps et son âme.

Carl-Erik a été placé à l'internat dès l'âge de dix ans. Ses parents, partisans d'une éducation autoritaire, l'y ont envoyé alors même qu'il tremblait de peur. Il pleurait toutes les nuits, voulait rentrer chez lui. Le jour, tout l'angoissait : les professeurs, le personnel, les autres enfants. Il s'est fait battre et rosser, et Gustaf De la Grip était son pire bourreau. Aujourd'hui, les journaux dénoncent le harcèlement et le bizutage dans les internats ; mais ce n'est que la partie visible de l'iceberg. Tous ceux qui ont fréquenté l'internat le savent… La main de Carl-Erik se crispe sur sa canne.

— Oui, j'ai à te parler, de David.

Gustaf renâcle et Carl-Erik doit se faire violence pour ne pas endosser à nouveau le rôle de la victime. C'est un homme qui a horreur des conflits. Il a parfois l'impression d'avoir eu peur toute sa vie. D'abord de ses parents, puis de Gustaf, et de ses camarades de classe. Il y a eu ensuite son épouse. Et enfin – comme si le passé se répétait, comme dans un cauchemar – à nouveau Gustaf.

Il se souvient encore aujourd'hui de l'appel qu'il a reçu il y a près de dix-sept ans – dix-sept ans exactement le 13 décembre prochain. Il n'a jamais oublié cette date. D'ailleurs, il déteste la fête de la Sainte-Lucie depuis cette année funeste. Ce soir-là, Helena lui a téléphoné, paniquée. Cela faisait plusieurs années qu'ils ne se parlaient plus : Helena refusait de le voir depuis qu'elle avait compris qu'il ne quitterait jamais sa femme, et avait interdit à Carl-Erik de contacter David et Carolina. Il leur a bien envoyé des lettres, mais elles sont restées sans réponse. Les années suivantes avaient été lugubres, moroses, solitaires, mais il s'était résigné, comme il l'a fait toute sa vie.

Puis, un soir, très tard, ce coup de fil d'Helena. Sa voix était affolée et elle trébuchait sur les mots en lui racontant le viol de Carolina, l'agression de David et les menaces qui pesaient à présent sur les trois. Elle devait être au comble du désespoir pour lui téléphoner, il s'en rend compte aujourd'hui. Elle l'avait puni en refusant de répondre à ses appels pendant de longues années, mais s'est tournée vers lui lorsque ses enfants étaient menacés. Helena était une femme fière – David a hérité cela d'elle, songe Carl-Erik – et cette conversation avait dû lui demander un véritable effort. Il avait pris cet appel, le cœur battant, en plein dîner avec des comtes, des barons et les parents de son épouse. Il a répondu lorsque la mère de ses deux enfants illégitimes, la seule femme qu'il ait jamais aimée, l'a appelé pour lui demander de l'aide.

Et il a fait une chose dont il a honte encore aujourd'hui : il l'a abandonnée. Bien sûr, il a financé le traitement de Carolina, quelques courtes années. Mais pour le reste, sa trahison a été totale.

C'en est fini, songe-t-il, se redressant et affrontant le regard de Gustaf. Plus jamais ça.

— J'ai à te parler.

— Ah oui ? Qu'est-ce qui te fait croire que j'ai envie de t'écouter ? répond Gustaf d'un ton narquois.

— Ce sont mes enfants.

— Qu'est-ce que tu racontes ?

— David et Carolina sont mes enfants, répète Carl-Erik d'une voix qui ne tremble pas. Je suis leur père.

Pendant toutes ces années, Carolina et David ont dû payer le prix de sa lâcheté et tous les deux ont subi des violences inhumaines. Pourtant, ils s'en sont si bien sortis. Carl-Erik est fier d'eux, et la moindre des choses, c'est qu'il mène un combat tardif contre Gustaf, qu'il essaie de réparer ses erreurs.

— Tout ça... tu l'as bien cherché, poursuit-il.

— Comment ça ? Tu te fous de moi ?

— David est mon fils. Ce que toi, Peter et le directeur de l'internat lui avez infligé... et à sa sœur... Un jour ou l'autre, il faut prendre ses responsabilités.

Gustaf fait un pas vers Carl-Erik.

— Ferme-la, connard.

Toute sa vie Carl-Erik a préféré être conciliant, reculer devant les difficultés. Il a toujours cru que cela faisait de lui quelqu'un de bien alors qu'il n'était qu'un pleutre. Quand il pense à la manière dont David, son fils, a lutté, là, dans la salle de conférences, Carl-Erik se redresse.

— Ne te méprends pas, je sais pourquoi David fait ce qu'il fait. Et je suis de tout cœur avec lui.

Gustaf plisse les yeux.

— De quoi parles-tu ?

— Je vais faire en sorte qu'il reçoive tout l'appui dont il a besoin. Je n'accepterai pas que tu t'attaques encore une fois à lui.

En un sens, Carl-Erik se rend bien compte que David peut se passer de son soutien. Son fils a une force que lui n'a jamais eue. Carl-Erik a néanmoins une certaine influence, notamment dans les cercles que fréquente Gustaf.

— C'est une menace ? Tu es en train de me menacer ?

Gustaf fait encore un pas vers lui mais, pour la première fois de sa vie, Carl-Erik ne recule pas. Il ne peut changer le passé, il devra vivre avec pour toujours, mais il peut se battre pour l'avenir. Un avenir pour *tous* ses enfants.

Carl-Erik lui décoche un regard assassin.

— Ce n'est pas une menace, c'est une information.

Carl-Erik le dévisage.

Et, pour la première fois, ce n'est pas lui qui détourne les yeux.

C'est une petite victoire, mais bon sang que ça fait du bien !

62

Vendredi 1er août

David court en arrière sur la pelouse sans lâcher le ballon du regard. Les cris retentissent sur ce simple terrain de football de banlieue.

— Par ici !

— Fais la passe !

— Ouais, vas-y !

Michel, qui se donne à fond dans ce match, passe la balle à un adolescent dégingandé qui dribble rapidement en direction des cages adverses. Michel accélère, détachant des mottes de gazon de ses crampons, crie et gesticule, au moins aussi enthousiasmé que les autres joueurs. Des jeunes de toutes tailles, de toutes corpulences et aux tenues dépareillées cavalent bruyamment derrière lui.

Son associé aurait pu devenir un excellent footballeur, songe David tout en suivant le match d'un œil aiguisé. Il est costaud mais agile, et il a un talent inné du ballon, comme un professionnel. Si sa famille n'avait pas insisté pour qu'il fasse des études, il aurait pu facilement intégrer une équipe de haut niveau. David n'est pas trop mauvais non plus, mais aujourd'hui il se contente d'arbitrer le match qui clôt leur entraînement.

Ils viennent ici une fois par semaine, toute l'année, et cela lui plaît vraiment – les jeunes, leur passion pour le football, l'esprit de compétition. Il a horreur de la plupart des sports de riches – le golf, la chasse et la voile. Il lui arrive cependant de faire du ski et il se défend au tennis, sans particulièrement s'investir. Il aime surtout venir ici avec Michel et jouer au football avec « leurs » jeunes, loin du quartier des affaires, de la place Stureplan et du monde de la finance. Ici, il n'y a que David et Michel, et leur valeur est déterminée par leur maîtrise de la balle.

Après le match, on rassemble les ballons et les plots, on discute. David et Michel demandent aux garçons des nouvelles de leurs parents, frères et sœurs, cousins, petites amies, et leur font de grands signes des mains lorsqu'ils s'éloignent en vélo vers leur cité.

— Lui, c'est un rebelle, dit Michel en montrant un garçon à l'air renfrogné en train d'insulter son petit frère. Il vole. Il se bat.

— Il est jeune, objecte David, conciliant.

Il l'aime bien, ce gosse. Il sait qu'il se fait cogner dessus à la maison et espère qu'il s'en sortira. Il aimerait pouvoir en faire davantage. Et s'ils lançaient un programme de mentorat…

— C'est une excuse pour se comporter comme une enflure, d'être jeune et con ?

Michel récupère une balle en dribblant et la range dans le sac de toile.

— Peut-être pas une excuse… Mais c'est compréhensible. Des erreurs de jeunesse, tout le monde en fait.

— Des erreurs, tu parles ! grogne Michel en ramassant le dernier ballon pour le jeter à son ami. Plutôt une série de conneries monumentales.

— Toi, tu n'as jamais fait de conneries quand tu étais petit ?

Michel secoue la tête, amer.

— Pas autant que j'aurais voulu.

— Bah, ce n'est qu'un ado, insiste David, qui ne comprend pas bien pourquoi Michel s'emporte ainsi.

Il ramasse un cône.

— Laisse-lui une chance. On ne peut pas condamner un gars si jeune parce qu'il fait quelques bêtises ! Regarde-le, il joue au dur, mais il n'est encore presque qu'un enfant.

— Tu veux dire qu'on peut changer ?

— Les jeunes font des faux pas, c'est vrai, mais on ne va pas leur en tenir rigueur toute leur vie. On doit pouvoir les pardonner. Pourquoi tu prends ça à cœur ?

D'un violent coup de pied, Michel passe un autre ballon à David, accompagnant ce geste d'un regard noir.

— T'es complètement idiot ou quoi ?

David attrape la balle.

— De quoi tu parles ?

Michel secoue la tête et lui tend une bouteille d'eau.

— Laisse tomber, il y a certaines choses que tu dois tirer au clair tout seul, dit-il en se dirigeant vers leurs voitures.

Michel sort ses clés et déverrouille les portes avec un clic discret. David examine les carrosseries chromées de sa Bentley bleu ciel et de la BMW menaçante de Michel, symboles de leur réussite. Ici, sur le parking de la cité, leurs véhicules de luxe détonnent comme des stars de Hollywood dans un dépotoir. C'est un miracle qu'ils soient encore là, sans une égratignure.

— Je me casse, annonce Michel en ouvrant la porte pour y jeter son sac de sport et les ballons.

David ne demande pas à son ami où il va – Michel lui a signalé qu'il ne veut pas parler de sa relation avec Åsa – mais, vu son empressement, il y a fort à parier qu'il a rendez-vous avec elle.

Pour une raison mystérieuse, cela l'irrite énormément.

Quelques minutes plus tard, David s'engage sur l'autoroute.

L'entraînement de football lui permet en général de se changer les idées, mais pas aujourd'hui. Il meurt de chaud et il est d'humeur massacrante.

Il jette un coup d'œil à sa montre et décide de rentrer chez lui. De toute façon, à dix-neuf heures trente un vendredi soir, il ne trouvera plus personne au bureau. Même Malin est partie dans l'après-midi et l'a informé qu'elle ne voulait pas être dérangée, sauf question de vie ou de mort. Et encore...

Au cours de la semaine écoulée, les prises de bec ont été nombreuses entre Michel et lui, et la tension est palpable. David n'en comprend pas bien les raisons. Est-ce à cause du travail autour d'Investum, plus harassant qu'ils ne voudraient le reconnaître ? Ou à cause de la relation entre Michel et Åsa ?

Ce ne sont que des suppositions.

Quant à Rima Campbell, c'est une perle rare. Compétente, elle dirige déjà l'entreprise d'une main de fer et n'a plus besoin de Hammar Capital pour la gestion des affaires courantes. Cela les dérange peut-être inconsciemment ?

Il y a autre chose, David le sait bien.

Filant à toute allure, il se replonge dans des pensées qui l'ont dérangé toute la semaine.

Des réflexions autour de la vengeance.

C'est étrange, mais il ne s'est jamais considéré comme quelqu'un de particulièrement vindicatif. Dur et déterminé, oui. Obsédé par la vengeance, non.

Certaines personnes émettraient des objections, sans doute.

Notamment Natalia.

Il prend la sortie « quartier des affaires » et continue en direction de Kungsholmen, vers chez lui. Il fait chaud et l'air est humide comme souvent à la fin de l'été. Profitant des dernières semaines ensoleillées, les flâneurs se pressent sur la promenade du Norr Mälarstrand, le long de l'eau.

David se gare, verrouille sa voiture, entre dans son immeuble et prend l'ascenseur jusqu'à chez lui. Il jette ses clés et son sac, sort une bière du réfrigérateur et monte à sa terrasse.

Il boit à la bouteille, contemplant la vue sur les toits et le ciel. Il fait jour et les nuits sont encore douces, mais l'automne commence à se faire sentir – bien que personne ne veuille encore le reconnaître.

La presse a enfin cessé de le harceler, lui, « le financier des temps modernes », un homme « paritaire, visionnaire, perspicace ».

Il soupire. *Perspicace ?* Vraiment ?

Il observe la ville.

Il a *serré la main* de Natalia lorsqu'ils se sont séparés lundi dernier. C'est sans doute la chose la plus stupide qu'il ait jamais faite. Serrer la main de la femme qu'il aime et la laisser sortir de sa vie.

Ils ne se sont pas recontactés depuis.

Naturellement. Pourquoi l'auraient-ils fait ?

La nuit, il reste éveillé en se demandant à quoi elle occupe son temps. L'été n'est pas encore fini, elle a sans doute pris une semaine de vacances pour panser ses blessures. Elle en a bien besoin. Peut-être passe-t-elle du bon temps avec un jeune homme comme il faut qui la traite non moins qu'elle le mérite. Possible qu'elle soit avec Jonas Jägerhed, qui a l'air ennuyeux comme la mort mais parfaitement à son aise dans la haute société.

David tente de contrôler ce sentiment qui l'envahit telle une vague nausée lorsqu'il imagine Natalia avec un autre homme. Pourtant, n'est-ce pas ce qu'elle mérite ? Un homme qui la traite comme une princesse, et non un traître qui détruit son empire familial, la pousse à avouer qu'elle a été reniée par son père et, pour couronner le tout, contribue indirectement à son licenciement.

Il inspire à nouveau, plus profondément.

Il aurait pu l'appeler. Mais que lui dire ? Elle a toutes les raisons du monde de le détester. Ce qu'il lui a fait cet été...

Il porte en lui cette colère depuis si longtemps. Pour lui, ce sentiment était une évidence. Il a toujours pensé qu'il n'y avait qu'une seule manière de le gérer. Mais tout est beaucoup plus compliqué, bien entendu.

Il se penche contre la balustrade, suit des yeux les faîtes des toits, au loin.

Au cours de ces années, lorsqu'il s'est trouvé face à des questionnements, qu'il a dû choisir la voie à emprunter, il n'a jamais hésité. La vengeance lui a de tout temps semblé le chemin le plus juste, et cela lui a toujours donné satisfaction. Or, pour la première fois, les événements de la semaine passée l'ont fait vaciller. Se serait-il trompé quelque part en route ?

Il médite sur cette question, les yeux au ciel.

Il y a une phrase qui tourne dans sa tête. Une phrase que Michel a prononcée. De quoi s'agissait-il déjà ?

Il attrape son téléphone et appelle.

— Quoi ? répond Michel d'un ton sec.

— J'ai réfléchi à ce que tu m'as dit... Si Carolina est capable de faire une croix sur le passé, je devrais pouvoir le faire aussi, non ? C'est ce que tu voulais dire, tout à l'heure, quand on parlait des erreurs de jeunesse ? Ce qui a eu lieu à Skogbacka est bien plus grave que « des erreurs de jeunesse », mais il faut quand même aller de l'avant. Peut-être pas pardonner, mais essayer de comprendre ?

Il se tait.

Les pensées virevoltent si rapidement qu'il ne les suit plus. Ils étaient si jeunes à l'internat, lui, Peter et les autres. Oui, les persécutions étaient d'une rare violence, les humiliations, le harcèlement, les brimades atroces – des comportements de bêtes. Mais dans ce genre d'école, les agressions sont monnaie courante, presque attendues. C'est inhumain, mais est-ce impardonnable ?

Peut-on pardonner de telles offenses ?

Doit-on pardonner ?

Le pardon comme impératif, il n'y croit pas, il trouve que chacun devrait décider s'il souhaite ou non pardonner. Mais aurait-il choisi un comportement qui le force à demeurer dans le passé ? Est-ce ainsi qu'il veut vivre ?

— Allô ? Michel ? Tu es encore là ?

La respiration de Michel est lourde, comme étouffée.

— David, il faut que je raccroche, je croyais que c'était important. Je suis très très occupé.

David repose son téléphone, les yeux perdus dans le vague. Toutes ces phrases creuses qu'il a entendues sur la vengeance – il a toujours pensé qu'il s'agissait d'inanités – tournent dans sa tête.

Ce qui s'est passé du temps de Skogbacka : les sévices, le viol de Carolina... Il n'a pas de mots pour décrire cette souffrance. C'est tout simplement la pire des choses qui lui soient arrivées. Le souvenir de Carolina lorsqu'ils l'ont trouvée. Et la certitude qu'il s'agissait de représailles parce que David refusait de leur céder. La haine a défini sa vie. Il est devenu un vengeur. C'est ce qui l'a construit, a fait de lui ce qu'il est aujourd'hui. Et, pour la première fois, il n'apprécie plus ce qu'il est : un homme qui a détruit la femme qu'il aime.

Il se passe une main sur le visage en se posant des questions. Aller chercher une autre bière ? Prendre une douche, lire un livre ? Agir, bordel ! Mais il reste là, immobile.

Carolina est parvenue à tourner la page. Pas lui.

Elle a été en colère contre lui toute la semaine. C'est la première fois qu'elle lui en veut. Elle l'a froidement félicité pour l'OPA, puis l'a remis à sa place, lui balançant à la figure qu'elle en avait assez d'être la personne qu'il cherchait à venger et qu'il pouvait aller se faire voir avec son obsession de toujours tout contrôler. Elle a refusé de parler de Peter De la Grip et elle est partie prendre un café avec Carl-Erik avant de rentrer au Danemark retrouver son *petit ami.*

Après tout, elle a raison. Il n'y avait jamais pensé : pour elle, le fait qu'il ne parvienne pas à faire une croix sur le passé est un fardeau. C'est fini maintenant. Il va cesser de tout contrôler, cesser de vivre la vie de Caro par procuration.

Curieusement, c'est à la fois douloureux et libérateur de ne plus se sentir responsable d'une autre personne. Il aurait dû le comprendre bien plus tôt, Carolina le répète depuis longtemps – qu'elle est adulte.

Il contemple à nouveau le paysage.

Non, on ne peut vraiment pas dire qu'il soit perspicace.

Depuis la discussion avec Peter, il y a une autre question qui le taraude : l'offensive contre Investum aurait-elle encore une autre signification ?

Il ressent un pincement douloureux.

Aussi étrange que cela puisse paraître, il s'est reconnu dans Peter, dans sa lutte pour obtenir la reconnaissance de son père... Cette soif de revanche n'avait-elle pas comme cause cachée l'envie de prouver sa valeur à son père biologique ? Comment se fait-il qu'il n'en ait jamais pris conscience ? Lorsqu'il a assisté au combat intérieur que menait Peter, il a immédiatement compris qu'il faisait de même.

Il est si las de vivre dans le passé. Il est épuisé d'être mû par ses vieux démons. Carolina a raison, Natalia aussi : la vengeance ne mène à rien. En tout cas, pas sur

le long terme. Le triomphe et le soulagement des premiers instants sont vite remplacés par le vide. Si Carolina
peut tourner la page, il devrait en être capable, lui aussi.
Regarder vers l'avant, cesser de rester bloqué dans le
passé, devenir un homme meilleur, trouver un autre sens
à sa vie.

Et s'il était capable de lâcher prise...

David prend une longue inspiration tremblante.

S'il était capable de faire table rase du passé, s'il
pouvait... sans toutefois *pardonner*, au moins comprendre. S'il parvenait – et c'est peut-être plus crucial
encore – à *se* pardonner et à se réconcilier avec l'adolescent qu'il était, alors...

David se redresse, les mains sur la rambarde.

S'il pouvait faire tout ça...

Alors il pourrait tenter de reconquérir Natalia.

Soudain, tout s'éclaire. Il veut être avec Natalia. Pour
de bon. Pas juste un flirt, une aventure sans lendemain.
Il l'aime comme il n'a jamais aimé avant. La soif de vengeance a tout englouti, il n'y avait pas de place pour
l'autre, et il s'est retrouvé seul, même s'il n'a jamais
souffert de la solitude. Puis, lorsque Natalia est entrée
dans sa vie, il lui a semblé découvrir une nouvelle
dimension de l'existence. Il veut qu'elle soit à lui, et
qu'elle veuille qu'il soit à elle. Pour de vrai. Son homme.
Son mari.

Il tend le bras, saisit son téléphone et rappelle Michel.

— Quoi encore ?

— Je n'oublierai sans doute jamais ce qui s'est passé,
dit David, se laissant envahir par une sensation toute
nouvelle.

Natalia ne va pas lui rendre les choses faciles. Il l'a
blessée à maintes reprises, l'a trahie.

— Mais j'accepte que ça ait eu lieu, continue-t-il lentement. J'ai encore du mal à le concevoir, mais je vais

tirer un trait sur ce qui s'est passé à Skogbacka. Si Carolina en est capable, moi aussi.

— David ?

— Oui ?

David a envie de rire tant il se sent euphorique. Le moment est venu. Il va enfin devenir l'homme qu'il veut être.

— J'éteins mon téléphone, maintenant.

63

Dimanche 3 août

— Comment se fait-il que tu aies le temps de me voir aujourd'hui ? s'enquiert Natalia en chassant l'amertume de sa voix. Pourquoi n'es-tu pas avec Michel ?

La question est fondée. Åsa a passé toutes les soirées de la semaine avec son amant/petit ami. Ce n'est pas qu'Åsa et elle avaient l'habitude de se voir jour et nuit, mais sa copine est presque devenue invisible depuis le conseil d'administration lundi dernier. Natalia n'a jamais eu beaucoup d'amis et leur nombre a été décimé depuis l'assaut contre Investum. Elle n'ose même pas songer à ce qui arrivera quand le scandale de ses origines obscures éclatera au grand jour. L'aristocratie n'est pas connue pour sympathiser avec des filles adultérines reniées par leur père.

En résumé, elle se sent seule.

— Michel devait déjeuner avec sa famille.

Sur la table il y a de l'eau minérale pour Natalia et du vin pour Åsa. Elle prend la bouteille de chardonnay embuée dans le seau à glace et remplit son verre avant qu'un serveur n'ait eu le temps d'arriver à la table.

— Apparemment, il fait ça tous les dimanches, poursuit-elle. Mais je ne suis pas du tout prête à rencontrer sa mère, son père, ses sœurs. Et ses oncles et cousins.

Les yeux brillants à cause du vin, elle contemple Natalia.

— Je crois qu'il a au moins soixante-dix parents. En vie !

Elle passe le doigt sur son verre où des gouttelettes se sont formées et s'enfonce dans le fauteuil en rotin. Elle étire les jambes et fixe ses chaussures italiennes bleu électrique. Bien qu'Åsa soit pompette, c'est le moins qu'on puisse dire, Natalia ne l'a jamais vue aussi sexy.

— Franchement, qui a une si grande famille ? C'est presque du communisme.

Natalia sourit. Son amie a été seule pendant si longtemps. Une famille de soixante-dix personnes, c'est exactement ce dont elle a besoin, même si elle préférerait encore acheter des vêtements par correspondance que de l'admettre.

Natalia se renverse également en arrière, s'autorise à se détendre contre les épais coussins et le faux rotin brillant. Il a beau être tôt, la terrasse est déjà pleine de monde. Des touristes, des financiers en rendez-vous d'affaires et des personnes comme elle et Åsa qui papotent autour d'un verre de vin.

Ou d'eau, dans le cas de Natalia.

— Comment ça va ? demande Åsa.

Natalia hausse les épaules.

— Difficile à dire. J'imagine que ça peut aller. Ma grossesse se passe bien, le bébé est prévu pour mars.

— Et ta famille ?

— Je ne sais pas.

Par réflexe, elle porte la main à la gorge, mais se ravise aussitôt. Elle a retiré son collier de perles avec les armes de la famille.

— Ça fait bizarre…, dit-elle.

C'est comme si un morceau d'elle-même, la part De la Grip, était en train de s'effacer.

— J'ai l'impression que je ne sais plus qui je suis.

Elle pose une main sur son ventre, un geste qu'elle a pris l'habitude de faire et qui lui plaît. Ils sont deux, à présent. Elle et le tout petit fœtus à l'intérieur. Ça ne se voit pas encore, mais ses vêtements commencent à être trop serrés et la force de ce nouvel instinct maternel, qui arrive par vagues, la surprend chaque fois.

En un sens, elle est déjà devenue maman.

En revanche, sa mère à elle n'a pas donné signe de vie. Elles ont à peine échangé trois mots au conseil d'administration et, depuis, silence radio. Natalia a téléphoné, à maintes reprises, et elle ne voit pas ce qu'elle pourrait faire de plus. On ne peut pas forcer quelqu'un à nous aimer sans condition, même un parent. Ce n'est pas la première fois que sa mère la punit en cessant de lui parler. La question est de savoir si, cette fois, le rejet est temporaire ou définitif. Elle a du mal à concevoir que sa mère refuse de la revoir, de rencontrer son petit-fils ou sa petite-fille. C'est vrai qu'il y a beaucoup de choses qu'elle n'aurait pas pu imaginer... ce qui ne les a pas empêchées de se produire. Conclusion : on ne sait jamais.

Il y a longtemps – Natalia avait dix ans et Alex neuf –, leur mère était entrée dans une colère noire. La raison ? Natalia ne s'en souvient même pas. C'était l'été et leur mère avait quitté la maison dans un accès de furie. Leur père était absent, comme toujours, Peter aussi. Après un moment de panique, Natalia s'était calmée : du haut de ses dix ans, elle ne pouvait pas croire que leur mère ne reviendrait pas. Si elle ne le faisait pas pour sa fille, elle le ferait pour Alexander, le fils préféré. Mais Ebba n'était pas rentrée. Elle les avait laissés seuls toute la nuit. Natalia avait eu une peur bleue et Alex en était tombé malade. Elle se demande si c'est là qu'est né le sentiment de n'avoir aucune valeur, de ne pas être digne d'être aimée.

Leur mère est réapparue le lendemain matin. À ce moment-là, Natalia a compris que les besoins de leur mère devaient passer avant tout le reste. Cependant, Natalia n'aurait jamais cru que sa mère lui tournerait le dos alors qu'elle est enceinte. Elle ne l'en aurait pas crue capable. C'est curieux, elle aurait pourtant pu s'en douter.

Elle se demande si Alex se souvient de cet incident, de leur décision de n'appeler personne, de leur pacte tacite. Natalia s'était couchée dans le lit de son frère et l'avait consolé, bien qu'elle fût elle-même paniquée. Étrange que cet épisode ne lui revienne en mémoire que maintenant. Sa mère lui manque. Elle est peinée que sa mère n'ait jamais répondu à son amour. Il y a tant de choses qui l'attristent. Elle découvre de nouvelles réalités et de vieux secrets qu'elle doit intégrer : un père biologique dont elle ne connaît toujours pas l'identité, des frères qui sont des demi-frères, des secrets dont elle a été exclue. Toutefois, au milieu de ce chaos...

— Qu'est-ce qui fait bizarre ? demande Åsa.

— Je me sens libre. Je n'ai plus cette pression familiale, je ne suis pas obligée de me comporter d'une certaine manière pour appartenir à un certain cercle. Je suis libre, tout simplement.

Åsa secoue la tête, faisant voltiger ses boucles blondes.

— Ça doit être l'été le plus étrange de mon existence, dit-elle en suivant des yeux deux filles enlacées qui descendent la rue. Moi qui pensais que ma vie était dramatique ! Mais là, il y a des sœurs mortes qui ressuscitent, des pères secrets dans tous les sens, des trahisons et des retournements... Et ce que Peter a fait à l'assemblée générale ! Je ne l'oublierai jamais. On se serait cru dans une série télé !

— Oui, c'est vrai.

Les journaux financiers présentent encore des colonnes et des colonnes d'analyses et de spéculations.

— D'ailleurs, tu as des nouvelles de Peter ?

— Non, il s'est volatilisé. Alex, le seul de la famille avec qui j'aie gardé contact, pense qu'il est parti en voyage. Aucune idée d'où il peut être. Quant à Louise, ajoute Natalia avec un sourire amer, elle a envoyé un e-mail collectif nous informant qu'elle va demander le divorce.

— Oui, je l'ai reçu aussi. Et ta mère ? Tu l'as eue au téléphone ?

— Non, fait Natalia en secouant la tête.

— Elle a toujours fait ça, n'est-ce pas ? Åsa a l'air préoccupée.

— Oui, se contente de répondre Natalia.

Elle n'a pas le courage de parler de sa famille en pleine désintégration.

« Toi, tu vas t'en sortir, mais ton père a besoin de moi », c'est la dernière chose que sa mère lui ait dite et, depuis, elles ne s'adressent plus la parole. C'est Alexander qui l'a informée par SMS que ses parents avaient fait leurs bagages et étaient partis pour la France où ils ont un domaine. Si Alex ne l'avait pas tenue au courant, elle n'en saurait rien. Certes, elle aurait pu s'en douter, notamment à cause des articles de journaux, un lynchage médiatique en bonne et due forme.

Elle n'a pas eu le courage de la regarder, mais une vidéo scandaleuse a été postée sur YouTube. On y voit des photographies de Gustaf De la Grip dans différentes situations. Ce ne sont pourtant pas les images qui ont provoqué l'indignation, mais la bande-son composée d'un montage habile du déchaînement de haine de Gustaf lors de la réunion qui a suivi le conseil d'administration. Les internautes ont pu se repaître du discours de M. De la Grip sur les bougnoules et les romanichels. Le film s'est diffusé à une vitesse qui donne au mot « viral » une nouvelle signification. Il a même été traduit, l'a informée Alex. Natalia n'en doute pas.

Gustaf a immédiatement démissionné de toutes ses fonctions au sein de la vie économique suédoise. Il a pris sa retraite en moins de temps qu'il n'en faut pour le dire et s'est exilé, devine Natalia. Il ne s'en remettra jamais. Il n'a plus d'avenir que ce soit dans le monde de la finance suédois ou dans les cercles aristocratiques – des cercles où l'on peut être aussi misogyne que l'on veut, même en public, mais surtout pas raciste. Il n'y aura plus de parties de chasse ni de dîners avec le roi, plus d'invitations ni de fonctions honorifiques. Le dommage est irréparable.

Natalia sait bien que Gustaf ne peut s'en prendre qu'à lui-même, mais elle ne parvient pas à s'empêcher d'éprouver un peu de pitié pour lui et pour sa mère. Aucun des deux n'est particulièrement bien armé pour faire face à ce genre de catastrophes. C'est tellement idiot. Idiot, mais inévitable.

— Et avec Michel, comment ça se passe ? s'enquiert plutôt Natalia.

Penser à ses parents la déprime au plus haut point ! Elle, qui avait une grande famille, se retrouve soudain toute seule.

— C'est génial. On ne parle pas du tout de l'avenir, heureusement, je ne suis pas douée pour ça. Mais lui est très doué…, sourit Åsa en se tortillant sur sa chaise, si tu vois ce que je veux dire…

— C'est bon, j'ai compris. Épargne-moi les détails.

Elle est ravie pour Åsa, bien sûr, mais ressent en même temps une pointe de jalousie.

Elle sirote son eau d'un air pensif.

Si seulement elle avait été honnête avec David lorsqu'ils se sont vus lundi dernier. Cependant, c'est difficile, car elle n'arrive d'abord pas à être honnête avec elle-même. Elle n'a pas le courage d'être celle qu'elle veut. C'est le fil rouge de sa vie, son traumatisme. Elle n'est pas digne d'être aimée pour ce qu'elle est. Sinon, comment sa mère pourrait-elle l'abandonner aussi aisément ? Et Jonas ? Il faut voir les choses en face, elle n'est pas le genre de femme pour laquelle on choisit de se battre. Elle est le genre de personne facile à quitter. Y aurait-il quelque chose en elle qui n'est pas digne d'amour, une défaillance dont elle n'a pas conscience, mais que les autres voient ?

Elle secoue la tête, refuse de s'apitoyer sur son sort.

— Ma chère Natalia, dit Åsa en posant une main sur la sienne.

Le bracelet en or hérité de sa famille scintille.

— Il *faut* que tu lui parles du bébé, poursuit-elle. Tu en as bien conscience, non ?

— Oui, j'imagine qu'il va falloir, soupire Natalia, pas du tout convaincue. Mais tu sais que David est comme toi ? Il ne veut pas non plus avoir d'enfants.

Elle regarde Åsa et lève un sourcil.

— Si quelqu'un venait te voir en t'annonçant que tu allais être mère, tu serais contente, toi ?

Åsa esquisse une grimace coupable.

— Je ne sauterais peut-être pas de joie, reconnaît-elle en agitant la main en direction du ventre de Natalia. Mais toi, c'est différent.

Natalia secoue la tête. Ce n'est pas du tout différent et elle n'a pas envie de se faire éconduire par David une fois de plus.

Åsa soulève la bouteille du seau à glace et constate qu'elle est vide.

— Ah, merde ! s'exclame-t-elle, et elle en commande une autre d'un geste de la main. De toute façon, je n'ai pas besoin d'aller bosser demain. C'est l'hécatombe au bureau. Les gens de Hammar Capital nous assaillent comme les grenouilles en Égypte. Les têtes tombent tous les jours. Je n'en peux plus de toutes ces tragédies alors j'ai décidé de prendre un congé. Il faut que je démissionne, mais Rima me plaît et j'ai promis de rester tant qu'elle aura besoin de moi.

Natalia opine du chef. Le départ d'Åsa est nécessaire : la juriste de l'entreprise ne peut pas être en couple avec l'un des administrateurs.

— Qu'est-ce que tu comptes faire ?

Åsa hausse les épaules.

— Je réfléchis à une reconversion. Mais d'abord, Michel et moi on va se prendre des vacances.

Elle se lance dans un monologue sur les innombrables qualités de Michel, et Natalia s'autorise à décrocher l'espace d'un instant. Elle n'a jamais vu Åsa aussi heureuse, elle resplendit comme un soleil et, même si Natalia se réjouit pour son amie, elle trouve cela un peu fatigant.

Natalia hoche la tête, sourit, et laisse ses pensées divaguer. Elle écoute le murmure du restaurant, la voix enjouée d'Åsa et se dit que peut-être, peut-être, elle parviendra à s'en sortir. Elle n'est pas à plaindre, loin de là, la vie lui a donné plus qu'à la majorité des gens.

Elle a toujours cru qu'elle avait mérité sa réussite, mais ce n'était qu'une question de chance. Elle est née dans la soie, a reçu une bonne éducation et a eu une existence facile. Elle en est très reconnaissante. Et c'est sans doute trop demander que d'en vouloir encore plus.

On n'a pas besoin de l'amour de ses parents ou d'un homme pour survivre. Elle s'en remettra. Elle finira par ne plus souffrir. On s'habitue à tout.

Et là, levant la tête, elle le voit.

Ses cheveux bruns sont humides comme s'il sortait de la douche.

Ses yeux sont sérieux. Son visage, grave.

Jean usé, T-shirt blanc. Lunettes de soleil à la main, montre en acier au poignet. Rien de plus. Ce qu'il est beau !

Natalia sent son cuir chevelu picoter, comme si on y enfonçait de petites aiguilles. La nausée qu'elle a réussi à tenir en échec à grand renfort d'ombre, d'eau et de glaçons l'assaille à nouveau.

David.

Mince alors.

64

David est là, parfaitement immobile, incapable de lâcher Natalia du regard. Elle est assise à une terrasse, sous un parasol, et le contemple de ses yeux intelligents. Peut-être leur rencontre est-elle due au destin, ou au hasard.

Ou peut-être savait-il exactement où la trouver. Elle est nimbée de cette lumière qui semble toujours émaner d'elle. Elle porte un pantalon de lin noir, un chemisier sans manches, et des sandales noires au bout de ses jambes interminables. Tout, absolument tout, chez elle, est parfait.

Elle est parfaite, et a un petit quelque chose de plus. David ne parvient pas à mettre le doigt dessus, mais il perçoit un changement chez elle. Est-ce sa posture ? Ou le fait qu'elle soit tout en noir ? C'est une couleur grave qui lui sied à merveille. Elle a l'air sauvage, pleine de forces.

David s'achemine dans sa direction. Aveuglé qu'il était par Natalia et, comme chaque fois, incapable de voir quiconque autour d'elle, ce n'est que maintenant qu'il aperçoit Åsa.

Elle lui décoche un sourire amer, brandit une main et agite mollement les doigts dans sa direction.

— Bonjour, dit David en arrivant près des deux femmes.

Natalia lève la tête et le regarde. Des yeux dorés, sérieux et insondables rencontrent les siens sans se détourner, et il éprouve une impression d'irréalité, comme si le monde entier s'était renversé, avait basculé de quelques degrés. C'est maintenant ou jamais. Åsa le salue, mais David la voit à peine. Il est vaguement conscient de son impolitesse, et incapable toutefois de détacher son regard de Natalia. Celle-ci tambourine d'un doigt sur la table. Ses ongles sont sombres et brillants, presque noirs aussi, et il se dit qu'elle ne va pas lui rendre la tâche facile.

Peu importe, l'adrénaline afflue dans son corps avec une telle puissance qu'il en a les oreilles qui bourdonnent. Il lui faut une vraie bataille, qu'il compte bien gagner. Åsa s'appuie contre le dossier du fauteuil en rotin et pose une main sur l'accoudoir.

— Tiens, tiens, monsieur Hammar fait sa promenade dominicale ?

— Entre autres, répond-il, sans lâcher Natalia des yeux.

Jamais il n'acceptera que son initiative échoue à cause d'Åsa Bjelke.

— Je veux parler avec Natalia. En tête à tête.

Åsa le dévisage. C'est une femme qui est adulée par les médias et les princes. Elle n'a pas l'habitude qu'on lui tienne tête.

— C'est une blague, n'est-ce pas ?

David braque à présent son regard sur Åsa. Si l'on y pense, il est son chef, elle lui *appartient*, et il ne supporte pas qu'on lui mette des bâtons dans les roues. Il n'en a pas la patience.

— Est-ce que j'ai *l'air* de plaisanter ?

Åsa le contemple, jaugeant l'homme qui lui fait face. Elle reste sage, garde le silence, prend son sac à main et se tourne vers Natalia en soupirant.

— Ça ne te dérange pas si je pars ? Et que je te laisse seule avec lui ?

— Non, répond Natalia. Merci... et désolée.

Åsa lève les yeux au ciel.

— *Toi,* tu n'as pas à t'excuser.

Elle se met debout avec élégance, comme d'habitude, et se fraie un chemin devant David. Elle le dévisage et parvient à lui faire comprendre, à l'aide de ses courbes pulpeuses, son regard perçant et son parfum hors de prix, qu'il a beau être son chef, mieux vaut qu'il ne lui cherche pas des ennuis.

— *Adios !* lance-t-elle en quittant le restaurant à pas chancelants, les regards de tous les hommes braqués sur elle.

Sauf celui de David.

Car David ne voit que Natalia.

Elle indique d'un geste froid la chaise vide, comme une reine accordant une audience à un sujet. David respire lourdement. Tous les sons alentour se font à nouveau entendre et il perçoit de vagues cliquetis de verre et des murmures.

— Assieds-toi. La place est libre.

Il s'installe, appelle un serveur et commande lui aussi une bouteille d'eau.

— Comment ça va ?

Elle esquisse un minuscule sourire, en suivant du doigt une goutte qui glisse le long de son verre.

— Ah, tu sais, il ne se passe pas grand-chose dans ma vie.

Il rit à ce mensonge évident, mais il est surtout content de l'entendre plaisanter.

— Et ta famille ?

Elle se rembrunit.

— Pas terrible.

— Je suis désolé, dit-il, honnête.

Il est bien entendu au courant de la vidéo sur YouTube, de l'exil de ses parents et de la désintégration de sa famille. Personne n'a pu rater ça.

David n'en a pas parlé à la directrice générale, mais il est au courant que les fils de Rima Campbell sont très actifs sur les réseaux sociaux et il se souvient qu'elle avait placé son téléphone de manière stratégique lors de la désormais célèbre réunion. Quant à savoir si elle a bel et bien enregistré la réunion et si ses fils ont monté le film qui a brisé Gustaf pour de bon, ce ne sont que des spéculations. David considère que justice a été rendue et que le vieux patriarche a été pris à son propre piège.

En revanche, il n'a jamais voulu faire de mal à Natalia et pourtant c'est exactement ce qu'il a fait. Quelle que soit l'issue de la rencontre d'aujourd'hui, il devra commencer à réfléchir à son avenir dans le monde de la finance. Il refuse d'avoir d'autres affaires du même type sur la conscience.

— Je suis sincèrement désolé.

— Merci. Et toi ? Comment ça se passe avec Investum ?

— Bien. Tu n'as pas changé d'avis ?

Elle secoue lentement la tête.

— Non, j'en ai fini avec Investum. Pour toujours.

Sa main est posée sur la table. Ses ongles sont noirs et brillants, sa peau est pâle. David lève les yeux et balaie la terrasse du regard, tente de se calmer, de se protéger contre la tempête de sentiments qui l'assaille lorsqu'il la contemple. Comment a-t-il pu être assez bête – crétin, même – pour croire qu'il pourrait rester indifférent face à cette femme ? Natalia, son être tout entier, l'attire irrésistiblement. Il remarque qu'elle a la chair de poule. Lui aussi. Il le voit et le sent.

— J'ai réfléchi à ce que tu m'as dit, commence David, concernant mon… (il se racle la gorge, gêné)… mon père biologique.

Elle incline la tête.

— Oui ?

— Mon père, répète-t-il avant de s'interrompre à nouveau.

Bon sang, ce n'est pas demain la veille qu'il sera tout à fait à l'aise avec l'idée d'avoir un vrai père, un père officiel.

— J'ai discuté avec Carl-Erik. Plusieurs fois. Il va y avoir un reportage sur nous, dans un mensuel. On va faire notre *coming out* de père et fils. Je l'accepte à présent. Il est veuf aujourd'hui. J'ai même été présenté à ses filles. On a bu un café ensemble.

La rencontre avec les deux enfants légitimes de son père a été étonnamment peu douloureuse.

Natalia sourit.

— Tes demi-sœurs ?

— Tout à fait.

— Comment sont-elles ?

— Mignonnes. Elles rient beaucoup. Elles ressemblent à Carolina. D'ailleurs, elle n'a jamais été aussi heureuse !

Natalia le regarde.

— Je suis très contente pour toi, dit-elle, et quelque chose pétille dans ses yeux.

David en identifie rapidement la signification : elle est touchée. Il espère que c'est une bonne chose.

— Il paraît qu'on est propriétaires d'un château en Scanie. Ma famille, je veux dire.

Elle éclate de rire.

— Je te vois bien châtelain !

— Vraiment ?

Personnellement, il ne s'imagine pas vivre dans un grand domaine. Il n'est même pas sûr d'aimer la nature.

Mais Natalia acquiesce et il se dit que pour cette femme il pourrait apprendre à apprécier l'herbe, les animaux et la forêt. Si cela la rendait heureuse, il s'y ferait, car la seule chose qui l'intéresse est de rendre Natalia heureuse.

Il a bien sûr racheté Gyllgarn pour elle, le château jaune qu'elle aime autant que si c'était un être humain. Quoi qu'il arrive entre eux, la demeure lui est destinée. Pour le moment, c'est une fondation qui la possède et il reste quelques détails pratiques à régler, mais à l'avenir c'est Natalia qui prendra toutes les décisions la concernant. Heureusement que cela a été possible, songe-t-il. Sinon, il aurait été obligé de préparer un nouveau putsch.

— J'ai réfléchi…, reprend-il pour entrer dans le vif du sujet.

— Oui ?

Sa voix est calme, détachée. Après tout, c'est une femme d'affaires habituée aux dures négociations, une femme de talent capable de se relever de chaque chute. Il n'a pas le droit à l'erreur s'il souhaite la reconquérir.

— Si tu ne veux pas de moi à cause de ce que je suis, de ce que j'ai fait, je respecte ta décision.

Les mains de Natalia reposent à présent sur ses genoux, immobiles. Elle a baissé les yeux et il lui est impossible de deviner ce qu'elle pense. Elle ne bouge pas d'un cil. Le cerveau de David lui répète inlassablement : quoi que tu fasses, ne la perds pas.

L'espace d'un instant, il a cru qu'il avait ses chances. Elle lui avait semblé prudemment enjouée et un peu essoufflée, mais à présent elle se referme. Il continue, le cœur battant, comme un marteau, dans sa cage thoracique. Jamais il n'a été face à quelque chose d'aussi important. Il a l'impression que c'est sa dernière chance, et que la tâche ne va pas être facile.

— Je ne peux pas changer ce qui a été fait. Et peut-être que j'ai déjà tout gâché.

Il pose la main sur la table, là où se trouvait la sienne peu de temps auparavant.

— Je te demande pardon. Pour tout ce que je t'ai fait. Pardon de t'avoir trahie, d'avoir dit ce que j'ai dit, fait ce que j'ai fait ; contre toi, contre ta famille.

— Merci, dit-elle, mais il est incapable de déceler ce qu'elle ressent.

— Je ne peux pas effacer ce que j'ai dit, ce que j'ai fait. D'ailleurs, ce qu'on a vécu ensemble, je ne voudrais jamais l'effacer. Les moments passés avec toi, Natalia...

Il est obligé de reprendre sa respiration.

— La première fois qu'on s'est rencontrés... Je ne peux pas l'expliquer, mais ce que j'ai ressenti pour toi, je ne l'avais jamais éprouvé auparavant. Je sais que je me suis comporté comme un imbécile, j'en ai bien conscience. Mais je te jure que jamais je n'ai eu l'intention de te faire du mal. Et ce que nous avons partagé... ce n'était pas un calcul de ma part. Au contraire. C'est la chose la plus authentique que j'aie jamais vécue.

— Je ne sais pas quoi penser. Tu as une terrible réputation, dit-elle les paupières toujours baissées.

— Je sais. Certaines choses sont vraies, mais je n'ai jamais blessé quelqu'un à dessein. Tout ça n'était que du business.

— Seulement ?

— Oui, même Investum. Au final, il ne s'agissait que d'affaires et de décisions financières.

— Mais les autres ?

— J'ai activement recherché ceux qui ont détruit ma famille et je me suis vengé, oui, mais uniquement en devenant meilleur en affaires, et non par la violence et l'humiliation. Je ne peux pas effacer ce que j'ai fait, mais je l'assume.

— Gustaf a dit que tu avais couché avec la femme de quelqu'un. J'ai lu que tu avais fait détruire la maison d'un autre. Tu ne peux pas dire que ce n'est pas personnel. On dirait que ce n'est pas seulement des affaires.

— Je te l'accorde, mais ce n'est pas tout à fait vrai non plus. Je me suis retrouvé au lit avec une femme divorcée et j'ai fait détruire une maison vermoulue. Je ne suis pas un ange, mais je ne suis pas non plus un vengeur fou.

— Plus maintenant, tu veux dire.

Il fait non de la tête.

— Je ne l'ai jamais été.

Et c'est vrai. Il a été dur, impitoyable, mais il n'a jamais dépassé les bornes, et n'en a jamais été aussi reconnaissant qu'aujourd'hui. Il ne mentira plus jamais à Natalia. C'est une promesse qu'il se fait à lui-même.

— Je ne sais pas ce que tu éprouves pour moi, continue-t-il, mais je veux que tu saches une chose. J'ai besoin de te le dire.

Elle lève les yeux vers lui.

— Quoi ?

— Je t'aime, dit-il.

Elle déglutit.

— C'est vrai ? chuchote-t-elle.

— Oui.

Elle a posé les mains sur la table, mais au moins elle n'a pas bondi de sa chaise.

— Mais tu détestes ma famille…

David sent en lui une bouffée de triomphe.

Natalia évoque des obstacles, c'est bien. Il a l'habitude de les éliminer. Il est même expert en la matière.

— Je suis las de haïr. Tu as raison depuis le début. La vengeance nous bloque. Je ne veux pas rester bloqué. Je t'aime.

Il se répète. Il ne veut pas qu'elle ait le moindre doute quant à la véracité de ses paroles.

— Mais ça ne peut pas marcher. Je veux pouvoir voir ma mère, mes frères. Tu veux dire que…

— … que je t'aime, répond-il calmement. Jamais je ne t'empêcherai de passer du temps avec ta famille. Je pourrai même te déposer chez eux. Je pourrais sourire, leur parler poliment si c'est ce que tu veux, ou attendre dans la voiture. Je ferai ce que tu voudras.

Il lève la main et la pose sur la sienne. Ils demeurent dans cette position quelques instants puis elle tourne lentement la main et leurs paumes se rencontrent. Il lui serre doucement la main, la regardant droit dans les yeux, tentant ainsi de lui montrer à quel point il tient à elle, qu'il fera tous les efforts du monde pour ne plus jamais la blesser.

— Je sais que ta famille compte énormément pour toi, conclut-il.

— Je ne sais pas, David...

Elle hésite. Mais elle n'a pas dit non.

Il s'avance, saisit son autre main et les attire toutes deux vers lui.

— Qu'est-ce que tu ne sais pas ? Raconte-moi. Donne-moi une chance de gagner ta confiance.

Elle le fixe du regard. Elle est si proche que David aperçoit les taches dorées dans ses iris. S'il se penchait encore de quelques centimètres, il pourrait l'embrasser.

— J'attends un enfant, annonce-t-elle d'une voix ferme qui ne tremble pas.

David sursaute. Celle-là, il ne l'avait pas vue venir.

— Pardon ?

Natalia retire ses mains et les repose sur ses genoux.

— Je suis enceinte... De toi, ajoute-t-elle comme s'il pouvait y avoir un malentendu.

David cligne des paupières, légèrement étourdi.

— De combien de semaines ? demande-t-il après un long silence.

Il ne sait pas bien à quoi correspondent les semaines de grossesse, mais ça lui semble une bonne question à poser.

— Huit. Et je compte le garder.

La pugnacité donne un nouveau timbre, une nouvelle force, à sa voix.

David sent tout à coup quelque chose se délier et se dissoudre en lui. Et il sait que ce n'est que le début.

C'est cette force qu'il a remarquée chez elle. Natalia sera une mère superbe.

— Mais tu m'as dit que tu ne pouvais pas avoir d'enfants.

— Oui... mais apparemment la nature n'est pas fiable en la matière, dit-elle, inclinant la tête. Qu'est-ce que tu ressens ? Tu es en colère ?

En colère ? Il ignore comment décrire les sentiments qui tourbillonnent en lui, mais la colère n'est pas l'un d'entre eux.

— Tu aurais dû m'en parler plus tôt, dit-il. J'avais le droit de savoir. Et tu n'aurais pas dû porter ce secret toute seule.

Elle lui adresse un pâle sourire.

Alors il en est sûr : un présent est désormais possible pour eux, un avenir aussi, ce qui signifie qu'il est prêt à soulever des montagnes.

Quelque chose se diffuse dans son corps.

Un sentiment qu'il ne pensait pas être capable d'éprouver.

Le bonheur.

— Je veux des enfants, dit Natalia, comme pour dissiper les doutes qui auraient pu persister quant à ses envies.

Mais David n'a aucun doute. Il sourit.

— Visiblement, cette question est déjà réglée, dit-il en reprenant sa main.

Il la serre dans la sienne et cette fois elle répond à son étreinte.

— Je veux être le père de cet enfant. J'en suis très heureux.

— Ah, d'accord...

Elle semble interdite, comme si elle ne le suivait pas vraiment.

Il décide d'en profiter.

— Il y a autre chose ? demande-t-il.

— Pardon ?

Elle le regarde, troublée, et serre sa main. Ses yeux sont gigantesques.

— Il y a autre chose qui nous en empêche ?

— Nous empêche de quoi ?

— D'être ensemble ?

Elle le contemple avec ce regard toujours si pénétrant, et David n'ose pas respirer.

Natalia ne répond pas. Elle plisse le front et détourne les yeux.

— Natalia ?

— Oui ?

— Est-ce que tu m'aimes ?

Elle braque son regard sur lui.

— Oui, je t'aime.

David respire lourdement. Il sent sa bouche s'étirer en un sourire, un grand sourire heureux qui illumine tout son visage et qui ne disparaîtra peut-être jamais.

Natalia l'aime, Dieu merci ! Elle lui serre la main et ne va plus jamais la lâcher.

Elle renifle.

— Et maintenant je vais sans doute me mettre à pleurer. Avant, je ne pleurais jamais, mais en ce moment je suis une vraie Madeleine. Les hormones, tu sais...

— Ce n'est pas grave, répond David, et sa voix tremble très légèrement.

— Non, dit-elle, et sa voix ne tremble pas du tout.

Il presse la main de Natalia contre sa bouche, longuement. La jeune femme pose son autre main sur sa joue et il respire son parfum. Il n'y a plus qu'eux deux. Plus personne n'existe. David se penche en avant et ses lèvres rencontrent les siennes. C'est un baiser nouveau. Un baiser sérieux, un engagement pour l'avenir.

Il est comblé.

65

Mercredi 10 septembre

— Bonjour, navrée de vous avoir fait attendre. Meg va vous recevoir, suivez-moi, je vous prie.

Natalia se lève, ajuste son sac à main à l'épaule et suit l'assistante dans un bureau décoré de couleurs vives. Natalia n'y a jamais mis les pieds, mais elle reconnaît la pièce pour en avoir vu des clichés dans les journaux. Ses occupants aiment s'y faire photographier.

Meg Sandberg, cheveux rouge éclatant et veste mauve, sourit et lui serre la main.

— Ravie que vous ayez pu venir. Avez-vous réfléchi ?

Natalia acquiesce d'un signe de tête.

— Et ?

— Je suis très flattée de votre proposition. Même si j'ai confiance dans mes propres compétences, ce qui m'a décidée, c'est de vous avoir comme mentor, explique Natalia avec un sourire. Je vous ai toujours admirée.

— Je m'en réjouis. Sachez que c'est moi qui ai suggéré votre nom pour ce poste. Vous étiez mon premier choix.

— Oui, j'ai entendu ça.

— Quand le cabinet de recrutement m'a dit que vous étiez intéressée, j'ai refusé de recevoir les autres candidats.

— Ce poste devait être très convoité.

— Vous verrez, ici, on ne travaille pas du tout comme avec J-O. Ou avec Gustaf.

— Je ne vais pas m'en plaindre.

— Parfait. Alors, bienvenue à bord !

Voilà. Natalia a un nouveau boulot : haute responsable des comptes clés chez Nordbank, l'une des deux plus grandes banques suédoises. Sans demander conseil à quiconque, sans hésiter – peut-être a-t-elle été frappée de folie des grandeurs ? – elle a accepté ce poste exigeant et extrêmement prestigieux. Quelle opportunité exceptionnelle ! se dit-elle en serrant à nouveau la main de Meg qui lui sourit de ses lèvres rose pâle. Un véritable bond en avant, une avancée sensationnelle, si l'on considère son jeune âge. Elle entrera ainsi au comité exécutif du groupe, sera responsable de près d'un cinquième du résultat de la banque, encadrera mille cinq cents employés et fera directement ses rapports à cette femme fantastique qu'est Meg Sandberg, la PDG de la banque. Beaucoup de gens tueraient pour un poste pareil !

— Je suis impatiente d'initier cette collaboration qui sera fructueuse, j'en suis sûre.

— Moi aussi.

— Nous nous voyons donc dans deux semaines. Qu'allez-vous faire d'ici là ? s'enquiert Meg en accompagnant Natalia jusqu'à la porte.

Natalia sourit.

— Je vais me marier, déclare-t-elle en regardant sa montre. Dans quelques heures seulement.

Un peu plus tard, Natalia sort de la douche, s'essuie et s'enduit de crème avant d'enfiler ses nouveaux sous-vêtements français. Elle détache doucement le tissu de coton enroulé autour de ses cheveux pour protéger sa coiffure élaborée.

— Tu veux la voir ? demande-t-elle à Åsa qui, enfoncée dans un fauteuil, sirote du champagne.

Åsa est déjà habillée, et plus belle que jamais dans sa robe Elie Saab aux couleurs froides qui lui arrive aux genoux. Le style libanais lui sied à merveille, songe Natalia, elle est rayonnante. Les deux amies ont passé les dernières heures à se faire coiffer et maquiller avant de se retirer dans la suite que David a louée pour Natalia – la plus belle suite du Grand Hôtel avec champagne gracieusement offert, jacuzzi et une vue à trois cent soixante degrés sur Stockholm.

Natalia ouvre avec précaution la housse qui protège sa robe de mariée. Elle la soulève pour qu'Åsa puisse admirer l'ouvrage.

— Elle est sublime, s'extasie Åsa sans la moindre touche d'ironie.

— Comme dans un rêve, reconnaît Natalia.

Les lignes sont pures, atemporelles. L'atelier de couture a travaillé d'arrache-pied pour l'achever en quatre semaines. Les petits boutons, les détails délicats en dentelle Solstiss et une coupe magistrale font de cette robe un chef-d'œuvre de rang mondial.

— N'importe quelle princesse pourrait la porter, ajoute Åsa. Et ces escarpins !

Elle fixe avec avidité l'intérieur de la boîte à chaussures.

— Doux Jésus ! Ils m'iraient parfaitement si je me rabotais quelques orteils. Je *meurs* de jalousie ! gémit-elle en admirant ces bijoux élancés à talons hauts.

Natalia accroche la robe sur un cintre qu'elle suspend au chambranle d'une porte.

Åsa se ressert une coupe de champagne tandis que Natalia s'approche du miroir pour corriger son gloss.

Un silence profond se fait soudain.

— Je ne suis pas en train de faire une bêtise ?

Natalia se mord la lèvre inférieure. Elle n'avait pas pensé dire quoi que ce soit, mais les mots sont sortis tout seuls.

Åsa se redresse.

— Qu'est-ce que tu racontes ?

Natalia fixe son reflet dans la glace. Un visage sérieux la contemple en retour. Est-ce qu'elle a pris la bonne décision ? Tout a été si rapide. David refusait que l'enfant naisse hors mariage et, avec son histoire douloureuse, elle le comprend. Quant à Natalia, elle est vaniteuse au point de vouloir célébrer ses noces avant d'être éléphantesque, donc la solution a été trouvée : une cérémonie discrète au Grand Hôtel où ne sont invités que les plus proches parents et amis. Un dîner puis une courte lune de miel. David et elle prennent l'avion pour Nice demain. Ils vont louer une voiture et passer dix jours sur la Côte d'Azur. C'est peut-être un peu bébête mais elle en a toujours rêvé et septembre est le mois idéal. Mais d'où vient cette panique soudaine ? David et elle ne se connaissent que depuis deux mois et demi. Et si elle était en train de commettre la plus grave erreur de sa vie ?

— Alors, c'est maintenant que mademoiselle ressent l'angoisse du mariage ! la taquine Åsa avant de vider sa coupe. Où est passé le « Åsa, je n'ai jamais été aussi sûre de moi de toute ma vie » ? Car c'est ce que j'ai entendu à l'envi au cours des dernières semaines.

Elle se penche à nouveau contre le dossier du fauteuil et les couleurs de sa robe brillent dans le soleil automnal.

— Mais ça me fait plaisir que tu t'en mordes les doigts. Épouser quelqu'un, jamais de la vie. C'est une idée de merde.

— Åsa, tu ne peux pas dire ça, rétorque Natalia en se figeant, la main suspendue en l'air. Pas maintenant. Tu es contre le mariage ? Je fais une erreur, là ? Réponds-moi.

Serait-elle en train de piquer une crise de nerfs ?

— Sûrement, Natalia. Mais on apprend de ses erreurs, il paraît.

— Merde, c'est un peu tard pour tout annuler !

Natalia retourne devant le miroir. Elle donne du volume à ses cheveux et arrange ses nouveaux sous-vêtements avant de descendre la robe.

— Tu ne m'aides vraiment pas, Åsa.

— Je sais, mais je t'adore, répond Åsa en se levant. Et je ne veux que ton bien.

Åsa tient la robe et Natalia l'enfile prudemment. C'est un modèle court, aux lignes simples, qui s'arrête aux genoux, mais c'est tout de même une véritable robe de mariée.

— Mais ? demande Natalia.

— Il n'y a pas de « mais ». C'est parfait, ça ne pourra jamais être plus parfait.

Åsa entreprend d'attacher les petits boutons à l'arrière.

— Je n'ai jamais vu deux personnes aussi amoureuses que vous deux, poursuit-elle.

Elle chancelle légèrement, et Natalia remarque que son amie tire dangereusement sur le tissu de sa robe.

— Tu es déjà ivre ?

— Un peu. Arrête de bouger, Natalia.

Elle obéit et son amie continue à fixer les minuscules boutons.

— Maman n'a pas répondu à mes messages, dit Natalia par-dessus son épaule tandis qu'Åsa, concentrée, finit sa tâche. Elle ne viendra pas.

— C'est d'un triste !

Natalia approuve de la tête. Ça lui fait si mal.

— Elle ne t'a rien dit concernant ton vrai père, j'imagine ?

— Non.

Il va falloir qu'elle s'occupe de ça aussi, songe Natalia, mais il y a trop de changements pour le moment. Chaque chose en son temps.

— J'ai eu le boulot, annonce-t-elle plutôt, et elle se tourne vers le miroir en tripotant une mèche tombante.

Åsa s'affale dans le fauteuil. Elle remplit à nouveau son verre et le lève comme pour trinquer. À ce rythme, Natalia risque d'avoir un témoin éméché.

— Félicitations ! Je suis sûre qu'au moins une dizaine d'hommes sont dégoûtés que tu leur aies piqué ce poste ! J'adore quand tu coupes l'herbe sous le pied à ces jeunes loups ! Tu es mon modèle.

Natalia acquiesce, joyeuse.

Serrer la main de Meg, cette femme vigoureuse et charismatique, aussi rayonnante qu'une ampoule électrique, l'a secouée. Elle est elle-même étonnée par la rapidité avec laquelle elle a accepté le poste. Ensuite, elle a couru aux toilettes pour vomir.

Bien sûr, ça aurait aussi pu être dû à sa grossesse.

— Je commence dès notre retour et je travaille aussi longtemps que je peux, explique-t-elle en étudiant sa coiffure de mariée.

Le coiffeur a laissé quelques mèches libres et a attaché le reste de sa chevelure en un chignon lâche. Un chapeau minuscule, plutôt un bibi, rien de plus qu'une infime chose blanche, repose sur le côté de sa tête, dans ses cheveux brillants. Il est plat avec une toute petite voilette sur la moitié du front.

— Le bébé est prévu pour mars. On va partager le congé parental. Cinquante cinquante.

— Waouh, comme la princesse Victoria et son mari.

Natalia sourit. Elle est prête.

— Qu'est-ce que tu en penses ? demande-t-elle en se retournant.

La robe est élancée et luxueuse, les chaussures sont glamour. C'est une nouvelle ère qui s'ouvre et Natalia veut que ça se voie.

— Tu es canon. Mais, dis, je veux que tu me promettes quelque chose, ajoute-t-elle en affichant une mine têtue. Promets-moi de ne pas protester.

— De quoi parles-tu ?

— Promets-le-moi d'abord.

Åsa se lève et s'avance vers Natalia.

— Bon, d'accord, cède Natalia, dubitative.

Elle adore Åsa, mais son amie a parfois de drôles d'idées.

Åsa détache son bracelet en or, celui qu'elle porte jour et nuit, le bien le plus précieux qu'elle ait hérité de sa mère, et le lui tend.

— Tiens, je veux qu'il soit à toi.

Natalia sait que son amie ne le retire même pas pour dormir. Le bracelet en or de la mère d'Åsa illustre parfaitement l'expression « valeur affective ».

— Mais…, commence Natalia avant de se taire.

Que dit-on dans ces moments-là ?

— Tu es ma famille, dit Åsa. Sans toi, ça n'aurait pas marché. Rien n'aurait marché. Prends-le. Il appartenait à ma mère et si tu as une fille elle devra en hériter. Tu me le promets ?

Natalia hoche la tête, tend les bras en essayant de ravaler la boule qui s'est formée dans sa gorge. Åsa attache le bracelet au poignet de son amie. Il est encore chaud et Natalia lutte contre les larmes. Les yeux d'Åsa sont aussi un peu trop brillants.

On frappe à la porte et elles se tournent vers l'entrée, soulagées de l'interruption. Elles ne seront jamais très douées pour exprimer leurs sentiments. Mais elles n'y sont pas obligées.

La porte s'ouvre. David se tient dans l'embrasure, et fait ce qu'il fait toujours : il ne regarde qu'elle. Ce n'est certes pas très poli de sa part, mais diablement flatteur.

Et il est si beau que Natalia en a le souffle coupé.

— Waouh, dit-elle en l'admirant.

Épaules larges dans un costume trois pièces gris foncé, ajusté comme s'il avait été cousu à même la peau. Chemise plus claire et fleur blanche à la boutonnière.

Les yeux de David pétillent lorsqu'il la caresse du regard.

— Je ne sais pas quoi dire, fait-il d'une voix instable. Tu es magnifique.

— C'est toi qui es magnifique, murmure Natalia en essayant de ne pas le dévorer des yeux.

Åsa émet un bruit d'écœurement.

David sourit.

— Vous voulez voir l'alliance ?

Les deux femmes hochent la tête avec véhémence. Tout est allé si vite que Natalia n'a même pas eu de bague de fiançailles. Elle est curieuse à présent, car David a demandé à choisir lui-même le bijou. Il ouvre l'écrin.

Natalia et Åsa demeurent bouche bée.

C'est une alliance carrée et audacieuse, aux lignes épurées. Une pierre jaune – jaune comme une jonquille, comme le soleil –, beaucoup trop grande pour être un diamant, scintille au milieu, et est entourée de pierres blanches.

— C'est un diamant jaune, explique David.

— Un diamant ? répète Natalia, hébétée.

Il est aussi grand qu'un ongle de majeur.

— Totalement éthique, ajoute-t-il avec un air satisfait. Je sais que c'est important pour toi. Je l'ai remporté aux enchères. Il est passé sous le nez d'un roi.

Il se fend d'un large sourire.

— Il est possible que je sois interdit d'entrée dans une monarchie arabe jusqu'à la fin des temps.

— Ah, fait Natalia, presque muette.

Elle ne savait pas qu'il existait de tels anneaux et de tels diamants.

— Respect ! s'exclame Åsa.

— Natalia ? dit David.

— Oui.

— Rends-moi l'alliance. Je ne te la donne pas maintenant.

— Je ne suis pas sûre de pouvoir m'en séparer, répond-elle en la déposant à contrecœur dans sa paume.

David range la bague dans son étui, qu'il remet dans sa poche.

— Il faut juste que je règle un dernier détail, dit-il. Tu restes avec elle ? demande-t-il à Åsa qui agite la main en signe de réponse. On se voit en bas.

Il embrasse Natalia sur la joue et disparaît.

— N'est-il pas fantastique ?

Åsa hausse une épaule parée de soie.

— Si on aime les milliardaires canon, alors oui, sourit-elle. Allez, une coupe de champagne ne peut pas faire de mal au bébé. J'ai lu ça dans *Vogue*.

Lorsque Natalia et Åsa arrivent dans la salle Renaissance, que les fleuristes de l'hôtel ont noyée sous les roses rouges, le maître de cérémonie, David et Michel les attendent déjà. Le comte Carl-Erik Tessin, sérieux dans son costume à l'ancienne, prend Natalia dans ses bras. Les trois femmes blondes à côté de lui, Carolina et les deux demi-sœurs, rient et s'embrassent.

Natalia sourit, mais serre son bouquet de mariée composé de fleurs d'oranger et d'orchidées plus fort que nécessaire. Elle est heureuse, bien entendu, mais elle aurait aimé qu'au moins un membre de sa famille assiste à la cérémonie. C'est alors que David pénètre dans la pièce, accompagné d'un invité supplémentaire.

Alexander.

Son frère s'avance vers elle. Elle remarque un hématome sur son menton mais lui, tout sourire, balaie sa question inquiète d'un revers de la main et l'enlace dans une puissante étreinte.

— Je ne savais même pas que tu étais ici ? dit-elle, à moitié étouffée.

— Je ne l'étais pas, mais ton futur mari peut être très convaincant. Surtout qu'il dispose d'une espèce de mercenaire et d'un hélicoptère.

— Tu es venu en hélicoptère ?

— Oui, on a atterri dans la vieille ville il y a vingt minutes, précise-t-il, puis il marmonne quelque chose qui ressemble à « quel psychopathe, ce type ! ».

— David l'a fait pour moi, dit Natalia en s'esclaffant. Sois gentil maintenant.

— Je suis toujours gentil, répond Alex.

Il balaie la pièce du regard, s'arrête sur Carolina.

— C'est elle ? s'enquiert-il à voix basse.

Natalia acquiesce d'un signe de tête.

— Prête ? demande David.

Alexander la quitte pour aller se mêler aux autres convives.

David tend la main vers Natalia, lui effleure l'épaule et caresse une mèche de ses cheveux, comme s'il ne pouvait s'empêcher de la toucher. Il lui donne le bras et, ensemble, ils se tournent vers l'officiant.

Elle est si reconnaissante d'avoir accepté cette invitation à déjeuner au début de l'été, songe-t-elle, d'avoir osé. Cela lui rappelle une phrase qu'Åsa a prononcée, mais elle ne lui revient pas. Elle entend une musique leur parvenir de loin. Elle regarde les convives, le cœur plein de gratitude.

Au beau milieu de la cérémonie, Natalia se souvient de ce qu'Åsa a dit, en ce jour de juin où tout a commencé : *une vie sans risque ne vaut pas la peine d'être vécue.*

Natalia contemple cet homme élégant et solennel qui sera bientôt son époux, et elle ne peut s'empêcher de sourire.

Voilà sa vie. Vue ainsi, on pourrait croire qu'elle se résume à un cliché écrit sur un gobelet en papier.

L'officiant conclut son discours, les regarde en souriant et les déclare mari et femme. Et, avant qu'elle n'ait le temps de dire ouf, David l'a enlacée dans ses bras, contre son large torse. Son étreinte brûlante se mue en un baiser appuyé qui, à son tour, devient si fougueux que les invités se mettent à siffler et à applaudir. Natalia s'abandonne, se laisse embrasser à perdre haleine par son mari et sait que tout cela est vrai. Ils seront ensemble jusqu'à ce que la mort les sépare. C'est ça, le grand amour, à la vie et à la mort, pour le meilleur et pour le pire. Elle se dit que parfois la vie est un cliché.

Et dans ce cas, il n'y a qu'une chose à faire : accepter ce que la vie a à offrir.

Épilogue

Une semaine plus tard

Isobel Sørensen est à l'aéroport.

Encore une fois.

Parfois, un étrange sentiment d'irréalité l'envahit, comme si elle se trouvait toujours dans le même aéroport, sans jamais le quitter. D'autres fois, comme aujourd'hui, elle a l'impression d'avoir pris l'avion si souvent que cela pourrait remplir une vie entière.

Elle s'arrête pour regarder le tableau des départs et sent tout à coup une présence à côté d'elle. L'homme est suffisamment loin pour ne pas paraître importun, mais assez proche pour qu'elle comprenne qu'il cherche à attirer son attention.

— Quelle coïncidence ! Vous allez aussi à New York ?

Isobel esquisse une grimace agacée. Sans se retourner, elle sait de qui il s'agit, car elle a reconnu cette voix arrogante caractéristique de l'élite.

Alexander De la Grip.

— J'étais au mariage de ma sœur, poursuit-il, sans se préoccuper de son indifférence.

Elle devrait partir, laisser en plan cet homme qui essaie de la draguer. Elle n'est pas obligée d'être polie, surtout pas avec lui. Elle ne lui doit rien, mais elle a été touchée par sa sœur, Natalia, avec sa grossesse inattendue. Elle est lasse de marcher et a du temps à tuer, alors elle reste là.

Alexander poursuit son monologue.

— L'amour...

Ce mot est prononcé avec un tel dégoût qu'Isobel sourit malgré elle.

— ... Ce que les gens font par amour, c'est encore pire que ce qu'ils font par conviction religieuse, déclare-t-il.

À cela, Isobel n'a *aucune* objection. L'amour, la religion, le fanatisme se ressemblent. C'est tellement déprimant ! Elle est tentée d'acquiescer. C'est curieux, jamais elle n'aurait pensé qu'elle puisse avoir le moindre point commun avec un homme comme ce prince de la jet-set.

Dans l'avion, à l'aller, elle a feuilleté plusieurs magazines. Dans au moins deux d'entre eux, il y avait des photos de lui, entouré de femmes, les yeux brillants à cause de l'alcool et peut-être d'autre chose. Il devrait faire attention, s'est-elle dit, avec une once de satisfaction cynique. Elle a vu des gens mourir d'insuffisance hépatique, et ce n'est pas beau à voir.

Certes, la mort n'est jamais belle à voir. Elle est lugubre, triste et très injuste, quoi qu'on en dise.

Alexander a cessé de parler, mais Isobel sent sa présence derrière elle. Elle imagine qu'il prendra le vol direct pour New York. Sur le tableau d'affichage, elle voit qu'il part dans exactement soixante-quatre minutes. Il voyage sans doute en première classe avec champagne glacé, serviettes chaudes et personnel de cabine obséquieux. Il n'y a pas de mots pour définir le mépris qu'elle éprouve pour les hommes comme lui, même si elle doit admettre qu'il est l'un des hommes les plus beaux qu'elle ait jamais vus. C'est le genre de beauté qui attire femmes et hommes, jeunes et vieux. Cependant, il y a quelque chose dans ses yeux ; elle l'a remarqué la dernière fois qu'ils se sont croisés, à Båstad. Elle essaie de se remémorer où elle a vu des yeux comme ceux-ci.

— L'amour rend la vie très difficile, dit-il, coupant court à ses réflexions. Vous savez que l'amour est une invention moderne.

Bien que cette idée lui soit familière, elle ne répond pas. Elle ne partage pas son besoin d'entendre sa propre voix à tout propos.

— Vous aussi vous allez à New York ? demande-t-il, visiblement indifférent à son silence. On prend le même avion, alors. Je peux vous offrir un verre avant le départ ? Ils ont un chardonnay acceptable ici.

Isobel secoue la tête.

Elle se souvient à présent où elle a vu des yeux comme ceux d'Alexander De la Grip. En réalité, elle en voit tout le temps. Elle pivote sur ses talons et doit reprendre sa respiration lorsque l'éblouissante beauté de cet homme arrive si près d'elle.

— Je ne vais pas à New York, répond-elle froidement.

Elle contemple ces yeux bleus qui sont loin d'être ceux d'un ange.

— Je pars en Afrique.

Elle commence à s'éloigner, sent qu'il continue de l'observer et presse le pas.

Dans son travail, Isobel a rencontré un nombre incalculable d'hommes et de femmes qui ont survécu à la guerre et à la torture, qui ont vu des choses épouvantables, auxquelles personne ne devrait assister. Et, même si leurs blessures guérissent et cicatrisent à l'extérieur, leur vécu se lit dans leurs yeux, pour ceux qui savent regarder.

Elle accélère. Ce qu'elle retrouve dans les yeux d'Alexander, elle l'a déjà vu auparavant.

Ceux qui sont allés en enfer et en sont revenus ont exactement ce regard.

Remerciements

Avant *Une nuit, rien qu'une seule*, j'ai publié trois romans historiques et c'est avec un certain soulagement que je me suis lancée dans un roman qui se déroule à notre époque. Tous ceux qui ont déjà écrit des romans historiques sauront de quoi je parle. Ne pas être obligé de réfléchir à des us et coutumes inconnus, de se rendre dans un musée ou d'appeler un historien chaque fois qu'on se pose une question sur un vêtement, une tradition ou un aliment, semblait un véritable luxe. Cette impression a duré dix minutes.

En effet, j'avais choisi de faire de mes personnages principaux des membres de l'élite financière suédoise et je peux dire en toute bonne foi que je n'ai jamais fait autant de recherches, mené autant d'interviews et lu autant d'ouvrages spécialisés de ma vie d'écrivain.

Jamais je n'aurais pu écrire *Une nuit, rien qu'une seule* sans la générosité de personnes qui maîtrisent bien mieux que je ne le ferai jamais la complexité du monde de la finance. J'aimerais remercier du fond du cœur tous ceux qui m'ont accordé du temps, ont partagé leurs compétences et leur expertise – qu'ils appartiennent ou non au monde de la finance. Vous vous reconnaîtrez. Tout ce qui est juste l'est grâce à vous. Toutes les erreurs sont liées à mes seuls défauts.

Une nuit, rien qu'une seule

J'aimerais remercier tout particulièrement certaines amies qui ont joué un rôle fondamental dans la rédaction de ce livre : Åsa Hellberg, Carina Hedberg, Petra Ahrnstedt et Trude Lövstuhagen. Vous m'avez vraiment soutenue, surtout toi, Petra, merci. Merci à mon éditrice Karin Linge Nordh, à ma correctrice Kerstin Ödeen et, bien entendu, au reste de la fantastique équipe de Bokförlaget Forum. C'est un bonheur de travailler avec vous.

Merci, bien sûr, à mes magnifiques enfants.

Et enfin, merci à mon agent, Anna Frankl, de Nordin Agency, qui, en plus de vendre mes livres à l'étranger, a une formidable intuition et sait exactement quand il est temps de m'inviter à déjeuner.
Simona Ahrnstedt, Stockholm, 2014.

*Cet ouvrage a été composé et mis en pages
par Étianne Composition
à Montrouge.*

Dépôt légal : avril 2017
N° d'édition : 55931/01